HEART OF DARKNESS

THE RESTORED TEXT

BY

JOSEPH CONRAD

EDITED BY

ALDWIN GREY

MIDDEN

FIRST MIDDEN EDITION, APRIL 2024

Editor's Note, Notes, About the Author, Books in the Series
Copyright © 2024 by Aldwin Grey

All rights reserved. Published in the United States by Midden.
The Grey Translation and the Midden colophon are trademarks of Midden.

ISBN
978-1-958403-28-0 (trade)
978-1-958403-29-7 (ebook)

Series design by Dolores Ceran

www.greytranslation.com

10 9 8 7 6 5 4 3 2

EDITOR'S NOTE

Joseph Conrad's masterful novel was originally published in 1899 in *Blackwood's Edinburgh Magazine* as a three-part serial. When first published in book form in 1902, Conrad made a number of small refinements. Though subtle, these differentiated and improved the work, and stamped it as the author's official completed form of the novel.

But as with so many classic books, subsequent editions brought changes to the text. Incorrect words were inserted, spellings were changed to fit the passing times, punctuation was added and removed, and the occasional whole phrase was cut. As a result, numerous corruptions are now scattered throughout many versions of *Heart of Darkness* sold today.

The following edition restores the novel to Conrad's original words. *The Restored Text* was created from page scans of the 1902 book. It was verified page by page and mark by mark, then edited for accuracy against the 1899 text. Original spellings were retained to preserve the author's creative voice.

Aldwin Grey is an American editor and writer. He is the creator of *The Grey Translation* series. He holds an MFA and lives in Seattle.

HEART OF DARKNESS

I

The *Nellie*, a cruising yawl, swung to her anchor without a flutter of the sails, and was at rest. The flood had made, the wind was nearly calm, and being bound down the river, the only thing for it was to come to and wait for the turn of the tide.

The sea-reach of the Thames stretched before us like the beginning of an interminable waterway. In the offing the sea and the sky were welded together without a joint, and in the luminous space the tanned sails of the barges drifting up with the tide seemed to stand still in red clusters of canvas sharply peaked, with gleams of varnished sprits.[1] A haze rested on the low shores that ran out to sea in vanishing flatness. The air was dark above Gravesend, and farther back still seemed condensed into a mournful gloom, brooding motionless over the biggest, and the greatest, town on earth.

The Director of Companies was our captain and our host. We four affectionately watched his back as he stood in the bows looking to seaward. On the whole river there was nothing that looked half so nautical. He resembled a pilot, which to a seaman is trustworthiness personified. It was difficult to realize his work was not out there in the luminous estuary, but behind him, within the brooding gloom.

Between us there was, as I have already said somewhere, the bond of the sea. Besides holding our hearts together through long periods of separation, it had the effect of making us tolerant of each other's yarns—and even convictions. The Lawyer—the best of old fellows—had, because of his many years and many virtues, the only cushion on deck, and was lying on the only rug. The Accountant had brought out already a box of dominoes, and was toying architecturally with the bones. Marlow sat cross-legged right aft, leaning against the mizzen-mast. He had sunken cheeks, a yellow complexion, a straight back, an ascetic aspect, and, with his arms dropped, the palms of hands outwards, resembled an idol. The director, satisfied the anchor had good hold, made his way aft and sat down amongst us. We exchanged a few words lazily. Afterwards there was silence on board the yacht. For some reason or other we did not begin that game of dominoes. We felt meditative, and fit for nothing but placid staring. The day was ending in a serenity of still and exquisite brilliance. The water shone pacifically; the sky, without a speck, was a benign immensity of unstained light; the very mist on the Essex marshes was like a gauzy and radiant fabric, hung from the wooded rises inland, and draping the low shores in diaphanous folds. Only the gloom to the west, brooding over the upper reaches, became more sombre every minute, as if angered by the approach of the sun.[2]

And at last, in its curved and imperceptible fall, the sun sank low, and from glowing white changed to a dull red without rays and without heat, as if about to go out suddenly, stricken to death by the touch of that gloom brooding over a crowd of men.

Forthwith a change came over the waters, and the serenity became less brilliant but more profound. The old river in its broad reach rested unruffled at the decline of day, after ages of good service done to the race that peopled its banks, spread out in the tranquil dignity of a waterway leading to the uttermost ends of the earth. We looked at the venerable stream not in the vivid flush of a short day that comes and departs for ever, but in the august light of abiding memories. And indeed nothing is easier for a man who has, as the phrase goes, "followed the sea" with reverence and affection, than to evoke the great spirit of the past upon the lower reaches of the Thames. The tidal current runs to and fro in its unceasing service, crowded with memories of men and ships it had borne to the rest of home or to the battles of the sea. It had known and served all the men of whom the nation is proud, from Sir Francis Drake to Sir John Franklin, knights all, titled and untitled—the great knights-errant of the sea. It had borne all the ships whose names are like jewels flashing in the night of time, from the *Golden Hind* returning with her round flanks full of treasure, to be visited by the Queen's Highness and thus pass out of the gigantic tale, to the *Erebus* and *Terror*, bound on other conquests—

and that never returned. It had known the ships and the men. They had sailed from Deptford, from Greenwich, from Erith—the adventurers and the settlers; kings' ships and the ships of men on 'Change; captains, admirals, the dark "interlopers" of the Eastern trade, and the commissioned "generals" of East India fleets. Hunters for gold or pursuers of fame, they all had gone out on that stream, bearing the sword, and often the torch, messengers of the might within the land, bearers of a spark from the sacred fire. What greatness had not floated on the ebb of that river into the mystery of an unknown earth! ... The dreams of men, the seed of commonwealths, the germs of empires.

The sun set; the dusk fell on the stream, and lights began to appear along the shore. The Chapman lighthouse, a three-legged thing erect on a mud-flat, shone strongly. Lights of ships moved in the fairway—a great stir of lights going up and going down. And farther west on the upper reaches the place of the monstrous town was still marked ominously on the sky, a brooding gloom in sunshine, a lurid glare under the stars.

"And this also," said Marlow suddenly, "has been one of the dark places of the earth."

He was the only man of us who still "followed the sea." The worst that could be said of him was that he did not represent his class. He was a seaman, but he was a wanderer, too, while most seamen lead, if one may so express it, a sedentary life. Their minds are of the stay-at-home order, and their home is always with them—the ship; and so is their country—the sea. One ship is very much like another, and the sea is always the same. In the immutability of their surroundings the foreign shores, the foreign faces, the changing immensity of life, glide past, veiled not by a sense of mystery but by a slightly disdainful ignorance; for there is nothing mysterious to a seaman unless it be the sea itself, which is the mistress of his existence and as inscrutable as Destiny. For the rest, after his hours of work, a casual stroll or a casual spree on shore suffices to unfold for him the secret of a whole continent, and generally he finds the secret not worth knowing. The yarns of seamen have a direct simplicity, the whole meaning of which lies within the shell of a cracked nut. But Marlow was not typical (if his propensity to spin yarns be excepted), and to him the meaning of an episode was not inside like a kernel but outside, enveloping the tale which brought it out only as a glow brings out a haze, in the likeness of one of these misty halos that sometimes are made visible by the spectral illumination of moonshine.

His remark did not seem at all surprising. It was just like Marlow. It was accepted in silence. No one took the trouble to grunt even; and presently he said, very slow—

"I was thinking of very old times, when the Romans first came here, nineteen hundred years ago—the other day. ... Light came out of this river since—you say Knights? Yes; but it is like a running blaze on a plain, like a flash of lightning in the clouds. We live in the flicker—may it last as long as the old earth keeps rolling! But darkness was here yesterday. Imagine the feelings of a commander of a fine—what d'ye call 'em?—trireme in the Mediterranean, ordered suddenly to the north; run overland across the Gauls in a hurry; put in charge of one of these craft the legionaries—a wonderful lot of handy men they must have been, too—used to build, apparently by the hundred, in a month or two, if we may believe what we read. Imagine him here—the very end of the world, a sea the colour of lead, a sky the colour of smoke, a kind of ship about as rigid as a concertina—and going up this river with stores, or orders, or what you like. Sandbanks, marshes, forests, savages,—precious little to eat fit for a civilized man, nothing but Thames water to drink. No Falernian wine here, no going ashore. Here and there a military camp lost in a wilderness, like a needle in a bundle of hay—cold, fog, tempests, disease, exile, and death,—death skulking in the air, in the water, in the bush. They must have been dying like flies here. Oh, yes—he did it. Did it very well, too, no doubt, and without thinking much about it either, except afterwards to brag of what he had gone through in his time, perhaps. They were men enough to face the darkness. And perhaps he was cheered by keeping his eye on a chance of promotion to the fleet at Ravenna by-and-by, if he had good friends in Rome and survived the awful climate. Or think of a decent young citizen in a toga—perhaps too much dice, you know—coming out here in the train of some prefect, or tax-gatherer, or trader even, to mend his fortunes. Land in a swamp, march through the woods, and in some inland post feel the savagery, the utter savagery, had closed round him,—all that mysterious life of the wilderness that stirs in the forest, in the jungles, in the hearts of wild men. There's no initiation either into such mysteries. He has to live in the midst of the incomprehensible, which is also detestable. And it has a fascination, too, that goes to work upon him. The fascination of the abomination—you know, imagine the growing regrets, the longing to escape, the powerless disgust, the surrender, the hate."

He paused.

"Mind," he began again, lifting one arm from the elbow, the palm of the hand outwards, so that, with his legs folded before him, he had the pose of a Buddha preaching in European clothes and without a lotus-flower—"Mind, none of us would feel exactly like this. What saves us is efficiency—the devotion to efficiency. But these chaps were not much account, really. They were no colonists; their administration was merely a squeeze, and nothing more, I suspect. They were conquerors, and for that you want only brute force—nothing to boast of, when you have it, since your strength is just an accident arising from the weakness of others. They grabbed what they could get for the sake of what was to be got. It was just robbery with violence, aggravated murder on a great scale, and men going at it blind—as is very proper for those who tackle a darkness. The conquest of the earth, which mostly means the taking it away from those who have a different complexion or slightly flatter noses than ourselves, is not a pretty thing when you look into it too much. What redeems it is the idea only. An idea at the back of it; not a sentimental pretence but an idea; and an unselfish belief in the idea—something you can set up, and bow down before, and offer a sacrifice to. ..."

He broke off. Flames glided in the river, small green flames, red flames, white flames, pursuing, overtaking, joining, crossing each other—then separating slowly or hastily. The traffic of the great city went on in the deepening night upon the sleepless river. We looked on, waiting patiently—there was nothing else to do till the end of the flood; but it was only after a long silence, when he said, in a hesitating voice, "I suppose you fellows remember I did once turn fresh-water sailor for a bit," that we knew we were fated, before the ebb began to run, to hear about one of Marlow's inconclusive experiences.

"I don't want to bother you much with what happened to me personally," he began, showing in this remark the weakness of many tellers of tales who seem so often unaware of what their audience would best like to hear; "yet to understand the effect of it on me you ought to know how I got out there, what I saw, how I went up that river to the place where I first met the poor chap.[3] It was the farthest point of navigation and the culminating point of my experience. It seemed somehow to throw a kind of light on everything about me—and into my thoughts. It was sombre enough, too—and pitiful—not extraordinary in any way—not very clear either. No, not very clear. And yet it seemed to throw a kind of light.

"I had then, as you remember, just returned to London after a lot of Indian Ocean, Pacific, China Seas—a regular dose of the East—six years or so, and I was loafing about, hindering you fellows in your work and invading your homes, just as though I had got a heavenly mission to civilize you. It was very fine for a time, but after a bit I did get tired of resting. Then I began to look for a ship—I should think the hardest work on earth. But the ships wouldn't even look at me. And I got tired of that game, too.

"Now when I was a little chap I had a passion for maps. I would look for hours at South America, or Africa, or Australia, and lose myself in all the glories of exploration. At that time there were many blank spaces on the earth, and when I saw one that looked particularly inviting on a map (but they all look that) I would put my finger on it and say, When I grow up I will go there. The North Pole was one of these places, I remember.[4] Well, I haven't been there yet, and shall not try now. The glamour's off. Other places were scattered about the Equator, and in every sort of latitude all over the two hemispheres. I have been in some of them, and ... well, we won't talk about that. But there was one yet—the biggest, the most blank, so to speak—that I had a hankering after.

"True, by this time it was not a blank space any more. It had got filled since my boyhood with rivers and lakes and names. It had ceased to be a blank space of delightful mystery —a white patch for a boy to dream gloriously over. It had become a place of darkness. But there was in it one river especially, a mighty big river, that you could see on the map, resembling an immense snake uncoiled, with its head in the sea, its body at rest curving afar over a vast country, and its tail lost in the depths of the land. And as I looked at the map of it in a shop-window, it fascinated me as a snake would a bird—a silly little bird. Then I remembered there was a big concern, a Company for trade on that river. Dash it all! I thought to myself, they can't trade without using some kind of craft on that lot of fresh water—steamboats! Why shouldn't I try to get charge of one? I went on along Fleet Street, but could not shake off the idea. The snake had charmed me.

"You understand it was a Continental concern, that Trading society; but I have a lot of relations living on the Continent, because it's cheap and not so nasty as it looks, they say.

"I am sorry to own I began to worry them. This was already a fresh departure for me. I was not used to get things that way, you know. I always went my own road and on my own legs where I had a mind to go. I wouldn't have believed it of myself; but, then—you see—I felt somehow I must get there by hook or by crook. So I worried them. The men said 'My dear fellow,' and did nothing. Then—would you believe it?—I tried the women. I, Charlie Marlow, set the women to work—to get a job. Heavens! Well, you see, the notion drove me. I had an aunt, a dear enthusiastic soul. She wrote: 'It will be delightful. I am ready to do anything, anything for you. It is a glorious idea. I know the wife of a very high personage in the Administration, and also a man who has lots of influence with,' etc., etc. She was determined to make no end of fuss to get me appointed skipper of a river steamboat, if such was my fancy.

"I got my appointment—of course; and I got it very quick. It appears the Company had received news that one of their captains had been killed in a scuffle with the natives. This was my chance, and it made me the more anxious to go. It was only months and months afterwards, when I made the attempt to recover what was left of the body, that I heard the original quarrel arose from a misunderstanding about some hens. Yes, two black hens. Fresleven—that was the fellow's name, a Dane—thought himself wronged somehow in the bargain, so he went ashore and started to hammer the chief of the village with a stick. Oh, it didn't surprise me in the least to hear this, and at the same time to be told that Fresleven was the gentlest, quietest creature that ever walked on two legs. No doubt he was; but he had been a couple of years already out there engaged in the noble cause, you know, and he probably felt the need at last of asserting his self-respect in some way. Therefore he whacked the old nigger mercilessly, while a big crowd of his people watched him, thunderstruck, till some man—I was told the chief's son—in desperation at hearing the old chap yell, made a tentative jab with a spear at the white man—and of course it went quite easy between the shoulder-blades. Then the whole population cleared into the forest, expecting all kinds of calamities to happen, while, on the other hand, the steamer Fresleven commanded left also in a bad panic, in charge of the engineer, I believe. Afterwards nobody seemed to trouble much about Fresleven's remains, till I got out and stepped into his shoes. I couldn't let it rest, though; but when an opportunity offered at last to meet my predecessor, the grass growing through his ribs was tall enough to hide his bones. They were all there. The supernatural being had not been touched after he fell. And the village was deserted, the huts gaped black, rotting, all askew within the fallen enclosures. A calamity had come to it, sure enough. The people had vanished. Mad terror had scattered them, men, women, and children, through the bush, and they had never returned. What became of the hens I don't know either. I should think the cause of progress got them, anyhow. However, through this glorious affair I got my appointment, before I had fairly begun to hope for it.

"I flew around like mad to get ready, and before forty-eight hours I was crossing the Channel to show myself to my employers, and sign the contract. In a very few hours I arrived in a city that always makes me think of a whited sepulchre. Prejudice no doubt. I had no difficulty in finding the Company's offices. It was the biggest thing in the town, and everybody I met was full of it. They were going to run an over-sea empire, and make no end of coin by trade.

"A narrow and deserted street in deep shadow, high houses, innumerable windows with venetian blinds, a dead silence, grass sprouting between the stones, imposing carriage archways right and left, immense double doors standing ponderously ajar. I slipped through one of these cracks, went up a swept and ungarnished staircase, as arid as a desert, and opened the first door I came to. Two women, one fat and the other slim, sat on straw-bottomed chairs, knitting black wool. The slim one got up and walked straight at me—still knitting with downcast eyes—and only just as I began to think of getting out of her way, as you would for a somnambulist, stood still, and looked up. Her dress was as plain as an umbrella-cover, and she turned round without a word and preceded me into a waiting-room. I gave my name, and looked about. Deal table in the middle, plain chairs all round the walls, on one end a large shining map, marked with all the colours of a rainbow. There was a vast amount of red—good to see at any time, because one knows that some real work is done in there, a deuce of a lot of blue, a little green, smears of orange, and, on the East Coast, a purple patch, to show where the jolly pioneers of progress drink the jolly lager-beer. However, I wasn't going into any of these. I was going into the yellow. Dead in the centre. And the river was there—fascinating—deadly—like a snake. Ough! A door opened, a white-haired secretarial head, but wearing a compassionate expression, appeared, and a skinny forefinger beckoned me into the sanctuary. Its light was dim, and a heavy writing-desk squatted in the middle. From behind that structure came out an impression of pale plumpness in a frock-coat. The great man himself. He was five feet six, I should judge, and had his grip on the handle-end of ever so many millions. He shook hands, I fancy, murmured vaguely, was satisfied with my French. *Bon voyage.*[5]

"In about forty-five seconds I found myself again in the waiting-room with the compassionate secretary, who, full of desolation and sympathy, made me sign some document. I believe I undertook amongst other things not to disclose any trade secrets. Well, I am not going to.

"I began to feel slightly uneasy. You know I am not used to such ceremonies, and there was something ominous in the atmosphere. It was just as though I had been let into some conspiracy—I don't know—something not quite right; and I was glad to get out. In the outer room the two women knitted black wool feverishly. People were arriving, and the younger one was walking back and forth introducing them.

The old one sat on her chair. Her flat cloth slippers were propped up on a foot-warmer, and a cat reposed on her lap. She wore a starched white affair on her head, had a wart on one cheek, and silver-rimmed spectacles hung on the tip of her nose. She glanced at me above the glasses. The swift and indifferent placidity of that look troubled me. Two youths with foolish and cheery countenances were being piloted over, and she threw at them the same quick glance of unconcerned wisdom. She seemed to know all about them and about me, too. An eerie feeling came over me. She seemed uncanny and fateful. Often far away there I thought of these two, guarding the door of Darkness, knitting black wool as for a warm pall, one introducing, introducing continuously to the unknown, the other scrutinizing the cheery and foolish faces with unconcerned old eyes. *Ave!* Old knitter of black wool. *Morituri te salutant.*[6] Not many of those she looked at ever saw her again—not half, by a long way.

"There was yet a visit to the doctor. 'A simple formality,' assured me the secretary, with an air of taking an immense part in all my sorrows. Accordingly a young chap wearing his hat over the left eyebrow, some clerk I suppose,—there must have been clerks in the business, though the house was as still as a house in a city of the dead—came from somewhere upstairs, and led me forth. He was shabby and careless, with ink-stains on the sleeves of his jacket, and his cravat was large and billowy, under a chin shaped like the toe of an old boot. It was a little too early for the doctor, so I proposed a drink, and thereupon he developed a vein of joviality. As we sat over our vermuths he glorified the Company's business, and by-and-by I expressed casually my surprise at him not going out there. He became very cool and collected all at once. 'I am not such a fool as I look, quoth Plato to his disciples,' he said sententiously, emptied his glass with great resolution, and we rose.

"The old doctor felt my pulse, evidently thinking of something else the while. 'Good, good for there,' he mumbled, and then with a certain eagerness asked me whether I would let him measure my head. Rather surprised, I said Yes, when he produced a thing like calipers and got the dimensions back and front and every way, taking notes carefully.[7] He was an unshaven little man in a threadbare coat like a gaberdine, with his feet in slippers, and I thought him a harmless fool. 'I always ask leave, in the interests of science, to measure the crania of those going out there,' he said. 'And when they come back, too?' I asked. 'Oh, I never see them,' he remarked; 'and, moreover, the changes take place inside, you know.' He smiled, as if at some quiet joke. 'So you are going out there. Famous. Interesting, too.' He gave me a searching glance, and made another note. 'Ever any madness in your family?' he asked, in a matter-of-fact tone. I felt very annoyed. 'Is that question in the interests of science, too?' 'It would be,' he said, without taking notice of my irritation, 'interesting for science to watch the mental changes of individuals, on the spot, but ...' 'Are you an alienist?' I interrupted. 'Every doctor should be—a little,' answered that original, imperturbably. 'I have a little theory which you Messieurs who go out there must help me to prove. This is my share in the advantages my country shall reap from the possession of such a magnificent dependency. The mere wealth I leave to others. Pardon my questions, but you are the first Englishman coming under my observation ...' I hastened to assure him I was not in the least typical. 'If I were,' said I, 'I wouldn't be talking like this with you.' 'What you say is rather profound, and probably erroneous,' he said, with a laugh. 'Avoid irritation more than exposure to the sun. Adieu. How do you English say, eh? Good-bye. Ah! Good-bye. Adieu. In the tropics one must before everything keep calm.' ... He lifted a warning forefinger. ... '*Du calme, du calme. Adieu.*'

"One thing more remained to do—say good-bye to my excellent aunt. I found her triumphant. I had a cup of tea—the last decent cup of tea for many days—and in a room that most soothingly looked just as you would expect a lady's drawing-room to look, we had a long quiet chat by the fireside. In the course of these confidences it became quite plain to me I had been represented to the wife of the high dignitary, and goodness knows to how many more people besides, as an exceptional and gifted creature—a piece of good fortune for the Company—a man you don't get hold of every day. Good heavens! and I was going to take charge of a two-penny-half-penny river steamboat with a penny whistle attached! It appeared, however, I was also one of the Workers, with a capital—you know. Something like an emissary of light, something like a lower sort of apostle. There had been a lot of such rot let loose in print and talk just about that time, and the excellent woman, living right in the rush of all that humbug, got carried off her feet. She talked about 'weaning those ignorant millions from their horrid ways,' till, upon my word, she made me quite uncomfortable. I ventured to hint that the Company was run for profit.

"'You forget, dear Charlie, that the labourer is worthy of his hire,' she said, brightly. It's queer how out of touch with truth women are. They live in a world of their own, and there had never been anything like it, and never can be. It is too beautiful altogether, and if they were to set it up it would go to pieces before the first sunset. Some confounded fact we men have been living contentedly with ever since the day of creation would start up and knock the whole thing over.

"After this I got embraced, told to wear flannel, be sure to write often, and so on—and I left. In the street—I don't know why—a queer feeling came to me that I was an impostor. Odd thing that I, who used to clear out for any part of the world at twenty-four hours' notice, with less thought than most men give to the crossing of a street, had a moment—I won't say of hesitation, but of startled pause, before this commonplace affair. The best way I can explain it to you is by saying that, for a second or two, I felt as though, instead of going to the centre of a continent, I were about to set off for the centre of the earth.

"I left in a French steamer, and she called in every blamed port they have out there, for, as far as I could see, the sole purpose of landing soldiers and custom-house officers. I watched the coast. Watching a coast as it slips by the ship is like thinking about an enigma. There it is before you—

smiling, frowning, inviting, grand, mean, insipid, or savage, and always mute with an air of whispering, Come and find out. This one was almost featureless, as if still in the making, with an aspect of monotonous grimness. The edge of a colossal jungle, so dark-green as to be almost black, fringed with white surf, ran straight, like a ruled line, far, far away along a blue sea whose glitter was blurred by a creeping mist. The sun was fierce, the land seemed to glisten and drip with steam. Here and there greyish-whitish specks showed up clustered inside the white surf, with a flag flying above them perhaps. Settlements some centuries old, and still no bigger than pin-heads on the untouched expanse of their background. We pounded along, stopped, landed soldiers; went on, landed custom-house clerks to levy toll in what looked like a God-forsaken wilderness, with a tin shed and a flag-pole lost in it; landed more soldiers—to take care of the custom-house clerks, presumably. Some, I heard, got drowned in the surf; but whether they did or not, nobody seemed particularly to care. They were just flung out there, and on we went. Every day the coast looked the same, as though we had not moved; but we passed various places—trading places—with names like Gran' Bassam, Little Popo; names that seemed to belong to some sordid farce acted in front of a sinister back-cloth. The idleness of a passenger, my isolation amongst all these men with whom I had no point of contact, the oily and languid sea, the uniform sombreness of the coast, seemed to keep me away from the truth of things, within the toil of a mournful and senseless delusion. The voice of the surf heard now and then was a positive pleasure, like the speech of a brother. It was something natural, that had its reason, that had a meaning. Now and then a boat from the shore gave one a momentary contact with reality. It was paddled by black fellows. You could see from afar the white of their eyeballs glistening. They shouted, sang; their bodies streamed with perspiration; they had faces like grotesque masks—these chaps; but they had bone, muscle, a wild vitality, an intense energy of movement, that was as natural and true as the surf along their coast. They wanted no excuse for being there. They were a great comfort to look at. For a time I would feel I belonged still to a world of straightforward facts; but the feeling would not last long. Something would turn up to scare it away. Once, I remember, we came upon a man-of-war anchored off the coast. There wasn't even a shed there, and she was shelling the bush. It appears the French had one of their wars going on thereabouts. Her ensign dropped limp like a rag; the muzzles of the long six-inch guns stuck out all over the low hull; the greasy, slimy swell swung her up lazily and let her down, swaying her thin masts. In the empty immensity of earth, sky, and water, there she was, incomprehensible, firing into a continent. Pop, would go one of the six-inch guns; a small flame would dart and vanish, a little white smoke would disappear, a tiny projectile would give a feeble screech —and nothing happened. Nothing could happen. There was a touch of insanity in the proceeding, a sense of lugubrious drollery in the sight; and it was not dissipated by somebody on board assuring me earnestly there was a camp of natives— he called them enemies!—hidden out of sight somewhere.

"We gave her her letters (I heard the men in that lonely ship were dying of fever at the rate of three a-day) and went on. We called at some more places with farcical names, where the merry dance of death and trade goes on in a still and earthy atmosphere as of an overheated catacomb; all along the formless coast bordered by dangerous surf, as if Nature herself had tried to ward off intruders; in and out of rivers, streams of death in life, whose banks were rotting into mud, whose waters, thickened into slime, invaded the contorted mangroves, that seemed to writhe at us in the extremity of an impotent despair. Nowhere did we stop long enough to get a particularized impression, but the general sense of vague and oppressive wonder grew upon me. It was like a weary pilgrimage amongst hints for nightmares.

"It was upward of thirty days before I saw the mouth of the big river. We anchored off the seat of the government. But my work would not begin till some two hundred miles farther on. So as soon as I could I made a start for a place thirty miles higher up.

"I had my passage on a little sea-going steamer. Her captain was a Swede, and knowing me for a seaman, invited me on the bridge. He was a young man, lean, fair, and morose, with lanky hair and a shuffling gait. As we left the miserable little wharf, he tossed his head contemptuously at the shore. 'Been living there?' he asked. I said, 'Yes.' 'Fine lot these government chaps—are they not?' he went on, speaking English with great precision and considerable bitterness. 'It is funny what some people will do for a few francs a-month. I wonder what becomes of that kind when it goes up country?' I said to him I expected to see that soon. 'So-o-o!' he exclaimed. He shuffled athwart, keeping one eye ahead vigilantly. 'Don't be too sure,' he continued. 'The other day I took up a man who hanged himself on the road. He was a Swede, too.' 'Hanged himself! Why, in God's name?' I cried. He kept on looking out watchfully. 'Who knows? The sun too much for him, or the country perhaps.'

"At last we opened a reach. A rocky cliff appeared, mounds of turned-up earth by the shore, houses on a hill, others with iron roofs, amongst a waste of excavations, or hanging to the declivity. A continuous noise of the rapids above hovered over this scene of inhabited devastation. A lot of people, mostly black and naked, moved about like ants. A jetty projected into the river. A blinding sunlight drowned all this at times in a sudden recrudescence of glare. 'There's your Company's station,' said the Swede, pointing to three wooden barrack-like structures on the rocky slope. 'I will send your things up. Four boxes did you say? So. Farewell.'

"I came upon a boiler wallowing in the grass, then found a path leading up the hill. It turned aside for the boulders, and also for an undersized railway-truck lying there on its back with its wheels in the air. One was off. The thing looked as dead as the carcass of some animal. I came upon more pieces of decaying machinery, a stack of rusty rails. To the left a clump of trees made a shady spot, where dark things seemed to stir feebly. I blinked, the path was steep. A horn tooted to the right, and I saw the black people run. A heavy and dull detonation shook the ground, a puff of smoke came out of the cliff, and that was all. No change appeared on the face of the rock. They were building a railway. The cliff was not in the way or anything; but this objectless blasting was all the work going on.

"A slight clinking behind me made me turn my head. Six black men advanced in a file, toiling up the path. They walked erect and slow, balancing small baskets full of earth on their heads, and the clink kept time with their footsteps. Black rags were wound round their loins, and the short ends behind waggled to and fro like tails. I could see every rib, the joints of their limbs were like knots in a rope; each had an iron collar on his neck, and all were connected together with a chain whose bights swung between them, rhythmically clinking. Another report from the cliff made me think suddenly of that ship of war I had seen firing into a continent. It was the same kind of ominous voice; but these men could by no stretch of imagination be called enemies. They were called criminals, and the outraged law, like the bursting shells, had come to them, an insoluble mystery from the sea. All their meagre breasts panted together, the violently dilated nostrils quivered, the eyes stared stonily up-hill. They passed me within six inches, without a glance, with that complete, deathlike indifference of unhappy savages. Behind this raw matter one of the reclaimed, the product of the new forces at work, strolled despondently, carrying a rifle by its middle. He had a uniform jacket with one button off, and seeing a white man on the path, hoisted his weapon to his shoulder with alacrity. This was simple prudence, white men being so much alike at a distance that he could not tell who I might be. He was speedily reassured, and with a large, white, rascally grin, and a glance at his charge, seemed to take me into partnership in his exalted trust. After all, I also was a part of the great cause of these high and just proceedings.

"Instead of going up, I turned and descended to the left. My idea was to let that chain-gang get out of sight before I climbed the hill. You know I am not particularly tender; I've had to strike and to fend off. I've had to resist and to attack sometimes—that's only one way of resisting—without counting the exact cost, according to the demands of such sort of life as I had blundered into. I've seen the devil of violence, and the devil of greed, and the devil of hot desire; but, by all the stars! these were strong, lusty, red-eyed devils, that swayed and drove men—men, I tell you. But as I stood on this hillside, I foresaw that in the blinding sunshine of that land I would become acquainted with a flabby, pretending, weak-eyed devil of a rapacious and pitiless folly. How insidious he could be, too, I was only to find out several months later and a thousand miles farther. For a moment I stood appalled, as though by a warning. Finally I descended the hill, obliquely, towards the trees I had seen.

"I avoided a vast artificial hole somebody had been digging on the slope, the purpose of which I found it impossible to divine. It wasn't a quarry or a sandpit, anyhow. It was just a hole. It might have been connected with the philanthropic desire of giving the criminals something to do. I don't know. Then I nearly fell into a very narrow ravine, almost no more than a scar in the hillside. I discovered that a lot of imported drainage-pipes for the settlement had been tumbled in there. There wasn't one that was not broken. It was a wanton smash-up. At last I got under the trees. My purpose was to stroll into the shade for a moment; but no sooner within than it seemed to me I had stepped into the gloomy circle of some Inferno. The rapids were near, and an uninterrupted, uniform, headlong, rushing noise filled the mournful stillness of the grove, where not a breath stirred, not a leaf moved, with a mysterious sound—as though the tearing pace of the launched earth had suddenly become audible.

"Black shapes crouched, lay, sat between the trees leaning against the trunks, clinging to the earth, half coming out, half effaced within the dim light, in all the attitudes of pain, abandonment, and despair.[8] Another mine on the cliff went off, followed by a slight shudder of the soil under my feet. The work was going on. The work! And this was the place where some of the helpers had withdrawn to die.

"They were dying slowly—it was very clear. They were not enemies, they were not criminals, they were nothing earthly now,—nothing but black shadows of disease and starvation, lying confusedly in the greenish gloom. Brought from all the recesses of the coast in all the legality of time contracts, lost in uncongenial surroundings, fed on unfamiliar food, they sickened, became inefficient, and were then allowed to crawl away and rest. These moribund shapes were free as air—and nearly as thin. I began to distinguish the gleam of the eyes under the trees. Then, glancing down, I saw a face near my hand. The black bones reclined at full length with one shoulder against the tree, and slowly the eyelids rose and the sunken eyes looked up at me, enormous and vacant, a kind of blind, white flicker in the depths of the orbs, which died out slowly. The man seemed young—almost a boy—but you know with them it's hard to tell. I found nothing else to do but to offer him one of my good Swede's ship's biscuits I had in my pocket. The fingers closed slowly on it and held—there was no other movement and no other glance. He had tied a bit of white worsted round his neck—Why? Where did he get it? Was it a badge—an ornament—a charm—a propitiatory act? Was there any idea at all connected with it? It looked startling round his black neck, this bit of white thread from beyond the seas.

"Near the same tree two more bundles of acute angles sat with their legs drawn up. One, with his chin propped on his knees, stared at nothing, in an intolerable and appalling manner: his brother phantom rested its forehead, as if overcome with a great weariness; and all about others were scattered in every pose of contorted collapse, as in some picture of a massacre or a pestilence. While I stood horror-struck, one of these creatures rose to his hands and knees, and went off on all-fours towards the river to drink. He lapped out of his hand, then sat up in the sunlight, crossing his shins in front of him, and after a time let his woolly head fall on his breastbone.

"I didn't want any more loitering in the shade, and I made haste towards the station. When near the buildings I met a white man, in such an unexpected elegance of get-up that in the first moment I took him for a sort of vision. I saw a high starched collar, white cuffs, a light alpaca jacket, snowy trousers, a clear necktie, and varnished boots. No hat. Hair parted, brushed, oiled, under a green-lined parasol held in a big white hand. He was amazing, and had a penholder behind his ear.

"I shook hands with this miracle, and I learned he was the Company's chief accountant, and that all the book-keeping was done at this station. He had come out for a moment, he said, 'to get a breath of fresh air.' The expression sounded wonderfully odd, with its suggestion of sedentary desk-life. I wouldn't have mentioned the fellow to you at all, only it was from his lips that I first heard the name of the man who is so indissolubly connected with the memories of that time. Moreover, I respected the fellow. Yes; I respected his collars, his vast cuffs, his brushed hair. His appearance was certainly that of a hairdresser's dummy; but in the great demoralization of the land he kept up his appearance. That's backbone. His starched collars and got-up shirt-fronts were achievements of character. He had been out nearly three years; and, later, I could not help asking him how he managed to sport such linen. He had just the faintest blush, and said modestly, 'I've been teaching one of the native women about the station. It was difficult. She had a distaste for the work.' Thus this man had verily accomplished something. And he was devoted to his books, which were in apple-pie order.

"Everything else in the station was in a muddle,—heads, things, buildings. Strings of dusty niggers with splay feet arrived and departed; a stream of manufactured goods, rubbishy cottons, beads, and brass-wire set into the depths of darkness, and in return came a precious trickle of ivory.

"I had to wait in the station for ten days—an eternity. I lived in a hut in the yard, but to be out of the chaos I would sometimes get into the accountant's office. It was built of horizontal planks, and so badly put together that, as he bent over his high desk, he was barred from neck to heels with narrow strips of sunlight. There was no need to open the big shutter to see. It was hot there, too; big flies buzzed fiendishly, and did not sting, but stabbed. I sat generally on the floor, while, of faultless appearance (and even slightly scented), perching on a high stool, he wrote, he wrote. Sometimes he stood up for exercise. When a truckle-bed with a sick man (some invalid agent from up country) was put in there, he exhibited a gentle annoyance. 'The groans of this sick person,' he said, 'distract my attention. And without that it is extremely difficult to guard against clerical errors in this climate.'

"One day he remarked, without lifting his head, 'In the interior you will no doubt meet Mr. Kurtz.' On my asking who Mr. Kurtz was, he said he was a first-class agent; and seeing my disappointment at this information, he added slowly, laying down his pen, 'He is a very remarkable person.' Further questions elicited from him that Mr. Kurtz was at present in charge of a trading-post, a very important one, in the true ivory-country, at 'the very bottom of there. Sends in as much ivory as all the others put together ...' He began to write again. The sick man was too ill to groan. The flies buzzed in a great peace.

"Suddenly there was a growing murmur of voices and a great tramping of feet. A caravan had come in. A violent babble of uncouth sounds burst out on the other side of the planks. All the carriers were speaking together, and in the midst of the uproar the lamentable voice of the chief agent was heard 'giving it up' tearfully for the twentieth time that day. ... He rose slowly. 'What a frightful row,' he said. He crossed the room gently to look at the sick man, and returning, said to me, 'He does not hear.' 'What! Dead?' I asked, startled. 'No, not yet,' he answered, with great composure. Then, alluding with a toss of the head to the tumult in the station-yard, 'When one has got to make correct entries, one comes to hate those savages—hate them to the death.' He remained thoughtful for a moment. 'When you see Mr. Kurtz,' he went on, 'tell him from me that everything here'—he glanced at the desk—'is very satisfactory. I don't like to write to him—with those messengers of ours you never know who may get hold of your letter—at that Central Station.' He stared at me for a moment with his mild, bulging eyes. 'Oh, he will go far, very far,' he began again. 'He will be a somebody in the Administration before long. They, above—the Council in Europe, you know—mean him to be.'

"He turned to his work. The noise outside had ceased, and presently in going out I stopped at the door. In the steady buzz of flies the homeward-bound agent was lying flushed and insensible; the other, bent over his books, was making correct entries of perfectly correct transactions; and fifty feet below the doorstep I could see the still tree-tops of the grove of death.

"Next day I left that station at last, with a caravan of sixty men, for a two-hundred-mile tramp.

"No use telling you much about that. Paths, paths, everywhere; a stamped-in network of paths spreading over the empty land, through long grass, through burnt grass, through thickets, down and up chilly ravines, up and down stony hills ablaze with heat; and a solitude, a solitude, nobody, not a hut. The population had cleared out a long time ago. Well, if a lot of mysterious niggers armed with all kinds of fearful weapons suddenly took to travelling on the road between Deal and Gravesend, catching the yokels right and left to carry heavy loads for them, I fancy every farm and cottage thereabouts would get empty very soon. Only here the dwellings were gone, too. Still I passed through several abandoned villages. There's something pathetically childish in the ruins of grass walls. Day after day, with the stamp and shuffle of sixty pair of bare feet behind me, each pair under a 60-lb. load. Camp, cook, sleep, strike camp, march. Now and then a carrier dead in harness, at rest in the long grass near the path, with an empty water-gourd and his long staff lying by his side. A great silence around and above. Perhaps on some quiet night the tremor of far-off drums, sinking, swelling, a tremor vast, faint; a sound weird, appealing, suggestive, and wild—and perhaps with as profound a meaning as the sound of bells in a Christian country. Once a white man in an unbuttoned uniform, camping on the path with an armed escort of lank Zanzibaris, very hospitable and festive—not to say drunk. Was looking after the upkeep of the road, he declared. Can't say I saw any road or any upkeep, unless the body of a middle-aged negro, with a bullet-hole in the forehead, upon which I absolutely stumbled three miles farther on, may be considered as a permanent improvement. I had a white companion, too, not a bad chap, but rather too fleshy and with the exasperating habit of fainting on the hot hillsides, miles away from the least bit of shade and water. Annoying, you know, to hold your own coat like a parasol over a man's head while he is coming-to. I couldn't help asking him once what he meant by coming there at all. 'To make money, of course. What do you think?' he said, scornfully. Then he got fever, and had to be carried in a hammock slung under a pole. As he weighed sixteen stone I had no end of rows with the carriers. They jibbed, ran away, sneaked off with their loads in the night—quite a mutiny. So, one evening, I made a speech in English with gestures, not one of which was lost to the sixty pairs of eyes before me, and the next morning I started the hammock off in front all right. An hour afterwards I came upon the whole concern wrecked in a bush—man, hammock, groans, blankets, horrors. The heavy pole had skinned his poor nose. He was very anxious for me to kill somebody, but there wasn't the shadow of a carrier near. I remembered the old doctor,—'It would be interesting for science to watch the mental changes of individuals, on the spot.' I felt I was becoming scientifically interesting. However, all that is to no purpose. On the fifteenth day I came in sight of the big river again, and hobbled into the Central Station. It was on a back water surrounded by scrub and forest, with a pretty border of smelly mud on one side, and on the three others enclosed by a crazy fence of rushes. A neglected gap was all the gate it had, and the first glance at the place was enough to let you see the flabby devil was running that show. White men with long staves in their hands appeared languidly from amongst the buildings, strolling up to take a look at me, and then retired out of sight somewhere. One of them, a stout, excitable chap with black moustaches, informed me with great volubility and many digressions, as soon as I told him who I was, that my steamer was at the bottom of the river. I was thunderstruck. What, how, why? Oh, it was 'all right.' The 'manager himself' was there. All quite correct. 'Everybody had behaved splendidly! splendidly!'—'you must,' he said in agitation, 'go and see the general manager at once. He is waiting!'

"I did not see the real significance of that wreck at once. I fancy I see it now, but I am not sure—not at all. Certainly the affair was too stupid—when I think of it—to be altogether natural. Still ... But at the moment it presented itself simply as a confounded nuisance. The steamer was sunk. They had started two days before in a sudden hurry up the river with the manager on board, in charge of some volunteer skipper, and before they had been out three hours they tore the bottom out of her on stones, and she sank near the south bank. I asked myself what I was to do there, now my boat was lost. As a matter of fact, I had plenty to do in fishing my command out of the river. I had to set about it the very next day. That, and the repairs when I brought the pieces to the station, took some months.

"My first interview with the manager was curious. He

did not ask me to sit down after my twenty-mile walk that morning. He was commonplace in complexion, in feature, in manners, and in voice. He was of middle size and of ordinary build. His eyes, of the usual blue, were perhaps remarkably cold, and he certainly could make his glance fall on one as trenchant and heavy as an axe. But even at these times the rest of his person seemed to disclaim the intention. Otherwise there was only an indefinable, faint expression of his lips, something stealthy—a smile—not a smile—I remember it, but I can't explain. It was unconscious, this smile was, though just after he had said something it got intensified for an instant. It came at the end of his speeches like a seal applied on the words to make the meaning of the commonest phrase appear absolutely inscrutable. He was a common trader, from his youth up employed in these parts—nothing more. He was obeyed, yet he inspired neither love nor fear, nor even respect. He inspired uneasiness. That was it! Uneasiness. Not a definite mistrust—just uneasiness—nothing more. You have no idea how effective such a ... a ... faculty can be. He had no genius for organizing, for initiative, or for order even. That was evident in such things as the deplorable state of the station. He had no learning, and no intelligence. His position had come to him—why? Perhaps because he was never ill ... He had served three terms of three years out there ... Because triumphant health in the general rout of constitutions is a kind of power in itself. When he went home on leave he rioted on a large scale—pompously. Jack ashore—with a difference—in externals only. This one could gather from his casual talk. He originated nothing, he could keep the routine going—that's all. But he was great. He was great by this little thing that it was impossible to tell what could control such a man. He never gave that secret away. Perhaps there was nothing within him. Such a suspicion made one pause—for out there there were no external checks. Once when various tropical diseases had laid low almost every 'agent' in the station, he was heard to say, 'Men who come out here should have no entrails.' He sealed the utterance with that smile of his, as though it had been a door opening into a darkness he had in his keeping. You fancied you had seen things—but the seal was on. When annoyed at meal-times by the constant quarrels of the white men about precedence, he ordered an immense round table to be made, for which a special house had to be built. This was the station's mess-room. Where he sat was the first place—the rest were nowhere. One felt this to be his unalterable conviction. He was neither civil nor uncivil. He was quiet. He allowed his 'boy'—an overfed young negro from the coast—to treat the white men, under his very eyes, with provoking insolence.

"He began to speak as soon as he saw me. I had been very long on the road. He could not wait. Had to start without me. The up-river stations had to be relieved. There had been so many delays already that he did not know who was dead and who was alive, and how they got on—and so on, and so on. He paid no attention to my explanations, and, playing with a stick of sealing-wax, repeated several times that the situation was 'very grave, very grave.' There were rumours that a very important station was in jeopardy, and its chief,

Mr. Kurtz, was ill. Hoped it was not true. Mr. Kurtz was ... I felt weary and irritable. Hang Kurtz, I thought. I interrupted him by saying I had heard of Mr. Kurtz on the coast. 'Ah! So they talk of him down there,' he murmured to himself. Then he began again, assuring me Mr. Kurtz was the best agent he had, an exceptional man, of the greatest importance to the Company; therefore I could understand his anxiety. He was, he said, 'very, very uneasy.' Certainly he fidgeted on his chair a good deal, exclaimed, 'Ah, Mr. Kurtz!' broke the stick of sealing-wax and seemed dumfounded by the accident. Next thing he wanted to know 'how long it would take to' ... I interrupted him again. Being hungry, you know, and kept on my feet, too, I was getting savage. 'How could I tell?' I said. 'I hadn't even seen the wreck yet—some months, no doubt.' All this talk seemed to me so futile. 'Some months,' he said. 'Well, let us say three months before we can make a start. Yes. That ought to do the affair.' I flung out of his hut (he lived all alone in a clay hut with a sort of verandah) muttering to myself my opinion of him. He was a chattering idiot. Afterwards I took it back when it was borne in upon me startlingly with what extreme nicety he had estimated the time requisite for the 'affair.'

"I went to work the next day, turning, so to speak, my back on that station. In that way only it seemed to me I could keep my hold on the redeeming facts of life. Still, one must look about sometimes; and then I saw this station, these men strolling aimlessly about in the sunshine of the yard. I asked myself sometimes what it all meant. They wandered here and there with their absurd long staves in their hands, like a lot of faithless pilgrims bewitched inside a rotten fence. The word 'ivory' rang in the air, was whispered, was sighed. You would think they were praying to it. A taint of imbecile rapacity blew through it all, like a whiff from some corpse. By Jove! I've never seen anything so unreal in my life. And outside, the silent wilderness surrounding this cleared speck on the earth struck me as something great and invincible, like evil or truth, waiting patiently for the passing away of this fantastic invasion.

"Oh, these months! Well, never mind. Various things happened. One evening a grass shed full of calico, cotton prints, beads, and I don't know what else, burst into a blaze so suddenly that you would have thought the earth had opened to let an avenging fire consume all that trash. I was smoking my pipe quietly by my dismantled steamer, and saw them all cutting capers in the light, with their arms lifted high, when the stout man with moustaches came tearing down to the river, a tin pail in his hand, assured me that everybody was 'behaving splendidly, splendidly,' dipped about a quart of water and tore back again. I noticed there was a hole in the bottom of his pail.

"I strolled up. There was no hurry. You see the thing had gone off like a box of matches. It had been hopeless from the very first. The flame had leaped high, driven everybody back, lighted up everything—and collapsed. The shed was already a heap of embers glowing fiercely. A nigger was being beaten near by. They said he had caused the fire in some way; be that as it may, he was screeching most horribly. I saw him, later, for several days, sitting in a bit of shade looking very sick and trying to recover himself: afterwards he arose and went out—and the wilderness without a sound took him into its bosom again. As I approached the glow from the dark I found myself at the back of two men, talking. I heard the name of Kurtz pronounced, then the words, 'take advantage of this unfortunate accident.' One of the men was the manager. I wished him a good evening. 'Did you ever see anything like it—eh? it is incredible,' he said, and walked off. The other man remained. He was a first-class agent, young, gentlemanly, a bit reserved, with a forked little beard and a hooked nose. He was stand-offish with the other agents, and they on their side said he was the manager's spy upon them. As to me, I had hardly ever spoken to him before. We got into talk, and by-and-by we strolled away from the hissing ruins. Then he asked me to his room, which was in the main building of the station. He struck a match, and I perceived that this young aristocrat had not only a silver-mounted dressing-case but also a whole candle all to himself. Just at that time the manager was the only man supposed to have any right to candles. Native mats covered the clay walls; a collection of spears, assegais, shields, knives was hung up in trophies. The business intrusted to this fellow was the making of bricks—so I had been informed; but there wasn't a fragment of a brick anywhere in the station, and he had been there more than a year—waiting. It seems he could not make bricks without something, I don't know what—straw maybe. Anyways, it could not be found there, and as it was not likely to be sent from Europe, it did not appear clear to me what he was waiting for. An act of special creation perhaps. However, they were all waiting—all the sixteen or twenty pilgrims of them—for something; and upon my word it did not seem an uncongenial occupation, from the way they took it, though the only thing that ever came to them was disease—as far as I could see. They beguiled the time by backbiting and intriguing against each other in a foolish kind of way. There was an air of plotting about that station, but nothing came of it, of course. It was as unreal as everything else—as the philanthropic pretence of the whole concern, as their talk, as their government, as their show of work. The only real feeling was a desire to get appointed to a trading-post where ivory was to be had, so that they could earn percentages. They intrigued and slandered and hated each other only on that account,—but as to effectually lifting a little finger—oh, no. By heavens! there is something after all in the world allowing one man to steal a horse while another must not look at a halter. Steal a horse straight out. Very well. He has done it. Perhaps he can ride. But there is a way of looking at a halter that would provoke the most charitable of saints into a kick.

"I had no idea why he wanted to be sociable, but as we chatted in there it suddenly occurred to me the fellow was trying to get at something—in fact, pumping me. He alluded constantly to Europe, to the people I was supposed to know there—putting leading questions as to my acquaintances in the sepulchral city, and so on. His little eyes glittered like mica discs—with curiosity—though he tried to keep up a bit of superciliousness. At first I was astonished, but very soon I became awfully curious to see what he would find out from me. I couldn't possibly imagine what I had in me to make it worth his while. It was very pretty to see how he baffled himself, for in truth my body was full only of chills, and my head had nothing in it but that wretched steamboat business. It was evident he took me for a perfectly shameless prevaricator. At last he got angry, and, to conceal a movement of furious annoyance, he yawned. I rose. Then I noticed a small sketch in oils, on a panel, representing a woman, draped and blindfolded, carrying a lighted torch. The background was sombre—almost black. The movement of the woman was stately, and the effect of the torchlight on the face was sinister.

"It arrested me, and he stood by civilly, holding an empty half-pint champagne bottle (medical comforts) with the candle stuck in it. To my question he said Mr. Kurtz had painted this—in this very station more than a year ago—while waiting for means to go to his trading-post. 'Tell me, pray,' said I, 'who is this Mr. Kurtz?'

"'The chief of the Inner Station,' he answered in a short tone, looking away. 'Much obliged,' I said, laughing. 'And you are the brickmaker of the Central Station. Every one knows that.' He was silent for a while. 'He is a prodigy,' he said at last. 'He is an emissary of pity, and science, and progress, and devil knows what else. We want,' he began to declaim suddenly, 'for the guidance of the cause intrusted to us by Europe, so to speak, higher intelligence, wide sympathies, a singleness of purpose.' 'Who says that?' I asked. 'Lots of them,' he replied. 'Some even write that; and so *he* comes here, a special being, as you ought to know.' 'Why ought I to know?' I interrupted, really surprised. He paid no attention. 'Yes. To-day he is chief of the best station, next year he will be assistant-manager, two years more and ... but I daresay you know what he will be in two years' time. You are of the new gang—the gang of virtue. The same people who sent him specially also recommended you. Oh, don't say no. I've my own eyes to trust.' Light dawned upon me. My dear aunt's influential acquaintances were producing an unexpected effect upon that young man. I nearly burst into a laugh. 'Do you read the Company's confidential correspondence?' I asked. He hadn't a word to say. It was great fun. 'When Mr. Kurtz,' I continued, severely, 'is General Manager, you won't have the opportunity.'

"He blew the candle out suddenly, and we went outside. The moon had risen. Black figures strolled about listlessly, pouring water on the glow, whence proceeded a sound of hissing; steam ascended in the moonlight, the beaten nigger groaned somewhere. 'What a row the brute makes!' said the indefatigable man with the moustaches, appearing near us. 'Serve him right. Transgression—punishment—bang! Pitiless, pitiless. That's the only way. This will prevent all conflagrations for the future. I was just telling the manager ...' He noticed my companion, and became crestfallen all at once. 'Not in bed yet,' he said, with a kind of servile heartiness; 'it's so natural. Ha! Danger—agitation.' He vanished. I went on to the river-side, and the other followed me. I heard a scathing murmur at my ear, 'Heap of muffs—go to.' The pilgrims could be seen in knots gesticulating, discussing. Several had still their staves in their hands. I verily believe they took these sticks to bed with them. Beyond the fence the forest stood up spectrally in the moonlight, and through the dim stir, through the faint sounds of that lamentable courtyard, the silence of the land went home to one's very heart—its mystery, its greatness, the amazing reality of its concealed life. The hurt nigger moaned feebly somewhere near by, and then fetched a deep sigh that made me mend my pace away from there. I felt a hand introducing itself under my arm. 'My dear sir,' said the fellow, 'I don't want to be misunderstood, and especially by you, who will see Mr. Kurtz long before I can have that pleasure. I wouldn't like him to get a false idea of my disposition. ...'

"I let him run on, this papier-maché Mephistopheles, and it seemed to me that if I tried I could poke my forefinger through him, and would find nothing inside but a little loose dirt, maybe. He, don't you see, had been planning to be assistant-manager by-and-by under the present man, and I could see that the coming of that Kurtz had upset them both not a little. He talked precipitately, and I did not try to stop him. I had my shoulders against the wreck of my steamer, hauled up on the slope like a carcass of some big river animal. The smell of mud, of primeval mud, by Jove! was in my nostrils, the high stillness of primeval forest was before my eyes; there were shiny patches on the black creek. The moon had spread over everything a thin layer of silver—over the rank grass, over the mud, upon the wall of matted vegetation standing higher than the wall of a temple, over the great river I could see through a sombre gap glittering, glittering, as it flowed broadly by without a murmur. All this was great, expectant, mute, while the man jabbered about himself. I wondered whether the stillness on the face of the immensity looking at us two were meant as an appeal or as a menace. What were we who had strayed in here? Could we handle that dumb thing, or would it handle us? I felt how big, how confoundedly big, was that thing that couldn't talk, and perhaps was deaf as well. What was in there? I could see a little ivory coming out from there, and I had heard Mr. Kurtz was in there. I had heard enough about it, too—God knows! Yet somehow it didn't bring any image with it—no more than if I had been told an angel or a fiend was in there. I believed it in the same way one of you might believe there are inhabitants in the planet Mars. I knew once a Scotch sailmaker who was certain, dead sure, there were people in Mars. If you asked him for some idea how they looked and behaved, he would get shy and mutter something about 'walking on all-fours.' If you as much as smiled, he would—though a man of sixty—offer to fight you. I would not have gone so far as to fight for Kurtz, but I went for him near enough to a lie. You know I hate, detest, and can't bear a lie, not because I am straighter than the rest of us, but simply because it appals me. There is a taint of death, a flavour of mortality in lies—which is exactly what I hate and detest in the world—what I want to forget. It makes me miserable and sick, like biting something rotten would do. Temperament, I suppose. Well, I went near enough to it by letting the young fool there believe anything he liked to imagine as to my influence in Europe. I became in an instant as much of a pretence as the rest of the bewitched pilgrims. This simply because I had a notion it somehow would be of help to that Kurtz whom at the time I did not see—you understand. He was just a word for me. I did not see the man in the name any more than you do. Do you see him? Do you see the story? Do you see anything? It seems to me I am trying to tell you a dream—making a vain attempt, because no relation of a dream can convey the dream-sensation, that commingling of absurdity, surprise, and bewilderment in a tremor of struggling revolt, that notion of being captured by the incredible which is of the very essence of dreams. ..."

He was silent for a while.

"... No, it is impossible; it is impossible to convey the life-sensation of any given epoch of one's existence—that which makes its truth, its meaning—its subtle and penetrating essence. It is impossible. We live, as we dream—alone. ..."

He paused again as if reflecting, then added—

"Of course in this you fellows see more than I could then. You see me, whom you know. ..."

It had become so pitch dark that we listeners could hardly see one another. For a long time already he, sitting apart, had been no more to us than a voice. There was not a word from anybody. The others might have been asleep, but I was awake. I listened, I listened on the watch for the sentence, for the word, that would give me the clue to the faint uneasiness inspired by this narrative that seemed to shape itself without human lips in the heavy night-air of the river.

"... Yes—I let him run on," Marlow began again, "and think what he pleased about the powers that were behind me.

I did! And there was nothing behind me! There was nothing but that wretched, old, mangled steamboat I was leaning against, while he talked fluently about 'the necessity for every man to get on.' 'And when one comes out here, you conceive, it is not to gaze at the moon.' Mr. Kurtz was a 'universal genius,' but even a genius would find it easier to work with 'adequate tools—intelligent men.' He did not make bricks—why, there was a physical impossibility in the way—as I was well aware; and if he did secretarial work for the manager, it was because 'no sensible man rejects wantonly the confidence of his superiors.' Did I see it? I saw it. What more did I want? What I really wanted was rivets, by heaven! Rivets. To get on with the work—to stop the hole. Rivets I wanted. There were cases of them down at the coast—cases—piled up—burst—split! You kicked a loose rivet at every second step in that station-yard on the hillside. Rivets had rolled into the grove of death. You could fill your pockets with rivets for the trouble of stooping down—and there wasn't one rivet to be found where it was wanted. We had plates that would do, but nothing to fasten them with. And every week the messenger, a lone negro, letter-bag on shoulder and staff in hand, left our station for the coast. And several times a week a coast caravan came in with trade goods—ghastly glazed calico that made you shudder only to look at it, glass beads value about a penny a quart, confounded spotted cotton handkerchiefs. And no rivets. Three carriers could have brought all that was wanted to set that steamboat afloat.

"He was becoming confidential now, but I fancy my unresponsive attitude must have exasperated him at last, for he judged it necessary to inform me he feared neither God nor devil, let alone any mere man. I said I could see that very well, but what I wanted was a certain quantity of rivets—and rivets were what really Mr. Kurtz wanted, if he had only known it. Now letters went to the coast every week. ... 'My dear sir,' he cried, 'I write from dictation.' I demanded rivets. There was a way—for an intelligent man. He changed his manner; became very cold, and suddenly began to talk about a hippopotamus; wondered whether sleeping on board the steamer (I stuck to my salvage night and day) I wasn't disturbed. There was an old hippo that had the bad habit of getting out on the bank and roaming at night over the station grounds. The pilgrims used to turn out in a body and empty every rifle they could lay hands on at him. Some even had sat up o' nights for him. All this energy was wasted, though. 'That animal has a charmed life,' he said; 'but you can say this only of brutes in this country. No man—you apprehend me? —no man here bears a charmed life.' He stood there for a moment in the moonlight with his delicate hooked nose set a little askew, and his mica eyes glittering without a wink, then, with a curt Good-night, he strode off. I could see he was disturbed and considerably puzzled, which made me feel more hopeful than I had been for days. It was a great comfort to turn from that chap to my influential friend, the battered, twisted, ruined, tin-pot steamboat. I clambered on board. She rang under my feet like an empty Huntley & Palmer biscuit-tin kicked along a gutter; she was nothing so solid in make, and rather less pretty in shape, but I had expended enough hard work on her to make me love her. No influential friend would have served me better. She had given me a chance to come out a bit—to find out what I could do. No, I don't like work. I had rather laze about and think of all the fine things that can be done. I don't like work—no man does—but I like what is in the work,—the chance to find yourself. Your own reality—for yourself, not for others—what no other man can ever know. They can only see the mere show, and never can tell what it really means.

"I was not surprised to see somebody sitting aft, on the deck, with his legs dangling over the mud. You see I rather chummed with the few mechanics there were in that station, whom the other pilgrims naturally despised—on account of their imperfect manners, I suppose. This was the foreman—a boiler-maker by trade—a good worker. He was a lank, bony, yellow-faced man, with big intense eyes. His aspect was worried, and his head was as bald as the palm of my hand; but his hair in falling seemed to have stuck to his chin, and had prospered in the new locality, for his beard hung down to his waist. He was a widower with six young children (he had left them in charge of a sister of his to come out there), and the passion of his life was pigeon-flying. He was an enthusiast and a connoisseur. He would rave about pigeons. After work hours he used sometimes to come over from his hut for a talk about his children and his pigeons; at work, when he had to crawl in the mud under the bottom of the steamboat, he would tie up that beard of his in a kind of white serviette he brought for the purpose. It had loops to go over his ears. In the evening he could be seen squatted on the bank rinsing that wrapper in the creek with great care, then spreading it solemnly on a bush to dry.

"I slapped him on the back and shouted 'We shall have rivets!' He scrambled to his feet exclaiming 'No! Rivets!' as though he couldn't believe his ears. Then in a low voice, 'You ... eh?' I don't know why we behaved like lunatics. I put my finger to the side of my nose and nodded mysteriously. 'Good for you!' he cried, snapped his fingers above his head, lifting one foot. I tried a jig. We capered on the iron deck. A frightful clatter came out of that hulk, and the virgin forest on the other bank of the creek sent it back in a thundering roll upon the sleeping station. It must have made some of the pilgrims sit up in their hovels. A dark figure obscured the lighted doorway of the manager's hut, vanished, then, a second or so after, the doorway itself vanished, too. We stopped, and the silence driven away by the stamping of our feet flowed back again from the recesses of the land. The great wall of vegetation, an exuberant and entangled mass of trunks, branches, leaves, boughs, festoons, motionless in the moonlight, was like a rioting invasion of soundless life, a rolling wave of plants, piled up, crested, ready to topple over the creek, to sweep every little man of us out of his little existence. And it moved not. A deadened burst of mighty splashes and snorts reached us from afar, as though an ichthyosaurus had been taking a bath of glitter in the great river. 'After all,' said the boiler-maker in a reasonable tone, 'why shouldn't we get the rivets?' Why not, indeed! I did not know of any reason why we shouldn't. 'They'll come in three weeks,' I said, confidently.

"But they didn't. Instead of rivets there came an invasion, an infliction, a visitation. It came in sections during the next three weeks, each section headed by a donkey carrying a white man in new clothes and tan shoes, bowing from that elevation right and left to the impressed pilgrims. A quarrelsome band of footsore sulky niggers trod on the heels of the donkey; a lot of tents, camp-stools, tin boxes, white cases, brown bales would be shot down in the courtyard, and the air of mystery would deepen a little over the muddle of the station. Five such instalments came, with their absurd air of disorderly flight with the loot of innumerable outfit shops and provision stores, that, one would think, they were lugging, after a raid, into the wilderness for equitable division. It was an inextricable mess of things decent in themselves but that human folly made look like the spoils of thieving.

"This devoted band called itself the Eldorado Exploring Expedition, and I believe they were sworn to secrecy. Their talk, however, was the talk of sordid buccaneers: it was reckless without hardihood, greedy without audacity, and cruel without courage; there was not an atom of foresight or of serious intention in the whole batch of them, and they did not seem aware these things are wanted for the work of the world. To tear treasure out of the bowels of the land was their desire, with no more moral purpose at the back of it than there is in burglars breaking into a safe. Who paid the expenses of the noble enterprise I don't know; but the uncle of our manager was leader of that lot.

"In exterior he resembled a butcher in a poor

neighbourhood, and his eyes had a look of sleepy cunning. He carried his fat paunch with ostentation on his short legs, and during the time his gang infested the station spoke to no one but his nephew. You could see these two roaming about all day long with their heads close together in an everlasting confab.

"I had given up worrying myself about the rivets. One's capacity for that kind of folly is more limited than you would suppose. I said Hang!—and let things slide. I had plenty of time for meditation, and now and then I would give some thought to Kurtz. I wasn't very interested in him. No. Still, I was curious to see whether this man, who had come out equipped with moral ideas of some sort, would climb to the top after all and how he would set about his work when there."

II

"One evening as I was lying flat on the deck of my steamboat, I heard voices approaching—and there were the nephew and the uncle strolling along the bank. I laid my head on my arm again, and had nearly lost myself in a doze, when somebody said in my ear, as it were: 'I am as harmless as a little child, but I don't like to be dictated to. Am I the manager—or am I not? I was ordered to send him there. It's incredible.' ... I became aware that the two were standing on the shore alongside the forepart of the steamboat, just below my head. I did not move; it did not occur to me to move: I was sleepy. 'It *is* unpleasant,' grunted the uncle. 'He has asked the Administration to be sent there,' said the other, 'with the idea of showing what he could do; and I was instructed accordingly. Look at the influence that man must have. Is it not frightful?' They both agreed it was frightful, then made several bizarre remarks: 'Make rain and fine weather—one man—the Council—by the nose'—bits of absurd sentences that got the better of my drowsiness, so that I had pretty near the whole of my wits about me when the uncle said, 'The climate may do away with this difficulty for you. Is he alone there?' 'Yes,' answered the manager; 'he sent his assistant down the river with a note to me in these terms: "Clear this poor devil out of the country, and don't bother sending more of that sort. I had rather be alone than have the kind of men you can dispose of with me." It was more than a year ago. Can you imagine such impudence!' 'Anything since then?' asked the other, hoarsely. 'Ivory,' jerked the nephew; 'lots of it—prime sort—lots—most annoying, from him.' 'And with that?' questioned the heavy rumble. 'Invoice,' was the reply fired out, so to speak. Then silence. They had been talking about Kurtz.

"I was broad awake by this time, but, lying perfectly at ease, remained still, having no inducement to change my position. 'How did that ivory come all this way?' growled the elder man, who seemed very vexed. The other explained that it had come with a fleet of canoes in charge of an English half-caste clerk Kurtz had with him; that Kurtz had apparently intended to return himself, the station being by that time bare of goods and stores, but after coming three hundred miles, had suddenly decided to go back, which he started to do alone in a small dugout with four paddlers, leaving the half-caste to continue down the river with the ivory. The two fellows there seemed astounded at anybody attempting such a thing. They were at a loss for an adequate motive. As to me, I seemed to see Kurtz for the first time. It was a distinct glimpse: the dugout, four paddling savages, and the lone white man turning his back suddenly on the headquarters, on relief, on thoughts of home—perhaps; setting his face towards the depths of the wilderness, towards his empty and desolate station. I did not know the motive. Perhaps he was just simply a fine fellow who stuck to his work for its own sake. His name, you understand, had not been pronounced once. He was 'that man.' The half-caste, who, as far as I could see, had conducted a difficult trip with great prudence and pluck, was invariably alluded to as 'that scoundrel.' The 'scoundrel' had reported that the 'man' had been very ill—had recovered imperfectly. ... The two below me moved away then a few paces, and strolled back and forth at some little distance. I heard: 'Military post—doctor—two hundred miles—quite alone now—unavoidable delays—nine months—no news—strange rumours.' They approached again, just as the manager was saying, 'No one, as far as I know, unless a species of wandering trader—a pestilential fellow, snapping ivory from the natives.' Who was it they were talking about now? I gathered in snatches that this was some man supposed to be in Kurtz's district, and of whom the manager did not approve. 'We will not be free from unfair competition till one of these fellows is hanged for an example,' he said. 'Certainly,' grunted the other; 'get him hanged! Why not? Anything—anything can be done in this country. That's what I say; nobody here, you understand, *here*, can endanger your position. And why? You stand the climate—you outlast them all. The danger is in Europe; but there before I left I took care to—' They moved off and whispered, then their voices rose again. 'The extraordinary series of delays is not my fault. I did my best.' The fat man sighed. 'Very sad.' 'And the pestiferous absurdity of his talk,' continued the other; 'he bothered me enough when he was here. "Each station should be like a beacon on the road towards better things, a centre for trade of course, but also for humanizing, improving, instructing." Conceive you—that ass! And he wants to be manager! No, it's—' Here he got choked by excessive indignation, and I lifted my head the least bit. I was surprised to see how near they were—right under me. I could have spat upon their hats. They were looking on the ground, absorbed in thought. The manager was switching his leg with a slender twig: his sagacious relative lifted his head. 'You have been well since you came out this time?' he asked. The other gave a start. 'Who? I? Oh! Like a charm—like a charm. But the rest—oh, my goodness! All sick. They die so quick, too, that I haven't the time to send them out of the country—it's incredible!' 'H'm. Just so,' grunted the uncle. 'Ah! my boy, trust to this—I say, trust to this.' I saw him extend his short flipper of an arm for a gesture that took in the forest, the creek, the mud, the river, —seemed to beckon with a dishonouring flourish before the sunlit face of the land a treacherous appeal to the lurking death, to the hidden evil, to the profound darkness of its heart. It was so startling that I leaped to my feet and looked back at the edge of the forest, as though I had expected an answer of some sort to that black display of confidence. You know the foolish notions that come to one sometimes. The high stillness confronted these two figures with its ominous patience, waiting for the passing away of a fantastic invasion.

"They swore aloud together—out of sheer fright, I believe—then pretending not to know anything of my existence, turned back to the station. The sun was low; and leaning forward side by side, they seemed to be tugging painfully up-hill their two ridiculous shadows of unequal length, that trailed behind them slowly over the tall grass without bending a single blade.

"In a few days the Eldorado Expedition went into the patient wilderness, that closed upon it as the sea closes over a diver. Long afterwards the news came that all the donkeys were dead. I know nothing as to the fate of the less valuable animals. They, no doubt, like the rest of us, found what they deserved. I did not inquire. I was then rather excited at the prospect of meeting Kurtz very soon. When I say very soon I mean it comparatively. It was just two months from the day we left the creek when we came to the bank below Kurtz's station.

"Going up that river was like travelling back to the earliest beginnings of the world, when vegetation rioted on the earth and the big trees were kings. An empty stream, a great silence, an impenetrable forest. The air was warm, thick, heavy, sluggish. There was no joy in the brilliance of sunshine. The long stretches of the waterway ran on, deserted, into the gloom of overshadowed distances. On silvery sandbanks hippos and alligators sunned themselves side by side. The broadening waters flowed through a mob of wooded islands; you lost your way on that river as you would in a desert, and butted all day long against shoals, trying to find the channel, till you thought yourself bewitched and cut off for ever from everything you had known once—somewhere—far away—in another existence perhaps. There were moments when one's past came back to one, as it will sometimes when you have not a moment to spare to yourself; but it came in the shape of an unrestful and noisy dream, remembered with wonder amongst the overwhelming realities of this strange world of plants, and water, and silence. And this stillness of life did not in the least resemble a peace. It was the stillness of an implacable force brooding over an inscrutable intention. It looked at you with a vengeful aspect. I got used to it afterwards; I did not see it any more; I had no time. I had to keep guessing at the channel; I had to discern, mostly by inspiration, the signs of hidden banks; I watched for sunken stones; I was learning to clap my teeth smartly before my heart flew out, when I shaved by a fluke some infernal sly old snag that would have ripped the life out of the tin-pot steamboat and drowned all the pilgrims; I had to keep a look-out for the signs of dead wood we could cut up in the night for next day's steaming. When you have to attend to things of that sort, to the mere incidents of the surface, the reality—the reality, I tell you—fades. The inner truth is hidden—luckily, luckily. But I felt it all the same; I felt often its mysterious stillness watching me at my monkey tricks, just as it watches you fellows performing on your respective tight-ropes for—what is it? half-a-crown a tumble—"

"Try to be civil, Marlow," growled a voice, and I knew there was at least one listener awake besides myself.

"I beg your pardon. I forgot the heartache which makes up the rest of the price. And indeed what does the price matter, if the trick be well done? You do your tricks very well. And I didn't do badly either, since I managed not to sink that steamboat on my first trip. It's a wonder to me yet. Imagine a blindfolded man set to drive a van over a bad road. I sweated and shivered over that business considerably, I can tell you. After all, for a seaman, to scrape the bottom of the thing that's supposed to float all the time under his care is the unpardonable sin. No one may know of it, but you never forget the thump—eh? A blow on the very heart. You remember it, you dream of it, you wake up at night and think of it—years after—and go hot and cold all over. I don't pretend to say that steamboat floated all the time. More than once she had to wade for a bit, with twenty cannibals splashing around and pushing. We had enlisted some of these chaps on the way for a crew. Fine fellows—cannibals—in their place.[1] They were men one could work with, and I am grateful to them. And, after all, they did not eat each other before my face: they had brought along a provision of hippo-meat which went rotten, and made the mystery of the wilderness stink in my nostrils. Phoo! I can sniff it now. I had the manager on board and three or four pilgrims with their staves—all complete. Sometimes we came upon a station close by the bank, clinging to the skirts of the unknown, and the white men rushing out of a tumble-down hovel, with great gestures of joy and surprise and welcome, seemed very strange—had the appearance of being held there captive by a spell. The word ivory would ring in the air for a while—and on we went again into the silence, along empty reaches, round the still bends, between the high walls of our winding way, reverberating in hollow claps the ponderous beat of the stern-wheel. Trees, trees, millions of trees, massive, immense, running up high; and at their foot, hugging the bank against the stream, crept the little begrimed steamboat, like a sluggish beetle crawling on the floor of a lofty portico. It made you feel very small, very lost, and yet it was not altogether depressing, that feeling. After all, if you were small, the grimy beetle crawled on—which was just what you wanted it to do. Where the pilgrims imagined it crawled to I don't know. To some place where they expected to get something, I bet! For me it crawled towards Kurtz—exclusively; but when the steam-pipes started leaking we crawled very slow. The reaches opened before us and closed behind, as if the forest had stepped leisurely across the water to bar the way for our return. We penetrated deeper and deeper into the heart of darkness. It was very quiet there. At night sometimes the roll of drums behind the curtain of trees would run up the river and remain sustained faintly, as if hovering in the air high over our heads, till the first break of day. Whether it meant war, peace, or prayer we could not tell. The dawns were heralded by the descent of a chill stillness; the wood-cutters slept, their fires burned low; the snapping of a twig would make you start. We were wanderers on a prehistoric earth, on an earth that wore the aspect of an unknown planet. We could have fancied ourselves the first of men taking possession of an accursed inheritance, to be subdued at the cost of profound anguish and of excessive toil. But suddenly, as we struggled round a bend, there would be a glimpse of rush walls, of peaked grass-roofs, a burst of yells, a whirl of black limbs, a mass of hands clapping, of feet stamping, of bodies swaying, of eyes rolling, under the droop of heavy and motionless foliage. The steamer toiled along slowly on the edge of a black and incomprehensible frenzy. The prehistoric man was cursing us, praying to us, welcoming us—who could tell? We were cut off from the comprehension of our surroundings; we glided past like phantoms, wondering and secretly appalled, as sane men would be before an enthusiastic outbreak in a madhouse. We could not understand because we were too far and could not remember, because we were travelling in the night of first ages, of those ages that are gone, leaving hardly a sign—and no memories.

"The earth seemed unearthly. We are accustomed to look upon the shackled form of a conquered monster, but there—there you could look at a thing monstrous and free. It was unearthly, and the men were— No, they were not inhuman. Well, you know, that was the worst of it—this suspicion of their not being inhuman. It would come slowly to one. They howled and leaped, and spun, and made horrid faces; but what thrilled you was just the thought of their humanity—like yours—the thought of your remote kinship with this wild and passionate uproar. Ugly. Yes, it was ugly enough; but if you were man enough you would admit to yourself that there was in you just the faintest trace of a response to the terrible frankness of that noise, a dim suspicion of there being a meaning in it which you—you so remote from the night of first ages—could comprehend. And why not? The mind of man is capable of anything—because everything is in it, all the past as well as all the future. What was there after all? Joy, fear, sorrow, devotion, valour, rage—who can tell?—but truth—truth stripped of its cloak of time. Let the fool gape and shudder—the man knows, and can look on without a wink. But he must at least be as much of a man as these on the shore. He must meet that truth with his own true stuff—with his own inborn strength. Principles won't do. Acquisitions, clothes, pretty rags—rags that would fly off at the first good shake. No; you want a deliberate belief. An appeal to me in this fiendish row—is there? Very well; I hear; I admit, but I have a voice, too, and for good or evil mine is the speech that cannot be silenced. Of course, a fool, what with sheer fright and fine sentiments, is always safe. Who's that grunting? You wonder I didn't go ashore for a howl and a dance? Well, no—I didn't. Fine sentiments, you say? Fine sentiments, be hanged! I had no time. I had to mess about with white-lead and strips of woollen blanket helping to put bandages on those leaky steam-pipes—I tell you. I had to watch the steering, and circumvent those snags, and get the tin-pot along by hook or by crook. There was surface-truth enough in these things to save a wiser man. And between whiles I had to look after the savage who was fireman. He was an improved specimen; he could fire up a vertical boiler. He was there below me, and, upon my word, to look at him was as edifying as seeing a dog in a parody of breeches and a feather hat, walking on his hind-legs. A few months of training had done for that really fine chap. He squinted at the steam-gauge and at the water-gauge with an evident effort of intrepidity—and he had filed teeth, too, the poor devil, and the wool of his pate shaved into queer patterns, and three ornamental scars on each of his cheeks. He ought to have been clapping his hands and stamping his feet on the bank, instead of which he was hard at work, a thrall to strange witchcraft, full of improving knowledge. He was useful because he had been instructed; and what he knew was this— that should the water in that transparent thing disappear, the evil spirit inside the boiler would get angry through the greatness of his thirst, and take a terrible vengeance. So he sweated and fired up and watched the glass fearfully (with an impromptu charm, made of rags, tied to his arm, and a piece of polished bone, as big as a watch, stuck flatways through his lower lip), while the wooded banks slipped past us slowly, the short noise was left behind, the interminable miles of silence —and we crept on, towards Kurtz. But the snags were thick, the water was treacherous and shallow, the boiler seemed indeed to have a sulky devil in it, and thus neither that fireman nor I had any time to peer into our creepy thoughts.

"Some fifty miles below the Inner Station we came upon a hut of reeds, an inclined and melancholy pole, with the unrecognizable tatters of what had been a flag of some sort flying from it, and a neatly stacked wood-pile. This was unexpected. We came to the bank, and on the stack of firewood found a flat piece of board with some faded pencil-writing on it. When deciphered it said: 'Wood for you. Hurry up. Approach cautiously.' There was a signature, but it was illegible—not Kurtz—a much longer word. Hurry up. Where? Up the river? 'Approach cautiously.' We had not done so. But the warning could not have been meant for the place where it could be only found after approach. Something was wrong above. But what—and how much? That was the question. We commented adversely upon the imbecility of that telegraphic style. The bush around said nothing, and would not let us look very far, either. A torn curtain of red twill hung in the doorway of the hut, and flapped sadly in our faces. The dwelling was dismantled; but we could see a white man had lived there not very long ago. There remained a rude table—a plank on two posts; a heap of rubbish reposed in a dark corner, and by the door I picked up a book. It had lost its covers, and the pages had been thumbed into a state of extremely dirty softness; but the back had been lovingly stitched afresh with white cotton thread, which looked clean yet. It was an extraordinary find. Its title was, *An Inquiry into some Points of Seamanship*, by a man Tower, Towson—some such name—Master in his Majesty's Navy. The matter looked dreary reading enough, with illustrative diagrams and repulsive tables of figures, and the copy was sixty years old. I handled this amazing antiquity with the greatest possible tenderness, lest it should dissolve in my hands. Within, Towson or Towser was inquiring earnestly into the breaking strain of ships' chains and tackle, and other such matters. Not a very enthralling book; but at the first glance you could see there a singleness of intention, an honest concern for the right way of going to work, which made these humble pages, thought out so many years ago, luminous with another than a professional light. The simple old sailor, with his talk of chains and purchases, made me forget the jungle and the pilgrims in a delicious sensation of having come upon something unmistakably real. Such a book being there was wonderful enough; but still more astounding were the notes pencilled in the margin, and plainly referring to the text. I couldn't believe my eyes! They were in cipher! Yes, it looked like cipher. Fancy a man lugging with him a book of that description into this nowhere and studying it—and making notes—in cipher at that! It was an extravagant mystery.

"I had been dimly aware for some time of a worrying noise, and when I lifted my eyes I saw the wood-pile was gone, and the manager, aided by all the pilgrims, was shouting at me from the river-side. I slipped the book into my pocket. I assure you to leave off reading was like tearing myself away from the shelter of an old and solid friendship.

"I started the lame engine ahead. 'It must be this miserable trader—this intruder,' exclaimed the manager, looking back malevolently at the place we had left. 'He must be English,' I said. 'It will not save him from getting into trouble if he is not careful,' muttered the manager darkly. I observed with assumed innocence that no man was safe from trouble in this world.

"The current was more rapid now, the steamer seemed at her last gasp, the stern-wheel flopped languidly, and I caught myself listening on tiptoe for the next beat of the boat, for in sober truth I expected the wretched thing to give up every moment. It was like watching the last flickers of a life. But still we crawled. Sometimes I would pick out a tree a little way ahead to measure our progress towards Kurtz by, but I lost it invariably before we got abreast. To keep the eyes so long on one thing was too much for human patience. The manager displayed a beautiful resignation. I fretted and fumed and took to arguing with myself whether or no I would talk openly with Kurtz; but before I could come to any conclusion it occurred to me that my speech or my silence, indeed any action of mine, would be a mere futility. What did it matter what any one knew or ignored? What did it matter who was manager? One gets sometimes such a flash of insight. The essentials of this affair lay deep under the surface, beyond my reach, and beyond my power of meddling.

"Towards the evening of the second day we judged ourselves about eight miles from Kurtz's station. I wanted to push on; but the manager looked grave, and told me the navigation up there was so dangerous that it would be advisable, the sun being very low already, to wait where we were till next morning. Moreover, he pointed out that if the warning to approach cautiously were to be followed, we must approach in daylight—not at dusk, or in the dark. This was sensible enough. Eight miles meant nearly three hours' steaming for us, and I could also see suspicious ripples at the upper end of the reach. Nevertheless, I was annoyed beyond expression at the delay, and most unreasonably, too, since one night more could not matter much after so many months. As we had plenty of wood, and caution was the word, I brought up in the middle of the stream. The reach was narrow, straight, with high sides like a railway cutting. The dusk came gliding into it long before the sun had set. The current ran smooth and swift, but a dumb immobility sat on the banks. The living trees, lashed together by the creepers and every living bush of the undergrowth, might have been changed into stone, even to the slenderest twig, to the lightest leaf. It was not sleep—it seemed unnatural, like a state of trance. Not the faintest sound of any kind could be heard. You looked on amazed, and began to suspect yourself of being deaf—then the night came suddenly, and struck you blind as well. About three in the morning some large fish leaped, and the loud splash made me jump as though a gun had been fired. When the sun rose there was a white fog, very warm and clammy, and more blinding than the night. It did not shift or drive; it was just there, standing all round you like something solid. At eight or nine, perhaps, it lifted as a shutter lifts. We had a glimpse of the towering multitude of trees, of the immense matted jungle, with the blazing little ball of the sun hanging over it—all perfectly still—and then the white shutter came down again, smoothly, as if sliding in greased grooves. I ordered the chain, which we had begun to heave in, to be paid out again. Before it stopped running with a muffled rattle, a cry, a very loud cry, as of infinite desolation, soared slowly in the opaque air. It ceased. A complaining clamour, modulated in savage discords, filled our ears. The sheer unexpectedness of it made my hair stir under my cap. I don't know how it struck the others: to me it seemed as though the mist itself had screamed, so suddenly, and apparently from all sides at once, did this tumultuous and mournful uproar arise. It culminated in a hurried outbreak of almost intolerably excessive shrieking, which stopped short, leaving us stiffened in a variety of silly attitudes, and obstinately listening to the nearly as appalling and excessive silence. 'Good God! What is the meaning—' stammered at my elbow one of the pilgrims,—a little fat man, with sandy hair and red whiskers, who wore side-spring boots, and pink pyjamas tucked into his socks. Two others remained open-mouthed a whole minute, then dashed into the little cabin, to rush out incontinently and stand darting scared glances, with Winchesters at 'ready' in their hands. What we could see was just the steamer we were on, her outlines blurred as though she had been on the point of dissolving, and a misty strip of water, perhaps two feet broad, around her—and that was all. The rest of the world was nowhere, as far as our eyes and ears were concerned. Just nowhere. Gone, disappeared; swept off without leaving a whisper or a shadow behind.

"I went forward, and ordered the chain to be hauled in short, so as to be ready to trip the anchor and move the steamboat at once if necessary. 'Will they attack?' whispered an awed voice. 'We will be all butchered in this fog,' murmured another. The faces twitched with the strain, the hands trembled slightly, the eyes forgot to wink. It was very curious to see the contrast of expressions of the white men and of the black fellows of our crew, who were as much strangers to that part of the river as we, though their homes were only eight hundred miles away. The whites, of course greatly discomposed, had besides a curious look of being painfully shocked by such an outrageous row. The others had an alert, naturally interested expression; but their faces were essentially quiet, even those of the one or two who grinned as they hauled at the chain. Several exchanged short, grunting phrases, which seemed to settle the matter to their satisfaction. Their headman, a young, broad-chested black, severely draped in dark-blue fringed cloths, with fierce nostrils and his hair all done up artfully in oily ringlets, stood near me. 'Aha!' I said, just for good fellowship's sake. 'Catch 'im,' he snapped, with a bloodshot widening of his eyes and a flash of sharp teeth—'catch 'im. Give 'im to us.' 'To you, eh?' I asked; 'what would you do with them?' 'Eat 'im!' he said, curtly, and, leaning his elbow on the rail, looked out into the fog in a dignified and profoundly pensive attitude. I would no doubt have been properly horrified, had it not occurred to me that he and his chaps must be very hungry: that they must have been growing increasingly hungry for at least this month past. They had been engaged for six months (I don't think a single one of them had any clear idea of time, as we at the end of countless ages have. They still belonged to the beginnings of time—had no inherited experience to teach them as it were), and of course, as long as there was a piece of paper written over in accordance with some farcical law or other made down the river, it didn't enter anybody's head to trouble how they would live. Certainly they had brought with them some rotten hippo-meat, which couldn't have lasted very long, anyway, even if the pilgrims hadn't, in the midst of a shocking hullabaloo, thrown a considerable quantity of it overboard. It looked like a high-handed proceeding; but it was really a case of legitimate self-defence. You can't breathe dead hippo waking, sleeping, and eating, and at the same time keep your precarious grip on existence. Besides that, they had given them every week three pieces of brass wire, each about nine inches long; and the theory was they were to buy their provisions with that currency in riverside villages. You can see how *that* worked. There were either no villages, or the people were hostile, or the director, who like the rest of us fed out of tins, with an occasional old he-goat thrown in, didn't want to stop the steamer for some more or less recondite reason. So, unless they swallowed the wire itself, or made loops of it to snare the fishes with, I don't see what good their extravagant salary could be to them. I must say it was paid with a regularity worthy of a large and honourable trading company. For the rest, the only thing to eat—though it didn't look eatable in the least—I saw in their possession was a few lumps of some stuff like half-cooked dough, of a dirty lavender colour, they kept wrapped in leaves, and now and then swallowed a piece of, but so small that it seemed done more for the looks of the thing than for any serious purpose of sustenance. Why in the name of all the gnawing devils of hunger they didn't go for us—they were thirty to five—and have a good tuck in for once, amazes me now when I think of it. They were big powerful men, with not much capacity to weigh the consequences, with courage, with strength, even yet, though their skins were no longer glossy and their muscles no longer hard. And I saw that something restraining, one of those human secrets that baffle probability, had come into play there. I looked at them with a swift quickening of interest—not because it occurred to me I might be eaten by them before very long, though I own to you that just then I perceived—in a new light, as it were—how unwholesome the pilgrims looked, and I hoped, yes, I positively hoped, that my aspect was not so—what shall I say?—so—unappetizing: a touch of fantastic vanity which fitted well with the dream-sensation that pervaded all my days at that time. Perhaps I had a little fever, too. One can't live with one's finger everlastingly on one's pulse. I had often 'a little fever,' or a little touch of other things—the playful paw-strokes of the wilderness, the preliminary trifling before the more serious onslaught which came in due course. Yes; I looked at them as you would on any human being, with a curiosity of their impulses, motives, capacities, weaknesses, when brought to the test of an inexorable physical necessity. Restraint! What possible restraint? Was it superstition, disgust, patience, fear—or some kind of primitive honour? No fear can stand up to hunger, no patience can wear it out, disgust simply does not exist where hunger is; and as to superstition, beliefs, and what you may call principles, they are less than chaff in a breeze. Don't you know the devilry of lingering starvation, its exasperating torment, its black thoughts, its sombre and brooding ferocity? Well, I do. It takes a man all his inborn strength to fight hunger properly. It's really easier to face bereavement, dishonour, and the perdition of one's soul—than this kind of prolonged hunger. Sad, but true. And these chaps, too, had no earthly reason for any kind of scruple. Restraint! I would just as soon have expected restraint from a hyena prowling amongst the corpses of a battlefield. But there was the fact facing me—the fact dazzling, to be seen, like the foam on the depths of the sea, like a ripple on an unfathomable enigma, a mystery greater—when I thought of it—than the curious, inexplicable note of desperate grief in this savage clamour that had swept by us on the river-bank, behind the blind whiteness of the fog.

"Two pilgrims were quarrelling in hurried whispers as to which bank. 'Left.' 'No, no; how can you? Right, right, of course.' 'It is very serious,' said the manager's voice behind me; 'I would be desolated if anything should happen to Mr. Kurtz before we came up.' I looked at him, and had not the slightest doubt he was sincere. He was just the kind of man who would wish to preserve appearances. That was his restraint. But when he muttered something about going on at once, I did not even take the trouble to answer him. I knew, and he knew, that it was impossible. Were we to let go our hold of the bottom, we would be absolutely in the air—in space. We wouldn't be able to tell where we were going to—whether up or down stream, or across—till we fetched against one bank or the other,—and then we wouldn't know at first which it was. Of course I made no move. I had no mind for a smash-up. You couldn't imagine a more deadly place for a shipwreck. Whether drowned at once or not, we were sure to perish speedily in one way or another. 'I authorize you to take all the risks,' he said, after a short silence. 'I refuse to take any,' I said, shortly; which was just the answer he expected, though its tone might have surprised him. 'Well, I must defer to your judgment. You are captain,' he said, with marked civility. I turned my shoulder to him in sign of my appreciation, and looked into the fog. How long would it last? It was the most hopeless look-out. The approach to this Kurtz grubbing for ivory in the wretched bush was beset by as many dangers as though he had been an enchanted princess sleeping in a fabulous castle. 'Will they attack, do you think?' asked the manager, in a confidential tone.

"I did not think they would attack, for several obvious reasons. The thick fog was one. If they left the bank in their canoes they would get lost in it, as we would be if we attempted to move. Still, I had also judged the jungle of both banks quite impenetrable—and yet eyes were in it, eyes that had seen us. The river-side bushes were certainly very thick; but the undergrowth behind was evidently penetrable. However, during the short lift I had seen no canoes anywhere in the reach—certainly not abreast of the steamer. But what made the idea of attack inconceivable to me was the nature of the noise—of the cries we had heard. They had not the fierce character boding of immediate hostile intention. Unexpected, wild, and violent as they had been, they had given me an irresistible impression of sorrow. The glimpse of the steamboat had for some reason filled those savages with unrestrained grief. The danger, if any, I expounded, was from our proximity to a great human passion let loose. Even extreme grief may ultimately vent itself in violence—but more generally takes the form of apathy. ...

"You should have seen the pilgrims stare! They had no heart to grin, or even to revile me: but I believe they thought me gone mad—with fright, maybe. I delivered a regular lecture. My dear boys, it was no good bothering. Keep a look-out? Well, you may guess I watched the fog for the signs of lifting as a cat watches a mouse; but for anything else our eyes were of no more use to us than if we had been buried miles deep in a heap of cotton-wool. It felt like it, too—choking, warm, stifling. Besides, all I said, though it sounded extravagant, was absolutely true to fact. What we afterwards alluded to as an attack was really an attempt at repulse. The action was very far from being aggressive—it was not even defensive, in the usual sense: it was undertaken under the stress of desperation, and in its essence was purely protective.

"It developed itself, I should say, two hours after the fog lifted, and its commencement was at a spot, roughly speaking, about a mile and a half below Kurtz's station. We had just floundered and flopped round a bend, when I saw an islet, a mere grassy hummock of bright green, in the middle of the stream. It was the only thing of the kind; but as we opened the reach more, I perceived it was the head of a long sandbank, or rather of a chain of shallow patches stretching down the middle of the river. They were discoloured, just awash, and the whole lot was seen just under the water, exactly as a man's backbone is seen running down the middle of his back under the skin. Now, as far as I did see, I could go to the right or to the left of this. I didn't know either channel, of course. The banks looked pretty well alike, the depth appeared the same; but as I had been informed the station was on the west side, I naturally headed for the western passage.

"No sooner had we fairly entered it than I became aware it was much narrower than I had supposed. To the left of us there was the long uninterrupted shoal, and to the right a high, steep bank heavily overgrown with bushes. Above the bush the trees stood in serried ranks. The twigs overhung the current thickly, and from distance to distance a large limb of some tree projected rigidly over the stream. It was then well on in the afternoon, the face of the forest was gloomy, and a broad strip of shadow had already fallen on the water. In this shadow we steamed up—very slowly, as you may imagine. I sheered her well inshore—the water being deepest near the bank, as the sounding-pole informed me.

"One of my hungry and forbearing friends was sounding in the bows just below me. This steamboat was exactly like a decked scow. On the deck, there were two little teak-wood houses, with doors and windows. The boiler was in the fore-end, and the machinery right astern. Over the whole there was a light roof, supported on stanchions. The funnel projected through that roof, and in front of the funnel a small cabin built of light planks served for a pilot-house. It contained a couch, two camp-stools, a loaded Martini-Henry leaning in one corner, a tiny table, and the steering-wheel. It had a wide door in front and a broad shutter at each side. All these were always thrown open, of course. I spent my days perched up there on the extreme fore-end of that roof, before the door. At night I slept, or tried to, on the couch. An athletic black belonging to some coast tribe, and educated by my poor predecessor, was the helmsman. He sported a pair of brass earrings, wore a blue cloth wrapper from the waist to the ankles, and thought all the world of himself. He was the most unstable kind of fool I had ever seen. He steered with no end of a swagger while you were by; but if he lost sight of you, he became instantly the prey of an abject funk, and would let that cripple of a steamboat get the upper hand of him in a minute.

"I was looking down at the sounding-pole, and feeling much annoyed to see at each try a little more of it stick out of that river, when I saw my poleman give up the business suddenly, and stretch himself flat on the deck, without even taking the trouble to haul his pole in. He kept hold on it though, and it trailed in the water. At the same time the fireman, whom I could also see below me, sat down abruptly before his furnace and ducked his head. I was amazed. Then I had to look at the river mighty quick, because there was a snag in the fairway. Sticks, little sticks, were flying about—thick: they were whizzing before my nose, dropping below me, striking behind me against my pilot-house. All this time the river, the shore, the woods, were very quiet—perfectly quiet. I could only hear the heavy splashing thump of the stern-wheel and the patter of these things. We cleared the snag clumsily. Arrows, by Jove! We were being shot at! I stepped in quickly to close the shutter on the land-side. That fool-helmsman, his hands on the spokes, was lifting his knees high, stamping his feet, champing his mouth, like a reined-in horse. Confound him! And we were staggering within ten feet of the bank. I had to lean right out to swing the heavy shutter, and I saw a face amongst the leaves on the level with my own, looking at me very fierce and steady; and then suddenly, as though a veil had been removed from my eyes, I made out, deep in the tangled gloom, naked breasts, arms, legs, glaring eyes,—the bush was swarming with human limbs in movement, glistening, of bronze colour. The twigs shook, swayed, and rustled, the arrows flew out of them, and then the shutter came to. 'Steer her straight,' I said to the helmsman. He held his head rigid, face forward; but his eyes rolled, he kept on lifting and setting down his feet gently, his mouth foamed a little. 'Keep quiet!' I said in a fury. I might just as well have ordered a tree not to sway in the wind. I darted out. Below me there was a great scuffle of feet on the iron deck; confused exclamations; a voice screamed, 'Can you turn back?' I caught sight of a V-shaped ripple on the water ahead. What? Another snag! A fusillade burst out under my feet. The pilgrims had opened with their Winchesters, and were simply squirting lead into that bush. A deuce of a lot of smoke came up and drove slowly forward. I swore at it. Now I couldn't see the ripple or the snag either. I stood in the doorway, peering, and the arrows came in swarms. They might have been poisoned, but they looked as though they wouldn't kill a cat. The bush began to howl. Our woodcutters raised a warlike whoop; the report of a rifle just at my back deafened me. I glanced over my shoulder, and the pilot-house was yet full of noise and smoke when I made a dash at the wheel. The fool-nigger had dropped everything, to throw the shutter open and let off that Martini-Henry. He stood before the wide opening, glaring, and I yelled at him to come back, while I straightened the sudden twist out of that steamboat. There was no room to turn even if I had wanted to, the snag was somewhere very near ahead in that confounded smoke, there was no time to lose, so I just crowded her into the bank—right into the bank, where I knew the water was deep.

"We tore slowly along the overhanging bushes in a whirl of broken twigs and flying leaves. The fusillade below stopped short, as I had foreseen it would when the squirts got empty. I threw my head back to a glinting whizz that traversed the pilot-house, in at one shutter-hole and out at the other. Looking past that mad helmsman, who was shaking the empty rifle and yelling at the shore, I saw vague forms of men running bent double, leaping, gliding, distinct, incomplete, evanescent. Something big appeared in the air before the shutter, the rifle went overboard, and the man stepped back swiftly, looked at me over his shoulder in an extraordinary, profound, familiar manner, and fell upon my feet. The side of his head hit the wheel twice, and the end of what appeared a long cane clattered round and knocked over a little camp-stool. It looked as though after wrenching that thing from somebody ashore he had lost his balance in the effort. The thin smoke had blown away, we were clear of the snag, and looking ahead I could see that in another hundred yards or so I would be free to sheer off, away from the bank; but my feet felt so very warm and wet that I had to look down. The man had rolled on his back and stared straight up at me; both his hands clutched that cane. It was the shaft of a spear that, either thrown or lunged through the opening, had caught him in the side just below the ribs; the blade had gone in out of sight, after making a frightful gash; my shoes were full; a pool of blood lay very still, gleaming dark-red under the wheel; his eyes shone with an amazing lustre.[2] The fusillade burst out again. He looked at me anxiously, gripping the spear like something precious, with an air of being afraid I would try to take it away from him. I had to make an effort to free my eyes from his gaze and attend to the steering. With one hand I felt above my head for the line of the steam-whistle, and jerked out screech after screech hurriedly. The tumult of angry and warlike yells was checked instantly, and then from the depths of the woods went out such a tremulous and prolonged wail of mournful fear and utter despair as may be imagined to follow the flight of the last hope from the earth. There was a great commotion in the bush; the shower of arrows stopped, a few dropping shots rang out sharply—then silence, in which the languid beat of the stern-wheel came plainly to my ears. I put the helm hard a-starboard at the moment when the pilgrim in pink pyjamas, very hot and agitated, appeared in the doorway. 'The manager sends me—' he began in an official tone, and stopped short. 'Good God!' he said, glaring at the wounded man.

"We two whites stood over him, and his lustrous and inquiring glance enveloped us both. I declare it looked as though he would presently put to us some question in an understandable language; but he died without uttering a sound, without moving a limb, without twitching a muscle. Only in the very last moment, as though in response to some sign we could not see, to some whisper we could not hear, he frowned heavily, and that frown gave to his black death-mask an inconceivably sombre, brooding, and menacing expression. The lustre of inquiring glance faded swiftly into vacant glassiness. 'Can you steer?' I asked the agent eagerly. He looked very dubious; but I made a grab at his arm, and he understood at once I meant him to steer whether or no. To tell you the truth, I was morbidly anxious to change my shoes and socks. 'He is dead,' murmured the fellow, immensely impressed. 'No doubt about it,' said I, tugging like mad at the shoe-laces. 'And by the way, I suppose Mr. Kurtz is dead as well by this time.'

"For the moment that was the dominant thought. There was a sense of extreme disappointment, as though I had found out I had been striving after something altogether without a substance. I couldn't have been more disgusted if I had travelled all this way for the sole purpose of talking with Mr. Kurtz. Talking with. ... I flung one shoe overboard, and became aware that that was exactly what I had been looking forward to—a talk with Kurtz. I made the strange discovery that I had never imagined him as doing, you know, but as discoursing. I didn't say to myself, 'Now I will never see him,' or 'Now I will never shake him by the hand,' but, 'Now I will never hear him.' The man presented himself as a voice. Not of course that I did not connect him with some sort of action. Hadn't I been told in all the tones of jealousy and admiration that he had collected, bartered, swindled, or stolen more ivory than all the other agents together? That was not the point. The point was in his being a gifted creature, and that of all his gifts the one that stood out pre-eminently, that carried with it a sense of real presence, was his ability to talk, his words—the gift of expression, the bewildering, the illuminating, the most exalted and the most contemptible, the pulsating stream of light, or the deceitful flow from the heart of an impenetrable darkness.

"The other shoe went flying unto the devil-god of that river. I thought, By Jove! it's all over. We are too late; he has vanished—the gift has vanished, by means of some spear, arrow, or club. I will never hear that chap speak after all,— and my sorrow had a startling extravagance of emotion, even such as I had noticed in the howling sorrow of these savages in the bush. I couldn't have felt more of lonely desolation somehow, had I been robbed of a belief or had missed my destiny in life. ... Why do you sigh in this beastly way, somebody? Absurd? Well, absurd. Good Lord! mustn't a man ever— Here, give me some tobacco." ...

There was a pause of profound stillness, then a match flared, and Marlow's lean face appeared, worn, hollow, with downward folds and dropped eyelids, with an aspect of concentrated attention; and as he took vigorous draws at his pipe, it seemed to retreat and advance out of the night in the regular flicker of the tiny flame. The match went out.

"Absurd!" he cried. "This is the worst of trying to tell. ... Here you all are, each moored with two good addresses, like a hulk with two anchors, a butcher round one corner, a policeman round another, excellent appetites, and temperature normal—you hear—normal from year's end to year's end. And you say, Absurd! Absurd be—exploded! Absurd! My dear boys, what can you expect from a man who out of sheer nervousness had just flung overboard a pair of new shoes! Now I think of it, it is amazing I did not shed tears. I am, upon the whole, proud of my fortitude. I was cut to the quick at the idea of having lost the inestimable privilege of listening to the gifted Kurtz. Of course I was wrong. The privilege was waiting for me. Oh, yes, I heard more than enough. And I was right, too. A voice. He was very little more than a voice. And I heard—him—it—this voice—other voices—all of them were so little more than voices—and the memory of that time itself lingers around me, impalpable, like a dying vibration of one immense jabber, silly, atrocious, sordid, savage, or simply mean, without any kind of sense. Voices, voices—even the girl herself—now—"[3]

He was silent for a long time.

"I laid the ghost of his gifts at last with a lie," he began, suddenly. "Girl! What? Did I mention a girl? Oh, she is out of it—completely. They—the women I mean—are out of it—should be out of it. We must help them to stay in that beautiful world of their own, lest ours gets worse. Oh, she had to be out of it. You should have heard the disinterred body of Mr. Kurtz saying, 'My Intended.' You would have perceived directly then how completely she was out of it. And the lofty frontal bone of Mr. Kurtz! They say the hair goes on growing sometimes, but this—ah—specimen, was impressively bald. The wilderness had patted him on the head, and, behold, it was like a ball—an ivory ball; it had caressed him, and—lo!—he had withered; it had taken him, loved him, embraced him, got into his veins, consumed his flesh, and sealed his soul to its own by the inconceivable ceremonies of some devilish initiation. He was its spoiled and pampered favourite. Ivory? I should think so. Heaps of it, stacks of it. The old mud shanty was bursting with it. You would think there was not a single tusk left either above or below the ground in the whole country. 'Mostly fossil,' the manager had remarked, disparagingly. It was no more fossil than I am; but they call it fossil when it is dug up. It appears these niggers do bury the tusks sometimes—but evidently they couldn't bury this parcel deep enough to save the gifted Mr. Kurtz from his fate. We filled the steamboat with it, and had to pile a lot on the deck. Thus he could see and enjoy as long as he could see, because the appreciation of this favour had remained with him to the last. You should have heard him say, 'My ivory.' Oh yes, I heard him. 'My Intended, my ivory, my station, my river, my—' everything belonged to him. It made me hold my breath in expectation of hearing the wilderness burst into a prodigious peal of laughter that would shake the fixed stars in their places. Everything belonged to him—but that was a trifle. The thing was to know what he belonged to, how many powers of darkness claimed him for their own. That was the reflection that made you creepy all over. It was impossible—it was not good for one either—trying to imagine. He had taken a high seat amongst the devils of the land—I mean literally. You can't understand. How could you?—with solid pavement under your feet, surrounded by kind neighbours ready to cheer you or to fall on you, stepping delicately between the butcher and the policeman, in the holy terror of scandal and gallows and lunatic asylums—how can you imagine what particular region of the first ages a man's untrammelled feet may take him into by the way of solitude—utter solitude without a policeman—by the way of silence—utter silence, where no warning voice of a kind neighbour can be heard whispering of public opinion? These little things make all the great difference. When they are gone you must fall back upon your own innate strength, upon your own capacity for faithfulness. Of course you may be too much of a fool to go wrong—too dull even to know you are being assaulted by the powers of darkness. I take it, no fool ever made a bargain for his soul with the devil: the fool is too much of a fool, or the devil too much of a devil—I don't know which. Or you may be such a thunderingly exalted creature as to be altogether deaf and blind to anything but heavenly sights and sounds. Then the earth for you is only a standing place—and whether to be like this is your loss or your gain I won't pretend to say. But most of us are neither one nor the other. The earth for us is a place to live in, where we must put up with sights, with sounds, with smells, too, by Jove!—breathe dead hippo, so to speak, and not be contaminated. And there, don't you see? your strength comes in, the faith in your ability for the digging of unostentatious holes to bury the stuff in—your power of devotion, not to yourself, but to an obscure, back-breaking business. And that's difficult enough. Mind, I am not trying to excuse or even explain—I am trying to account to myself for—for—Mr. Kurtz—for the shade of Mr. Kurtz. This initiated wraith from the back of Nowhere honoured me with its amazing confidence before it vanished altogether. This was because it could speak English to me. The original

Kurtz had been educated partly in England, and—as he was good enough to say himself—his sympathies were in the right place. His mother was half-English, his father was half-French. All Europe contributed to the making of Kurtz; and by-and-by I learned that, most appropriately, the International Society for the Suppression of Savage Customs had intrusted him with the making of a report, for its future guidance. And he had written it, too. I've seen it. I've read it. It was eloquent, vibrating with eloquence, but too high-strung, I think. Seventeen pages of close writing he had found time for! But this must have been before his—let us say—nerves, went wrong, and caused him to preside at certain midnight dances ending with unspeakable rites, which—as far as I reluctantly gathered from what I heard at various times—were offered up to him—do you understand? —to Mr. Kurtz himself. But it was a beautiful piece of writing. The opening paragraph, however, in the light of later information, strikes me now as ominous. He began with the argument that we whites, from the point of development we had arrived at, 'must necessarily appear to them [savages] in the nature of supernatural beings—we approach them with the might as of a deity,' and so on, and so on. 'By the simple exercise of our will we can exert a power for good practically unbounded,' etc., etc. From that point he soared and took me with him. The peroration was magnificent, though difficult to remember, you know. It gave me the notion of an exotic Immensity ruled by an august Benevolence. It made me tingle with enthusiasm. This was the unbounded power of eloquence—of words—of burning noble words. There were no practical hints to interrupt the magic current of phrases, unless a kind of note at the foot of the last page, scrawled evidently much later, in an unsteady hand, may be regarded as the exposition of a method. It was very simple, and at the end of that moving appeal to every altruistic sentiment it blazed at you, luminous and terrifying, like a flash of lightning in a serene sky: 'Exterminate all the brutes!' The curious part was that he had apparently forgotten all about that valuable postscriptum, because, later on, when he in a sense came to himself, he repeatedly entreated me to take good care of 'my pamphlet' (he called it), as it was sure to have in the future a good influence upon his career. I had full information about all these things, and, besides, as it turned out, I was to have the care of his memory. I've done enough for it to give me the indisputable right to lay it, if I choose, for an everlasting rest in the dust-bin of progress, amongst all the sweepings and, figuratively speaking, all the dead cats of civilization. But then, you see, I can't choose. He won't be forgotten. Whatever he was, he was not common. He had the power to charm or frighten rudimentary souls into an aggravated witch-dance in his honour; he could also fill the small souls of the pilgrims with bitter misgivings: he had one devoted friend at least, and he had conquered one soul in the world that was neither rudimentary nor tainted with self-seeking. No; I can't forget him, though I am not prepared to affirm the fellow was exactly worth the life we lost in getting to him. I missed my late helmsman awfully,—I missed him even while his body was still lying in the pilot-house. Perhaps you will think it passing strange this regret for a savage who was no more account than a grain of sand in a black Sahara. Well, don't you see, he had done something, he had steered; for months I had him at my back—a help—an instrument. It was a kind of partnership. He steered for me—I had to look after him, I worried about his deficiencies, and thus a subtle bond had been created, of which I only became aware when it was suddenly broken. And the intimate profundity of that look he gave me when he received his hurt remains to this day in my memory—like a claim of distant kinship affirmed in a supreme moment.

"Poor fool! If he had only left that shutter alone. He had no restraint, no restraint—just like Kurtz—a tree swayed by the wind. As soon as I had put on a dry pair of slippers, I dragged him out, after first jerking the spear out of his side, which operation I confess I performed with my eyes shut tight. His heels leaped together over the little doorstep; his shoulders were pressed to my breast; I hugged him from behind desperately. Oh! he was heavy, heavy; heavier than any man on earth, I should imagine. Then without more ado I tipped him overboard. The current snatched him as though he had been a wisp of grass, and I saw the body roll over twice before I lost sight of it for ever. All the pilgrims and the manager were then congregated on the awning-deck about the pilot-house, chattering at each other like a flock of excited magpies, and there was a scandalized murmur at my heartless promptitude. What they wanted to keep that body hanging about for I can't guess. Embalm it, maybe. But I had also heard another, and a very ominous, murmur on the deck below. My friends the wood-cutters were likewise scandalized, and with a better show of reason—though I admit that the reason itself was quite inadmissible. Oh, quite! I had made up my mind that if my late helmsman was to be eaten, the fishes alone should have him. He had been a very second-rate helmsman while alive, but now he was dead he might have become a first-class temptation, and possibly cause some startling trouble. Besides, I was anxious to take the wheel, the man in pink pyjamas showing himself a hopeless duffer at the business.

"This I did directly the simple funeral was over. We were going half-speed, keeping right in the middle of the stream, and I listened to the talk about me. They had given up Kurtz, they had given up the station; Kurtz was dead, and the station had been burnt—and so on—and so on. The red-haired pilgrim was beside himself with the thought that at least this poor Kurtz had been properly avenged. 'Say! We must have made a glorious slaughter of them in the bush. Eh? What do you think? Say?' He positively danced, the bloodthirsty little gingery beggar. And he had nearly fainted when he saw the wounded man! I could not help saying, 'You made a glorious lot of smoke, anyhow.' I had seen, from the way the tops of the bushes rustled and flew, that almost all the shots had gone too high. You can't hit anything unless you take aim and fire from the shoulder; but these chaps fired from the hip with their eyes shut. The retreat, I maintained—and I was right—was caused by the screeching of the steam-whistle. Upon this they forgot Kurtz, and began to howl at me with indignant protests.

"The manager stood by the wheel murmuring

confidentially about the necessity of getting well away down the river before dark at all events, when I saw in the distance a clearing on the river-side and the outlines of some sort of building. 'What's this?' I asked. He clapped his hands in wonder. 'The station!' he cried. I edged in at once, still going half-speed.

"Through my glasses I saw the slope of a hill interspersed with rare trees and perfectly free from undergrowth. A long decaying building on the summit was half buried in the high grass; the large holes in the peaked roof gaped black from afar; the jungle and the woods made a background. There was no enclosure or fence of any kind; but there had been one apparently, for near the house half-a-dozen slim posts remained in a row, roughly trimmed, and with their upper ends ornamented with round carved balls. The rails, or whatever there had been between, had disappeared. Of course the forest surrounded all that. The river-bank was clear, and on the water-side I saw a white man under a hat like a cart-wheel beckoning persistently with his whole arm. Examining the edge of the forest above and below, I was almost certain I could see movements—human forms gliding here and there. I steamed past prudently, then stopped the engines and let her drift down. The man on the shore began to shout, urging us to land. 'We have been attacked,' screamed the manager. 'I know—I know. It's all right,' yelled back the other, as cheerful as you please. 'Come along. It's all right. I am glad.'

"His aspect reminded me of something I had seen—something funny I had seen somewhere. As I manœuvred to get alongside, I was asking myself, 'What does this fellow look like?' Suddenly I got it. He looked like a harlequin. His clothes had been made of some stuff that was brown holland probably, but it was covered with patches all over, with bright patches, blue, red, and yellow,—patches on the back, patches on the front, patches on elbows, on knees; coloured binding around his jacket, scarlet edging at the bottom of his trousers; and the sunshine made him look extremely gay and wonderfully neat withal, because you could see how beautifully all this patching had been done. A beardless, boyish face, very fair, no features to speak of, nose peeling, little blue eyes, smiles and frowns chasing each other over that open countenance like sunshine and shadow on a wind-swept plain. 'Look out, captain!' he cried; 'there's a snag lodged in here last night.' What! Another snag? I confess I swore shamefully. I had nearly holed my cripple, to finish off that charming trip. The harlequin on the bank turned his little pug-nose up to me. 'You English?' he asked, all smiles. 'Are you?' I shouted from the wheel. The smiles vanished, and he shook his head as if sorry for my disappointment. Then he brightened up. 'Never mind!' he cried, encouragingly. 'Are we in time?' I asked. 'He is up there,' he replied, with a toss of the head up the hill, and becoming gloomy all of a sudden. His face was like the autumn sky, overcast one moment and bright the next.

"When the manager, escorted by the pilgrims, all of them armed to the teeth, had gone to the house this chap came on board. 'I say, I don't like this. These natives are in the bush,' I said. He assured me earnestly it was all right. 'They are simple people,' he added; 'well, I am glad you came. It took me all my time to keep them off.' 'But you said it was all right,' I cried. 'Oh, they meant no harm,' he said; and as I stared he corrected himself, 'Not exactly.' Then vivaciously, 'My faith, your pilot-house wants a clean up!' In the next breath he advised me to keep enough steam on the boiler to blow the whistle in case of any trouble. 'One good screech will do more for you than all your rifles. They are simple people,' he repeated. He rattled away at such a rate he quite overwhelmed me. He seemed to be trying to make up for lots of silence, and actually hinted, laughing, that such was the case. 'Don't you talk with Mr. Kurtz?' I said. 'You don't talk with that man—you listen to him,' he exclaimed with severe exaltation. 'But now—' He waved his arm, and in the twinkling of an eye was in the uttermost depths of despondency. In a moment he came up again with a jump, possessed himself of both my hands, shook them continuously, while he gabbled: 'Brother sailor ... honour ... pleasure ... delight ... introduce myself ... Russian ... son of an arch-priest ... Government of Tambov ... What? Tobacco! English tobacco; the excellent English tobacco! Now, that's brotherly. Smoke? Where's a sailor that does not smoke?'

"The pipe soothed him, and gradually I made out he had run away from school, had gone to sea in a Russian ship; ran away again; served some time in English ships; was now reconciled with the arch-priest. He made a point of that. 'But when one is young one must see things, gather experience, ideas; enlarge the mind.' 'Here!' I interrupted. 'You can never tell! Here I met Mr. Kurtz,' he said, youthfully solemn and reproachful. I held my tongue after that. It appears he had persuaded a Dutch trading-house on the coast to fit him out with stores and goods, and had started for the interior with a light heart, and no more idea of what would happen to him than a baby. He had been wandering about that river for nearly two years alone, cut off from everybody and everything. 'I am not so young as I look. I am twenty-five,' he said. 'At first old Van Shuyten would tell me to go to the devil,' he narrated with keen enjoyment; 'but I stuck to him, and talked and talked, till at last he got afraid I would talk the hind-leg off his favourite dog, so he gave me some cheap things and a few guns, and told me he hoped he would never see my face again. Good old Dutchman, Van Shuyten. I've sent him one small lot of ivory a year ago, so that he can't call me a little thief when I get back. I hope he got it. And for the rest I don't care. I had some wood stacked for you. That was my old house. Did you see?'

"I gave him Towson's book. He made as though he would kiss me, but restrained himself. 'The only book I had left, and I thought I had lost it,' he said, looking at it ecstatically. 'So many accidents happen to a man going about alone, you know. Canoes get upset sometimes—and sometimes you've got to clear out so quick when the people get angry.' He thumbed the pages. 'You made notes in Russian?' I asked. He nodded. 'I thought they were written in cipher,' I said. He laughed, then became serious. 'I had lots of trouble to keep these people off,' he said. 'Did they want to kill you?' I asked. 'Oh, no!' he cried, and checked himself. 'Why did they attack us?' I pursued. He hesitated, then said shamefacedly, 'They don't want him to go.' 'Don't they?' I said, curiously. He nodded a nod full of mystery and wisdom. 'I tell you,' he cried, 'this man has enlarged my mind.' He opened his arms wide, staring at me with his little blue eyes that were perfectly round."

III

"I LOOKED at him, lost in astonishment. There he was before me, in motley, as though he had absconded from a troupe of mimes, enthusiastic, fabulous. His very existence was improbable, inexplicable, and altogether bewildering. He was an insoluble problem. It was inconceivable how he had existed, how he had succeeded in getting so far, how he had managed to remain—why he did not instantly disappear. 'I went a little farther,' he said, 'then still a little farther—till I had gone so far that I don't know how I'll ever get back. Never mind. Plenty time. I can manage. You take Kurtz away quick—quick—I tell you.' The glamour of youth enveloped his particoloured rags, his destitution, his loneliness, the essential desolation of his futile wanderings. For months—for years—his life hadn't been worth a day's purchase; and there he was gallantly, thoughtlessly alive, to all appearance indestructible solely by the virtue of his few years and of his unreflecting audacity. I was seduced into something like admiration—like envy. Glamour urged him on, glamour kept him unscathed. He surely wanted nothing from the wilderness but space to breathe in and to push on through. His need was to exist, and to move onwards at the greatest possible risk, and with a maximum of privation. If the absolutely pure, uncalculating, unpractical spirit of adventure had ever ruled a human being, it ruled this be-patched youth. I almost envied him the possession of this modest and clear flame. It seemed to have consumed all thought of self so completely, that even while he was talking to you, you forgot that it was he—the man before your eyes—who had gone through these things. I did not envy him his devotion to Kurtz, though. He had not meditated over it. It came to him, and he accepted it with a sort of eager fatalism. I must say that to me it appeared about the most dangerous thing in every way he had come upon so far.

"They had come together unavoidably, like two ships becalmed near each other, and lay rubbing sides at last. I suppose Kurtz wanted an audience, because on a certain occasion, when encamped in the forest, they had talked all night, or more probably Kurtz had talked. 'We talked of everything,' he said, quite transported at the recollection. 'I forgot there was such a thing as sleep. The night did not seem to last an hour. Everything! Everything! ... Of love, too.' 'Ah, he talked to you of love!' I said, much amused. 'It isn't what you think,' he cried, almost passionately. 'It was in general. He made me see things—things.'

"He threw his arms up. We were on deck at the time, and the headman of my wood-cutters, lounging near by, turned upon him his heavy and glittering eyes. I looked around, and I don't know why, but I assure you that never, never before, did this land, this river, this jungle, the very arch of this blazing sky, appear to me so hopeless and so dark, so impenetrable to human thought, so pitiless to human weakness. 'And, ever since, you have been with him, of course?' I said.

"On the contrary. It appears their intercourse had been very much broken by various causes. He had, as he informed me proudly, managed to nurse Kurtz through two illnesses (he alluded to it as you would to some risky feat), but as a rule Kurtz wandered alone, far in the depths of the forest. 'Very often coming to this station, I had to wait days and days before he would turn up,' he said. 'Ah, it was worth waiting for!—sometimes.' 'What was he doing? exploring or what?' I asked. 'Oh, yes, of course'; he had discovered lots of villages, a lake, too—he did not know exactly in what direction; it was dangerous to inquire too much—but mostly his expeditions had been for ivory. 'But he had no goods to trade with by that time,' I objected. 'There's a good lot of cartridges left even yet,' he answered, looking away. 'To speak plainly, he raided the country,' I said. He nodded. 'Not alone, surely!' He muttered something about the villages round that lake. 'Kurtz got the tribe to follow him, did he?' I suggested. He fidgeted a little. 'They adored him,' he said. The tone of these words was so extraordinary that I looked at him searchingly. It was curious to see his mingled eagerness and reluctance to speak of Kurtz. The man filled his life, occupied his thoughts, swayed his emotions. 'What can you expect?' he burst out; 'he came to them with thunder and lightning, you know—and they had never seen anything like it—and very terrible. He could be very terrible. You can't judge Mr. Kurtz as you would an ordinary man. No, no, no! Now—just to give you an idea—I don't mind telling you, he wanted to shoot me, too, one day—but I don't judge him.' 'Shoot you!' I cried. 'What for?' 'Well, I had a small lot of ivory the chief of that village near my house gave me. You see I used to shoot game for them. Well, he wanted it, and wouldn't hear reason. He declared he would shoot me unless I gave him the ivory and then cleared out of the country, because he could do so, and had a fancy for it, and there was nothing on earth to prevent him killing whom he jolly well pleased. And it was true, too. I gave him the ivory. What did I care! But I didn't clear out. No, no. I couldn't leave him. I had to be careful, of course, till we got friendly again for a time. He had his second illness then. Afterwards I had to keep out of the way; but I didn't mind. He was living for the most part in those villages on the lake. When he came down to the river, sometimes he would take to me, and sometimes it was better for me to be careful. This man suffered too much. He hated all this, and somehow he couldn't get away. When I had a chance I begged him to try and leave while there was time; I offered to go back with him. And he would say yes, and then he would remain; go off on another ivory hunt; disappear for weeks; forget himself amongst these people—forget himself—you know.' 'Why! he's mad,' I said. He protested indignantly. Mr. Kurtz couldn't be mad. If I had heard him talk, only two days ago, I wouldn't dare hint at such a thing. ... I had taken up my binoculars while we talked, and was looking at the shore, sweeping the limit of the forest at each side and at the back of the house. The consciousness of there being people in that bush, so silent, so quiet—as silent and quiet as the ruined house on the hill—made me uneasy. There was no sign on the face of nature of this amazing tale that was not so much told as suggested to me in desolate exclamations, completed by shrugs, in interrupted phrases, in hints ending in deep sighs. The woods were unmoved, like a mask—heavy, like the closed door of a prison—they looked with their air of hidden knowledge, of patient expectation, of unapproachable silence. The Russian was explaining to me that it was only lately that Mr. Kurtz had come down to the river, bringing along with him all the fighting men of that lake tribe. He had been absent for several months—getting himself adored, I suppose—and had come down unexpectedly, with the intention to all appearance of making a raid either across the river or down stream. Evidently the appetite for more ivory had got the better of the—what shall I say?—less material aspirations. However he had got much worse suddenly. 'I heard he was lying helpless, and so I came up—took my chance,' said the Russian. 'Oh, he is bad, very bad.' I directed my glass to the house. There were no signs of life, but there was the ruined roof, the long mud wall peeping above the grass, with three little square window-holes, no two of the same size; all this brought within reach of my hand, as it were. And then I made a brusque movement, and one of the remaining posts of that vanished fence leaped up in the field of my glass. You remember I told you I had been struck at the distance by certain attempts at ornamentation, rather remarkable in the ruinous aspect of the place. Now I had suddenly a nearer view, and its first result was to make me throw my head back as if before a blow. Then I went carefully from post to post with my glass, and I saw my mistake. These round knobs were not ornamental but symbolic; they were expressive and puzzling, striking and disturbing—food for thought and also for the vultures if there had been any looking down from the sky; but at all events for such ants as were industrious enough to ascend the pole. They would have been even more impressive, those heads on the stakes, if their faces had not been turned to the house. Only one, the first I had made out, was facing my way. I was not so shocked as you may think. The start back I had given was really nothing but a movement of surprise. I had expected to see a knob of wood there, you know. I returned deliberately to the first I had seen—and there it was, black, dried, sunken, with closed eyelids,—a head that seemed to sleep at the top of that pole, and, with the shrunken dry lips showing a narrow white line of the teeth, was smiling, too, smiling continuously at some endless and jocose dream of that eternal slumber.

"I am not disclosing any trade secrets. In fact, the manager said afterwards that Mr. Kurtz's methods had ruined the district. I have no opinion on that point, but I want you clearly to understand that there was nothing exactly profitable in these heads being there. They only showed that Mr. Kurtz lacked restraint in the gratification of his various lusts, that there was something wanting in him—

some small matter which, when the pressing need arose, could not be found under his magnificent eloquence. Whether he knew of this deficiency himself I can't say. I think the knowledge came to him at last—only at the very last. But the wilderness had found him out early, and had taken on him a terrible vengeance for the fantastic invasion. I think it had whispered to him things about himself which he did not know, things of which he had no conception till he took counsel with this great solitude—and the whisper had proved irresistibly fascinating. It echoed loudly within him because he was hollow at the core. ... I put down the glass, and the head that had appeared near enough to be spoken to seemed at once to have leaped away from me into inaccessible distance.

"The admirer of Mr. Kurtz was a bit crestfallen. In a hurried, indistinct voice he began to assure me he had not dared to take these—say, symbols—down. He was not afraid of the natives; they would not stir till Mr. Kurtz gave the word. His ascendancy was extraordinary. The camps of these people surrounded the place, and the chiefs came every day to see him. They would crawl. ... 'I don't want to know anything of the ceremonies used when approaching Mr. Kurtz,' I shouted. Curious, this feeling that came over me that such details would be more intolerable than those heads drying on the stakes under Mr. Kurtz's windows. After all, that was only a savage sight, while I seemed at one bound to have been transported into some lightless region of subtle horrors, where pure, uncomplicated savagery was a positive relief, being something that had a right to exist—obviously—

in the sunshine. The young man looked at me with surprise. I suppose it did not occur to him that Mr. Kurtz was no idol of mine. He forgot I hadn't heard any of these splendid monologues on, what was it? on love, justice, conduct of life —or what not. If it had come to crawling before Mr. Kurtz, he crawled as much as the veriest savage of them all. I had no idea of the conditions, he said: these heads were the heads of rebels. I shocked him excessively by laughing. Rebels! What would be the next definition I was to hear? There had been enemies, criminals, workers—and these were rebels. Those rebellious heads looked very subdued to me on their sticks. 'You don't know how such a life tries a man like Kurtz,' cried Kurtz's last disciple. 'Well, and you?' I said. 'I! I! I am a simple man. I have no great thoughts. I want nothing from anybody. How can you compare me to? ...' His feelings were too much for speech, and suddenly he broke down. 'I don't understand,' he groaned. 'I've been doing my best to keep him alive, and that's enough. I had no hand in all this. I have no abilities. There hasn't been a drop of medicine or a mouthful of invalid food for months here. He was shamefully abandoned. A man like this, with such ideas. Shamefully! Shamefully! I—I—haven't slept for the last ten nights. ...'

"His voice lost itself in the calm of the evening. The long shadows of the forest had slipped down hill while we talked, had gone far beyond the ruined hovel, beyond the symbolic row of stakes. All this was in the gloom, while we down there were yet in the sunshine, and the stretch of the river abreast of the clearing glittered in a still and dazzling splendour, with a murky and overshadowed bend above and below. Not a living soul was seen on the shore. The bushes did not rustle.

"Suddenly round the corner of the house a group of men appeared, as though they had come up from the ground. They waded waist-deep in the grass, in a compact body, bearing an improvised stretcher in their midst. Instantly, in the emptiness of the landscape, a cry arose whose shrillness pierced the still air like a sharp arrow flying straight to the very heart of the land; and, as if by enchantment, streams of human beings—of naked human beings—with spears in their hands, with bows, with shields, with wild glances and savage movements, were poured into the clearing by the dark-faced and pensive forest. The bushes shook, the grass swayed for a time, and then everything stood still in attentive immobility.

"'Now, if he does not say the right thing to them we are all done for,' said the Russian at my elbow. The knot of men with the stretcher had stopped, too, half-way to the steamer, as if petrified. I saw the man on the stretcher sit up, lank and with an uplifted arm, above the shoulders of the bearers. 'Let us hope that the man who can talk so well of love in general will find some particular reason to spare us this time,' I said. I resented bitterly the absurd danger of our situation, as if to be at the mercy of that atrocious phantom had been a dishonouring necessity. I could not hear a sound, but through my glasses I saw the thin arm extended commandingly, the lower jaw moving, the eyes of that apparition shining darkly far in its bony head that nodded with grotesque jerks. Kurtz—Kurtz—that means short in

German—don't it? Well, the name was as true as everything else in his life—and death. He looked at least seven feet long. His covering had fallen off, and his body emerged from it pitiful and appalling as from a winding-sheet. I could see the cage of his ribs all astir, the bones of his arm waving. It was as though an animated image of death carved out of old ivory had been shaking its hand with menaces at a motionless crowd of men made of dark and glittering bronze. I saw him open his mouth wide—it gave him a weirdly voracious aspect, as though he had wanted to swallow all the air, all the earth, all the men before him. A deep voice reached me faintly. He must have been shouting. He fell back suddenly. The stretcher shook as the bearers staggered forward again, and almost at the same time I noticed that the crowd of savages was vanishing without any perceptible movement of retreat, as if the forest that had ejected these beings so suddenly had drawn them in again as the breath is drawn in a long aspiration.

"Some of the pilgrims behind the stretcher carried his arms—two shot-guns, a heavy rifle, and a light revolver-carbine—the thunderbolts of that pitiful Jupiter. The manager bent over him murmuring as he walked beside his head. They laid him down in one of the little cabins—just a room for a bed-place and a camp-stool or two, you know. We had brought his belated correspondence, and a lot of torn envelopes and open letters littered his bed. His hand roamed feebly amongst these papers. I was struck by the fire of his eyes and the composed languor of his expression. It was not so much the exhaustion of disease. He did not seem in pain.

This shadow looked satiated and calm, as though for the moment it had had its fill of all the emotions.

"He rustled one of the letters, and looking straight in my face said, 'I am glad.' Somebody had been writing to him about me. These special recommendations were turning up again. The volume of tone he emitted without effort, almost without the trouble of moving his lips, amazed me. A voice! a voice! It was grave, profound, vibrating, while the man did not seem capable of a whisper. However, he had enough strength in him—factitious no doubt—to very nearly make an end of us, as you shall hear directly.

"The manager appeared silently in the doorway; I stepped out at once and he drew the curtain after me. The Russian, eyed curiously by the pilgrims, was staring at the shore. I followed the direction of his glance.

"Dark human shapes could be made out in the distance, flitting indistinctly against the gloomy border of the forest, and near the river two bronze figures, leaning on tall spears, stood in the sunlight under fantastic head-dresses of spotted skins, warlike and still in statuesque repose. And from right to left along the lighted shore moved a wild and gorgeous apparition of a woman.

"She walked with measured steps, draped in striped and fringed cloths, treading the earth proudly, with a slight jingle and flash of barbarous ornaments. She carried her head high; her hair was done in the shape of a helmet; she had brass leggings to the knee, brass wire gauntlets to the elbow, a crimson spot on her tawny cheek, innumerable necklaces of glass beads on her neck; bizarre things, charms, gifts of witchmen, that hung about her, glittered and trembled at every step. She must have had the value of several elephant tusks upon her. She was savage and superb, wild-eyed and magnificent; there was something ominous and stately in her deliberate progress. And in the hush that had fallen suddenly upon the whole sorrowful land, the immense wilderness, the colossal body of the fecund and mysterious life seemed to look at her, pensive, as though it had been looking at the image of its own tenebrous and passionate soul.

"She came abreast of the steamer, stood still, and faced us. Her long shadow fell to the water's edge. Her face had a tragic and fierce aspect of wild sorrow and of dumb pain mingled with the fear of some struggling, half-shaped resolve. She stood looking at us without a stir, and like the wilderness itself, with an air of brooding over an inscrutable purpose. A whole minute passed, and then she made a step forward. There was a low jingle, a glint of yellow metal, a sway of fringed draperies, and she stopped as if her heart had failed her. The young fellow by my side growled. The pilgrims murmured at my back. She looked at us all as if her life had depended upon the unswerving steadiness of her glance. Suddenly she opened her bared arms and threw them up rigid above her head, as though in an uncontrollable desire to touch the sky, and at the same time the swift shadows darted out on the earth, swept around on the river, gathering the steamer into a shadowy embrace. A formidable silence hung over the scene.

"She turned away slowly, walked on, following the bank, and passed into the bushes to the left. Once only her eyes gleamed back at us in the dusk of the thickets before she disappeared.

"'If she had offered to come aboard I really think I would have tried to shoot her,' said the man of patches, nervously. 'I had been risking my life every day for the last fortnight to keep her out of the house. She got in one day and kicked up a row about those miserable rags I picked up in the storeroom to mend my clothes with. I wasn't decent. At least it must have been that, for she talked like a fury to Kurtz for an hour, pointing at me now and then. I don't understand the dialect of this tribe. Luckily for me, I fancy Kurtz felt too ill that day to care, or there would have been mischief. I don't understand. ... No—it's too much for me. Ah, well, it's all over now.'

"At this moment I heard Kurtz's deep voice behind the curtain: 'Save me!—save the ivory, you mean. Don't tell me. Save *me!* Why, I've had to save you. You are interrupting my plans now. Sick! Sick! Not so sick as you would like to believe. Never mind. I'll carry my ideas out yet—I will return. I'll show you what can be done. You with your little peddling notions—you are interfering with me. I will return. I. ...'

"The manager came out. He did me the honour to take me under the arm and lead me aside. 'He is very low, very low,' he said. He considered it necessary to sigh, but neglected to be consistently sorrowful. 'We have done all we could for him—haven't we? But there is no disguising the fact, Mr. Kurtz has done more harm than good to the Company. He did not see the time was not ripe for vigorous action. Cautiously, cautiously—that's my principle. We must be cautious yet. The district is closed to us for a time. Deplorable! Upon the whole, the trade will suffer. I don't deny there is a remarkable quantity of ivory—mostly fossil. We must save it, at all events—but look how precarious the position is—and why? Because the method is unsound.' 'Do you,' said I, looking at the shore, 'call it "unsound method?"' 'Without doubt,' he exclaimed, hotly. 'Don't you?' ... 'No method at all,' I murmured after a while. 'Exactly,' he exulted. 'I anticipated this. Shows a complete want of judgment. It is my duty to point it out in the proper quarter.' 'Oh,' said I, 'that fellow—what's his name?—the brickmaker, will make a readable report for you.' He appeared confounded for a moment. It seemed to me I had never breathed an atmosphere so vile, and I turned mentally to Kurtz for relief—positively for relief. 'Nevertheless I think Mr. Kurtz is a remarkable man,' I said with emphasis. He started, dropped on me a cold heavy glance, said very quietly, 'he *was*,' and turned his back on me. My hour of favour was over; I found myself lumped along with Kurtz as a partisan of methods for which the time was not ripe: I was unsound! Ah! but it was something to have at least a choice of nightmares.

"I had turned to the wilderness really, not to Mr. Kurtz, who, I was ready to admit, was as good as buried. And for a moment it seemed to me as if I also were buried in a vast grave full of unspeakable secrets. I felt an intolerable weight oppressing my breast, the smell of the damp earth, the unseen presence of victorious corruption, the darkness of an impenetrable night. ... The Russian tapped me on the shoulder. I heard him mumbling and stammering something about 'brother seaman—couldn't conceal—knowledge of matters that would affect Mr. Kurtz's reputation.' I waited. For him evidently Mr. Kurtz was not in his grave; I suspect that for him Mr. Kurtz was one of the immortals. 'Well!' said I at last, 'speak out. As it happens, I am Mr. Kurtz's friend—in a way.'

"He stated with a good deal of formality that had we not been 'of the same profession,' he would have kept the matter to himself without regard to consequences. 'He suspected there was an active ill-will towards him on the part of these white men that—' 'You are right,' I said, remembering a certain conversation I had overheard. 'The manager thinks you ought to be hanged.' He showed a concern at this intelligence which amused me at first. 'I had better get out of the way quietly,' he said, earnestly. 'I can do no more for Kurtz now, and they would soon find some excuse. What's to stop them? There's a military post three hundred miles from here.' 'Well, upon my word,' said I, 'perhaps you had better go if you have any friends amongst the savages near by.' 'Plenty,' he said. 'They are simple people—and I want nothing, you know.' He stood biting his lip, then: 'I don't want any harm to happen to these whites here, but of course I was thinking of Mr. Kurtz's reputation—but you are a brother seaman and—' 'All right,' said I, after a time. 'Mr. Kurtz's reputation is safe with me.' I did not know how truly I spoke.

"He informed me, lowering his voice, that it was Kurtz who had ordered the attack to be made on the steamer. 'He hated sometimes the idea of being taken away—and then again. ... But I don't understand these matters. I am a simple man. He thought it would scare you away—that you would give it up, thinking him dead. I could not stop him. Oh, I had an awful time of it this last month.' 'Very well,' I said. 'He is all right now.' 'Ye-e-es,' he muttered, not very convinced apparently. 'Thanks,' said I; 'I shall keep my eyes open.' 'But quiet—eh?' he urged, anxiously. 'It would be awful for his reputation if anybody here—' I promised a complete discretion with great gravity. 'I have a canoe and three black fellows waiting not very far. I am off. Could you give me a few Martini-Henry cartridges?' I could, and did, with proper secrecy. He helped himself, with a wink at me, to a handful of my tobacco. 'Between sailors—you know—good English tobacco.' At the door of the pilot-house he turned round—'I say, haven't you a pair of shoes you could spare?' He raised one leg. 'Look.' The soles were tied with knotted strings sandal-wise under his bare feet. I rooted out an old pair, at which he looked with admiration before tucking it under his left arm. One of his pockets (bright red) was bulging with cartridges, from the other (dark blue) peeped 'Towson's Inquiry,' etc., etc. He seemed to think himself excellently well equipped for a renewed encounter with the wilderness. 'Ah! I'll never, never meet such a man again. You ought to have heard him recite poetry—his own, too, it was, he told me. Poetry!' He rolled his eyes at the recollection of these delights. 'Oh, he enlarged my mind!' 'Good-bye,' said I. He shook hands and vanished in the night. Sometimes I ask myself whether I had ever really seen him—whether it was possible to meet such a phenomenon! ...

"When I woke up shortly after midnight his warning came to my mind with its hint of danger that seemed, in the starred darkness, real enough to make me get up for the purpose of having a look round. On the hill a big fire burned, illuminating fitfully a crooked corner of the station-house. One of the agents with a picket of a few of our blacks, armed for the purpose, was keeping guard over the ivory; but deep within the forest, red gleams that wavered, that seemed to sink and rise from the ground amongst confused columnar shapes of intense blackness, showed the exact position of the camp where Mr. Kurtz's adorers were keeping their uneasy vigil. The monotonous beating of a big drum filled the air with muffled shocks and a lingering vibration. A steady droning sound of many men chanting each to himself some weird incantation came out from the black, flat wall of the woods as the humming of bees comes out of a hive, and had a strange narcotic effect upon my half-awake senses. I believe I dozed off leaning over the rail, till an abrupt burst of yells, an overwhelming outbreak of a pent-up and mysterious frenzy, woke me up in a bewildered wonder. It was cut short all at once, and the low droning went on with an effect of audible and soothing silence. I glanced casually into the little cabin. A light was burning within, but Mr. Kurtz was not there.

"I think I would have raised an outcry if I had believed my eyes. But I didn't believe them at first—the thing seemed so impossible. The fact is I was completely unnerved by a sheer blank fright, pure abstract terror, unconnected with any distinct shape of physical danger. What made this emotion so overpowering was—how shall I define it?—the moral shock I received, as if something altogether monstrous, intolerable to thought and odious to the soul, had been thrust upon me unexpectedly. This lasted of course the merest fraction of a second, and then the usual sense of commonplace, deadly danger, the possibility of a sudden onslaught and massacre, or something of the kind, which I saw impending, was positively welcome and composing. It pacified me, in fact, so much, that I did not raise an alarm.

"There was an agent buttoned up inside an ulster and sleeping on a chair on deck within three feet of me. The yells had not awakened him; he snored very slightly; I left him to his slumbers and leaped ashore. I did not betray Mr. Kurtz—it was ordered I should never betray him—it was written I should be loyal to the nightmare of my choice. I was anxious to deal with this shadow by myself alone,—and to this day I don't know why I was so jealous of sharing with any one the peculiar blackness of that experience.

"As soon as I got on the bank I saw a trail—a broad trail through the grass. I remember the exultation with which I said to myself, 'He can't walk—he is crawling on all-fours—I've got him.' The grass was wet with dew. I strode rapidly with clenched fists. I fancy I had some vague notion of falling upon him and giving him a drubbing. I don't know. I had some imbecile thoughts. The knitting old woman with the cat obtruded herself upon my memory as a most improper person to be sitting at the other end of such an affair. I saw a row of pilgrims squirting lead in the air out of Winchesters held to the hip. I thought I would never get back to the steamer, and imagined myself living alone and unarmed in the woods to an advanced age. Such silly things—you know. And I remember I confounded the beat of the drum with the beating of my heart, and was pleased at its calm regularity.

"I kept to the track though—then stopped to listen. The night was very clear; a dark blue space, sparkling with dew and starlight, in which black things stood very still. I thought I could see a kind of motion ahead of me. I was strangely cocksure of everything that night. I actually left the track and ran in a wide semicircle (I verily believe chuckling to myself) so as to get in front of that stir, of that motion I had seen—if indeed I had seen anything. I was circumventing Kurtz as though it had been a boyish game.

"I came upon him, and, if he had not heard me coming, I would have fallen over him, too, but he got up in time. He rose, unsteady, long, pale, indistinct, like a vapour exhaled by the earth, and swayed slightly, misty and silent before me; while at my back the fires loomed between the trees, and the murmur of many voices issued from the forest. I had cut him off cleverly; but when actually confronting him I seemed to come to my senses, I saw the danger in its right proportion. It was by no means over yet. Suppose he began to shout? Though he could hardly stand, there was still plenty of vigour in his voice. 'Go away—hide yourself,' he said, in that profound tone. It was very awful. I glanced back. We were within thirty yards from the nearest fire. A black figure stood up, strode on long black legs, waving long black arms, across the glow. It had horns—antelope horns, I think—on its head.

Some sorcerer, some witch-man, no doubt: it looked fiend-like enough. 'Do you know what you are doing?' I whispered. 'Perfectly,' he answered, raising his voice for that single word: it sounded to me far off and yet loud, like a hail through a speaking-trumpet. If he makes a row we are lost, I thought to myself. This clearly was not a case for fisticuffs, even apart from the very natural aversion I had to beat that Shadow—this wandering and tormented thing. 'You will be lost,' I said—'utterly lost.' One gets sometimes such a flash of inspiration, you know. I did say the right thing, though indeed he could not have been more irretrievably lost than he was at this very moment, when the foundations of our intimacy were being laid—to endure—to endure—even to the end—even beyond.

"'I had immense plans,' he muttered irresolutely. 'Yes,' said I; 'but if you try to shout I'll smash your head with—' There was not a stick or a stone near. 'I will throttle you for good,' I corrected myself. 'I was on the threshold of great things,' he pleaded, in a voice of longing, with a wistfulness of tone that made my blood run cold. 'And now for this stupid scoundrel—' 'Your success in Europe is assured in any case,' I affirmed, steadily. I did not want to have the throttling of him, you understand—and indeed it would have been very little use for any practical purpose. I tried to break the spell—the heavy, mute spell of the wilderness—that seemed to draw him to its pitiless breast by the awakening of forgotten and brutal instincts, by the memory of gratified and monstrous passions. This alone, I was convinced, had driven him out to the edge of the forest, to the bush, towards the gleam of fires, the throb of drums, the drone of weird incantations; this alone had beguiled his unlawful soul beyond the bounds of permitted aspirations. And, don't you see, the terror of the position was not in being knocked on the head—though I had a very lively sense of that danger, too—but in this, that I had to deal with a being to whom I could not appeal in the name of anything high or low. I had, even like the niggers, to invoke him—himself—his own exalted and incredible degradation. There was nothing either above or below him, and I knew it. He had kicked himself loose of the earth. Confound the man! he had kicked the very earth to pieces. He was alone, and I before him did not know whether I stood on the ground or floated in the air. I've been telling you what we said—repeating the phrases we pronounced—but what's the good? They were common everyday words—the familiar, vague sounds exchanged on every waking day of life. But what of that? They had behind them, to my mind, the terrific suggestiveness of words heard in dreams, of phrases spoken in nightmares. Soul! If anybody had ever struggled with a soul, I am the man. And I wasn't arguing with a lunatic either. Believe me or not, his intelligence was perfectly clear—concentrated, it is true, upon himself with horrible intensity, yet clear; and therein was my only chance—barring, of course, the killing him there and then, which wasn't so good, on account of unavoidable noise. But his soul was mad. Being alone in the wilderness, it had looked within itself, and, by heavens! I tell you, it had gone mad. I had—for my sins, I suppose—to go through the ordeal of looking into it myself. No eloquence could have been so withering to one's belief in mankind as his final burst of sincerity. He struggled with himself, too. I saw it,—I heard it. I saw the inconceivable mystery of a soul that knew no restraint, no faith, and no fear, yet struggling blindly with itself. I kept my head pretty well; but when I had him at last stretched on the couch, I wiped my forehead, while my legs shook under me as though I had carried half a ton on my back down that hill. And yet I had only supported him, his bony arm clasped round my neck—and he was not much heavier than a child.

"When next day we left at noon, the crowd, of whose presence behind the curtain of trees I had been acutely conscious all the time, flowed out of the woods again, filled the clearing, covered the slope with a mass of naked, breathing, quivering, bronze bodies. I steamed up a bit, then swung downstream, and two thousand eyes followed the evolutions of the splashing, thumping, fierce river-demon beating the water with its terrible tail and breathing black smoke into the air. In front of the first rank, along the river, three men, plastered with bright red earth from head to foot, strutted to and fro restlessly. When we came abreast again, they faced the river, stamped their feet, nodded their horned heads, swayed their scarlet bodies; they shook towards the fierce river-demon a bunch of black feathers, a mangy skin with a pendent tail—something that looked like a dried gourd; they shouted periodically together strings of amazing words that resembled no sounds of human language; and the deep murmurs of the crowd, interrupted suddenly, were like the responses of some satanic litany.

"We had carried Kurtz into the pilot-house: there was

more air there. Lying on the couch, he stared through the open shutter. There was an eddy in the mass of human bodies, and the woman with helmeted head and tawny cheeks rushed out to the very brink of the stream. She put out her hands, shouted something, and all that wild mob took up the shout in a roaring chorus of articulated, rapid, breathless utterance.

"'Do you understand this?' I asked.

"He kept on looking out past me with fiery, longing eyes, with a mingled expression of wistfulness and hate. He made no answer, but I saw a smile, a smile of indefinable meaning, appear on his colourless lips that a moment after twitched convulsively. 'Do I not?' he said slowly, gasping, as if the words had been torn out of him by a supernatural power.

"I pulled the string of the whistle, and I did this because I saw the pilgrims on deck getting out their rifles with an air of anticipating a jolly lark. At the sudden screech there was a movement of abject terror through that wedged mass of bodies. 'Don't! don't you frighten them away,' cried some one on deck disconsolately. I pulled the string time after time. They broke and ran, they leaped, they crouched, they swerved, they dodged the flying terror of the sound. The three red chaps had fallen flat, face down on the shore, as though they had been shot dead. Only the barbarous and superb woman did not so much as flinch, and stretched tragically her bare arms after us over the sombre and glittering river.

"And then that imbecile crowd down on the deck started their little fun, and I could see nothing more for smoke.

. . .

"The brown current ran swiftly out of the heart of darkness, bearing us down towards the sea with twice the speed of our upward progress; and Kurtz's life was running swiftly, too, ebbing, ebbing out of his heart into the sea of inexorable time. The manager was very placid, he had no vital anxieties now, he took us both in with a comprehensive and satisfied glance: the 'affair' had come off as well as could be wished. I saw the time approaching when I would be left alone of the party of 'unsound method.' The pilgrims looked upon me with disfavour. I was, so to speak, numbered with the dead. It is strange how I accepted this unforeseen partnership, this choice of nightmares forced upon me in the tenebrous land invaded by these mean and greedy phantoms.

"Kurtz discoursed. A voice! a voice! It rang deep to the very last. It survived his strength to hide in the magnificent folds of eloquence the barren darkness of his heart. Oh, he struggled! he struggled! The wastes of his weary brain were haunted by shadowy images now—images of wealth and fame revolving obsequiously round his unextinguishable gift of noble and lofty expression. My Intended, my station, my career, my ideas—these were the subjects for the occasional utterances of elevated sentiments. The shade of the original Kurtz frequented the bedside of the hollow sham, whose fate it was to be buried presently in the mould of primeval earth. But both the diabolic love and the unearthly hate of the mysteries it had penetrated fought for the possession of that soul satiated with primitive emotions, avid of lying fame, of sham distinction, of all the appearances of success and power.

"Sometimes he was contemptibly childish. He desired to have kings meet him at railway-stations on his return from some ghastly Nowhere, where he intended to accomplish great things. 'You show them you have in you something that is really profitable, and then there will be no limits to the recognition of your ability,' he would say. 'Of course you must take care of the motives—right motives—always.' The long reaches that were like one and the same reach, monotonous bends that were exactly alike, slipped past the steamer with their multitude of secular trees looking patiently after this grimy fragment of another world, the forerunner of change, of conquest, of trade, of massacres, of blessings. I looked ahead—piloting. 'Close the shutter,' said Kurtz suddenly one day; 'I can't bear to look at this.' I did so. There was a silence. 'Oh, but I will wring your heart yet!' he cried at the invisible wilderness.

"We broke down—as I had expected—and had to lie up for repairs at the head of an island. This delay was the first thing that shook Kurtz's confidence. One morning he gave me a packet of papers and a photograph—the lot tied together with a shoe-string. 'Keep this for me,' he said. 'This noxious fool' (meaning the manager) 'is capable of prying into my boxes when I am not looking.' In the afternoon I saw him. He was lying on his back with closed eyes, and I withdrew quietly, but I heard him mutter, 'Live rightly, die, die …' I listened. There was nothing more. Was he rehearsing some speech in his sleep, or was it a fragment of a phrase from some newspaper article? He had been writing for the papers and meant to do so again, 'for the furthering of my ideas. It's a duty.'

"His was an impenetrable darkness. I looked at him as you peer down at a man who is lying at the bottom of a precipice where the sun never shines. But I had not much time to give him, because I was helping the engine-driver to take to pieces the leaky cylinders, to straighten a bent connecting-rod, and in other such matters. I lived in an infernal mess of rust, filings, nuts, bolts, spanners, hammers, ratchet-drills—things I abominate, because I don't get on with them. I tended the little forge we fortunately had aboard; I toiled wearily in a wretched scrap-heap—unless I had the shakes too bad to stand.

"One evening coming in with a candle I was startled to hear him say a little tremulously, 'I am lying here in the dark waiting for death.' The light was within a foot of his eyes. I forced myself to murmur, 'Oh, nonsense!' and stood over him as if transfixed.

"Anything approaching the change that came over his features I have never seen before, and hope never to see again. Oh, I wasn't touched. I was fascinated. It was as though a veil had been rent. I saw on that ivory face the expression of sombre pride, of ruthless power, of craven terror—of an intense and hopeless despair. Did he live his life again in every detail of desire, temptation, and surrender during that supreme moment of complete knowledge? He cried in a whisper at some image, at some vision—he cried out twice, a cry that was no more than a breath—

"'The horror! The horror!'

"I blew the candle out and left the cabin. The pilgrims were dining in the mess-room, and I took my place opposite the manager, who lifted his eyes to give me a questioning glance, which I successfully ignored. He leaned back, serene, with that peculiar smile of his sealing the unexpressed depths of his meanness. A continuous shower of small flies streamed upon the lamp, upon the cloth, upon our hands and faces. Suddenly the manager's boy put his insolent black head in the doorway, and said in a tone of scathing contempt—

"'Mistah Kurtz—he dead.'[1]

"All the pilgrims rushed out to see. I remained, and went on with my dinner. I believe I was considered brutally callous. However, I did not eat much. There was a lamp in there—light, don't you know—and outside it was so beastly, beastly dark. I went no more near the remarkable man who had pronounced a judgment upon the adventures of his soul on this earth. The voice was gone. What else had been there? But I am of course aware that next day the pilgrims buried something in a muddy hole.

"And then they very nearly buried me.

"However, as you see, I did not go to join Kurtz there and then. I did not. I remained to dream the nightmare out to the end, and to show my loyalty to Kurtz once more. Destiny. My destiny! Droll thing life is—that mysterious arrangement of merciless logic for a futile purpose. The most you can hope from it is some knowledge of yourself—that comes too late—a crop of unextinguishable regrets. I have wrestled with death. It is the most unexciting contest you can imagine. It takes place in an impalpable greyness, with nothing underfoot, with nothing around, without spectators, without clamour, without glory, without the great desire of victory, without the great fear of defeat, in a sickly atmosphere of tepid scepticism, without much belief in your own right, and still less in that of your adversary. If such is the form of ultimate wisdom, then life is a greater riddle than some of us think it to be. I was within a hair's-breadth of the last opportunity for pronouncement, and I found with humiliation that probably I would have nothing to say. This is the reason why I affirm that Kurtz was a remarkable man. He had something to say. He said it. Since I had peeped over the edge myself,[2] I understand better the meaning of his stare, that could not see the flame of the candle, but was wide enough to embrace the whole universe, piercing enough to penetrate all the hearts that beat in the darkness. He had summed up—he had judged. 'The horror!' He was a remarkable man. After all, this was the expression of some sort of belief; it had candour, it had conviction, it had a vibrating note of revolt in its whisper, it had the appalling face of a glimpsed truth—the strange commingling of desire and hate. And it is not my own extremity I remember best—a vision of greyness without form filled with physical pain, and a careless contempt for the evanescence of all things—even of this pain itself. No! It is his extremity that I seem to have lived through. True, he had made that last stride, he had stepped over the edge, while I had been permitted to draw back my hesitating foot. And perhaps in this is the whole difference; perhaps all the wisdom, and all truth, and all sincerity, are just compressed into that inappreciable moment of time in which we step over the threshold of the invisible. Perhaps! I like to think my summing-up would not have been a word of careless contempt. Better his cry—much better. It was an affirmation, a moral victory paid for by innumerable defeats, by abominable terrors, by abominable satisfactions. But it was a victory! That is why I have remained loyal to Kurtz to the last, and even beyond, when a long time after I heard once more, not his own voice, but the echo of his magnificent eloquence thrown to me from a soul as translucently pure as a cliff of crystal.

"No, they did not bury me, though there is a period of time which I remember mistily, with a shuddering wonder, like a passage through some inconceivable world that had no hope in it and no desire. I found myself back in the sepulchral city resenting the sight of people hurrying through the streets to filch a little money from each other, to devour their infamous cookery, to gulp their unwholesome beer, to dream their insignificant and silly dreams. They trespassed upon my thoughts. They were intruders whose knowledge of life was to me an irritating pretence, because I felt so sure they could not possibly know the things I knew. Their bearing, which was simply the bearing of commonplace individuals going about their business in the assurance of perfect safety, was offensive to me like the outrageous flauntings of folly in the face of a danger it is unable to comprehend.[3] I had no particular desire to enlighten them, but I had some difficulty in restraining myself from laughing in their faces, so full of stupid importance. I daresay I was not very well at that time. I tottered about the streets—there were various affairs to settle —grinning bitterly at perfectly respectable persons. I admit my behaviour was inexcusable, but then my temperature was seldom normal in these days. My dear aunt's endeavours to 'nurse up my strength' seemed altogether beside the mark. It was not my strength that wanted nursing, it was my imagination that wanted soothing. I kept the bundle of papers given me by Kurtz, not knowing exactly what to do with it. His mother had died lately, watched over, as I was told, by his Intended. A clean-shaved man, with an official manner and wearing gold-rimmed spectacles, called on me one day and made inquiries, at first circuitous, afterwards suavely pressing, about what he was pleased to denominate certain 'documents.' I was not surprised, because I had had two rows with the manager on the subject out there. I had refused to give up the smallest scrap out of that package, and I took the same attitude with the spectacled man. He became darkly menacing at last, and with much heat argued that the Company had the right to every bit of information about its 'territories.' And said he, 'Mr. Kurtz's knowledge of unexplored regions must have been necessarily extensive and peculiar—owing to his great abilities and to the deplorable circumstances in which he had been placed: therefore—' I assured him Mr. Kurtz's knowledge, however extensive, did not bear upon the problems of commerce or administration. He invoked then the name of science. 'It would be an incalculable loss if,' etc., etc. I offered him the report on the

'Suppression of Savage Customs,' with the postscriptum torn off. He took it up eagerly, but ended by sniffing at it with an air of contempt. 'This is not what we had a right to expect,' he remarked. 'Expect nothing else,' I said. 'There are only private letters.' He withdrew upon some threat of legal proceedings, and I saw him no more; but another fellow, calling himself Kurtz's cousin, appeared two days later, and was anxious to hear all the details about his dear relative's last moments. Incidentally he gave me to understand that Kurtz had been essentially a great musician.[4] 'There was the making of an immense success,' said the man, who was an organist, I believe, with lank grey hair flowing over a greasy coat-collar. I had no reason to doubt his statement; and to this day I am unable to say what was Kurtz's profession, whether he ever had any—which was the greatest of his talents. I had taken him for a painter who wrote for the papers, or else for a journalist who could paint—but even the cousin (who took snuff during the interview) could not tell me what he had been—exactly. He was a universal genius—on that point I agreed with the old chap, who thereupon blew his nose noisily into a large cotton handkerchief and withdrew in senile agitation, bearing off some family letters and memoranda without importance. Ultimately a journalist anxious to know something of the fate of his 'dear colleague' turned up. This visitor informed me Kurtz's proper sphere ought to have been politics 'on the popular side.' He had furry straight eyebrows, bristly hair cropped short, an eye-glass on a broad ribbon, and, becoming expansive, confessed his opinion that Kurtz really couldn't write a bit—'but heavens! how that man could talk. He electrified large meetings. He had faith—don't you see?—he had the faith. He could get himself to believe anything—anything. He would have been a splendid leader of an extreme party.' 'What party?' I asked. 'Any party,' answered the other. 'He was an—an—extremist.' Did I not think so? I assented. Did I know, he asked, with a sudden flash of curiosity, 'what it was that had induced him to go out there?' 'Yes,' said I, and forthwith handed him the famous Report for publication, if he thought fit. He glanced through it hurriedly, mumbling all the time, judged 'it would do,' and took himself off with this plunder.

"Thus I was left at last with a slim packet of letters and the girl's portrait. She struck me as beautiful—I mean she had a beautiful expression. I know that the sunlight can be made to lie, too, yet one felt that no manipulation of light and pose could have conveyed the delicate shade of truthfulness upon those features. She seemed ready to listen without mental reservation, without suspicion, without a thought for herself. I concluded I would go and give her back her portrait and those letters myself. Curiosity? Yes; and also some other feeling perhaps. All that had been Kurtz's had passed out of my hands: his soul, his body, his station, his plans, his ivory, his career. There remained only his memory and his Intended—and I wanted to give that up, too, to the past, in a way—to surrender personally all that remained of him with me to that oblivion which is the last word of our common fate. I don't defend myself. I had no clear perception of what it was I really wanted. Perhaps it was an impulse of unconscious loyalty, or the fulfilment of one of these ironic necessities that lurk in the facts of human existence. I don't know. I can't tell. But I went.

"I thought his memory was like the other memories of the dead that accumulate in every man's life—a vague impress on the brain of shadows that had fallen on it in their swift and final passage; but before the high and ponderous door, between the tall houses of a street as still and decorous as a well-kept alley in a cemetery, I had a vision of him on the stretcher, opening his mouth voraciously, as if to devour all the earth with all its mankind. He lived then before me; he lived as much as he had ever lived—a shadow insatiable of splendid appearances, of frightful realities; a shadow darker than the shadow of the night, and draped nobly in the folds of a gorgeous eloquence. The vision seemed to enter the house with me—the stretcher, the phantom-bearers, the wild crowd of obedient worshippers, the gloom of the forests, the glitter of the reach between the murky bends, the beat of the drum, regular and muffled like the beating of a heart—the heart of a conquering darkness. It was a moment of triumph for the wilderness, an invading and vengeful rush which, it seemed to me, I would have to keep back alone for the salvation of another soul. And the memory of what I had heard him say afar there, with the horned shapes stirring at my back, in the glow of fires, within the patient woods, those broken phrases came back to me, were heard again in their ominous and terrifying simplicity. I remembered his abject pleading, his abject threats, the colossal scale of his vile desires, the meanness, the torment, the tempestuous anguish of his soul. And later on I seemed to see his collected languid manner, when he said one day, 'This lot of ivory now is really mine. The Company did not pay for it. I collected it myself at a very great personal risk. I am afraid they will try to claim it as theirs though. H'm. It is a difficult case. What do you think I ought to do—resist? Eh? I want no more than justice.' ... He wanted no more than justice—no more than justice. I rang the bell before a mahogany door on the first floor, and while I waited he seemed to stare at me out of the glassy panel—stare with that wide and immense stare embracing, condemning, loathing all the universe. I seemed to hear the whispered cry, 'The horror! The horror!'

"The dusk was falling. I had to wait in a lofty drawing-room with three long windows from floor to ceiling that were like three luminous and bedraped columns. The bent gilt legs and backs of the furniture shone in indistinct curves. The tall marble fireplace had a cold and monumental whiteness. A grand piano stood massively in a corner; with dark gleams on the flat surfaces like a sombre and polished sarcophagus. A high door opened—closed. I rose.

"She came forward, all in black, with a pale head, floating towards me in the dusk. She was in mourning. It was more than a year since his death, more than a year since the news came; she seemed as though she would remember and mourn for ever. She took both my hands in hers and murmured, 'I had heard you were coming.' I noticed she was not very young—I mean not girlish. She had a mature capacity for fidelity, for belief, for suffering. The room seemed to have grown darker, as if all the sad light of the cloudy evening had taken refuge on her forehead. This fair hair, this pale visage, this pure brow, seemed surrounded by an ashy halo from which the dark eyes looked out at me. Their glance was guileless, profound, confident, and trustful. She carried her sorrowful head as though she were proud of that sorrow, as though she would say, I—I alone know how to mourn for him as he deserves. But while we were still shaking hands, such a look of awful desolation came upon her face that I perceived she was one of those creatures that are not the playthings of Time. For her he had died only yesterday. And, by Jove! the impression was so powerful that for me, too, he seemed to have died only yesterday—nay, this very minute. I saw her and him in the same instant of time—his death and her sorrow—I saw her sorrow in the very moment of his death. Do you understand? I saw them together—I heard them together. She had said, with a deep catch of the breath, 'I have survived' while my strained ears seemed to hear distinctly, mingled with her tone of despairing regret, the summing up whisper of his eternal condemnation. I asked myself what I was doing there, with a sensation of panic in my heart as though I had blundered into a place of cruel and absurd mysteries not fit for a human being to behold. She motioned me to a chair. We sat down. I laid the packet gently on the little table, and she put her hand over it. ... 'You knew him well,' she murmured, after a moment of mourning silence.

"'Intimacy grows quickly out there,' I said. 'I knew him as well as it is possible for one man to know another.'

"'And you admired him,' she said. 'It was impossible to know him and not to admire him. Was it?'

"'He was a remarkable man,' I said, unsteadily. Then before the appealing fixity of her gaze, that seemed to watch for more words on my lips, I went on, 'It was impossible not to—'

"'Love him,' she finished eagerly, silencing me into an appalled dumbness. 'How true! how true! But when you think that no one knew him so well as I! I had all his noble confidence. I knew him best.'

"'You knew him best,' I repeated. And perhaps she did. But with every word spoken the room was growing darker, and only her forehead, smooth and white, remained illumined by the unextinguishable light of belief and love.

"'You were his friend,' she went on. 'His friend,' she repeated, a little louder. 'You must have been, if he had given you this, and sent you to me. I feel I can speak to you—and oh! I must speak. I want you—you who have heard his last words—to know I have been worthy of him. ... It is not pride. ... Yes! I am proud to know I understood him better than any one on earth—he told me so himself. And since his mother died I have had no one—no one—to—to—'

"I listened. The darkness deepened. I was not even sure whether he had given me the right bundle. I rather suspect he wanted me to take care of another batch of his papers which, after his death, I saw the manager examining under the lamp. And the girl talked, easing her pain in the certitude of my sympathy; she talked as thirsty men drink. I had heard that her engagement with Kurtz had been disapproved by her people. He wasn't rich enough or something. And indeed I don't know whether he had not been a pauper all his life. He had given me some reason to infer that it was his impatience of comparative poverty that drove him out there.

"'... Who was not his friend who had heard him speak once?' she was saying. 'He drew men towards him by what was best in them.' She looked at me with intensity. 'It is the gift of the great,' she went on, and the sound of her low voice seemed to have the accompaniment of all the other sounds, full of mystery, desolation, and sorrow, I had ever heard—the ripple of the river, the soughing of the trees swayed by the wind, the murmurs of the crowds, the faint ring of incomprehensible words cried from afar, the whisper of a voice speaking from beyond the threshold of an eternal darkness. 'But you have heard him! You know!' she cried.

"'Yes, I know,' I said with something like despair in my heart, but bowing my head before the faith that was in her, before that great and saving illusion that shone with an unearthly glow in the darkness, in the triumphant darkness from which I could not have defended her—from which I could not even defend myself.

"'What a loss to me—to us!'—she corrected herself with beautiful generosity; then added in a murmur, 'To the world.' By the last gleams of twilight I could see the glitter of her eyes, full of tears—of tears that would not fall.

"'I have been very happy—very fortunate—very proud,' she went on. 'Too fortunate. Too happy for a little while. And now I am unhappy for—for life.'

"She stood up; her fair hair seemed to catch all the remaining light in a glimmer of gold. I rose, too.

"'And of all this,' she went on, mournfully, 'of all his promise, and of all his greatness, of his generous mind, of his noble heart, nothing remains—nothing but a memory. You and I—'

"'We shall always remember him,' I said, hastily.

"'No!' she cried. 'It is impossible that all this should be lost—that such a life should be sacrificed to leave nothing—but sorrow. You know what vast plans he had. I knew of them, too—I could not perhaps understand—but others knew of them. Something must remain. His words, at least, have not died.'

"'His words will remain,' I said.

"'And his example,' she whispered to herself. 'Men looked up to him—his goodness shone in every act. His example—'

"'True,' I said; 'his example, too. Yes, his example. I forgot that.'

"'But I do not. I cannot—I cannot believe—not yet. I cannot believe that I shall never see him again, that nobody will see him again, never, never, never.'

"She put out her arms as if after a retreating figure, stretching them black and with clasped pale hands across the fading and narrow sheen of the window.[5] Never see him! I saw him clearly enough then. I shall see this eloquent phantom as long as I live, and I shall see her, too, a tragic and familiar Shade, resembling in this gesture another one, tragic also, and bedecked with powerless charms, stretching bare brown arms over the glitter of the infernal stream, the stream of darkness. She said suddenly very low, 'He died as he lived.'

"'His end,' said I, with dull anger stirring in me, 'was in every way worthy of his life.'

"'And I was not with him,' she murmured. My anger subsided before a feeling of infinite pity.

"'Everything that could be done—' I mumbled.

"'Ah, but I believed in him more than any one on earth—more than his own mother, more than—himself. He needed me! Me! I would have treasured every sigh, every word, every sign, every glance.'

"I felt like a chill grip on my chest. 'Don't,' I said, in a muffled voice.

"'Forgive me. I—I—have mourned so long in silence—in silence. ... You were with him—to the last? I think of his loneliness. Nobody near to understand him as I would have understood. Perhaps no one to hear. ...'

"'To the very end,' I said, shakily. 'I heard his very last words. ...' I stopped in a fright.

"'Repeat them,' she murmured in a heart-broken tone. 'I want—I want—something—something—to—to live with.'

"I was on the point of crying at her, 'Don't you hear them?' The dusk was repeating them in a persistent whisper all around us, in a whisper that seemed to swell menacingly like the first whisper of a rising wind. 'The horror! the horror!'

"'His last word—to live with,' she insisted. 'Don't you understand I loved him—I loved him—I loved him!'

"I pulled myself together and spoke slowly.

"'The last word he pronounced was—your name.'

"I heard a light sigh and then my heart stood still, stopped dead short by an exulting and terrible cry, by the cry of inconceivable triumph and of unspeakable pain. 'I knew it—I was sure!' ... She knew. She was sure. I heard her weeping; she had hidden her face in her hands. It seemed to me that the house would collapse before I could escape, that the heavens would fall upon my head. But nothing happened. The heavens do not fall for such a trifle. Would they have fallen, I wonder, if I had rendered Kurtz that justice which was his due? Hadn't he said he wanted only justice? But I couldn't. I could not tell her. It would have been too dark—too dark altogether. ..."

Marlow ceased, and sat apart, indistinct and silent, in the pose of a meditating Buddha.[6] Nobody moved for a time. "We have lost the first of the ebb," said the Director, suddenly. I raised my head. The offing was barred by a black bank of clouds, and the tranquil waterway leading to the uttermost ends of the earth flowed sombre under an overcast sky—seemed to lead into the heart of an immense darkness.

NOTES

I

1. Some later editions replace "sprits" with "spirits," thinking the word a printer's error. Oxford English Dictionary clarifies: "bowsprit: a spar extending forward from a ship's bow, to which the forestays are fastened."
2. This and later such descriptions evoke the paintings of J. M. W. Turner and Claude Monet, whose impressionist style reached its peak in the late 19th century, when Conrad began writing.
3. Hired by a Belgian trading company, Conrad himself journeyed up the Congo River in 1890. He wrote in the Author's Note of a later edition: "curious men go prying into all sorts of places (where they have no business) and come out of them with all kinds of spoil. This story, and one other, not in this volume, are all the spoil I brought out from the centre of Africa, where, really, I had no sort of business."
4. In *Frankenstein*, Walton attempts to sail to the North Pole to "satiate [his] ardent curiosity with the sight of a part of the world never before visited ..." Instead he finds a monster. Mary Shelley's novel might have influenced Conrad's. Both are horror stories recounted by witnesses who attempt to rescue from a harsh wasteland an eloquent and half-mad genius who is a threat to all around him.
5. Conrad was fluent in Polish and French and did not learn English until he was in his 20s.
6. Reportedly shouted to Roman Emperor Claudius before mock naval battles, this Latin phrase means: "Those who are about to die salute you."
7. The turn of the 20th century saw a revival of phrenology: the pseudoscience of measuring the skull to predict a person's mental traits —including their propensity for madness.
8. After World War II, scholars noted this and other such passages herein as akin to the suffering borne by some victims of the Holocaust.

II

1. Earlier novels such as Daniel Defoe's *Robinson Crusoe* also feature protagonists wary of cannibals.
2. Whether intentional, this passage alludes to a spearing found in the gospel of John: "But one of the soldiers with a spear pierced his side, and forthwith came there out blood and water."
3. Conrad uses 628 em dashes (—) in this 38,000-word novel.

III

1. T. S. Eliot borrowed this line for the epigraph to his 1925 poem *The Hollow Men*.
2. On his own journey up the Congo River, Conrad fell ill with malaria and dysentery and suffered thereafter years of poor health.
3. Compare with Victor Frankenstein's disdain for the people of London: their "busy uninteresting joyous faces brought back despair to my heart. I saw an insurmountable barrier placed between me and my fellow-men ..."
4. Kurtz is "a great musician," who is "impressively bald," has "the gift of expression," presides "at certain midnight dances," and makes his acolytes forget "there was such a thing as sleep." These traits are all common to another great antagonist in fiction—Judge Holden: "the lunar dome of his skull passes palely under the lamps ... and he pirouettes and makes a pass, two passes, dancing and fiddling at once. ... He never sleeps, the judge. He is dancing, dancing. He says that he will never die." This from the last paragraph of Cormac McCarthy's novel *Blood Meridian*.
5. Some later editions change "black" to "back," thinking the former a typo. But a few paragraphs earlier, the woman "came forward, all in black." Thus Conrad is evoking the contrast of her black-sleeved arms against the window light.
6. Conrad grew up in a Roman Catholic family but as an adult adhered to no religion.

ABOUT THE AUTHOR

Joseph Conrad was born in 1857 to Polish parents. At age 4 he was exiled with his family to northern Russia, and by the time he was 11, both his parents had died of tuberculosis. Supported by his uncle, Conrad studied in Poland and Switzerland, then left to pursue his childhood dream: a life at sea. He took work aboard British vessels and soon rose to the rank of master mariner. All told, he spent 16 years in the British merchant navy, his exotic voyages and shipmates inspiring much of his later work. In the 1890s he married and settled into a life of writing. Though not a native speaker of English, Conrad developed into one of the language's best writers, shaped by his distinctive cultural and literary backgrounds. Ever wary of official structures, he refused honorary degrees from Cambridge, Liverpool, and Yale, and in 1924 he also refused knighthood. Conrad died later that same year.

BOOKS IN THE SERIES

Frankenstein: The Original 1818 Text
Heart of Darkness: The Restored Text
The Scarlet Letter: The Restored First Edition
The Last of the Mohicans: The Restored Text

ALSO AVAILABLE

Frankenstein: The Grey Translation
The Last of the Mohicans: The Grey Translation
The Scarlet Letter: The Grey Translation

The Grey Translation presents classic books meticulously restored. Each edition includes the complete unabridged text, along with an additional modern English translation by editor Aldwin Grey.

www.greytranslation.com

Thank you for reading. Please consider leaving an honest review online to help support the reading community and independent publishing.

Made in United States
North Haven, CT
15 January 2025

XII

LIBRARY OF THE
UNIVERSITY OF ILLINOIS
AT URBANA-CHAMPAIGN

341.3
G91dGk
1869
v.2

Philosophische Bibliothek

oder

Sammlung

der

Hauptwerke der Philosophie
alter und neuer Zeit.

Unter Mitwirkung namhafter Gelehrten

herausgegeben, beziehungsweise übersetzt, erläutert
und mit Lebensbeschreibungen versehen

von

J. H. v. Kirchmann.

Sechszehnter Band.

Hugo Grotius' Recht des Krieges und Friedens.

Zweiter Band.

Berlin, 1869.

Verlag von L. Heimann.

Wilhelms-Strasse No. 91.

Des
Hugo Grotius
drei Bücher

über

das Recht des Krieges und Friedens,

in welchem das Natur- und Völkerrecht und das Wichtigste aus dem öffentlichen Recht erklärt werden.

Aus dem Lateinischen des Urtextes übersetzt, mit erläuternden Anmerkungen und einer Lebensbeschreibung des Verfassers versehen

von

J. H. v. Kirchmann.

Zweiter Band.

Berlin, 1869.
Verlag von L. Heimann.
Wilhelms-Strasse No. 91.

Inhaltsübersicht des zweiten Bandes.

Zweites Buch (Fortsetzung).

Kapitel XVII. Ueber den ohne Recht verursachten Schaden und die daraus entspringenden Verbindlichkeiten . 3
Kapitel XVIII. Ueber das Recht der Gesandten 12
Kapitel XIX. Ueber das Recht des Begräbnisses . . . 26
Kapitel XX. Ueber die Strafen 39
Kapitel XXI. Ueber die Gemeinschaft der Strafen . . . 107
Kapitel XXII. Von ungerechten Ursachen zum Kriege . 132
Kapitel XXIII. Ueber zweifelhafte Kriegsursachen . . . 144
Kapitel XXIV. Auch aus gerechten Ursachen darf ein Krieg nicht vorschnell begonnen werden 155
Kapitel XXV. Ueber die Ursachen, weshalb für Andere ein Krieg geführt werden kann 166
Kapitel XXVI. Ueber die gerechten Kriege derer, welche fremder Gewalt unterthan sind 177

Drittes Buch.

Kapitel I. Allgemeine naturrechtliche Regeln über das, was im Kriege erlaubt ist; insbesondere über List und Betrug 188
Kapitel II. Wie das Vermögen der Unterthanen für die Schulden der Herrscher verhaftet ist, insbesondere über Repressalien 217
Kapitel III. Ueber den gerechten und feierlichen Krieg nach dem Völkerrecht, insbesondere über die Kriegsverkündigung 225
Kapitel IV. Ueber das Recht, in einem feierlichen Kriege die Feinde zu tödten und sonstige Gewalt gegen die Person zu üben 236

Inhaltsübersicht.

	Seite
Kapitel V. Ueber Zerstörung und Wegnahme von Sachen	255
Kapitel VI. Ueber den Erwerb des Eigenthums an den im Kriege erlangten Sachen	260
Kapitel VII. Ueber das Recht gegen die Gefangenen	287
Kapitel VIII. Von der Staatsgewalt über die Besiegten	294
Kapitel IX. Von dem Rückkehrsrecht (Postliminium)	300
Kapitel X. Ueber das, was im Kriege mit Unrecht geschieht	313
Kapitel XI. Beschränkungen in Betreff des Rechts, zu tödten, bei einem gerechten Kriege	322
Kapitel XII. Beschränkungen rücksichtlich der Verwüstung und Aehnlichem	346
Kapitel XIII. Beschränkungen rücksichtlich der erbeuteten Gegenstände	356
Kapitel XIV. Beschränkungen rücksichtlich der Gefangenen	360
Kapitel XV. Beschränkungen rücksichtlich der Erwerbung der Staatsgewalt	370
Kapitel XVI. Beschränkungen in Bezug auf die Beute, bei welcher das Rückkehrsrecht nicht gilt	379
Kapitel XVII. Ueber die Neutralen im Kriege	383
Kapitel XVIII. Ueber die Handlungen der Privatpersonen bei einem öffentlichen Kriege	389
Kapitel XIX. Ueber Treue und Glauben, welche man dem Feinde schuldig ist	394
Kapitel XX. Ueber die öffentlichen Verträge, welche den Krieg beenden, desgleichen über Friedensschlüsse, über das Loos, über den Zweikampf, über Schiedsrichter, über die Auslieferung von Geisseln und Pfändern	409
Kapitel XXI. Ueber Verträge während des Krieges, insbesondere über Waffenstillstände, Zufuhren und über Loskauf der Gefangenen	437
Kapitel XXII. Ueber die Verträge der niederen Staatsgewalten im Kriege	451
Kapitel XXIII. Ueber Privatverträge im Kriege	456
Kapitel XXIV. Ueber stillschweigende Abkommen	462
Kapitel XXV. Schluss nebst einer Ermahnung zur Treue und zum Frieden	465

Die Erklärung der Abkürzungen ist in Bd. I. zu finden.

Des

Hugo Grotius

drei Bücher

über das Recht des Krieges und Friedens.

Zweites Buch.

Kapitel XVII.[184]
Ueber den ohne Recht verursachten Schaden und die daraus entspringenden Verbindlichkeiten.

I. Es ist früher bemerkt worden, dass es für das uns Schuldige drei Quellen gebe; den Vertrag, das Vergehen und das Gesetz. Ueber die Verträge ist das Nöthige gesagt worden, und wir kommen nun zu den Verbindlichkeiten, welche nach dem Naturrecht aus unrechten Handlungen entstehen. Unrecht wird hier jede Schuld genannt, bestehe sie im Handeln oder Unterlassen, die dem widerspricht, was die Menschen überhaupt oder nach ihrer besonderen Eigenschaft zu thun haben. Aus einer solchen Schuld entspringt naturrechtlich die Verbindlichkeit, den veranlassten Schaden zu ersetzen.

II. 1. Das lateinische Wort *Damnum* (Schaden) kommt vielleicht von *demere* (nehmen) und ist das ἔλαττον (das Geringere), wenn Jemand weniger hat, als ihm entweder nach der reinen Natur oder in Folge einer vorgehenden

---

[184]) Grotius hat sein Werk in drei Bücher eingetheilt, von denen aber das zweite stärker ist als die beiden anderen zusammengenommen. Bei einer Abtheilung des Werkes in zwei Bände muss deshalb das zweite Buch getheilt werden. Die passendste Stelle dazu ist bei Kap. 17, wo, nach Beendigung der Lehre von dem Personen-, Sachen- und dem Vertragsrecht, die Lehre von den aus unerlaubten Handlungen entspringenden Verbindlichkeiten beginnt. Auch Berbeyrac hat in dieser Weise seine französische Uebersetzung in zwei Bände abgetheilt.

menschlichen Einrichtung, wie des Eigenthums oder Vertrages, oder nach dem Gesetze gebührt. Von Natur gehört dem Menschen sein Leben, nicht um es zu verlieren, sondern zu erhalten; sein Körper, seine Glieder, sein guter Ruf, seine Ehre, sein eigenes Handeln. Wie durch Eigenthum und Verträge etwas Jemand zu eigen wird, ist sowohl für Sachen wie für Rechte auf fremde Handlungen in der vorgehenden Untersuchung dargelegt worden. Aehnlich entspringt für Jemand ein Recht aus dem Gesetz, da das Gesetz das Gleiche oder noch mehr vermag, als der Einzelne gegen sich und das Seinige. So hat der Mündel das Recht, von seinem Vormund eine genaue Sorgfalt zu fordern; ebenso der Staat von seinen Beamten, und nicht blos der Staat, sondern auch der einzelne Bürger, so oft das Gesetz dies ausdrücklich verordnet, oder aus seinen Bestimmungen es folgt.

2. Aus der blossen Geeignetheit, welche kein eigentliches Recht ist und zur zutheilenden Gerechtigkeit gehört,[185] entsteht kein wahres Eigenthum, und daher auch keine Verbindlichkeit zum Ersatz, weil das noch nicht mein genannt werden kann, wozu ich nur geeignet bin. Aristoteles sagt: „Der begeht kein Unrecht, welcher aus Geiz einem Anderen nicht mit Geld aushilft." Cicero sagt in der Rede für Cn. Plancius: „Es ist ein Recht der freien Völker, dass sie durch ihre Abstimmung Jedem geben oder nehmen können, was sie wollen." Er fügt dann hinzu: „Es treffe sich aber, dass ein Volk wohl das thue, was es wolle, aber nicht, was es solle." Das Wort „Sollen" ist hier in einem weiteren Sinne genommen.

III. Man darf indess hier nicht Verschiedenes unter einander mengen. Denn der, welchem die Ernennung der Beamten übertragen ist, bleibt dem Staate dafür verhaftet, dass er den Würdigen auswähle. Darauf steht dem Staat ein wirkliches Recht zu, so dass der aus einer schlechten Wahl entsprungene Schaden von Jenem ersetzt werden muss. So hat auch der an sich geeignete Bürger, wenn auch kein wirkliches Recht auf das Amt, doch ein Recht, darum mit den Anderen nachzusuchen; und

---

[185] Man sehe Buch I. Kap. I. Ab. 4. (Seite 70 u. ff. B. I.) über diese Begriffe.

wird er in diesem Rechte durch Gewalt oder List gehemmt, so kann er Schadensersatz verlangen; zwar nicht auf Höhe des gesetzten Gegenstandes, aber nach Höhe seines Verlustes überhaupt. Ebenso verhält es sich mit dem, bei welchem der Testator durch Gewalt oder List gehindert worden ist, ihm etwas zu vermachen; denn die Fähigkeit zu einem Legat ist eine Art Recht, und daraus folgt, dass die Beschränkung des Testators in dieser Freiheit ein Unrecht ist. [186])

IV. Dass Jemand weniger habe und also einen Schaden erlitten habe, gilt nicht blos in Bezug auf die Sache selbst, sondern auch auf die Früchte, die wirklich solche sind, mögen sie erhoben sein oder nicht, wenn nur Jener sie erhoben haben würde; aber nach Abzug der Verbesserungen der Sache und der Auslagen für die Gewinnung der Früchte, in Gemässheit der Regel, welche verbietet, dass man sich auf Kosten eines Anderen bereichere.

V. Auch die Hoffnung eines Gewinnes wird zu dem „Seinigen" gerechnet, zwar nicht das Erhoffte vollständig

---

[186]) Diese Unterscheidungen des Gr. zwischen Fähigkeit und Recht sind subtil und lange nicht den Verhältnissen so entsprechend als die Begriffe, welche die Römischen Juristen hierfür nach und nach an der Hand einer mehrhundertjährigen Erfahrung ausgebildet haben. Es ist überhaupt eine Eigenthümlichkeit des Gr., dass er meint, jene Römischen Rechtsbegriffe seien weniger naturrechtlich als die seinigen, obgleich doch jene der Natur der Sache weit näher stehen als die leeren Abstraktionen, zu denen Gr. durch seine noch halb scholastische Bildung sich überall da verleiten lässt, wo die höheren philosophischen Begriffe eines Gebietes in Frage kommen. Wie vergleichsweise viel vorsichtiger gehen die Römischen Juristen bei Ausdehnung des Aquilischen Gesetzes zu Werke; wie sorgfältig erwägen sie jeden Schritt in dieser bedenklichen Materie, und wie leichthin sind dagegen die von Gr. gebotenen Begriffe gebildet, welche das Recht auf Schadenersatz in einer Weise ausdehnen, die mit der Sicherheit des Eigenthums und Verkehrs unvereinbar ist. Die Hauptfrage, welchen Schaden in den einzelnen Fällen der Verletzte fordern könne, lässt überdem Gr. durchaus unbestimmt, und doch liegt in ihr die grösste Schwierigkeit.

als solches, aber nach dem Grade der Annäherung dazu, wie die Hoffnung auf die Ernte für den Säenden.

VI. Neben dem, der durch sich und unmittelbar den Schaden verursacht hat, sind auch Andere durch ihre Handlungen oder Unterlassungen verhaftet, und zwar bei Handlungen entweder an erster oder an zweiter Stelle. An erster Stelle, wenn Jemand die That befohlen hat; wenn er die erbetene Einwilligung ertheilt hat; wenn er Hülfe geleistet hat; wenn er Sachen verhehlt oder sonst am Vergehen sich betheiligt hat.

VII. An zweiter Stelle haftet er, wenn er Rath ertheilt, die That gelobt oder beigestimmt hat. „Denn welcher Unterschied bestände zwischen dem, der zur Handlung überredet, und dem, der sie billigt," sagt Cicero in der zweiten seiner Philippischen Reden.[187]

VIII. Auch durch Unterlassungen kann man in erster oder zweiter Stelle verhaftet werden; das Erstere, wenn man rechtlich verpflichtet ist, das Vorhaben zu verbieten oder dem Bedrohten zu helfen und man dies unterlässt. Ein Solcher wird von dem Chaldäischen Ausleger Levit. XX. 5 *Soëd* (Bestätiger) genannt.

IX. An zweiter Stelle haftet man durch Unterlassen, wenn man nicht abredet, da man es doch sollte, oder die Handlung verschweigt, da man sie doch bekannt machen sollte. Dieses Sollen verstehe ich hier überall im strengen Sinne nach der Art der erfüllenden Gerechtigkeit, mag die Pflicht aus dem Gesetze oder aus einer Eigenschaft entstehen. Denn wenn nur die christliche Liebe es fordert, so sündigt man wohl durch Unterlassen, aber

---

[187] Dies ist ein Beispiel zu dem in Anmerkung 186 Gesagten. Anstatt dass Gr. sich hier den scharf ausgebildeten Begriffen der Römischen Juristen anschliessen sollte, sucht er selbst nach neuen Eintheilungen und folgt hier Cicero und anderen Rhetoren, welche in der Schärfe und Wahrheit der Rechtsbegriffe weit hinter den Juristen der späteren klassischen Zeit zurückstehen. Das Loben und Beistimmen zu einer That macht nur dann zum Ersatz verbindlich, wenn es unter den Begriff einer intellektuellen Urheberschaft gebracht werden kann; aber dann ist die Verbindlichkeit auch keine blos subsidiäre.

man haftet nicht für den Schaden, wozu eine wirkliche Verbindlichkeit, wie erwähnt, gehört.

X. Uebrigens haften alle oben genannten Personen nur, wenn sie den Schaden wirklich verursacht haben, d. h. einen entscheidenden Anlass zum ganzen Schaden oder zu einem Theile desselben gegeben haben. Denn oft trifft es sich, dass bei denen, die in zweiter Stelle, ja auch mitunter an erster Stelle handelnd oder unterlassend eintreten, auch ohne ihr Thun oder Unterlassen der Beschädiger doch den Schaden sicherlich verübt hätte. Dann sind Jene nicht verhaftet; doch ist dies nicht so zu verstehen, dass, wenn es an Anderen nicht gefehlt haben würde, die zugeredet oder geholfen hätten, dann die, welche wirklich zugeredet oder geholfen haben, nicht verhaftet seien, sobald nur der Beschädiger ohne ihre Hülfe oder Rath die Beschädigung nicht verübt haben würde. Denn auch jene Anderen[188] würden, wenn sie zugeredet oder geholfen hätten, verhaftet sein.

XI. An erster Stelle haften die, welche durch Befehl oder sonst den Thäter zur That bestimmt haben; in deren Ermangelung haftet der, welcher die That verübt; nach diesen die Uebrigen, und zwar die Einzelnen auf das Ganze, wenn sie die That veranlasst haben, sollte auch die ganze That von ihnen nicht ausgegangen sein.

XII. Wer für die That einstehen muss, haftet auch für die daraus hervorgegangenen Folgen. Unter den Streit-

---

[188] Welcher konkrete Fall hierbei Grotius vorgeschwebt haben mag, ist schwer zu errathen. Auch die Ausleger lassen hier im Stich; weder Berbeyrac noch Gronov, noch Cocceji geben hier einen Anhalt. Vielleicht passt folgender Fall: Man denke sich, Jemand habe viel schlechten Umgang, und in einer gemeinsamen Unterhaltung sei ein Betrug oder politisches Vergehen mit allgemeiner Billigung der Anwesenden besprochen worden, jedoch ohne dass an Jemand als Thäter oder überhaupt an die Ausführung gedacht worden. Später vollführt der Eine auf Zureden einiger seiner Freunde dieses Vergehen; hier können diese sich dem Schadenersatz nicht damit entziehen, dass sie sagen, wenn sie auch nicht zugeredet hätten, so würden bei der nächsten Gelegenheit die anderen Freunde zugeredet haben.

fällen des Seneca kommt der vor, wo ein Platanenbaum angezündet worden und dieser das Haus entzündet hat. Er entscheidet ihn dahin, „dass, wenn man auch den Schaden nur zum Theil beabsichtigt habe, man doch für den ganzen verhaftet sei, als hätte man ihn gewollt. Denn wer sich von der Schuld der Fahrlässigkeit frei machen wolle, dürfe überhaupt gar keine Beschädigung gewollt haben." Als Arrarathes, König der Kappadozier, den Abfluss des Flusses Melanus aus Uebermuth verstopft hatte, und dann der Euphrat durch die Gewalt der zuletzt durchgebrochenen Wasser so anschwoll, dass ein Theil des Landes in Kappadozien weggerissen, und den Galatern und Phrygiern grosser Schaden verursacht wurde, so musste er diesen Schaden mit dreihundert Talenten nach der den Römern überlassenen Entscheidung ersetzen.

XIII. Hier einige Beispiele. Ein Todtschläger muss nicht allein die Kosten zahlen, welche durch die Aerzte etwa erwachsen sind, sondern auch denen, welche der Getödtete rechtlich zu ernähren verpflichtet war, wie den Eltern, der Frau, den Kindern, so viel zahlen, als das Recht auf Ernährung mit Rücksicht auf das Alter des Getödteten werth war. So soll Hercules den Kindern des von ihm getödteten Iphites eine Geldstrafe erlegt haben, um leichter sein Verbrechen zu sühnen. Michael von Ephesus sagt zu Buch V. der Nicomachischen Ethik des Aristoteles: „Selbst der Getödtete empfängt es in gewissem Sinne; denn das, was die Frau, die Kinder, die Verwandten des Getödteten bekommen, wird gleichsam Jenem gegeben." Ich spreche hier von einer ungerechten Tödtung, d. h. wo der Thäter nicht das Recht hatte, das zu thun, woraus der Tod folgte. Wer daher das Recht dazu hat und nur in seiner Liebespflicht gefehlt hat, wie bei einer Tödtung aus Nothwehr, wo er hätte fliehen können, aber nicht gewollt hat, da ist er zu nichts verbunden. Das Leben eines freien Menschen kann übrigens nicht nach Gelde abgeschätzt werden; anders ist es bei einem Sklaven, den man verkaufen kann.

XIV. Wer Jemand verstümmelt hat, ist in ähnlicher Weise für die Unkosten und den Ersatz dessen verhaftet, was der Verstümmelte nun weniger erwerben kann. So wie aber das Leben nicht abgeschätzt werden kann, so auch nicht die Verstümmelung eines solchen. Für die

Festhaltung Jemandes in der Gefangenschaft gilt das Gleiche.

XV. So müssen der Ehebrecher und die Ehebrecherin nicht blos den Mann in Ernährung des etwaigen Kindes schadlos halten, sondern sie müssen auch den ehelichen Kindern den Schaden vergüten, den sie durch den Hinzutritt des so erzeugten Kindes bei der Erbschaft erleiden.[189] Wer eine Jungfrau beschwängert, sei es mit Gewalt oder List, muss sie für die verminderte Hoffnung zu heirathen entschädigen; ja er muss sie ehelichen, wenn er sie unter diesem Versprechen zu dem Beischlaf verleitet hat.

XVI. Der Dieb und Räuber muss die genommene Sache mit ihrem natürlichen Zuwachs zurückgeben und den entstandenen Schaden und entzogenen Gewinn ersetzen. Ist die Sache untergegangen, so muss er den Werth ersetzen; nicht den höchsten, auch nicht niedrigsten, sondern den mittleren. In diese Klasse gehören auch die Defraudanten gesetzlicher Zölle. Aehnlich haften die, welche durch ein ungerechtes Urtheil, durch eine falsche Anklage oder falsches Zeugniss beschädigt haben.

XVII. Auch der, welcher durch List, Gewalt oder Drohung zu einem Vertrag oder zu einem Verbrechen Jemand genöthigt hat, muss ihn in den vorigen Stand wieder einsetzen, weil dieser das Recht hatte, nicht betrogen und nicht gezwungen zu werden; jenes nach der Natur des Vertrages, dieses auch nach der natürlichen Freiheit. Hierher gehören auch die, welche eine Handlung, zu der sie von Amtswegen verpflichtet sind, nur nach Empfang von Geld verrichten.

XVIII. Wer aber selbst zu der von ihm erlittenen Gewalt oder Drohung den Anlass gegeben hat, muss sich den Schaden selbst zuschreiben; denn die unfreiwilligen Folgen einer freiwilligen Handlung gelten ebenfalls in Bezug auf den Handelnden als freiwillig.

---

[189] Die neuere Jurisprudenz wird dieser Ansicht nicht beitreten; denn die sogenannten *jura status* einer Person gelten gegen Jedermann. Ist also ein Kind in der Ehe geboren, so erbt es mit Recht mit und kann von keiner Entschädigung deshalb die Rede sein; ist es aber für ein ehebrecherisches durch Urtheil und Recht erklärt, so gilt dies für alle Theile, und das Kind hat dann überhaupt kein Erbrecht; folglich ist dann auch kein Grund zur Entschädigung vorhanden.

XIX. Da es unter den Völkern Gebrauch geworden, dass alle Kriege, welche die Inhaber der Staatsgewalt mit einander führen, wenn sie gehörig angekündigt worden sind, in Bezug auf die äusseren Folgen als gerecht gelten, wie später dargelegt werden wird, so ist auch die Furcht vor einem solchen Kriege bisher nicht als ein Grund erachtet worden, um das, was man deshalb weggegeben, wiederzufordern. In diesem Sinne kann man die Unterscheidung des Cicero zulassen, welche er zwischen einem Feind macht, mit dem man, wie er sagt, nach dem Rechte, nämlich nach dem Völkerrechte, noch in mannigfacher Gemeinschaft steht, und einem See- oder Strassenräuber. Denn was die Letzteren erpresst haben, kann man wiederfordern, wenn nicht ein Schwur dabei hinderlich ist; aber nicht so das, was Jene erpresst haben. Polybius meint, die Karthager hätten eine gerechte Ursache zu dem zweiten punischen Kriege gehabt, weil die Römer von ihnen, während sie mit dem Söldneraufstand beschäftigt waren, durch Kriegsdrohung die Insel Sardinien und Geld erpresst hätten. Dies scheint eine gewisse Billigkeit für sich zu haben, aber stimmt doch durchaus nicht mit dem Völkerrecht, wie später dargelegt werden wird.[190]

XX. 1. Wegen Vernachlässigung sind Könige und Beamte verhaftet, wenn sie zur Verhinderung der See- und Strassenräuberei nicht die in ihrer Macht stehenden Mittel, wie sie sein sollten, anwenden. Aus diesem Grunde wurden einst die Scyrier von den Amphyctionen verurtheilt. Ich entsinne mich, dass bei uns die Frage entstanden, ob die Leiter unseres Landes, welche viele Kaperbriefe gegen die Feinde ausgegeben hatten, dafür auf-

---

[190] Auch Bluntschli erkennt in seinem Völkerrecht 1868 dies an. Wenn sonach gegen Völkerverträge der Einwand der Furcht und des Zwanges nicht erhoben werden kann, so ist dies ein Beweis mehr, dass hier in Wahrheit kein wirklicher Rechtsvertrag vorliegt, sondern nur eine thatsächliche Regelung der Verhältnisse, die Jeder so lange hält, als sein Interesse es fordert, oder ihm die Macht fehlt, sie zu brechen. Damit stimmt denn auch die Geschichte von Anbeginn der Welt bis in die neueste Zeit; sie lehrt, dass Staatsverträge niemals länger gehalten worden sind, als der Anlass oder die Kraft fehlte, sie zu brechen.

kommen müssten, dass einzelne Kaperer auch die Schiffe befreundeter Nationen geplündert hatten und mit Aufgabe des Vaterlandes Seeräuberei trieben und selbst der Aufforderung, zurückzukehren, nicht Folge leisteten. Man sagte, Jene hätten sich der Hülfe schlechter Leute bedient, oder hätten sich sollen Bürgschaft geben lassen. Ich habe mich dahin erklärt, dass sie zu nichts weiter verpflichtet seien, als die Uebelthäter, wenn sie betroffen würden, zu bestrafen oder auszuliefern und die Rechtsverfolgung gegen deren Vermögen zu gestatten. Denn die Staatslenker haben die ungerechte Beraubung nicht veranlasst und auch nicht daran theilgenommen, sondern durch Gesetze dies gegen die Freunde zu thun verboten. Zur Einforderung einer Kaution sind sie nicht verpflichtet gewesen, da sie auch ohne Kaperbriefe alle Unterthanen zur Beraubung des Feindes ermächtigen konnten, wie dies früher geschehen ist. Eine solche Erlaubniss ist nicht die Ursache des den Genossen zugefügten Schadens; denn die Einzelnen können ja auch ohne solche Ermächtigung Schiffe ausrüsten und Fahrten unternehmen. Dass sie Schlechtigkeiten dabei begehen würden, konnte man nicht voraussehen; auch ist die Benutzung schlechter Menschen unvermeidlich, sonst könnte man kein Heer mehr ausrüsten. [191)]

2. Auch wenn Land- oder Seesoldaten gegen den Befehl Befreundete beschädigt haben, sind die Könige nicht verhaftet, wie die Beispiele von Frankreich und England beweisen. Dass Jemand ohne eigene Schuld doch aus den Handlungen seiner Diener verhaftet werde, ist kein Satz des Völkerrechtes, wonach doch hier zu entscheiden ist, sondern ein Satz des bürgerlichen Rechts, der nicht einmal allgemein gilt, sondern nur bei Schiffern und einigen anderen Personen aus besonderen Gründen eingeführt ist. So ist von dem höchsten Gerichtshof gegen einige

---

[191)] Die viel schwierigere Frage, welche jetzt zwischen England und Amerika verhandelt wird, berührt Gr. nicht; nämlich wie weit ein neutrales Land schuldig ist, zu hindern, dass seine Unterthanen einem oder dem andern der kriegführenden Parteien in Ausrüstung von Schiffen und sonst innerhalb des eigenen Landes einen wirksamen Beistand leisten. Erst im dritten Buch kommt Gr. auf dieselbe, ohne sie jedoch zu erschöpfen.

Leute aus Pommern erkannt worden in Uebereinstimmung mit einer vor 200 Jahren in einem ähnlichen Falle ergangenen Entscheidung.

XXI. Auch der Satz ist nur bürgerlichen Rechtens, dass ein Sklave oder Thier, welches Schaden gethan, dem Beschädigten überlassen werden muss. Denn der Herr, den keine Schuld trifft, ist naturrechtlich zu nichts verhaftet, ebenso wenig wie der, dessen Schiff ohne seine Schuld ein anderes beschädigt, obgleich nach den Gesetzen vieler Länder und auch des unsrigen ein solcher Schaden getheilt wird, und zwar wegen der Schwierigkeit, hier die Schuld zu ermitteln.

XXII. Es giebt auch eine Beschädigung der Ehre und des guten Namens; sie kann durch Schläge, Schimpfworte, Verleumdung, Spott und anderes Aehnliche verübt werden. Es muss hier, wie bei dem Diebstahl und anderen Vergehen die Fehlerhaftigkeit der Handlung von den Folgen unterschieden werden. Auf jene bezieht sich die Strafe, auf diese der Schadensersatz, welcher hier durch Schuldbekenntniss, durch Ehrenerklärung, durch ein Unschuldszeugniss und Aehnliches erfolgt. Der Ersatz kann auch in Geld geschehen, wenn der Beschädigte es will, da das Geld der allgemeine Maassstab der Dinge ist.[192]

Kapitel XVIII.
Ueber das Recht der Gesandten.

I. Bisher ist von den Verbindlichkeiten aus dem Naturrecht gehandelt und von dem willkürlichen Völkerrecht nur das dabei erwähnt worden, was sich als eine

---

[192] Gewöhnlich wird mit dieser Lehre auch die von verschiedenen Graden des Versehens verbunden, da in vielen Fällen die Grösse des Schadenersatzes mit der Grösse des Versehens zunimmt. Auch kann nicht gesagt werden, dass die Lehre von der *Culpa lata levis* und des Römischen Rechts positiver Natur sei; sie leitet sich aus den allgemeinen Bedingungen der menschlichen Natur ab und hätte insofern auch als ein Theil des Naturrechts von Gr. angesehen und erörtert werden sollen.

Zuthat zu jenem ergab. Wir kommen aber nun zu jenen Verbindlichkeiten, welche jenes sogenannte willkürliche Völkerrecht selbst eingeführt hat; einen Hauptgegenstand davon bildet das Recht der Gesandten. Denn man liest von der Heiligkeit der Gesandtschaften, von der Unverletzlichkeit der Gesandten, von den völkerrechtlichen Pflichten gegen sie; von dem göttlichen und menschlichen Recht; von dem unter den Völkern geheiligten Recht der Gesandten; von den Bündnissen, welche den Völkern heilig seien; von dem menschlichen Bündniss; von der Heiligkeit der Person der Gesandten. Papinius (Thebais II. 486) sagt: „Heilig ist durch Jahrhunderte den Völkern dieser Name." Cicero sagt in seinem Buche über die Antworten der Opferbeschauer: „Ich meine, dass das Recht der Gesandten sowohl durch den Schutz der Menschen gesichert, als durch das göttliche Recht mit einem Schutzwall umgeben ist." „Deshalb", sagt Philipp in einem Schreiben an die Athener, „ist die Verletzung derselben nicht blos unrecht, sondern auch nach Aller Meinung gottlos."

II. 1. Zuerst ist die Natur dieser völkerrechtlichen Einrichtung darzulegen. Es gehören dazu nur die Gesandten, welche von den Inhabern der Staatsgewalt geschickt werden. Andere Gesandte, wie die der Provinzen, der Städte und sonst unterliegen nicht dem Völkerrecht, wie es zwischen verschiedenen Völkern gilt, sondern dem besonderen Recht ihres Staates. Der Gesandte nennt sich bei Livius einen öffentlichen Boten des Römischen Volkes. Bei Livius spricht an einer anderen Stelle der Römische Senat, dass das Vorrecht der Gesandten dem Fremden und nicht dem eigenen Bürger gewährt sei, und Cicero sagt, indem er zeigen will, dass man zu Antonius keinen Gesandten schicken solle: „denn wir haben es nicht mit Hannibal, einem Feinde, zu thun, sondern mit einem Bürger." Wer aber als Fremder hier anzusehen sei, erklärt Virgil deutlicher, als es ein Rechtsgelehrter vermag:

„Alles Land fürwahr, was frei von unserem Scepter sich abtrennt, halte ich für fremdes." [193]

---

[193] Eine andere, von Gr. nicht berührte Frage ist die, ob die eigenen Bürger eines Staates bei ihm von einem fremden Staate als Gesandte des letzteren beglaubigt wer-

2. Bundesgenossen zu ungleichem Recht haben deshalb, da sie noch selbstständig sind, das Gesandtenrecht; ja selbst die, welche zum Theil unterthan sind und zum Theil nicht, für den letzteren Theil. Dagegen verlieren Könige, die in einem feierlichen Kriege besiegt worden und ihr Reich verloren haben, mit anderen königlichen Vorzügen auch das Gesandtenrecht. Deshalb hielt P. Aemilius die Unterhändler des von ihm besiegten Perseus zurück. [194)]

3. In Bürgerkriegen treibt indess mitunter die Noth ausnahmsweise zu diesem Recht; so, wenn das Volk in zwei ziemlich gleiche Theile getrennt ist, dass man nicht weiss, bei welchem die Staatsgewalt zu suchen ist, oder wenn Zweie mit zweifelhaftem Recht über die Nachfolge in der Herrschaft streiten. In solchem Falle gilt das eine Volk für diese Zeit gleichsam für zwei. Deshalb beschuldigt Tacitus die Flavier, dass sie das auch unter fremden Völkern geachtete Gesandtenrecht gegen die Abgesandten von Vitellii in der Wuth des Bürgerkrieges verletzt hätten. See- und Strassenräuber, die keinen Staat bilden, können sich nicht auf das Völkerrecht berufen. Als Tacfarinas Gesandte an den Kaiser Tiber geschickt hatte, war dieser empört, „dass ein Deserteur und Räuber sich wie ein richtiger Feind benähme." Dies sind die eigenen Worte des Tacitus. Indess erlangen sie, so wie sie sind, mitunter durch gegenseitiges Versprechen das Recht der Gesandtschaft, wie einst die Flüchtlinge in dem Pyrenäischen Gebirge.

III. 1. Zwei Punkte in Betreff der Gesandten pflegen

---

den können. Frankreich und Schweden haben dies lange Zeit nicht gestattet. Ein allgemeiner Gebrauch hat sich noch bis jetzt nicht gebildet. Die Frage wird meist dadurch erledigt, dass man überhaupt wegen der Person des Gesandten vorher anfragt und nur *personas gratas* zu wählen pflegt.

[194)] In Bundesstaaten ist das Gesandtschaftsrecht meist der Centralgewalt vorbehalten, doch hat weder die Amerikanische Union, noch die Schweiz, noch der Norddeutsche Bund das Gesandtschaftsrecht der Einzelstaaten ganz aufgehoben.

auf das Völkerrecht gestützt zu werden; 1) dass sie angenommen werden, und 2) dass sie nicht verletzt werden. Ueber den ersteren hat Livius eine Stelle, wo der Karthager Senator Hanno gegen Hannibal so eifert: „Die Gesandten, welche von den Bundesgenossen und für diese kamen, hat Euer braver Feldherr nicht in das Lager gelassen; er hat das Völkerrecht verletzt." Man darf dies jedoch nicht so wörtlich nehmen; denn das Völkerrecht verlangt nicht, dass alle angenommen werden sollen; es verbietet nur, sie ohne Grund abzuweisen. Der Grund dazu kann in dem Absender oder in dem Gesandten oder in seinem Auftrage liegen.

2. Melesippus, der Gesandte der Lacedämonier, wurde aus Antrieb des Perikles aus dem Attischen Gebiet ausgewiesen, weil er von einem bewaffneten Feinde kam. So verweigerte der Römische Senat den Empfang der Karthaginiensischen Gesandten, weil deren Heer in Italien sei. Die Gesandten des Perseus, der mit Krieg gegen die Römer umging, liessen die Achäer nicht zu. So wies Justinian die Gesandtschaft des Totilas ab, weil er oft seinen Eid gebrochen habe; ebenso die in Urbini befindlichen Gothen die Redner des Belisar. Auch die Gesandten der Cynethensier sind nach Polybius überall abgewiesen worden wegen der Schlechtigkeit ihres Volkes. Ein Beispiel zu dem zweiten Grund ist Theodorus, welcher der Gottlose genannt wurde, und den Lysimachus nicht hören mochte, als Ptolemäus ihn schickte. Aehnliches widerfuhr Anderen aus besonderem Hass. Der dritte Weigerungsfall tritt bei einem Verdacht in Bezug auf den Grund der Absendung ein. So war mit Recht die Gesandtschaft des Assyrier Rhabaces wegen Aufreizung des Volkes dem Ezechias verdächtig. Auch kann es kommen, dass sie der Würde oder der Zeit nicht entspricht. So verboten die Römer den Aetolern, Gesandte ohne Erlaubniss des Feldherrn zu schicken; so sollte Perseus sie nicht nach Rom, sondern an Licinius senden, und die Gesandten des Jugurtha wurden angewiesen, innerhalb zehn Tagen Italien zu verlassen, ausgenommen, sie kämen, um das Königreich und den König zu überliefern. Mit dem besten Recht können aber die jetzt gebräuchlichen dauernden Gesandtschaften abgewiesen werden; denn dass sie

nicht nöthig sind, zeigt das Alterthum, dem sie unbekannt waren. [195]

IV. 1. Schwieriger ist die Frage über die Unverletzlichkeit der Gesandten; sie ist in diesem Jahrhundert von berühmten Männern verschieden beantwortet worden. Man muss dabei die Person der Gesandten, ihr Gefolge und ihr Vermögen unterscheiden. Nach Einigen verbietet das Völkerrecht nur die ungerechte Gewalt gegen die Person der Gesandten, indem alle Privilegien nach dem gemeinen Recht ausgelegt werden sollen. Andere meinen, dem Gesandten dürfe nicht aus jeder Ursache Gewalt angethan werden, sondern nur, wenn er das Völkerrecht verletzt habe. Dies geht sehr weit; denn das Naturrecht ist darin eingeschlossen; mithin könnte der Gesandte wegen jedes Vergehens, mit Ausnahme der nur durch die Gesetze des besonderen Staates verbotenen Handlungen, bestraft werden. Andere beschränken dieses Recht auf die Fälle, wo der Gesandte etwas gegen die Verfassung oder das Ansehen des Staates, an den er gesandt ist, begeht. Andere halten selbst dies für gefährlich; vielmehr soll die Klage bei dem, der ihn geschickt hat, angebracht werden, und diesem das Urtheil über den Gesandten anheim gegeben werden. Andere wollen, dass unbetheiligte Könige oder

---

[195] Diese letzte Ansicht ist im neueren Völkerrecht verlassen. Es gilt jetzt als Regel, dass jeder Staat auch ständige Gesandten eines anderen Staates nicht abweisen darf, wenn nicht besondere Ausnahmsfälle vorliegen, die sich meist auf die Person des Gesandten beziehen. Diese Regel ist die Folge des innigeren Verkehrs, in dem die modernen Staaten zu einander stehen. Die neuen Erfindungen für die Beschleunigung des schriftlichen Verkehrs, insbesondere die Telegraphie haben dagegen die Stellung der Gesandten wieder sehr herabgedrückt, und die steigende Macht der Volksautorität wirkt ebenfalls in dieser Richtung (B. XI. 156). Deshalb drängen alle Parlamente auf Verminderung der Gesandten und Vermehrung der Konsuln, die dem Handel und dem Volke dienen. Dies ist ein Beispiel von der Veränderlichkeit des Rechts und seiner Abhängigkeit von der Macht des Menschen über die Natur (B. XI. 192).

Völker darüber zu Rathe gezogen werden sollen; was klug sein mag, aber nicht in das Recht gehört.

2. Die für jede Meinung angeführten Gründe führen zu keinem bestimmten Ergebniss, da dieses hier fragliche Recht nicht wie das Naturrecht aus festen Regeln mit Sicherheit sich ableitet, sondern seine nähere Bestimmung von dem Willen der Völker erhält, welche für die Gesandten allgemein oder nur unter gewissen Ausnahmen sorgen konnten. Denn auf der einen Seite steht der Nutzen aus der Strafe gegen die, welche sich schwer gegen die Gesetze vergehen; auf der anderen der Nutzen der Gesandtschaften, deren leichte Benutzung durch die möglichste Sicherheit derselben bedeutend erhöht wird. Man muss daher sehen, wie die Völker sich hier vereinigt haben; was man aus blossen Beispielen nicht erweisen kann, da es deren nach beiden Richtungen hin viele giebt. Deshalb muss man auf die Aussprüche berühmter Männer und auf allgemeine Grundsätze zurückgehen. [196]

3. Solcher Aussprüche habe ich zwei berühmte, einen

---

[196] Gr. zeigt hier eine deutliche Einsicht in die Quelle aller Kontroversen im Rechte überhaupt. Der Widerstreit von Prinzipien, die an sich beide gleich berechtigt sind, nöthigt zu einem Kompromiss, und dieses Kompromiss, wenn es durch lange Uebung sich zur Regel gestaltet und in das sittliche Gefühl übergegangen ist, stellt das Recht dar. Wie aber dieser Kompromiss zu fassen, ob dem einen oder dem anderen Prinzip eine grössere Geltung hierbei einzuräumen, kann aus diesen Prinzipien selbst nie entschieden werden, sondern hängt von anderen Umständen ab, die sich daneben geltend machen und ebenfalls als Quellen des Rechts auftreten. In Zeiten, wo der staatliche Verkehr noch wenig entwickelt ist, wird das Prinzip der Unverletzlichkeit zu Gunsten der Kriminalrechtspflege und eigenen Staatshoheit zurücktreten; in der modernen Zeit, wo der Verkehr sehr rege und enge geworden, hat sich das Recht nach der entgegengesetzten Richtung entwickelt. — Hätte Gr. erkannt, dass dies der allgemeine Ursprung alles Rechtes ist, so würde er davon abgestanden sein, ein Naturrecht zu schreiben, was ewig gelte, aus der Natur der Dinge hervorgehe und für alle Zeiten unveränderlich bleibe.

von Livius, den anderen von Sallust. Livius sagt über die Gesandten des Tarquinius, welche den Verrath in Rom veranlasst hatten: „Obgleich sie so gehandelt haben, dass man sie als Feinde betrachten muss, so hat doch das Völkerrecht die Oberhand behalten." Man sieht hier, dass das Völkerrecht selbst auf solche ausgedehnt wird, die etwas Feindliches verüben. Der Ausspruch des Sallust bezieht sich auf das Gefolge der Gesandtschaft, worüber bald gesprochen werden soll, nicht auf die Gesandten selbst. Indess ist die Folgerung von dem Grösseren, d. h. weniger Glaublichen, auf das Geringere, d. h. das mehr Glaubliche, gestattet. Er sagt nun: „Bomilcar, der Begleiter dessen, der in öffentlichem Glauben nach Rom gekommen war, kann eher nach den Regeln des Billigen und Guten als nach dem Völkerrecht angeklagt werden." Das Billige und Gute, d. h. das reine Naturrecht, gestattet, dass man gegen den Verbrecher die Strafe da vollzieht, wo er getroffen wird; aber das Völkerrecht nimmt die Gesandten und die, welche gleich ihnen im öffentlichen Glauben kommen, davon aus. Die strafrechtliche Verfolgung der Gesandten ist deshalb gegen das Völkerrecht, welches Vieles verbietet, was das Naturrecht gestattet.

4. Auch die Regeln der Auslegung stehen dem zur Seite. Denn Privilegien sind so auszulegen, dass sie etwas über das gemeine Recht hinaus gewähren. Wären die Gesandten nur gegen ungerechte Gewalt geschützt, so wäre dies nichts Grosses und kein Vorzug. Dazu kommt, dass die Sicherheit der Gesandten höher steht als der Nutzen der Strafe. Denn gestraft kann der Gesandte von seinem Machtgeber werden, wenn dieser will, und weigert er sich, so kann dies durch Krieg von ihm gefordert werden, da er sich sonst zum Beschützer des Verbrechens macht. Andere wenden ein, es sei besser, Einen zu strafen, als durch Krieg Viele in Gefahr zu bringen. Wenn aber der Absender die Handlung des Gesandten billigt, so befreit uns die eigene Bestrafung des Gesandten nicht von dem Kriege. Auf der anderen Seite ist die Sicherheit der Gesandten sehr schwankend, wenn sie über ihre Handlungen sich gegen einen Anderen als ihren Machtgeber verantworten sollen. Denn da die Meinungen des Absenders und des Empfängers der Gesandten

meist verschieden und oft entgegengesetzt sind, so wird immer leicht etwas gefunden werden können, was den Schein eines Vergehens auf den Gesandten wirft. Und wenn auch einzelne Fälle so klar sein sollten, dass kein Streit darüber stattfinden kann, so genügt doch schon für die Billigkeit und Nützlichkeit die Gefahr überhaupt, um keine Ausnahme von einem Gesetze zu gestatten.

5. Deshalb bin ich der Meinung, dass die allgemeine Sitte, welche die Fremden den Landesgesetzen unterwirft, nach dem Willen der Völker bei den Gesandten eine Ausnahme erleidet. So wie sie nach einer Fiktion die Person ihres Machtgebers darstellen („die Mienen des Senates und das Ansehen des Staates führte er mit sich," sagt Cicero von einem Gesandten), so gelten sie nach einer anderen Fiktion als ausserhalb des Landes wohnend; sie sind deshalb auch dem bürgerlichen Recht des Staates, bei dem sie beglaubigt sind, nicht unterworfen. Begehen sie ein Vergehen, was man unbeachtet lassen kann, so muss man es entweder verschweigen oder den Gesandten aus dem Gebiete ausweisen, wie dies nach Polybius mit dem Gesandten geschah, der den Geisseln zur Flucht behülflich gewesen war. Wenn deshalb zu einer anderen Zeit der Gesandte der Tarentiner wegen desselben Vergehens mit Ruthen gezüchtigt worden ist, so erhellt, dass dies deshalb geschehen ist, weil damals die Tarentiner als Besiegte den Römern unterthan waren. Ist das Verbrechen schwererer Natur und mit allgemeinen Nachtheilen verbunden, so muss der Gesandte seinem Herrn zurückgeschickt werden, damit dieser ihn bestrafe oder ausliefere. So verlangten die Gallier, dass die Fabier ihnen ausgeliefert würden.

6. Indess ist früher schon bemerkt worden, dass die menschlichen Gesetze ihrer Beschaffenheit nach in der äussersten Noth nicht verbinden, und so wird dies auch von der Regel, dass die Gesandten unverletzlich seien, gelten. Allein diese höchste Noth führt nicht zur Vollstreckung der Strafe, welche auch in anderen Fällen nach dem Völkerrecht wegfällt, wie sich später bei den Wirkungen eines feierlichen Krieges ergeben wird, sondern nur zur Abwendung des schwereren Uebels, namentlich des allgemeinen. Um also der drohenden Gefahr zu begegnen, kann, wenn es keinen anderen Ausweg giebt, der

Gesandte festgehalten und vernommen werden. So hielten die Römischen Konsuln die Gesandten des Tarquinius fest und hatten vorzüglich Obacht, dass diese die Briefe nicht unterschlügen, wie Livius erzählt.

7. Bereitet der Gesandte ein gewaltsames, durch Waffengebrauch zu vollziehendes Unternehmen vor, so kann er selbst getödtet werden; nicht als Strafe, aber im Wege der Nothwehr. So konnten die Fabier, welche Livius die Verletzer des menschlichen Rechtes nennt, von den Galliern getödtet werden. Deshalb hindert bei Euripides der Heraklide Demophon den von Eurystheus gesandten Friedenspriester mit Gewalt, als er die Hülfesuchenden mit Gewalt wegreissen wollte, und als dieser ausrief: „Du wagst einen hierher gesandten Friedenspriester zu tödten?" antwortete Demophon: „Ja, wenn er seine Hand von der Gewaltthat nicht rein hält." Dieser Priester soll Copreus geheissen haben, und er wurde wegen dieser Gewaltthat von den Atheniensern getödtet, wie Philostratus im Leben des Herodes erzählt. Mit einer ähnlichen Unterscheidung beantwortet Cicero die Frage, ob der Sohn seinen das Vaterland verrathenden Vater anklagen dürfe. Er meint nämlich, dass der Sohn es müsse, wenn es sich um Abwendung einer drohenden Gefahr handle; aber nicht, wenn die Gefahr schon vorbei sei, und es sich blos um die Strafe der That handle.

V. 1. Das Verbot aller Gewalt gegen den Gesandten verpflichtet nur den, zu welchem der Gesandte geschickt worden, und nur, wenn er ihn angenommen hat; gleichsam als wenn von da ab stillschweigend ein Vertrag zwischen ihnen geschlossen worden wäre. Uebrigens kann gemeldet werden, und geschieht auch, dass keine Gesandten geschickt werden sollen, weil sie sonst als Feinde behandelt werden würden. So geschah es von den Römern gegen die Aetolier, und auch früher schon machten die Römer den Vejentern bekannt, dass, wenn sie die Gesandten nicht aus Rom fortholten, mit ihnen das geschehen würde, was Lars Tolumnius gethan.[197] Auch die Samniter eröffneten den Römern, dass, wenn sie ihrer Versammlung in Samnium sich näherten, sie nicht unversehrt wieder

---

[197] Dieser hatte die zu ihm geschickten Römischen Gesandten getödtet.

fortgehen würden. Das Gesetz bezieht sich aber nicht auf die, durch deren Gebiet die Gesandten ohne Erlaubniss hindurchreisen; denn wenn sie zu deren Feinden gehen oder von diesen kommen oder sonst wo Feindliches bereiten, so können sie sogar getödtet werden. So thaten die Athener mit den Gesandten zwischen den Persern und Spartanern, und die Illyrier mit den Gesandten zwischen den Essiern und den Römern. Noch unbedenklicher ist die Verhaftung, die Xenophon gegen Einige anwandte; ebenso Alexander gegen die von Theben und Lacedämon an Darius geschickten Gesandten, und die Römer gegen die Gesandten Philipp's an Hannibal, und die Lateiner gegen die Gesandten der Volsker.

2. Werden die Gesandten, ohne dass so etwas vorliegt, schlecht behandelt, so wird dadurch zwar nicht das Völkerrecht, aber die Freundschaft und die Ehre dessen verletzt, an den sie abgesandt sind, oder dessen, der sie gesandt hat. Justinus sagt von dem späteren Philipp, König von Macedonien: „Er schickte einen Gesandten mit Briefen an Hannibal, um ein Bündniss zu schliessen. Dieser wurde gefangen und vor den Römischen Senat gebracht, aber unverletzt entlassen, nicht aus Schonung der Ehre des Königs, sondern um nicht den noch zweifelhaften Feind zu einem unzweifelhaften zu machen."

VI. Uebrigens steht die einmal zugelassene Gesandtschaft bei den Feinden, selbst während des Krieges unter dem Schutz des Völkerrechts. Diodor von Sicilien sagt, dass für die Unterhändler selbst im Kriege Frieden sei. Als die Lacedämonier die Friedenspriester der Perser getödtet hatten, hiess es, „sie hätten das bei allen Völkern geltende Recht verletzt." Pomponius sagt: „Wer den Gesandten der Feinde schlägt, verletzt das Völkerrecht, was den Gesandten für unverletzlich erklärt." Tacitus nennt dies Recht: „das Recht der Feinde, das Heiligthum der Gesandten und den Glauben der Völker." Cicero sagt in seiner ersten Rede gegen Verres: „Sollen die Gesandten unter den Feinden nicht unverletzlich sein?" Seneca sagt in seinem Buche über den Zorn: „Er verletzte die Gesandten und brach das Völkerrecht." Livius nennt es einen Mord, der das Völkerrecht bricht, ein Verbrechen, eine nichtswürdige That, eine gottlose Tödtung, bei Erzählung der Geschichte von jenen Gesandten, welche die Fidenater getödtet hatten. An einer anderen Stelle sagt er: „Man drohte den Gesandten und gestattete ihnen nicht einmal die Rechte des Krieges." Curtius sagt: „Er schickte Unterhändler, die sie zum Frieden bestimmen sollten; aber die Syrier tödteten sie gegen das Völkerrecht und warfen die Leichname in das Meer." Der Ausspruch ist wahr, denn im Kriege fällt Vieles vor, was nur durch Gesandte erledigt werden kann, und selbst der Frieden kann nicht wohl anders zu Stande kommen.

VII. Man stellt auch die Frage, ob nach dem Rechte der Wiedervergeltung der Gesandte dessen gemisshandelt werden könne, der dergleichen selbst verübt habe. Allerdings kommen in der Geschichte viele Beispiele von solcher Rache vor; denn die Geschichte berichtet nicht blos die guten Thaten, sondern auch die schlechten, welche aus Zorn und Ohnmacht verübt werden. Das Völkerrecht schützt nicht blos das Ansehen des Absendenden, sondern auch die Sicherheit des Gesandten selbst; deshalb gilt der stillschweigende Vertrag auch für diesen. Es geschieht also ihm Unrecht, sollte es auch nicht seinen Machtgeber treffen. Als die Römischen Gesandten von den Karthagern schlecht behandelt worden waren, und später die Gesandten der Karthager dem Scipio vorgeführt wurden, fragte man ihn, was mit ihnen geschehen solle, und er antwortete grossmüthig und dem Völkerrecht gemäss: „Nichts von der Art, was die Karthager verübt haben." Nach Livius hat er noch hinzugefügt: „er werde nichts thun, was die Einrichtungen des Römischen Volkes entehre." Valerius Maximus lässt die Römischen Konsuln bei einer ähnlichen, aber früheren Gelegenheit sagen: „Von dieser Furcht, o Hanno, befreit Dich die Redlichkeit unseres Staates." Denn auch da hatten die Karthager dem Cornelius Asina gegen das Völkerrecht Ketten angelegt.

VIII. 1. Auch die Begleiter und das Geräth der Gesandten haben in ihrer Art diesen Schutz. Deshalb heisst es in einem alten Lied der Fecialen: „König! machst Du mich nicht zu dem königlichen Gesandten des Römischen Volkes sammt meinem Geräthe und meinen Gefährten?" Nach dem Julischen Gesetz sind nicht blos die, welche die Gesandten, sondern auch die, welche deren Begleiter mit Unrecht gewaltthätig behandelt haben, der Strafe verfallen. Diese geniessen den Schutz indess nur mittelbar, mithin soweit es der Gesandte verlangt. Haben die Begleiter ein Verbrechen begangen, so kann daher von dem Gesandten deren Auslieferung verlangt werden; mit Gewalt dürfen sie aber nicht gefasst werden. Als die Achäer dies gegen einen Lacedämonier thaten, welcher die Römischen Gesandten begleitete, so beklagten sich die Römer über die Verletzung des Völkerrechts. Hierher gehört auch der früher erwähute Ausspruch Sallust's über Bomilcar. Weigert der Gesandte die Auslieferung, so ist ebenso wie oben bei dem Gesandten selbst zu verfahren.

2. Ob aber der Gesandte selbst die Gerichtsbarkeit gegen seine Angehörigen üben, und ob er allen Flüchtlingen in seinem Hause ein Asyl gewähren könne, hängt von der Bewilligung dessen ab, bei dem er beglaubigt ist; denn dies gehört nicht in das Völkerrecht.

IX. Auch ist es richtig, dass das bewegliche Vermögen des Gesandten, das als Zubehör der Person gilt, nicht abgepfändet, noch mit Exekution belegt werden darf. Dies darf weder der Richter, noch, wie Einige meinen, der König. Denn der Gesandte muss von allem Zwange frei bleiben, sowohl für seine Sachen wie für seine Person, damit seine Sicherheit voll sei. Hat er Schulden gemacht, und besitzt er in dem Lande keine Grundstücke, so ist er in Güte zu mahnen, und wenn er sich weigert, sein Machtgeber. Zuletzt treten hier dieselben Maassregeln ein, wie überhaupt gegen Schuldner, die sich ausserhalb Landes befinden.

X. 1. Auch braucht man nicht, wie Einige meinen, zu fürchten, dass durch solche Bestimmung der Kredit der Gesandten erschüttert werden würde. Denn auch die Könige, gegen welche kein Zwang zulässig ist, finden Leute, die ihnen borgen, und nach Nicolaus von Damaskus war es bei einigen Völkern Sitte, dass aus kreditirten Geschäften keine Klage stattfand, so wenig wie gegen blos Undankbare. Die Leute waren deshalb genöthigt, entweder auch ihrerseits Wort zu halten oder sich mit dem blossen Versprechen des Schuldners zu begnügen. Seneca wünscht diesen Zustand herbei und sagt: „Könnten wir es doch erreichen, dass das geborgte Geld nur freiwillig znrückgezahlt würde; dass keine Formel die Käufer und Verkäufer den Gerichten unterwürfe, und dass die Verträge und Abkommen keines Siegels bedürften! Nur die Ehrlichkeit und der Sinn für das Billige sollten ihre Wächter sein!" Nach Appian missfiel es auch den Persern, Geld geborgt zu nehmen, da dies die Quelle von Betrug und Lügen werde.

2. Dasselbe erzählt Aelian von den Indern; Strabo stimmt ihm mit den Worten bei: „Die Gerichte sollten nur über Mord und Vergehen urtheilen, weil der Mensch sich dagegen nicht schützen kann; aber die Verträge hängen von dem Willen ab; deshalb muss man es ertragen, wenn Jemand nicht Wort hält, und lieber vorher die Person ansehen, der man vertraut, aber den Staat nicht mit Prozessen anfüllen." Auch Charondas verordnete, Niemand solle kreditirtes Geld einklagen können. Auch Plato stimmt dem bei. Aristoteles sagt: „In einzelnen Ländern kann deshalb nicht geklagt werden; man meint, die Leute müssten sich mit dem Versprechen begnügen, auf das sie sich zu Anfang verlassen haben." Und an einer anderen Stelle: „Es giebt Länder, wo die Gerichte über Darlehen nicht erkennen, indem die Sache privatim mit dem abgemacht werden muss, mit dem man sich eingelassen, und dem man kreditirt hat." [198]) Was dagegen aus dem Rö-

---

[198]) Diese hier dargelegte Ansicht, dass ein grosser Theil des Verkehrs unter den Menschen auch ohne die Hülfe der Justiz bestehen könne, ist insofern von Interesse, als sie in neuerer Zeit wieder entschiedener in den Vordergrund tritt und selbst einen praktischen Einfluss auf die Gesetzgebung gewinnt. Dahin gehören insbesondere die Aufhebung des Wechselarrestes, der Schuldhaft, die Befreiung des Arbeitslohnes von der Exekution und Beschlagnahme, die sehr ausgedehnte Befreiung des Mobiliars und der Kleidung von der Exekution u. s. w. Allen diesen Einrichtungen liegt der allgemeine Gedanke unter, dass der gesunde Kredit dieser Mittel nicht bedarf, dass vielmehr nur der schlechte Kredit nach solcher Hülfe verlange, während der gesunde durch die Redlichkeit und die kaufmännische Ehre hinreichend geschützt sei. In den vorgeschrittensten Ländern, wie z. B. in der amerikanischen Union, wird es immer mehr zur Sitte unter den Geschäftsleuten, wegen ihrer Forderungen nicht gerichtlich zu klagen, sondern lieber die Forderung zu verlieren.

mischen Recht beigebracht wird, bezieht sich nicht auf die eigentlichen Gesandten, sondern nur auf die Abgesandten der Provinzen oder Städte.

XI. Von den Kriegen, die durch Misshandlung der Gesandten veranlasst worden sind, ist die Geschichte voll. Auch in der Bibel wird ein solcher Krieg erwähnt, den David deshalb gegen die Ammoniter führte. Cicero meint, dass aus diesem Grunde auch der Krieg gegen Mithridates am meisten gerechtfertigt werde. [199]

Die Erfahrung dort lehrt, dass der Verkehr und das Vertrauen dadurch nicht leiden, und dass die Verluste nicht grösser, ja vielleicht kleiner sind als in Ländern, wo die Hülfe der Justiz fortwährend in Anspruch genommen wird, selbst wenn diese Justiz musterhaft verwaltet wird. Es sind dies Entwickelungen, welche das Dogma von der Unentbehrlichkeit und Heiligkeit der Justiz sehr zu erschüttern geeignet sind.

[199] Das Kapitel von dem Recht der Gesandten ist von Gr. mit vieler Umsicht behandelt, und obgleich er auch hier vorwiegend sich nur mit den Verhältnissen der alten Zeit beschäftigt, so sind doch die meisten seiner Sätze noch heute geltendes Recht, soweit nicht der innigere Verkehr der Staaten die Entwickelung weiter geführt hat, wovon in Anmerk. 195 ein Beispiel gegeben worden. Gr. selbst war später 10 Jahre schwedischer Gesandter in Paris und hatte auch schon früher in holländischen Diensten vielfache Gelegenheit, dieses Gebiet praktisch kennen zu lernen. Eine hierher gehörende Institution, welche Gr. ganz übergangen hat, sind die Handelskonsuln, welche erst im Mittelalter sich zeigen und aus den städtischen Handelskorporationen hervorgegangen sind. Sie dienen mehr dem Einzelnen und dem Handel, als dem Staat im Ganzen. Deshalb nehmen sie auch nur eine Mittelstellung ein und entbehren vieler, dem wirklichen Gesandten zustehenden Privilegien. Ihre Bedeutung ist im Wachsen. Man theilt sie jetzt in Berufskonsuln und Geschäftskonsuln. In der Türkei und in den asiatischen Reichen sind ihre Amtsbefugnisse grösser, und eine ausgedehnte Gerichtsbarkeit darin mit enthalten. In Preussen ist im Jahre 1867 ein umfassendes Gesetz zur Regelung dieser schwierigen Verhältnisse und zur organischen Verbindung der

Kapitel XIX.
Ueber das Recht des Begräbnisses. [200]

I. 1. Auf dem aus dem Willen hervorgegangenen Völkerrecht beruht auch die Pflicht zum Begräbniss der Verstorbenen. Dio Chrysostomus führt unter den Gebräuchen oder ἔϑη, welche er den εγγραφοις, d. h. dem geschriebenen Recht gegenüberstellt, hinter dem Recht der Gesandten noch auf: „dass das Begräbniss der Todten nicht verhindert werden dürfe." Auch der ältere Seneca rechnet zu dem ungeschriebenen Recht, was aber gewisser sei als alles geschriebene, dass der Leichnam mit Erde bedeckt werden müsse. Die Juden Philo und Josephus nennen es ein natürliches Recht, Isidor von Pelusium ein Gesetz der Natur, und wir haben früher erwähnt, wie man unter Naturrecht auch die gemeinsame, der natürlichen Vernunft entsprechende Sitte verstehe. Bei Aelian heisst es: „da die gemeinsame Natur das Begraben der Todten gebietet," und an einer anderen Stelle nennt er die Erde und das Begräbniss „das allen Menschen Gemeinsame und Schuldige". Euripides nennt in seinen „Schutz-

---

konsularischen Gerichtsbarkeit mit den einheimischen höheren Instanzen erlassen worden.

[200] Das Begräbniss der Todten hat in der modernen Zeit und hatte schon zu Gr.'s Zeit nicht mehr die hohe religiöse und sittliche Bedeutung, wie in der antiken Welt. Nur weil Gr. sein Naturrecht überwiegend aus den Vorgängen und Sitten der antiken Welt ableitet, ist er verleitet worden, die hier auftretenden Fragen in einem besonderen Kapitel ausführlich zu behandeln. Wie sehr sich die Ansichten der Wissenschaft in dieser Beziehung geändert, erhellt daraus, dass die neuesten Handbücher des Völkerrechts von Heffter und Bluntschli des Begräbnisses gar nicht mehr erwähnen. Doch bleibt Gr. nicht bei dieser Materie; in Folge seiner nicht streng systematischen Ordnung behandelt er bei dieser Gelegenheit auch die Frage über die Zulässigkeit des Selbstmordes und Anderes.

flehenden" die Gesetze der Menschen „die Gesetze der
Sterblichen". Aristides nennt sie das gemeine Gesetz,
Lucan die Gebräuche der Menschen, Papinius die Gesetze der Länder und die Bande der Welt, Tacitus den
Verkehr des menschlichen Geschlechts, und der Redner
Lysias die gemeinsame Hoffnung. „Wer das Begräbniss
hindert, plündert den Menschen," sagt Claudian; „er
schändet die Natur," sagt der Kaiser Leo; „er verletzt die fromme Sitte," sagt Isidor von Pelusium.

2. Die Alten bezeichneten die Götter als Urheber derjenigen Gesetze, welche den wohlgesitteten Menschen gemeinsam sind, um sie heiliger erscheinen zu lassen; wie
sie dies mit dem Recht der Gesandten thaten, so auch
hin und wieder mit diesem Recht. Deshalb heisst es in
der erwähnten Tragödie der Schutzflehenden νόμον δαιμόνων,
das Gesetz der Götter, und bei Sophocles antwortet
Antigone dem Creon, welcher den Polynices zu begraben
verboten hatte, so (v. 460 u. ff.): „Dieses Verbot hat
weder der höchste Jupiter noch das Recht der Todes-
götter verlangt, denen das Menschengeschlecht ein anderes
Recht verdankt. Und ich habe nicht geglaubt, dass Du
durch Deine Gebote die ungeschriebenen Rechte, welche
der Wink der Götter bewilligt hat, die ewigen, verletzen
könntest. Denn sie sind nicht von gestern, sondern von
Ewigkeit; ihr Ursprung liegt im Dunkeln. War es also
nicht Recht, dass ich mit muthigem Herzen ohne Furcht
vor Menschenzorn den Willen der grossen Götter erfüllte?"

3. Isocrates sagt bei Gelegenheit des Krieges des
Theseus gegen Creon: „Wem ist es unbekannt, und wer
hat nicht gehört oder in den Dionysos-Festen von den
Verfassern der Trauerspiele erfahren, welches Unglück
den Adrastus in Theben getroffen hat, als er den Sohn
des Oedipus zurückführen wollte, aber seinen Schwieger-
sohn und die Mehrzahl der Argiver verlor und die Führer
selbst fallen sah! Er allein war zur Schande übrig. Da
er keinen Waffenstillstand zur Begrabung der Todten erlangen konnte, ging er nach Athen und bat Theseus, der
damals den Staat dort regierte, dass er es nicht als gleichgültig nehme, wenn solche Männer ohne Begräbniss da
lägen, und dass er die Verletzung der alten Sitte und des
väterlichen Rechts, wie es bei allen Menschen bestehe,
nicht gestatten möge; denn das Recht sei nicht von den

Menschen erfunden, sondern von der göttlichen Macht angeordnet. Als Theseus dies vernommen, sandte er ohne Aufenthalt einen Gesandten nach Theben." Derselbe Isocrates tadelt dann die Thebaner, dass sie ihre Staatsbeschlüsse über die Gesetze der Götter gestellt. Diese Geschichte erwähnt er auch in seiner Lobrede, in dem Lobe der Helena und in seiner Platäischen Rede. Ferner gedenken derselben Herodot im 9. Buch seiner Geschichte, Diodor von Sicilien im 4. Buch seiner Geschichte, Xenophon im 6. Buch seiner Geschichte Griechenlands, und Lysias in seiner Rede zu Ehren der Begräbnisse; endlich Aristides in dem Panathenaicum, wo er sagt, dass dieser Krieg für die gemeinsame Menschennatur unternommen worden sei.

4. Diese Pflicht erhält hin und wieder von den erwähnten Schriftstellern den Namen der besten Tugenden; Cicero und Lactantius nennen sie: Menschlichkeit, Valerius Maximus: Menschlichkeit und Milde, Quintilian: Erbarmen und Religiosität, Seneca: Erbarmen und Menschlichkeit, Philo: Erbarmen der gemeinsamen Natur, Tacitus: das Band des menschlichen Geschicks, Ulpian: Barmherzigkeit und Frömmigkeit, Modestinus: die Erkenntniss des menschlichen Standes, Capitolinus: die Gnade, Euripides und Lactantius, die Gerechtigkeit, Prudentius: ein wohlthätiges Werk; die Donatisten, welche die Leichname der Katholiken zu begraben verboten, beschuldigt Optatus der Gottlosigkeit. Bei Papinius (Theb. XII. 165) heisst es:

„durch Krieg und Waffen soll Creon zur Sitte und Menschlichkeit gezwungen werden."

Spartianus sagt, dass solche Personen die Menschlichkeit nicht achteten; Livius nennt es „eine Rohheit über menschlichen Zorn hinaus;" Homer nennt es „eine unziemliche That". Lactantius nennt es eine gottlose Weisheit, wenn man das Begräbniss für überflüssig halte. Deshalb gilt auch Eteocles dem Papinius als gottlos.

II. 1. Man streitet über die Ursachen, welche zur Sitte, die Leichname mit Erde zu bedecken, geführt habe, und ob das Begraben, wie bei den Aegyptern, oder das Verbrennen, wie bei den meisten griechischen Völkerschaften, die ältere Sitte sei. Cicero und nach ihm Plinius behaupten dies von dem Verbrennen. Moschion meint, die Rohheit der Riesen, welche die Menschen verzehrt haben, hätte den Anlass gegeben, und das Begräbniss sei das Zeichen, dass jenes aufgegeben worden; er sagt:

„Damals wurde es durch Gesetze geboten, die vom Tode Geraubten der Erde zu übergeben und Staub über die noch unbestatteten Leichname zu streuen, damit sie nicht geschaut würden als die scheusslichen Zeichen früherer Mahlzeiten."

2. Andere meinen, die Menschen wollten damit gleichsam freiwillig die Schuld abtragen, die sonst die Natur auch unfreiwillig von ihnen fordere; denn der Menschenkörper sei aus der Erde gekommen und sollte wieder zur Erde werden; dies habe Gott nicht blos dem Adam gesagt, sondern werde auch von den Griechen und Römern anerkannt. Cicero erwähnt die Worte aus des Euripides Hypsile:

„Zurückgegeben ist der Erde die Erde."

Den Ausspruch des Salomo, dass der Staub wieder zur Erde komme, was er gewesen, die Seele aber zu Gott, der sie gegeben habe, giebt Euripides in der Person des Theseus in den „Schutzflehenden" so wieder:

„Nun gestattet, dass die Todten in dem Busen der Erde verhüllt werden; dahin, wo es seinen Ursprung genommen, kehrt es zurück; die Seele zum Himmel, der Leib zur Erde. Denn nicht zum ewigen Eigenthum, sondern nur zu kurzem Gebrauch während des Lebens ist er gegeben, und bald fordert die Erde das zurück, was sie selbst gewährt hat."

Aehnlich sagt Lucrez (Buch V. v. 1260) von der Erde:

„Die Alles Erzeugende ist auch das gemeinsame Grab aller Dinge."

Cicero führt aus Xenophon in seinen „Gesetzen" Buch II. an: „Der Körper wird der Erde zurückgegeben, und in dieser Weise und Lage wird er gleichsam von dem Mantel der Mutter bedeckt." Auch Plinius sagt: „Die Erde empfängt uns bei der Geburt, ernährt uns, erhält uns, nachdem wir da sind; endlich, wenn die Natur uns schon verlässt, nimmt sie uns wie eine Mutter an ihren Busen und deckt uns mit ihrer Hülle."

3. Manche meinen, dass durch diese Sitte die Hoff-

nung der Auferstehung von dem ersten Menschenpaare den Nachkommen angedeutet worden sei; denn nach Plinius' Zeugniss im 7. Buche 55. Kapitel hat Demokrit gelehrt, die Todten aufzubewahren, weil die Wiederauflebung verheissen sei. Die Christen beziehen die Sitte eines ehrlichen Begräbnisses oft auf diese Hoffnung. Prudentius sagt:

„Was nützen die ausgehöhlten Felsen, was bedeuten die schönen Denkmäler Anderes, als dass man den Todten nicht für todt hält, sondern nur für in Schlaf versunken?"

4. Einfacher ist der Grund, dass es des Menschen, der so hoch über den Thieren steht, nicht würdig sei, wenn andere Thiere sich an seinen Leichen weiden; um dies zu verhindern, sei das Begräbniss erfunden worden. Quintilian sagt, dass aus menschlichem Mitleiden die Leichname gegen den Angriff der Vögel und wilden Thiere geschützt worden sind. Bei Cicero heisst es Buch I. „Ueber die Erfindung": „Von den wilden Thieren umhergeschleppt, entbehrte er im Tode der gemeinsamen Ehre." Und bei Virgil lesen wir (Aeneis X. 557 u. ff.):

„Dich wird nicht die beste Mutter in ihre Erde verhüllen und Deine Glieder in der väterlichen Grabstelle bergen; Du bleibst den Vögeln und wilden Thieren zur Beute."

Und bei den Propheten droht Gott den ihn verhassten Königen, „dass die Esel begraben werden sollen, aber dass die Hunde ihr Blut lecken werden." Ebenso fasst Lactantius das Begräbniss auf, indem er sagt: „Denn wir werden es nicht zulassen, dass die Gestalt und das Werk Gottes den wilden Thieren und den Vögeln zur Beute da liege." Auch Ambrosius sagt: „Es giebt keine edlere Pflicht als diese, welche dem erwiesen wird, der sie nicht erwidern kann; den Genossen, den die Natur Dir gegeben, zu schützen vor den Vögeln, zu schützen vor den wilden Thieren."

5. Selbst wenn solche Unbill nicht wäre, würde es doch der Würde des Menschen nicht entsprechen, dass sein Leichnam zertreten und zerrissen wird. Dies ist der Sinn der Stelle in den Streitfragen des Sopater: „Es ziemt sich, die Todten zu begraben; die Natur hat es gleichsam den Körpern bewilligt, damit sie nicht zum

Spott werden, wenn sie nach dem Tode nackt aus einander
fliessen. Allen sei es genehm, sowohl den Göttern wie
den Halbgöttern, dass die des Lebens ledigen Körper
dieser Ehre theilhaftig werden. Denn es widersteht der
Vernunft, dass das Verborgene der menschlichen Natur
nach dem Tode Allen vor Augen liege; deshalb haben
wir von Alters her die Sitte, die Körper zu begraben,
damit sie in der Grabstätte verhüllt und fern von den
Blicken der Menschen vertrocknen." Hierher gehört auch
der Ausspruch des Gregor von Nissa in seinem Brief
an Letoius; „Damit der Sonne das nicht gezeigt werde,
was anzublicken die menschliche Natur sich schämt.[201]

6. Daher kommt es, dass man sagt, die Pflicht des
Begräbnisses werde nicht sowohl dem Menschen, d. h. der
Person, als der Menschheit, d. h. der menschlichen Natur,

---

[201] Gr. hat hier in seiner Weise die Ursachen auf-
gesucht, welche zur Sitte des Begräbnisses geführt haben.
Das, was er anführt, mag mit dazu beigetragen haben;
doch leidet seine Darstellung auch hier an der verflachenden und generalisirenden Richtung, welche seinem
ganzen Naturrecht anhaftet. Ohne die Lebensverhältnisse
eines Volkes in ihrer Vollständigkeit zu erfassen, wozu
auch Klima, die Natur des Erdbodens, der Holzüber-
fluss oder Mangel, die Erwerbsverhältnisse, die Standes-
unterschiede, die Religion und der Kultus gehören, lässt
sich die Sitte und das Recht eines Volkes in Bezug
auf die Behandlung der Todten nicht verstehen. In Hin-
dostan soll z. B. die Verbrennung stattfinden; allein bei
dem Mangel an Holz seit den letzten Jahrhunderten findet
jetzt nur der Schein einer solchen statt, und man wirft die nur
versengten Leichname in den Ganges, wo sie zu Tausenden schwimmen, ohne dass das Volk daran Anstoss nimmt.
Je mehr ein Volk dem Realen sich zuwendet, und je mehr
das Ideale aus seinen Gefühlen und Begehren zurücktritt,
um so mehr werden die Ceremonien des Begräbnisses abnehmen. Eben diese Wirkung hat die Abnahme des Glaubens an eine persönliche Unsterblichkeit oder Wieder-
erweckung der Todten. Deshalb ist in der modernen Zeit
das Begräbniss sehr in seiner Bedeutung zurückgetreten,
und man strebt überall dahin, das Ceremoniell dabei zu
vereinfachen und die Kosten zu mindern.

geleistet. Deshalb nannten Seneca und Quintilian diese Menschlichkeit eine öffentliche, und Petronius eine hergebrachte. Die Folge ist, dass das Begräbniss auch den Feinden weder im Frieden noch im Kriege verweigert werden darf. Sophocles giebt einen vortrefflichen Ausspruch des Ulysses über die Begrabung des Ajax, in dem es unter Anderem heisst:

„Hüte Dich, Menelaus, dass Du nach so viel weisen Reden nicht noch einen Todten beleidigst!"

Den Grund giebt die Antigone bei Euripides an:

„Der Tod ist den Sterblichen das Ende des Haders; kann man etwas Grösseres dem Vergessen weihen?"

und in den „Schutzflehenden":

„Haben die Argiver Euch Uebles gethan, so sind sie gefallen; diese Rache ist selbst gegen Feinde genügend."

Und Virgil:

„Mit den Besiegten und des Aethers Beraubten ist kein Streit."

Der Verfasser zu Herennius erwähnt diesen Ausspruch und sagt: „Denn das grösste der Uebel hat diese bereits betroffen." Papinius sagt: „Wir haben uns bekriegt, das ist wahr; aber der Hass ist verschwunden, und der Tod tilgt den traurigen Zorn," und dasselbe sagt Optatus von Milevi mit den Worten: „Wenn unter den Lebenden ein Streit bestand, so wird Euren Zorn des Andern Tod beruhigen; schon athmet der nicht mehr, mit dem Du kämpftest."

III. 1. Deshalb ist man nach Aller Meinung auch den öffentlichen Kriegsfeinden das Begräbniss schuldig. Appian nennt dieses Recht das gemeinsame des Krieges, Philo: den Verkehr im Kriege. Tacitus sagt: „Selbst die Feinde versagen nicht das Begräbniss." Dio Chrysostomus sagt, dass dieses Recht selbst im Kriege beobachtet werde, selbst wenn die Feindschaft den äussersten Grad erreicht habe. Lucan nennt es einen Gebrauch der Menschen, den man auch gegen Feinde innehalten müsse, und derselbe oben erwähnte Sopater sagt: „Welcher Krieg hat das Menschengeschlecht dieser letzten Ehre beraubt? Welche Feindschaft trägt das Andenken der Uebel so nach, dass sie wagte, dieses Gesetz zu verletzen?" Derselbe eben genannte Dio Chrysosthomus sagt in seiner Rede über die Gesetze: „Deshalb erachtet Niemand die Todten für Feinde und dehnt die Schmach nicht auf deren Leichname aus." [202]

2. Einzelne Beispiele dazu sind vorhanden. So suchte Hercules nach seinen gefallenen Feinden, um sie zu begraben; ebenso Alexander nach der Schlacht am Issus; ebenso suchte Hannibal nach den Römern C. Flaminius, P. Quinctius, Tiberius Gracchus und Marcellus, um sie zu begraben. Bei Silius Italicus heisst es: „Glaubst Du, dass Sidonius den Feldherrn getödtet habe?" Ebenso wurde das Begräbniss dem Hanno von den Römern gewährt; ebenso dem Mithridates von Pompejus; Vielen von Demetrius; dem Könige Archelaus von Antonius. In dem Schwure der gegen die Perser dienenden Griechen hiess es: „Alle meine Bundesgenossen will ich begraben und nach dem Siege auch die Feinde." Ebenso erwähnen die Geschichtschreiber öfters, es sei erlaubt worden, die Todten wegzuholen. Bei Pausanias findet sich ein solcher Fall in Attica: „Die Athener sagen, dass sie die Meder begraben haben, weil es heilige Pflicht sei, jedweden Todten mit Erde zu bedecken."

3. Deshalb gebot der Hohepriester, der sonst nach der Auslegung der alten Juden keinem Begräbnissakt beiwohnen durfte, doch das Begräbniss einer vorgefundenen Leiche. Die Christen nahmen aber das Begräbniss für so wichtig, dass sie zu dem Behufe, ebenso wie zur Erhaltung der Armen und zum Loskauf der Gefangenen, selbst

---

[202] Die in Ab. II. und III. hier vorgetragenen Ansichten gehören, wie überhaupt das ganze Kapitel, mehr in die Moral als in das Recht. Beide Gebiete fallen bei Gr. oft in einander und sind im Völkerrecht auch kaum getrennt zu halten, da das äussere Kennzeichen des eigentlichen Rechts, die Verfolgbarkeit vor den Gerichten, im Völkerrecht nicht vorhanden ist. Moral und Recht fliessen deshalb in keinem sittlichen Gebiet noch gegenwärtig so in einander, wie im Völkerrecht, und die Versuche von Mohl und Anderen, den Inhalt beider gesondert darzustellen, sind deshalb nicht ausführbar oder ruhen nur auf persönlichen Ansichten der Verfasser.

das Einschmelzen und den Verkauf der bereits geweihten Kirchengefässe für erlaubt hielten.

4. Es giebt auch Fälle für das Gegentheil, aber mit allgemeiner Verurtheilung.

„Ich bitte, schütze mich vor dieser Wuth," heisst es bei Virgil (Aeneis X. 905).

„Noch blutig, entkleidet er den Todten und gewährt den Gefallenen die dünne Decke von Erde nicht!"

heisst es bei Claudian. Diodor von Sicilien sagt: „Man gliche den wilden Thieren, wenn man mit den Todten des eigenen Geschlechts Krieg führen wolle."

IV. 1. Bei grossen Verbrechern hat man dies bezweifelt. Das göttliche Gesetz, was den Juden gegeben worden, der Lehrer aller Tugend, mithin auch der Menschlichkeit, schreibt vor, den, welcher an der Thürpfoste sich erhängt (was für sehr schmählich galt, Num. XXV. 4, Deut. XXI. 22, 2. Sam. XXI. 13), an demselben Tage noch zu begraben. Daher herrscht, wie Josephus sagt, bei den Juden eine solche Sorge für das Begräbniss, dass sie selbst die Leichname der zu Todesstrafe Verurtheilten vor Sonnenuntergang aufheben und unter die Erde bringen. Andere jüdische Ausleger fügen hinzu, diese Ehrfurcht werde dem Bilde Gottes erwiesen, nach dem der Mensch geschaffen sei. Aegisth, welcher zu dem Ehebruch noch den Königsmord gefügt hatte, ist von Orest, dem Sohne des ermordeten Königs, bestattet worden, wie Homer im dritten Gesange der Odyssee erwähnt. Auch bei den Römern durften nach Ulpian die Körper der zum Tode Verurtheilten den Verwandten nicht verweigert werden, und der Rechtsgelehrte Paulus sagt sogar, dass man sie Jedem, der sich melde, übergeben solle. Die Kaiser Diocletian und Maximian antworteten auf eine Anfrage: „Wir verbieten nicht, dass die wegen Verbrechen Hingerichteten zum Begräbniss ausgeantwortet werden."

2. Die Geschichte bietet allerdings auch Beispiele, wo die Leichname ohne Begräbniss weggeworfen sind; häufiger in Bürgerkriegen als in Kriegen mit Auswärtigen. Auch heutzutage werden die Körper einzelner Verbrecher noch lange dem öffentlichen Anblick blossgestellt. Indess zweifeln nicht bloss Politiker, sondern auch Theologen, ob dieser Gebrauch löblich sei.

3. Dagegen werden die gerühmt, welche Jene begraben liessen, die selbst dies bei Anderen nicht gestattet hatten; so rühmt Pausanias den König der Lacedämonier, welcher, obgleich die Aegineten ihn aufforderten, der Perser That gegen Leonidas mit gleicher That zu rächen, diesen Rath, als des griechischen Namens unwürdig, von sich wies. Bei Papirius redet Theseus den Creon so an (Theb. XII. 780):

„Geh, um schwere Strafe zu erleiden; aber des Begräbnisses zuletzt sei sicher."

Auch die Pharisäer begruben Alexander, den Jannäischen König, der gegen seine todten Landsleute sehr schmählich sich benommen hatte. Wenn Gott mitunter Einzelne mit Verlust des Begräbnisses bestraft hat, so hat er, der über dem Gesetz steht, nach seiner Macht gehandelt; und wenn David den Kopf des Goliath zum Ausstellen zurückbehielt, so geschah es gegen einen Ausländer und Gottesverächter und unter einem Gesetz, welches den Begriff des Nächsten auf die Juden allein beschränkte.[203]

V. 1. Eine merkwürdige Ausnahme von der Regel der Todtenbestattung fand bei den Juden rücksichtlich derer statt, die sich selbst das Leben genommen hatten, wie Josephus erwähnt. Es ist das nicht zu verwundern, da keine andere Strafe gegen die vollstreckt werden kann, welche den Tod als solche nicht erleiden können. Dadurch sind die Jungfrauen Milets von dem Selbstmord abgehalten worden, und auch vordem die arme Bevölkerung in Rom, obgleich Plinius das nicht billigt. So liess auch Ptole-

---

[203] Diese Entschuldigungsgründe für David sind sehr schwach und widerstreiten dem oben von Gr. selbst gelehrten Satze, dass auch die Feinde begraben werden müssen. Sie sind aber ein interessantes Beispiel für die Biegsamkeit der Moral, je nachdem das Gefühl es verlangt. Gr. glaubt noch mit voller Ueberzeugung an die göttliche Eingebung der Bibel; jedes Wort darin war ihm heilig und wahr; so konnte er freilich in solchen Fällen, wie der vorliegende, welche der jetzigen Moral Hohn sprechen, sich nicht anders als mit solchen Ausflüchten helfen; aber das sittliche Gefühl hilft Gr. hier ebenso über seinen Verstand hinweg, wie dies auch anderen grösseren Männern nach ihm ergangen ist.

mäus den Leichnam des Cleomenes, der sich selbst getödtet hatte, aufhängen, und Aristoteles sagt, dass in manchen Ländern die Selbstmörder mit Ehrlosigkeit belegt worden, was Andronicus von Rhodus dahin erläutert, dass ihnen das Begräbniss versagt worden; wie unter Andern der Demonassa, Königin von Cypern geschah und von Dio Chrysosthomus beifällig berichtet wird. Diesem Gebrauche steht auch nicht entgegen, dass Homer, Aeschylos, Sophocles, Moschius und Andere sagen, die Todten hätten keine Empfindung, und deshalb rührte sie weder Schaden noch Scham. Es genügt, dass das, was den Todten geschieht, von den Lebenden gefürchtet wird, und diese so von der Sünde abgehalten werden.

2. Sehr richtig behaupten die Platoniker gegen die Stoiker und Andere, welche den Selbstmord gestatteten, um der Sklaverei oder der Krankheit zu entgehen, oder um Ruhm damit zu gewinnen, dass die Seele in dem Verschluss des Körpers verbleiben müsse, und dass ohne Befehl dessen, der uns das Leben gegeben, von demselben nicht geschieden werden dürfe; wie über diesen Gegenstand Vieles bei Plotin, Olympiodor und bei Macrobius in seiner Rede „Zum Traume des Scipio" zu finden ist. Dem sich anschliessend hatte Brutus einst die That Cato's gemissbilligt, obgleich er später das Gleiche that; damals sagte er: „es sei weder fromm noch männlich, dem Schicksal sich zu beugen und dem drohenden Unglück zu entweichen, anstatt es muthig zu tragen." Auch Megasthenes bemerkt, dass die That des Calanus von den jüdischen Weisen getadelt worden[204], denn ihre Sprüche billigten ein solches Ende ungeduldiger Menschen nicht. Damit stimmt die Ansicht der Perser, deren König Darius nach Curtius sagt: „Ich will lieber durch die Unthat eines Andern als durch die meinige sterben."

3. Deshalb nannten die Juden das Sterben „Erlöstwerden", wie aus Luc. II. 29 und aus der griechischen Uebersetzung von Gen. XV. 2 und Num. XX am Ende

---

[204] Calanus war ein Gymnosophist (eine Klasse indischer Philosophen, welche nackt gingen), der sich in Gegenwart Alexander's und seines Heeres lebendig auf einem Scheiterhaufen verbrennen liess, um zu zeigen, dass er den Schmerz verachte und keine Todesfurcht kenne.

erhellt, welcher Sprachgebrauch auch bei den Griechen üblich war. Themistius in seinem Bericht über die Seele sagt: „Man sagt, der Sterbende werde erlöst, und nennt den Tod die Erlösung." Bei Plutarch in seiner „Tröstung" heisst es in diesem Sinne: „Bis die Gottheit selbst uns erlösen wird."

4. Indess machen einige Juden von dem Verbot des Selbstmordes eine Ausnahme und nennen es gleichsam den „löblichen Ausgang", wenn Jemand sieht, er werde zur Schmach Gottes selbst besiegt werden, und deshalb sich tödtet. Da nämlich das Recht zum Leben nicht uns, sondern Gott gebühre (wie Josephus die Seinigen richtig belehrt), so kann nach ihrer Ansicht nur der zu vermuthende Wille Gottes allein den Entschluss des Selbstmordes rechtfertigen. Hierauf beziehen sie den Fall mit Simson, welcher sah, dass sein Körper zur Verspottung der Religion diente, und den Fall mit Saul, welcher sich in das Schwert stürzte, um nicht von seinen und Gottes Feinden verspottet zu werden. Denn sie meinen, dass dieser wieder von Gott zu Gnaden angenommen worden sei, nachdem der Schatten Samuel's ihm selbst den Tod vorhergesagt; denn obgleich er wusste, dass ihn der Tod treffen werde, wenn er den Kampf beginne, so lehnte er doch die Schlacht für das Vaterland und Gottes Gesetz nicht ab und hat damit ewigen Ruhm nach David's Lobgesang erworben. Auch die, welche Saul mit Ehren bestatteten, haben damit ein Zeugniss dafür abgegeben, dass er recht gehandelt. Der dritte Fall betrifft den Razes, jüdischen Senator während der Maccabäer Zeit. Auch in der Geschichte der Christen kommen Fälle vor, dass Einzelne sich das Leben genommen haben, um nicht durch die Tortur zur Abschwörung der christlichen Religion gebracht zu werden; ebenso haben sich Jungfrauen in den Fluss gestürzt, um ihre Unschuld zu bewahren, welche die Kirche dann unter die Märtyrer aufgenommen hat. Es verlohnt sich der Mühe, das nachzulesen, was Augustinus hierüber meint.[205]

---

[205] Wenn irgend eine Frage, so ist es die über die Zulässigkeit des Sebstmordes, welche die Nichtigkeit der Systeme zu zeigen geignet ist, die aus der Vernunft oder aus der Natur der Sache eine Entscheidung hierüber zu gewinnen versuchen. Es ist unglaublich, wie hohl die

5. Eine zweite Ausnahme galt bei den Griechen, welche die Locrer gegen die Phocäer geltend machten: „es sei die gemeinsame Sitte aller Griechen, dass die Tempelräuber ohne Begräbniss gelassen würden." So sagt auch Dio von Prusa in seiner Geschichte von Rhodus, „dass

Theorien sind, die bei den Stoikern beginnen und sich in den idealistischen modernen Systemen der Philosophie fortsetzen. Nirgends erhellt so deutlich wie hier, dass nur das Gebot einer übergrossen, erhabenen Autorität das Sittliche begründen kann. Alle Systeme, die das Sittliche auf die Lust oder den Trieb stützen, sei es auch selbst der gesellige Trieb, können höchstens die Unklugheit oder die Muthlosigkeit des Selbstmörders behaupten, aber nicht seine Unsittlichkeit. Es ist die höhere Natur des Menschen, es unterscheidet ihn vom Thiere, dass der Trieb auf Erhaltung des Lebens nicht jeden andern bei ihm überwiegt, und dass schon die Motive anderer Lust, wie der Ehre und der Liebe, in ihm so mächtig werden können, dass er das Leben deshalb herzugeben und sich selbst zu tödten vermag. Auch die Motive der Achtung vor den sittlichen Geboten können dahin führen. Umgekehrt kann auch das sittliche Gebot sich gegen den Selbstmord erklären. Ob und wie weit dies geschehen soll, ist rein positiver Natur und wird durch das Wesen und die Motive der Autoritäten bestimmt, welche in Gott, in den Fürsten und in dem Volke für die Einzelnen vorhanden sind. Ob der Selbstmord erlaubt sei oder nicht, hat der Einzelne nur nach den Geboten seiner Religion und nach der Sittlichkeit seines Volkes zu prüfen. Diesen Geboten hat er zu gehorchen, und er kann sie mit keinen Sophismen beseitigen, die ja ohne Zahl und Maass jedem halbwegs Einsichtigen zu Gebote stehen und in Systemen und Romanen breit und lang entwickelt zu finden sind. Gr. hatte hier den richtigen Instinkt, dass mit der vernünftigen Natur der Sache, welche das Fundament seines Naturrechts ist, nicht fortzukommen sei; er hält sich deshalb an das Gebot Gottes, welches den Selbstmord verbietet. Allein die Frage ist damit nicht ganz erledigt, weil die Bibel und die Kirche Ausnahmen von dieser Regel gestatten, deren bestimmte Fassung aber grosse Schwierigkeiten bietet. Gr. ist hier klug genug, die weiden Gottlosen und Verruchten das Begräbniss versagt werde." Dasselbe galt in Athen gegen die Landesverräther, nach Plutarch's Erzählung im Antiphon. Um jedoch auf meine Aufgabe zurückzukommen, so sind die Alten allgemein der Ansicht, dass ein Krieg wegen verweigerten Begräbnisses mit Recht begonnen werden könne; dies erhellt auch aus dem Fall mit Theseus, welchen Euripides in dem erwähnten Trauerspiele „die Schutzflehenden" und Isocrates am erwähnten Orte behandelt.

VI. Auch einige andere Einrichtungen haben ihren Ursprung im willkürlichen Völkerrecht, wie die unvordenkliche Verjährung, die Erbfolge, wenn kein Testament da ist, und die Bestimmungen rücksichtlich der Verträge, wo die Gleichheit der gegenseitigen Leistungen verletzt ist.[206] Denn wenn auch diese Dinge aus dem Naturrecht zunächst entspringen, so erhalten sie doch erst durch das menschliche Gesetz ihre Festigkeit, sowohl gegen schwankende Vermuthungen, wie gegen gewisse Einwendungen, die sonst die natürliche Vernunft darbieten würde, wie oben beiläufig bei Erörterung des Begriffes des Naturrechts gezeigt worden ist.

Kapitel XX.

Ueber die Strafen.[207]

I. 1. Bei Erörterung der Ursachen, aus denen ein Krieg begonnen werden kann, haben wir früher gesagt, dass sie entweder den Ersatz des Schadens oder die Strafe be-

---

tere Erörterung dieser Ausnahmen bei Seite zu lassen, sie fallen ganz in das Gebiet der Casuistik, deren geringer Werth für die Wissenschaft in Anmerk. 3. S. 226 bereits dargelegt worden ist.

[206] Nach Gr. muss dem Naturrecht zufolge jede Ungleichheit in solchem Falle ausgeglichen werden; nach dem Völkerrecht ist aber der Fall ausgenommen, dass die Ungleichheit nicht erheblich ist. Hierauf spielt Gr. hier an.

[207] Gr. giebt in diesem Kapitel eine ziemlich vollständige Theorie des Criminalrechts nach seinem allgemeinen Theile. Es werden die Begriffe des Verbrechens

träfen. Der erste Fall ist erledigt, es bleibt der zweite, die Strafe. Dieses Motiv ist um so sorgfältiger zu behandeln, als die mangelhafte Einsicht in den Ursprung und die Natur der Strafe zu vielen Irrthümern Anlass gegeben hat. Die Strafe ist in ihrer allgemeinen Bedeutung ein Uebel, was man erleidet, weil man ein Uebel gethan hat. Denn wenn auch mitunter eine Arbeit als Strafe auferlegt wird, so bezieht sich die Strafe doch nur auf das Schmerzliche dieser Arbeit, und sie gehört insofern zu einem Leiden. Wenn aber sonst noch Uebel erlitten werden, z. B. wenn man wegen ansteckender Krankheit oder missgestalteten Körpers oder gewisser Unreinigkeiten, die das jüdische Gesetz viel erwähnt, die Versammlungen nicht besuchen darf oder kein Amt erhalten kann, so sind dies keine Strafen, wenn sie auch einer gewissen Aehnlichkeit wegen missbräuchlich so genannt werden.[208]

---

und der Strafe untersucht; es werden die Gründe und die Zwecke der Strafe erörtert. Gr. geht dann auf die Lehre von dem Maasse und der Art der Strafen, auf die Begnadigung, auf die Strafvollstreckung, auf den Begriff und die Strafbarkeit des Versuches über. Nur die Theorie über die Theilnahme Mehrerer an einem Verbrechen folgt erst in dem folgenden Kapitel. Es ist von Interesse, wie insbesondere die Prinzipien, welche in den modernen absoluten und relativen Strafrechtstheorien einander gegenüber treten, hier schon ziemlich vollständig auftreten, ja schon in ihrem wesentlichen Inhalte in dem Alterthum erörtert worden sind. Gr. bleibt dann aber bei diesem Inhalt nicht stehen, sondern geht, der Richtung seines Werkes entsprechend, auf die Frage über, wie weit ein Krieg zur Vollstreckung von Strafen geführt werden könne, und in dem letzten Theile dieses langen Kapitels kommt er auf die Vergehen gegen Gott, an welche sich eine Theorie der natürlichen Religion anschliesst, und welche mit der Frage endigt, ob Gewalt zur Verbreitung der Religion angewendet werden dürfe, und wie weit die Toleranz gegen Andersgläubige geboten sei.

[208] Gr. hält mit richtigem Instinkt fest, dass die Strafe ein Uebel sein müsse; so natürlich und selbstverständlich dies dem Unbefangenen erscheint, so ist doch

2. Zu dem, was die Natur für erlaubt erklärt und nicht verbietet, gehört, dass, wer Uebles gethan, Uebles erleiden müsse; dies älteste Recht nennen die Philosophen, wie erwähnt, auch das Recht des Rhadamanthus. Darauf bezieht sich ein Ausspruch Plutarch's in seinem Buche über das Exil: „Gottes Begleiterin ist die Gerechtigkeit, die Bestraferin derer, die das göttliche Gesetz übertreten haben, was für alle Menschen von Natur gegen alle Menschen, wie Bürger gilt." Plato sagt: „Niemand von den Göttern und Menschen wagt zu sagen, dass den, der unrecht handelt, keine Strafe treffen solle." Auch Hierax erklärte diesen Theil des Rechtes für den edelsten, „sie fordern Busse von denen, die Unrecht vorher geübt"; Hierocles nennt ihn „die Heilung der Schlechtigkeit"; Lactantius sagt: „Die irren nicht wenig, welche die von den Menschen oder von Gott auferlegten Bussen mit dem Namen der Härte und Bosheit brandmarken, indem sie meinen, dass der beschädige, welcher den Beschädiger bestrafe."

3. Wenn ich gesagt, dass der eigentlichen Strafe wesentlich sei, dass sie für ein Vergehen erfolge, so hat auch Augustin dies bemerkt; er sagt: „Alle Strafe, wenn sie gerecht ist, ist Strafe einer Sünde," was sich auf die von Gott auferlegten Strafen bezieht, obgleich bei diesen, wie er sagt, mitunter wegen der menschlichen Unwissenheit, die Schuld verborgen ist, wo die Strafe bekannt ist."[209]

---

diese Bestimmung in den verschiedenen Strafrechtstheorien sehr verwischt. Wenn Hegel die Strafe nur zur Negation des Verbrechens macht, oder wenn die Strafe wesentlich als Besserungsmittel von den modernen Philanthropen behandelt wird, so tritt die Bestimmung der Strafe, dass sie ein Uebel sei, zurück; ja sie kann dann leicht als ein den Zweck der Strafe hinderliches Merkmal erscheinen.

[209] Gr. beruft sich hier zur Begründung der Strafe als Folge einer unerlaubten Handlung auf die öffentliche Meinung aller Zeiten und Länder, wie sie in den erwähnten Schriftstellern hervortritt. Es ist dies nicht zu leugnen; allein es ist dies nur eine Thatsache, aber keine Begründung der Strafe. Auch dreht sie sich insofern im Kreise, als der Begriff des Verbrechens nicht gegeben,

II. 1. Man streitet, ob die Strafe der vertheilenden oder der erfüllenden Gerechtigkeit angehöre. Einige rechnen sie zur vertheilenden Gerechtigkeit, weil der, welcher schwerer gefehlt, härter, wer geringer, leichter gestraft werde, und weil die Strafe vom Ganzen einem Theile auferlegt werde. Indess habe ich schon im Eingange dieses Werkes gezeigt, dass wenn innerhalb gewisser Grenzen zwischen zwei Dingen eine Gleichheit hergestellt wird, dies nicht immer zur vertheilenden Gerechtigkeit gehört. Wenn ferner die schweren Vergehen härter, die geringeren leichter gestraft werden, so geschieht dies nur als Folge, aber es ist nicht das Erste und was an sich gilt. Denn zuerst und an sich kommt es auf die Gleichheit zwischen Schuld und Strafe an; worüber Horaz sagt (1. Satyren III, 78): „Weshalb gebraucht die Vernunft nicht ihre Gewichte und Maasse wie in anderen Fällen, und weshalb hindert sie also nicht durch Strafen die Vergehen?" Und an einer anderen Stelle (daselbst v. 117, 118): „Es gelte eine Regel, welche dem Vergehen eine angemessene Strafe bestimmt; was nur die Peitsche verdient, das verfolge nicht mit der schrecklichen Geissel." Dasselbe sagt das Gesetz Gottes Deuter. XXV. und die Novelle des Kaisers Leo.

2. Auch der andere Grund, dass alle Strafen vom Ganzen aus auf einen Theil treffen, ist nicht richtig, was aus dem Späteren sich ergeben wird.[210] Auch ist bereits dargelegt worden, dass das Wesen der vertheilenden Gerechtigkeit nicht in einer solchen Gleichheit und nicht in einem Uebergang vom Ganzen auf den Theil enthalten ist, sondern es liegt in der Beachtung jener Geeigentheit, welche das volle Recht noch nicht in sich hat, indem es nur die Gelegenheit für dasselbe giebt. Obgleich nun der zu Bestrafende geeignet oder würdig der Strafe sein muss, so hat dies doch nicht die Bedeutung, dass ihm etwas hinzutrete, was die vertheilende Gerechtigkeit fordert. Indess sind Jene nicht deutlicher, welche meinen, es handle sich bei den Strafen um jene erfüllende Gerechtig-

---

sondern vorausgesetzt wird. Erst in dem Folgenden versucht Gr. eine tiefere Rechtfertigung.

[210] In § 7, wo dieser scholastische Ausdruck seine Erläuterung erhält.

keit, welche man auch die austauschende nennt. Sie nehmen es so, als wenn dem Beschädiger etwas zurückgewährt werde, wie es bei den Verträgen geschieht. Sie werden durch den Sprachgebrauch getäuscht, wonach man sagt, man schulde die Strafe dem, der sich vergangen habe, was durchaus ungültig ist; denn der, dem man etwas schuldet, hat gegen den Andern ein Recht. Sagt man aber, dass man Jemand die Strafe schulde, so soll es nur bedeuten, dass seine Bestrafung recht sei.

3. Indess ist es richtig, dass bei der Strafe zuerst und an sich die erfüllende Gerechtigkeit geübt wird. Denn der Strafende muss, um recht zu strafen, das Recht dazu haben, welches Recht aus dem Vergehen des Andern entspringt. Hier ist ein Punkt, der an den Vertrag erinnert. Denn auch der Verkäufer wird, ohne etwas zu sagen, zu Allem verpflichtet, was bei dem Kauf gebräuchlich ist; ebenso scheint der Beschädiger durch seinen Willen sich der Strafe unterworfen zu haben. Denn das Verbrechen kann nicht unbestraft bleiben; wer also jenes will, hat mittelbar auch die Strafe gewollt. In diesem Sinne sagen einige Kaiser: „Du selbst hast Dich dieser Strafe unterworfen," und von denen, die einen bösen Vorsatz fassen, heisst es, sie sind schon in ihrem Inneren gestraft, d. h. sie haben durch ihr Wollen die Strafe sich verdient. Tacitus sagt von der Frau, welche einen Sklaven geheirathet, dass sie in ihre eigene Sklaverei gewilligt habe, weil diese Strafe dafür angeordnet war.

4. Michael von Ephesus sagt zum 5. Buch der Nicomachischen Ethik des Aristoteles: „Es findet hier gleichsam ein Nehmen und Geben statt, wie bei dem Vertragschliessen; denn wer Geld wegnimmt oder etwas Anderes entwendet, giebt dafür die Busse." Derselbe sagt später: „Verträge nannten die Alten nicht blos, was man sich gegenseitig freiwillig zu thun verspricht, sondern auch die von den Gesetzen verbotenen Handlungen."[211]

---

[211] Der Streit, ob die Strafe der vertheilenden oder erfüllenden Gerechtigkeit zugehöre, bewegt sich in scholastischen Begriffen, die nicht weiterführen. Es kommt hier nicht auf den Namen, sondern auf die Gründe an, auf welche die Strafe gestützt wird. Für Gr. ist der Satz, dass jedem Vergehen eine Strafe folgen müsse, selbst-

III. 1. Die Person, welcher hierbei das Recht zusteht, ist von Natur nicht bestimmt. Denn die Vernunft sagt, ein Vergehen könne bestraft werden, aber nicht, wer strafen solle. Da nun die Natur dieses nicht genügend bestimmt, so geschieht es am passendsten von dem Höheren. Doch ist dies nicht gerade nothwendig, es müsste denn das Wort Höherer so aufgefasst werden, dass der, welcher sich vergangen, dadurch schon sich unter jeden Anderen stellt und, gleichsam aus der Menschengattung verstossen, zu den Thieren herabsinke, die dem Menschen unterthan sind; eine Ansicht, welche einige Theologen aufgestellt haben. So sagt Democrit: „Von Natur gebührt das Herrschen dem Besseren"; auch Aristoteles sagt: „Das Schlechtere sei zum Dienst des Besseren eingerichtet, sowohl im Natürlichen, als wie in dem von Menschen Gemachten."

2. Daraus folgt, dass der Beschädiger wenigstens von einem gleichen Beschädiger nicht gestraft werden kann. Dahin gehört der Ausspruch Christi: „Wer von Euch ohne Sünde ist (nämlich einer solchen), der werfe den ersten Stein." Joh. VIII. 7. Er sagte dies, weil damals die Sitten der Juden höchst verdorben waren; die, welche sich den Schein von Heiligen gaben, stacken in Ehebruch und ähnlichen Lastern, wie die Stelle in Röm. II. 22 ergiebt. Deshalb sagt dasselbe, wie Christus, der Apostel: „Deshalb, o Mensch, kannst Du nicht entschuldigt wer-

---

verständlich; er liegt ihm in der vernünftigen Natur des Menschen, und er versucht deshalb keine höhere Ableitung. Man kann insofern sagen, dass Gr. der absoluten Strafrechtstheorie zustimme. Allein er bleibt diesem Satze nicht treu, indem er später eine Reihe von besonderen Zwecken aufführt, welche der Strafe zu Grunde liegen, und daraus sowohl das Eintreten als das Nichteintreten der Strafen so wie deren Maass ableitet. Gr. ist hier, wie in allen höheren philosophischen Fragen, sich nicht klar genug, er schwankt hin und her, selbst die Begründung der Strafe durch den Willen des Verbrechers wird hier nicht blos von Gr. erwähnt, sondern anscheinend auch gebilligt, obgleich diese Auffassung nur von äusserlichen Verhältnissen hergenommen ist und dem Begriffe der Strafe widerspricht.

den, wenn Du einen Anderen verdammst. Denn dadurch, dass Du den Anderen verdammst, verdammst Du Dich selbst, weil Du dasselbe thust, was Du an dem Anderen verdammst." Und an einer anderen Stelle: „Es wird uns mässigen in Bezug auf das Unsrige, wenn wir uns befragen, ob wir nicht selbst dergleichen begangen haben." Ambrosius sagt in der „Vertheidigung David's": „Jeder, der über Andere richten will, richte erst über sich selbst und verdamme nicht die kleinen Fehler bei Anderen, da er selbst doch grössere begangen hat."[212]

[212] Es ist eine sonderbare Annahme von Gr., dass die Vernunft nur sage, das Vergehen solle gestraft werden, aber nicht von Wem. Er kommt dadurch zu der Folgerung, dass jeder Andere nach dem Naturrecht den Verbrecher strafen kann, sofern er nicht selbst ein Verbrecher ist. Dies Alles sind Willkürlichkeiten, welche die Folge des verflachenden Prinzips sind, von dem Gr. in seinem Naturrecht ausgeht. In Wahrheit kann die Strafe, wie jede andere Rechtsinstitution, weder aus den Trieben noch aus der Vernunft als Recht begründet werden; der Trieb führt nur zur Rache oder zur Vertheidigung und Fürsorge für die Zukunft, welche Mittel nur der Klugheit angehören. Die Strafe als Recht kann nur wie alles Recht aus dem Gebot einer höheren Autorität abgeleitet werden, welche einfach gebietet, dass eine bestimmte Handlung mit einem bestimmten Uebel belegt werden solle. Damit ist sowohl der Begriff des Vergehens wie der Strafe gegeben, und für die einzelnen Menschen bedarf es dann keiner weiteren Begründung; sie schliesst mit diesem Gebote ab; dies Gebot ist für den der Autorität Untergebenen die höchste und die alleinige Rechtfertigung aller Strafe. Insofern ist die absolute Theorie die wahre. Allein bei den Autoritäten bestehen Beweggründe, welche sie zu diesen Strafgeboten veranlassen. Diese Beweggründe fallen, da die Autoritäten über dem Rechte stehen, in das Gebiet der Lust, und es können die mannichfachsten Zwecke bei der Strafandrohung bestanden haben. Insofern diese Zwecke der Autoritäten als der Anlass der Strafgebote aufgefasst werden, sind die relativen Straftheorien die wahren. Beide Theorien sind deshalb wahr, nur für verschiedene Perso-

IV. 1. Eine andere Frage betrifft den **Zweck der Strafen**. Denn das Bisherige ergiebt nur, dass den Beschädigern kein Unrecht mit deren Bestrafung geschieht; aber es folgt daraus noch nicht, dass sie überhaupt gestraft werden müssen; auch ist dies nicht wahr, da Gott und die Menschen vielen Beschädigern Vieles verzeihen und deshalb gelobt werden. Berühmt ist Plato's Ausspruch: „denn nicht wegen des Unrechts erfolgt die Strafe" und der andere: „Nicht wegen der Unthat wird die Strafe auferlegt (denn das Geschehene kann niemals ungeschehen gemacht werden), sondern gegen die Wiederholung in der späteren Zeit." Seneca sagt: „Man fügt dem Menschen nicht Uebles zu, weil er gesündigt hat, sondern damit er nicht wieder sündige; die Strafe wird nie auf das Vergangene, sondern auf die Zukunft bezogen. Man erzürnt sich nicht, sondern sieht sich vor." Bei Thucydides sagt Diodor über die Mitylener zu den Athenern: „Wenn ich auch anerkenne, dass sie sich schwer vergangen haben, so will ich doch nicht ihren Tod verlangen, wenn es nicht der Nutzen verlangt."

2. Dies ist allerdings für die strafenden Menschen richtig; denn der Mensch ist dem anderen so verwandtschaftlich verbunden, dass er ihm nur schaden darf, um einer guten Folge willen. Mit Gott verhält es sich aber anders, auf den Plato die erwähnten Aussprüche fälschlich ausdehnt. Denn Gottes Handlungen können sich auf das Recht der höchsten Herrschaft stützen, namentlich wenn ein besonderer Grund bei den Menschen hinzukommt, ohne dass Gott ausserdem einen Zweck zu haben braucht. So erklären einige Juden den Ausspruch Salomo's, der

---

nen; die absolute gilt für die dem Gesetz Untergebenen, die relative für den Gesetzgeber (die Autoritäten). Dagegen ist es falsch, wenn die neuesten Lehrbücher von einer Verbindung beider Theorien als der Wahrheit sprechen; solche Verbindung ist unmöglich, da sie sich widersprechen. Zum Begriff des Vergehens und der Strafe gehört daher nicht das Dasein des Staates, aber wohl das Dasein einer Autorität, welche auch bestimmt, wem die Vollstreckung der Strafe zustehen solle. An sich ist jede Autorität auch ohne Staat mächtig genug, ihr Gebot zu verwirklichen. Das Nähere ist ausgeführt B. XI. 165.

hierher gehört: „Gott thut das Einzelne um dieses Einzelnen willen, selbst den Gottlosen am bösen Tage,[213] d. h. auch dann, wenn er den Gottlosen straft, thut er es zu keinem andern Zweck, als ihn zu strafen. Auch wenn man einer neueren Auslegung folgt, bleibt es dabei, indem gesagt wird, Gott habe Alles um seinetwegen gethan, d. h. vermöge seiner höchsten Freiheit und Vollkommenheit, ohne noch Etwas ausser ihm zu verlangen oder zu scheuen. So heisst Gott $αυτοφυης$ (Selbstgeworden), weil er von nichts Anderem gezeugt ist. Allerdings bezeugt die heilige Schrift, dass die Strafen der sehr Verderbten von Gott nicht um Anderer Zwecke verhängt worden, indem sie sagt, dass Gott sich erfreue an ihren Schmerzen, und dass Gott die Bösen verspotte und verlache. Auch wird das, was ich gegen Plato gesagt, durch das jüngste Gericht bestätigt, dem keine Besserung nachfolgen kann; ja selbst einzelne unsichtbare Strafen in diesem Leben, wie die Herzensverhärtung, sprechen dafür.[214]

---

[213] Es ist die Stelle: Sprüche Salomonis XVI. 4. Luther übersetzt: „Der Herr macht Alles um sein selbst willen, auch den Gottlosen zum bösen Tage."

[214] Es ist ein der Gegenwart sonderbar erscheinender Gedanke, dass Gott keines Zweckes oder Grundes zur Strafe bedürfe, wohl aber die Menschen. Dennoch liegt eine Wahrheit darin, die aber verworren vorgetragen ist. Gott gehört zu den Autoritäten; wenn diese eine Strafe gebieten, so ist sie für die Untergebenen dadurch von selbst sittlich gerechtfertigt; alles Recht hat in diesem Gebot an sich seine letzte Grundlage; insofern hat der Mensch nicht nach den Zwecken des Gebotes zu fragen, sondern nur das Gebot zu vollziehen. Allein neben Gott sind auch die Fürsten und das Volk in seiner Totalität eine Autorität für den Einzelnen, ihre Gebote begründen ebenfalls das Recht für ihn. Diese Fürsten und diese Völker sind aber Menschen, und als solche kann man sagen, sie müssen einen Zweck für ihr Gebot im Auge haben, denn die Strafe ist ein Uebel, und als solches ist es an sich zu verneinen; soll es dennoch eintreten, so muss es eben durch ein höheres Gute, oder sonst wie, sich rechtfertigen. Man sieht, dass dieser Gesichtspunkt die Frage *de lege ferenda* trifft, welche nicht mehr in das

3. Wenn aber der Mensch Seinesleichen straft, so muss er dabei einen Zweck im Auge haben. Dies ist es, wenn die Scholastiker sagen, die Absicht des Strafenden dürfe sich nicht mit dem Uebel des Anderen begnügen. Aber schon vor ihnen sagt Plato im Gorgias: „Die, welche Jemand mit dem Tode oder Exil oder Geld bestrafen, sollen dies nicht ἁπλῶς (einfach) wollen, sondern ἕνεκα του ἀγαϑου, um des Guten willen." Und Seneca sagt: „Man müsse zur Strafe schreiten, nicht weil das Strafen eine Lust sei, sondern weil es nützlich sei." Auch Aristoteles sagt Buch VII. Kap. 13 über den Staat: „Einiges sei sittlich um seiner selbst willen, Anderes wegen einer Nothwendigkeit;" und zu letzteren giebt er ein Beispiel von der Vollstreckung der Strafe.

V. 1. Es stimmt allerdings mit der Natur, welche der Mensch mit den Thieren theilt, wenn es in dem Lustspiel heisst:

„Der Schmerz des Feindes stillt den Schmerz des Verletzten."

und wenn Cicero sagt: der Schmerz werde durch die Bestrafung gemildert, und wenn Plutarch nach Simonides bemerkt: „Die Genugthuung sei süss und nicht rauh für das gleichsam schmerzende Gemüth, sie sei Medicin für die Entzündung." Der Zorn steckt in den Thieren, wie in den Menschen, „das Brennen des Herzblutes, wegen des Verlangens nach Wiedervergeltung des Schmerzes," wie Eusthatius es richtig bezeichnet. Dieser Trieb ist an sich so unvernünftig, dass er sich oft selbst auf das stürzt, was nicht verletzt hat, wie auf die Jungen des Thieres, was beschädigt hat, oder auf das Leblose, wie der Hund auf die Steine, mit denen er geworfen worden ist. Aber ein solcher Trieb an sich entspricht nicht dem verntünftigen Theil, welcher dem Affekte gebieten soll, und daher auch nicht dem Naturrecht, was nur die Gebote der vernünftigen und geselligen Natur als solcher enthält. Die Vernunft gebietet aber, nichts vorzunehmen, was dem Andern schade, wenn man nicht einen guten Zweck dabei habe. In dem blossen Schmerz des Feindes an sich be-

---

Recht, sondern in die Politik d. h. in die Klugheitslehre gehört. Im Rechte hat dagegen die Strafe nie einen anderen Zweck als die Erfüllung des Gebotes.

trachtet ist aber nichts Gutes, höchstens ein falsches und eingebildetes Gut, wie in überflüssigem Reichthum und vielen andern ähnlichen Dingen.

2. In diesem Sinne werden die von Menschen vollstreckten Strafen nicht blos von christlichen Lehrern, sondern auch von Philosophen gemissbilligt; auch Seneca sagt: „Die Strafe ist ein unmenschliches, statt des Rechtes eingeführtes Wort; sie unterscheidet sich von der Verleumdung nur der Zeitfolge nach. Wer den Schmerz mit gleichem Schmerz vergilt, sündigt höchstens entschuldbarer." Ja, wenn man dem Maximus von Tyrus folgt, ist der, welcher sich rächt, schlechter als der, welcher zuerst verletzt hat. Musonius sagt: „Wenn man nur darauf denkt, wie man den Beissenden wieder beisse und dem Schädiger wieder schade, so handelt man wie ein wildes Thier, nicht wie ein Mensch." Bei Plutarch sagt Dion, welcher die Weisheit Plato's auf das bürgerliche Leben anwendet: „Die Rache scheine nach der Meinung des Gesetzes gerechter als das erlittene Unrecht; aber nach der Natur betrachtet, entspringe sie aus derselben Krankheit der Seele."

3. Es widerstreitet also der Natur des mit dem Menschen verkehrenden Menschen, sich an fremdem Schmerz, als solchem, zu sättigen. Je weniger deshalb ein Mensch des Gebrauchs seiner Vernunft mächtig ist, desto mehr neigt er zur Rache. Juvenal sagt (Satir. XIII. 180 u. f.):

„Aber die Rache ist süsser als selbst das Leben. Denn es ist die Natur der Ungebildeten, dass ihr Herz bei dem geringsten Anlass entbrennt. So klein auch die Gelegenheit ist, sie genügt dem Zorne. Chrysippus wird nicht so sprechen, auch nicht des Thales sanft Gemüth und der dem süssen Hymettus anwohnende Greis,[215] der selbst in harten Fesseln keinen Theil des empfangenen Schierlings seinem Ankläger reichen mochte. Die beglückende Weisheit entfernt allmählig die meisten Fehler und alle Irrthümer und lehrt zuerst das Rechte. Dagegen ist die Rache das Zeichen eines kleinen und schwachen Geistes und

---

[215] Es ist Sokrates gemeint, der in Athen lebte, in dessen Nähe der Berg Hymettus sich erhob, berühmt wegen des süssen Honigs seiner wilden Bienen.

die Freude einer niederen Seele. Bedenke immer, dass Niemand mehr als das Weib sich an der Rache erfreut."

In diesem Sinne sagt auch Lactantius: „Wenn Unerfahrene und Thoren ein Unrecht erleiden, so werden sie von einer blinden und unvernünftigen Wuth hingerissen und suchen denen, die sie verletzt haben, mit Gleichem zu vergelten."

4. Es erhellt also, dass der Mensch vom Menschen nicht bloss um zu strafen bestraft werden darf, und es sind deshalb die Vortheile zu untersuchen, welche die Strafe begründen.[216]

VI. 1. Hierher gehört die Eintheilung der Strafen in Plato's Gorgias und bei dem Philosoph Taurus zu dieser

---

[216] Gr. hat, indem er mit Ab. IV auf die Zwecke der Strafe eingeht, hier zunächst die Rache als Zweck beseitigt. Seine Gründe sind indess sehr schwach. Die Rache ist ein Trieb wie jeder andere, und indem Gr. das Naturrecht auf die vernünftigen Triebe gründet, kommt es auch bei der Rache nur darauf an, sie vernünftig zu machen, d. h. sie das rechte Maass einhalten zu lassen, um die Gründe des Gr. zu widerlegen. Dafür lassen sich nun ähnliche Mittel finden wie bei den anderen Trieben. In dem Prinzip der Wiedervergeltung ist die Rache enthalten, und dieses Prinzip wird noch jetzt von bedeutenden Lehrern als Grundlage der Strafe festgehalten, ja als Prinzip der absoluten Straftheorien behandelt. Das vernünftige Maass ist dann hier zunächst in der Gleichheit der in dem Verbrechen und in der Strafe enthaltenen Uebel gegeben. Dieses Prinzip hat offenbar auch den Anfang in der Entwickelung der Strafe gemacht; allein es führt, wie alle Triebe, auch wenn die Vernunft regelnd hinzutritt, nur zur Klugheit, nicht zum Rechte. Die Erhebung der Strafe aus dem Gebiet der Klugheit und der Triebe, als Rache und Wiedervergeltung, in das Gebiet des Rechts kann nur durch das Gebot einer erhabenen Autortiät (Gott, Fürst, Volk) geschehen; die Rache, die Wiedervergeltung kann dann für diese Autorität das Motiv zu ihrem Gebote bilden, aber die Rechtmässigkeit oder Gerechtigkeit der Strafe entspringt für den Menschen erst aus diesen Geboten (B. XI. 53).

Stelle, dessen Worte Gellius Buch VI. Kap. 14 anführt. Die Eintheilung wird von dem Zweck der Strafe hergenommen; Plato hatte deren nur zwei angenommen, die Besserung und das Beispiel; Taurus fügte einen dritten hinzu, die $\tau\iota\mu\omega\varrho\iota\alpha\nu$, welche Clemens von Alexandrien so erklärt: die Vergeltung des Bösen, welche sich auf den Nutzen des Strafenden bezieht. Aristoteles lässt die Strafe um des Beispiels willen bei Seite, und hat nur diesen Zweck neben der Besserung und sagt, jene geschehe des Strafenden wegen, damit ihm Genugthuung geleistet werde. Auch Plutarch erwähnt dieser und sagt: „Die Strafen, welche auf der Stelle dem Verbrechen nachfolgen, hindern nicht nur die Dreistigkeit zu weiteren Vergehen, sondern haben auch einen Trost für die Beschädigten in sich." Dies ist das Besondere, was Aristoteles dabei auf die austauschende Gerechtigkeit, wie er sie nennt, bezieht.

2. Doch ist dies noch genauer zu untersuchen. Ich sage also, dass bei der Strafe entweder der Nutzen von dem, der gesündigt hat, oder von dem, in dessen Interesse es lag, dass nicht gesündigt werde, oder von irgend sonst Jemand berücksichtigt wird.[217]

VII. 1. Zu dem ersten dieser drei Ziele gehört die Strafe, welche die Philosophen bald $\nu o \nu \vartheta \varepsilon \sigma \iota \alpha$ (Ermahnung), bald $\varkappa o \lambda \alpha \sigma \iota \varsigma$ (Züchtigung), bald $\pi \alpha \rho \alpha \iota \nu \varepsilon \sigma \iota \varsigma$ (Ermunterung) nennen. Paulus, der Rechtsgelehrte, nennt sie die Strafe, welche der Besserung wegen erfolgt; bei Plato heisst sie: „Der Mässigung wegen"; bei Plutarch: „Die Arzenei der Seele", welche bewirkt, dass sie den Sünder durch die

---

[217] Schon die Alten haben hiernach dieselben verschiedenen Zwecke für die Strafen aufgestellt, durch welche sich die modernen relativen Straftheorien unterscheiden: 1) Besserung des Verbrechers, 2) Abschreckung durch Androhung der Strafe, 3) Prävention für die Folgezeit a) gegen den Verbrecher, b) gegen die Anderen durch öffentliche Vollstreckung der Strafe, 4) Genugthuung des Verletzten, d. h. Wiedervergeltung, welcher der Trieb der Rache zu Grunde liegt. Die Eintheilung des Gr. ist, wie seine meisten, nach scholastischer Art, d. h. sie ist spitzfindig, und geht von formalen Eintheilungsgründen aus, die dem betreffenden Gebiet äusserlich sind.

Methode des Entgegengesetzten bessert. Denn da jedes Handeln, vorzüglich wenn es absichtlich und wiederholt geschieht, eine Neigung erweckt, die, wenn sie stärker geworden, Gewohnheit genannt wird, so muss dem Laster so schnell als möglich der Anreiz entzogen werden, was am besten durch einen nachfolgenden Schmerz geschieht, der den süssen Wohlgeschmack zerstört. So sagt Apulejus, der Platoniker: „Es ist schlimmer und härter als alle Strafe, wenn dem Verbrecher Straflosigkeit gestattet wird, und er nicht inmittelst von der Strafe der Menschen getroffen wird." Bei Tacitus heisst es: „Der Verführte sowohl wie der Verführer sind krank, und die heftigen Begierden können nicht durch schwächere Mittel gehemmt werden, als die Lust ist, nach der sie verlangen."

2. Die Strafe zu diesem Ende ist von Natur Jedem gestattet, der Verstand hat und nicht an demselben oder einem ähnlichen Fehler leidet: dies erhellt aus der Züchtigung, die in Worten geschieht.

„Den Freund, wie er verdient, wegen seines Unrechts zu schelten, solche That ist zulässig, wahr und nützlich in jetziger Zeit.[218])

Für Schläge aber und andere einen Zwang enthaltende Handlungen ist von der Natur kein Unterschied zwischen denen, die dazu berechtigt sind oder nicht sind, gemacht (denn sie konnte es nicht, ausser dass die Vernunft den Gebrauch dieses Rechts den Eltern gegen die Kinder als Gegengewicht der Zärtlichkeit besonders empfiehlt), aber von den Gesetzen, welche jene allgemeine Verwandtschaft des menschlichen Geschlechts, um Streit zu vermeiden, auf die nächsten Liebesbande beschränkten, wie sich dies aus dem Justinianischen Codex, im Titel von der Besserung des Nächsten, und auch sonst ergiebt. Hierher gehören die Worte Xenophon's an seine Soldaten: „Wenn ich Jemand seiner Besserung wegen züchtige, so habe ich das Recht geübt, was auch den Eltern gegen die Kinder und dem Lehrer gegen die Schüler zusteht. Selbst die Aerzte schneiden und brennen des Guten halber." Lactantius sagt im 6. Buche: „Gott befiehlt, dass wir unsere Hände immer über die Jüngeren halten, d. h. dass wir sie, wenn sie sündigen, durch sofortige

---

[218]) Aus des Plautus Komödie „Trinumus" I. 1, 1.

Schläge bessern, damit sie nicht durch verkehrte Liebe und Nachsicht zu sehr dem Bösen sich zuwenden und zu dem Laster verleitet werden."

3. Diese Strafart kann aber nicht bis zu dem Tode ausgedehnt werden, ausgenommen nach der sogenannten „reduktiven" Auffassung, in welcher die Verneinungen das Positive der entgegengesetzten Gattungen bezeichnen. Denn so wie Christus sagt: es wäre Jenen besser gewesen, d. h., nicht so schlimm, wenn sie gar nicht geboren worden; so ist es für unheilbare Leidenschaften besser, d. h. weniger schlimm, zu sterben, als zu leben, da sie durch das Leben nur schlechter werden. Solche hat Seneca im Sinne, wenn er sagt: Mitunter liege es im Interesse der Sterbenden, dass sie stürben. Jamblichius sagt: „So wie es den mit einem gefährlichen Geschwür Behafteten besser ist, gebrannt zu werden, als dass nichts geschehe, so ist es für den Bösen besser, zu sterben, als zu leben." Plutarch sagt von einem solchen: „Er schadet allerdings den Anderen, aber sich am meisten." Auch Galenus sagt, dass die Menschen mit dem Tode gestraft werden müssen, einmal, damit sie nicht im Leben schadeten, und dann, dass Andere durch die Strafe von Aehnlichem abgeschreckt würden; dann fügt er hinzu: „Auch ist es drittens für sie selbst nützlich, wenn sie sterben, da ihre Seele so verdorben ist, dass sie nicht mehr geheilt werden kann."

4. Einige verstehen darunter die, von denen der Apostel Johannes sagt, dass sie eine Todsünde begehen. Da indess diese Gründe trügerisch sind, so fordert die Liebe, Niemanden für so verderbt zu halten; es kann mithin diese Strafe nur sehr selten Platz greifen.[219]

VIII. 1. Der Nutzen dessen, dem es daran lag, dass

---

[219] Gr. vermengt hier bei der ersten seiner drei Klassen der Strafe, welche den Nutzen des Verbrechens verfolgt, die Ziele der moralischen Besserung und der Abschreckung, welche doch wesentlich verschieden sind und namentlich zu ganz verschiedenen Arten von Strafen führen. Uebrigens bemerkt Gr. richtig, dass mit diesem Zweck die Todesstrafe sich nicht verträgt. Was er zur Beseitigung dieses Bedenkens beibringt, ist ein sophistisches Spiel mit Worten.

nicht gefehlt werde, besteht darin, dass er nicht nochmals dasselbe von Diesem oder einem Anderen erleide. Gellius beschreibt diese Art nach Taurus so: „Da die Würde und das Ansehen des Beleidigten zu schützen ist, damit nicht die Straflosigkeit zur Verachtung seiner führe und seine Ehre schädige." Was er indess hier von dem Ansehen sagt, gilt ebenso von seiner Freiheit oder einem anderen verletzten Rechte. Bei Tacitus heisst es: „Er sorgte für die Sicherheit durch gerechte Bestrafung." Der Zweck, dass der Beschädigte nicht wieder dasselbe von Jenem erleide, kann in drei Weisen erreicht werden: erstens, wenn der Beleidiger beseitigt wird; dann, wenn man ihm die Kraft zu schaden nimmt; endlich, wenn er durch ein Uebel belehrt wird, nicht zu sündigen, was dann mit der bereits besprochenen Besserung zusammenfällt. Damit auch Andere die Beschädigung nicht wiederholen, muss die Strafe öffentlich und sichtbar sein; dann kann ein Beispiel daran genommen werden. [220]

2. Wird zu diesem Zwecke und innerhalb billiger Grenzen die Strafe vollstreckt, so ist selbst die Privatstrafe nicht unerlaubt, wenn man nur das reine Naturrecht dabei beachtet und von den göttlichen und menschlichen Gesetzen, so wie von dem Unwesentlichen der Sache absieht. Sowohl der Verletzte wie jeder Andere kann in dieser Hinsicht die Strafe vollstrecken, da es der Natur entspricht, dass ein Mensch dem andern Beistand leiste. In diesem Sinne kann man es zulassen, wenn Cicero die Strafe als ein Beispiel jenes Naturrechtes aufführt, was nicht auf der Meinung, sondern auf der angeborenen Kraft beruht, und sie der Gnade gegenüberstellt. Und um jeden Zweifel über die Bedeutung dieser Strafe zu entfernen, definirt er sie: „als das Mittel, wodurch man die Gewalt und die Schmach durch Vertheidigung und Zufügung von Uebeln von sich und den Seinigen, die man lieb hat, fern hält, und durch welches man die Vergehen straft." Mithridates sagt nach Justinus, der es aus Trogus ent-

---

[220] Unter diese zweite Klasse der Strafen fällt die Abschreckung, die Prävention und die Rache oder Wiedervergeltung nach dem heutigen Sprachgebrauch; indess vermengt auch hier Gr. diese an sich sehr verschiedenen Zwecke.

nommen hat: „Gegen den Räuber kann Jedermann das Schwert gebrauchen; ist es zur Rettung nicht möglich, so doch zur Strafe." Plutarch nennt im Leben des Aratus dies „das Gesetz der Vertheidigung."

3. Nach diesem natürlichen Recht vertheidigte sich Simson gegen die Philister und versicherte, er werde sich nicht vergehen, wenn er die Philister, welche ihn beschädige, wieder beschädige. Nach vollbrachter Rache rechtfertigt er sich eben damit und sagt, er habe ihnen nur gethan, was sie vorher ihm selbst gethan hätten. Die Plataer sagen bei Thucydides: „Mit Recht haben wir sie bestraft nach dem für Alle gültigen Gesetz, welches gestattet, gegen den anrückenden Feind sich zu vertheidigen." Demosthenes sagt in seiner Rede gegen Aristokrates, es sei ein allen Menschen gemeinsames Gesetz, dass man den, der uns das Unsrige mit Gewalt entreisst, dafür strafen könne. Als Jujurtha bei Sallust erzählt, dass Adherbal ihm nach dem Leben getrachtet, fügt er hinzu: „das Römische Volk werde nicht gut noch recht handeln, wenn es ihn an seiner völkerrechtlichen Befugniss hindere," d. h. an der Rache. Der Redner Aristides sagt, dass alle Dichter, alle Gesetzgeber, alle Sprüchwörter, alle Redner und Jedermann sonst es billigen, „dass man sich gegen die Angreifer vertheidige." Ambrosius lobt die Maccabäer, dass sie selbst am Sabbath den Tod ihrer unschuldigen Brüder gerächt haben. Derselbe spricht gegen die Juden, welche sich über den von den Christen angezündeten Tempel schwer beklagten, und sagt: „Und wenn ich nach dem Völkerrecht verfahren wollte, würde ich sagen, wie viel Tempel die Juden zu Kaiser Julian's Zeiten angezündet hätten," wo er unter Völkerrecht die Wiedervergeltung mit Gleichem versteht. Ebenso spricht Civilis bei Tacitus:[221] „Ich habe einen vortrefflichen Lohn für meine Mühe erlangt: den Tod meines Bruders, meine Ketten und die wilden Stimmen dieses Heeres, die

---

[221] Civilis war, nachdem er gefangen worden, auf so grausame Weise gemartert worden, dass seine eigenen Soldaten seinen Tod forderten. Deshalb verlangt Civilis Rache dafür nach dem Völkerrecht. Tacitus erzählt den den Vorfall Histor. IV. 21.

meinen Tod verlangen; möge sie dafür die Strafe nach dem Völkerrechte treffen." [222]

4. Weil man jedoch in seinen eigenen und der Seinigen Angelegenheiten von der Leidenschaft hingerissen wird, so haben viele Familien in einem Lande sich vereinigt, Richter bestellt und diesen allein das Recht, die Verletzten zu rächen, zugestanden, dagegen den Uebrigen dieses Recht, was die Natur ihnen gewährt, entzogen. Lucrez sagt (Buch V. v. 1147 u. ff.):

„Weil aber ein Jeder sich bereitete, seine Rache weiter zu treiben, als es jetzt nach billigen Gesetzen gestattet ist, deshalb war es den Menschen zuwider, das Zeitalter der Gewalt sich zu erhalten."

Demosthenes sagt gegen Conon: „Es ist vorgesehen, dass Alle ihr Urtheil nach den Gesetzen empfangen, und dass nicht nach der Leidenschaft und Willkür eines Jeden entschieden werde." Quintilian sagt: „Die eigene Wiedervergeltung des Unrechtes ist nicht allein die Feindin des Rechtes, sondern auch des Friedens; denn es giebt ein Gesetz, eine Gerichtsstätte, einen Richter; es müsste denn Einer sich schämen, nach dem Gesetz sich zu rächen." Die Kaiser Honorius und Theodosius sagten: „Deshalb ist die Kraft der Gerichte und der Schutz des öffentlichen Rechts inmitten aufgerichtet, damit nicht Jeder sich die Rache selbst gestatte." König Theodorich sagt: „Dies ist das heilige Ansehen der Gesetze, dass nichts mit Gewalt, nichts nach eigener Leidenschaft geschehe."

5. Die alte natürliche Freiheit bleibt aber da gültig, wo keine Gerichte bestehen, wie auf offener See. Hierauf kann man es beziehen, dass Cajus Cäsar als Privatperson die Seeräuber, welche ihn gefangen hatten, mit einer aufgerafften Flotte verfolgte und ihre Schiffe theils verjagte,

---

[222] Der Leser wird leicht bemerken, dass Gr. hier vielfach abschweift und theils die Zwecke seiner ersten Klasse wieder herbeizieht, theils die Nothwehr mit der Strafe überhaupt vermengt. Es ist dies die natürliche Folge seines Uebermaasses von Citaten aus den verschiedensten profanen und christlichen Schriftstellern, welche noch mehr, wie Gr., diese Zwecke und Begriffe bunt durch einander werfen.

theils versenkte, und dass er als Prokonsul gegen die gefangenen Seeräuber nicht gerichtlich verfuhr, sondern auf das Meer zurückkehrte und sie da kreuzigen liess. Dasselbe gilt für Wüsten, oder wo Nomaden leben. So erzählt Nicolaus von Damascus, dass bei den Umbrikern Jeder sich selbst gerächt habe; auch bei den Moschern geschieht dies heutiges Tages, wenn einige Zeit seit Antritt des Richters verstrichen ist. Auch die Duelle stammen daher, welche vor Einführung des Christenthums bei den deutschen Stämmen üblich waren und noch jetzt nicht genügend ausser Uebung gekommen sind. Deshalb wundern sich bei Vellejus Paterculus die Deutschen bei dem Anblick des Römischen Gerichtsverfahrens, dass das Unrecht durch die Gerichte beseitigt, und dass durch das Recht beendet werde, was sie gewohnt waren, durch die Waffen zu entscheiden.

6. Das jüdische Gesetz gestattet den Blutsverwandten des Getödteten, den Mörder zu tödten, die Asyle ausgenommen. Auch bemerken die jüdischen Ausleger richtig, dass man die Wiedervergeltung für den Getödteten mit der Hand vollziehen könne. Der blos Verwundete dürfe es aber für sich selbst nicht, sondern nur der Richter, weil bei dem eigenen Schmerz die Mässigung schwerer sei. Bei den alten Griechen hat die gleiche Sitte der Blutrache bestanden, wie aus den Worten des Theoclymenes erhellt, die sich im 14. Gesange der Odyssee bei Homer befinden. Die meisten Fälle dieser Art finden sich aber bei denen, die keinen gemeinsamen Richter über sich haben. Deshalb werden nach dem Zeugniss des Augustin für gerechte Kriege die erklärt, „welche das erlittene Unrecht rächen," und Plato billigt den Kriegsstreit so lange, „bis die Schuldigen genöthigt sind, den Unschuldigen für ihren Schmerz die Strafe zu zahlen." [223]

---

[223] In den modernen Lehrbüchern wird diese Blutrache, dieses Fehderecht und überhaupt die Bestrafung durch den Verletzten selbst nicht als Recht, sondern als reine Rache behandelt, welche noch ausserhalb des Rechtszustandes erfolge. Allein wenn die Autoritäten (Gesetzgeber) diese Art der Bestrafung gestatten, so ist kein Grund vorhanden, deren rechtliche Natur zu bezweifeln;

IX. 1. Der Nutzen irgend welcher Personen, welcher das dritte Ziel bildete, ist ebenso einzutheilen wie der Nutzen des ‚Verletzten. Denn es soll entweder der, welcher Jemand beschädigte, den Andern nicht schaden, was durch Beseitigung seiner geschieht, oder dadurch, dass er geschwächt oder so festgemacht wird, dass er nicht schaden kann, oder durch seine Besserung. Damit Andere durch die Straflosigkeit Jenes ihren Nebenmenschen nicht lästig werden, geschieht die Strafvollstreckung öffentlich, welche die Griechen παραδειγματα (Beispiele) wie die Lateiner nannten. Diese geschehen, damit des Einen Strafe die Vielen abschrecke, oder wie die Gesetze sagen: damit durch die Strafe überhaupt die Anderen abgeschreckt werden können; oder wie Demosthenes sagt: „damit die Anderen sich vorsehen und fürchten."

2. Auch dieses Recht steht naturrechtlich einem Jeden zu. So sagt Plutarch, dass ein guter Mann von Natur zur Obrigkeit bestimmt sei, und zwar für immer; denn wer recht handle, dem gebühre nach dem Gesetz der Natur die Herrschaft. So beweist Cicero an dem Beispiel des Nasica, dass ein Weiser niemals ein Privatmann sei; so nennt Horaz den Lollius Consul nicht blos von einem Jahre, und Euripides sagt in der Iphigenie in Aulis:

„Wer an klugem Sinn hervorragt, der führt den Befehl."

Für den Staat versteht sich dies jedoch nur so weit, als seine Gesetze es gestatten.

3. Ueber dieses natürliche Recht sagt Demokritos, dessen eigene Worte ich hier als bemerkenswerth anführe, und zwar zunächst über das Recht, die Thiere zu tödten: „Ueber das Tödten oder Nichttödten der Thiere verhält es sich so: die Thiere, welche Schaden zufügen oder zufügen wollen, kann Jeder tödten; er ist straflos, und es ist sogar besser, dies zu thun, als zu unterlassen." Dann sagt er: „Man kann Alles, was mit Macht uns schadet, und wegen Alles tödten." Es ist wahrscheinlich, dass die frommen Menschen vor der Sündfluth so gelebt haben,

---

man kann höchstens die Zweckmässigkeit dieser Gesetze, aber nicht die Gesetzlichkeit selbst in Zweifel ziehen. Deshalb behandelt auch Gr. diese Institute als Rechtsinstitute.

ehe Gott seinen Willen offenbart hatte, dass die übrigen Geschöpfe zur Nahrung der Menschen dienen sollen. Dann sagt Demokritos weiter: „Was ich aber über die Füchse und über die Schlangen geschrieben habe, das ist nach meiner Ansicht auch gegen die Menschen zu beobachten." Und fügt dann hinzu: „Wer einen Dieb oder Räuber auf irgend eine Weise getödtet hat, sei es mit der Hand, sei es auf Befehl, sei es durch Abstimmung, ist unschuldig." Seneca scheint diese Stellen im Auge gehabt zu haben, wenn er sagt: „Wenn ich dem Beschädiger den Kopf abschlagen lasse, so thue ich es mit derselben Miene und Gesinnung, als wenn ich die Schlangen und giftigen Thiere tödte." Und an einer anderen Stelle: „Wir würden auch die Schlangen und Nattern, und was sonst durch Biss oder Stich schadet, nicht tödten, wenn man sie wie andere Thiere zähmen, oder bewirken könnte, dass sie uns und Anderen nicht schadeten. Deshalb wird man auch den Menschen nicht schädigen, weil er gesündigt hat, sondern damit er nicht sündige."

4. Da indess die Untersuchung des Thatbestandes viel Mühe, und die Bestimmung der Strafe viel Klugheit und Billigkeit fordert, damit nicht aus der Ueberschätzung des eigenen Schadens, welcher die Anderen nicht beitreten, Streit entstehe, haben die gerechten Gemeinschaften der Menschen beschlossen, dazu die Besten und Klügsten auszuwählen. So sagt Demokritos, „die Gesetze hätten es nicht gehindert, dass Jeder nach seinem Belieben lebe, wenn nicht Einer den Andern beleidigte. Denn der Neid bereitet den Anfang des Aufruhrs."

5. Wie indess bei der Selbstrache eben gesagt worden, so sind auch bei dieser Strafe, welche der Abschreckung wegen geschieht, Spuren und Ueberbleibsel des alten Rechts in den Gegenden und unter den Menschen geblieben, die keine festen Gerichte haben, und ausserdem in einigen Ausnahmsfällen. So konnte nach jüdischem Gebrauch ein Jude, der von Gott oder seinem Gesetz abfiel oder zum Götzendienst verführte, sofort von Jedem getödtet werden. Die Juden nennen dies das Gericht des Eifers, was von Phineas seinen Anfang genommen und dann zur Sitte geworden sei. So tödtete Mathathias einen Juden, der sich durch den griechischen Götzendienst verunreinigte; so sind nach dem 3. Buch der Maccabäer dreihundert

Juden von ihren Landsleuten getödtet worden. Und deshalb fand die Steinigung gegen Stephan und die Verschwörung gegen Paulus statt. Bei Philo und Josephus werden noch viele Fälle derart erzählt.

6. Ferner verblieb bei vielen Völkern das volle, bis zu dem Tode gehende Strafrecht des Herrn gegen den Sklaven und der Eltern gegen die Kinder. So durften die Ephoren in Sparta einen Bürger auch ohne Urtheilsspruch tödten. Aus dem, was ich hier angeführt habe, kann das ursprüngliche Naturrecht in Bezug auf Strafen, und wie weit es sich erhalten hat, abgenommen werden.

X. 1. Jetzt bleibt zu untersuchen, ob das Gesetz des Evangeliums diese Freiheit beschränkt hat. An sich kann, wie gesagt, es nicht auffallen, dass das göttliche Gesetz manches nach dem Natur- und bürgerlichen Rechte Erlaubte verbietet; denn jenes ist das vollkommenste und verheisst einen Lohn über die menschliche Natur hinaus, zu dessen Erlangung billig Tugenden gefordert werden, welche über die blossen Gebote der Natur hinausgehen. Züchtigungen, welche weder mit Ehrlosigkeit, noch mit einem bleibenden Schaden verknüpft sind, und nach Verhältniss des Alters oder sonst nöthig sind, und von denen geschehen, denen die menschlichen Gesetze dies gestatten, wie von den Eltern, Vormündern, Herren, Lehrern, widerstreiten den Vorschriften des Evangeliums nicht; dies ergiebt die Natur der Sache. Denn diese Heilmittel der Seele sind ebenso unschuldig wie die bittere Arznei.

2. Mit der Strafe verhält es sich aber anders. So weit sie nur die Rachbegierde des Verletzten befriedigen soll, ist sie, wie gezeigt worden, schon nach dem Naturrecht nicht gestattet; um so weniger kann solche mit dem Evangelium sich vertragen. Das jüdische Gesetz verbietet nicht blos, den Hass dem Nächsten nachzutragen, d. h. dem Landsmanne, Levit. XIX. 17, sondern fordert auch, dass solchen Feinden gewisse gemeinsame Wohlthaten erwiesen werden; Exod. XXIII. 4, 5. Nachdem nun das Evangelium den Begriff des Nächsten auf alle Menschen ausgedehnt hat, ist es offenbar unsere Pflicht, nicht allein den Feinden nicht zu schaden, sondern auch ihnen wohlzuthun, wie es Matthäi V. 44 bestimmt verordnet ist. Den Juden gestattet indess ihr Gesetz, schwereres Unrecht zu rächen, zwar nicht eigenmächtig, aber durch Anrufen des

Richters. Aber Christus erlaubt uns dies nicht, wie aus jenem Gegensatz erhellt: „Ihr habt gehört, wie es heisst: Auge um Auge; ich aber sage Euch." Denn wenn auch das, was dem folgt, eigentlich nur von Abhaltung des Unrechts handelt und auch diese Freiheit etwas beschränkt, so missbilligt es doch offenbar die Rache, weil es die alte Erlaubniss, welche der unvollkommenen Zeit entsprach, verwirft; „nicht weil die gerechte Strafe ein Unrecht ist, sondern weil die Geduld das Höhere ist," wie es in den Konstitutionen des Clemens, Buch VII. 23, heisst.

3. Tertullian äussert sich hierüber so: „Eine ganz neue Geduld lehrt Christus, indem er selbst die von dem Schöpfer gestattete gleiche Wiedervergeltung eines Unrechts verhindert, welche Auge um Auge und Zahn um Zahn forderte, vielmehr gebietet, auch die andere Backe dem Streiche darzureichen und über den Rock auch noch den Mantel zu lassen. Christus wird dies gethan haben, um die Disziplin des Schöpfers angemessen zu ergänzen. Es ist also zunächst zu ermitteln, ob diese Lehre der Geduld auch von dem Schöpfer gelehrt werde. [224] So gebietet er durch Zacharias, dass Niemand der Bosheit seines Bruders eingedenk bleibe, und auch nicht der seines Nächsten. Auch sagt er nochmals: Niemand gedenke der Bosheit seines Nächsten. Wer aber das Vergessen gebietet, gebietet um so mehr das Ertragen des Unrechts. Auch wenn er sagt: Mein ist die Rache, und ich werde rächen, so lehrt er damit die Geduld, welche die Rache ruhig erwartet. So wie es also offenbar nicht gestattet ist, Zahn um Zahn, Auge um Auge als Wiedervergeltung zu fordern, wenn er nicht blos die Wiedervergeltung, sondern selbst die Strafe und die Erinnerung und das Andenken an das Unrecht untersagt, so wird auch uns eröffnet, wie er das „Auge um Auge und Zahn um Zahn" verstanden hat. Es soll nicht damit die zweite Beschädigung als Wiedervergeltung erlaubt sein, die er ja durch die verbotene Rache gehemmt hatte, sondern er will die erste Beleidigung verhindern, welcher er durch die Androhung der Wiedervergeltung entgegentritt, damit Jeder in Rücksicht auf diese gestattete zweite Beleidigung sich schon

---

[224] D. h. ob auch schon das Alte Testament dieselbe grosse Geduld predige, wie Christus in dem Neuen.

der ersten enthalte. Denn er weiss, dass die Gewaltthätigkeit leichter durch die Gestattung der Wiedervergeltung abgehalten wird, als durch die Androhung der Strafe. Beides war aber nach der Natur und dem Glauben der Menschen anzuordnen; damit, wer Gott vertraute, die Strafe von Gott erwartete, und wer weniger vertraute, sich vor dem Gesetz der Wiedervergeltung scheute."

4. „Diesen Sinn des Gesetzes, der nicht so leicht zu fassen war, hat Christus, der Herr des Sabbaths und Gesetzes und aller väterlichen Gebote geoffenbart und klar gelegt, indem er auch die Darreichung der anderen Backe gebot, um dadurch um so mehr die Wiederholung des Unrechts zu vertilgen, welches das Gesetz durch die Vergeltung hatte hindern wollen, welche die Propheten offenbar verboten hatten, indem sie das Gedenken des Unrechts untersagten und Gott die Rache überliessen. Wenn daher Christus etwas von helfenden und nicht von aufhebenden Geboten hinzugethan, so hat er die Lehren des Schöpfers nicht zerstört. Betrachten wir endlich den Grund dieser so vollen und vollkommen gebotenen Geduld, so kann sie nicht bestehen, wenn es nicht die Sache des Schöpfers ist, die Rache zu verhängen und der Richter zu sein. Denn wenn er mir eine so grosse Last von Geduld auferlegt, dass ich nicht allein nicht wieder schlagen darf, sondern selbst die andere Backe darbieten muss, und nicht allein nicht wieder schimpfen darf, sondern noch segnen soll, und nicht allein den Rock nicht festhalten darf, sondern auch den Mantel noch hingeben soll, und er mich doch nicht vertheidigen will, so hat er unnützer Weise die Geduld geboten, da er mir nicht den Lohn des Gebotes gewährt, ich meine die Frucht der Geduld, welche die Rache bildet, die er mir hätte gestatten müssen, wenn er sie selbst nicht übernimmt, oder die er selbst vollführen musste, wenn er mir sie nicht gestattete, weil es zur Zucht gehört, dass das Unrecht seine Strafe erhalte. Denn durch die Furcht vor der Strafe wird jedes Unrecht im Zaum gehalten. Sonst wird es, zur Freiheit losgelassen, herrschen, und bei der Sicherheit der Straflosigkeit wird es beide Augen ausschlagen und alle Zähne ausbrechen."

5. Wir sehen, dass Tertullian meint, nicht blos den Christen sei die Wiedervergeltung mit Gleichem unter-

sagt, sondern selbst den Juden sei sie nicht als etwas Gerechtes, sondern nur zur Vermeidung grösseren Uebels gestattet gewesen. Dass dies in Bezug auf jene Vergeltung, welche aus dem Hasse kommt, richtig ist, ist unzweifelhaft, wie das Obige ergiebt. Auch erhellt aus Philo, dass auch die Weisen unter den Juden so dachten, welche nicht blos die Worte, sondern auch den Sinn des Gesetzes befolgten. Die Alexandrinischen Juden lässt Philo bei dem Unglück des Flaccus, welcher die Juden gepeinigt hatte, sagen: „Wir freuen uns nicht, o Herr, über die Strafe des Feindes; denn wir sind aus den heiligen Büchern belehrt, der Menschen sich zu erbarmen." Daher kommt es, dass Christus von uns unbedingt verlangt, Allen, die sich gegen uns vergangen haben, zu verzeihen. Matth. VI. 14, 15, d. h. dass wir im Gefühl unseres Schmerzes nicht auch Jenen Uebles thun oder wünschen. Wer dies thut, ist, um mit Claudian zu reden, „ein Wilder und meint, dass die Rache des Gesetzes ihm geleistet werde." Deshalb sagt Lactantius von jenem Ausspruch des Cicero: „Die erste Aufgabe der Gerechtigkeit ist, dass man Niemand schade, wenn man nicht durch Unrecht gereizt worden," dass der wahre und einfache Gedanke darin durch Beifügung zweier Worte verdorben worden sei; und Ambrosius sagt von demselben Ausspruch des Cicero, dass er des Geistes des Evangelii entbehre.

6. Was soll aber von der Strafe gelten, soweit sie nicht die Vergangenheit beachtet, sondern die Zukunft sichern soll. Sicherlich will auch diese Christus erlassen. Zuerst soll der, welcher uns verletzt hat, wahre Zeichen seiner Reue geben; Lucae XVII. 3; Ephes. IV. 32; Coloss. III. 13, wo von einer volleren Vergebung gehandelt wird, welche den Beschädiger selbst in die alte Freundschaft wieder aufnimmt. Daraus erhellt, dass man ihm keine Strafe auferlegen darf. Aber wenn auch solche Zeichen der Reue fehlen, so ist ein Schaden, der nicht zu schwer ist, hin zu nehmen, wie Christus durch die Vorschrift wegen Ueberlassung des Rockes zeigt. Ja selbst Plato sagt, dass das Uebel nicht zu vergelten sei, selbst wenn ein schwereres Uebel uns deshalb droht; derselbe Gedanke findet sich auch bei Maximus aus Tyrus. Musonius sagte, dass er nie die „Verfolgung des Ueber-

muthes", d. h. die Klage wegen erlittener Schmach (die Christus mit dem Backenstreich meint), anstellen werde und nie einen Anderen dazu veranlassen werde; viel besser wäre es, dergleichen zu verzeihen.

7. Wenn die Verstellung eine grosse Gefahr mit sich führt, so müssen wir uns mit der Bürgschaft begnügen, die am wenigsten schadet. Selbst bei den Juden war die Wiedervergeltung mit Gleichem nicht in Gebrauch, wie Josephus und andere jüdische Gelehrten sagen, sondern der Verletzte pflegte neben dem Ersatz seine Kosten, über die ein besonderes Gesetz vorhanden ist, Exod. XXI. 19 (dieser einfache Ersatz hat nichts von Strafe an sich), statt gleiches Uebel zuzufügen, sich mit einer Geldabfindung als Strafe zu begnügen. Auch bei den Römern geschah dies, wie Favorinus bei Gellius berichtet. Als Josephus, der Erzieher unsers Herrn Jesu, seine Ehefrau des Ehebruchs schuldig glaubte, wollte er sich lieber scheiden, als sie den Gerichten übergeben, und dies, heisst es, that er, weil er gerecht war, d. h. ein redlicher und gutmüthiger Mann. Ambrosius bemerkt hierzu, ein gerechter Mensch enthalte sich nicht blos der Rohheit der Rache, sondern auch der Strenge der Anklage. Auch Lactantius hat oben gesagt: „Selbst wegen eines todeswürdigen Verbrechens ist die Anklage nicht erlaubt." Justinus sagt bei Gelegenheit der Ankläger der Christen: „Wir wollen die nicht strafen, die uns verleumden. Es genügt für sie ihre Schlechtigkeit und die Unkenntniss der guten Dinge."

8. Es bleiben noch die Strafen, welche nicht für den Einzelnen, sondern für Alle sorgen, indem sie theils den Beschädiger beseitigen oder einschliessen, damit er Niemand beschädige, theils Andere durch die Strenge der Strafe abschrecken. Diese hat Christus nicht aufgehoben, wie wir auf das Ueberzeugendste anderwärts dargelegt haben; denn indem er seine Vorschriften gab, bezeugte er zugleich, dass er von dem Gesetze nichts aufhebe. Das Gesetz Mosis, welches, so lange der Staat bestand, hierüber gelten musste, gebietet streng den Obrigkeiten, die Mordthaten und andere Verbrechen zu strafen. Exod. XXI. 14; Num. XXXV. 31; Deut. XIX. 13. Konnten die Vorschriften Christi mit dem Gesetz Mosis, soweit es Todesstrafen verordnete, bestehen, so können sie

es auch mit den Gesetzen der Menschen, die hier dem göttlichen gefolgt sind.

XI. 1. Man bezieht sich zur Vertheidigung der entgegengesetzten Ansicht auf die grosse Milde Gottes im Neuen Testamente, welcher mithin auch die Menschen und die Obrigkeiten als Gottes Stellvertreter nachzufolgen hätten. Dies ist wohl richtig, aber nicht so weit, wie man hier will. Denn das grosse Erbarmen Gottes, was im Neuen Bunde kundgethan ist, bezieht sich vorzüglich auf die Sünden gegen das ursprüngliche Gesetz und gegen die Uebertretung von Mosis Gesetzen, ehe die Kenntniss des Evangeliums erlangt war. Actor. XVII. 30; Röm. II. 25; Actor. XIII. 38; Hebr. IX. 15. Denn spätere Vergehen, namentlich bei hinzukommender Hartnäckigkeit, werden mit einem viel strengeren Gericht bedroht als das von Moses eingerichtete. Hebr. II. 2, 3, X. 29; Math. V. 21, 22, 28. Aber nicht blos in jenem Leben, sondern schon in diesem straft Gott oft solche Schuld. 1. Cor. XI. 30. Und die Vergebung solcher Uebelthaten wird nur erlangt, wenn der Mensch sich selbst gleichsam bestraft hat; 1. Cor. XI. 31; durch eine harte Reue und Busse; 2. Cor. II. 7.

2. Man macht geltend, dass die Straflosigkeit wenigstens den Reuigen zu bewilligen sei. Allein abgesehen davon, dass die wahre Reue kaum dem Menschen erkennbar ist, und Jeder für seine Uebelthaten straflos bleiben wird, wenn es genügt, sich irgendwie schuldig zu bekennen, so hat auch Gott selbst den Reuigen nicht immer die ganze Strafe erlassen, wie David's Beispiel ergiebt. So wie also Gott die Strafe des Gesetzes, d. h. den gewaltsamen oder sonst vorzeitigen Tod erlassen und doch den Uebelthäter mit einem erheblichen Uebel belegen konnte, so kann er auch jetzt die Strafe des ewigen Todes erlassen und doch einstweilen den Uebelthäter mit vorzeitigem Tode entweder selbst bestrafen oder dies durch die Obrigkeit geschehen lassen.

XII. 1. Andere machen wieder geltend, dass mit dem Leben auch die Zeit zur Reue genommen werde. Aber es ist bekannt, dass fromme Obrigkeiten hierauf die grösste Rücksicht nehmen, und dass sie Niemand zum Richtplatz führen, ohne ihm Zeit zum Bekenntniss und Verwünschung seiner Sünden gewährt zu haben. Eine solche Reue kann, auch wenn ihr keine Werke wegen des Todes nachfolgen, Gott genehm sein, wie der Fall des mit Christus gekreuzigten Räubers ergiebt. Wenn man sagt, dass ein längeres Leben für eine ernstlichere Besserung dienlich sein würde, so kann man nur mit Seneca antworten: „Es giebt Leute, denen man mit Recht sagen kann, das einzige für Euch noch übrige Gut ist die Beschleunigung Eures Todes." Ebenso sagt Seneca: „Sie hören damit in der einzigen möglichen Weise auf, böse zu sein." So sagt auch der Philosoph Eusebius: „Da sie nicht anders können, so sollen sie, auf diese Weise aus den Fesseln der Bosheit befreit, zur Flucht gelangen."

2. Dies mag neben dem im Eingang dieses Werkes Gesagten denen als Antwort dienen, welche meinen, dass den Christen alle Todesstrafen sowohl für die schweren Verbrechen, wie überhaupt ohne Ausnahme verboten seien, gegen die Lehre des Apostels, welcher in das Königliche Amt den Gebrauch des Schwertes in Ausübung der göttlichen Strafe eingeschlossen hat und sonst sagt, man solle beten, dass die Könige Christen und als Könige der Unschuldigen Schutz würden. Bei der Verderbtheit, welche auch nach Verkündung des Evangeliums unter vielen Menschen herrscht, ist dies nicht möglich, wenn nicht die Frechheit Einzelner durch den Tod gehemmt wird. Denn selbst bei so vielen Martern und Hinrichtungen Schuldiger sind die Unschuldigen noch nicht genügend gesichert.[225]

---

[225] Gr. hat sich hier wieder in die Auslegung der Bibel vertieft. Er sucht den an sich vorhandenen Widerstreit der in dem Neuen Testament hierüber enthaltenen Aussprüche dadurch zu beseitigen, dass er die darin verbotene Wiedervergeltung nur auf die von dem Beschädigten ausgehende Wiedergeltung bezieht, dagegen aber die Wiedervergeltung oder Strafe durch die Gerichte daneben aufrecht erhält. Allein es ist schon früher (Anm. 54 S. 119) bemerkt worden, dass die Bibel dieser Aushülfen der Wissenschaft und Auslegung nicht bedarf und dazu überhaupt nicht geeignet ist. Jene Verbote der Wiedervergeltung lassen überhaupt den Staat und die zur Zeit bestehende bürgerliche Gesellschaft bei Seite; sie sind gesteigerte Empfehlungen der Milde, der Barmherzigkeit, der Geduld

3. Indess kann allerdings den christlichen Herrschern, wenigstens zum Theil, das Beispiel des Aegyptischen Königs Sabaco zur Nachahmung empfohlen werden, der wegen seiner Frömmigkeit berühmt war, und welcher nach Diodor die Todesstrafen in Strafarbeit mit dem glücklichsten Erfolge umwandelte. Auch von einigen Kaucasischen Völkern erzählt Strabo, dass sie Niemand tödten, „auch wenn er das Grösste verbrochen habe." Auch Quintilian sagt: „Niemand bezweifelt, dass, wenn der Sinn der Uebelthäter irgend wie zum Guten gewendet werden kann, wie das ja möglich ist, es dem Staate nützlicher ist, sie am Leben zu erhalten, als mit dem Tode zu strafen." Balsamo bemerkt, dass die Römischen Gesetze, welche Todesstrafen verordneten, von den späteren christlichen Kaisern meistentheils in andere Strafen umgewandelt seien, um den Verurtheilten die Reue eindringlicher zu machen, und um durch die längere Strafdauer die Anderen mehr abzuschrecken.

XIII. 1. Aus unserer Aufzählung der Strafzwecke erhellt, dass der Philosoph Taurus etwas übersehen hat, indem er nach Gellius sagt: „Wenn daher entweder grosse Hoffnung vorhanden ist, dass der Sündigende auch ohne Strafe sich freiwillig bessern werde, oder eine solche Hoffnung auf Besserung seiner nicht besteht, aber der Verlust der Würde, gegen die gesündigt ist, nicht zu fürchten ist, so sei weder so gesündigt, dass dem bösen Beispiel sofort durch Abschreckung entgegen zu treten

---

und aller jener christlichen Tugenden, welche bei ihrer Verwirklichung nach der Meinung Jesu und seiner Apostel den Staat und die Gerichte völlig entbehrlich machen. Da sich diese Hoffnung aber später nicht verwirklichte, so konnten jene Gebote nicht in der Strenge innegehalten werden, wie sie Jesus unzweifelhaft gemeint hat; aber ihre Beschränkung blieb die Sache jedes Volkes und jedes Jahrhunderts nach den sonst bei der Rechtsbildung mitwirkenden Momenten. Völlig verkehrt aber ist es, durch eine künstliche Auslegung dieser Bibelstellen, schon aus ihnen allein ein System und eine praktisch anwendbare und geregelte Moral herausbringen zu wollen. Gr. selbst ist in den nun folgenden Abschnitten zu grossen Modificationen seiner Regel genöthigt.

wäre, noch sei ein solches Vergehen ein Ziel, was werth wäre, eine Strafe aufzulegen." Denn er spricht so, als wenn die Strafe wegfiele, wenn eines ihrer Ziele ausfiele, während doch alle fehlen müssen, wenn sie nicht stattfinden soll. Dann übersieht er das Ziel, wo ein unverbesserlicher Mensch des Lebens beraubt wird, damit er nicht wieder und schwerer sündige, und was er von dem Verlust der Würde sagt, muss auch auf jeden anderen Schaden, der zu befürchten ist, ausgedehnt werden.

2. Richtiger sagt Seneca: „Bei der Bestrafung der Vergehen hat das Gesetz drei Ziele vor Augen, die auch das Staatsoberhaupt beachten muss; entweder soll der zu Bestrafende gebessert werden, oder seine Strafe soll die Anderen bessern, oder die Bösen sollen beseitigt werden, damit die Anderen Sicherheit gewinnen." Wenn man hier unter den „Anderen" nicht blos die Verletzten, sondern auch die, welche es werden können, versteht, so ist die Eintheilung vollständig, nur muss dem „beseitigt" noch das „zurückgedrängt" hinzugefügt werden. Denn auch die Fesseln und Alles was die Kräfte vermindert, gehört hierher. Weniger gut ist die Eintheilung, welche Seneca an einer anderen Stelle giebt: „Das muss man bei aller Bestrafung immer im Auge haben, dass sie angewandt wird, entweder um zu bessern oder um zu beseitigen." Auch Quintilian's Ausspruch ist unzureichend, dass alle Strafen nicht sowohl auf das Vergehen sich beziehen als auf das Beispiel, was damit aufgestellt werde.

XIV. Aus dem Bisherigen ist zu entnehmen, dass es für einen christlichen Privatmann nicht rathsam ist, seines oder des öffentlichen Wohles wegen eine Strafe gegen den Uebelthäter zu verhängen, insbesondere die Todesstrafe; obgleich das Völkerrecht dies, wie erwähnt, mitunter gestattet. Deshalb ist die Sitte der Völker zu loben, wonach die Schiffer durch einen Auftrag der Obrigkeit ermächtigt werden, gegen Seeräuber, die sie betreffen, gelegentlich von diesem Rechte Gebrauch zu machen, nicht aus eigenem Antriebe, sondern auf amtliche Anweisung.

XV. Aehnlich ist die Sitte vieler Länder, dass zur Anklage von Verbrechen nicht Jeder zugelassen wird, dem es beliebt, sondern nur gewisse dazu erwählte Beamte, damit Niemand, den nicht sein Amt nöthigt, dazu beitrage, dass fremdes Blut vergossen werde. Hierauf bezieht sich die Regel des Elibernischen Concils: „Wenn ein Gläubiger denuncirt hat und in Folge dessen Jemand des Landes verwiesen oder hingerichtet worden ist, so soll dem Denuncianten selbst bei seinem Lebensende das Abendmahl nicht gereicht werden."

XVI. Auch das ergiebt sich aus dem Obigen, dass es für einen christlichen Mann nicht rathsam ist und sich nicht geziemt, öffentliche Aemter, wo über das Leben gerichtet wird, freiwillig zu suchen, oder zu meinen und zu versichern, dass es billig sei, ihm, als dem Ausgezeichnetsten und als einem Gott unter den Menschen, dies Amt anzuvertrauen. Denn der Ausspruch Christi bezieht sich auch hierauf, wonach es gefährlich ist, über Andere zu richten, weil so, wie wir über Andere richten, Gott auch über uns in gleichem Falle richten werde.

XVII. 1. Es ist eine wichtige Frage, ob, wenn die menschlichen Gesetze die Tödtung eines Menschen gestatten, der Tödtende damit auch ein Recht Gott gegenüber erlange, oder blos Straflosigkeit bei den Menschen. Letzteres behaupteten Covaruvias und Fortunius; dem Ferdinand Vasquius missfällt aber diese Meinung so, dass er sie abscheulich nennt. Unzweifelhaft kann, wie erwähnt, das Gesetz Beides, je nachdem die Sache angethan ist, thun. Was aber die Absicht gewesen, muss theils aus den Worten, theils aus dem Gegenstande entnommen werden. Denn wenn das Gesetz blos der Rachbegierde nachgiebt, so befreit es nur von der menschlichen Strafe, aber nicht von der Sünde, wie z. B. bei dem Manne, der den Ehebrecher oder die ehebrecherische Frau tödtet.

2. Berücksichtigt das Gesetz aber die Gefahr künftiger Uebel, wenn die Strafe aufgehoben wird, so gilt es als ein Recht; die öffentliche Macht ist dann für einen solchen Fall dem Einzelnen anvertraut, so dass er nicht als Privatmann hierbei handelt. Der Art ist das Gesetz in dem Codex von Justinian unter der Rubrik: Wenn es erlaubt ist, ohne Richter sich zu rächen, und das eidliche Gelöbniss, womit der Staat Jedem die Erlaubniss ertheilt, Deserteure zu strafen. Die Gründe dazu lauten: „Denn es ist besser, bei Zeiten vorzusorgen, als nach der That

zu strafen. Wir überlassen also Euch die Strafe, und wo die Strafe durch den Richter zu spät kommt, da verordnen wir, dass Niemand des Soldaten schone, vielmehr soll er ihm mit der Waffe ebenso wie dem Räuber entgegentreten." Und das spätere Gesetz über die Unterdrückung der Dersertion sagt: „Ein Jeder wisse, dass ihm gegen die öffentlichen Strassenräuber und gegen die Deserteure um der allgemeinen Ruhe willen das Recht der Strafvollstreckung zugetheilt worden ist." Hierzu gehören noch die Worte Tertullian's: „Gegen die Majestätsverbrecher und Feinde des Staats ist Jedermann Soldat."

3. Darin unterscheidet sich diese Befugniss, die Rechtlosen, welche die „Geächteten" genannt werden, zu tödten, von jener Art Gesetze; dort geht ein besonderes Urtheil voraus, hier nur eine allgemeine Verordnung, welche, wenn die Gewissheit der That hinzutritt, die Kraft eines erlassenen Erkenntnisses hat.

XVIII. Es ist nun zu untersuchen, ob jede fehlerhafte Handlung von den Menschen mit Strafe belegt werden kann? Sicherlich nicht jede. Zuerst können rein innerliche Handlungen, auch wenn sie durch Zufall, etwa durch späteres Geständniss, zur Kenntniss Anderer kommen, von den Menschen nicht bestraft werden, weil, wie erwähnt, es der menschlichen Natur nicht gemäss ist, dass aus rein innerlichen Handlungen ein Recht oder eine Verbindlichkeit unter den Menschen entstehe. In diesem Sinne ist das Römische Gesetz zu verstehen: „dass Niemand für seine Gedanken straffällig sei." Dies hindert jedoch nicht, dass innerliche Handlungen berücksichtigt werden, wenn sie auf äussere Einfluss haben, nicht um ihretwillen, sondern um der letzteren willen, welche danach ihre Zurechnung empfangen.

XIX. 1. Zweitens können keine Handlungen bestraft werden, die nach der menschlichen Natur unvermeidlich sind. Denn wenn auch die Sünde sich nur auf freie Handlungen bezieht, so geht es doch über die menschliche Natur, sich von aller Sünde überhaupt und immer frei zu halten. Deshalb ist das Sündigen dem Menschen verwandt, wie unter den Philosophen Sopater, Hierocles, Seneca, unter den Juden Philo, unter den Geschichtschreiben Thucydides und unter den Christen Viele ausgesprochen haben. Seneca sagt: „Wenn Jeder gestraft werden soll, der eine böse und schlechte Neigung hat, so trifft Alle die Strafe." Sopater sagt: "Wenn Jemand die Menschen straft, als wenn sie fehlerfrei sein müssten, so überschreitet er das Maass der Züchtigung, welches der Natur entspricht." Diodor von Sicilien nennt dies "ein Unrecht gegen die allen Menschen gemeinsame Schwachheit," und an einer anderen Stelle: "ein Vergessen der gemeinsamen menschlichen Schwachheit." Der erwähnte Sopater sagt: "man müsse die kleinen und gleichsam täglichen Fehler nicht bemerken."

2. Man kann selbst zweifeln, ob sie mit Recht und eigentlich Sünden genannt werden können, da ihnen die Freiheit, welche sie im Einzelnen haben, doch im Allgemeinen abgeht. Plutarch sagt im Leben Solon's: "Man muss die Gesetze nach dem, was erreichbar ist, einrichten, wenn man Wenige mit Nutzen, statt Viele nutzlos strafen will." Manches ist unvermeidlich, nicht nach der menschlichen Natur an sich, sondern nach der Besonderheit der Umstände, wegen einer Beschaffenheit der Körper, die sich der Seele mittheilt[226], oder wegen einer eingewurzelten Gewohnheit. Dergleichen wird bestraft, nicht an sich, sondern weil eine Schuld vorausgegangen ist, indem die Mittel dagegen verabsäumt worden sind, oder die Krankheit der Seele freiwillig veranlasst worden ist.

XX. 1. Drittens können die Sünden nicht bestraft werden, welche weder unmittelbar, noch mittelbar sich auf die menschliche Gemeinschaft oder auf einen anderen einzelnen Menschen beziehen. Denn es liegt hier kein Grund vor, weshalb nicht diese Sünden Gott zur Strafe überlassen bleiben sollen, welcher der Weiseste ist, um sie zu erkennen, der Gerechteste, um sie zu prüfen, und der Mächtigste, um sie zu strafen. Deshalb würde eine solche Bestrafung von den Menschen ganz nutzlos und deshalb mit Unrecht eingeführt werden. Auszunehmen sind die Strafen zur Besserung, welche den Sünder bessern wollen, selbst wenn Andere kein Interesse dabei haben. Auch die Handlungen, welche das Gegentheil der Tugen-

---

[226] Es sind die vier Temperamente gemeint, welche nach der Ansicht früherer Zeiten ihre Grundlage in der Mischung der Säfte des Körpers haben sollten.

den sind, können nicht gestraft werden, da hier aller Zwang unstatthaft ist, wie bei den Tugenden des Mitleidens, der Freigebigkeit, der Dankbarkeit.

2. Seneca behandelt die Frage, ob die Undankbarkeit zu bestrafen sei. Für die Verneinung derselben bringt er viele Gründe herbei; der wichtigste, der auch für Aehnliches passt, ist, „weil es höchst sittlich ist, dankbar zu sein, aber nicht sittlich bleibt, wenn es erzwungen wird;" d. h. es verliert den höheren Grad von Moralität, wie das Folgende andeutet: „Denn Niemand wird dann den dankbaren Menschen mehr loben als den, welcher ohne richterliche Hülfe eine zur Verwahrung empfangene Sache zurückgiebt oder seine Schuld bezahlt." Dann: „Die Dankbarkeit verdient kein Lob, wenn die Undankbarkeit gefährlich wird." Auf diese Art Fehler passt der Ausspruch des alten Seneca: „Ich verlange nicht, dass der Schuldige gelobt werde, sondern dass er freigesprochen werde."[227]

---

[227] In Ab. 18 bis 20 versucht Gr. den Begriff des Verbrechens festzustellen, nachdem er vorher mit den Strafen sich beschäftigt hat. Allein es ist dies eine Unmöglichkeit, so viel auch die Wissenschaft sich bis in die neueste Zeit daran versucht hat. Es giebt hier nur die eine formale Definition, dass Vergehen und Verbrechen diejenigen Handlungen sind, welche das Gesetz mit einer Strafe belegt. Auch hier ist das Gesetz oder das Gebot der Autorität die letzte Grundlage, über die die Wissenschaft nicht hinauskann. Daneben bleibt aber innerhalb der Politik die Frage, welche Handlungen die Autoritäten verbieten sollen? Diese Frage kann indess keine Wissenschaft beantworten, weil die Autoritäten sich nicht gebieten lassen, und weil alle jene Momente, welche in dem Recht und in der Moral eine fortwährende, wenn auch allmählige Veränderung ihres Inhaltes herbeiführen, sich gar nicht auf längere Zeit hinaus übersehen lassen. Jedes Jahrhundert zeigt, dass neue Arten von Verbrechen sich entwickeln und alte Arten verschwinden. So hat es denn auch Gr. hier nur zu einigen dürftigen Bestimmungen bringen können, welche nur sagen, was nicht bestraft werden dürfe; aber die positiven Merkmale des Verbrechens ist er schuldig geblieben.

XXI. Es folgt die Frage, ob man das Unrecht mitunter übersehen oder verzeihen dürfe? Die Stoiker bestreiten dies, wie man aus einem Bruchstück bei Stobaeus unter dem Titel: Die Obrigkeit, aus der Rede Cicero's für Murena und aus dem Schluss von Seneca's Buch über die Gnade ersehen kann. Doch sind ihre Gründe nicht bedeutend. Sie sagen: „Die Verzeihung ist der Erlass einer schuldigen Strafe; allein der Weise thut, was er schuldig ist." Die Täuschung liegt hier in dem Worte „schuldig". Denn wenn auch der Sünder die Strafe schuldet, d. h. mit Recht gestraft werden kann, so folgt doch nicht, dass der, welcher nicht straft, deshalb etwas thue, was er nicht soll. Wenn man aber jenes Wort so versteht, dass der Weise zur Bestrafung schuldig sei, d. h. dass er sie zweifellos hätte vollziehen sollen, so ist dies nicht immer der Fall, und deshalb kann die Strafe in dieser Hinsicht nicht als eine Schuld, sondern nur als ein Recht betrachtet werden. Dies kann sowohl vor Existenz des positiven Strafgesetzes, als nach demselben richtig sein.

XXII. 1. Vorher ist die Strafe unzweifelhaft zulässig, weil der Verbrecher naturrechtlich mit Strafe belegt werden kann, allein daraus folgt nicht, dass dies geschehen müsse, da dies von dem Verhältniss der Strafzwecke zur Strafe abhängt. Sind diese Zwecke nach moralischer Auffassung nicht nothwendig, oder stehen ihnen andere nicht minder nützliche oder nothwendige entgegen, oder können jene auf andere Art erreicht werden, so erhellt, dass nichts vorhanden ist, was zur Strafe nöthigt. Der erste Fall tritt bei einem Vergehen ein, was nur sehr Wenigen bekannt ist, dessen öffentliche Vorführung deshalb nicht nöthig, ja schädlich ist. Hierher gehört, was Cicero über einen gewissen Zeuxis sagt: „Nachdem er vor Gericht gebracht worden war, konnte er nicht entlassen werden; aber es war nicht nöthig, ihn dahin zu bringen." Der zweite Fall ist bei einem Uebelthäter vorhanden, der mit seinem oder seiner Vorfahren Verdiensten die Schuld ausgleichen kann; denn Seneca sagt: „Eine hinzukommende Wohlthat lässt das Unrecht nicht zum Vorschein kommen." Der dritte Fall findet bei dem statt, der mit Worten gescholten ist, oder der dem Verletzten durch seine Worte Genugthuung geleistet hat; so dass deshalb eine Strafe nicht nöthig ist.[228]

2. Dies ist ein Bestandtheil der Gnade, welche von der Strafe befreit. Der jüdische Weise sagt deshalb: „Der Gerechte muss menschenliebend sein." Denn da jede Strafe, insbesondere die härtere etwas an sich hat, was an sich zwar nicht der Gerechtigkeit, aber der Liebe widerstreitet, so gestattet die Vernunft leicht ihren Erlass, wenn nicht eine grössere und gerechtere Liebe gleichsam unverbrüchlich entgegensteht. Sopater sagt hierüber: „Jener Theil der Gerechtigkeit, welcher den Verkehr auf das Billige ausgleicht, weist jede Art von Gnade von sich; aber der Theil, welcher mit dem Vergehen zu thun hat, verweigert nicht die sanfte und wohlthuende Miene der Gnade." Den ersten Theil dieses Gedankens drückt Cicero so aus: „Der Weg des Rechts ist in gewissen Fällen derart, dass für die Gnade keine Stelle ist," und den letzten Theil Dio von Prusa in der Rede an die Alexandriner so: „Eine gute Obrigkeit verzeiht." Favorinus: „Was bei den Menschen die Gnade heisst, ist ein zeitgemässes Nachlassen vom höchsten Recht."

XXIII. Es kann hier Dreierlei eintreten; entweder die Strafe ist nöthig, als die stärkste Abschreckung von Verbrechen; oder sie ist zu erlassen, wenn das allgemeine Wohl es verlangt; oder es ist Beides gestattet, wenn, nach Seneca, die Gnade sich frei entscheiden kann. Die Stoiker sagen: „Dann schont der Weise, aber er verzeiht nicht." Allein es ist gestattet, mit dem gewöhnlichen Sprachgebrauch das verzeihen zu nennen, was Jene „schonen" nennen. Denn hier wie anderwärts bewegt sich ein grosser Theil der Streitfragen der Stoiker um Worte, wie Cicero, Galenus und Andere bemerken, und davor sollten sich die Philosophen vor Allem hüten. Denn der Ausleger zu Herennius sagt richtig: „Es ist fehlerhaft, einen Streit um blosse Worte zu führen," und

---

[228] Das Bedenkliche dieser von Gr. hier genannten drei Fälle wird jeder Leser fühlen. Gr. vermischt hier Recht, Moral und Gnade, was sich nur daraus erklärt, dass Recht und Moral bei ihm noch nicht scharf abgegrenzte Gebiete sind.

Aristoteles: „Man hat sich vor Wortstreit in Acht zu nehmen."

XXIV. 1. Schwieriger scheint der Erlass der Strafe nach Errichtung des Strafgesetzes, weil der Gesetzgeber durch sein Gesetz in gewisser Weise verpflichtet wird. Allein dies gilt nur, insofern der Gesetzgeber als ein Theil des Staates betrachtet wird, aber nicht, soweit er die Person und das Ansehen desselben vertritt. Denn als solcher kann er sogar das Gesetz aufheben; da es in der Natur menschlicher Gesetze liegt, dass sie nicht blos nach ihrem Entstehen, sondern auch nach ihrer Dauer von dem Willen der Menschen abhängig sind. Indess darf der Gesetzgeber das Gesetz nur aus einem zureichenden Grunde aufheben, sonst verstösst er gegen die Regeln der leitenden Gerechtigkeit.

2. Wenn er aber das Gesetz ganz aufheben kann, so kann er es auch für eine einzelne Person oder Handlung, während im Uebrigen es gültig bleibt. Gott selbst ist hierfür das Beispiel, der, nach Lactantius, „bei Erlass eines Gesetzes sich nicht alle Macht genommen hat, sondern verzeihen kann." Augustin sagt: „Der Kaiser kann ein Urtheil aufheben, den zum Tode Verurtheilten freisprechen und ihm verzeihen." Als Ursache giebt er an: „Weil der den Gesetzen nicht unterthan ist, der die Macht hat, sie zu geben." Seneca will, dass Nero bedenke: „Tödten kann Niemand, ohne gegen das Gesetz zu verstossen; begnadigen Niemand ausser mir."

3. Aber auch dies soll ohne zureichende Gründe nicht geschehen. Diese können allerdings nicht bestimmt bezeichnet werden, aber es ist doch festzuhalten, dass sie nach dem Gesetz erheblicher sein müssen als vorher, weil das Ansehen des Gesetzes, welches erhalten werden muss, zu den Gründen für die Bestrafung noch hinzutritt.[229]

---

[229] Gr. geht hier und in dem Folgenden auf die Lehre von der Begnadigung näher ein. Er erkennt hier richtig, dass sie ihren letzten Grund darin hat, dass der Inhaber der höchsten Staatsgewalt, als Autorität, dem Rechte nicht unterthan ist; er kann deshalb auch die in seinem Namen erkannte Strafe aufheben. Aber deshalb hat auch die Wissenschaft des Rechtes keine Befugniss,

XXV. Die Ursachen für den Erlass der Strafen sind entweder innere oder äussere; innere, wenn die Strafe, obwohl nicht ungerecht, doch zu hart ist, in Vergleich zur That.

XXVI. Die äusseren gründen sich auf ein Verdienst oder etwas Empfehlendes, oder auf eine spätere grosse Hoffnung, welche Ursache dann vorzüglich gelten wird, wenn der Grund des Strafgesetzes in den einzelnen vorliegenden Fällen nicht zutrifft. Denn wenn auch zur Wirksamkeit des Gesetzes gehört, dass der Grund im Allgemeinen gelte und nicht mit andern in Widerspruch stehe, so wirkt doch der Wegfall dieses Grundes in dem einzelnen Fall, dass von dem Gesetze hier leichter und ohne Schaden für sein Ansehn abgegangen werden kann. Dies ist vorzüglich bei den Vergehen gebräuchlich, welche aus Unwissenheit, obgleich nicht unverschuldet, oder wegen geistiger Schwachheit, die zwar besiegbar, aber nur schwer ist, begangen werden. Hierauf hat ein christlicher Herrscher vorzüglich zu achten, damit er Gott nachahme, welcher im Alten Testamente gewollt hat, dass solche Vergehen durch gewisse Opfer gesühnt werden, Levit. IV. und V. Ebenso hat er im Neuen Testament durch Worte und Beispiele gezeigt, dass er dem Reuigen zu vergeben geneigt sei. Lucae XXIII. 34; Hebr. IV. 15, V. 2, 1; Timoth. I. 13, Johannes Chrysosthomus erzählt, Theodosius sei durch jene Worte Christi bei Lucas: „Verzeih ihnen, Vater, denn sie wissen nicht, was sie thun!" veranlasst worden, den Antiochiern zu vergeben.[230])

XXVII. Hieraus erhellt, wie Unrecht Ferdinand Vasquius hat, welcher sagt, dass nur derjenige Grund zum Erlass, d. h. zur Ausnahme vom Gesetz genüge, welchen der Gesetzgeber selbst, wenn er befragt würde, als einen solchen anerkennen würde, dessen Beobachtung nicht von

---

die Grenzen oder Bedingungen dieses Begnadigungsrechts zu bestimmen. Gr. versucht ebenso, wie Spätere, solche Grenzen zu ziehen, allein die Autoritäten haben sie nie beachtet, wie die Geschichte lehrt (B. XI. 53).

[230]) Zonaras erzählt diesen Vorfall Buch XIII. cap. 18. Auch Gr. kommt auf denselben in Buch II. Kap. 24. Ab. 3. dieses Werkes zurück.

ihm beabsichtigt worden.[231] Er unterscheidet hierbei nicht zwischen der „Billigkeit", mit der man das Gesetz auslegt, und zwischen Nichtanwendung des Gesetzes. Daher kommt auch sein Tadel des Thomas und Scotus, welche die Gültigkeit des Gesetzes auch da behaupten, wo in einem einzelnen Falle der Grund desselben nicht passt; er meint, sie hätten das Gesetz für eine blosse Schrift gehalten, was ihnen nicht in den Sinn gekommen ist. Die Nichtanwendung eines Gesetzes, die frei geschehen oder unterlassen werden kann, ist von der sogenannten „Billigkeit" völlig verschieden; selbst wenn jene aus Liebe oder aus leitender Gerechtigkeit geschieht, kann sie damit nicht zusammengestellt werden. Denn es ist etwas Anderes, ein Gesetz aus einem erheblichen oder nothwendigen Grunde nicht anwenden, und erklären, dass eine That von Anfang ab in dem Gesetz nicht mit befasst worden ist. So viel über den Wegfall der Strafe; es bleibt ihre Abmessung zu untersuchen.

XXVIII. Aus dem Früheren erhellt, dass bei der Strafe Zweierlei, das „Weshalb" und das „Wozu" in Betracht kommen. Das „Weshalb" ist die Schuld, das „Wozu" ist der Nutzen aus der Strafe. Niemand ist über seine Schuld hinaus zu strafen. Hierher gehören die früher erwähnten Worte des Horaz[232] und der Ausspruch Cicero's: „Die Strafe hat ihr Maass, wie andere Dinge, und eine gewisse Mitte." Deshalb nennt Papinian die Strafe eine „Abschätzung." Und Aristides sagt in der zweiten Leuctrischen Rede, es entspreche der menschlichen Natur, dass in jedem Verbrechen etwas enthalten sei, über das die Strafe nicht hinausgehen dürfe. Demosthenes sagt in dem Briefe für Lycurg's Kinder, dass die Gleichheit bei der Strafe nicht so zu nehmen sei wie bei dem Messen und Wägen, sondern die Absicht und der Wille des Verbrechers sei zu berücksichtigen. Innerhalb dieses Maasses

---

[231] Dies ist dieselbe Ansicht, welche neuerlich wieder Anselm Feuerbach aufgestellt und vertheidigt hat. Sie verkennt völlig den Begriff der Gnade, die über dem Recht und Gesetze steht und solcher Hülfsmittel nicht bedarf.

[232] In Ab. II. § 1. dieses Kapitels.

der Schuld bestimmt sich die Höhe der Strafe nach dem Nutzen.

XXIX. 1. Bei Abmessung der Schuld kommt die Ursache, welche den Anlass gegeben, die Ursache, welche davon hätte zurückhalten sollen, und die Eigenthümlichkeit der Person nach beiden Richtungen in Betracht.[233] Es giebt Keinen, der ohne Grund schlecht ist, und wer sich an der Bosheit, als solcher, erfreut, ist kein Mensch mehr. Die Meisten werden durch ihre Leidenschaften zur Sünde verführt. „Die ausbrechende Begierde erzeugt die Sünde." Unter Begierde verstehe ich auch das Verlangen, ein Uebel zu vermeiden, was natürlich ist und deshalb zu dem sittlichen Begehren gehört. Mithin erscheint das Unrecht, was zur Vermeidung des Todes, der Gefangenschaft, des Schmerzes oder des höchsten Elendes begangen worden, am meisten entschuldbar.

2. Hierher gehört der Ausspruch des Demosthenes: „Es ist billig, dass man über die Reichen, welche schlecht sind, sich mehr erzürnt als über die, welche ihr Elend verleitet hat; denn bei menschlichen Richtern mindert die Noth die Schuld, während die Ungerechten inmitten ihres Ueberflusses keinen scheinbaren Vorwand für sich haben." So entschuldigt Polybius die Acarnaner, als sie wegen dringender Gefahr die Bedingungen des mit

---

[233] Gr. geht mit Ab. 28 zur Frage über das Maass und die Art der Strafe über. Diese Frage ist für die absoluten Straftheorien schwieriger als für die relativen; indem jene alle Zwecke bei der Strafe ausschliessen, die Art und das Maass der Strafe aber nur aus diesem Zweck abgeleitet werden kann, entbehren sie des Anhaltes dafür. Es bleibt ihnen höchstens das Prinzip der Talion; allein da dies in den meisten Fällen nicht ausführbar ist, so sind sie genöthigt, bei dieser Frage sich der relativen Theorien zu nähern, was freilich mit ihrem Prinzip sich schlecht verträgt. Aber auch die relativen Theorien sind hier in einer üblen Lage, weil ihre verschiedenen Ziele einander widersprechen. So ist ein Felddiebstahl leichter auszuführen, deshalb fordert das Prinzip der Abschreckung eine härtere Strafe; dagegen das Prinzip der Besserung eine gelindere Strafe, weil der Anreiz so gross ist, dass das Vergehen von keiner verstockten Gesinnung zeugt.

den Griechen gegen die Aetoler geschlossenen Bündnisses nicht innegehalten hatten. Aristoteles sagt: „Die Unenthaltsamkeit hat mehr Freiwilligkeit als die Scheu; denn jene wird durch die Lust, diese durch den Schmerz bestimmt. Der Schmerz bringt aber den Menschen gleichsam ausser sich, indem er den Tod herbeizieht. Die Lust enthält nichts davon, deshalb ist sie freiwilliger." Aehnlich lautet eine bedeutende Stelle bei Porphyrius im 3. Buche über das Nichtessen von Fleischspeisen.

3. Die übrigen Begierden streben nach etwas Gutem; sei es wirklich oder nur eingebildet. Wahre Güter sind ausser den Tugenden und deren Uebung, die nicht zur Sünde führen (denn die Tugenden stimmen unter einander überein), die Dinge, welche ergötzen, oder was dahin führt, das Nützliche, wie der Reichthum. Die eingebilde-

Auch hier treten also, wie in den anderen Gebieten des Rechts, verschiedene Prinzipien auf, die einander bekämpfen, und die Lösung kann nicht aus einem angeblichen ewigen Naturrecht entlehnt werden, sondern sie bildet sich in jeder Zeit und bei jedem Volke nach der Totalität seines Lebens, nach seiner Religion, seinem Verkehr, seinem Charakter, seiner Geschichte u. s. w. Diese Momente bestimmen, welches von den verschiedenen einander bekämpfenden Prinzipien den Vorrang erhalten und das Maass und die Art der Strafe regeln soll. So werden bei einem noch rohen Volke die Vergehen gegen das Eigenthum meist härter gestraft als die gegen die Integrität des Körpers, während bei civilisirten Nationen sich dies umdreht. So herrschen bei einem rohen Volke die grausamen Strafen vor, die Verstümmelungen u. s. w., bei einem kultivirten die Freiheitsstrafen. Deshalb sind, was Gr. hier beibringt, nur einseitige Momente, deren jedes wohl seine Bedeutung hat; aber da ihre gegenseitige Beschränkung von der Wissenschaft nicht bestimmt angegeben werden kann, so bleibt das Ergebniss so unbestimmt wie vorher. Uebrigens behandelt Gr. bei dieser Frage zugleich die Lehre von den Schärfungs- und Milderungsgründen, welche die neuere Wissenschaft davon getrennt hält; selbst die Frage der Zurechnung wird von Gr. hier mit berührt.

ten Güter sind keine wahren Güter, insoweit sie von der Tugend und dem Nutzen abführen; dazu gehört die Rache. Je mehr sie der Natur widerstreiten, desto hässlicher sind sie. Johannes nennt diese drei Begehren: „die Begierde des Fleisches, die Begierde der Augen und die Begierde des Prahlens." Die erste umfasst die Begierden der Wollust, die zweite die Begierde nach Vermögen, die dritte das Jagen nach eitlem Ruhm und den Zorn. Philo sagt bei Erläuterung der zehn Gebote, dass alle Uebel kommen „aus der Begierde nach Geld oder Ehre oder Lust." Lactantius sagt im 6. Buche: „Die Tugend besteht darin, dass man den Zorn bändige, die Begierden zurückhalte und die Wollust im Zaume halte. Denn alles Unrecht und Gottlose nehme von diesen Begierden seinen Ursprung." Dies wiederholt er an anderen Stellen.

XXX. 1. Der allgemeine Grund, welcher von dem Vergehen abhalten soll, ist deren Ungerechtigkeit. Denn es handelt sich hier nicht um alle Sünden, sondern nur um solche, welche sich über den Sündigenden hinaus erstrecken. Die Ungerechtigkeit wächst mit dem den Andern zugefügten Schaden. Die erste Stelle nehmen deshalb die vollbrachten Vergehen ein, die letzte Stelle die, welche zwar zu einigem Handeln, aber nicht bis zu dem letzten vorgeschritten sind. Sie werden um so schwerer, je weiter sie vorschreiten. In beiden Arten ist die Ungerechtigkeit grösser, welche die allgemeine Ordnung stört und daher die Meisten beschädigt. Dann folgt die, welche nur Einzelne trifft. Unter diesen ist die höchste, welche das Leben trifft; die nächste, welche die Familie trifft, deren Grundlage die Ehre ist; die letzte trifft die einzelnen angenehmen Gegenstände, indem sie sie geradezu wegnimmt oder durch Betrug den Schaden veranlasst.

2. Die Eintheilung kann noch weiter fortgeführt werden; aber die hier gewählte Ordnung ist die, welche Gott bei den zehn Geboten befolgt hat. Denn unter dem Namen der Eltern, welche die natürliche Obrigkeit sind, müssen auch die anderen Obrigkeiten verstanden werden, deren Ansehen die menschliche Gemeinschaft zusammenhält. Dann folgt das Verbot zu tödten, dann die Heiligung der Ehe mit dem Verbot des Ehebruchs, dann der Diebstahl und das falsche Zeugniss, zuletzt die noch nicht vollbrachten

Vergehen. Unter die abhaltenden Beweggründe gehört nicht blos das, was unmittelbar erfolgt, sondern auch das, was wahrscheinlich daraus hervorgehen kann; so muss bei einer Feuersbrunst oder bei Durchstechung der Dämme die Noth und der Tod Vieler mit in Betracht gezogen werden.

3. Zu der allgemeinen Ungerechtigkeit tritt mitunter noch ein anderer Fehler hinzu, wie die Frechheit gegen die Eltern, die Unmenschlichkeit gegen Verwandte, die Undankbarkeit gegen Wohlthäter; das Vergehen wird dadurch gesteigert. Ebenso zeigt es von grösserer Schlechtigkeit, wenn das Vergehen öfter begangen wird, weil die schlechte Gewohnheit schlimmer ist als die That. Hiernach kann man beurtheilen, wie weit die Sitte der Perser der natürlichen Billigkeit entspricht, wonach auch das frühere Leben bei dem Vergehen mit in Betracht kommt. Dies muss bei denen geschehen, die sonst nicht böse sind und nur durch die Süssigkeit der Sünde sich einmal haben verleiten lassen; aber es gilt nicht bei denen, welche ihre ganze Lebensweise ins Schlechte verändert haben, bei denen selbst Gott nach Ezechiel keine Rücksicht auf das frühere Leben nimmt. Dazu passt, was Thucydides sagt: „Doppelte Strafe verdienen die, welche aus Gutem böse geworden sind." Anderwärts sagt er: „weil es ihnen am wenigsten geziemt, zu sündigen."

4. Deshalb haben die alten Christen mit Recht in den Strafregeln nicht das blosse Vergehen betrachtet, sondern auch das vorhergegangene und nachfolgende Leben, wie die Synode von Ancyra und andere ergeben. Auch wenn ein besonderes Vergehen durch ein ausdrückliches Gesetz verboten ist, erschwert dies die allgemeine Schuld, was Augustin so ausdrückt: „Das Verbotsgesetz verdoppelt alle Vergehen, denn es ist keine einfache Sünde, wenn man nicht blos das Böse, sondern auch das Verbotene begeht." Tacitus sagt: „Wenn Du begehrst, was noch nicht verboten ist, so fürchte, dass es verboten werde; überschreitest Du aber das Verbotene straflos, so giebt es dann weder Furcht noch Schaam."

XXXI. 1. Der persönliche Zustand, so weit er dazu beiträgt, die abschreckenden oder anreizenden Begierden zu erwecken, betrifft die Beschaffenheit des Körpers, das Alter, das Geschlecht, die Erziehung, die Nebenumstände der That. Denn sowohl die Unmündigen wie die Frauen und die Personen von schweren Begriffen und die schlecht erzogen worden, kennen den Unterschied von Recht und Unrecht, von Erlaubt und Unerlaubt weniger. Wo die Galle vorwiegt, da ist Jähzorn; wo das Blut, da ist Wollust, und das Alter neigt dorthin und die Jugend hierhin. Andronicus von Rhodus sagt: „Es scheint, dass die natürliche Anlage den schlechten Handlungen eine gewisse Entschuldigung gewährt und sie erträglicher macht. Der Gedanke an ein gegenwärtiges Uebel erweckt Furcht; ein frischer, noch nicht gelinderter Schmerz erweckt den Zorn, so dass die Vernunft kaum gehört wird. Die Vergehen aus solchen Affekten sind deshalb weniger hässlich als die, welche aus dem Verlangen nach Lust entstehen, was auch weniger heftig treibt, so dass man leichter vermag, einen Aufschub zu gewinnen oder eine andere nicht unrechte Thätigkeit sich aufzusuchen. Aristoteles sagt im 7. Buche seiner Nicomachischen Ethik: „Der Zorn und die Heftigkeit ist natürlicher als die Begierden nach dem Uebermässigen und nicht Nothwendigen."

2. Im Allgemeinen ist festzuhalten, dass, je mehr das Urtheil bei der Wahl gehemmt ist, und je mehr dies aus natürlichen Ursachen geschieht, um so geringer das Vergehen ist. Aristoteles sagt in dem erwähnten Buche: „Man nennt den unmässiger, welcher ohne allen Antrieb oder nur aus schwachem Antrieb grosse Lust sucht und mässige Uebel flieht, in Vergleich zu dem, der von einem heftigen Affekt erfasst ist. Denn was soll man erst von Jenen erwarten, wenn eine jugendliche Aufregung hinzugekommen wäre, oder ein härterer Schmerz aus Mangel dessen, was die Natur nur schmerzlich entbehrt?" Damit stimmt der Spruch des Antiphanes:
„Wenn Jemand im Reichthum etwas Böses thut,
„Was müsste man da von ihm erwarten, wenn er arm
wäre?"
Es ist wie mit den Liebschaften alter Männer, wovon man in den Komödien liest. Hiernach ist also die Schuld abzumessen, nach der die Strafe sich zu bestimmen hat.

XXXII. 1. Es ist aber festzuhalten, dass der Pythagoräische Ausspruch: „die Gerechtigkeit sei Wiedervergeltung," d. h. die Strafe solle das gleiche Uebel enthalten, nicht so zu verstehen ist, als wenn der, welcher absichtlich und ohne Milderungsgründe einen Andern beschädigt hat, nur den Schaden zu ersetzen habe und nichts weiter. Dass dem so nicht ist, ergiebt das Gesetz, welches das vollkommenste Muster aller Gesetze ist [234]), indem es den Diebstahl mit dem Vierfachen oder Fünffachen sühnen lässt. Nach Attischem Gesetz wurde der Dieb neben dem Ersatz des Doppelten noch einige Tage gefesselt und eingesperrt, wie des Demosthenes Rede gegen Timokrates ergiebt. Ambrosius sagt: „Die Gesetze gebieten, dass das, was mit Verletzung der Person oder der Sache selbst entwendet worden, mit einem Ueberschuss ersetzt werden solle," um den Dieb von dem Stehlen durch die Strafe zurückzuschrecken oder ihn durch die Geldstrafe zu bessern. Aristides sagt in der zweiten Leuctrischen Rede: „Denen, welche bei dem Richter das ihnen gethane Unrecht verfolgen, gestatten die Gesetze, ein Mehreres als Strafe zu fordern, als sie selbst verloren haben." Seneca sagt über das Gericht nach diesem Leben:

„Unsere Verbrechen werden in grösserem Maassstabe abgeschätzt werden."

2. Bei den Indiern wurde nach Strabo's Erzählung dem, welcher Jemand verstümmelt hatte, neben der Zufügung des gleichen Uebels noch die Hand abgehauen. In der grossen Ethik, welche Aristoteles' Namen trägt, heisst es: „Es ist gerecht, dass, wenn Jemand einem Anderen das Auge ausgeschlagen hat, er nicht blos dasselbe erleide, sondern noch mehr büsse." Denn es ist nicht billig, wenn der Schaden des Unschuldigen und des Schuldigen nur gleich ist, wie Philo bei Erörterung der Strafe des Todschlags richtig darlegt. Man kann dies auch daraus abnehmen, dass einige noch nicht vollbrachte Verbrechen, die also geringer als die vollbrachten gelten, nach dem beabsichtigten Schaden vergolten werden, wie im Jüdischen Gesetz gegen den falschen Zeugen und im Römischen gegen den, der in der Absicht zu tödten mit einem Wurfspiess umhergeschlichen ist. Die Folge ist, dass das vollbrachte Verbrechen härter bestraft werden muss; aber da es nichts Härteres über den Tod giebt, dieser auch nicht mehrmals zugefügt werden kann, wie Philo an der erwähnten Stelle bemerkt, so bleibt man

---

[234]) Es ist das Mosaische Gesetz gemeint.

nothgedrungen dabei stehen und lässt nur eine besonders schmerzliche Vollstreckung je nach der Schuld eintreten.

XXXIII. Die Grösse der Strafe bestimmt sich nicht blos nach sich allein, sondern auch nach dem, der sie erleidet. Denn dieselbe Geldstrafe drückt den Armen, aber belästigt den Reichen nicht, und die Schande ist dem Ehrlosen ein leichtes, aber dem Ehrenmann ein schweres Uebel. Die Römischen Gesetze machen oft von dieser Art Unterschied Gebrauch; Bodinus hat darauf seine verhältnissmässige Harmonie erbaut. In Wahrheit ist aber das Verhältniss der Schuld zur Strafe einfach und der Gleichheit der Zahlen entsprechend, wie bei Verträgen sich die Waare zum Preise verhält, obgleich an anderen Orten diese Waare und ebenso das Geld mehr oder weniger gilt. Doch geschieht allerdings in den Römischen Gesetzen dies oft mit zu grosser Rücksichtnahme auf die Personen und auf Umstände, die nicht zur Sache gehören, während das Gesetz Mosis von diesem Fehler völlig frei ist. Dies ist die innere Abmessung der Strafe.

XXXIV. Innerhalb des zulässigen Spielraums treibt die Liebe zu dem Bestrafenden zu dem geringsten Maass, wenn nicht die gerechtere Liebe der übrigen Vielen wegen der inneren Bestimmungen es anders fordert, zu denen die mitunter grosse Gefahr von Seiten des Verbrechers und meistentheils die Nothwendigkeit eines abschreckenden Beispiels gehört. Diese pflegt aus den allgemeinen Reizen zur Sünde zu entstehen, welche strenge Gegenmittel zur Unterdrückung verlangen. Die Verleitung kommt hauptsächlich von der Gewohnheit und von der Leichtigkeit des Sündigens.

XXXV. Wegen dieser Leichtigkeit straft das göttliche, den Juden gegebene Gesetz den Diebstahl von der Weide härter als den in dem Hause; Exod. XXII. 1, 7, 9. Justinus sagt von den Scythen: „Der Diebstahl ist bei ihnen das schwerste Vergehen; denn ihr Vieh hat keinen Stall, und welchen Schutz hätten da die Viehbesitzer, wenn zu stehlen gestattet wäre?" Aehnlich sagt Aristoteles in den Problemen Abschn. XXIX.: „Da der Gesetzgeber wusste, dass die Eigenthümer an diesen Orten[235] ihre Sachen nicht bewahren können, so setzte er als Wächter

---

[235] Es sind die öffentlichen Bäder gemeint. Wenn

das Gesetz." Die Gewohnheit mindert zwar die Schuld ein wenig (Plinius sagt: „Man hat nicht ohne Grund die That verziehen, die zwar verboten, aber doch in Uebung war"), aber von der anderen Seite verlangt sie eine Verschärfung der Strafe, weil, wie Saturninus sagt: „den zu vielen Uebelthätern ein abschreckendes Beispiel noth thut." Bei den Gerichten ist mehr jener, bei der Gesetzgebung mehr dieser Umstand zu beachten, mit Rücksicht auf die Zeit, wo die Gesetze und Erkenntnisse erlassen werden. Die Nützlichkeit der Strafe wird mehr nach allgemeinen Gründen beurtheilt, die zur Gesetzgebung gehören, während die grössere oder geringere Schuld bei der einzelnen That hervortritt.

XXXVI. 1. Wenn ich gesagt, dass im Mangel bedeutender und dringender Erschwerungsgründe man eher zur Minderung der Strafe sich neigen solle, so besteht hierin der andere Theil der Gnade; der erste bestand in der Aufhebung der Strafe. Seneca sagt: „Weil das schwer abzumessen ist, dessen Unbilligkeit sich erst in der Zukunft zeigt, so muss man der milderen Seite sich zuneigen." An einer anderen Stelle: „Wenn man es mit Sicherheit kann, wird man die Strafe erlassen; wo nicht, sie mildern." Bei Diodor von Sicilien wird ein Aegyptischer König gelobt, dass er „Strafen unter das verdiente Maass auferlege." Ueber M. Antoninus sagt Capitolinus: „Antonin pflegte alle Verbrechen mit einer geringeren als der gesetzlichen Strafe zu belegen." Auch der Redner Isäus sagt: „Man müsse zwar harte Gesetze geben, aber gelindere Strafen auferlegen." Isokrates erinnert: „dass man die Strafen unter das Maass der Sünde auferlege."

2. Augustin ermahnt Marcellinus, den Begleiter des Kaisers, so in Bezug auf sein Amt: „Ich bin sehr in Sorgen, dass Deine Hoheit meine, sie müssten nach der vollen Strenge des Gesetzes bestraft werden, so dass sie dasselbe leiden, was sie verübt haben. Deshalb beschwöre ich Dich zweimal bei Deinem Glauben an Christus und bei der Gnade unseres Herrn selbst, dass Du dies nicht thuest und auch Anderen zu thun nicht gestattest." Derselbe sagt auch: „So schreckt das kommende göttliche

---

ein Dieb hier eine Sache stahl, die über 10 Drachmen werth war, so wurde er in Athen mit dem Tode bestraft.

Gericht auch die Rächer der Verbrechen, welche zu ihrem Amte nicht durch eigenen Zorn getrieben werden, sondern nur dem Gesetze dienen und nicht die Rächer ihres Unrechts, sondern des zu untersuchenden fremden sind, über das sie entscheiden sollen. Sie mögen daran denken, dass sie für ihre eigenen Sünden die Gnade Gottes brauchen, und sie mögen nicht glauben, sie verletzten ihr Amt, wenn sie milde gegen die verführen, über deren Tod und Leben sie die gesetzliche Macht haben."

XXXVII. Ich hoffe, dass ich somit nichts Erhebliches in dieser schwierigen und dunkelen Materie übergangen habe; denn jene vier Umstände, die nach Maimonides bei der Strafe vorzüglich beachtet werden sollen, die Grösse der Sünde, d. h. des Schadens, die Häufigkeit solcher Vergehen, die Stärke der Begierden und die Leichtigkeit der Ausführung sind an ihrem Orte dargelegt worden; ebenso jene sieben Punkte, welche Saturninus sehr verworren bei den Strafen in Betracht nimmt. Denn die Person, welche es gethan hat, gehört zu jener Fähigkeit des Urtheilenden, und die Person, welche leidet, ist mitunter bei Abschätzung der Schuld von Einfluss. Der Ort des Vergehens kann die Schuld etwas erhöhen oder gehört zur Leichtigkeit der That. Die Zeit, wenn sie die Tageszeit ist oder kurz, mehrt oder mindert die Freiheit des Urtheils und zeigt mitunter die Schlechtigkeit des Charakters. Die Qualität bezieht sich theils auf die Arten der Begierden, theils auf die Umstände, die von den Verbrechen hätten abhalten sollen. Auch die Quantität gehört zu der Begierde. Der Erfolg gehört zu den abhaltenden Umständen. [236]

XXXVIII. Um Strafen zu vollziehen, pflegen Kriege unternommen zu werden, wie ich früher gezeigt habe und die Geschichte lehrt. Meistentheils wird damit der Schadenersatz verbunden, wenn ein und dieselbe That strafbar war und Schaden verursacht hat. Aus diesen zwei Umständen entstehen zwei Verbindlichkeiten. Dass

---

[236] Gr. war zu seiner Zeit noch mehr genöthigt, den scholastischen Spitzfindigkeiten und leeren Beziehungsbegriffen entgegenzutreten, wie es gegenwärtig der Fall ist, wo diese Distinktionen völlig vergessen, ja kaum noch verständlich sind.

nicht wegen jeden Vergehens ein Krieg zu beginnen ist, ist klar; denn selbst die Gesetze verhängen ihre Strafe, die doch ohne Gefahr und nur den Schuldigen auferlegt wird, nicht auf jedes Versehen. Sopater bemerkt, wie erwähnt, richtig, dass kleine und häufige Vergehen unbeachtet gelassen und nicht bestraft werden müssen.

XXXIX. 1. Der Ausspruch Cato's in seiner Rede für die Rhodier, es sei nicht billig, dass Jemand Strafe für das erleide, was er angeblich Böses gewollt habe, war zwar an seinem Orte angemessen, weil man keinen Beschluss des Volkes von Rhodus beibringen konnte, sondern nur schwankende Vermuthungen dafür vorlagen; aber allgemein kann er nicht zugelassen werden. Denn der Wille, welcher in äussere Handlung ausgebrochen ist (denn die inneren werden, wie erwähnt, von den Menschen nicht bestraft), ist der Strafe unterworfen. Der ältere Seneca sagt in seinen Streitfällen: „Die Verbrechen werden, auch wenn sie nicht ganz vollbracht sind, bestraft", — „das Unrecht, was Jemand begehen will, begeht er schon," sagt der andere Seneca. Cicero sagt in der Rede für Milo: „Die Gesetze bestrafen nicht den Ausgang der Sache, sondern die Absicht." Periander sagte: „Strafe nicht blos die, welche gefehlt haben, sondern auch die, welche es wollen." So wollen die Römer den Krieg gegen Perseus beginnen, wenn er nicht Aufklärung giebt über seine Absicht, einen Krieg gegen das Römische Volk zu unternehmen; denn er hatte schon Waffen, Soldaten und eine Flotte angeschafft. Und in der Rede der Rhodier bei Livius wird richtig bemerkt: „In keinem Staate bestände eine Gerechtigkeit oder ein Gesetz, dass die blosse Absicht, Jemand zu verderben, wenn noch nichts zur Ausführung geschehen sei, mit dem Tode bestraft werde."

2. Auch ist nicht jede Schlechtigkeit des Wollens, welche schon durch eine That kennbar gemacht worden, strafbar. Denn wie schon vollbrachte Vergehen nicht immer bestraft werden, so können es noch mehr blos beabsichtigte oder erst begonnene. Bei Vielen gilt der Ausspruch Cicero's: „Ich weiss nicht, ob es nicht genügt, dass der, welcher das Unrecht begangen, seine That bereut." Das den Juden gegebene Gesetz wegen versuchter Vergehen gegen die Religion und gegen das

Leben des Menschen hat, so weit es sich nicht um die gerichtliche Entscheidung handelt, nichts Besonderes verordnet; denn über göttliche Dinge, die nicht wahrnehmbar sind, ist ein Irrthum leicht, und der Affekt des Zornes ist der Verzeihung nicht unwürdig.

3. Uebrigens konnte es da durchaus nicht zugelassen werden, eine fremde Ehe anzutasten, wo man mit Leichtigkeit sich verheirathen konnte, oder bei einer so billigen Vertheilung des Grundbesitzes Betrug zu üben. Denn jenes Wort: „Du sollst nicht begehren", in den zehn Geboten hat zwar nach der Absicht des Gesetzes, d. h. nach dem „geistigen Theile", einen weiteren Sinn (denn das Gesetz möchte, dass Alle des reinsten Herzens wären), aber die äussere Vorschrift, „das fleischliche Verbot", bezieht sich auf die Begierden, die sich durch die That offenbaren, wie aus dem Evangelisten Marcus klar erhellt, der dasselbe Gebot ausdrückt: $\mu\eta\ \alpha\pi\sigma\tau\varepsilon\rho\eta\sigma\eta\varsigma$ (Du sollst nicht rauben), nachdem er schon gesagt hatte: $\mu\eta\ \kappa\lambda\varepsilon\pi\sigma\eta\varsigma$ (Du sollst nicht stehlen). In diesem Sinne findet sich das Hebräische Wort bei Mich. II. 2 und anderwärts, und das Griechische stimmt damit.

4. Erst begonnene Vergehen sind deshalb nicht mit den Waffen zu strafen, es wäre denn ein schweres, oder die Sache wäre schon so weit gediehen, dass schon ein bestimmtes Uebel, wenn auch nicht das beabsichtigte, gefolgt ist, oder eine sehr grosse Gefahr, so dass sich die Bestrafung mit der Bürgschaft gegen künftigen Schaden verbündet (worüber in dem früheren Kapitel über die Vertheidigung gehandelt worden), oder sie die verletzte Würde schützt oder einem gefährlichen Beispiele entgegentritt. [237]

---

[237] Diese mit Ab. 38 beginnende Untersuchung, wie weit ein Krieg zur Vollstreckung einer Strafe gerechtfertigt sei, ist, wie der Leser leicht bemerkt, ohne allen praktischen Werth. In der modernen Zeit ist überhaupt die Strafe als Kriegsursache völlig zurückgetreten. Die Verbrechen Einzelner sind im Vergleich zu den Gefahren und Uebeln eines Krieges grosser Nationen viel zu gering, um deshalb schon nach den Regeln der Klugheit einen Krieg anzufangen. Meistentheils gewährt der fremde Staat hier die Rechtshülfe, oder es genügen geringere Mittel, wie die Retorsion u. s. w. Handelt es sich aber um ein Verbrechen

XL. 1. Die Könige und die ihnen gleichen Inhaber der Staatsgewalt können Strafe nicht blos wegen des gegen sie und ihre Unterthanen begangenen Unrechts fordern, sondern auch wegen dessen, was sie nicht besonders trifft, aber was in einzelnen Personen das Natur- oder Völkerrecht in roher Weise verletzt. Denn das Recht, die menschliche Gesellschaft durch Strafen zu schützen, was, wie erwähnt, anfangs dem Einzelnen zustand, ist nach Einrichtung der Staaten und der Gerichte bei der höchsten Staatsgewalt verblieben, nicht insofern sie Anderen gebieten, sondern insofern sie Niemand gehorchen; den Uebrigen hat die Unterwerfung dieses Recht genommen. Es ist aber um so anständiger, das Unrecht, was Anderen zugefügt worden, zu rügen, als das selbst erlittene, je mehr bei letzterem zu fürchten ist, dass der eigene Schmerz das rechte Maass überschreiten lässt oder wenigstens die Seele verdirbt.

2. Deshalb ist von den Alten Herkules als der grösste Wohlthäter der Menschen gefeiert worden; er befreite die Erde von dem Antäus, Busiris, Diomedes und anderen Tyrannen, die er nach Seneca's Ausdruck nicht aus Eigennutz, sondern um zu strafen, beseitigt hat; Lysias sagt: „durch Bestrafung des Unrechts". Diodor von Sicilien sagt hierbei: „Indem er die Gesetzverächter und die übermüthigen Könige tödtete, machte er die Staaten glücklich." An einer anderen Stelle sagt er: „Er durchwanderte die bewohnte Erde und züchtigte die Ungerechten." Dio von Prusa sagt: „Die schlechten Menschen strafte er, und den übermüthigen Menschen brach er und nahm er die Macht." Aristides sagt im Panathenaeon: „Durch seine Sorge für das ganze Menschengeschlecht habe er seine Aufnahme unter die Götter verdient." Aehnlich wird Theseus gerühmt, dass er die Räuber Skiron,

---

Vieler, so ist dies in der Regel schon der Anfang des Krieges selbst. — Sehr bedenklich ist das, was Gr. in Ab. 40 vorträgt, wonach die Staaten selbst Kriege wegen Verbrechen führen können, die sie gar nicht verletzen. Gr. kann deshalb die Beispiele dazu nur aus der Mythenzeit herbeischaffen, und schon zu seiner Zeit war diese Ansicht gegen die Sitte der Völker Europa's, wie die später von ihm citirten Schriftsteller ergeben.

Sinis und Prokrustes beseitigte; Euripides lässt ihn in den „Schutzflehenden" so von sich sprechen:

„Diese Thaten haben mir bereits den Namen unter den Griechen gegeben, dass ich der Rächer der Verbrechen genannt werde."

Valerius Maximus sagt von ihm: „Was irgendwo an Ungeheuern und Verbrechen sich fand, das vernichtete er durch die Tapferkeit seiner Seele und die Kraft seiner Rechten."

3. Deshalb sind offenbar die Kriege gegen die gerecht, welche ihre Eltern gottlos behandeln, wie die Sogdianer, ehe Alexander sie von dieser Rohheit abbrachte; ebenso gegen die, welche die Gastfreunde tödten oder Menschenfleisch verzehren, welcher Sitte sich zu enthalten Herkules die alten Gallier nöthigte, wie Diodor erzählt; ebenso gegen die Seeräuber. Seneca sagt: „Wenn er auch mein Vaterland nicht angreift, sondern nur das seine bedrückt, und getrennt von meinem Volke nur das seinige stört, so hat doch eine so grosse Verworfenheit der Seele ihn von mir abgeschnitten." Augustin sagt: „Sie meinen, dass man die Begehung von Verbrechen beschliessen könne; allein hätte irgend ein irdischer Staat dergleichen jetzt oder früher beschlossen, so müsste er durch Beschluss des menschlichen Geschlechtes vernichtet werden." Denn von solchen Barbaren und mehr Thieren als Menschen kann mit Recht das gesagt werden, was Aristoteles mit Unrecht von den Persern sagt, die nicht schlechter wie die Griechen waren: „Der Krieg gegen sie sei natürlich." Ebenso, was Isokrates im Panathenaico sagt: „der gerechteste Krieg sei der gegen die wilden Thiere, der nächstgerechte gegen Menschen, die diesen gleichen."

4. Insoweit folgen wir der Meinung des Innocenz und Anderer, wonach die mit Krieg überzogen werden können, welche gegen die Natur sündigen. Anderer Ansicht sind Victoria, Vasquius, Azorius, Molina und Andere, welche zu einem gerechten Krieg verlangen, dass der, welcher ihn beginnt, entweder in seiner Person oder seinem Staate verletzt sei, oder dass er die Gerichtsbarkeit über den habe, den er bekriegen will. Sie nehmen an, dass die Strafgewalt eine Folge der bürgerlichen Gerichtsbarkeit sei, während wir sie aus dem Naturrecht

ableiten, wie im Beginn des ersten Buches angedeutet worden ist. Lässt man die Ansicht der Gegner zu, so hat der Feind kein Recht, seine Gegner zu strafen, selbst nachdem der Krieg mit Recht, wenn auch nicht als Strafe begonnen worden ist, obgleich doch die Meisten dieses Recht zugestehen, und die Sitte aller Völker es bestätigt. Es gilt nicht blos nach Beendigung des Krieges, sondern auch während desselben; es kommt nicht aus irgend einer Gerichtsbarkeit, sondern aus jenem natürlichen Recht, was schon vor Einrichtung der Staaten galt, und noch an den Orten gilt, wo die Menschen zwar in Familien, aber nicht in Staaten verbunden leben. [238])

XLI. Doch sind hier einige Einschränkungen nöthig. Erstlich darf man die Sitten der Geselligkeit nicht mit dem Naturrecht verwechseln, obgleich bei vielen Völkern sich jene nicht willkürlich gebildet haben. Durch solche Sitten unterschieden sich die Perser von den Griechen, wohin der Ausspruch Plutarch's gehört: „Die Civilisirung der Barbaren sei nur der Vorwand des Ehrgeizes."

XLII. Zweitens darf man nicht zu schnell annehmen, etwas sei von Natur verboten, wenn es nicht klar ist, oder wenn es mehr durch ein willkürliches Gesetz Gottes verboten ist; dahin gehören der Beischlaf Unverheiratheter, einige Arten der Blutschande und der Wucher.

XLIII. 1. Drittens muss man genau zwischen allgemeinen Grundsätzen unterscheiden, wie den: Sittlich zu leben, d. h. nach der Vernunft, einschliesslich dem, was daraus zunächst, aber offenbar folgt, wie, dass man dem Anderen das Seinige nicht nehmen solle, und zwischen Folgerungen, von denen einzelne leicht übersehbar sind, wie die Unzulässigkeit des Ehebruchs nach Einführung

---

[238]) Was hier Gr. zur Widerlegung jener Autoritäten beibringt, ist unzureichend; überhaupt ist der Krieg nicht eine Strafe, und die in seinem Gefolge eintretenden Uebel können nicht als Strafe gelten. Wenn der Besiegte mehr leisten muss, als der Schaden und die Kriegskosten des Siegers betragen, so ist dies keine Strafe im rechtlichen Sinne, sondern ein Akt der freien, dem Recht überhaupt nicht unterworfenen Autoritäten. Nur so lassen sich die Abtretungen von Provinzen u. s. w. verstehen; als Strafen wären sie gar nicht zu rechtfertigen.

der Ehe, andere aber bedenklicher sind, wie der Satz, dass die Rache, welche sich an dem Schmerz des Andern erfreue, fehlerhaft sei. Es ist hier wie in der Mathematik, wo es gewisse Axiome und gewisse Beweise giebt, die gleich eingesehen werden und Zustimmung finden, und andere, die zwar auch wahr sind, aber nicht von Jedermann eingesehen werden.

2. Wie man also bei dem bürgerlichen Recht die entschuldigt, welche die Kenntniss oder das Verständniss des Gesetzes nicht haben, so ist es auch billig, für das Naturrecht die zu entschuldigen, welchen die Schwäche ihres Verstandes oder eine schlechte Erziehung hinderlich ist. Denn so wie die Unkenntniss des Gesetzes, wenn sie unvermeidlich ist, die Sünde aufhebt; so mindert sie das Vergehen, wenn sie nur auf einer Nachlässigkeit beruht. Deshalb vergleicht Aristoteles die Barbaren, die in Folge schlechter Erziehung dergleichen begehen, mit denen, deren Begierden durch Krankheit verdorben sind. Plutarch sagt: „Es gebe gewisse Krankheiten und Leiden der Seele, welche den Menschen dem natürlichen Zustande entrücken.

3. Endlich füge ich noch ein für allemal hinzu, dass die der Strafe wegen unternommenen Kriege den Verdacht der Ungerechtigkeit gegen sich haben, wenn nicht die Verbrechen offenbar und von der gröbsten Art sind, oder wenn nicht noch eine andere Ursache hinzukommt.[239] Mithridates sagte von den Römern wohl nicht mit Unrecht: „Sie verfolgen nicht die Verbrechen der Könige, sondern die Vermehrung ihrer Macht und ihres Ansehns."

XLIV. 1. Wir kommen nun nach der gewählten Ordnung zu den Vergehen, welche gegen Gott begangen werden. Es fragt sich, ob zu deren Bestrafung ein Krieg unternommen werden darf, worüber Covaruvias sich ausführlich verbreitet hat. Indem er Anderen folgt, meint er, die Strafgewalt könne nicht ohne eigentliche Gerichtsbarkeit vorhanden sein; dies ist indess schon widerlegt worden. Es folgt daraus, dass, wie die Bischöfe in kirch-

---

[239] Mit dieser völlig vagen Ausnahme hat Gr. selbst seine bis hierher vertheidigte Regel wieder aufgegeben; er stimmt in Wahrheit mit den von ihm bekämpften Schriftstellern überein.

lichen Angelegenheiten gewissermaassen mit der Sorge des Ganzen betraut worden sind, auch den Königen neben der besonderen Sorge für ihren Staat eine allgemeine Sorge für das menschliche Geschlecht obliege. Erheblicher ist der Grund für die verneinende Ansicht gegen die Gerechtigkeit dieser Kriege, dass Gott sich selbst genug sei, um die gegen ihn begangenen Vergehen zu strafen. Man sagt deshalb: „Das den Göttern zugefügte Unrecht sei deren Sorge, und der Meineid habe seine genügenden Richter an Gott."

2. Allein dies kann auch von den anderen Vergehen gesagt werden. Denn auch für deren Bestrafung hat Gott die genügende Macht, und doch werden sie, wie Niemand bestreitet, mit Recht von den Menschen bestraft. Man kann zwar einwenden, dass dies nur geschehe, so weit andere Menschen dadurch verletzt werden oder in Gefahr kommen. Allein die Menschen strafen nicht blos solche Vergehen, welche unmittelbar Jemand verletzen, sondern auch die, wo dies mittelbar geschieht, wie den Selbstmord, die mit Thieren verübte Unzucht und einige andere.

3. Die Religion zielt auf die Gewinnung der Gnade Gottes ab, aber sie hat doch auch grosse Wirkungen in der menschlichen Gesellschaft. Denn mit Recht nennt Plato die Religion die Schutzwehr der Macht und der Gesetze und das Band des sittlichen Lebens. Aehnlich nennt Plutarch sie: „den Halt aller Gemeinschaft und die Grundlage der Gesetze." Dem Philo ist sie: „der stärkste Liebestrank und ein unanflösliches Band des liebenden Wohlwollens, die Ehre des einigen Gottes." Von der Gottlosigkeit kommt alles Entgegengesetzte.

„Den kranken Sterblichen ist es die erste Ursache ihrer
Verbrechen,
Dass sie die Natur Gottes nicht kennen."

Plutarch nennt alle falsche Meinung in göttlichen Dingen verderblich, und am verderblichsten, wenn eine Aufregung der Seele hinzukommt. Bei Jamblichus findet sich ein Pythagoräischer Satz: „Die Kenntniss der Götter ist Tugend, Weisheit und das vollkommene Glück." Deshalb nannte Chrysipp das Gesetz die Königin der göttlichen und menschlichen Dinge. Dem Aristoteles ist die Sorge für die Religion die erste Pflicht des Staates, und den Römern ist die Rechtswissenschaft die Kenntniss der göttlichen und menschlichen Dinge. Dem Philo gilt die königliche Kunst als die Sorge für die privaten und öffentlichen Angelegenheiten und für den Gottesdienst.

4. Dies Alles ist aber nicht blos für einen Staat in Betracht zu ziehen, wie Cyrus bei Xenophon sagt, weil die Unterthanen ihm um so mehr zugethan seien, je mehr sie Gott fürchteten, sondern es gilt für die allgemeine Gemeinschaft des menschlichen Geschlechts. Cicero sagt: „Wenn die Frömmigkeit verschwunden ist, so hört auch die Treue und die menschliche Gemeinschaft und die vortrefflichste aller Tugenden, die Gerechtigkeit auf." Derselbe sagt anderwärts: „Es hilft zur Gerechtigkeit, wenn Du des höchsten Leiters und Herrn Wesen, Absicht und Willen erkannt hast." Der überzeugende Beweis dafür ist, dass, nachdem Epikur die göttliche Vorsehung beseitigt hatte, er auch von der Gerechtigkeit nichts als den leeren Namen übrig liess, indem er sagte, dass sie auf der blossen Uebereinkunft beruhe und nicht länger währe als der gemeinsame Vortheil, und dass man sich vor der Beschädigung der Anderen nur aus Furcht vor der Strafe hüte. Die eigenen Worte Epikur's hat Diogenes von Laerte aufbewahrt.

5. Auch Aristoteles hat diesen Zusammenhang eingesehen; er lässt sich Buch V. Kap. 11 der Politik so über den König aus: „Man wird weniger eine ungesetzliche Behandlung von einem Fürsten fürchten, wenn man weiss, dass er gottesfürchtig ist." Auch Galenus sagt im 9. Buche über die Aussprüche des Hippocrates und Plato, dass viele Untersuchungen über die Welt und die Natur Gottes angestellt würden, die keinen Nutzen für die Moral hätten; dagegen erkennt er die Lehre von der Vorsehung als höchst nützlich für die privaten und öffentlichen Tugenden. Dies wusste auch Homer, der im 6. u. 8. Buche der Odyssee den wilden und übermüthigen Menschen jene gegenüberstellt, deren Sinn gottesfürchtig ist. So rühmt nach Trogus Justin, dass bei den alten Juden die Gerechtigkeit und Religion nur Eines seien, und Strabo nennt dieselben Juden wahrhaft gerechte und fromme Männer. Lactantius sagt: „Wenn die Frömmigkeit also die Erkenntniss Gottes ist, deren Wesen in der Verehrung Gottes besteht, so weiss der nichts von Ge-

rechtigkeit, der die göttliche Religion nicht besitzt. Denn wie kann er diese kennen, wenn er nicht weiss, woher sie kommt." Derselbe sagt anderwärts: „Die Gerechtigkeit wohnt in der Religion."

6. Noch grösseren Nutzen hat die Religion in jener grossen Gemeinschaft. Denn in der staatlichen Gemeinschaft wird sie zum Theil durch die Gesetze ersetzt, und die Vollstreckung dieser ist leicht; aber in jener grossen Gemeinschaft ist diese Vollstreckung sehr schwer und ohne Waffengewalt kaum möglich; auch sind der Gesetze nur wenige, die ihr Ansehn überdem hauptsächlich nur aus der Furcht vor der Gottheit ableiten. Wer deshalb das Völkerrecht verletzt, gilt vielfach als ein Verletzer des göttlichen Rechts. Die Kaiser sagten daher mit Recht, dass die Verletzung der Religion ein Unrecht gegen Alle enthalte. [240]

XLV. 1. Um diese Materie vollständig zu erschöpfen, bemerke man, dass die wahre, allen Zeiten gemeinsame Religion auf vier Sätzen hauptsächlich ruht; der erste ist, dass Gott ist, und dass es nur einen Gott giebt. Der zweite, dass Gott nichts Sichtbares ist, sondern ein geistiges Wesen; der dritte, dass Gott die menschlichen Angelegenheiten leitet und nach Billigkeit entscheidet; der

---

[240] Indem hier der Werth der Religion auf ihre Nützlichkeit für die Moral gestützt wird, verliert sie ihre wahre hohe Bedeutung, die darin liegt, dass in Gott eine Autorität anerkannt wird, gegen welche alles Andere zurücktritt. Die Erkenntniss Gottes, seine Verehrung und die Annäherung des Menschen zu ihm, die das Wesen der Religionen bildet, ist deshalb an sich selbst Zweck und das höchste Ziel des Menschen. Es bedarf keiner anderen Gründe, welche vielmehr die Hoheit der Religion herabziehen. Ist diese Hoheit anerkannt, so ist die Befolgung der in ihr enthaltenen sittlichen Anweisungen die selbstverständliche Folge, aber nicht der Zweck der Religion. — Eine andere, nicht damit zu vermischende Frage ist die nach der Wahrheit des Inhaltes einer Religion. Diese Wahrheit kann in der Regel von der Philosophie nicht anerkannt werden; allein der Glaube ist keine Erkenntniss und kann deshalb durch die Mittel der Erkenntniss nur sehr langsam und allmälig erschüttert werden.

vierte, dass Gott der Schöpfer aller Dinge ausser ihm selbst ist. Diese vier Sätze werden durch ebenso viele von den zehn Geboten erläutert. [241]

2. Denn im ersten Gebote wird deutlich die Einheit Gottes gelehrt, im zweiten sein unsichtbares Wesen, weshalb die Bildnisse von ihm verboten werden; Deut. IV. 12. Auch Antisthenes sagte: „Er wird mit den Augen nicht geschaut; er gleicht keinem Dinge; deshalb kann ihn auch Niemand aus einem Bilde erkennen." Philo sagt: „Es ist unheilig, den Unsichtbaren in Gemälden oder Bildsäulen abzubilden." Diodor von Sicilien sagt über Moses: „Er gab ihnen kein Bild von Gott, weil er ihn nicht für menschenähnlich hielt." Tacitus sagt: „Die Juden erkennen ihn nur im Geiste und nur einen einigen Gott; sie halten die für Heiden, welche Bilder der Götter aus vergänglichem Stoffe nach Menschengestalt fertigen." Plutarch giebt als Grund, weshalb Numa die Gottesbilder

---

[241] Die naturrechtliche Behandlung des sittlichen Stoffes führt Gr. auch zu einer gleichen Behandlung des Inhaltes der Religionen, die er hier bietet. Es sind interessante Anfänge einer sogenannten natürlichen Religion, die auch später mit Energie, insbesondere von Kant fortgeführt worden sind und auch in der Freimaurerei, in Lessing's Nathan dem Weisen und in den freireligiösen Gemeinden der Gegenwart hervortreten. Alle diese Versuche verkennen die Unmöglichkeit ihrer Aufgabe. Die Mittel der Erkenntniss, welche dem Menschen zustehen, gehen nicht über das Wahrnehmbare hinaus; der Inhalt der Religion liegt aber jenseit des Wahrnehmbaren. Er kann also nur durch die Phantasie mit Hülfe der Gefühle gebildet werden, ist deshalb nie eine Erkenntniss, sondern kann sich nur auf den Glauben stützen, und dieser kann der Autoritäten nicht entbehren (B. I. 85). Die sogenannte natürliche Religion der Gebildeten ist nur ein fragmentarischer Rest der positiven Religion, wie er der Aufklärung des jedesmaligen Zeitalters entspricht. Der Inhalt dieser natürlichen Religion entbehrt deshalb aller festen Grundlage und ist nicht allein verschieden nach den verschiedenen Zeiten, sondern auch nach der Bildungsstufe der Einzelnen innerhalb derselben Zeit, ja er wechselt auch bei dem Einzelnen nach seinen Lebensjahren.

aus den Tempeln entfernt hat, an, „dass man Gott nur durch den Geist erfassen kann." Mit dem dritten Gebot wird die Kenntniss und Sorge Gottes für die menschlichen Angelegenheiten, einschliesslich der Gedanken angezeigt, denn diese ist die Grundlage des Schwures. Denn Gott sieht auch das Herz und wird für den Betrug als Rächer angerufen, womit auch die Gerechtigkeit und Macht Gottes ausgedrückt ist. In dem vierten Gebote wird Gott als der Schöpfer der ganzen Welt bezeichnet, zu dessen Andenken einst der Sabbath eingerichtet und mit besonderer Gültigkeit über die anderen Gebräuche gestellt worden ist. Denn wenn Jemand gegen andere gefehlt hatte, etwa von verbotenen Speisen genossen hatte, so war die Strafe eine willkürliche; aber wenn der Sabbath verletzt worden war, so folgte Todesstrafe, weil dieser vermöge seiner Einsetzung eine Ableugnung der Schöpfung der Welt durch Gott enthielt. Die Erschaffung der Welt durch Gott zeigt aber seine Güte und Weisheit und Ewigkeit und Allmacht.

3. Aus diesen Betrachtungen ergeben sich die Gebote, dass Gott zu ehren, zu lieben, zu verehren und ihm zu gehorchen ist. Deshalb sagt Aristoteles, dass der, welcher Gott zu ehren und die Eltern zu lieben sich weigert, nicht mit Gründen, sondern mit Strafen zu belehren sei; und dass die Pflichten im Uebrigen in den einzelnen Ländern verschieden, aber die zur Verehrung Gottes überall dieselben seien. Die Wahrheit der obigen Betrachtungen kann auch auf Gründe, die aus der Natur der Sache entlehnt sind, gestützt werden. Der stärkste derselben ist, dass die Sinne uns lehren, dass Dinge geschaffen worden, die geschaffenen Dinge aber zuletzt zu etwas Nichtgeschaffenen hinführen.[242] Weil indess nicht Alle diese und ähnliche Gründe zu fassen vermögen, so genügte, dass alle Menschen zu allen Zeiten und in allen Ländern, nur wenige ausgenommen, in diesen Ansichten übereingestimmt haben; sowohl

---

[242] Weil sonst die Reihe der Ursachen kein Ende nehmen würde, und Gr. diese unendliche Reihe für unmöglich hält. Es ist die dritte Antinomie in Kant's Kritik der reinen Vernunft; ihre nähere Erläuterung siehe B. III. 68 der ph. Bibl.

die, welche zu roh waren, als dass sie hätten betrügen wollen, als die, welche zu klug waren, um sich betrügen zu lassen. Diese Uebereinstimmung bei so grosser sonstiger Verschiedenheit der Gesetze und Meinungen zeigt genügend, dass diese Ueberlieferung von den ersten Menschen auf uns gekommen und niemals wahrhaft widerlegt worden ist. Dies allein genügt, um daran zu glauben.[243]

4. Dio von Prusa hat das hier über Gott Gesagte zusammengefasst, indem er sagt, der Glaube an Gott sei uns theils natürlich, soweit er aus Gründen hergenommen sei, theils durch Ueberlieferung mitgetheilt. Plutarch nennt es den alten Glauben; ein sichereres Zeugniss, als dieser abgebe, könne man nicht sagen noch auffinden; er bilde die gemeinsame Grundlage der Gottesfurcht. Aristoteles sagt: „Alle Menschen haben den Glauben an die Götter." Dasselbe findet sich bei Plato im zehnten Buche über die Gesetze.

XLVI. 1. Deshalb sind die nicht ohne Schuld, welche wegen schwächeren Verstandes die sicheren Beweise für jene Sätze nicht finden und verstehen können und sie deshalb ableugnen, während sie doch zum Guten führen, und das Gegentheil auf keine Weise bewiesen werden kann. Da wir indess hier von den Strafen, und zwar von den menschlichen Strafen handeln, so ist noch zu unterscheiden zwischen diesen Sätzen selbst und der Art, sich von ihnen loszusagen. Diese Sätze, dass ein Gott sei (ob einer oder mehrere, lasse ich bei Seite), und dass er die menschlichen Angelegenheiten leite, sind die obersten und zur Begründung jeder Religion, sei sie wahr oder

---

[243] Dieser *consensus omnium* wird schon von Cicero benutzt und ist eines der beliebtesten populären Beweismittel für die Wahrheit der natürlichen Religion. Es zerfällt einfach schon dadurch, dass die verschiedenen Religionen bei näherer Prüfung keinen gemeinsamen Inhalt haben, sondern vielmehr jede der anderen widerspricht, wie schon Hume geltend gemacht hat. Auch hat es viele Dinge gegeben, die Jahrhunderte und Jahrtausende von allen bekannten Völkern für wahr gehalten und dennoch jetzt als Irrthum anerkannt worden sind, z. B. die Meinung über die Gestalt der Erde und die Bewegung der Sonne.

falsch, unentbehrlich. „Wer sich zu Gott wendet (d. h. wer Religion hat, denn bei den Juden wird die Religion der Zutritt zu Gott genannt), muss glauben, dass er ist, und dass er denen, die ihn suchen, ihren Lohn gewähren wird." [244]

2. Aehnlich sagt Cicero: „Es giebt und es gab Philosophen, welche leugneten, dass Gott sich um die menschlichen Angelegenheiten kümmere. Wäre dies wahr, wie könnte da die Frömmigkeit, die Heiligkeit, die Religion bestehen? Denn dies Alles kann rein und keusch dem Wesen der Götter zugewendet werden, wenn es von diesen bemerkt wird, und wenn die unsterblichen Götter dem menschlichen Geschlecht etwas ertheilt haben." Epictet sagt: „Das Wesentliche in der Frömmigkeit ist der rechte Glaube, dass sie sind und Alles schön und gerecht verwalten." Aelian sagt, dass kein Barbar Gott leugne; Alle glauben, dass er ist und für uns sorgt. Plutarch sagt in dem Buche über die gemeinnützigen Kenntnisse, dass die Kenntniss Gottes verschwinde, wenn man die Vorsehung aufhebe, denn man muss annehmen und sich vorstellen, dass Gott nicht blos unsterblich und selig ist, sondern auch die Menschen liebt, für sie sorgt und ihnen nützlich ist. Lactantius sagt: „Weder Ehre kann Gott erwiesen werden, wenn er dem Verehrenden nichts leistet, noch kann er gefürchtet werden, wenn er dem Verächter nicht zürnt." Und in Wahrheit ist es in Bezug auf die moralische Wirkung dasselbe, ob man das Dasein Gottes leugnet, oder nur, dass Gott sich um das Handeln der Menschen nicht kümmere. [245]

3. Deshalb haben jene beiden Sätze gleichsam durch die Macht der Nothwendigkeit bei beinahe allen uns bekannten Völkern bereits seit so viel Jahrhunderten ge-

---

[244] Diese Stelle ist entlehnt aus dem Briefe an die Hebräer XI. 6.

[245] Diese Ansicht ist eine der traurigsten Folgen der christlichen Religion, von der man sich nur in der neuesten Zeit nach dem Vorgange Spinoza's frei gemacht hat. Man hat endlich erkannt, dass die Moral unmöglich auf Lohn und Strafe, sei es in dieser oder jener Welt, gebaut werden kann, wenn sie ihre wahre Natur nicht verlieren soll.

golten. Deshalb rechnet Pomponius den Glauben an Gott zum Völkerrecht, und bei Xenophon sagt Socrates: Gott zu verehren sei ein Gesetz, was bei allen Menschen gelte; auch Cicero bestätigt dies im 1. Buche über die Götter und im 2. Buche über die Erfindung. Dio von Prusa nennt es in der 12. Rede: „einen Glauben und eine Meinung, die dem ganzen menschlichen Geschlecht gemeinsam sei, den Griechen wie den Barbaren; sie sei nothwendig und jedem vernünftigen Wesen von Natur angeboren." Und später: „einen starken, durch alle Zeiten dauernden Glauben, der bei allen Völkern begonnen habe und aushalte." Xenophon sagt im Gastmahl: „Die Griechen und die Barbaren glauben, dass die Götter das Gegenwärtige und das Kommende kennen."

4. Die, welche diese Grundsätze zuerst anzugreifen beginnen, können in gut eingerichteten Staaten daran gehindert werden; so erging es dem Diagoras von Melos und den Epikuräern, die aus den gutgesitteten Städten vertrieben worden sind. Sie können aber auch, meine ich, im Namen der menschlichen Gesellschaft daran gehindert werden, die sie ohne zureichenden Grund verletzen. Der Sophist Himerius sagt gegen Epikur: „Du forderst also eine Bestrafung der Meinung? Nein, sondern der Gottlosigkeit; das Untersuchen ist erlaubt, aber Gott verspotten nicht."

XLVII. 1. Die übrigen Sätze sind nicht so offenbar, dass Gott nur Einer ist; dass nichts Sichtbares Gott ist, weder die Welt, noch der Himmel, noch die Sonne, noch die Luft; dass die Welt nicht von Ewigkeit bestehe, selbst nicht dem Stoffe nach, sondern von Gott geschaffen sei. Deshalb ist die Kenntniss derselben im Lauf der Zeit bei vielen Völkern vergessen und gleichsam erloschen, und zwar um so leichter, weil die Gesetze für diesen Theil des Glaubens weniger sorgten, da auch ohne ihn eine Religion bestehen kann.

2. Das eigene Gesetz Gottes, was dem Volke gegeben worden, welches die Propheten und die theils sichtbaren, theils glaubwürdig berichteten Wunder in der klaren und gewissen Kenntniss dieser Dinge unterrichtet hatten, verflucht zwar die Verehrung falscher Götter, aber straft nicht Alle, welche so gesündigt haben, mit dem Tode, sondern nur, deren Handlungen besonders erschwert er-

scheinen, wie die Rädelsführer, Deut. XIII. 1—6; die Stadt, welche beginnt, vorher unbekannte Götter anzubeten, Deut. XIII. 12—13; den, der die Sterne als das ganze Gesetz anbetet und daher den Dienst des wahren Gottes aufgiebt, Deut. XVII. 2 (was Paulus nennt „dem Werke dienen, und nicht dem Werkmeister", denn das Wort παρα hat oft eine ausschliessende Bedeutung). Dies war auch bei Esau's Nachkommen eine Zeit lang mit Strafen belegt, wie sich aus Hiob XXXI. 26, 27 ergiebt; auch der, welcher seine Kinder dem Moloch, d. h. dem Saturn zugeführt hat, Lev. XX. 2.

3. Die Kananiter und ihre Nachbarn, die schon lange dem Götzendienst verfallen waren, strafte Gott nicht sofort, sondern nur, nachdem sie andere Verbrechen zu dieser Schuld gehäuft hatten, Gen. XV. 16. So liess er auch bei anderen Völkern den Götzendienst hingehen, Actor. XVII. 30. Denn Philo bemerkt richtig, dass Jedem seine Religion die beste scheine, da man das nicht nach der Vernunft, sondern nach dem Gefühle beurtheile. Damit stimmt der Ausspruch Cicero's: „Niemand billige ein philosophisches System, mit Ausnahme seines eigenen." Er setzt hinzu: „Die Meisten würden dafür eingenommen, ehe sie das Bessere beurtheilen könnten."

4. Deshalb sind die zu entschuldigen und von den Menschen nicht zu strafen, die kein Gesetz von Gott verkündet erhalten haben und die Gestirne oder die natürlichen Kräfte anderer Dinge oder die Geister in Bildern oder in lebendigen oder in anderen Dingen anbeten, oder die Seele derer, welche durch Tugend und Beglückung des Menschengeschlechts sich ausgezeichnet, oder unkörperliche Geister, namentlich wenn sie nicht selbst solche Verehrung erfunden haben, noch den Dienst des höchsten Gottes deshalb verlassen haben. Aber Jene, welche die bösen Geister, die sie erkannt haben, oder die Namen der Laster oder Menschen, deren Leben voll Verbrechen war, mit göttlichen Ehren zu feiern beginnen, sind mehr den Bösen als den Irrenden zuzuzählen.

5. Ebenso die, welche Gott mit dem Blute unschuldiger Menschen dienen. Der Perser Darius und Gelo, der Sicilische Tyrann wurden gerühmt, dass sie die Karthager gezwungen hätten, diese Sitte aufzugeben. Auch Plutarch erzählt, dass Barbaren, die Gott mit Menschenopfern ge-

feiert hätten, den Römern deshalb hätten Strafe geben sollen; als sie sich mit dem Alter der Sitte entschuldigt, hätte man ihnen nichts Uebles zugefügt, aber für die Zukunft dergleichen verboten.

XLVIII. 1. Was soll ich von jenen Kriegen sagen, die gegen Völker geführt werden, weil sie die christliche Religion nicht annehmen wollen? Ich will nicht untersuchen, ob wirklich ein solcher Grund in Wahrheit vorliegt. Man nehme dies an, dann ist Zweierlei zu bemerken. Erstens kann die Wahrheit der christlichen Religion, so weit sie der ersten und ursprünglichen Religion Vieles hinzufügt, nicht durch natürliche Gründe bewiesen werden, sondern sie ruht auf der Auferstehung Christi und auf den von ihm und den Aposteln verrichteten Wundern. Dies sind Thatsachen, die zwar ehedem durch glaubwürdige Zeugen bekundet wurden, aber nur ehedem, so dass es auch hier sich jetzt nur um Thatsachen, und zwar um sehr alte handelt. Deshalb können die, welche diese Lehre das erste Mal hören, sie nicht gleich im Glauben annehmen, wenn nicht ein geheimer Beistand Gottes hinzukommt, der Einzelnen nicht wegen Verdienstes gewährt wird; und wenn er Anderen verweigert oder in geringerem Maasse gewährt wird, so geschieht dies zwar nicht aus unbilligen Gründen, aber sie sind uns meist unbekannt und unterliegen deshalb dem menschlichen Strafurtheile nicht. Hierauf bezieht sich die Regel des Concils zu Toledo: „Die heilige Synode hat geboten, dass Niemand hinfüro zum Glauben gezwungen werde. Denn Gott erbarmt sich des Einen und verhärtet den Andern nach seinem Willen." Denn es ist die Sitte der heiligen Bücher, dass wenn ihnen die Ursachen gewisser Dinge nicht bekannt sind, sie sie in den göttlichen Willen verlegen.

2. Das Zweite ist, dass Christus, der Verkünder des neuen Gesetzes, nicht gewollt hat, dass Jemand zur Annahme seines Gesetzes durch irdische Strafen oder Furcht vor solchen bestimmt werde. Röm. VIII. 15, Hebr. II. 15, Johan. VI. 67, Luc. IX. 55, Matth. XIII. 29. Tertullian sagt deshalb treffend: „Das neue Gesetz schützt sich nicht mit dem Schwerte des Strafrichters." In dem alten Buche, betitelt: Die Konstitutionen des Clemens über Christus, heisst es: „Er liess den Menschen die Macht der freien

Entschliessung, indem er sie nicht mit zeitlichem Tode strafte, sondern sie in jene Welt zur Rechenschaft berief." Athanasius sagt: „Unser Herr zwang Niemand, sondern liess Jedem seinen freien Willen; er sagte Allen: Wenn Jemand mir nachfolgen will; und zu den Aposteln: Wollt auch Ihr mich verlassen?" Chrysosthomus bemerkt zu dieser Stelle des Johannes: „Er fragt, ob auch sie fortgehen wollen; damit entfernt er alle Gewalt und Zwang."

3. Dem steht die Parabel von der Hochzeit nicht entgegen, wo es heisst: sie sollen zum Eintritt gezwungen werden, Luc. XIV. 23; denn so wie schon in diesem Gleichniss das Zwingen nur das Anliegen des Einladenden bezeichnet, so wird auch in der Nutzanwendung das Wort in diesem Sinne gebraucht, Luc. XXIV. 29, und ebenso Matth. XIV. 22, Marc. VI. 45, Gal. II. 14. Procopius lehrt in einem Theile der geheimen Geschichte, dass der Beschluss Justinian's, die Samariter mit Gewalt und Drohungen zur christlichen Religion zu bringen, von weisen Männern getadelt worden sei; auch seien Nachtheile daraus entstanden, die man bei ihm nachlesen kann.

XLIX. 1. Wenn also die Lehrer und Bekenner des Christenthums solche Strafen anwenden, so handeln sie gegen die Vernunft. Denn in der christlichen Lehre (ich nehme sie hier in ihrer Reinheit ohne falsche Beimischungen) ist nichts, was der menschlichen Gesellschaft schadet, sondern nur, was ihr nützt. Die Sache spricht für sich, und die Ungläubigen müssen es anerkennen. Plinius erzählt, dass die Christen durch einen Eidschwur sich verpflichten, keinen Diebstahl, keinen Strassenraub und keinen Betrug zu begehen. Ammianus sagt, dass diese Religion nur Gerechtigkeit und Sanftmuth lehre. Es war ein Sprichwort: „Cajus Sejus ist ein braver Mann, denn er ist ein Christ." Auch kann man die Entschuldigungen nicht zulassen, dass alles Neue gefährlich sei, insbesondere Vereine. Denn neue Glaubenssätze braucht man nicht zu fürchten, wenn sie nur zu allem Guten und zum Gehorsam gegen die Vorgesetzten führen, noch brauchen die Versammlungen frommer Leute gefürchtet zu werden, die nur die Heimlichkeit suchen, wenn sie dazu gezwungen werden. Hierher passt, was nach Philo August über die Versammlungen der Juden gesagt hat, „sie seien keine Schwelgereien oder Versammlungen zur Störung des Friedens, sondern Schulen der Weisheit."

2. Wer gegen solche was thut, macht sich selbst strafbar, wie auch Thomas meint. Und deshalb hat Constantin den Licinius, und andere Kaiser die Perser bekriegt. Indess gehören diese Kriege mehr zur Vertheidigung der Unschuldigen, von der später gehandelt werden wird, als zur Vollstreckung einer Strafe.

L. 1. Sehr unrecht handelt aber der, welcher mit Todesstrafen gegen die wüthet, welche Christi Gesetz für wahr halten und nur über Einzelnes zweifeln oder irren, was nicht im Gesetz enthalten ist oder zweideutig ist und von den alten Christen nicht ebenso aufgefasst worden. Dies erhellt aus dem früher Gesagten und aus dem alten Beispiel der Juden. Denn obgleich diese ein Gesetz hatten, was durch Todesstrafen geschützt wurde, so sind sie doch nie mit Strafen gegen die Sadducäer vorgegangen, obgleich diese die Auferstehung leugneten, die zwar wahr ist, aber in dem Gesetz nur dunkel und verhüllt in Worten und Sachen angedeutet ist.

2. Wie aber, wenn der Irrthum schwer ist, und er bei billigen Richtern leicht durch die heilige Autorität oder die Uebereinstimmung der alten Gläubigen widerlegt werden kann? Auch hier muss man bedenken, wie gross die Gewalt einer eingewurzelten Meinung ist, und wie sehr die Unbefangenheit des Urtheils durch die Anhänglichkeit an eine Sekte leidet, ein Uebel, was nach Galenus schlimmer ist als die Räude. Origines sagt hierüber: „Man lässt eher von jeder anderen Gewohnheit ab, so festgewurzelt sie auch ist, als von dem gewohnten Glauben." Dazu kommt, dass die Grösse der Schuld hier von dem Grade der Aufklärung und anderen Geisteszuständen abhängt, die der Mensch nicht erkennen kann.

3. Dem Augustin gilt nur der für einen Ketzer, der um eines zeitlichen Vortheils, hauptsächlich um Ehre und Macht willen, falsche oder neue Meinungen aufstellt oder annimmt. Salvianus sagt von den Arrianern: „Sie sind Ketzer, aber sie wissen es nicht; sie gelten uns als Ketzer, aber nicht bei sich; sie halten sich so sehr für Katholiken, dass sie uns selbst mit dem Namen ketzerischer Schlechtigkeit schänden. Was also diese uns sind, das sind wir ihnen. Wir sind überzeugt, dass sie der

göttlichen Erzeugung Unrecht thun, weil sie sagen, der Sohn sei geringer als der Vater. Jene meinen, dass wir dem Vater Unrecht thun, weil wir sie für gleich halten. Die Wahrheit ist bei uns, aber Jene finden sie bei sich. Die Ehre Gottes ist bei uns, aber jene halten das für die Ehre Gottes, was sie glauben. Sie sind im Unrecht, aber für sie ist es das höchste Recht in der Religion. Sie sind gottlos, aber sie halten es für die wahre Gottesfurcht. Sie irren also, aber in gutem Glauben, nicht aus Hass, sondern aus Liebe zu Gott; sie meinen Gott zu ehren und zu lieben. Obgleich sie nicht den rechten Glauben haben, so halten sie dies doch für die vollkommene Liebe zu Gott; und ob sie für diesen Irrthum ihrer falschen Meinung am Tage des Gerichts Strafe erleiden werden, kann Niemand ausser dem Richter wissen. Inmittelst gewährt ihnen, wie mir scheint, Gott Geduld, weil er sieht, dass, wenn sie auch nicht den rechten Glauben haben, sie doch aus Eifer einer frommen Meinung irren."

4. Ueber die Manichäer sagt Augustin, der lange in ihrem groben Schmutz gesteckt hatte: „Jene wüthen gegen Euch, weil sie nicht wissen, wie mühsam die Wahrheit zu gewinnen ist, und wie schwer der Irrthum abzuhalten ist. Jene wüthen gegen Euch, weil sie nicht wissen, wie selten und schwer es ist, die fleischlichen Gedanken durch die Heiterkeit eines frommen Gemüths zu überwinden. Jene wüthen gegen Euch, weil sie nicht wissen, wie schwer das Auge des inneren Menschen zu heilen ist, damit es in seine Sonne blicken kann. Jene wüthen gegen Euch, weil sie nicht wissen, wie viel Seufzen und Stöhnen nöthig ist, um Gott nur zu dem kleinsten Theile zu erkennen. Endlich wüthen Jene gegen Euch, weil sie durch keinen solchen Irrthum getäuscht sind, als sie ihn bei Euch sehen. Ich aber kann gegen Euch nicht wüthen; denn ich muss Euch so aufrecht erhalten, wie es mir zu jener Zeit geschehen ist, und so geduldig mit Euch verfahren, als es mit mir meine Freunde gethan haben, als ich toll und blind an Eure Irrthümer glaubte."

5. Athanasius tadelt in einem Brief an die Einsiedler heftig die Arrianische Ketzerei; erstlich, weil sie die richterliche Gewalt gegen die Widersprechenden benutzt habe, und weil sie die, welche sie mit Worten nicht ge-

winnen konnte, mit Gewalt, Schlägen und Gefangenschaft zu sich zu ziehen versucht habe und so sich selbst als gottlos und gottvergessen geoffenbart habe. Er denkt dabei, wenn ich nicht irre, an die Stelle Galat. IV. 29. Aehnliches sagt Hilarius in seiner Rede an Constantius. In Gallien sind schon in alten Zeiten die Bischöfe von der Kirche verurtheilt worden, welche es bewirkt, dass gegen die Priscillianisten mit dem Schwerte verfahren wurde, und im Orient wurde die Synode getadelt, welche in die Verbrennung des Bogomil gewilligt hatte. Plato sprach weise: „Die Strafe des Irrenden ist, belehrt zu werden".

LI. 1. Mit mehr Recht werden die gestraft, welche ihren Gott nicht verehren oder an ihn nicht glauben. Dieser Grund wurde neben anderen für den Peloponnesischen Krieg zwischen den Athenern und Lacedämoniern geltend gemacht; ebenso von dem Macedonier Philipp gegen die Phocenser. Justinus sagte über deren Tempelraub, „dass er mit allen Kräften des Erdkreises gesühnt werden müsste." Hieronymus bemerkt zu Daniel V.: „So lange die Gefässe bei den Götzen Babylon's blieben, hat der Herr nicht gezürnt (denn sie schienen eine Sache Gottes zwar einem falschen Glauben, aber doch dem Dienste Gottes geweiht zu haben). Als sie aber diese geweihten Dinge zu menschlichen Zwecken beflekten, ist die Strafe der Gottesschändung schnell gefolgt." Denn auch Augustinus meint, dass Gott das Römische Reich gemehrt habe, weil die Religion, wenn auch die falsche, ihnen am Herzen gelegen habe, und wie Lactantius sagt, sie als für die höchste menschliche Pflicht, zwar nicht der Sache, doch der Absicht nach vor Augen hatten.[246]

---

[246] Die hier von Gr. vorgetragenen Lehren der Toleranz erscheinen der Gegenwart selbstverständlich; allein zu seiner Zeit bedurften sie noch gar sehr der Unterstützung der aufgeklärten und angesehenen Männer, um allmählig praktische Bedeutung zu gewinnen. In Deutschland wüthete, während Gr. sein Werk schrieb, der dreissigjährige Krieg um der Religion willen, in Frankreich war eben ein grausamer Feldzug Ludwig's XIII. gegen die Hugenotten beendet worden; in den Niederlanden hatte der Streit zwischen den Arminianern und Gomarristen zum Bürgerkriege, zur Hinrichtung Olden-

2. Oben haben wir gesagt, dass die Verletzung selbst der falschen Götter von dem wahren Gott gestraft werde. Seneca sagt: „Er wird gestraft, als wenn er es gegen Gott verübt hätte; seine Meinung macht ihn strafbar." So verstehe ich es auch, wenn Seneca sagt: „Die Strafe für die Verletzung der Religion ist nach den Orten verschieden, aber überall besteht eine Strafe." Auch Plato belegt die Verletzer der Religion mit dem Tode.

Kapitel XXI.
Ueber die Gemeinschaft der Strafe. [247]

I. 1. Wenn es sich um die Gemeinschaft der Strafe handelt, so betrifft sie die, welche an dem Vergehen theilgenommen haben, oder andere Personen. Die Theilnehmer werden nicht wegen des fremden, sondern wegen ihres

---

barneveld's, zur Gefangenschaft und dem Exil von Gr. selbst geführt. Es waren noch mehr als hundert Jahre nöthig, ehe die hier gepredigten Grundsätze allmählig Eingang bei den Inhabern der Staatsgewalt fanden.

[247] Die Ueberschrift: *De poenarum communicatione*, war nicht anders zu übersetzen. Die Unverständlichkeit trifft den Verfasser, der in scholastischer Weise das Verschiedenste in diesem Kapitel behandelt, weil ein sehr äusserliches Merkmal dabei gemeinsam ist. Gr. handelt hier zunächst von der Theilnahme an Verbrechen Anderer. Dann folgt die Lehre von der Auslieferung fremder Verbrecher; dann die Lehre vom Asyl; dann die Lehre von den Verbrechen juristischer Personen *(universitates juris)*; dann die Lehre, wie weit Kinder, Nachkommen, Erben und die einzelnen Mitglieder eines Volkes für Verbrechen der Eltern, Erblasser und des Staatsoberhaupts Strafe zu leiden haben. Dies Alles wird hier behandelt, blos weil bei allen die Frage eintreten kann, ob die Strafe eines Verbrechens auch auf Andere ausgedehnt werden kann.

eigenen Vergehens gestraft. Wer dazu gehört, ergiebt sich aus dem bei den Beschädigungen Gesagten. Denn die Theilnahme an dem Vergehen erfolgt ziemlich in derselben Weise wie an der Beschädigung. Indess ist nicht überall ein Vergehen vorhanden, wo eine Beschädigung Statt hat, sondern nur, wenn eine besondere Bosheit hinzutritt, während zur Verbindlichkeit auf Schadenersatz oft schon ein Versehen hinreicht.

2. Wer also eine unrechte Handlung befiehlt, wer die erforderliche Einwilligung ertheilt, wer hilft, wer die Sachen verhehlt oder sonst an dem Verbrechen unmittelbar theilnimmt; ferner wer Rath giebt, lobt, beistimmt; wer nicht verbietet, was er nach dem eigentlichen Recht hätte verbieten sollen, oder nicht beisteht, während er nach demselben Recht dem Beschädigten hätte beistehen sollen; wer nicht abredet, da er es doch sollte; wer die That verschweigt, obgleich er sie anzuzeigen eine Verbindlichkeit hatte; Alle diese können bestraft werden, wenn der böse Vorsatz bei ihnen in Gemässheit des eben Bemerkten zur Strafe hinreicht.

II. 1. Beispiele werden dies deutlicher machen. Die Gemeinschaft, sowohl die staatliche wie jede andere, ist für die Handlungen der Einzelnen nicht verhaftet, wenn sie nicht selbst etwas gethan oder unterlassen hat. Denn Augustin bemerkt richtig: „Unterschieden von dem eigenen Vergehen des Einzelnen aus dem Volke ist das gemeinsame, was durch den Willen und die Absicht einer dazu beschafften Menge begangen wird. Deshalb heisst es in den Bündnissen: „„Wenn mit allgemeiner Absicht dagegen gefehlt worden."" Die Locrer zeigen bei Livius dem Römischen Senat, dass die Schuld des Abfalls keinesweges vom Volk beabsichtigt gewesen. Ebenso erzählt Livius, dass Zeno für die Magnesier bei T. Quinctius und den anwesenden Gesandten weinend gebeten habe, sie sollten nicht die Tollheit des Einen dem Staate zur Last legen; Jeder sündige auf seine Gefahr. Auch die Rhodier trennen vor dem Senate die Angelegenheit ihres Staates von der der einzelnen Bürger, indem sie sagen: „Es gebe keinen Staat, der nicht mitunter schlechte Bürger, und der nicht immer eine unerfahrene Menge habe." Ebenso haftet der Vater nicht für das Vergehen der Kinder, der Herr nicht für das des Sklaven; auch andere Vorsteher nicht, wenn sie nicht selbst etwas Unrechtes dabei begangen haben.

2. Unter den Gründen, weshalb die Leiter und Führer Anderer strafbar werden, sind zwei von grosser Anwendung und der näheren Untersuchung werth; die Zulassung und die Aufnahme.[248]) Ueber die Zulassung gilt die Regel: Wer von einem Vergehen Kenntniss hat und es verhindern kann, aber nicht thut, der handelt selbst unrecht. Cicero sagt in der Rede gegen Piso: „Es ist kein grosser Unterschied, namentlich bei einem Konsul, ob er selbst den Staat durch verderbliche Gesetze und schändliche Versammlungen beschädigt oder ob er bei Anderen dies zulässt." Brutus schreibt an Cicero: „Du legst mir also, wirst Du sagen, eine fremde Schuld zur Last? Allerdings, wenn man sagen konnte, dass sie sonst nicht zu Stande kam." Agapetus sagt bei Justinian: „Das eigene Vergehen und das Zulassen fremder Vergehen ist sich gleich." Arnobius sagt: „Wer es gestattet, dass der Uebelthäter sündigt, der giebt der Verwegenheit Kraft." Salvianus sagt: „Wessen Hand es hindern kann und nicht thut, der befiehlt, dass es geschehe." Augustin sagt: „Wer sich entgegenstellen kann und es nicht thut, der willigt ein."

3. So gilt der, welcher eine Sklavin bei dem Verkaufe gegen Verführung schützen konnte und diese doch zulässt, nach den Römischen Gesetzen selbst als der Verführer.[249]) Wenn ein Sklave mit Vorwissen seines Herrn

---

[248]) Unter Aufnahme versteht Gr. die Aufnahme eines flüchtigen Verbrechers in einem fremden Staate; dieser Staat überkommt dadurch gewisse Verpflichtungen, bei deren Nichtvorstellung er selbst strafbar wird, d. h. in die Gemeinschaft der Strafe geräth. Gr. behandelt diesen Fall bald ausführlicher.

[249]) Gr. hat den Fall des Corpus juris im Sinne, wo ein Herr seine Sklavin unter der Bedingung verkauft, dass sie nicht verführt werde, und dass, wenn der Käufer selbst sie in ein liederliches Haus bringen sollte, der Verkäufer die Hand darauf legen könne, d. h. sie ohne Prozess in sein Haus zurücknehmen und den Kaufpreis behalten könne.

Jemand tödtet, so haftet der Herr auf das Ganze; denn der Herr gilt dann selbst als der Thäter. Nach dem Fabischen Gesetz wird gegen den Herrn verfahren, wenn sein Sklave mit Vorwissen einen anderen Sklaven zur Flucht verleitet hat.[250]

4. Indess muss neben der Wissenschaft auch die Macht, es zu hindern, da sein. Wenn also die Gesetze die Mitwissenschaft strafen, so ist dies von dem Zulassen zu verstehen, während man die That hindern konnte und es nicht gethan hat. Auch ist die Mitwissenschaft gemeint, die den bösen Willen hat, oder die absichtliche Mitwissenschaft. Deshalb haftet der Herr nicht, wenn der Sklave sich als einen Freien ausweist, oder wenn er den Herrn verachtet hat. Denn der ist von Schuld frei, welcher die That zwar weiss, aber nicht hindern kann. So haften die Eltern aus dem Vergehen ihrer Kinder, aber nur dann, wenn sie in ihrer Gewalt sind. Umgekehrt haften sie auch nicht, wenn sie sie in der Gewalt haben und die Macht, zu hindern, aber keine Wissenschaft davon hatten. Denn damit Jemand aus einer fremden Handlung verpflichtet werde, ist ebensowohl das Wissen wie das Nichthindern nothwendig. Alles dies gilt auch in Bezug auf die Unterthanen, da es aus der natürlichen Billigkeit folgt.

5. Proclus bemerkt zu dem Vers Hesiod's:

Oft büsst eine ganze Stadt für einen schlechten Mann.

erläuternd: „Wenn sie es hindern konnte und doch die Schlechtigkeit desselben nicht gehindert hat." So heisst es mit Recht von dem Griechischen Heer, wo Agamemnon selbst und die anderen Fürsten gemeinsam beriethen:

„Was die Könige versehen, das büssen die Argiver."

Denn die anderen hätten den Agamemnon zwingen sollen, die Tochter dem Priester zurückzugeben.[251] So heisst es, nachdem ihre Flotte verbrannt ist:

---

[250] Das Fabische Gesetz verordnete Strafen auf den Raub und die Entführung von freien Menschen und Sklaven.

[251] Gr. spielt auf den im Anfang der Iliade erzählten Vorfall an, wo der Priester Chryses seine Tochter Chryseis, welche von den Griechen gefangen worden und dem Aga-

„Wegen eines Menschen Schuld und wegen der
Furien des Ajax Oileus!"
Ovid sagt darüber Metam. XIV. 468:
„Die Strafe, welche er allein für den Raub der
Jungfrau verdient hatte, brachte er über Alle."
weil die Andern es nicht gehindert hatten, dass die Jungfrau dem Priester geraubt wurde. Bei Livius heisst es:
„Die Verwandten des Königs Tatius schlugen die Gesandten der Laurenter. Als diese nun nach dem Völkerrecht verfuhren, so überwog bei Tatius die Liebe zu den Seinigen und deren Bitten. Er richtete daher die Strafe derselben gegen sich selbst." Hierher gehört der Ausspruch Salvian's: „Die grösste und höchste Macht, welche das grösste Verbrechen hindern kann, gilt als seine Vollziehung billigend, wenn sie wissentlich dieselbe zulässt." Und bei Thucydides heisst es: „Wer es hindern konnte, thut es in Wahrheit selbst." So entschuldigen bei Livius die Vejenter und Latiner sich bei den Römern wegen der von ihren Untergebenen den Feinden dieser geleisteten Hülfe damit, dass sie es nicht gewusst hätten. Umgekehrt wurde die Entschuldigung der Königin der Illyrier, Teuta, nicht angenommen, dass nicht sie, sondern ihre Unterthanen die Seeräuberei trieben, denn sie hatte es nicht gehindert. Einstmals sind die Scyrier von den Amphiktyonen verurtheilt worden, weil sie gelitten, dass die Ihrigen Seeraub trieben.

6. Die Mitwissenschaft wird vermuthet, wenn etwas offen und häufig geschieht; Dio von Prusa sagt in der Rhodischen Rede: „Was von Vielen geschieht, kann Niemand unbekannt bleiben." Polybius tadelt die Aetolier, dass sie nicht als Feinde des Philipp gelten wollten und doch die Feindseligkeiten der Ihrigen gestatteten und die Führer dabei mit Ehren schmückten.[252]

---

memnon als Sklavin zugefallen war, von diesem zurückfordert, Agamemnon dies hartnäckig verweigert und dadurch den Apoll reizt, die Pest über das Heer der Griechen zu senden.

[252] Die wichtige kriminalrechtliche Frage über die Theilnahme an den Verbrechen Anderer einschliesslich der Lehre von dem physischen und intellektuellen Urheber, den Rädelsführern, den näheren und entfernteren Gehül-

III. 1. Wir kommen nun zu der zweiten Frage, über die **Aufnahme flüchtiger Verbrecher**. Die Strafe kann naturrechtlich Jeder, der nichts Aehnliches verbrochen hat, wie erwähnt, vollstreckt verlangen; mit Einrichtung der Staaten ist man indess übereingekommen, dass die Vergehen der Einzelnen, welche nur ihre Gemeinschaft angehen, dieser und ihren Herrschern zur Strafe oder zur Nichtbeachtung nach ihrem Ermessen überlassen bleiben.

2. Aber kein so volles Recht ist ihnen für die Vergehen eingeräumt worden, welche in gewisser Weise die menschliche Gesellschaft überhaupt angehen. Diese können auch andere Staaten und deren Herrscher verfolgen, wie es ja auch in den Staaten Klagen giebt, die Jeder aus dem Volke anstellen kann. Noch viel mehr gilt dies für Vergehen, wodurch ein anderer Staat oder dessen Herrscher insbesondere verletzt worden ist. Hier haben diese ihres Ansehens und ihrer Sicherheit wegen das Recht, die Bestrafung in der vorbemerkten Art zu verlangen, und der Staat, in dem der Verbrecher sich aufhält, so wie dessen Herrscher, darf diesem Recht nicht entgegentreten.

IV. 1. Da indess die Staaten es nicht zu gestatten pflegen, dass der andere Staat bewaffnet in sein Gebiet zur Vollstreckung solcher Strafe einrückt, dies auch bedenklich ist, so folgt, dass der Staat, wo der Verbrecher sich aufhält, nach erlangter Kenntniss entweder selbst auf Verlangen ihn angemessen strafen oder ihn dem verletzten Staate zur Entscheidung überlassen muss. Dies will die in der Geschichte oft vorkommende **Auslieferung** sagen.

2. So verlangen die anderen Israeliten von dem Stamme

---

fen, den Hehlern und Begünstigern des geschehenen Verbrechens u. s. w. ist hier von Gr. nur sehr dürftig behandelt worden. Anstatt den Raum zu einer Menge werthloser Citate zu verschwenden, wäre es zweckmässiger gewesen, auf den reichen Inhalt der Frage selbst einzugehen. Man kann Gr. nur damit entschuldigen, dass er auch hier vorwiegend die Frage nur nach dem Gesichtspunkt des Völkerrechts behandelt, wo allerdings Vieles nicht die praktische Bedeutung hat wie bei den Verbrechen Einzelner.

Benjamin's, dass sie die Verbrecher ausliefern. Jud. XX.
Ebenso die Philister von den Juden, dass sie Simson, als
einen Uebelthäter, ihnen überliefern. Jud. XV. So überzogen
die Lacedämonier die Messenier mit Krieg, weil sie den,
der einen Lacedämonier getödtet hatte, nicht auslieferten,
und ein andermal, weil sie die nicht auslieferten, welche
den zu den Opfern gesandten Jungfrauen Gewalt angethan hatten. So wollte Cato den Cäsar den Deutschen
ausliefern, weil er mit Unrecht Krieg gegen sie geführt
habe. So verlangten die Gallier die Uebergabe der Fabier,
weil sie gegen sie gekämpft hätten. Die Römer verlangten,
dass die Hernicer ihnen die auslieferten, welche ihre Aecker
verwüstet hätten, und von den Puniern verlangten sie den
Hamilcar, nicht jenen vornehmen Feldherrn, sondern einen
anderen, der die Gallier zum Abfall anreizte. Später
forderten sie den Hannibal; ebenso den Jugurtha von
Bochus, und zwar, nach Sallust, mit den Worten: „Damit Du uns die bittere Nothwendigkeit ersparest, Dich
wegen Deines Irrthums und Jenen wegen seiner Verbrechen zu verfolgen." Von den Römern selbst sind
die ausgeliefert worden, welche an die Gesandten der
Karthager und der Apollonier Hand angelegt hatten. Die
Achäer forderten von den Lacedämoniern die Auslieferung
derer, die den Flecken Lan belagert hatten, und bemerkten, dass, wenn sie sie nicht auslieferten, das Bündniss
verletzt sei. So machten die Athener durch den Herold
bekannt, dass, wenn Jemand dem Philipp nachgestellt habe
und nach Athen geflüchtet sei, er der Auslieferung ge-
wärtig sein müsse. Die Böoter erlangten es von den
Hippotensern, dass sie die Mörder des Phocus auslieferten.

3. Dies Alles ist indess so zu verstehen, dass das
Volk oder der König nicht unbedingt zur Auslieferung
verpflichtet ist, sondern, wie erwähnt, entweder zur Auslieferung oder zur Bestrafung. So haben die Eleer die
Lacedämonier bekriegt, weil diese gegen die, welche
die Eleer verletzt hatten, keine Strafe verhängten, d. h.
weder dies thaten noch sie auslieferten; denn zwischen
diesen Verbindlichkeiten kann gewählt werden.

4. Mitunter wird denen, welche den Schuldigen fordern,
die Wahl gelassen, um die Genugthuung vollständiger zu
machen. Die Ceriten sagen bei Livius den Römern:

„Die Tarquinier hätten mit einem feindlichen Heere ihr Gebiet durchzogen und ausser dem Durchzug nichts verlangt, aber einige Personen vom Lande zu Verbrechen veranlasst, welche die Römer angingen; sie wären bereit, sie auszuliefern, wenn sie dies verlangten, oder selbst sie zu bestrafen."

5. In dem zweiten Bündniss der Karthager und Römer, was Polybius mittheilt, befindet sich eine allerdings verstümmelte Stelle: „Wenn es nicht geschähe (was gemeint ist, kann man nicht einsehen, weil das Vorgehende fehlt), so soll Jeder sein Recht für sich verfolgen. Thut er dies, so soll es als ein Staatsvergehen gelten" (nämlich wenn kein Recht gewährt werde). Aeschines erzählt in seiner Antwort auf die Anklage des Demosthenes über die schlecht ausgeführte Gesandtschaft: „Philipp habe bei der Verhandlung über den Frieden mit Griechenland gesagt, es sei billig, dass wegen der begangenen Verbrechen die Strafe gebüsst werde, nicht von den Staaten, sondern von denen, die es gethan hätten, und den Staaten solle nichts geschehen, welche die Verbrecher auslieferten." Quintilian sagt in der 255. Deklamation: „Wer einen Flüchtling aufnimmt, der gilt mir als ein Genosse desselben."

6. Zu den Uebeln, welche aus der Uneinigkeit der Staaten hervorgehen, rechnet Dio Chrysosthomus in seiner Rede an die Nicomedier auch, „dass es denen, welche den einen Staat verletzt haben, gestattet ist, in einen anderen sich zu flüchten."

7. Ueber solche Ausgelieferte entsteht die Frage, ob sie, wenn sie von ihrem Staate ausgeliefert, aber von den anderen nicht angenommen werden, Bürger jenes bleiben? Publ. Mutius Scävola verneinte es, weil der, welchen ein Volk ausliefert, wie aus seinem Staate ausgestossen zu betrachten sei, ähnlich dem Fall, dass ihm Wasser und Feuer untersagt worden.[253] Brutus und nach ihm Cicero vertheidigen die gegentheilige Ansicht, welche die richtigere ist, zwar nicht deshalb, weil, wie Cicero sagt, die Auslieferung so wenig wie die Schenkung ohne

---

[253] Es ist dies der technische Ausdruck für das Exil, welches über den verhängt wurde, der sich dem Richter nicht stellte.

Annahme Seitens des Anderen gelte, denn die Schenkung wird erst durch das Einverständniss beider Theile vollständig; vielmehr ist die Auslieferung, um die es sich hier handelt, nur eine Ueberlieferung des Bürgers in die Gewalt eines anderen Volkes, um über ihn nach seinem Ermessen zu entscheiden. Diese Erlaubniss giebt und nimmt kein Recht, sondern beseitigt nur ein Hemmniss der Vollstreckung. Macht daher das andere Volk von seinem Rechte keinen Gebrauch, so befindet sich der Ausgelieferte in der Lage, dass sein Volk ihn strafen (wie dies mit den den Korsikanern ausgelieferten und von ihnen nicht angenommenen Clodius geschah) oder auch nicht strafen kann, da es viele Vergehen giebt, wo Beides zulässig ist. Das Staatsbürgerrecht aber, so wie die Rechte und sonstigen Güter gehen durch die That selbst nicht verloren, sondern nur durch einen Beschluss oder ein Urtheil; es müsste denn ein Gesetz die That selbst dem Urtheil gleichstellen, worüber hier nichts zu sagen ist. Deshalb bleibt auch das ausgelieferte Vermögen, wenn es nicht angenommen wird, dem früheren Eigenthümer. Ist aber die Auslieferung angenommen, und kehrt der Ausgelieferte später zufällig zurück, so gilt er nicht als Bürger, wenn ihm dieses Recht nicht besonders bewilligt wird. In diesem Sinne ist die Antwort des Modestinus über die Ausgelieferten richtig.

8. Alles hier über Auslieferung oder Bestrafung der Verbrecher Gesagte gilt nicht nur für die, welche immer Unterthanen des Staates waren, wo sie angetroffen werden, sondern auch für die, welche erst nach vollbrachtem Vergehen dahin geflüchtet sind. [254]

---

[254] Gr. vertheidigt hier noch das unbedingte Auslieferungsrecht. Allein sehr bald nach ihm erhoben sich gewichtige Stimmen dagegen, insbesondere Puffendorf, welche die Strafgewalt als territorial und nicht als international gelten lassen wollten. Der Streit währt noch gegenwärtig fort; für Gr. sind Vattel, Kant und Andere; für Puffendorf Martens, Story und Andere. Indess werden jetzt von Allen doch zwei Grundsätze anerkannt: 1) dass die Auslieferung der eigenen Bürger des requirirten Staates, und 2) die Auslieferung politischer Verbrecher nicht verlangt werden kann. Die gestiegene Humanität hat

V. 1. Dem stehen auch die sogenannten Rechte der Schutzflehenden und die Privilegien der Asyle nicht entgegen. Denn diese kommen nur denen zu gut, welche mit Unrecht verfolgt werden, nicht aber denen, welche sich gegen die menschliche Gesellschaft oder Einzelne vergangen haben. Der Lakonier Gylippus sagt bei dem Sicilischen Diodor über dieses Recht der Schutzflehenden: „Die, welche zuerst diese Rechte einführten, wollten damit den Unglücklichen Erbarmen gewähren, aber die Uebelthäter sollten da ihre Strafe erwarten." Dann fährt er fort: „Wer durch seine bösen Pläne und durch Begierde nach fremdem Gute in das Unglück gerathen, mag das Schicksal nicht anklagen und sich nicht den Namen eines Schutzflehenden geben; dieser gebührt nur denen, deren Sinn schuldlos ist, und denen das Schicksal zürnt; aber das Leben Jenes ist voll von Uebelthaten und lässt ihm keine Stelle frei, die sich dem Mitleiden und dem Entfliehen öffnete." Menander unterscheidet richtig dies Beides: das Schicksal und das Unrecht:

„Das Unrecht unterscheide sich vom Unglück,
dass dies der Zufall, jenes der Wille schaffe."

Damit stimmt der Ausspruch des Demosthenes, welcher nach Cicero's Uebersetzung im 2. Buche „Ueber die Erfindung" lautet: „Man muss Erbarmen haben mit denen, die durch das Schicksal und nicht durch eigene Bosheit in das Elend gerathen." Antiphanes sagt: „Was nicht freiwillig geschieht, ist Schiksal, was freiwillig, ist Absicht." Lysias sagt: „Niemanden trifft ein Unglück freiwillig." Deshalb standen nach dem weisesten Gesetze die Asyle denen offen, die aus Versehen mit dem Wurfspiess einen Menschen getödtet hatten; auch die Sklaven fanden da Schutz, aber die vorsätzlichen Mörder, die Hochverräther schützt selbst der heiligste Altar Gottes nicht. Philo sagt bei Erklärung dieses Gesetzes: „Den Unheiligen könne das Heiligthum nicht als Asyl dienen." Dies war auch die Ansicht der alten Griechen. Die Chal-

---

hier das Recht wesentlich geändert. Indem der Staat in der modernen Zeit nicht mehr wie im Alterthum Selbstzweck ist, sondern nur als Mittel für das Wohl und Recht des Einzelnen gilt, war diese Milderung des Auslieferungsrechts die natürliche Folge.

cidenser wollten den Nauplius den Argivern nicht ausliefern, weil er sich von dem Vorwurf, den ihm die Argiver machten, genügend gereinigt hatte. [255]

2. Bei den Athenern gab es einen Altar des Mitleidens, den Cicero, Pausanias, Servius und auch Theophilus in den Institutionen erwähnen und welchen Papinius ausführlich im 12. Buche der Thebais beschreibt. Aber wem stand er offen? Man höre: Unglückliche errichteten das Heiligthum, und bald trafen dort zusammen

„die im Kriege Besiegten, die aus ihrer Heimath Verjagten, die Hülflosen aller Länder." (v. 507.)

Aristides sagt, es gereiche den Athenern zum besonderen Lobe: „die Aufnahme und Tröstung der von allen Seiten kommenden Unglücklichen." Und an einer anderen Stelle: „Die, welche überall unglücklich sind, haben ein Glück gemeinsam, die Milde des Staates Athen, der sie des Heiles theilhaftig macht." Bei Xenophon sagt Patrokles von Phtia in der zu Athen gehaltenen Rede: „Ich rühmte diese Stadt, weil ich hörte, dass sie Allen, denen Unrecht geschehen war, oder denen es drohte, Hülfe gewährte, wenn sie dorthin sich flüchteten." Dasselbe sagt Demosthenes in seinem Briefe für die Kinder des Lykurg. So ruft Oedipus aus, als er nach Colonos geflohen war, in der Tragödie gleichen Namens von Sophokles:

„O Cecropide, viel Uebel habe ich erlitten, aber auch nur erlitten; denn Gott ist mein Zeuge; ich selbst habe nichts verbrochen."

Theseus antwortet daselbst v. 558 u. ff.:

„Es reut mich nicht, einen Gastfreund, wie ich in Dir, Oedipus, sehe, zu jeder Zeit zu beherbergen. Ich weiss, dass ich ein Mensch bin."

Aehnlich sagt Demophon, der Sohn des Theseus, als die Nachkommen des Herkules nach Athen flohen:

„Unser Vaterland pflegt immer die Schwachen, aber auf ihr Recht' sich Stützenden durch seine Macht zu schützen. Schon vordem hat es die Tausende von Gefahren nicht gescheut, um den Freun-

---

[255] Nauplius war der Vater des Palamedes; er hatte die von Troja rückkehrende Flotte der Griechen während eines Sturmes durch eine angezündete Fackel in die Klippen verlockt, indem sie einen Hafen suchte.

den zu helfen; und dasselbe steht jetzt wieder bevor."

Und es ist geschehen, was Callisthenes vorzüglich von den Athenern rühmt: „denn sie haben für die Kinder des Herkules den Krieg gegen Eurystheus begonnen, als er ganz Griechenland damals als Tyrann beherrschte."

3. Dagegen heisst es in derselben Tragödie von den Uebelthätern:

„Den, welcher im Bewusstsein seiner Unthaten und die Gesetze fürchtend zu dem Altar mit Flehen an die Götter sich stürzt, hindert auch keine Religion, vor das Gericht zu ziehen. Denn es ist billig, dass den das Uebel treffe, der das Uebel verübt."

Und Ione sagt daselbst v. 1315 u. ff.:

„Denn man darf die Götter nicht mit unreinen Händen berühren; aber Recht ist es, dass die Tempel den Frommen gegen das Unrecht geöffnet sind."

Der Redner Lykurgus erzählt, ein gewisser Callistratus, welcher ein todeswürdiges Verbrechen begangen gehabt, habe von dem befragten Orakel die Antwort erhalten, „dass, wenn er nach Athen ginge, er, was Recht sei, empfangen werde." Jener sei deshalb zu dem heiligsten Altar in Athen voll Vertrauen auf Straflosigkeit geeilt; aber dennoch sei er von diesem Staate getödtet worden, der seine Religion so streng beobachte, und so sei der Spruch des Orakels erfüllt worden. Auch Tacitus tadelt die in seiner Zeit herrschende Sitte, wonach die Verbrechen der Menschen wie ein Dienst der Götter in den griechischen Städten geschützt würden. Er sagt: „Die Fürsten seien zwar das Ebenbild der Götter, aber selbst von den Göttern würden nur gerechte Bitten erhört."

4. Solche Personen sind also entweder zu strafen oder auszuliefern oder zu vertreiben. So erzählt Herodot, dass die Kymäer dem Perser Pactyes aus Mitylene sich zu entfernen gestatteten, weil sie ihn weder ausliefern wollten noch zu behalten wagten. Die Römer forderten den im Kriege besiegten Demetrius von Pharos vom macedonischen König Philipp, zu dem er sich geflüchtet hatte. Perseus, der König der Macedonier, sagt in seiner Vertheidigung zu Martius über die, welche dem Eumenes nachgestellt hatten: „Sobald ich von Euch erfuhr, dass sie in Macedonien wären, verlangte ich, dass sie das

Reich verlassen sollten, und verbot ihnen für immer mein Gebiet." Die Samothracer forderten den Evander, welcher dem Eumenes nachgestellt hatte, auf, dass er den Tempel von der Sühne befreie.

5. Uebrigens wird das Recht auf Auslieferung der Flüchtlinge zur Bestrafung in diesem Jahrhunderte, wie auch schon früher, von den meisten Ländern nur bei Verbrechen geltend gemacht, die den Staat betreffen oder von besonders schwerer Natur sind. Die geringeren Vergehen werden gegenseitig zugewiesen, wenn nicht durch Verträge etwas Besonderes ausgemacht ist. Uebrigens werden Strassen- und Seeräuber, wenn sie so mächtig geworden sind, dass man sie fürchten muss, mit Recht zu den Asylen verstattet und mit Strafe verschont, weil es dem menschlichen Geschlechte daran liegt, dass sie, wenn es nicht anders möglich ist, durch das Vertrauen auf Straflosigkeit von ihren Uebelthaten abgebracht werden, und dies kann jedes Volk und jedes Staatsoberhaupt vornehmen.

VI. 1. Uebrigens bleiben die Schutzflehenden während der Untersuchung geschützt. So sagt Demophon zu dem Gesandten des Eurystheus:

"Wenn Du Dich an Jenen vergehst, die gleichsam das Gastrecht geniessen, so wirst Du Deine Strafe erhalten! Mit Gewalt sollst Du ihn von hier nicht wegreissen."

In einer anderen Tragödie sagt Theseus zu Creon:

"Du hast eine That gewagt, Creon, die Deiner, Deines Thebens und Deiner Vorfahren unwürdig ist; Du hast die Stadt betreten, welche auf Recht und Frömmigkeit hält und Alles nach dem Gebot des Gesetzes vollzieht, und unternimmst, was Dir gefällt, unter Missachtung unserer Sitte, und meinst, Du könntest Alles thun. Ist denn die Stadt Dir so menschenleer erschienen und ich so nichtsbedeutend? Dich hat nicht die Stadt des Amphion unterrichtet; denn sie pflegt keine Wilden zu erziehen, und sie wird es nicht billigen, wenn sie hört, dass Du der Götter Wohnungen und die meinen durchwanderst und von der fremden Stelle die unglücklichen Schutzflehenden rauben willst. Hätte ich den Fuss in die Labdacäische Stadt gesetzt, so hätte ich gegen Keinen Gewalt gewagt, wäre auch mein

Recht noch so sicher und unzweifelhaft gewesen; nur mit Bewilligung des Landesherrschers hätte ich gehandelt, eingedenk dessen, was dem Gastfreund in der fremden Stadt obliegt. Du befleckst Dein Vaterland mit Schuld und Schande, die es nicht verdient. Das Alter hat Dich wohl zum Greis gemacht, aber auch Deiner Sinne bist Du nicht mehr mächtig."

2. Ist die Handlung, deren die Flüchtlinge beschuldigt werden, nach dem Natur- und Völkerrecht nicht verboten, so muss der Fall nach dem besonderen Recht des Staates entschieden werden, aus dem sie kommen. Am besten zeigt dies Aeschylus in den Schutzflehenden, wo der König von Argos die aus Aegypten kommenden Danaiden so anredet:

„Wenn die Kinder Aegyptens Dich erfassen und sagen, dass sie nach dem Gesetz der Stadt die nächsten Verwandten seien, wer wollte ihnen da entgegentreten? Du hast nach Deinen heimathlichen Gesetzen zu zeigen, dass sie kein Recht an Dich haben." [256]

---

[256] Gr. fasst den Begriff des Asyls in alten Zeiten zu eng, wenn er es nur für die ungerecht und schuldlos Verfolgten anerkennt; auch der wirklich Schuldige durfte auf dem Boden des Asyls nicht ergriffen oder getödtet werden. Wer sollte überhaupt hier die Frage der Schuld entscheiden? Das Asylrecht steht mit der Begnadigung auf demselben Grunde; es ist ein Ausfluss der über dem Recht erhabenen Autoritäten; so wie diese einzelne Verbrechen nach Belieben verzeihen, einzelne Strafen erlassen können, so können sie auch die ihnen besonders geweihten Orte so über das gemeine Recht erheben, dass hier die Verfolgung aufhört (B. XI. 153). In diesem Sinne ging das Asyl der Tempel später auf die Bildsäulen und Paläste der Römischen Kaiser (als Autoritäten) über; später auf die Altäre in den christlichen Kirchen (als den Stätten Gottes) und auf besonders heilige Orte. Mit der strafferen Entwickelung des Staates ist das Asylrecht schwer vereinbar; deshalb wurde es schon von dem Kaiser Tiberius sehr beschränkt, und noch mehr von Antoninus Pius. Im Mittelalter, wo der Staat schwach war, nahm das kirch-

VII. 1. Wir haben gesehen, wie von den Unterthanen, den alten wie den neuen, die Schuld auf die Herrscher übergeht. Umgekehrt wird die Schuld von der höchsten Staatsgewalt auf die Unterthanen übergehen, wenn sie in das Verbrechen gewilligt oder auf Befehl oder Zureden des Herrschers etwas gethan haben, was ein Verbrechen war. Es wird dies besser später bei den verschiedenen Klassen der Unterthanen abgehandelt werden. Auch zwischen der Gesammtheit und den Einzelnen kann eine Gemeinschaft des Vergehens stattfinden, weil, wie Augustin an der oben erwähnten Stelle sagt: „Wo eine Gemeinschaft ist, da sind auch Einzelne; jene kann nur aus diesen gebildet werden; denn jede Versammlung von Einzelnen und jede Anzahl derselben macht eine Gemeinschaft aus."

2. Schuldig sind von den Einzelnen die, welche eingewilligt haben, aber nicht die blos Ueberstimmten; denn die Strafe der Einzelnen und der Gemeinschaft ist verschieden. So wie die Strafe der Einzelnen mitunter der Tod ist, so ist der Tod des Staates die staatliche Auflösung, wenn die bürgerliche Verbindung sich trennt, worüber anderwärts das Nähere gesagt worden ist.[257] In einem solchen Falle hört der Niessbrauch auf, wie Modestinus richtig bemerkt. Die Einzelnen fallen zur Strafe in die Sklaverei, wie die Thebaner unter Alexander von Macedonien, wo nur die ausgenommen wurden, welche dem Beschluss für den Abfall der Stadt widersprochen hatten. Ebenso erleidet der Staat auch eine bürgerliche

---

liche Asyl sehr überhand, und erst seit der Entwickelung des modernen Staates ist es wieder zurückgedrängt. Jetzt versteht man unter Asylrecht etwas Anderes; so den gemeinsamen Schutz der Kranken innerhalb der Lazarethe im Kriege; so die Aufnahme verfolgter Truppen in einen neutralen Staat, der ihnen menschliche Hülfe gewähren kann. Aehnliches gilt für verfolgte Schiffe, die sich in einen neutralen Hafen flüchten. Gr. leidet hier wie anderwärts an dem Fehler, dass er mehr das Völkerrecht der antiken Welt schildert als das seiner Zeit, während doch gerade das Völkerrecht mehr wie das andere Recht sich wesentlich verändert hatte.

[257] In Buch II. Kap. 9.

Sklaverei, wenn er in eine Provinz umgewandelt wird. Die Einzelnen verlieren ihr Vermögen durch Konfiskation; ebenso wird dem Staat das gemeinsame Vermögen an Mauern, Schiffswerften, Kriegsschiffen, Waffen, Elephanten, baarem Gelde und öffentlichen Ländereien genommen.

3. Aber ungerecht ist es, wenn wegen eines Vergehens der Gemeinschaft, wo der Einzelne nicht eingewilligt hat, er sein eigenes Vermögen verlieren soll. Libanius hat dies bei dem Antiochischen Aufstande dargelegt. Auch das Benehmen des Kaisers Theodosius zeigt dies, der das Vergehen der Gemeinde mit Untersagung des Theaters, der Bäder und mit Verlust des Titels der Hauptstadt bestrafte.

VIII. 1. Es tritt hier die bedeutende Frage auf, ob wegen des Vergehens einer Gemeinschaft immer eine Strafe vollzogen werden könne? So lange die Gemeinschaft besteht, ist dies zu bejahen, weil der ganze Körper bleibt, wenn auch die Theile wechseln, wie früher gezeigt worden ist. Dagegen ist aber geltend zu machen, dass Manches der Gemeinschaft als solcher gebührt, wie eine Steuerverwaltung, Gesetze und Aehnliches; Anderes besitzt sie nur mittelbar durch die Einzelnen. So nennt man eine Gemeinschaft gelehrt oder tapfer, welche viele solcher Mitglieder besitzt. Dazu gehört auch die Schuld; denn sie geht von den Einzelnen aus, welche allein eine Seele haben, während die Gemeinschaft solche nicht hat. Sind also diejenigen nicht mehr, durch deren Schuld das Vergehen der Gemeinschaft geschehen ist, so ist auch die Schuld dieser erloschen, und mithin auch die Strafe, welche ohne Schuld nicht statthaft ist. Libanius sagt in der erwähnten Rede: „Ich bin der Meinung, es müsse Dir als Strafe genügen, dass Niemand von denen, die sich vergangen haben, übrig ist."

*2. Es ist deshalb die Ansicht des Arrian zu billigen, der die Rache des Alexander gegen die Perser verdammt, weil die, welche sich gegen Griechenland vergangen gehabt, längst nicht mehr gelebt hätten. Ueber die Vertilgung der Branchiden, welche von demselben Alexander geschehen ist, urtheilt Curtius: „Wäre die Strafe gegen die Urheber des Verraths gerichtet gewesen, so wäre sie gerecht und keine Grausamkeit gewesen. Jetzt müssen aber die Nachkommen für die Schuld ihrer Vorfahren büssen, obgleich sie Milet nicht gesehen haben und also auch an Xerxes nicht verrathen konnten." Aehnlich lautet Arrian's Urtheil über den Brand von Persepolis, um damit das zu rächen, was die Perser gegen Athen verübt hatten. Er sagt: „Mir scheint Alexander hier nicht klug gehandelt zu haben; denn das war keine Rache gegen jene Perser, die längst verstorben waren."

3. Deshalb wird Jeder die Antwort des Agathokles belächeln, der die Klagen der Ithacenser über erlittene Beschädigungen damit abwies, dass die Sicilianer einst noch schlechter von Ulysses behandelt worden. [258] Auch Plutarch sagt in seinem Buche gegen Herodot, es stimme nicht mit der Wahrheit, dass die Korinther das von den Samiern erlittene Unrecht hätten rächen wollen „nach drei Generationen". Auch die Vertheidigung passt nicht für diese und ähnliche Thaten, welche bei Plutarch aus der von Gott erst spät erfolgenden Bestrafung hergenommen wird. Denn Gottes Recht ist nicht der Menschen Recht, wie bald deutlicher werden wird. Und wenn es billig ist, dass die Nachkommen Ehre und Lohn für die Verdienste ihrer Vorfahren empfangen, so ist es doch nicht billig, sie wegen Missethaten Jener zu strafen. Denn die Wohlthat kann ohne Unrecht Jedem zugewendet werden, aber nicht so die Strafe. [259]

IX. Bis hierher sind die Fälle besprochen worden, wo die Gemeinschaft der Strafe aus der Gemeinschaft der

---

[258] Ulysses war König von Ithaka während des Trojanischen Krieges, lebte also an 900 Jahre vor den Unbilden, welche die Sicilianer gegen Ithaka zu Agathokles' Zeit verübten.

[259] Die wichtige Streitfrage, ob überhaupt eine juristische Person (*universitas juris*) ein Verbrechen begehen könne, lässt Gr. unerörtert. Er setzt ihre Bejahung voraus, aber bleibt doch in dieser Ansicht nicht konsequent. Bekanntlich wird die Verneinung der Frage darauf gestützt, dass eine juristische Person oder eine Korporation, welche ihre Statuten und Regeln überschreite, nicht mehr als Korporation handle, sondern nur noch eine ungesetzliche Mehrheit Einzelner ausserhalb der Kompetenz jener darstelle. Diese Ansicht übersieht die wahre, leben-

Schuld folgt; es bleibt die Frage, ob ohne Gemeinschaft der Schuld eine Gemeinschaft der Strafe eintreten kann. Zum besseren Verständniss und zur Vermeidung von Missverständnissen ist, weil verschiedene Dinge den gleichen Namen führen, Einiges vorauszuschicken.

X. 1. Zunächst ist der unmittelbare Schade von dem mittelbaren zu unterscheiden. Unmittelbar ist ein Schaden, wenn Jemandem das genommen wird, worauf er ein wirkliches Recht hat; mittelbar, wenn Jemand das nicht hat, was er ohnedem gehabt haben würde, indem die Bedingung wegfällt, auf der sein Recht beruhte. Ulpian giebt als Beispiel, wenn ich auf meinem Grund einen Brunnen grabe, wodurch die zu dem Grundstück eines Andern sich hinziehenden Wasseradern durchschnitten werden; er bestreitet, dass durch einen Fehler meinerseits ein Schaden in diesem Falle geschehen sei, wo ich nur mein Recht geübt habe. Auch sonst, sagt er, sei es ein Unterschied, ob Jemand beschädige oder durch seine Handlung nur einen Vortheil hindere. Auch der Rechtsgelehrte Paulus sagt: „es sei voreilig, wenn man sich für bereichert halte, ehe man noch erworben habe."

2. So leiden die Kinder durch die Konfiskation des Vermögens der Eltern; aber es ist für sie keine Strafe, weil jenes Vermögen nur dann ihr Eigenthum werden kann, wenn die Eltern es bis an ihr Lebensende sich bewahrt haben. Alphenus bemerkt dies richtig, wenn er sagt, dass durch die Strafe des Vaters die Kinder das

---

dige Natur vieler Korporationen, wie z. B. der Städte, der Kirchengemeinden u. s. w., deren Wirksamkeit sich gar nicht durch Statuten und Kompetenzbestimmungen regeln lässt, weil das sie einende Band ein dauerndes und dabei den mannigfachen Veränderungen unterworfenes ist, was zugleich in gewisser Beziehung über dem Staate steht, da dieser sich erst aus diesen Korporationen zusammensetzt. Die Frage gestattet überhaupt keine einfache Antwort; sie ist, wie andere Fragen des öffentlichen Rechts, von der Totalität der das Recht erzeugenden Momente abhängig; insbesondere aber gestattet selbst die bejahende Antwort eine mannigfache Beschränkung darin, wie weit die Strafe der Korporation auch die einzelnen Mitglieder treffen kann oder nicht.

verlieren, was einmal an sie gelangt sein würde; was sie aber nicht vom Vater, sondern anderwärts in natürlicher Weise erlangt haben, das bleibe ihnen unversehrt. So sagt Cicero, die Kinder des Themistokles hätten gedarbt und er findet es nicht unrecht, wenn die Kinder des Lepidus dasselbe leiden sollten; er sagt, dies sei altes Herkommen bei allen Völkern; indess haben die späteren Römischen Gesetze hier manche Milderung eingeführt. So leiden zwar die einzelnen unschuldigen Mitglieder, wenn durch ein Vergehen der Mehrheit, welche, wie früher erwähnt, die Person eine Gemeinschaft darstellt, diese in Schuld geräth und deshalb die bürgerliche Freiheit, die Stadtbefestigung und andere Vortheile einbüsst; doch trifft Jene der Schaden nur in Dingen, an denen sie nur durch die Gemeinschaft Theil hatten.

XI. 1. Auch wird manchmal Jemand etwas Uebles aufgelegt oder etwas Gutes entzogen, zwar in Anlass eines fremden Vergehens, aber nicht so, dass dieses Vergehen die nächste Ursache jener Handlung, dem Rechte nach betrachtet, ist. So leidet der, welcher sich für eine fremde Schuld verbürgt, nach dem Sprüchwort: „Das Freiwillige ist nahe bei dem Schädlichen"; aber die unmittelbare Ursache des Schadens ist das Versprechen, zu bürgen. Wer für einen Käufer sich verbürgt, haftet nicht aus dem Kaufe, sondern aus seinem Versprechen; ebenso wer für einen Verbrecher es gethan, nicht aus dem Verbrechen, sondern aus seiner Erklärung. Deshalb erhält das ihn treffende Uebel sein Maass nicht nach dem Vergehen des Anderen, sondern nach dem Entschluss, vermöge dessen er die Bürgschaft übernimmt.

2. Deshalb kann nach der richtigeren Meinung Niemand seiner Bürgschaft wegen das Leben verlieren; denn Niemand hat ein solches Recht über sein Leben, dass er es sich nehmen, oder eine Verbindlichkeit, es sich zu nehmen, eingehen könnte. Die alten Griechen und Römer dachten indess hierüber anders und hielten deshalb auch solche Bürgschaften, wo das Leben eingesetzt wurde, für zulässig, wie ein Vers des Ausonius ergiebt und die bekannte Erzählung von Damon und Pythias zeigt. Auch Geisseln sind deshalb, wie erwähnt, oft zu Tode geführt worden. Das hier von dem Leben Gesagte gilt auch von den Gliedmaassen des Körpers, denn auch über diese

kann der Mensch nur zur Erhaltung seines Körpers verfügen.

3. Hat man sich verpflichtet, in das Exil zu gehen oder eine Summe Geldes zu zahlen, im Falle dass ein Anderer ein Vergehen begeht, und diese Bedingung wird durch dessen Schuld erfüllt, so muss der Bürge den Schaden tragen, der jedoch genau genommen nicht als Strafe bei ihm angesehen werden kann. Etwas Aehnliches kommt bei dem Rechte vor, was von eines Anderen Willen abhängig ist, wie das bittweise Recht in Beziehung auf das Eigenthum an der Sache und das Recht der Unterthanen rücksichtlich des Obereigenthums, was der Staat des allgemeinen Besten wegen hat. Denn wenn dergleichen Jemandem in Folge des Vergehens einem Anderen entzogen wird, so ist dies keine Strafe, sondern nur die Geltendmachung des früheren Rechts, was dem zusteht, der es ihm entzieht. Da Thiere kein Unrecht begehen können, so ist es auch keine wirkliche Strafe, sondern nur eine Ausübung des menschlichen Rechtes über die Thiere, wenn es nach Mosaischem Recht wegen Missbrauchs zu einem fleischlichen Verbrechen mit einem Menschen getödtet wird.

XII. Dieses vorausgeschickt, gilt der Satz, dass kein Unbetheiligter wegen des Vergehens eines Anderen gestraft werden kann. Der Grund ist nicht, wie Paulus sagt, weil die Strafen auf die Besserung abzielen; denn ein Exempel kann auch neben dem Verbrecher an dem aufgestellt werden, der, wie gleich erwähnt werden wird, mit Jenem verbunden ist; sondern weil die Strafe sich auf die Schuld gründet, und die Schuld etwas Persönliches ist, was aus dem Willen kommt, der unser Eigenstes ist, weshalb ihn die Griechen $αυτεξουςιαν$ (Willkür) nennen.

XIII. 1. Hieronymus sagt: „Weder die Tugenden noch die Fehler der Eltern werden den Kindern zugerechnet," und Augustin sagt: „Gott selbst wäre ungerecht, wenn er einen Unschuldigen verdammte." Dio Chrysosthomus sagt in seiner letzten Rede, dass durch einen Zusatz der Athener zu den Gesetzen des Solon auch die Nachkommen für die Vergehen ihrer Eltern verhaftet worden, und fügt dem über das Gesetz Gottes hinzu: „Dies straft nicht wie jenes die Kinder und Nachkommen des Uebelthäters; sondern Jeder hat nur seine eigenen Thaten zu vertreten." Daher das Sprüchwort: „Die Strafe folgt dem Haupte nach." ²⁶⁰) Die christlichen Kaiser sagen: „Wir verordnen, dass da die Strafe sei, wo die Beschädigung ist;" und: „Die Vergehen sollen von ihren Urhebern gebüsst werden, und das Uebel soll nicht weiter gehen, als das Vergehen sich erstreckt."

2. Philo sagt: „Es ist billig, dass Jene die Strafe leiden, welche gefehlt haben," und er tadelt die Gewohnheit einiger Völker, welche die unschuldigen Kinder des Tyrannen oder Verräthers mit dem Tode bestraften. Auch Dionys von Halicarnass tadelt es und zeigt die Unbilligkeit des dafür geltend gemachten Grundes, dass die Kinder wie die Eltern werden würden; denn dies sei ungewiss, und eine solche ungewisse Besorgniss genüge nicht zur Todesstrafe. Ich weiss nicht, wer dem christlichen Kaiser Arcadius zu sagen wagte, dass des Vaters Verbrechen auch die Kinder mit treffen müsse, da man an ihnen das Beispiel des Vaters zu fürchten habe, und Ammian erzählt, selbst die kleine Nachkommenschaft sei getödtet worden, damit sie nicht heranwachse und dem Beispiel des Vaters folge. Auch die Furcht vor der Rache der Kinder rechtfertigt dies nicht, wie das Griechische Sprüchwort lautet: „Ein Thor, der den Vater tödtet und die Kinder am Leben lässt.

3. Aber Seneca sagt: „Nichts ist ungerechter, als wenn Jemand den Hass gegen seinen Vater mit als Erbschaft überkommen solle." Pausanias liess es als Feldherr der Griechen die Kinder des Attaginus nicht entgelten, dass ihr Vater die Thebaner zum Abfall an die Perser verleitet hatte, indem er sagte, dass die Kinder an dieser Parteinahme für die Meder keine Mitschuld hätten. Marc Antonin schreibt in einem Briefe an den Senat: „Weshalb wollt Ihr den Söhnen und den Schwiegersöhnen und der Frau des Avidius Cassius (er hatte sich gegen ihn verschworen) Verzeihung angedeihen lassen? und was sage ich: Verzeihung, da sie nichts verbrochen haben!"

XIV. 1. Allerdings droht Gott in dem den Juden gegebenen Gesetz, dass er die Bosheit des Vaters an seinen Kindern rächen werde; allein Gott hat auch das voll-

---

²⁶⁰) Aus den Pandekten entnommen; Lex 43 de noxal. action.

kommenste Recht auf unser Vermögen wie auf unser Leben als seinem Geschenk; er kann es jedem Beliebigen zu jeder Zeit auch ohne Grund wieder nehmen. Wenn er daher durch einen frühzeitigen und gewaltsamen Tod die Kinder des Acanes, des Saul, des Jerobeam, des Achabes hinwegnimmt, so übt er nur sein Eigenthumsrecht und straft nicht; aber eben damit straft er um so schwerer die Eltern. Denn wenn sie noch leben, was das Gesetz zunächst voraussetzt, und weshalb es die Drohung nicht über die Urenkel hinaus ausdehnt, Exod. XX. 5, da das menschliche Alter deren Anblick noch erleben kann, so werden offenbar die Eltern durch einen solchen Anblick gestraft; denn sie leiden dadurch schwerer als durch ihre eigene Strafe. Chrysosthomus bemerkt das, und Plutarch stimmt dem bei, indem er sagt: „Keine Strafe ist härter, als zu sehen, wie die Kinder wegen des Vaters Schuld leiden müssen." Leben aber die Eltern nicht mehr, so ist es doch schon eine schwere Strafe, mit dieser Furcht aus dem Leben zu scheiden. Tertullian sagt: „Die Herzensverhärtung des Volkes hatte zu solchen Mitteln geführt, damit sie wenigstens in Rücksicht auf ihre Nachkommen dem göttlichen Gesetze gehorchten."

2. Indess wendet Gott diese schwerere Strafe nur bei Verbrechen an, die unmittelbar zu seiner Schmähung begangen sind, wie Götzendienst, Meineid, Kirchenraub. Auch bei den Griechen galt dieser Glaube, denn alle Verbrechen, die auch die Nachkommen mit treffen, und die sie $αγη$ (der Sühne bedürftige Verbrechen) nennen, sind solcher Art. Plutarch behandelt dies ausführlich in seinem Buche über die späten Strafen der Gottheit. Aelian erwähnt ein Delphisches Orakel:

„Aber das göttliche Recht verfolgt die Quellen der Verbrechen,
Man kann ihm nicht ausweichen, auch wenn man von Jupiter
                                                     abstammt.
Es droht ihrem Haupte und denen, die von ihnen abstammen;
Und ein Unglück im Hause zieht das andere nach sich."

Es handelt sich da um einen Tempelraub, wie auch die Geschichte mit dem Tholosanischen Golde bei Strabo und Gellius bestätigt.[261] Uebrigens macht Gott, wenn

---

[261] Die Geschichte ist ausführlich erzählt bei Justinus 32. 3.

er es auch angedroht hat, von seinem Rechte nicht immer Gebrauch, besonders wenn die Kinder sich durch Tugend auszeichnen; dies ergiebt Ezech. XVIII. und bestätigt **Plutarch** am angeführten Orte durch mehrere Beispiele.

3. Obgleich im Neuen Testament die Strafen, welche die Gottlosen in jener Welt erwarten, bestimmter als früher bezeichnet sind, so findet sich doch keine Strafe, die über die Person des Sünders hinausginge. Hierauf bezieht sich schon die erwähnte Rede des Ezechiel, obgleich nicht so offenbar, und nur so, wie es bei Weissagungen Sitte ist. Die Menschen dürfen aber hierin Gott nicht nachfolgen; es liegt nicht der gleiche Grund vor, da Gott, wie erwähnt, auch abgesehen von aller Schuld, ein Recht über das Leben hat, die Menschen aber nur, wenn eine schwere Schuld vorliegt, und nur gegen die Person, welche gesündigt hat.

4. Deshalb verbietet dasselbe göttliche Gesetz, die Eltern nicht statt der Kinder, und die Kinder nicht für die Thaten der Eltern mit der Todesstrafe zu belegen. Dieses Gesetz haben fromme Könige selbst bei Hochverräthern befolgt, und **Josephus** und **Philo** rühmen es, und **Isocrates** ein ähnliches in Aegypten, und **Dionys** von Halicarnass ein gleiches in Rom. **Plato** sagt: „dass die Schmach und Strafe des Vaters keines seiner Kinder mittreffe." Der Rechtsgelehrte **Callistratus** fügt den Grund hinzu: „Denn Jeder wird nach seinen Thaten beurtheilt und ist nicht der Erbe eines fremden Verbrechens." **Cicero** sagt: „Würde wohl ein Staat es gestatten, dass man ein Gesetz vorschlage, welches den Sohn oder Enkel verurtheilt, wenn der Vater oder Grossvater gefehlt hat?" Daher kommt es, dass es nach Aegyptischen, Griechischen und Römischen Gesetzen verboten war, eine schwangere Frau hinzurichten.

XV. Wenn schon die menschlichen Gesetze ungerecht sind, welche die Kinder wegen der Verbrechen der Väter sterben lassen, so ist doch das Gesetz der Perser und Macedonier noch schlechter, welches auch die Verwandten dem Tode weiht, damit, wie **Curtius** sagt, die, welche sich gegen den König vergangen haben, desto unglücklicher stürben. **Ammianus Marcellinus** sagt, dass dieses Gesetz alle anderen an Rohheit übertreffe.

XVI. Wenn jedoch die Kinder der Hochverräther Vermögen besitzen oder erwarten, so kann es ihnen durch die Art von Obereigenthum genommen werden, welche dem Volke oder Könige überhaupt zusteht; damit werden zugleich die gestraft, welche gesündigt haben. Hierher gehört es, wenn nach Plutarch die Kinder des Verräthers Antiphanes „als ehrlos eingeschrieben worden sind", d. h. von allen Aemtern ausgeschlossen worden sind, wie dies auch mit den Kindern der von Sylla in Rom Geächteten geschah. Deshalb enthält das erwähnte Gesetz des Acadius die zulässige Bestimmung gegen die Kinder, „dass sie zu keinen Aemtern und auch nicht zum Kriegsdienst zugelassen werden." Wie weit aber die Sklaverei auf die Kinder ohne Ungerechtigkeit sich mit erstrecken kann, ist bereits von uns dargelegt worden.[262]

XVII. 1. Was hier über die Zulässigkeit von Strafen gegen die Kinder wegen der Vergehen ihrer Eltern gesagt worden ist,[263] gilt auch von einem gänzlich unterworfenen Volke (denn wo keine volle Unterwerfung des Volkes stattfindet, da kann es, wie erwähnt, gestraft werden, weil es selbst schuld ist, d. h. wegen seiner Nachlässigkeit) bei der Frage: ob ein solches Volk wegen der Unthaten seines Königs oder Herrschers gestraft werden könne? Es wird dabei die Einstimmung des Volkes oder eine andere, an sich strafbare Handlung bei Seite gelassen; es handelt sich nur um die Verbindung aus der Natur des Körpers, dessen Haupt der König und dessen Glieder die Unterthanen sind. Gott hat allerdings wegen der Sünde David's das Volk mit der Pest gestraft, und das

---

[262] In Buch II. Kap. 5 Ab. 29.

[263] Das Rechtsgefühl der Gegenwart wird in dieser Frage den vom Gr. entwickelten Grundsätzen nicht nur beistimmen, sondern es geht noch darüber hinaus. Deshalb wird die Konfiskation des Vermögens jetzt immer mehr als Strafe beseitigt; deshalb besteht kein Gesetz mehr, dass die Kinder der Verbrecher ehrlos oder zu Aemtern unfähig sein sollen, was dem Gr. noch zulässig erscheint. Allein man darf deshalb nicht behaupten, dass dieser Grundsatz der modernen Zeit moralisch höher stehe als der der antiken Zeit. Die Moral verschiedener Zeiten und Völker kann in dieser Weise nicht verglichen und gegen einander abgeschätzt werden (B. XI. 194). Am

Volk war dabei nach David's Meinung unschuldig; allein Gott hatte an sich ein volles Recht über deren Leben.

2. Indess war dies nicht eine Strafe des Volkes, sondern des David; denn, wie der christliche Schriftsteller sagt: „Die härteste Strafe der Könige, welche gesündigt haben, ist die, welche dem Volke auferlegt wird." Denn dies ist ebenso, sagt er, als wenn Jemand, der mit der Hand gesündigt hat, auf den Rücken geschlagen wird. Aehnlich sagt Plutarch: „Es sei, als wenn ein Arzt den Daumen brenne, um die Hüfte zu heilen." Weshalb die Menschen dies nicht dürfen, ist schon oben erklärt.

XVIII. Dasselbe gilt von den Einzelnen, die nicht mit eingewilligt haben, wenn sie an ihrem eigenen Vermögen wegen der Vergehen der Gemeinschaft gestraft werden sollen.

XIX. Der Erbe haftet zwar für die übrigen Schulden, aber nicht für die Strafe; der Rechtsgelehrte Paulus sagt: „Wenn Jemandem eine Strafe auferlegt ist, so gilt es nach einem gemeinsamen Recht, dass der Erbe nicht dafür haftet." Die wahre Ursache dafür ist, dass der Erbe die Person des Erblassers nicht im Moralischen, was rein persönlich ist, sondern im Vermögen vertritt; dazu gehört auch das, was man Jemand schuldet, nachdem das Eigenthum eingeführt worden ist, und damit die allgemeine Gleichheit aufgehört hat. Dio von Prusa sagt in seiner Rhodischen Rede: „Was die Eltern schuldig waren, sind es auch die Kinder; denn Ihr könnt nicht sagen, dass Ihr die Erbschaft ausgeschlagen habt."

XX. Wenn daher neben der Schuld noch ein anderer

---

sonderbarsten ist die Weise, wie Gr. das Verfahren Gottes aus seinem Obereigenthum über alle Menschen zu rechtfertigen sucht. Selbst wenn ein solches Recht bestände, wird doch hier das Verfahren gegen die Kinder von der Bibel als Strafe Gottes dargestellt. Es ist also klar, dass selbst Gott in alten Zeiten die Bestrafung der Kinder für die Verbrechen der Eltern für gerecht erachtet hat. Dies Alles erklärt sich einfach, wenn die Erzählung der Bibel als Mythe aufgefasst wird; gilt sie dagegen als die höchste inspirirte Wahrheit, so ist der Widerspruch unlöslich, und der Ausweg, den Gr. versucht, ist durchaus sophistisch.

Grund für die Verbindlichkeit besteht, so kann der Erbe für die Strafe, wenn auch eigentlich nicht als Strafe, verhaftet sein. So muss der Erbe die Geldstrafe entrichten, wenn bereits darauf erkannt worden oder, an anderen Orten, wenn die Klage darauf bereits behändigt worden; indem diese Umstände eine kontraktliche Verbindlichkeit erzeugen. Dasselbe gilt für die Konventionalstrafen; denn es ist ein neuer Grund für die Schuld hinzugekommen.

Kapitel XXII.
Von ungerechten Ursachen zum Kriege. [264]

I. 1. Beim Beginn dieser Lehre haben wir gesagt, dass die Rechtsgründe entweder wahre oder nur scheinbare wären. Polybius, der diesen Unterschied zuerst hervorhebt, nennt letztere „Vorwände", weil sie öffentlich erklärt zu werden pflegen (Livius nennt sie manchmal „Titel") und jene „Ursachen".

2. So war bei dem Feldzuge Alexander's gegen Darius die Rache für das Unrecht, was die Perser den Griechen zugefügt, der „Vorwand", und die „Ursache" die Begierde nach Ruhm, Macht und Reichthum neben der Hoffnung der leichten Ausführbarkeit nach den Zügen Xenophon's und Agesilaus' zu schliessen. So war der Vorwand zu dem zweiten punischen Krieg der Streit über Sagunt, und die Ursache die Erbitterung der Karthager über die Ver-

---

[264] Mit diesem Kapitel kehrt Gr. zu der Darstellung des Völkerrechts zurück, das er mit dem Beginn des zweiten Buches verlassen hatte, um den naturrechtlichen Inhalt des Privat- und Kriminalrechts darzustellen. Vermittelst der Kategorie von den gerechten Ursachen zum Kriege hatte sich Gr. einen Platz für das ganze Privat- und Kriminalrecht verschafft; jetzt geht er in derselben freien und ziemlich systemlosen Weise zu den ungerechten Ursachen des Krieges über, wo natürlich bei einem so äusserlichen Merkmal das Verschiedenste neben einander behandelt wird.

träge, welche die Römer in harten Zeiten von ihnen erpresst hatten, so wie der durch das Glück in Spanien gestiegene Muth, wie Polybius erzählt. Aehnlich sagt Thucydides: „Die wahre Ursache des Peloponnesischen Krieges sei die wachsende Macht der Athener gewesen, welche den Argwohn der Lacedämonier erweckt habe; der Vorwand aber sei der Streit um Corcyra, Potidäa und Anderes gewesen. Thucydides verwechselt indess hier die Namen der Ursachen und Vorwände. Denselben Unterschied machen die Campaner in ihrer Rede an die Römer, wenn sie sagen, dass sie gegen die Samniter gekämpft hätten, den Worten nach für die Sidiciner, der Sache nach für sich selbst, weil sie erkannt, dass nach Verbrennung der Sidiciner der Brand auf sie sich ausbreiten werde. Auch von Antiochus erzählt Livius, er habe die Kriege gegen Rom unternommen, vorgeblich wegen der Ermordung des Barcillas und Anderem; in Wahrheit, weil er aus der sinkenden Mannszucht bei den Römern grosse Hoffnungen geschöpft habe. So sagt Plutarch, Cicero habe nur zum Schein dem Antonius vorgeworfen, dass er die Ursache des Bürgerkrieges sei, da Cäsar fest dazu entschlossen gewesen sei und nur von dem Antonius den Vorwand dazu hergenommen habe. [265]

II. Manche werden durch keinen dieser Gründe zu dem Kriege veranlasst, indem sie, wie Tacitus sagt, die Gefahr um ihrer selbst willen begehren. Deren Schlechtigkeit überschreitet das menschliche Maass; Aristoteles nennt es Wildheit. Seneca sagt über solche: „Es ist nicht Grausamkeit, sondern Wildheit zu nennen, wenn das Wüthen zur Lust wird; man kann es auch Wahnsinn nennen, denn es hat verschiedene Arten, und keines ver-

---

[265] Gr. zeigt hier eine sehr realistische Auffassung der Geschichte, während er sonst nur zu geneigt ist, alle Redensarten im öffentlichen Leben für Ernst zu nehmen und die Verhältnisse überall mit dem Maasse des strengen Rechts zu messen, selbst da, wo der Stoff in keiner Weise sich dem fügen will. Es ist zu bedauern, dass Gr. diese hier versuchte nüchterne Auffassung nicht strenger und dauernder festgehalten hat; er würde dann sich von vielen Täuschungen über die Ausdehnung und Bedeutung des Rechts in öffentlichen Angelegenheiten und ins-

dient diesen Namen mehr, als was bis zu dem Morde und der Zerfleischung der Menschen vorschreitet." Ganz ähnlich ist es, was Aristoteles im letzten Buche seiner Nicomachischen Ethik sagt: „Denn der muss als ganz grausam gelten, welcher aus Freunden Feinde macht, nur aus Lust am Kampf und Blutvergiessen." Dio von Prusa sagt: „Was Anderes ist es, wenn Krieg und Kampf ohne Grund begonnen wird, als reine Tollheit, und deshalb ein Begehren nach Bösem." Seneca sagt im 14. Briefe: „Niemand oder nur sehr Wenige vergiessen Menschenblut um des Blutes willen."

III. 1. Die Meisten, welche Krieg führen, haben vorgegebene Gründe dazu, und ausserdem entweder noch rechtfertigende Gründe oder nicht. Manche kümmern sich um die letzteren nicht; man kann von ihnen das sagen, was ein Römischer Rechtsgelehrter bemerkte: „Der sei ein Räuber, der, um seinen Besitztitel befragt, keinen anderen als seinen Besitz vorgebe." Aristoteles sagt von diesen, welche nur einen Vorwand zum Kriege haben: „Ist es nicht unrecht, die ruhigen Nachbarn und Jene zu Sklaven zu machen, welche keinen Schaden thun, ja nicht einmal dies im Sinne haben?"

2. Dahin gehört Brennus, welcher sagte, dass Alles dem Stärkeren gehöre; für einen solchen gilt dem Silius Hannibal, welchem „das Schwert statt Bündnisses und statt Gerechtigkeit gilt;" ein Solcher ist Attila, der ähnlich wie Andere sagt:

„Es kommt auf das Ende des Krieges, nicht auf seine Ursache an."

Und:

„Diese Schlachtordnung wird den Besiegten auch zum Beschädiger machen."

---

besondere im Völkerverkehr frei gehalten haben. Die meisten Belege, welche Gr. in den früheren Kapiteln für seine Rechtsauffassung beigebracht hat, sind in Wahrheit nichts als Vorwände, welche nur dazu dienen sollen, die eigentlichen Ursachen der geschichtlichen Bewegung der Völker, d. h. ihre Leidenschaften, zu verhüllen. Vor Allem war der Römische Senat ein Meister in dieser Politik, welche nicht wenig dazu beigetragen hat, die Römer zu den Herren der Welt zu machen.

Und:
> „Im höchsten Glück ist das Stärkere auch das Gerechtere."

Dazu passt der Ausspruch Augustin's: „Die Nachbarn mit Krieg überziehen, und von da weiter gehen und ruhige Völker nur aus Herrschsucht zertreten und unterjochen, was ist es anders als Strassenraub im Grossen?" Vellejus sagt von solchen Kriegen: „Man begann die Kriege nicht aus Ursachen, sondern aus Hoffnung auf Gewinn." Bei Cicero heisst es im 1. Buche über die Pflichten: „Jene geistige Kraft, die sich in Gefahren und Anstrengungen zeigt, wo keine gerechte Sache vorliegt, gehört nicht zur Tugend, sondern zu der Wildheit, welche aller Menschlichkeit fern steht;" und Andronikus von Rhodus sagt: „Die, welche um grossen Gewinnes willen da nehmen, wo sie nicht sollen, sind schlecht und gottlos und ungerecht; so die Tyrannen und die Verwüster der Städte." 266)

IV. Mitunter werden scheinbare Rechtfertigungsgründe angeführt, die bei genauer Prüfung sich als ungerecht ausweisen, die, wie Livius sagt, nicht den Kampf des Rechts, sondern die Gewalt suchen. Plutarch sagt, dass

---

266) Der friedliebende und moralische Sinn des Gr. lässt ihn hier die reine Lust am Kampf und Krieg härter beurtheilen, als sie es verdient. Diese Lust bildet einen wesentlichen Zug in dem Charakter der indogermanischen Race bis in ihre kultivirten Zeiten hinein. Sowohl die Griechen wie die Italischen und Germanischen Völkerschaften sind von dieser Leidenschaft erfüllt, und dennoch sind sie die Träger der Kultur geworden. So wenig wie der Einzelne in ewigem Frieden sich bewegen kann, so gut, wie in diesem zu Zeiten die Lust am Kampf in irgend einer Richtung ausbricht, um seiner Kraft sich bewusst zu werden und sie zu erproben, so ist dies auch mit den Völkern, namentlich in ihren roheren Zeiten der Fall, und es dürfte sehr zweifelhaft sein, ob die Völker einen ewigen Frieden ertragen können; ja ob ihnen der Krieg nicht eine wesentliche Bedingung ihrer geschichtlichen Existenz ist. Das Ideal des ewigen Völkerfriedens dürfte, wie manches andere Ideal, wenn verwirklicht, in ein widerliches Gegenstück sich verkehren.

die meisten Könige den Krieg und Frieden wie zwei Geldstücke benutzen, wie es ihnen nützt, nicht wie es gerecht ist." Welche Gründe ungerecht sind, kann aus den gerechten einigermaassen entnommen werden, die bisher erläutert worden sind. Denn das Gerade ist das Maass des Schiefen. Indess wollen wir zur grösseren Deutlichkeit die wichtigsten Arten angeben.

V. 1. Dass die Furcht vor der Macht des Nachbars nicht zureicht, ist oben bemerkt worden. Denn damit die Vertheidigung gerecht sei, muss sie nothwendig sein, und dies ist sie nur, wenn nicht blos die Macht, sondern auch die Absicht jenes, und zwar so feststeht, wie es im Moralischen überhaupt möglich ist.

2. Deshalb ist es keine gerechte Ursache zum Krieg, wenn der Nachbar, den kein Vertrag bindert, auf seinem Gebiet eine Festung oder andere Schutzwehr anlegt, die schädlich werden kann. Denn gegen solche Gefahr sind Gegenbefestigungen und ähnliche Mittel anzuwenden, aber nicht die Kriegsgewalt. Die Kriege der Römer gegen Philipp waren deshalb ungerecht, so wie die des Lysimachus gegen Demetrius, wenn nicht noch andere Gründe vorlagen. Tacitus' Ausspruch über die Chatten gefällt mir sehr: „Sie sind der mächtigste Stamm unter den Deutschen und schützen ihre Grösse durch Gerechtigkeit, nicht durch Herrschsucht und Uebermuth; sie sind ruhig und still; sie fangen keinen Krieg an, verwüsten nicht durch Raub und Diebstahl. Das beste Zeugniss für ihre Tugend und Kraft ist, dass sie ihre Oberherrschaft nicht auf das Unrecht stützen. Trotzdem sind ihre Waffen und ihr Heer bereit, wo es verlangt wird; ihre Zahl an Soldaten und Pferden ist die grösste, und dies gilt auch von ihnen im Frieden." [267]

---

[267] Mit diesen Phrasen aus Tacitus ist keine Bestimmtheit hier zu gewinnen. Wenn irgend ein Punkt, so ist es dieser, welcher unter gar keinen solchen Rechtsbegriff gebracht werden kann, dass danach die Rechtmässigkeit eines Krieges wegen drohender Gefahr von Seiten des Nachbarn beurtheilt werden könnte. Schon die unendliche Verschiedenheit der einzelnen Fälle schliesst hier jede Rechtsbildung aus. Die Geschichte lehrt, dass in der Regel die Kriege gerade dadurch unglücklich ausgehen, dass

VI. Der Nutzen giebt nicht gleiches Recht mit der Nothwendigkeit.

VII. Deshalb kann da, wo Gelegenheit genug zum Heirathen vorhanden ist, die Verweigerung der Ehe nicht den Grund zum Kriege abgeben, wie dies von Herkules gegen Eurytus und von Darius gegen die Scythen geschah.

VIII. Ebensowenig reicht dazu die Lust hin, den Wohnsitz zu wechseln, um ein fruchtbares Land mit Sümpfen und Einöden zu vertauschen, weshalb die Deutschen nach Tacitus ihre Kriege begannen.

IX. Ebenso ungerecht ist es, unter dem Vorwand der Entdeckung sich fremdes Gebiet anzumaassen, selbst wenn der Inhaber schlecht, dem Götzendienst ergeben oder stumpfen Geistes ist. Denn entdecken kann man nur das, was Niemandem gehört. [268]

X. 1. Zur Gültigkeit des Eigenthums gehört auch nicht moralische Tugend oder eine religiöse oder geistige Vollkommenheit. Höchstens könnte man dies bei Völkern geltend machen, die des Vernunftgebrauchs ganz entbehren, so dass sie kein Eigenthum haben, sondern man ihnen nur aus christlicher Liebe das zum Leben Nothwendige zu gewähren hat. Denn das früher Gesagte rücksichtlich des von dem Völkerrecht eingeführten Schutzes des Eigenthums von Kindern und Blödsinnigen bezieht sich nur auf Völker, mit denen man im Verkehr steht; dazu gehören aber jene ganz blödsinnigen Völkerschaften nicht, wenn es deren geben sollte, was ich sehr bezweifle. [269]

---

der gefährliche Nachbar zu spät angegriffen wird. Man denke an die Kriege Oesterreichs und Preussens gegen Napoleon I. Umgekehrt verdankt Preussen seinen Sieg 1866 nur der Kühnheit seines Vorgehens, was nach Gr.'s Maass gemessen, durchaus nicht zu rechtfertigen wäre.

[268] Gr. denkt hierbei an die zu seiner Zeit noch neue Besitznahme von Westindien und Mittelamerika durch die Spanier auf Grund der ihnen durch päpstliche Bullen gewährten Rechte und Pflicht, die Indianer zum Christenthum zu bekehren. Gr. wagt indess in seiner vorsichtigen Weise es nicht, diese Dinge näher zu bezeichnen und mit dem rechten Namen zu nennen.

[269] Mit diesem Grunde wurden schon zu Gr.'s Zeit die Besitznahmen der von den Negern in Afrika und von

2. Die Griechen nannten daher die Barbaren mit Unrecht ihre natürlichen Feinde, weil die Sitten verschieden waren, und sie vielleicht auch geistig auf einer tieferen Stufe standen. Wie weit aber wegen schwerer Verbrechen, welche die menschliche Natur und Gesellschaft verletzten, das Eigenthum genommen werden könne, ist eine andere Frage, die bei Gelegenheit der Strafen bereits erörtert worden ist.

XI. Auch die Freiheit Einzelner oder der Staaten, d. h. die Autonomie, die von Natur und für immer Jemand zusteht, kann kein Recht zum Kriege geben. Denn wenn es heisst, dass die Freiheit den Menschen oder Völkern von Natur zustehe, so gilt dies von dem Naturrecht, was den menschlichen Einrichtungen vorausgeht, und von der Freiheit im negativen Sinne, nicht von der im konträren Sinne, d. h. es giebt von Natur keine Sklaven; aber daraus folgt nicht, dass die Sklaverei niemals sein dürfe; denn in diesem Sinne ist Niemand frei. Hierher gehört der Ausspruch des Albutius: „Niemand sei als Freier und Niemand als Sklave geboren; erst das Schicksal habe später diesen Namen den Einzelnen aufgelegt." Aristoteles sagt: „Vermöge des Gesetzes sei der Eine Sklave, der Andere frei." Wer also in gerechter Weise in die persönliche oder bürgerliche Unterthänigkeit gerathen ist, muss sich dabei zufrieden geben. Der Apostel

---

den Indianern in Nordamerika bewohnten Landstriche durch die Europäer gerechtfertigt. Gr. hat gewiss Recht, dass dies nur ein leerer Vorwand war, aber er hat Unrecht, dass er diese Frage überhaupt dem Recht unterwerfen will. Diese Besitznahmen gehören zu dem freien Handeln der Autoritäten (Fürsten, Völker) welche dem Rechte nicht untergeben sind. Deshalb setzt sich diese, rechtlich nicht zu rechtfertigende Occupation auch heut zu Tage sowohl in Australien und Afrika, wie in der so streng sittlichen Nordamerikanischen Union fort, wo die Indianer trotz aller Deklamationen ihrer Freunde von Jahr zu Jahr mit Gewalt weiter zurückgedrängt werden und unaufhaltsam ihrem Untergang entgegengehen. Dies sind Naturvorgänge, Aktionen der Autoritäten, wo das Recht nicht hinreicht (B. XI. 145 u. f.), und die selbst die öffentliche Meinung als solche anerkennt.

Paulus lehrt: „Du bist zum Sklaven bestimmt, aber sei deshalb ohne Sorgen."

XII. Ebenso ungerecht ist es, wenn man durch Waffengewalt Menschen unterwerfen will, weil sie zum Sklaven passen; die Philosophen nennen dies die natürliche Sklaverei. Denn selbst wenn etwas einem Andern nützlich ist, so darf es ihm doch nicht mit Gewalt aufgenöthiget werden. Die vernünftigen Geschöpfe müssen vielmehr selbst zwischen Nützlichem und Schädlichem wählen, soweit nicht Andere ein Recht über sie erworben haben. Bei den Kindern verhält es sich anders, da die Natur hier deren Leitung dem gestattet, der sich ihrer annimmt und dazu geeignet ist, weil sie selbst nicht das Recht zum eignen Handeln und Entscheiden haben.

XIII. 1. Kaum bedürfte es noch der Erwähnung, wie verkehrt das Recht sei, was Manche dem Römischen Kaiser auf die Staatsgewalt selbst über die fernsten und unbekannten Völker zusprechen, wenn nicht der, lange Zeit als der Erste der Rechtsgelehrten gefeierte Bartolus Jeden für einen Ketzer erklärt hatte, der dies bestreite. Es nenne sich nämlich der Kaiser selbst mitunter den Herrn der Welt, und in heiligen Schriften werde jene Herrschaft, welche spätere Schriftsteller die Romanische nennen, als die $\tau\eta\varsigma$ $οικουμενης$, d. h. als die über die bewohnte Welt bezeichnet. Hierher gehört auch der Ausspruch:

„Schon hat der Römische Sieger den ganzen Erdkreis inne."

und viele andere, die auf einer Unbestimmtheit der Worte oder auf einer Uebertreibung beruhen. So wird in denselben Schriften Judäa oft die bewohnte Erde genannt. Man muss dies in dem Sinne der alten Juden auffassen, nach denen Jerusalem in der Mitte des Erdkreises lag, d. h. in der Mitte von Judäa. Ebenso wurde Delphi der Nabel der Erde genannt, weil es in der Mitte Griechenlands lag. Auch werden die Gründe von Dante Niemand überzeugen, welcher dem Kaiser dies Recht zuspricht, weil es dem menschlichen Geschlecht nützlich sei; denn die Vortheile gleichen sich dabei mit den Nachtheilen aus. Schon ein Schiff kann so gross werden, dass man es nicht mehr zu leiten vermag; so kann auch die Zahl der Menschen und die Entfernung der Orte so gross werden, dass eine Regierung nicht mehr ausführbar ist.

2. Aber selbst wenn man den Nutzen zugeben wollte, folgt daraus noch nicht das Recht auf die Herrschaft, welches nur durch Einwilligung oder als Strafe entstehen kann. Auch hat der jetzige Römische Kaiser nicht mehr die Herrschaft über Alle, die sonst zum Römischen Reiche gehört haben; vieles durch Krieg Gewonnene ist durch Krieg wieder verloren gegangen; Anderes ist durch Verträge und durch freiwillige Aufgabe unter die Herrschaft anderer Völker oder Könige gekommen. Denn einzelne Staaten waren früher ganz unterthan, nachher nur zum Theil, oder sie standen nur in einem ungleichen Bündniss. Denn alle diese Wege, auf denen das Recht verloren oder geändert werden kann, gelten ebenso gegen die Römischen Kaiser wie gegen jeden Andern.[270])

XIV. 1. Auch für die Kirche ist das Recht über alle Völker in den noch unbekannten Theilen der Erde behauptet worden, obgleich doch der Apostel Paulus deutlich sagt, dass ihm kein Recht über die zukomme, die ausserhalb der Christenheit ständen; „denn wie kann ich über die Auswärtigen richten?" 1. Cor. V. 12. Und dabei war das apostolische Recht der Entscheidung, wenn es auch in seiner Weise sich auf irdische Dinge bezog, doch nicht irdischer, sondern ich möchte sagen, himmlischer Natur, indem es nicht durch Waffen und Geisseln geübt

---

[270]) In Ab. 13 behandelt Gr. ausnahmsweise eine Frage seiner Zeit oder wenigstens eine Frage des Mittelalters, während in der Regel seine Beobachtungen nicht über die antike Welt hinausgehen. Die Frage ist von Gr. viel zu leicht genommen; Savigny und Eichhorn haben ihre hohe geschichtliche Bedeutung für das Mittelalter hervorgehoben. Gr. ist den Deutschen überhaupt als Niederländer nicht gewogen; der Kampf der Niederlande mit Spanien, was damals von Habsburgischen Fürsten beherrscht wurde, mag bei ihm diese Abneigung verstärkt haben, und so war ihm diese Frage eine willkommene Gelegenheit, seinem Herzen Luft zu machen. Uebrigens ist eine nah verwandte Frage von Gr. bereits Kap. IX. Ab. 11 (S. 375) behandelt worden.

wurde, sondern durch das Wort Gottes in seiner Allgemeinheit und in seiner Anwendung auf die besonderen Umstände und durch Gewährung oder Verweigerung der göttlichen Sakramente, je nachdem es Jedem zuträglich war, im äussersten Falle durch eine übernatürliche Strafe, die daher von Gott kam, wie es bei den Ananias, Elyma, Hymenäus und Anderen der Fall gewesen.

2. Christus selbst, von dem alle Gewalt der Kirche gekommen ist, und dessen Leben der Kirche zum Muster dient, leugnete, dass sein Reich von dieser Welt sei, d. h. von der Art, wie die übrigen Reiche, indem er hinzufügte, dass er sonst nach der Art der anderen Könige sich der Soldaten bedient haben würde. Selbst wenn er Legionen verlangen wollte, verlangte er sie nicht von Menschen, sondern von Engeln. Matth. XXVI. 53. Und was er für seine Macht that, that er nicht mit menschlicher, sondern göttlicher Tugend, selbst da, wo er die Wechsler aus dem Tempel verjagte. Denn die Geissel war damals nur das Symbol, aber nicht das Werkzeug des göttlichen Zornes, wie anderwärts der Speichel und das Oel das Symbol des Heilens war, aber nicht das Heilmittel. Augustin sagt zu dieser Stelle von Johannes: „Hört es also, Ihr Juden und Heiden, hört es, Ihr Beschnittenen und Unbeschnittenen, hört es, alle Herrscher der Erde! Ich hindere Eure Herrschaft in dieser Welt nicht; mein Reich ist nicht von dieser Welt. Fürchtet Euch nicht mit der eitlen Furcht, mit der der ältere Herodes erschrak, als ihm die Geburt Christi gemeldet wurde, und er so viel Kinder tödten liess, damit auch Christus darunter falle, eine Grausamkeit, die mehr aus Furcht als aus Zorn geschah. Mein Reich, spricht er, ist nicht von dieser Welt. Was wollt Ihr mehr? Kommt zu dem Reiche, das nicht von dieser Welt ist; kommt im Glauben und wüthet nicht in Eurer Furcht!"

3. Einem Vorsteher verbietet Paulus unter Anderem das Züchtigen; 1. Tim. III. 2. „Die Herrschaft durch Gewalt, d. h. die aus menschlicher Gewalt, sei die der Könige, nicht der Bischöfe," sagt Chrysosthomus, und an einer anderen Stelle: „Uns ist nicht die Macht gegeben, dass wir durch das Ansehen eines Richterspruches (d. h. eines solchen, der durch die Hand des Königs oder der Soldaten vollstreckt wird oder die Beraubung eines

Rechtes in sich schliesst) die Menschen von den Missethaten abhalten." Und von einem Bischof sagt er, dass er sein Amt nicht mit Gewalt, sondern durch seine Ermahnungen verwalte. Daraus ergiebt sich zur Genüge, dass die Bischöfe als solche kein Recht haben, über die Menschen in weltlicher Weise zu herrschen. Hieronymus sagt bei Vergleichung eines Bischofes mit einem König: „Dieser herrscht über die, welche nicht wollen, der Bischof über die, welche wollen."

4. Ob aber die Könige selbst die, welche die christliche Religion zurückweisen, mit Krieg zur Strafe überziehen können, ist oben in dem Kapitel über die Strafen so weit als nöthig erörtert worden.[271]

XV. Auch will ich hier bemerken, was, wenn ich die Gegenwart mit dem Alterthum vergleiche, zu grossen Uebeln führen kann, nämlich dass es kein Recht zum Kriege giebt, weil irgend eine Auslegung einer göttlichen Weissagung Grosses davon erhoffen lässt. Denn ohne prophetischen Geist kann der Sinn noch nicht erfüllter Orakel kaum sicher erfasst

---

[271] Trotz dieser Aussprüche Christi, der Apostel und Kirchenväter ist bekanntlich das Mittelalter bis tief in das 17. Jahrhundert mit Religionskriegen erfüllt. Auch der Islam ist auf diese Weise verbreitet worden. Es liegt darin eine tiefe und beachtenswerthe Konsequenz des Enthusiasmus und der schwärmerischen Ueberzeugungen, welche jede Religion in dem Beginn ihrer Entwickelung erfüllen und zur Gewalt treiben, so wie sie zur Macht gelangt. Wenn die Religion in diesen Zeiten das Höchste ist, was der Mensch besitzen kann, wenn die äussere Gewalt sehr wohl geeignet ist, die Religion zu verbreiten, wie die Kriege Karl's des Grossen gegen die Sachsen, die Kriege Ludwig's XIV. gegen die Hugenotten und der dreissigjährige Krieg in Deutschland beweisen, so ist es durchaus natürlich, dass jede junge Religion sich mit Gewalt auszubreiten sucht und selbst den Krieg nicht scheut, der ihr das kleinere Uebel ist gegen das zu vertilgende Heidenthum. Die Zeiten der Toleranz sind nur die Zeiten, wo die Religion alt und hinfällig wird. Von einem Recht kann hier nicht die Rede sein, weil die Kirche zu den Autoritäten gehört (B. XI. 168).

werden, und selbst von den sicheren Dingen bleibt die Zeit ihres Eintritts verborgen. Endlich giebt eine Prophezeiung ohne ausdrückliche Anweisung Gottes kein Recht; denn Gott lässt es oft zu, dass seine Prophezeiungen durch gottlose Menschen oder durch schlechte Handlungen zur Verwirklichung gelangen. [272]

XVI. Ebenso kann das, was Einer nicht aus einem Rechtsgrunde schuldet, sondern nur aus einer Pflicht der Freigebigkeit, Dankbarkeit, Barmherzigkeit, Liebe, nicht mit Waffengewalt gefordert werden, so wie es auch nicht gerichtlich gefordert werden kann. Denn zu beiden genügt nicht die moralische Verbindlichkeit, sondern es ist dazu ein besonderes Recht erforderlich. Mitunter geben die göttlichen oder menschlichen Gesetze ein solches Recht auch für Tugendpflichten; dann tritt aber ein neuer Grund für die Schuld hinzu, welcher zum Rechte gehört. Fehlt dieser Grund, so ist der deshalb begonnene Krieg ungerecht, wie der der Römer gegen den König von Cypern wegen Undankbarkeit. Denn auch die Dankbarkeit ist für die Wohlthäter kein Recht, sonst wäre es ein Vertrag und keine Wohlthat.

XVII. 1. Oft ist auch eine gerechte Ursache für den Krieg vorhanden, aber durch die Absicht des Handelnden wird die Handlung fehlerhaft. Dies geschieht, 1) wenn ein anderes Motiv als das Recht den Entschluss bestimmt, selbst wenn es an sich nicht unerlaubt ist, z. B. Ehrgeiz oder ein privater oder öffentlicher Vortheil, der von dem Kriege, auch abgesehen von seiner gerechten Ursache, erwartet wird; 2) wenn die Absicht unerlaubt ist, z. B. Schadenfreude, ohne auf das Gute Rücksicht zu nehmen. So sagt Aristides über die Gesellschaft, dass die Phocenser mit Recht untergegangen seien, aber Philipp habe doch dabei nicht recht gehandelt, da er sie nicht aus

---

[272] Gr. denkt wohl hier zunächst an die Weissagungen von der Wiederherstellung des jüdischen Reichs. Aber auch im Mittelalter sind viele Kriege dadurch veranlasst worden. So wurde Karl VIII. von Frankreich zu seinem Zuge gegen Neapel durch eine Weissagung veranlasst, welche ihm die Weltherrschaft davon versprach.

Sorge für die Religion, sondern um seine Macht auszudehnen zu Tode gebracht habe.[273]

2. Sallust sagt: „Es giebt nur eine und zwar alte Ursache des Krieges; es ist die heftige Begierde nach Macht und Reichthum." Tacitus sagt: „Gold und Macht sind die vornehmsten Ursachen der Kriege"; und in der Tragödie heisst es:

„Das Bündniss zu brechen, ist gottlose Gewinnsucht und überschätzender Zorn."

Augustin sagt: „Die Schadenfreude, die Rachbegierde, die Unversöhnlichkeit, die rohe Widerspenstigkeit, die Herrschsucht und Aehnliches sind es, die im Kriege mit Recht getadelt werden."

3. Alles dies führt wohl zur Sünde, aber macht doch den Krieg selbst nicht zu einem ungerechten, wenn an sich ein gerechter Grund dafür besteht; deshalb kann auch bei solchem Kriege keine Wiedereinsetzung in den vorigen Stand gefordert werden.

Kapitel XXIII.

Ueber zweifelhafte Kriegsursachen.

I. Aristoteles hat ganz Recht, wenn er sagt, dass in der Moral nicht die gleiche Sicherheit wie in der Mathematik bestehe, weil die mathematischen Wissenschaften die Form von allem Inhalt trennen, und die Formen meist derart sind, dass sie nichts zwischen sich haben; so giebt es zwischen dem Geraden und dem Krummen kein Mittleres. In der Moral ändern aber die kleinsten Umstände die Sache, und die Formen, um die es sich handelt, haben etwas Dazwischenliegendes von einer gewissen Breite, so dass es bald diesem bald jenem Aeussersten sich nähert. So ist zwischen dem Gebotenen und zwischen dem Verbotenen das Erlaubte als ein Mittleres, was bald

---

[273] Die Phocenser hatten einen Tempelraub begangen; aber Philipp benutzte dies nur als Vorwand zum Kriege gegen sie.

diesem, bald jenem näher steht, woraus eine Zweifelhaftigkeit entspringt, wie bei der Dämmerung oder bei lauem Wasser. Dies ist es, wie Aristoteles sagt, „weshalb es manchmal schwer ist zu entscheiden, ob dieses oder jenes vorzuziehen sei." Andronicus von Rhodus sagt: „Das wahrhaft Gerechte ist schwer von dem gerecht Scheinenden zu unterscheiden.[274]

---

[274] Die Gründe, womit hier Aristoteles den Unterschied der Gewissheit in der Mathematik und Moral erklären will, sind nicht die wahren. Form und Inhalt sind leere Beziehungsbegriffe, die ihre Rollen vertauschen können und hier nicht weiter führen. Indem die Geometrie die Form (vielmehr die Gestalt) zu ihrem Gegenstande nimmt, wird diese damit von selbst ihr Inhalt. Kant hat den Grund des Unterschieds in der Konstruktion der mathematischen Begriffe gesucht; auch dies ist nicht richtig. Der Grund liegt 1) in der elementaren Natur der mathematischen Begriffe, welche jede Zweideutigkeit der Sprache und Bezeichnung ausschliessen, 2) in der Anschaulichkeit der Subsumtion des Einzelnen unter den mathematischen Begriff und 3) in der nur in der Mathematik vorhandenen Möglichkeit, die unendliche Zahl der unter einem Gesetz (Lehrsatz) enthaltenen einzelnen Fälle zu übersehen und so die wahre Allgemeinheit ihrer Gesetze durch Anschauung festzustellen. Das Nähere ist B. III. S. 91 ausgeführt. Daraus erklärt sich, dass die Naturwissenschaft nicht die gleiche Gewissheit erreichen kann. Aber die Wissenschaft des Rechts und der Moral schwankt noch mehr, als die Naturwissenschaft. Die Gründe dafür sind bereits in Anmerk. 3 zu Buch II. (S. 226) angegeben. Sie liegen 1) darin, dass die Gesetze hier positiver Natur sind, und die zu ihrer Bezeichnung benutzte Sprache nicht die volle Bestimmtheit hat, so dass die Unsicherheit der Auslegung unvermeidlich ist, 2) dass man von der Rechtswissenschaft das Unmögliche fordert. Sie kann nur Regeln geben; diese beschränken sich aber vielfach einander; wie weit nun in jedem Falle die eine Regel der anderen zu weichen habe oder nicht, kann aus diesen Regeln selbst nicht abgenommen werden, denn an sich gilt eine so viel, als die andere. Diese gegenseitige Begrenzung, wodurch doch die Bestimmtheit einer rechtlichen Gestal-

II. 1. Zuerst ist festzuhalten, dass, wenn auch etwas an sich gerecht ist, die Handlung doch mangelhaft ist, wenn sie von Jemand geschieht, der, Alles erwogen, sie für ungerecht hält. Dies ist es, wenn Paulus, der Apostel, sagt: „Alles sei Sünde, was nicht im Glauben geschehe." Der Glaube bezeichnet hier das innere Urtheil über die Sache. Denn Gott hat die Urtheilskraft den menschlichen Handlungen zum Führer gegeben, und die Seele verdummt, wenn dieser verachtet wird.

2. Oft führt aber das Urtheil nicht zur Gewissheit, sondern schwankt. Kann dieses Schwanken durch genaue Erwägung nicht beseitigt werden, so ist der Regel Cicero's zu folgen, „nichts zu thun, wenn man zweifelt, ob es recht ist oder unrecht." Die jüdischen Lehrer sagen: „Enthalte Dich der zweifelhaften Dinge"; dies ist jedoch da nicht anwendbar, wo eins von beiden geschehen muss, und man über die Gerechtigkeit von beiden schwankt. Dann ist es gestattet, das zu thun, was am wenigsten unrecht erscheint. Denn überall, wo gewählt werden muss, nimmt das geringere Uebel die Natur des Guten an. Aristoteles sagt: „Das kleinste der Uebel ist zu wählen"; Cicero: „Von den Uebeln das kleinste;" Quintilian: „Unter verschiedenen Uebeln ist das geringere das gute."

III. Meistentheils bleibt aber in zweifelhaften Fällen nach der Prüfung das Urtheil nicht schwankend, sondern wird durch sachliche Gründe oder durch die Achtung vor Anderen, die ihre Ansicht darüber aussprechen, so oder so bestimmt. Denn der Ausspruch Hesiod's gilt auch

---

tung allein gewonnen wird, kann deshalb nur zuletzt die Anschauung oder das Leben oder die Sitte geben. Diese ist aber für alle seltneren Fälle (Kasuistik) nicht entwickelt und ausgebildet. Indem also dieser Halt hier fehlt, wird der Richter auf sein persönliches Gefühl zur Begrenzung jener Regeln verwiesen, und dieses ist in dem Einzelnen höchst verschieden; daher die Verschiedenheit der Urtheile in allen den Fällen, wo die Gesetze und das Leben die Frage nicht bereits entschieden haben. Uebrigens ist dieser Mangel des Rechts weder durch die Wissenschaft noch durch die Gesetzgebung zu beseitigen; er ist unvertilgbar, und jede Deklaration einer Kontroverse trägt in sich die Quelle zu neuen Kontroversen.

hier: „Es ist das Beste, selbst etwas einzusehen; das Nächstbeste, sich von fremder Hand leiten zu lassen." Die sachlichen Gründe beziehen sich auf die Ursachen, auf die Wirkungen und auf Nebenverhältnisse.

IV. Zur richtigen Beurtheilung ist indess hier Uebung und Erfahrung erforderlich; wenn diese fehlen, um selbstthätig ein Urtheil zu fällen, so sind kluge Leute um Rath zu fragen. Denn das „Gemeinte" oder „Wahrscheinliche" ist nach Aristoteles das, was Allen oder den Meisten oder mindestens den Klugen so scheint, und unter Letzteren wieder, was allen Klugen oder den meisten oder den vorzüglicheren derselben so scheint. Diesen Weg der Entscheidung benutzen vorzüglich die Könige, welche keine Zeit haben, selbst das Entscheidende in den Künsten und Wissenschaften zu erlernen und zu erwägen.

„Die Menge des Weisen, die den König begleitet, lässt ihn weise sein."[275]

Aristides sagt über die Eintracht zu den Rhodiern, dass bei Thatfragen das für wahr gelte, wofür die meisten und besten Zeugen vorhanden sind; ebenso müsse man im Urtheilen dem folgen, was sich auf die meisten und besten Autoritäten stütze. So begannen die alten Römer keinen Krieg ohne Befragung des Kollegiums der Fecialen, welches dafür eingesetzt war, und die christlichen Kaiser nicht leicht ohne Befragung der Bischöfe, um, wenn Bedenken Seitens der Religion vorhanden waren, daran erinnert zu werden.

V. 1. Es kann aber in vielen zweifelhaften Fällen kommen, dass auf beiden Seiten gleich annehmbare Gründe bestehen, seien es innerliche oder auf dem Ansehen Anderer beruhende. In solchen Fällen ist, wenn die Sache nicht erheblich, die Wahl gestattet, mag sie da oder dorthin sich wenden. In wichtigen Fällen, z. B. bei Todesstrafen ist dagegen schon wegen des grossen Unterschiedes in dem zu Wählenden der sicherere Theil vorzuziehen:

„Nach jener Seite lieber, selbst wenn es Unrecht wäre."

---

[275] Es ist dies ein Sprüchwort, was Gellius in seinen Attischen Nächten XIII. 18 erwähnt.

Deshalb ist es besser, den Beschädiger freizusprechen, als den Unschuldigen zu verdammen.

2. Der Verfasser der Probleme welche den Namen des Aristoteles führen, sagt: „Jeder von uns wird lieber einen Schuldigen freisprechen, als einen Unschuldigen verurtheilen." Und als Grund giebt er ebenso an: „Denn in zweifelhaften Fällen ist das zu wählen, bei dem der Fehler der kleinere ist." Antiphon sagt: „Wenn man fehlen soll, so ist mit Unrecht Freisprechen besser, als mit Unrecht Verurtheilen; jenes ist ein Irrthum, aber den Unschuldigen zu tödten ist eine Gottlosigkeit."

VI. Von der grössten Bedeutung ist aber der Krieg, da bei ihm auch die Unschuldigen von vielen Uebeln betroffen werden. Sind daher hier die Ansichten zweifelhaft, so soll man sich zum Frieden neigen. Silius Italicus lobt den Fabius:

„Mit Vorsicht das Kommende erspähend, und nicht bereit, wegen kleiner und zweifelhafter Dinge den Kriegsgott zu versuchen."

Es giebt nun drei Wege, auf denen man vermeiden kann, dass Streitigkeiten in Kriege ausbrechen.

VII. 1. Der erste ist die Besprechung. Cicero sagt: „Es giebt zwei Arten zu streiten, die eine mit Gründen, die andere mit Gewalt; jene ist den Menschen, diese den wilden Thieren eigen; man muss daher diese nur ergreifen, wenn jene zu benutzen nicht möglich ist." Terenz sagt:

„Dem Weisen ziemt, alles Andere eher zu versuchen, als die Waffen. Woher willst Du wissen, dass er das, was ich verlange, nicht auch ohne Zwang thun wird?"

Apollonius von Rhodus sagt: „Man soll es nicht gleich mit der Gewalt vor den Worten versuchen." Und Euripides:

„Mit Worten will ich's versuchen; hilft dies nicht, dann mit Gewalt."

Derselbe tadelt in den „Schutzflehenden" die Staaten, welche diesen Weg verabsäumen (v. 748):

„Auch ihr Städte, meine ich, solltet eher mit Worten verhandeln, ehe ihr zum Morden Euch wendet."

Achilles sagt in der Iphigenie in Aulis:

„Wenn es Euch billig scheint, so braucht ihr
meine Hülfe nicht; hierin findet Ihr schon Euer
Heil. Ich werde zugleich den Dank des Freundes
mir bewahrt haben, und das ganze Heer wird es
mir weniger zur Last legen, dass ich mit Gründen,
statt mit Gewalt die Sache geführt habe."

In den Phönizierinnen heisst es bei Euripides:
„Denn Alles erreicht die Rede, was sonst das
feindliche Erz vollbrächte."

In stärkerer Weise sagt dies Phäneas bei Livius: „Um
den Krieg zu vermeiden, bewilligen die Menschen Vieles
freiwillig, zu dem sie sich durch Krieg und Waffengewalt nicht bewegen lassen würden." Mardonius beschuldigt im 7. Buche des Herodot die Griechen: „Da
sie dieselbe Sprache sprechen, so hätten sie vielmehr
durch Herolde und Boten ihre Streitigkeiten abmachen
sollen, als durch Schlachten."

2. Coriolan sagt bei dem Halicarnasser: „Alle
halten es für Recht, dass man nicht nach dem Fremden
verlangt, sondern nur das Seinige fordert und nur Kriege
beginnt, wenn dies nicht erreicht wird." Der König
Tullius sagt bei demselben Schriftsteller: „Was mit Worten nicht ausgemacht werden kann, das mögen die Waffen
entscheiden." Vologeses sagt bei Tacitus: „Ich wollte
lieber durch Billigkeit als durch Blut, lieber durch Gründe
als durch Waffen das von den Vorfahren Erworbene mir
erhalten." Und der König Theodorich sagt: „Nur dann
ist es nützlich, die Waffen zu ergreifen, wenn die Gerechtigkeit bei den Gegnern keine Stelle finden kann."

VIII. 1. Der zweite Weg ist der Kompromiss unter
denen, die keinen gemeinsamen Richter haben. Thucydides sagt: „Es ist Unrecht, gegen den, der sich dem
Schiedsrichter unterwerfen will, wie gegen einen Beschädiger vorzugehen." So unterwarfen sich nach Diodor
Adrast und Amphiareus dem Schiedsspruch des Eriphyles
über die Herrschaft in Argos. Die Athener und Megarenser wählten fünf Lacedämonier zu Schiedsrichtern über
Salamis. Bei Thucydides melden die Corcyräer den
Corinthern, sie wären bereit, den Streit vor denjenigen
Griechischen Staaten auszutragen, über die sie sich vereinigen würden, und Perikles wird von Aristides gelobt,
dass er, um den Krieg zu vermeiden, den Streit Schieds-

richtern zu übergeben bereit sei. Auch Isocrates lobt in der Rede gegen Ktesiphon den Macedonischen Philipp, dass er seine Streitigkeiten mit den Athenern „einer Stadt zur Entscheidung übergeben will, die ihnen gleich sei."

2. So überliessen ehedem die Ardeaten und Aricier und später die Neapolitaner und Nolaner ihre Streitigkeiten der schiedsrichterlichen Entscheidung des Römischen Volkes. Auch die Samniten verlangten in dem Streite mit den Römern den Ausspruch der gemeinsamen Freunde. Cyrus schlägt für sich und den Assyrier den Indischen König als Schiedsrichter vor. Die Karthager unterwerfen sich in ihrem Streit mit Masinissa zur Vermeidung des Krieges dem schiedsrichterlichen Urtheil. Die Römer selbst wenden sich bei Livius in ihrem Streit mit den Samnitern an die beiderseitigen Bundesgenossen. König Philipp sagt in seinem Streit mit den Griechen, er werde sich dem Schiedsgericht derjenigen Völker unterwerfen, mit denen sie Beide Frieden hätten. Den Parthern gab Pompejus auf ihr Verlangen Schiedsrichter zur Regelung der Grenze. Plutarch sagt, das Amt der Fecialen habe bei den Römern vorzüglich darin bestanden, „dass sie es nicht zum Kriege kommen liessen, als bis alle Hoffnung auf richterliche Entscheidung abgeschnitten war." Strabo berichtet von den Druiden der Gallier, „sie waren auch Schiedsrichter im Kriege und besänftigten oft auch die, welche schon gegen einander aufmarschirt waren." Auch in Iberien haben die Priester dieses Amt gehabt, wie er erzählt.

3. Vorzugsweise sind aber die christlichen Könige und Staaten verbunden, diesen Weg zur Vermeidung des Krieges zu beschreiten. Denn wie schon die heidnischen Gerichte von der wahren Religion vermieden wurden, und Juden und Christen sich lieber Schiedsrichtern unterwarfen, und Paulus dies geboten hat, so ist um so viel mehr dies zu thun, wo es sich um die Vermeidung eines viel grösseren Uebels, nämlich des Krieges, handelt. So führt Tertullian einmal aus: „Dass ein Christ nicht in den Krieg ziehen solle, da er ja nicht einmal processiren dürfe," was indess, wie früher gezeigt worden, nur in beschränktem Sinne zu verstehen ist.

4. Es wäre daher aus diesen und anderen Gründen zweckmässig, ja gewissermassen nothwendig, dass die

christlichen Mächte Kongresse abhielten, wo durch Unbetheiligte die Streitigkeiten der Anderen entschieden würden, und Regeln vereinbart würden, um die Parteien zu zwingen, dass sie einem billigen Frieden sich unterwürfen. Dies haben sonst die Druiden bei den Galliern gethan, wie Diodor und Strabo berichten. Auch liest man, dass die Fränkischen Könige das Urtheil der Vornehmsten bei Theilung des Reiches angehört haben.

IX. Der dritte Weg ist der des Looses, welches hierzu Dio Chrysosthomus in seiner zweiten Rede über das Schicksal empfiehlt, und viel früher Salomo Prov. XVIII. 18.

X. 1. Dem Loose verwandt ist der Zweikampf, dessen Anwendung nicht ganz verwerflich erscheint, wenn Zweie bereit sind, ihren Streit unter sich mit den Waffen auszufechten, der ohnedem ganze Völker in das schwerste Unglück verwickeln kann. So geschah es einst von Hyllus und Echarmus über den Peloponnes, von Hyperochus und Phemius über das Land am Inachus; von dem Aetolier Pyrächma und dem Epeer Degmenus über Elis; von Corbis und Orsua über Iba. Solcher Zweikampf kann, wenn er auch von den Kämpfenden selbst nicht mit Recht erfolgt, doch als das geringere Uebel von den Staaten angenommen werden. Bei Livius redet Metius den Tullus so an: „Wählen wir einen Weg, auf den ohne grosses Unheil, ohne vieles Blutvergiessen beider Völker entschieden werden kann, wer dem Andern befehlen soll." Strabo sagt, dies sei eine alte Gewohnheit der Griechen gewesen, und bei Virgil heisst es, Aeneas habe recht gehandelt, dass er die Sachen zwischen ihm und Turnus auf diese Art zur Entscheidung gebracht habe.

2. Agathias lobt in seinem ersten Buche diese Sitte der alten Franken vorzugsweise vor den Anderen; seine Worte sind: „Wenn Streitigkeiten unter den Königen entstehen, so stellen sich Alle in Schlachtordnung, als wollten sie Krieg führen und die Sache mit den Waffen entscheiden, und gehen so einander entgegen. Sobald sich aber die beiden Heere erblicken, so lassen sie den Zorn fahren, werden wieder einig und veranlassen die Könige, dass sie den Streit im Wege Rechtens ausmachen; oder wenn sie dies nicht wollen, dass sie beide mit einander kämpfen und die Sache auf ihre Gefahr allein zum Aus-

trag bringen. Denn es vertrage sich weder mit Recht und Billigkeit, noch mit den althergebrachten Einrichtungen, dass die Könige wegen ihrer persönlichen Streitigkeiten das öffentliche Wohl gefährden oder zerstören. Sie entlassen deshalb sofort die Heere und verkehren, nach Beseitigung der Ursachen des Streites und wiederhergestelltem Frieden, in Sicherheit mit einander. So gross ist bei den Unterthanen die Sorge für die Gerechtigkeit und die Liebe zum Vaterlande, und so versöhnlich und so nachgiebig ist der Sinn der Könige."

XI. Obgleich in zweifelhaften Fällen beide Theile nach Mitteln zur Vermeidung des Krieges zu suchen verpflichtet sind, so gilt dies doch noch mehr von dem, der etwas verlangt, als von dem, der besitzt. Denn nicht blos nach bürgerlichem, sondern auch nach natürlichem Recht hat unter gleichen Umständen der Besitzende den Vorzug, wovon wir den Grund anderwärts aus den sogenannten Problemen des Aristoteles angeführt haben. Man kann auch hier noch dafür anführen, dass der, welcher sich für berechtigt hält, aber keine genügenden Urkunden besitzt, um den Besitzer von seinem Unrecht zu überzeugen, den Krieg nicht mit Recht beginnen kann; denn er hat kein Recht, den Anderen zur Aufgabe des Besitzes zu zwingen.[276])

XII. Wenn das Recht zweifelhaft und Keiner von Beiden im Besitz ist, oder Beide zu gleichen Theilen, so

---

[276]) Dies ganze Kapitel bewegt sich bis hier nur in moralischen Ermahnungen und Rathschlägen zur Vermeidung des Unrechtes und des Krieges. Insofern gehören diese Erörterungen nicht in die Wissenschaft des Rechts, sondern vielmehr auf die Kanzel und in die Erwägungen der Kabinette. Ueberdem ist das Loos und der Zweikampf für die modernen Völkerverhältnisse kein Mittel mehr, den Krieg zu verhindern. Die Interessen, welche dabei auf dem Spiele stehen, sind jetzt zu gross, als dass sie auf diese Weise dem Zufall preisgegeben werden könnten. Dagegen sind die beiden ersten Mittel, die Besprechung und das Kompromiss, noch heut zu Tage ein wichtiges Mittel, Kriegen zuvorzukommen, insofern unter Besprechung der diplomatische Verkehr überhaupt verstanden wird.

handelt der unrecht, welcher die angebotene Theilung des streitigen Gegenstandes ablehnt.

XIII. 1. Hiernach lässt sich die von Vielen behandelte Frage beantworten, ob ein Krieg, in Beziehung auf die vornehmsten Urheber desselben, von beiden Seiten gerecht sein könne. Das Wort gerecht hat verschiedene Bedeutungen, bald nach der Ursache, bald nach der Wirkung. Nach der Ursache wieder in dem engeren Sinn von Recht oder in dem allgemeinen des überhaupt Angemessenen. In engerem Sinne unterscheidet es sich wieder nach dem Werke und nach dem Handelnden; jenes kann die positive, dieses die negative Bedeutung genannt werden. Denn von dem Handelnden sagt man mitunter, dass er recht handelt, wenn er nur nicht unrecht handelt, obwohl das, was er thut, nicht recht ist. Schon Aristoteles unterscheidet richtig unrecht handeln und etwas thun, was unrecht ist.

2. In der engeren und auf die Sache selbst bezogenen Bedeutung kann ein Krieg nicht von beiden Seiten gerecht sein, weil die moralische Macht zu Entgegengesetztem, z. B. zum Handeln und zum Verhindern, aus der Natur der Sache nicht folgen kann. Aber wohl kann es kommen, dass keiner der Kriegführenden unrecht handelt; denn unrecht handelt Niemand, der nicht auch weiss, dass er eine ungerechte Sache betreibt, und Viele wissen dies nicht. Deshalb kann von beiden Seiten mit Recht, d. h. in gutem Glauben gekämpft werden; denn Vieles entgeht dem Menschen, rechtlich wie thatsächlich, wovon das Recht abhängt.

3. Im allgemeinen Sinne heisst recht das, wo der Handelnde von aller Schuld frei ist. Allein Vieles geschieht ohne Recht und doch ohne Schuld, wegen unvermeidlicher Unwissenheit. Ein Beispiel sind die, welche ein Gesetz nicht befolgen, was sie ohne Schuld nicht kennen, obgleich es bekannt gemacht worden und auch die nöthige Frist zur Kenntnissnahme desselben verflossen ist. So kann es auch in Processen vorkommen, dass beide Theile nicht allein nicht unrecht, sondern überhaupt fehlerfrei handeln; vorzüglich, wenn beide Theile oder einer nicht in seinem Namen handelt, z. B. als Vormund; denn dieser darf auch ein ungewisses Recht nicht aufgeben. So ist nach Aristoteles in Streitigkeiten über zweifelhafte Rechts-

fragen kein Theil schlecht, was er mit πονηρος bezeichnet. Damit stimmt Quintilian, wenn er sagt, dass von beiden Seiten möglicherweise ein Redner, d. h. ein rechtlicher Mann, die Sache führen könne. Selbst das rechte Entscheiden des Richters ist nach Aristoteles zweideutig; denn es bedeutet bald ein Entscheiden, wie es sich gehört, ohne alle Unwissenheit, oder nach dem, was er von der Sache kennt. Und an einer anderen Stelle sagt er: „Wenn er in Unkenntniss erkennt, so handelt er nicht unrecht."

4. Bei dem Kriege ist es indess selten, dass gar keine Verwegenheit und keine Vorliebe dabei sich einmische; denn die Sache ist zu bedeutend, um sich mit Wahrscheinlichkeiten zu begnügen und nicht die stärksten Beweise zu fordern.

5. Bezieht man das „gerechte" auf die Rechtswirkungen, so kann offenbar ein Krieg von beiden Seiten in diesem Sinne gerecht sein, wie aus dem später über den feierlichen Krieg Folgenden erhellen wird. Denn in diesem Sinne hat auch ein unrechter Richterspruch und ein unrechter Besitz doch gewisse rechtliche Wirkungen.[277]

---

[277] Die in Ab. 13 berührten Fragen behandeln scholastische Spitzfindigkeiten, von denen zu Gr. Zeit die Wissenschaft sich noch nicht ganz hatte befreien können. Alle jene Distinktionen in § 1 enthalten Begriffe, die an sich höchst einfach und verständlich, nur durch die Art der Benennung und der unnatürlichen Zusammenstellung dunkel und unverständlich werden. Die §§ 2 und 3 und 4 ergeben, dass es sich wesentlich um den Begriff der *bona fides* handelt, welcher unter diesem Namen sofort Jedwedem verständlich ist. Ebenso ist es richtig, dass selbst der ungerechte Krieg, als Thatsache, als gegenseitiger Kampf, gewisse neue Rechtsverhältnisse unter den Kämpfenden begründet, z. B. gewisse Schranken im Gebrauche tödtlicher Waffen, gewisse Pflichten in Behandlung der Verwundeten und Gefangenen. Allein es ist verkehrt, dies als einen gerechten Krieg „den Wirkungen nach" zu bezeichnen. Durch diese schwerfälligen, den Scholastikern entlehnten Namen wird die Sache erst dunkel und unverständlich.

Kapitel XXIV.
Auch aus gerechten Ursachen darf ein Krieg nicht vorschnell begonnen werden.

I. 1. Obgleich zu einem Unternehmen, was den Titel: „Ueber das Recht des Krieges" führt, nicht das zu gehören scheint, was die übrigen Tugenden für den Krieg vorschreiben oder rathen, so muss doch beiläufig dem Irrthum entgegengetreten werden, als müsse man, wenn das Recht genügend feststeht, sofort zum Kriege schreiten, und als müsse er dann immer erlaubt sein. Denn es kommt vor, dass es sittlicher und besser ist, von seinem Rechte nachzugeben.[278] Es ist bereits früher, an seinem Orte, gesagt worden, dass es Pflicht ist, die Sorge für sein eigenes Leben aufzugeben, um für das Leben und ewige Heil eines Anderen nach Kräften zu sorgen. Vor Allem kommt dies den Christen zu, welche hierin das vollkommenste Beispiel Christi nachahmen, da dieser für uns trotz unserer Gottlosigkeit und Feindseligkeit in den

---

[278] Wie die Ueberschrift dieses Kapitels und dieser Anfang zeigt, handelt es sich hier nicht um das Recht, sondern um die Moral; und selbst innerhalb dieses Gebietes bewegt sich das Nachfolgende in Ermahnungen der trivialsten Art, wie man kaum in einer Predigt sie zu ertragen vermag. Gr. hielt es für seine Pflicht, gegen die Kriege seiner Zeit anzukämpfen und Frieden zu predigen. Er verkannte hier nicht nur die Aufgabe der Wissenschaft, mit der er es doch allein zu thun hatte; er verkannte auch die Wirksamkeit und Bedeutung des Schriftstellers, dessen Einfluss auf den Geist seiner Zeit lange nicht so gross ist, als er gewöhnlich glaubt. Der Fortschritt der Kultur ist nicht Folge moralischer Ermahnungen, sondern des gestiegenen Wissens der Massen, der grösseren Wohlhabenheit der Nationen und der dadurch veränderten Richtung ihrer Leidenschaften und der gestiegenen Empfänglichkeit für fremdes Leiden. Die kleinste Erfindung in der Fabrikation oder dem Landbau fördert die Civilisation mehr, als solche frommen und erbaulichen Ermahnungen, wie sie Gr. dem Leser in diesem Kapitel bietet.

Tod gegangen ist; Röm. V. 6. Dies erinnert uns um so mehr, unser Recht und unsere Forderungen nicht mittelst der grossen Nachtheile Anderer zu verfolgen, welche die Kriege mit sich führen.

2. Auch Aristoteles und Polybius mahnen, nicht wegen jeder Ursache einen Krieg zu beginnen. Auch ist Hercules von den Alten nicht gelobt worden, als er den Laomedon und Augias wegen nicht bezahlten Lohnes seiner Arbeit mit Krieg überzogen hat. Dion von Prusa sagt in seiner Rede über Krieg und Frieden: Man solle nicht bloss fragen, ob man von denen beleidigt sei, gegen die man Krieg beginnen wolle, sondern auch, wie viel das Vorgefallene werth sei.

II. 1. Vieles ermahnt uns aber, die Strafen nicht eintreten zu lassen. Man bedenke, wie Vieles die Väter bei den Söhnen ungerügt lassen. Hierüber findet sich eine Ausführung Cicero's bei Dio Cassius. Seneca sagt: „Der Vater wird nicht zur Enterbung des Sohnes schreiten, wenn seine Geduld nicht durch vieles und schweres Unrecht erschöpft worden ist; wenn er das Kommende nicht mehr fürchtet, als er das Geschehene verurtheilt." Damit stimmt ziemlich der Ausspruch des Phineus, welchen Diodor von Sicilien erwähnt: „Kein Vater entschliesst sich zu einer Strafe für seinen Sohn, wenn nicht die Grösse der Vergehen die natürliche Elternliebe übertrifft." Andronicus von Rhodus sagt: „Kein Vater verstösst seinen Sohn, wenn er nicht durchaus schlecht ist."

2. Wer es unternimmt, Jemand zu strafen, der übernimmt gleichsam die Stelle eines Führers, d. h. eines Vaters; deshalb sagt Augustin zu dem Hofbeamten Marcellinus: „Verwalte, christlicher Richter, das Amt eines redlichen Vaters." Der Kaiser Julian rühmt den Ausspruch des Pittacus, welcher die Verzeihung über die Strafe stellte. Libanius sagt in der Rede über den Aufstand in Antiochien: „Wer Gott ähnlich werden will, der erfreue sich mehr an dem Erlasse als an der Vollstreckung der Strafe."

3. Mitunter liegt die Sache so, dass der Nichtgebrauch seines Rechtes nicht blos löblich, sondern selbst Pflicht ist, nach der Liebe, die man auch seinen Feinden schuldet, sowohl als solche, wie nach der Forderung des heiligen Gesetzes des Evangeliums. So giebt es, wie erwähnt, Personen, für die wir, selbst wenn sie uns angreifen,

unser eigenes Leben hingeben müssen, weil wir wissen, dass sie der menschlichen Gesellschaft nothwendig oder sehr nützlich sind. Wenn Christus schon um Processe zu vermeiden, die Hingabe von Sachen fordert, so ist um so mehr anzunehmen, dass er auch die Entsagung von Grösserem gewollt habe, um den Krieg zu vermeiden, der ja so viel schädlicher ist als ein Process.

4. Ambrosius sagt: „Es ist nicht bloss anständig, sondern meist auch zweckmässig für den rechtlichen Mann, wenn er etwas von seinem Rechte nachlässt." Aristides rieth seinen Mitbürgern „zu bewilligen und zu schenken, so lange es nicht übermässig werde." Als Grund fügt er bei: „Denn man lobt auch den einzelnen Mann, der bereit ist, lieber einigen Schaden zu tragen, als zu processiren." Xenophon sagt im 6. Buche seiner Griechischen Geschichte: „Denn es ist weise, den Krieg zu unterlassen, selbst wenn der Streitgegenstand nicht unbedeutend ist." Und Apollonius sagt bei Philostratus: „Man solle selbst wegen wichtiger Ursachen nicht zum Kriege schreiten."

III. 1. Was die Strafen anlangt, so ist es unsere erste Pflicht, wenn auch nicht als Menschen, doch als Christen, dass wir denen, die sich gegen uns vergangen, leicht und gern verzeihen, so wie Gott uns in Christus verzeiht; Ephes. IV. 32. Josephus sagt: „Sich von Zorn frei halten, da wo der Beschädiger die Strafe des Todes verdient hat, ist der Gottheit ähnlich."

2. Seneca sagt über den Fürsten: „Er soll weit eher sich erbitten lassen, wenn es das ihm selbst gethane Unrecht betrifft, als fremdes. Denn so wie es nicht grossmüthig ist, wenn man nur von fremdem Gute austheilt, sondern nur, wenn man sich selbst das abzieht, was man dem Anderen zuwendet, so nenne ich nur den barmherzig, der nicht bei fremdem Schmerz milde ist, sondern der sich mässigt, auch wenn der Stachel der eigenen Verletzung ihn treibt, und der erkennt, dass es grossherzig ist, in der höchsten Macht das Unrecht zu ertragen, und dass es nichts Ruhmvolleres giebt als einen Fürsten, der für das ihm angethane Unrecht nicht straft." Quintilian sagt: „Ich rathe dem Fürsten, lieber nach dem Ruhm der Menschlichkeit als nach der Lust der Rache zu verlangen." Cicero lobte besonders an Cäsar, dass er nichts vergässe, ausser das erlittene Un-

recht. Bei Dio sagt die Livia zum August: „Man meint, dass die Herrscher das strafen sollen, was gegen das gemeine Beste geschieht, aber dass sie das nicht bemerken sollen, was gegen sie selbst geschieht." Der Philosoph Antonin sagt zu dem Senat: „Niemals hat es gefallen, wenn ein Kaiser seinen eigenen Schmerz gerächt hat; denn wenn es auch gerecht war, so schien es doch hart." Ambrosius sagt in einem Briefe an Theodosius: „Du hast den Antiochiern das gegen Dich begangene Unrecht verziehen." Themistius rühmt von demselben Theodosius im Senat: „Ein guter König müsse sich über die erheben, welche ihn verletzt hätten, und zwar dadurch, dass er ihnen nicht auch Uebles zufüge, sondern dadurch, dass er ihnen wohlthue.

3. Aristoteles sagt: „Der Grossherzige sei des Unrechtes nicht eingedenk." Cicero drückt dies so aus: „Nichts ziemt einem grossen und berühmten Manne mehr, als Versöhnlichkeit und Milde." Ausgezeichnete Beispiele dieser schönen Tugend bietet uns die heilige Schrift in Moses, Num. XI. 12; in David 2. Sam. XVI. 7. Dies Alles gilt vorzüglich dann, wenn auch wir uns eines Fehlers bewusst sind, oder wenn das uns zugefügte Unrecht aus einer menschlichen und entschuldbaren Schwäche gekommen ist, oder wenn der Beschädiger seine That bereut. Cicero sagt: „Es giebt ein Maass für die Rache und Strafe, und ich weiss kaum, ob es nicht genügt, dass der, welcher beleidigt hat, sein Unrecht bereut." Seneca sagt: „Der Weise verzeiht viel; er wird dafür halten, dass Viele zwar wenig vernünftig gehandelt haben, aber doch der Besserung fähig seien." — Diese Gründe, sich des Krieges zu enthalten, entspringen aus der Liebe, die man selbst seinen Feinden schuldig ist und mit Recht gewährt.[279]

---

[279] Diese Ermahnungen in Ab. 2 und 3 sind, wie der Leser leicht bemerken wird, ohne allen wissenschaftlichen Werth, weil der Herrscher eines Staates nicht blos die Gefahren des Sieges, sondern auch die des hartnäckig festgehaltenen Friedens zu erwägen hat. Gerade in dieser gegenseitigen Abwägung liegt die Schwierigkeit des Entschlusses; was nützen da diese Ermahnungen blos nach der einen Seite hin? Sie können ebenso viel schaden als nützen, oder in Wahrheit, man kann von ihnen in dem

IV. 1. Oft geschieht es um unser und der Unsrigen willen, dass nicht zu den Waffen gegriffen wird. Plutarch sagt im Leben Numa's, dass er, auch wenn die Fecialen erklärt, dass der Krieg mit Recht begonnen werden könne, doch den Senat befragt habe, ob es auch rathsam sei. In einem Gleichniss Christi heisst es: dass, wenn ein König mit einem anderen Krieg zu führen habe, so solle er zunächst im Sitzen, wie es bei dem sorgfältigen Ueberlegen gebräuchlich ist, bei sich erwägen, ob er, der 10,000 Soldaten habe, sich mit einem Feinde messen könne, der doppelt so viel habe; sieht er, dass er ihm nicht gleich ist, so solle er Gesandte zur Friedensunterhandlung absenden, dass nicht Jener in das Land komme.

2. So erlangten die Tusculaner von den Römern dadurch den Frieden, dass sie Alles ertrugen und nichts verweigerten. Tacitus sagt: „Man suchte vergeblich nach einem Grunde zu dem Kriege gegen die Aeduer. Als man die Ablieferung der Gelder und Waffen verlangte, brachten sie freiwillig noch überdem Proviant." So erklärte die Königin Amalasunta den Gesandten Justinian's, dass sie mit den Waffen nicht kämpfen werde.

3. Es kann hierbei auch eine Beschränkung eintreten. So erzählt Strabo, dass Syrmus, der König der Triballer, dem Alexander zwar den Zugang zu der Insel Peuce nicht gestattet, aber mit Gesandten ihn geehrt habe, um zu zeigen, dass dies nicht aus Hass oder Verachtung, sondern aus gerechter Vorsorge geschehe. Das, was Euripides von den Griechischen Staaten sagt, passt auch für alle anderen:

„Sobald über den Krieg verhandelt wird denkt Keiner, dass auch ihm der Tod dann droht; sondern nur den Gegnern wird das Unheil zugedacht. Wären in der Volksversammlung die Leichen vor Augen

---

einzelnen Fall gar keinen verständigen Gebrauch machen. Was hätte aus der Reformation werden sollen, wenn die Deutschen Fürsten diesen Rath befolgt! Wie hätte Frankreich die Tyrannei des absoluten Königthums brechen können, wenn der Konvent diesen Rath befolgt! Was wäre aus Preussen geworden, wenn es diesen Rath 1866 befolgt hätte!

gewesen, so wäre das wüthende Griechenland nicht durch den Krieg untergegangen."

Livius sagt: „Wenn Du Deine Macht erwägst, so denke auch an die Macht des Glücks und an den Kriegsgott, der für Alle sorgt." Und bei Thucydides heisst es: „Ueberlege, was Alles unerwartet in einem Kriege sich ereignen kann, ehe Du ihn beginnst."

V. 1. Bei den Berathungen werden bald die Ziele erwogen, wenn auch nur die nächsten, nicht die letzten, bald die Mittel, welche dahin führen. Das Ziel ist immer ein Gut oder mindestens die Abwendung eines Uebels an Stelle eines Guts. Die Mittel dagegen werden nicht um ihrer selbst willen begehrt, sondern nur ihrer Wirkung wegen; deshalb sind bei den Berathungen die Ziele unter sich und die Mittel nach ihrer wirksamen Kraft, um jene zu erreichen, gegen einander abzuwägen. Denn Aristoteles bemerkt richtig über die Bewegung der Thiere: „Die Vorsätze, welche zur Ausführung veranlassen, sind zweierlei Art; die einen sind das Gute, die anderen das Mögliche." — Die Vergleichung hat drei Regeln zu befolgen.

2. Die erste ist: Hat der betreffende Gegenstand nach moralischer Schätzung gleiche Wirksamkeit für das Gute und für das Schlechte, so darf man sich nur dafür entscheiden, wenn das Gute etwas grösser im Guten als das Schlechte im Schlechten ist. Aristides drückt dies so aus: „Wenn das Gute geringer ist im Verhältniss zu der Schwierigkeit, so ist es besser, sich zu vergleichen." Andronicus aus Rhodus sagt bei Beschreibung eines grossmüthigen Menschen, „dass er sich nicht wegen jedweden Anlass in Gefahr begebe, sondern nur aus wichtigen Gründen."

3. Die zweite Regel ist, wenn das Gute und das Schlimme, was aus einer Sache hervorgehen kann, sich gleich steht, die Sache nur dann zu wählen, wenn ihre Wirksamkeit für das Gute stärker ist als für das Schlimme. Die dritte Regel ist bei Ungleichheit des Guten und Schlimmen und bei ungleicher Wirksamkeit für Beides die Sache nur dann zu wählen, wenn die Wirksamkeit für das Gute im Vergleich zu der für das Schlimme grösser ist, als das Schlimme selbst im Vergleich zu dem Guten; oder wenn das Gute im Vergleich zu dem Schlimmen

grösser ist als die Wirksamkeit für das Schlimme im Vergleich zu der für das Gute.

4. So lauten diese Regeln in strenger Fassung; in einfacherer Weise sagt Cicero dasselbe, wenn er verlangt, dass man nicht ohne Noth sich in Gefahr begebe, was thöricht sei. Deshalb sei hierbei die Sitte der Aerzte nachzuahmen, welche die leichten Kranken mit leichten Mitteln heilen und nur bei schweren Krankheiten sich zu gefährlichen und zweifelhaften Heilverfahren bestimmen lassen; deshalb sei es weise, gegen den Sturm bei Zeiten vorzusorgen, zumal wenn man durch Entschlossenheit mehr an Gutem gewinnen, als durch Zweifel und Schwanken an Uebel vermeiden kann.

5. Auch anderwärts sagt er: „Wo man durch Glück nichts Grosses gewinnen, durch Unglück aber Grosses verlieren kann, wozu soll man sich da in Gefahr begeben?" Dio von Prusa sagt in der zweiten Rede von Tarsus: „Es ist hart und ungerecht; aber wenn etwas Ungerechtes geschieht, so sind wir deshalb noch nicht schuldig, im Kampfeseifer uns der Gefahr eines Schadens auszusetzen." Und später: „So wie wir suchen die Lasten abzuwerfen, die so schwer drücken, dass wir sie nicht ertragen können; aber bei einem mittelmässigen Druck und bei solchen Dingen, die erträglich sind, uns, selbst wenn sie noch schwerer würden, fügen und so einrichten, dass wir sie möglichst leicht ertragen." Aristides sagt in seiner zweiten Sicilischen Rede: „Wenn die Furcht grösser als die Hoffnung ist, ist es da nicht geboten, sich vorzusehen?" [280]

VI. 1. Man hat sich hier ein Beispiel an dem zu nehmen, was nach Tacitus die Staaten Galliens beriethen: „Ob die Freiheit oder der Friede ihnen lieber wäre?" Unter Freiheit ist hier die politische zu verstehen, wo der Staat sich selbst bestimmt, welches Recht voll in der Republik und gemindert in der Aristokratie besteht, na-

---

[280] Das in den Anmerkungen 272 und 273 Gesagte gilt in noch höherem Maasse von den hier in Ab. 4. u. 5 gebotenen Regeln, die so völlig trivial und werthlos für die Anwendung auf's Leben sind, dass nur das Stück Scholastik, was noch in Gr.'s Geiste stak, dergleichen entschuldigen kann.

mentlich da, wo kein Bürger von den Aemtern ausgeschlossen ist. Unter Frieden ist vielmehr hier ein solcher gemeint, welcher einen Krieg auf Tod und Leben beseitigt, d. h., wie Cicero dies anderwärts ausdrückt: „wenn der Staat deshalb nach seiner ganzen Existenz in Gefahr käme;" also da, wo eine richtige Abschätzung des Kommenden nur den Untergang des ganzen Volkes erwarten lässt, wie bei Jerusalem während der Belagerung durch Titus. Jeder weiss, was hier Cato sagen würde, welcher lieber sterben als Einem gehorchen wollte. Hierher gehört auch der Vers:
„Als sei es nicht eine schwere Tugend, der Sklaverei durch Selbstmord zu entfliehen."
Aehnlich lauten viele andere Aussprüche.

2. Aber die Vernunft gebietet anders; sie stellt das Leben als die Grundlage aller zeitlichen Güter und als die Gelegenheit zu den ewigen höher als die Freiheit, sowohl für den einzelnen Menschen wie für ein ganzes Volk. Deshalb rechnet es Gott selbst als eine Wohlthat, dass er den Menschen nicht verdirbt, sondern zum Sklaven macht. Auch anderwärts räth er durch die Propheten den Juden, dass sie sich in die Sklaverei der Babylonier begeben möchten, damit sie nicht durch Hunger und Pest umkämen. Deshalb ist jene That,
„welche das von den Karthagern belagerte Sagunt that," [281]
trotz des Lobes der Alten nicht zu billigen, und ebensowenig, was dahin führt.

3. Denn die Ermordung eines Volkes muss unter solchen Verhältnissen als das grösste Uebel angesehen werden. Cicero giebt in seinem zweiten Buche über die Erfindung das folgende Beispiel von der Nothwendigkeit: „Es war nothwendig, dass die Casilinenser sich dem Hannibal übergaben, obgleich diese Nothwendigkeit die

---

[281] Sagunt, eine Stadt im tarraconensischen Spanien, wurde von Hannibal belagert. In der höchsten Noth schleppten die Belagerten ihr Gold und Silber aus dem öffentlichen und privaten Besitz auf den Markt, warfen es auf einen da errichteten Scheiterhaufen und stürzten sich dann selbst mit ihren Weibern und Kindern in die Gluthen.

Maassregel enthielt: wenn sie nicht vor Hunger umkommen wollten." Ueber die Thebaner zur Zeit Alexander's des Grossen ist ein Ausspruch des Diodor von Sicilien vorhanden: „indem sie mehr der Tapferkeit als der Klugheit folgten, stürzten sie das ganze Vaterland ins Verderben."

4. Ueber den erwähnten Cato und Scipio, welche nach dem Sieg des Cäsar bei Pharsalus sich ihm nicht unterwerfen wollten, urtheilt Plutarch: „sie trugen die Schuld, dass viele und tüchtige Männer ohne Noth in Lybien umkamen." 282)

5. Was ich hier von der Freiheit gesagt habe, gilt auch von anderen wünschenswerthen Dingen, wenn das entgegengesetzte grössere Uebel ebenso wahrscheinlich oder noch wahrscheinlicher ist. Denn wie Aristides bemerkt, pflegt man das Schiff wohl durch über Bord werfen der Waaren, aber nicht der Menschen zu retten.

VII. Bei Eintreibung der Strafen ist auch vorzugsweise zu beachten, dass man deshalb niemals einen Krieg gegen einen gleich starken Gegner unternehmen darf. Denn wer durch die Waffen die Unthaten strafen will, muss ebenso wie das Gericht viel stärker sein als Jener. Und hier fordert nicht blos die Klugheit und die Sorge für die Seinigen, dass man sich eines gefährlichen Krieges enthalte, sondern oft auch die Gerechtigkeit, nämlich die leitende, welche nach der Natur jeder Herrschaft die Oberen zur Sorge für die Untergebenen, wie diese zum Gehorsam gegen Jene verpflichtet. Daraus folgt, wie die Theologen richtig bemerkt haben, dass ein König, welcher um geringer Ursachen oder behufs einer nicht nothwen-

---

282) Diese hier gebotene Lehre, wonach ein Volk selbst seine Freiheit eher opfern soll, als Krieg beginnen, geht über Alles, was dem Ehrgefühl und Patriotismus eines Volkes geboten werden kann. Dann hätten auch die Befreiungskriege von 1813—1815 nicht geführt werden dürfen, und ebenso wenig die Kriege, durch welche Italien in diesem Jahrzehnt seine Einheit und Freiheit errungen hat. Solche ausserordentliche Fälle zeigen, wie bedenklich es ist, die Lehren der Privatmoral auf die Verhältnisse der Völker zu übertragen, und wie schwach und bedenklich deshalb die Grundlagen des Völkerrechts sind.

digen und viele Gefahren mit sich führenden Strafe einen Krieg unternimmt, seinen Unterthanen zum Ersatz der daraus entstandenen Schäden verhaftet ist. Denn er begeht damit zwar nicht gegen die Feinde, aber gegen die Seinigen ein Unrecht, weil er sie solcher Ursachen wegen in so schwere Uebel verwickelt. Livius sagt: „Nur der nothwendige Krieg sei ein gerechter, und gottgefällige Schlachten seien nur die, wo kein anderer Ausweg übrig bleibe." Ovid ersehnt diesen Zustand im 1. Buch seiner Fasten v. 715:

„Der Soldat greife nur zu den Waffen, um den Waffen entgegenzutreten."

VIII. Es wird daher selten ein Fall vorkommen, wo der Krieg nicht unterlassen werden kann oder soll. Eine Ausnahme tritt etwa nur dann ein, wenn, wie Florus sagt, „der Friedensstand schlimmer ist als der Krieg." Seneca sagt: „Man solle sich in die Gefahr stürzen, wenn dem Ruhigbleibenden dasselbe drohe oder noch Schlimmeres." Aristides erklärt das so: „Dann muss man auch die unbekannte und erst kommende Gefahr erwählen, wenn das Ruhigbleiben offenbar noch schlimmer ist." Tacitus sagt: „ein Krieg statt eines elenden Friedensstandes sei ein guter Tausch;" nämlich wenn, wie er sagt: „dem glücklichen Wagniss die Freiheit folgt, oder die Niederlage es nicht schlimmer macht," oder wenn, wie Livius sagt: „der Friede den Unterworfenen härter ist als der Krieg den Freien;" aber nicht, wie Cicero bemerkt, „wenn die Zukunft sich so gestaltet, dass man als Besiegter in die Acht gethan wird und als Sieger dennoch in die Sklaverei geräth.[283]

IX. Die andere Bedingung zum Kriege ist, dass nach richtiger Schätzung dem Rechte, was die Hauptursache ist, auch die gleiche Macht zur Seite stehe. Deshalb ist nach August ein Krieg nur zu beginnen, wenn die Hoff-

---

[283] Diese Bemerkung bezieht sich auf die Bürgerkriege Rom's zu Cicero's Zeit; Cicero folgte dem Pompejus und kam dadurch in die Acht; hätte er sich dem Cäsar angeschlossen, so hätte er zwar mit gesiegt, aber hätte damit auch die Freiheit Rom's vernichten helfen. Gr. macht in Ab. 8 das für den Krieg sprechende Prinzip geltend, nachdem er vorher das für den Frieden verthei-

nung des Gewinnes grösser ist als die Furcht des Verlustes. Auch passt hierher, was Scipio Africanus und L. Aemilius Paulus von der [Schlacht sagten: „man solle nicht kämpfen, wenn nicht die höchste Noth oder die beste Gelegenheit dazu vorhanden sei." Dies greift vorzüglich dann Platz, wenn Hoffnung vorhanden ist, dass die Sache sich durch die Angst der Gegner und den eigenen Ruhm ohne Gefahr erledigen lassen werde, wie Dio solchen Rath bei der Befreiung von Syrakus gab. In den Briefen des Plinius heisst es: „Durch den blossen Schrecken bezähmte er seine Gegner; die schönste Art zu siegen."

X. 1. Plutarch sagt: „Der Krieg ist ein grausames Geschäft; er hat einen Haufen von Unrecht und Frechheit bei sich." Augustin sagt weise: „Wollte ich das grosse und mannigfache Unheil und die harte Noth, wie es sich gehört, beschreiben (er meint die aus dem Krieg entspringende), so würde, wenn ich es auch vermöchte, die lange Rede kein Ende nehmen. Sie sagen: Aber ein Weiser führt gerechte Kriege; als wenn er nicht, eingedenk seiner ängstlichen Natur, viel mehr sich betrüben wird, dass ihm die Nothwendigkeit gerechter Kriege gekommen ist; denn wären sie nicht gerecht, so würde er sie nicht geführt haben, und dann gäbe es für den Weisen keinen Krieg. Die Ungerechtigkeit des Gegners giebt dem Weisen Anlass zum gerechten Krieg, ja zwingt ihn dazu. Diese Ungerechtigkeit ist ihm aber schmerzlich, weil sie von Menschen ausgeht, auch wenn deshalb ein Krieg nicht nothwendig wird. Solche grosse, schändliche und grausame Uebel betrachtet deshalb Jeder mit Schmerz, und er muss gestehen, dass der Krieg ein Elend ist. Wer aber dies ohne Schmerz mit ansehen oder bedenken kann, der mag sich, auch wenn er glücklich ist, für noch viel elender halten; denn er hat alles menschliche Gefühl verloren." An einer anderen Stelle sagt er: „Das Kriegführen er-

---

digt hat. Eins ist so leicht als das Andere; alle Schwierigkeit liegt lediglich in der richtigen Abmessung dieser beiden einander entgegenstehenden Prinzipien, und gerade dafür können dergleichen einseitige Anpreisungen bald des einen, bald des anderen Prinzips nicht das Mindeste nützen.

scheint dem Bösen als eine Lust, dem Guten als eine Nothwendigkeit." Maximus von Tyrus sagt: „Auch wenn Du von dem Kriege die Ungerechtigkeit wegnimmst, so ist doch schon seine Nothwendigkeit zu beklagen." Derselbe sagt: „Den Gerechten erscheint der Krieg als ein nothwendiges Uebel, den Ungerechten als ein liebes."

2. Dem ist der Ausspruch Seneca's beizufügen: „Der Mensch darf sich des Menschen nicht verschwenderisch bedienen." Philiskus erinnerte Alexander, „er möge nach Ruhm streben, aber so, dass er sich keine Pestilenz oder schwere Krankheit bereite." Er hält die Ermordung der Völker, die Verwüstung der Städte für das Werk der Pestilenz. „Aber nichts sei königlicher, als für Aller Heil zu sorgen, was in dem Frieden enthalten sei."

3. Wenn nach jüdischem Rechte auch der unfreiwillige Todtschläger flüchten musste; wenn Gott von David, der viele fromme Kriege geführt hatte, deshalb keinen Tempel gebaut haben wollte, weil er viel Blut vergossen habe; wenn bei den alten Griechen auch Diejenigen einer Sühne bedurften, welche ohne Schuld ihre Hände mit Blut befleckt hatten; wer sieht da nicht, vorzüglich welcher Christ, dass der Krieg ein unglückliches Ding und von schlimmen Vorbedeutungen ist, und dass er sehr zu fliehen ist? Sicher ist bei den zum Christenthum bekehrten Griechen lange die kirchliche Regel beobachtet worden, dass die, welche einen Feind in irgend einem Kriege getödtet hatten, eine Zeit lang von den Sakramenten fern gehalten wurden.

Kapitel XXV.

Ueber die Ursachen, weshalb für Andere ein Krieg geführt werden kann. [284])

I. 1. Früher, bei Erörterung der Personen, welche Krieg führen können, ist von uns gezeigt, dass nach dem

---

[284]) Zu den „Anderen", für welche ein Krieg geführt wird, rechnet hier Gr. zunächst die eigenen Unterthanen

Naturrecht ein Jeder nicht nur sein eigenes Recht geltend machen kann, sondern auch das fremde; wenn also Jemand für sich selbst gerechte Sache hat, so haben es auch die, welche ihm dabei behülflich sind.

2. Die erste und nothwendigste Sorge ist auf die Unterthanen zu verwenden, gleichviel ob sie einer patriarchalischen oder staatlichen Herrschaft unterworfen sind; denn sie sind in beiden Fällen gleichsam ein Theil des Herrschers, wie wir früher gezeigt haben. So ergriff das jüdische Volk unter Führung des Josua die Waffen für die Gabaoniten, die sich ihm unterworfen hatten. Cicero sagt zu dem Römischen Volke: „Unsere Vorfahren haben oft Krieg geführt, weil unsere Kaufleute und Schiffer unrechtlich behandelt worden waren." Und anderwärts: „Wie viele Kriege haben nicht unsere Vorfahren deshalb unternommen, weil Römische Bürger Unrecht erlitten hatten, Schiffer festgehalten und Kaufleute beraubt worden waren." Dieselben Römer, für welche die Bundesgenossen nicht in den Krieg ziehen mochten, haben es für diese gethan, nachdem sie sich ihnen ergeben hatten und ihre Unterthanen geworden waren. Die Campaner sagen den Römern: „Da Ihr das Gebiet als das unsrige gegen Gewalt und Unrecht nicht mit gerechter Gewalt schützen wollt, so werdet Ihr es wenigstens als das Eurige vertheidigen." Florus erzählte, dass die Campaner das frühere Bündniss dadurch fester gemacht, dass sie sich sämmtlich in die Gewalt der Römer begeben hätten. Livius sagt: „Die Treue forderte nunmehr, dass man die nicht verrathe, die sich ergeben hatten."

II. Indess verpflichtet nicht jeder gerechte Grund bei den Unterthanen die Herrscher zu dem Beginn des Krieges; vielmehr nur dann, wenn dies ohne Nachtheil der

---

des kriegführenden Staates. Dies ist ein Sprachgebrauch, welcher jetzt kaum verständlich ist, da die Bürger eines Staates ihm keine Anderen, sondern seine eigenen wesentlichen Glieder sind. Die Auffassung des Gr. hängt theils mit scholastischen Eintheilungsweisen, theils mit dem Begriff des Patrimonialstaats zusammen, wo der Herrscher als wahrer Eigenthümer des Staats gilt und Kriege in seinem Interesse führt, bei denen die Unterthanen als Fremde erscheinen.

Unterthanen oder mindestens der Mehrheit derselben geschehen kann. Denn das Amt des Herrschers hat mehr das Ganze als den Theil im Auge, und je grösser der Theil ist, desto mehr nähert er sich dem Ganzen.

III. 1. Wenn daher das Leben eines einzelnen Bürgers, obgleich er unschuldig ist, von dem Feinde gefordert wird, so kann er unzweifelhaft ausgeliefert werden, wenn der Staat den Kräften des Feindes nicht gewachsen ist.[285] Ferdinand Vasquius bestreitet dies; sieht man aber weniger auf seine Worte als auf seine Absicht, so geht letztere nur dahin, dass man einen Bürger nicht vorschnell verlassen soll, wenn noch eine Hoffnung zu seinem Schutz vorhanden ist. Denn er bezieht sich auf den Fall mit dem Italischen Fussvolk, welches den Pompejus verliess, noch ehe die Sachen verzweifelt standen, nachdem es über die Mittel, sich zu retten, von Cäsar vergewissert worden war. Dies missbilligt Vasquius mit Recht.

2. Ob aber ein unschuldiger Bürger den Händen der Feinde ausgeliefert werden dürfe, um das dem Staate drohende Verderben abzuwenden, darüber ist jetzt und früher gestritten worden, als Demosthenes jene Fabel von den Hunden vortrug, deren Auslieferng die Wölfe von den Schafen als Friedensbedingung verlangten. Nicht

---

[285] Dieser Satz widerstreitet der Ehre und der Selbstständigkeit des Staats so, dass kein neuerer Staatsrechtslehrer ihn noch vertheidigt, und selbst zu Gr.'s Zeit wurde schon, wie er anführt, die gegentheilige Ansicht aufgestellt. Es ist jetzt der Stolz jedes Engländers und Amerikaners im Auslande, dass er weiss, die ganze Macht seines Staates stehe hinter ihm bereit, ihn gegen alle Ungerechtigkeit selbst mittelst des Krieges zu schützen. Vor einem Jahrzehnt drohte nur aus solchem Anlass ein Krieg zwischen Amerika und England auszubrechen, wo die öffentliche Meinung und das Rechtsgefühl ganz den Amerikanern sich zuwendete. Gr. stützt seine Ansicht auf den Nutzen und demnächst auf die Liebespflicht. Beides führt nicht zu dem Recht. Dies gewinnt Gr. nur dadurch, dass er den nicht minder bedenklichen Satz aufstellt: die Obrigkeit könne den Unterthan auch zur Erfüllung seiner Tugendpflichten zwingen.

blos Vasquius bestreitet es, sondern auch Sotus, von dessen Ansicht Vasquius zeigt, wie nahe sie an die Treulosigkeit grenzt. Sotus nimmt aber an, dass in einem solchen Falle der Einzelne schuldig sei, sich den Feinden zu überliefern; aber Vasquius leugnet auch dies, weil dies der Natur der Gemeinschaft widerspreche, welche Jeder seines Nutzens wegen eingegangen sei.

3. Daraus folgt indess nur, dass der Bürger nach dem strengen Recht dazu nicht verbunden ist, aber nicht, dass es auch nach der christlichen Liebe recht sei. Denn es giebt viele Pflichten zwar nicht des Rechts, aber der Liebe, deren Erfüllung nicht blos löblich ist, wie Vasquius anerkennt, sondern die auch ohne Schuld nicht unterlassen werden können. Ein solcher Fall liegt hier vor; das Leben einer grossen Zahl unschuldiger Menschen hat er seinem Leben als dem eines Einzigen voranzustellen. Die Praxithea sagt in dem Erechtheus des Euripides:

„Denn wenn man die Zahlen kennt, was grösser und kleiner ist, dann überwiegt das Unglück eines Hauses nicht das der ganzen Stadt und ist ihm auch nicht gleich."

Deshalb hielt auch Phocion dem Demosthenes und Anderen das Beispiel der Töchter des Leios und der Hyacinthiden vor und verlangte, sie sollten lieber in den Tod gehen als gestatten, dass das Vaterland einen unersetzlichen Schaden erleide. [286] Cicero sagt in einer Rede für P. Sextius: „Wenn es mir auf einer Reise zu Wasser mit meinen Freunden begegnete, dass viele Seeräuber mit Schiffen aus vielen Orten drohten, sie würden das Schiff in den Grund bohren, wenn sie mich Einzigen nicht auslieferten, und wenn die Schiffsführer sich dessen weigerten und lieber mit mir untergehen, als jenen mich ausliefern wollten, so würde ich mich selbst in das Meer stürzen, um die Anderen zu retten und um die, welche sich meiner so annähmen, wo nicht einem gewissen Tode, doch auch nicht einer grossen Lebensgefahr auszusetzen." [287] Der-

---

[286] Philipp von Macedonien verlangte nämlich von Athen die Auslieferung des Demosthenes und drohte im Weigerungsfalle mit dem Kriege.

[287] Cicero bewegt sich hier in kasuistischen Erfindungen und Möglichkeiten, deren geringer Werth für die

selbe sagt im 3. Buche über die Zwecke: „Ein guter und weiser Mann, der den Gesetzen gehorcht und seine Pflicht als Bürger kennt, sorgt mehr für den Nutzen Aller, als Eines oder seiner selbst." Bei Livius findet sich der Ausspruch über die Molosser: „Ich habe wohl oft von Solchen erzählen hören, die für das Vaterland sich den Tod gegeben haben; aber das sind die Ersten, die es für recht halten, dass das Vaterland sich für sie opfere."

4. Es bleibt aber, auch wenn man dies zugiebt, noch die Frage, ob der Betreffende dazu gezwungen werden kann. Sotus bestreitet dies und stützt sich auf das Beispiel des Reichen, welcher dem Armen nach der Vorschrift der Barmherzigkeit mit Holz aushelfen muss, aber nicht dazu genöthigt werden kann. Indess ist das Verhältniss zwischen Privatpersonen ein anderes als zwischen Vorgesetzten und Untergebenen. Der Gleiche kann dem Gleichen nur zu dem zwingen, was er ihm nach dem strengen Rechte schuldet. Der Vorgesetzte kann aber auch zu dem zwingen, was die anderen Tugenden vor-

---

Wissenschaft schon früher (B. I. 226 Anm. 3) dargelegt worden ist. Solche ausserordentliche Fälle, wo gleich wichtige Pflichten kollidiren, treten zu selten und zu verschiedenartig ein, als dass eine Sitte oder Regel für ihre Entscheidung sich bilden könnte. Die Moral mit ihren blossen einzelnen Pflichten ist deshalb nicht im Stande, die Kollision aus diesen zu entnehmen; die eine Pflicht ist an sich so wichtig wie die andere; welche von ihnen weichen soll, könnte daher nur aus der Sitte entlehnt werden, die aber hier sich nicht gebildet hat. Deshalb bleiben solche Fälle der Entscheidung des Einzelnen überlassen; man lobt ihn, wenn er das fremde Wohl über das eigene stellt; aber man verdammt ihn auch nicht, wenn er anders handelt. Dies zeigt, dass bis hierher die Moral sich nicht erstreckt. Die rigorosen Lehrer und Prediger der Moral lieben es zwar, das fremde Wohl als das höhere hinzustellen, aber offenbar doch nur deshalb, weil sie auf weichem Polster am sicheren Schreibtisch sitzen, wo sich leicht moralisiren lässt. Cicero selbst hat in den letzten Tagen seines Lebens sich sehr muthlos und rathlos bewiesen und nirgends die hohen Lehren selbst bethätigt, die er in seinem Buche über die Pflichten so glänzend entwickelt.

schreiben, da dies in dem besonderen Recht des Vorgesetzten als solchem enthalten ist. So können bei Hungersnoth die Bürger genöthigt werden, ihr Getreide für Alle auszuliefern; deshalb kann auch in diesem Falle der einzelne Bürger zu dem, was die Liebe gebietet, gezwungen werden. Deshalb sagte Phocion, indem er auf seinen besten Freund Nikokles zeigte, es sei so weit gekommen, dass er, wenn Alexander es verlangte, auch diesen ausliefern würde.

IV. Nächst den Unterthanen, ja in gleicher Linie mit ihnen, müssen die Bundesgenossen vertheidigt werden, wenn dies ausgemacht ist, oder sie sich zum Schutz in die Gewalt eines Anderen begeben haben, oder wenn gegenseitige Hülfe ausbedungen worden ist. Ambrosius sagt: „Wer das Unrecht von einem Bundesgenossen nicht abhält, wenn er es kann, ist ebenso im Unrecht wie der, welcher es begeht." Dass aber solche Verträge nicht auf ungerechte Kriege ausgedehnt werden können, ist früher bemerkt worden. Deshalb befragten die Lacedämonier, ehe sie den Krieg mit den Athenern begannen, alle Bundesgenossen über die Gerechtigkeit des Unternehmens; ebenso die Römer die Griechen bei dem Kriege gegen Nabis. Aber der Genosse ist auch dann nicht verpflichtet, wenn kein guter Ausgang erwartet werden kann. Denn das Bündniss ist des Vortheils, nicht des Nachtheils wegen eingegangen. [288) — Der Genosse ist auch gegen den Genossen zu schützen, wenn nicht in dem ersten Bündnisse eine besondere Ausnahme gemacht worden ist. So konnten die Athener die Korcyräer, wenn deren Sache gerecht war, auch gegen die Korinther vertheidigen, obgleich diese ihre älteren Bundesgenossen waren.

V. Der dritte Fall betrifft die Freunde, denen zwar die Hülfe nicht versprochen ist, aber doch der Freundschaft wegen geschuldet wird, wenn sie leicht und ohne Nachtheil gewährt werden kann. So griff Abraham für seinen Verwandten Loth zu den Waffen; so verboten die Römer den Antibern die Seeräuberei gegen die Griechen,

---

[288) Auch dieser Satz ist höchst bedenklich und läuft gegen die Regeln der Ehre und Vertragstreue, wenn man einmal die Autoritäten dem Sittlichen unterwerfen will, wie Gr. doch überall thut.

als den Stammesgenossen der Italiker. Diese haben nicht blos für die Bundesgenossen, denen sie es nach dem Bündniss schuldeten, sondern auch für Freunde Krieg begonnen oder damit gedroht.

VI. Den letzten und weitesten Fall bildet die **menschliche Gemeinschaft** überhaupt, die allein schon zur Hülfeleistung verpflichtet. Seneca sagt: „Die Menschen sind zur gegenseitigen Hülfeleistung geschaffen." Euripides sagt in den Schutzflehenden:

„Eine Zuflucht gewähren die Felsen den wilden Thieren, die Altäre den Dienern, und die Städte den von Unglück verfolgten Städten."

Nach Ambrosius ist die Tapferkeit, welche die Schwachen vertheidigt, die volle Gerechtigkeit. Dieser Punkt ist früher erörtert worden. [289]

VII. 1. Es fragt sich hier, ob auch ein Mensch einen Menschen und ein Volk ein anderes vor Unrecht zu schützen verpflichtet ist. Plato will den bestrafen, der dem Andern bei drohender Gewalt nicht hilft; auch die Aegyptischen Gesetze verordneten dies. Allein erstlich ist dann keine Verbindlichkeit vorhanden, wenn die Gefahr offenbar ist; denn man kann sein Leben und sein Vermögen dem fremdem vorziehen. So ist es zu verstehen, wenn Cicero sagt: „Wer nicht hilft und dem Unrecht entgegentritt, wenn er kann, ist ebenso im Unrecht, als wenn er die Eltern oder das Vaterland oder die Genossen im Stich lässt." Das „kann" heisst hier: „ohne Nachtheil kann"; denn Cicero sagt anderwärts: „Mituner kann auch die Vertheidigung ohne Tadel unterlassen werden." Sallust sagt in seiner Geschichte: „Alle, welche unter günstigen Verhältnissen um die Theilnahme an dem Krieg gebeten werden, müssen bedenken, ob es nicht erlaubt sei, in Frieden zu bleiben; dann, ob das Erbetene auch recht, sicher und ehrenvoll sei, oder ob es unanständig sei.

2. Auch Seneca's Ausspruch ist hier zu beachten: „Dem Bedrohten werde ich helfen, wenn ich selbst nicht in Gefahr komme, es müsste sich denn darum handeln, dass ich mich einem grossen Manne oder einer grossen Sache zum Opfer brächte." Aber auch dann ist keine

---

[289] Man sehe Buch I. Kap. 5 Ab. 2 und Buch II. Kap. 20 Ab. 40.

Verbindlichkeit vorhanden, wenn der Unterdrückte nur durch den Tod des Angreifenden gerettet werden kann. Denn wenn der Angegriffene sein Leben dem des Angreifenden nachstellen kann, wie früher dargelegt worden ist, so fehlt der nicht, der dies bei dem Angegriffenen voraussetzt oder wünscht, dass er dies wolle; vorzüglich, wenn von Seiten des Angreifenden die Gefahr gross ist, und der Schaden unersetzlich und ewig.

VIII. 1. Auch das ist streitig, ob für fremde Unterthanen ein Krieg mit Recht begonnen werden kann, um sie gegen das Unrecht ihrer Obrigkeit zu schützen. Offenbar haben die Herrscher durch die Errichtung der Gemeinschaften bestimmte Rechte gegen die Untergebenen erlangt. In des Euripides Herakliden heisst es (v. 143 und 144):

„Wir, so viel wir innerhalb der Mauern dieser Stadt wohnen, genügen, um selbst unsere Urtheile zu vollziehen."

Auch gehört hierher:

„Schmücke Sparta, was Dir zugefallen; uns gebührt die Sorge für Mycenae!"

Auch Thucydides rechnet zu den Kennzeichen der höchsten Gewalt „das eigene Rechtsprechen nicht weniger wie das eigene Gesetzgeben und die eigene Wahl der Beamten." Ebenso lautet der Dichterspruch:

„Nicht Jenem, sondern mir hat das Schicksal die Herrschaft über das Meer und die Gewalt des Dreizacks gegeben."

Ebenso der Spruch:

„Niemals ist es den Göttern gestattet, die Thaten der Götter wieder aufzuheben."

Und der Spruch bei Euripides:

„Sitte ist es bei den Göttern, dass dem, was der Eine begeht, die Anderen nicht entgegen sein dürfen."

Damit nämlich, wie Ambrosius erklärt, „nicht durch die Sorge um fremde Angelegenheiten sie in Krieg mit einander gerathen." Bei Thucydides erklären die Korinther es für billig, „dass Jeder das Strafrecht gegen die Seinigen selbst übe." Auch Perseus weigert sich in der Rede bei Martius, das, was er den Dolopern geleistet, hier zu thun, indem er sagt: „Dort habe ich aus meinem Recht gehandelt; denn sie gehörten zu meinem Reiche und waren mir untergeben." Indess findet dies Alles nur statt, wenn die Unterthanen sich wirklich vergangen haben, oder wo die Sache wenigstens zweifelhaft ist. Denn dazu ist die leitende Gewalt der Herrscher eingerichtet worden.

2. Wenn aber das Unrecht so klar ist, wie es von Busiris, Phalaris, dem Thracier Diomedes gegen ihre Unterthanen verübt worden, und kein gerechter Mann es billigt, so ist das Recht der menschlichen Gesellschaft nicht gehemmt.[290] So griffen Constantin gegen Maxantius und Licinius, und andere Kaiser gegen die Perser zu den Waffen, oder drohten damit, um sie von Gewaltthaten gegen die Christen abzuhalten.

3. Selbst wenn man zugiebt, dass die Unterthanen selbst bei dem höchsten Druck die Waffen gegen ihr Staatsoberhaupt nicht ergreifen dürfen (worüber selbst die Vertheidiger der königlichen Gewalt zweifelhaft sind), so folgt daraus noch nicht, dass auch kein Anderer für sie die Waffen ergreifen dürfe. Denn wenn einer Handlung nur ein persönliches und kein sachliches Hinderniss entgegensteht, so kann dem Einen erlaubt sein, was dem Andern es nicht ist, sobald nur die Sache so beschaffen ist, dass der Eine dem Andern nützen kann. So tritt für

---

[290] Auch dieser Satz des Gr. wird von dem modernen Völkerrecht nicht anerkannt. Die erste Regel ist jetzt die Selbstständigkeit der einzelnen Staaten; kein Staat hat zu interveniren wegen innerer Vorfälle in den Nachbarstaaten. Die moderne Zeit drängt immer mehr zur völligen Beseitigung des sogenannten Interventionsrechts. Indess ist es eine Täuschung, wenn die neuesten Lehrbücher dasselbe als wirkliches Recht hinstellen. Auch hier kann von einem wahren Recht nicht die Rede sein; die Beziehungen der einzelnen Staaten sind so mannigfach, dass keiner die inneren Vorgänge in dem anderen, insbesondere auch seine Vergrösserung, mit völliger Gleichgültigkeit unbeachtet lassen kann. Aber die Grenze, wo und wie eine Intervention in dem einzelnen Falle begründet, ist weder durch Regeln der Klugheit (Politik) noch des Rechts festzustellen. Diese Frage bestätigt von Neuem, dass das freie Handeln der Staaten und Autoritäten durch kein Recht geregelt werden kann (B. XI. 145).

den Mündel, der nicht vor Gericht erscheinen kann, der Vormund oder ein Anderer auf, und ebenso für einen Abwesenden ein Vertheidiger auch ohne Auftrag. Das Hinderniss, welches dem Widerstand des Untergebenen entgegensteht, kommt aber aus einem Umstand, der für den Untergebenen und den Nichtuntergebenen nicht gleich ist; er beruht auf einer persönlichen Eigenschaft, die auf den Andern nicht übergeht.

4. Seneca ist daher der Ansicht, dass ich den mit Krieg überziehen kann, der, getrennt von meinem Volke, das seinige misshandelt, wie wir auch bei Gelegenheit der verlangten Bestrafung gesagt haben, welche oft mit der Vertheidigung von Unschuldigen verbunden ist. Aus der alten und neueren Geschichte ist allerdings bekannt, dass die Begierde nach fremdem Besitz dies oft nur als Vorwand benutzt hat; doch hört ein Recht nicht deshalb auf, dass es von Schlechten gemissbraucht wird; denn auch die Seeräuber fahren zur See, und die Diebe bedienen sich des Eisens.

IX. 1. So wie aber die Kriegsbündnisse unerlaubt sind, bei welchen zu jedem Kriege ohne Unterschied Hülfe versprochen wird, so ist auch keine Lebensweise verwerflicher als die Jener, welche ohne Rücksicht auf die Sache blos um des Soldes willen Kriegsdienste leisten, und bei denen der Satz gilt:

„Dort ist das Recht, wo der Sold am höchsten ist,"

welchen Plato aus dem Tyrtäus anführt. Dies war es, was Philipp den Aetoliern und Dionys von Milet den Arkadiern vorhielt mit den Worten: „Sie bringen den Krieg auf den Jahrmarkt, und das Elend Griechenlands gilt den Arkadiern als Geldverdienst. Ohne Rücksicht auf die Sache bieten sie ihre Waffen bald hier, bald dort an." Eine erbärmliche Sache, wie Antiphanes sagt,

„Ein Soldat, der um des Lebens willen sich todtschlagen lässt."

Dio von Prusa sagt: „Was ist uns nöthiger oder werthvoller als das Leben? Und selbst dieses verlieren Viele aus Begierde nach Geld."

2. Es wäre nicht so schlimm, wenn sie nur ihr Leben verkauften und nicht auch das anderer Unschuldiger; dadurch sind sie schlechter als der Henker; denn es ist

schlechter, ohne Recht als mit Recht tödten. Schon Antisthenes sagte: „Die Henker seien besser als die Tyrannen, da jene nur die Schuldigen, diese aber die Unschuldigen tödteten." Der ältere Philipp von Macedonien sagte: „Dieser Art Leuten, die von dem Söldnerdienst lebten, sei der Krieg ihr Frieden und der Frieden ihr Krieg."

3. Der Kriegsdienst gehört nicht zu den Handwerken; es ist vielmehr eine so abscheuliche Sache, dass nur die höchste Noth oder die wahre Liebe ihn ehrlich machen kann, wie aus dem in den früheren Kapiteln Gesagten erhellt. Nach Augustin ist „der Kriegsdienst kein Vergehen; aber der Beute wegen dienen, ist Sünde."

X. Dies gilt selbst, wenn es nur oder hauptsächlich um der Löhnung willen geschieht, während sonst die Annahme der Löhnung erlaubt ist. „Wer würde auf seine eigenen Kosten im Kriege dienen?" sagt der Apostel Paulus. [291]

---

[291] Dieser Angriff des Gr. gegen das Söldnerwesen erklärt sich aus den geschichtlichen Zuständen seiner Zeit und des vorgegangenen Jahrhunderts, wo allerdings Generale mit ihren Regimentern sich an Jeden verkauften, der ihre Dienste gut bezahlte. Allein damit kann das Prinzip an sich nicht widerlegt werden. Friedrich der Grosse hat seine Kriege zum grössten Theil mit Miethstruppen geführt und konnte in seiner Zeit die Grösse seines Landes und Deutschlands nicht anders begründen. Die Frage der allgemeinen Wehrpflicht oder des freiwilligen Kriegsdienstes kann weder nach der Moral noch nach dem Naturrecht in solcher Abstraktion entschieden werden und erhält nur aus dem ganzen sittlichen und wirthschaftlichen Zustande eines Volkes und aus der Art der Kriegführung in jeder Zeit ihre rechtliche Entscheidung; so, dass zu verschiedenen Zeiten hier, wie in vielen anderen Punkten, das Entgegengesetzte sittlich sein kann und gewesen ist.

Kapitel XXVI.
Ueber die gerechten Kriege derer, welche fremder Gewalt unterthan sind. [292]

I. Bisher ist von Denen gehandelt worden, die selbstständig sind; Andere sind dagegen zum Gehorsam verbunden, wie die Söhne in väterlicher Gewalt, die Sklaven, die Unterthanen und auch die einzelnen Bürger im Verhältniss zu ihrem Staatskörper.

II. Wenn diese zur Berathung zugezogen werden, oder wenn sie frei wählen können, ob sie den Krieg beginnen oder sich ruhig verhalten wollen, so haben sie dieselben Regeln zu befolgen wie die, welche selbstständig den Krieg für sich oder Andere beginnen.

III. 1. Wenn ihnen aber wie gewöhnlich aufgegeben wird, sich zum Kriege einzufinden, so müssen sie, wenn

---

[292] Die Ueberschrift dieses Kapitels lässt schwer erkennen, was darin behandelt wird. Gr. untersucht hier die schwierige Frage, inwieweit ein an sich zum Gehorsam Verpflichteter seinen Gehorsam verweigern kann, wenn der Befehl etwas Unrechtes oder Unerlaubtes fordert. Es handelt sich also hier um die Kollision der Pflicht des Gehorsams mit der Pflicht, kein Unrecht zu thun. Naturrecht und Moral sind aus den früher dargelegten Gründen nicht im Stande, diese Kollision zu entscheiden; sie ist zum Theil durch positive Gesetze der Autoritäten geregelt und fällt darüber hinaus in das Gebiet der Kasuistik, welches der moralischen Wissenschaft unzugänglich ist. Gr. ist in seinem starken sittlichen, aber unpraktischen Gefühle eines Gelehrten für die Versagung des Gehorsams, wenn das Gebot unerlaubt ist. Allein die Hauptsache: wer hat über diese Frage des Unerlaubten zu entscheiden? lässt er unberührt. Das wirkliche Leben zeigt, dass diese Frage keine einfache Regelung zulässt, sondern verschieden geordnet wird, nach Verschiedenheit der Stellung der Vorgesetzten und nach der Natur des Dienstverhältnisses, was bald strengeren, bald gelinderen Gehorsam

die Ungerechtigkeit des Krieges feststeht, sich dessen enthalten. Nicht blos die Apostel, sondern auch Sokrates haben gesagt, dass man Gott mehr gehorchen müsse als den Menschen, und auch die jüdischen Lehrer haben einen Spruch, dass man einem Könige, der etwas gegen

verlangt. Deshalb überwiegt bei den Soldaten das Prinzip des Gehorsams, während bei dem häuslichen Gesinde die Pflicht der Selbstprüfung überwiegt. In der Mitte von Beiden, aber mit mannigfachen Maassgaben stehen die Beamten zu ihren Vorgesetzten, die Schüler zu ihren Lehrern, die Kinder zu ihren Erziehern. Allein auch hier kann das Gesetz nur die Durchschnittsregel aufstellen; überall kann die Kasuistik Fälle ausdenken, welche es zweifelhaft machen, ob nicht in solchen das andere Prinzip überwiegen muss. — Die Frage ist deshalb heute noch ebenso streitig wie im Mittelalter und in der antiken Zeit. Die heutzutage so viel besprochenen Fragen über die Vereidigung des Heeres auf die Verfassung, über die Verantwortlichkeit der Unterbeamten für das von ihnen auf Befehl Gethane, über die unmittelbare Zulässigkeit des Rechtsweges gegen Beamte aus ihren Amtshandlungen, über den Gehorsam der Geistlichen gegen die Gebote und Gesetze des Staates sind alles nur besondere Gestaltungen der hier vorliegenden Hauptfrage. Auch hier hängt die Rechtsentwickelung von der Totalität der Verhältnisse einer Nation ab. In Zeiten, wo man vor Allem nach Ordnung und Ruhe verlangt, in Staaten mit absoluten Verfassungsformen überwiegt das Prinzip des Gehorsams; in Zeiten, wo man nach langem Druck in die Freiheit tritt, und in sogenannten Verfassungsstaaten überwiegt das Prinzip der Selbstprüfung. In sich ist Eines so berechtigt wie das Andere, und deshalb kann das sogenannte Naturrecht hier nicht über die Phrase hinauskommen, wo bald das eine, bald das andere Prinzip hervorgehoben und das Gefühl dafür wachgerufen wird. — Hiernach wird der Leser den Werth dieses Kapitels leicht selbst erwägen können. Er ist um so geringer, als auch hier Gr. sich nur in den Verhältnissen der antiken Welt und in den ersten Zeiten des Christenthums bewegt, wo dasselbe noch ausserhalb der staatlichen Verbindung stand und deshalb das Prinzip des bürgerlichen Gehorsams leicht unterschätzen konnte.

Gottes Gesetz befiehlt, nicht gehorchen dürfe. Es ist ein Ausspruch des Polykarp auf seinem Todtenbett vorhanden: „Wir sind gelehrt worden, den Herrschern und Obrigkeiten, die von Gott eingesetzt sind, die Ehre zu geben, so weit es Recht ist und unser Heil nicht verletzt." Und der Apostel Paulus sagt: „Ihr Kinder gehorcht den Eltern in dem Herrn; denn das ist recht." Hieronymus bemerkt dazu: „Die Kinder sündigen, wenn sie den Eltern nicht gehorchen, und da die Eltern auch etwas Verkehrtes befehlen könnten, hat er zugefügt: „„in dem Herrn"". Er fügt dann über die Sklaven hinzu: „Wenn der Herr des Fleisches etwas gegen den Herrn des Geistes befiehlt, so ist nicht zu gehorchen." Derselbe sagt anderwärts: „Die, welche den Herren oder Eltern unterthan sind, haben ihnen nur in dem zu gehorchen, was nicht gegen Gottes Gebot ist." Denn derselbe Apostel hatte gesagt, Jeder werde den Lohn seiner That empfangen, sei er ein Freier oder ein Sklave. Tertullian sagt: „Es ist deutlich verordnet, dass wir nach der Apostel Anordnung in allem Gehorsam den Obrigkeiten, Fürsten und Gewalten unterthan sein sollen, aber innerhalb der Grenzen des Erlaubten." In dem Märtyrerbuche sagt der Märtyrer Silvanus: „Die Römischen Gesetze verachten wir, damit wir die göttlichen Gesetze beobachten." Bei Euripides sagt Kreon:

„Gebietet nicht das Recht, dem Befehl zu gehorchen?"

und Antigone antwortet:

„Was das Recht nicht befiehlt, hat man kein Recht zu vollstrecken."

Musonius sagt: „Wer einem Vater oder einer Obrigkeit oder einem Herrn, der etwas Schlechtes oder Unrechtes befiehlt, nicht gehorcht, der ist nicht ungehorsam, thut kein Unrecht und keine Sünde."

2. Gellius bestreitet den Satz, dass jedem Befehle des Vaters zu gehorchen sei. Er sagt: „Denn wie, wenn er den Verrath des Vaterlandes, die Ermordung Deiner Mutter oder anderes Böse und Schlechte befiehlt?" Die mittlere Ansicht ist deshalb die höhere und die bessere, dass man einzelnem zu gehorchen, anderem nicht zu folgen habe. Der ältere Seneca sagt: „Nicht allen Befehlen ist zu gehorchen." Quintilian: „Die Kinder

brauchen nicht Alles zu thun, was der Vater befiehlt; Vieles darf nicht geschehen. Wenn Du dem Sohne befiehlst, einen Richterspruch gegen seine Ueberzeugung zu thun, oder über eine ihm unbekannte Sache Zeugniss abzulegen; wenn Du ihm seine Abstimmung im Senate vorschreibst, wenn Du mich heisst das Kapitol anzünden, eine Festung anzulegen, so kann ich sagen: dies darf nicht geschehen." Seneca sagt: „Wir können aber nicht Alles befehlen, und die Sklaven brauchen nicht in Allem zu gehorchen. Einen gegen den Staat gerichteten Befehl werden sie nicht erfüllen und zu keinem Verbrechen die Hand reichen." Sopater sagt: „Man muss dem Vater gehorchen, wenn er innerhalb des Rechts bleibt; aber nicht, wenn er darüber hinausgeht." Stratokles ist verlacht worden, als er in Athen den Gesetzvorschlag machte, dass Alles, was dem Demetrius belieben würde, als fromm bei den Göttern und gerecht bei den Menschen gelten solle. Plinius sagt, er habe in einer Schrift nachgewiesen, dass der Gehorsame zu einem Verbrecher werden könne.

3. Selbst die Gesetze der einzelnen Staaten, welche den entschuldbaren Vergehen gern Verzeihung angedeihen lassen, begünstigen zwar die, welche Gehorsam zu leisten haben, aber doch nicht überall; sie machen bei rohen Unthaten und Verbrechen eine Ausnahme, die in sich selbst schlecht und nichtswürdig sind, wie Cicero sagt; bei Unthaten, die von selbst, nicht blos nach der Ausführung der Rechtsgelehrten, sondern nach natürlicher Auffassung zu fliehen sind, wie Asconius es erklärt.

4. Hecataeus hat nach Josephus berichtet, dass die unter Alexander dem Grossen dienenden Juden weder durch körperliche Züchtigung noch durch Ehrenstrafen dazu gebracht werden konnten, mit den übrigen Soldaten Erdreich zur Herstellung des Belustempels in Babylon anzufahren. Ein näher liegendes Beispiel haben wir an der Thebanischen Legion, welches ich früher erzählt habe, und an den Soldaten des Julian, von denen Ambrosius sagt: „Obgleich der Kaiser Julian ein Abtrünniger war, so hatte er doch christliche Soldaten in seinem Heere. Wenn er ihnen sagte: geht in die Schlacht zur Vertheidigung des Staates, so gehorchten sie; als er ihnen aber sagte: richtet Eure Waffen gegen die Christen, da gaben

sie dem Herrscher des Himmels die Ehre." So liest man auch, dass die zur Hinrichtung benutzten Soldaten, welche sich zu dem Christenthum bekehrt hatten, lieber den eignen Tod wählten, als dass sie zur Vollstreckung der Verordnungen und Urtheile gegen die Christen die Hand geboten hätten.

5. Ebenso wird es sein, wenn Jemand das Befohlene fälschlich für unerlaubt hält. Denn für diesen ist die Sache so lange unerlaubt, als er seine Ansicht nicht ändern kann; wie aus dem Früheren erhellt. [293]

IV. 1. Wie aber, wenn er schwankt, ob die Sache erlaubt sei oder nicht; soll er gehorchen oder nicht? Die Meisten sind für den Gehorsam; der Satz: thue das Zweifelhafte nicht, soll dem nicht entgegenstehen, denn wer in der Betrachtung zweifelt, brauche in dem Handeln nicht zu zweifeln; er könne nämlich glauben, dass in zweifelhaften Fällen dem Vorgesetzten zu gehorchen sei. Allerdings ist diese Unterscheidung zwischen Betrachtung und Handlung in vielen Fällen statthaft; die bürgerlichen Gesetze der Römer und vieler anderer Völker gewähren in solchen Fällen den Gehorchenden nicht blos Straflosigkeit, sondern schützen ihn auch vor der Civilklage; sie sagen: der, welcher befiehlt, ist der Beschädiger; dagegen trägt der keine Schuld, welcher gehorchen muss; die Uebermacht der Obrigkeit und Aehnliches entschuldigt.

2. Selbst Aristoteles rechnet im 5. Buche seiner Nicomachischen Ethik zu denen, die zwar ein Unrechtes, aber nicht mit Unrecht thun, auch den Sklaven, dem der Herr es befiehlt. Unrecht handle nur der, von dem die Handlung ausgehe; in dem Sklaven sei keine volle überlegende Kraft, wie das Sprüchwort sagt:

„Das Sklavenjoch nimmt die Hälfte der Tugend."
Und:
„Jupiter nehme denen, die ein Sklavenleben führen sollen, die eine Hälfte der Seele."

---

[293] Es ist auffallend, dass Gr. nicht bemerkt, wie ein solcher Grundsatz zur völligen Auflösung des Staates führen muss. Wäre dies 1866 in Preussen bei Einziehung der Landwehr und Ausschreibung der Kriegslasten erlaubt gewesen, so wäre Preussen und Deutschland von der Landkarte verschwunden.

und jener Spruch, den Philo benutzt:
„Du bist als Sklave geboren und hast daher keine Verantwortung."
und jener Ausspruch von Tacitus:
„Den Fürsten geben die Götter das entscheidende Urtheil; den Unterthanen bleibt der Ruhm des Gehorsams."
Derselbe Schriftsteller erzählt, dass Tiberius den Sohn des Piso von dem Verbrechen des Bürgerkrieges frei gesprochen habe, „weil der Sohn dem Befehle seines Vaters den Gehorsam nicht habe verweigern können." Seneca sagt: „Der Sklave ist nicht der Censor, sondern der Diener seiner Herrschaft."

3. Was insbesondere das militärische Verhältniss anlangt, so ging Augustin's Meinung hierüber dahin: „Also kann ein rechtlicher Mann, wenn er zufällig unter einem kirchenräuberischen Könige dient, auf dessen Befehl getrost in den Krieg gehen, wenn er, der bürgerlichen Ordnung sich fügend, sicher ist, dass das von ihm Verlangte nicht gegen Gottes Gebot geht, oder dies wenigstens zweifelhaft ist. Vielleicht macht deshalb die Unbilligkeit des Befehls den König schuldig, aber die Dienstordnung zeigt Jenen als einen schuldlosen Soldaten." Und an einer anderen Stelle: „Wenn ein Soldat, der Macht gehorchend, unter die er gesetzlich gestellt ist, einen Menschen tödtet, so ist er nach dem Gesetz seines Staates kein Todtschläger; vielmehr wäre er, wenn er es nicht thäte, des Ungehorsams und der Missachtung des Befehls schuldig. Hat er es aber von selbst auf seine Gefahr gethan, so hat er Menschenblut strafbar vergossen." Wie er also, wenn er es ohne Befehl thut, strafbar wird, so wird er es auch, wenn er trotz des Befehls es nicht thut. Daher kommt die Meinung, dass es in Bezug auf die Unterthanen einen Krieg gebe, der auf beiden Seiten gerecht ist, d. h. frei von Unrecht. Deshalb heisst es:
„Wer mit Recht die Waffen ergreife, ist unrecht zu fragen."

4. Es hat dies jedoch seine Schwierigkeiten. Unser Hadrian, der letzte Papst von dieser Seite der Alpen, ist der anderen Ansicht. Sie lässt sich zwar nicht auf den von ihm angeführten Grund stützen, aber darauf, dass, wer in der Beurtheilung schwankt, bei der That den

sicheren Theil zu wählen hat; und dieser ist die Enthaltung vom Kriege. Die Essener werden gelobt, dass sie unter Anderem schwuren, sie würden Niemand beschädigen, selbst wenn es ihnen befohlen würde. Ihnen ahmten die Pythagoräer nach, welche nach Jamblichus Zeugniss des Krieges sich enthielten, weil der Krieg zu der Tödtung führt, ja sie gebietet.

5. Auch ändert es nichts, dass von der anderen Seite die Gefahr des Ungehorsams vorliegt. Denn wenn Beides ungewiss ist (denn wenn der Krieg wirklich ungerecht ist, so ist diese Vermeidung kein Ungehorsam), so ist das Mindere von Beiden ohne Sünde. Ungehorsam in solchen Dingen ist aber seiner Natur nach gegen die Tödtung das geringere Uebel, vorzüglich wenn letztere viele Unschuldige trifft. [294] Die Alten erzählen, dass Merkur wegen der Tödtung des Argus sich mit dem Befehl Jupiter's entschuldigt hätte, aber dass die Götter doch nicht gewagt, ihn freizusprechen. Auch Martial wagt dies bei Pothinus, dem Diener des Ptolemäus, nicht; denn er sagt:

„Doch ist die Sache des Antonius schlimmer als
 die des Pothinus; dieser that es für seinen Herrn,
 Jener für sich." [295]

Auch der von Einigen angeführte Grund, dass der Staat dadurch gefährdet werde, ist nicht erheblich; man sagt, es sei in der Regel unzweckmässig, dem Volke die Gründe der Staatsbeschlüsse mitzutheilen. Allein wenn dies auch von den Nützlichkeitsgründen eines Krieges gelten könnte, so ist es doch für die Rechtsgründe nicht richtig; diese müssen klar und überzeugend und also derart sein, dass man sie öffentlich aussprechen kann und muss. [296]

---

[294] Gr. übersieht ganz, dass die Gefahr aus dem unbegründeten Zweifel viel grösser für das eigene Vaterland werden kann, wenn dadurch die Vertheidigung desselben gegen einen einbrechenden Feind gehemmt und geschwächt wird.

[295] Pothinus tödtete auf Befehl seines Herrn, des Königs Ptolemaeus von Aegypten, den Pompejus, welcher damals als Gastfreund und nicht als Feind zu Ptolemäus gekommen war.

[296] Die Naivetät des Gr. übersteigt hier alle Grenzen. In den meisten Fällen laufen die Rechts- und die Nütz-

6. Was Tertullian von den Gesetzen überhaupt in zu starker Weise sagt, gilt wenigstens ganz für die Gesetze oder Gebote über Führung des Krieges. Er sagt: „Kein Bürger gehorcht wahrhaft dem Gesetz, wenn er nicht weiss, was das ist, was das Gesetz verfolgt. Kein Gesetz ist nur sich allein das Bewusstsein seiner Gerechtigkeit schuldig, sondern auch denen, von denen es den Gehorsam erwartet. Uebrigens ist ein Gesetz, was sich nicht rechtfertigen mag, verdächtig und gottlos, wenn es trotzdem, dass es als unrecht erwiesen worden, die Herrschaft führt." Bei Papinius sagt Achill zu Ulysses, der ihm zum Kriege zuredet (Achilléis II. v. 332):

„Sage, was war für die Danaer der Anfang eines so grossen Krieges? Gleich von da möchte ich meinen gerechten Zorn ableiten."

Bei demselben sagt Theseus (Theb. XII. 648):

„Geht munter voran und vertraut, ich bitte, so grosser Sache."

Propertius sagt (4. Eleg. VI. v. 51, 52):

„Die Sache bricht und hebt die Kraft des Soldaten; ist sie keine gerechte, so schlägt die Scham die Waffen aus der Hand."

Ebenso sagt der Panegyrist: „So sehr macht sich selbst in dem Kriege das gute Gewissen geltend, dass der Sieg

---

lichkeitsgründe für den Beginn eines Krieges so in einander, dass sie nicht zu trennen sind, und selbst wenn die Rechtsgründe für sich darzulegen wären, so bleiben hier theils die Thatsachen bestritten, theils stehen den rechtlichen Auffassungen andere gleich berechtigte Ansichten gegenüber, so dass in der Regel jedes der kriegführenden Länder das Recht auf seiner Seite zu haben glaubt. So hatte bei den letzten Kriegen in Italien Oesterreich das Recht aus den Verträgen von 1815 für sich, Italien die nationale Idee der Einheit und Selbstständigkeit; ähnlich verhielt es sich 1866 zwischen Preussen, Oesterreich und den Deutschen Mittelstaaten. Wer kann es wagen, hier über das Recht zu Gericht zu sitzen? Wohin sollte also es führen, wenn jeder Bürger in solchem Falle das Recht hätte, seinen Gehorsam von seiner Ueberzeugung über die Rechtmässigkeit des Krieges abhängig zu machen?

weniger der Tapferkeit als der Rechtlichkeit zufällt." Und so legen gelehrte Männer das Hebräische Wort *Jarek* (Gen. XIV. 14) aus, nämlich so, dass es also bedeute, die Diener Abraham's seien vor der Schlacht vollständig von ihm über die Gerechtigkeit seiner Sache belehrt worden.

7. Und allerdings pflegten die Kriegsankündigungen, wie später gezeigt werden wird, öffentlich und ausführlich zu geschehen, damit gleichsam das ganze Menschengeschlecht über die Gerechtigkeit der Sache urtheilen könne. Die Klugheit ist nämlich nach Aristoteles eine dem Befehlenden eigenthümliche Tugend; die Gerechtigkeit aber ist die Tugend eines jeden Menschen als solchen.

8. Ueberhaupt ist der erwähnte Ausspruch Hadrian's zu befolgen, sobald der Untergebene nicht blos zweifelt, sondern aus berechtigten Gründen mehr dafür ist, dass der Krieg ein ungerechter ist, namentlich wenn es sich dabei um einen Angriff gegen Andere und nicht um den Schutz der Seinigen handelt.

9. Man kann sogar annehmen, dass selbst der Scharfrichter, welcher einen Veurtheilten hinrichten soll, entweder durch seine Gegenwart bei der Verhandlung oder durch das Geständniss das Wesentliche des Falles kennt, damit er sicher ist, der Tod sei deshalb verdient. [297] So wird es auch an manchen Orten gehalten, und dasselbe hat das Jüdische Gesetz vor Augen, wenn es verlangt, dass Zeugen dem Volke bei einem zur Steinigung Verurtheilten vorausgehen sollen.

V. 1. Kann durch Auseinandersetzung des Falles die genügende Ueberzeugung bei dem Unterthanen nicht bewirkt werden, so soll eine gute Obrigkeit lieber ausserordentliche Steuern einfordern, als Soldaten einziehen, besonders wenn Andere zu dem Kriegsdienst bereit sind; denn ein gerechter König kann sich ihrer bedienen, mögen sie in gutem oder in schlechtem Glauben sein; wie ja auch Gott die Werke des Teufels und der Gottlosen

---

[297] Man sieht an diesem Satz, wohin die Konsequenz in Festhaltung eines einseitigen Prinzips selbst einen in Staatsgeschäften erfahrenen Mann, wie Gr., führen kann.

benutzt, und wie der ohne Schuld ist, der in der Noth das Geld von einem gottlosen Wucherer borgt. [298]

2. Aber wenn auch die Rechtlichkeit des Krieges unzweifelhaft ist, so ist es doch nicht recht, Christen wider ihren Willen zum Kriegsdienst zu zwingen, da die Enthaltung davon selbst bei dem, welchem der Dienst erlaubt ist, von höherer Heiligkeit zeugt. Man hat dies lange bei Geistlichen und Büssenden verlangt, allen Anderen aber vielfach empfohlen. Als Celsus die Christen wegen Verweigerung des Kriegsdienstes tadelte, antwortete ihm Origenes: „Wir wollen denen, die im Unglauben uns befehlen, für den Staat in den Krieg zu ziehen und Menschen zu tödten, sagen: die Priester Eurer Götzenbilder und Götter und die, welche Ihr Flamines nennt, bewahren sich reine Hände für die Opfer, um sie mit unblutigen und durch keinen Mord befleckten Händen Euren vermeinten Göttern darzubringen, und wenn ein Krieg entsteht, werden die Priester nicht mit eingestellt. Wenn dies mit Grund geschieht, um wie viel mehr sind dann, während die Uebrigen in den Krieg ziehen, die zu dem Dienst in ihrer Weise als Priester und Verehrer Gottes zu verstatten, die zwar ihre Hände rein halten, aber mit Gebeten zu Gott für die kämpfen, die rechten Kriegsdienst leisten, und für den, der recht regiert?" Unter Priestern versteht er hier die Christen überhaupt, nach dem Beispiel der heiligen Schrift. Apoc. I. 6; 1. Petr. II. 5.

VI. 1. Selbst in einem nicht blos zweifelhaften, sondern offenbar ungerechten Kriege kann dennoch eine gerechte Vertheidigung von Seiten der Unterthanen vorkommen. Denn da der Feind selbst in einem für ihn gerechten Kriege kein wahres und inneres Recht hat, die unschuldigen und von dem Kriege entfernten Unterthanen zu tödten, ausgenommen der nothwendigen Vertheidigung wegen, oder in blosser Folge und ohne Absicht (denn Jene haben keine Strafe verdient), so folgt, dass, wenn es gewiss ist, der Feind komme in der Absicht, das

---

[298] Diese Wendungen und Ausflüchte, womit Gr. seine Ansicht zu vertheidigen sucht, stehen der jesuitischen Lehre, dass der Zweck die Mittel heilige, ganz nahe.

Leben der gegnerischen Unterthanen nicht zu schonen, obgleich er es könnte, die Unterthanen sich nach dem Naturrecht gegen ihn vertheidigen können, und auch das Völkerrecht hat sie hierin nicht beschränkt.

2. Aber auch dann kann man nicht sagen, dass der Krieg auf beiden Seiten gerecht sei; denn es handelt sich dann um keinen Krieg, sondern nur um eine einzelne bestimmte Handlung. Da diese Handlung des Feindes ungerecht ist, wenngleich er sonst zum Kriege berechtigt sein mag, so ist die Vertheidigung dagegen mit Recht gestattet.

Drittes Buch.[1]

Kapitel I.

Allgemeine naturrechtliche Regeln über das, was im Kriege erlaubt ist; insbesondere über List und Betrug.

I. Die Personen, welche Krieg führen, und die Gründe, aus denen der Krieg erlaubt ist, sind bisher erörtert worden. Es bleibt noch zu untersuchen, was in dem Kriege

---

[1] In diesem dritten Buche behandelt Gr. das eigentliche Kriegsrecht, d. h. die Regeln, welche über die Art der Führung des Kriegs und demnächst über seine Beendung durch den Friedensschluss sich gebildet haben. Es ist von hohem Interesse die Entwickelungen zu verfolgen, welche die Kollisionen entgegengesetzter Prinzipien gerade hier genommen haben, wo der Gegensatz stärker ist als in irgend einem andern Gebiete. Das eine Prinzip geht auf Niederwerfung des Feindes, und indem die Gewalt dazu hier offen gestattet ist, wird damit von selbst das in dem friedlichen Verkehr herrschende Prinzip der Geselligkeit und Menschenliebe ausgeschlossen. Allein neben den Leidenschaften der Macht, des Ehrgeizes oder der Rache, welche zu dem Kriege führen, bleiben auch die Triebe der Liebe und Milde in dem Menschen mächtig, sie treten der Brutalität in der Art der Kriegführung entgegen, und aus dem Kompromiss dieser verschiedenen Mächte in der Brust der Menschen bildet sich das sogenannte Kriegsrecht, was der rohen Gewalt und List selbst da Schranken setzt, wo diese Mächte privilegirt sind. Es erhellt, dass hier von einem Naturrecht so

erlaubt ist, und in welchem Maasse und in welcher Weise;
entweder an sich, oder nach vorgehendem Versprechen.
Das an sich Erlaubte ist zunächst nach dem Naturrechte,
dann nach dem Völkerrechte zu erwägen. Hiernach
wird das an sich naturrechtlich Erlaubte zuerst zu erörtern sein.

---

wenig wie von einer natürlichen Moral die Rede sein
kann; aus jenen sich bekämpfenden Prinzipien kann die
Grenze ihrer gegenseitigen Beschränkung nicht abgeleitet
werden, vielmehr bestimmt die Totalität der Natur- und
Lebensverhältnisse eines Volkes und einer Zeit, wie weit
das eine Prinzip dem andern zu weichen hat oder nicht.
Die Geschichte lehrt, dass, je roher die Völker und die
die Zeit ist, um so mehr das Prinzip der Gewalt und
List überragt; je mehr dagegen die Kultur fortschreitet,
um so mehr gelangt das Prinzip der Milde, der Liebe
und der Ehrlichkeit selbst in diesem Gebiete der Gewalt
zur Geltung und zieht dem ersten Prinzip immer engere
Grenzen. Das Sittliche ist daher hier so durchaus positiver
Natur wie in jedem anderen Gebiete. Es giebt hier nichts
Ewiges, nichts a priori Vernünftiges. Auch können die
verschiedenen Zeiten im Grade der Sittlichkeit nicht mit
einander verglichen und die eine Zeit über die andere
gestellt werden (B. XI. 194). Uebrigens hat auch das
Prinzip der Liebe sein Uebermass in sich, wodurch
es seinen eigenen Zweck verfehlt. Eine übertriebene
Milde und Rechtlichkeit kann die Kräfte so lähmen, dass
die Kriege viel langwieriger und damit blutiger und ver-
derblicher werden. Deshalb sinkt mit der Gefährlichkeit
und Tödtlichkeit der Waffen die Zahl der im Kriege Ge-
bliebenen und Verwundeten. Deshalb wirken die Kriege
in diesem Jahrhundert trotz ihrer ungeheuren Kraftent-
wickelung doch nicht so verderblich wie die Kriege des
16. und 17. Jahrhunderts. Uebrigens gestaltet sich der Kompromiss zwischen beiden Prinzipien nicht bloss nach dem
Kulturzustand überhaupt, sondern auch nach den besonderen
Arten des Krieges verschieden. Im Seekriege gelten z. B.
für den Schutz des Privateigenthums und für den Verkehr
der Neutralen andere Grundsätze wie im Landkriege, und
es bleibt zweifelhaft, ob die angebliche Humanität, mit
der man die Prinzipien des letzteren auch auf den See-

II. 1. Die Mittel zu einem Zwecke empfangen, wie früher erwähnt worden ist, in moralischen Fragen ihr sittliches Erlaubtsein erstlich von dem Zwecke; deshalb hat man ein Recht auf das, was zu dem Zwecke eines zu verwirklichenden Rechts nothwendig ist, wobei diese Nothwendigkeit nicht im physischen, sondern im moralischen Sinne zu nehmen ist. Unter Recht verstehe ich hier das strenge Recht, die Fähigkeit, zu handeln in blosser Beziehung auf die menschliche Gemeinschaft. Kann ich des-

---

krieg auszudehnen strebt, nicht über ihr Ziel hinausschiesst. Ebenso gelten in Bürgerkriegen und Revolutionen nicht genau dieselben Regeln wie in den äusseren Kriegen. Auch ändern sich diese Regeln mit der Höhe des Kampfpreises. In Kriegen, wo es sich um die Existenz eines Staates, um die letzten Verzweiflungskämpfe einer Nation handelt, treten die Prinzipien der Milde und Menschenliebe gegen das Prinzip der Gewalt und Nothwehr zurück. Dies Alles lehrt, dass auch hier das Recht nur einen sehr schwankenden Boden hat, und dass nicht Alles, was die Gelehrten darüber in ihren Büchern lehren, auch reale Geltung hat. Indess ist es richtig, dass gerade auf diesem Gebiete noch eher ein Anfang von Rechtsbildung hat erfolgen können, weil die hier vorkommenden Verhältnisse sich bei den meisten Kriegen so regelmässig wiederholen, dass sich für bestimmte Zeiten eine Sitte und ein Rechtsgefühl hier ebenso bilden konnte wie in den Verhältnissen des bürgerlichen Verkehrs und der Familie. Der Mann der Wissenschaft findet deshalb hier an der Sitte der Völker einen Anhalt für die Ausgleichung der sich bekämpfenden Prinzipien, welcher ihn mit ziemlicher Sicherheit führt, so lange er es nicht unternimmt, auf eigenen Füssen stehen zu wollen, d. h. a priori aus der reinen Vernunft die Entscheidung der auftretenden Fragen ableiten zu wollen. Gr. ist zwar von dieser Ansicht erfüllt; allein in der Ausführung erhält ihn sein praktischer Sinn meist auf der rechten Bahn, d. h. in Beobachtung der Sitte und Wirklichkeit des Lebens. Nur hat Gr. auch hier sich zu sehr in die antike Zeit vertieft, während gerade in der Art der Kriegführung die Veränderung des Rechts im Laufe der Jahrhunderte grösser gewesen ist wie in irgend einem anderen Gebiete des öffentlichen Lebens.

halb mein Leben auf andere Weise nicht erhalten, so kann ich den Angreifenden auf jede Weise von mir abwehren, selbst wenn sein Angriff nicht unrechtlich ist, wie ich früher gezeigt habe; denn dieses Recht entspringt nicht erst aus dem Fehler des Anderen, sondern aus meinem natürlichen Rechte an sich.

2. Ich kann deshalb selbst eine fremde Sache, aus der mir eine unzweifelhafte Gefahr droht, in Besitz nehmen, ohne dass die Schuld eines Anderen dazu nöthig ist. Ich werde aber dadurch nicht Eigenthümer (denn dessen bedarf es für meinen Zweck nicht), sondern ich erlange nur den Gewahrsam, bis die Gefahr beseitigt ist. Auch dies ist schon früher erörtert. So kann ich nach dem Naturrecht meine Hand, die ein Anderer festhält, wegziehen, und wenn dies schwierig wird, kann ich auch Anderes thun, was dazu nöthig ist. Dasselbe gilt für die Erlangung meiner Forderung; auch das Eigenthum kann daraus entstehen, wenn die verletzte Gleichheit sich in anderer Weise nicht herstellen lässt.

3. So ist da, wo eine Strafe begründet ist, auch alle Gewalt berechtigt, ohne welche die Strafe nicht vollstreckt werden kann; ebenso Alles, was einen Theil der Strafe ausmacht, wie die Anzündung von Gebäuden und Anderes innerhalb des rechten, dem Vergehen entsprechenden Maasses. [2]

---

[2] Der Leser, welcher den bisherigen Ausführungen in den Anmerkungrn gefolgt ist, wird das völlig Leere dieser in Ab. 2 vorgetragenen, angeblich naturrechtlichen Grundsätze leicht erkennen. Die meisten sind voller Gefahren; so der, dass das Recht auch zu allen Mitteln für seine Verwirklichung berechtige; soll dies mehr als eine blosse Phrase sein, so folgt daraus, dass der Zweck die Mittel heilige. Auch hier kollidirt das eigene Recht mit fremdem Recht; wie weit das eine dem anderen zu weichen habe, kann nicht aus diesen Prinzipien entnommen werden, sondern gestaltet sich nach dem Charakter und den Lebensverhältnissen eines Volkes in der verschiedensten Weise, wie die Lehre von der Nothwehr, von der Selbsthülfe, von den possessorischen Rechtsmitteln, von dem Rechte der Nachbarn, von den Servituten der nachbarlichen Grundstücke und von vielem Andern ergiebt. Auch

III. Zweitens ist unser Recht nicht bloss nach dem Beginn des Krieges zu beurtheilen, sondern auch nach den später eintretenden Umständen. Auch in Prozessen erwirbt eine Partei nach eingeleitetem Prozess oft noch ein neues Recht. Wenn sich daher meine Bundesgenossen oder Unterthanen mit einem Anderen zum Angriff gegen mich verbinden, so geben sie mir damit auch das Recht, mich gegen sie zu vertheidigen. So muss der, welcher an einem Kriege Theil nimmt, namentlich wenn er dies wissen konnte oder sollte, die Unkosten und Schäden ersetzen, weil sie durch seine Schuld mit entstanden sind. So machen sich auch die strafbar, welche an einem ohne genügenden Grund unternommenen Kriege Theil nehmen, und zwar nach Verhältniss der ihrer eigenen Handlung innewohnenden Ungerechtigkeit. So billigt Plato den Krieg, „bis die Schuldigen gezwungen sind, dem unschuldig Beschädigten gerecht zu werden."

IV. 1. Drittens verbindet sich mit dem Recht zu handeln Vieles mittelbar und ohne Absicht des Handelnden, zu dem man an sich nicht berechtigt sein würde. Wie dies bei der Vertheidigung seiner selbst eintritt, ist früher erläutert worden. So kann man in Verfolgung des Seinigen mehr annehmen, wenn man das Gleiche nicht erlangen kann, muss aber den Ueberschuss des Werthes herausgeben. So kann ein Schiff voll Seeräuber oder ein Haus voll Diebe zertrümmert werden, wenn auch kleine Kinder, Weiber und andere Unschuldige sich in diesem Schiffe oder Hause befinden, die dadurch in Gefahr gerathen. Augustin sagt: „Der hat den Tod eines Anderen nicht zu verantworten, welcher seine Besitzung mit Mauern umgiebt, wenn Jemand durch lockere Steine derselben getroffen wird und dadurch seinen Tod findet."

2. Allein das, was das strenge Recht gestattet, ist deshalb, wie schon mehrfach bemerkt worden, nicht in jeder Beziehung erlaubt; denn oft gestattet die Liebe des Nächsten nicht, dass man von seinem Rechte vollen Gebrauch mache. Deshalb muss man auch in Bezug auf das, was ausserhalb der Absicht geschieht oder geschehen

---

die bereits behandelte Lehre von den An- und Zuwüchsen, von der Alluvion, den Inseln u. s. w. giebt dazu einen belehrenden Beitrag.

könnte, sich vorsehen, wenn nicht das Gute, was die eigene Handlung bezweckt, das gefürchtete Uebel weit übersteigt, oder wenn nicht bei der Gleichheit von diesem Gutem und Uebeln der Eintritt des Guten viel wahrscheinlicher ist als der des Uebels, was die Klugheit entscheiden muss. Dabei muss man aber im zweifelhaften Falle immer mehr für den Andern als für sich sorgen, da dies das Sicherere ist. „Lasst das Unkraut wachsen," sagt unser bester Lehrer (Matth. XIII. 28), „damit Ihr nicht bei dem Ausreissen auch den Weizen mit ausreisst." Seneca sagt: „Viele ohne Unterschied tödten, thut nur die Gewalt der Feuersbrunst und des Einsturzes." Die Geschichte lehrt, wie schwer Theodosius trotz der Ermahnung des Ambrosius das Uebermaass solcher Rache gebüsst hat. [3]

3. Auch kann, wenn Gott mitunter so etwas thut, das von uns nicht als Beispiel benutzt werden; denn Gott hat das vollste Eigenthumsrecht über uns, aber wir nicht über unsere Mitmenschen, wie anderwärts gesagt worden ist. Und selbst Gott, der nach seinem Recht der Herr über die Menschen ist, pflegt wegen weniger Guten eine grosse Masse Schuldiger zu verschonen und zeigt damit die Billigkeit seines Richteramtes, wie das Gespräch Gottes mit Abraham über die Sodomiter klar ergiebt. Aus diesen allgemeinen Regeln kann man abnehmen, wie viel nach dem Naturrecht gegen die Feinde erlaubt ist.

V. 1. Es entsteht aber hier die Frage, was gegen Jene erlaubt ist, die weder Feinde sind, noch so genannt sein wollen, aber doch dem Feinde einzelne Gegenstände zuführen. Sonst und jetzt ist diese Frage eifrig verhandelt worden, indem die Einen die Strenge des Krieges, die Anderen die Freiheit des Handels voranstellten. [4]

---

[3] Theodosius hatte im Jahre 390 bei einem Aufruhr in Thessalonich durch seine hingesandten Soldaten an 7000 der Einwohner hinschlachten lassen.

[4] Gr. kommt hier auf das Recht der Neutralen, was mit dem steigenden internationalen Verkehr in der modernen Zeit immer grössere Wichtigkeit gewinnt. Gr. erschöpft es hier nicht, da es für seine Zeit erst anfing, seine grössere Bedeutung zu entwickeln. Insbesondere übersieht Gr. den grossen Unterschied, der hier zwischen

2. Zuerst muss unter den Gegenständen selbst ein Unterschied gemacht werden. Einzelne sind nur im Kriege zu gebrauchen, andere sind dazu ganz ungeeignet und dienen nur zum Lebensgenuss; andere Gegenstände können sowohl im Kriege als ausserhalb desselben gebraucht werden, wie Geld, Proviant, Schiffe mit ihrem Zubehör. Für die erste Gattung gilt der Ausspruch der Amalsiuntha zu Justinian, dass man selbst zum Feinde werde, wenn man dem Feinde den Kriegsbedarf verschaffe. Die zweite Gattung kann keinen Anlass zur Klage geben. So sagt Seneca, dass er gegen einen Tyrannen dankbar sein werde, soweit der Dank dessen Kräfte nicht zum Verderben Aller vermehrt, noch die Kraft, welche er schon hat, erhält, d. h. was ihm ohne Verderben für die Gemeinschaft gegeben werden kann. Erläuternd fügt er hinzu: „Geld, was er zur Lösung seiner Söldner verwenden kann, werde ich ihm nicht geben; verlangt er Marmor oder Kleider, so wird diese Steigerung seines Luxus Niemandem Schaden bringen; Soldaten und Waffen werde ich ihm nicht zuführen. Verlangt er Schauspieler oder sonst etwas, was seine Wildheit mildern kann, so werde ich es geben. Den Königen, welchen ich keine Kriegs- und mit Erz beschlagene Schiffe senden kann, werde ich Fahrzeuge senden zum Spiel, zur Ruhe und zu anderem Zeitvertreib auf dem Meere." Auch nach des Ambrosius Ausspruch ist die Freigebigkeit nicht zu billigen, welche dem schenkt, der sich gegen das Vaterland verschwört.

3. In dem dritten Falle zweifelhafter Natur kommt es auf den Stand des Krieges an. Wenn ich mich nur durch die Beschlagnahme der Waaren vertheidigen kann, so giebt mir, wie früher gezeigt worden ist, die Noth ein Recht; nur muss ich später Ersatz leisten, wenn nicht noch andere Umstände die Lage verändern. Wenn die Zufuhr der Waaren die Vollstreckung meines Rechtes hindert, und der Waarenführer dies wissen konnte, z. B. wenn bei einer Belagerung oder bei der Blockirung eines Hafens die Uebergabe oder der Frieden schon nahe bevorstand, so haftet mir der Waarenführer wegen des

---

See- und Landkriegen besteht. Im Ganzen giebt aber Gr. die richtigen Grundsätze über Konterbande.

Schadens, gleich dem, der den Schuldner aus dem Gefängniss befreit oder dessen Flucht, um mich zu betrügen, unterstützt hat. Es können dann auch die Waaren mit Beschlag belegt und zum Ersatz des Schadens verwendet werden. Ist der Schade nur beabsichtigt, aber noch nicht geschehen, so kann Jener durch die Beschlagnahme zur Bürgschaft mittelst Geisseln oder Pfänder oder sonst angehalten werden. Ist ausserdem das Unrecht des Feindes gegen mich offenbar, und bestärkt ihn Jener in dem ungerechten Krieg, so haftet er nicht blos für den Schaden, sondern ist auch strafbar, gleich dem, welcher den offenbaren Verbrecher dem Richter, der ihn verhaften will, entzieht. Man kann dann gegen ihn eine dem Vergehen entsprechende Strafe nach dem Kapitel über die Strafen bestimmen und innerhalb dieses Maasses kann auch die Waare ihm abgenommen werden.

4. Um dieser Dinge willen pflegt der Krieg den übrigen Nationen von Staats wegen bekannt gemacht zu werden; theils um das Recht des Krieges, theils um die Aussicht auf glückliche Durchführung desselben darzulegen.

5. Ich habe diese Frage nach dem Naturrecht erörtert, weil ich aus der Geschichte nicht habe entnehmen können, dass das willkürliche Völkerrecht hierüber etwas bestimmt. Die Römer, welche den Feinden der Karthaginienser Lebensmittel zugeführt hatten, wurden von den Karthaginiensern mitunter festgehalten, aber doch den Römern auf deren Verlangen zurückgegeben. Als Demetrius Attica mit seinem Heere besiegt hatte, und er die benachbarten Orte, Eleusis und Rhamnuntes, bereits eingenommen hatte und Athen durch Hunger zur Uebergabe zwingen wollte, liess er den Kapitän und Steuermann eines Schiffes, was ihnen Proviant zuführen wollte, aufhängen, und indem so die Anderen abgeschreckt wurden, eroberte er die Stadt. [5])

VI. 1. Was das Verfahren anlangt, so gehört die Gewalt und der Schrecken zur Natur des Krieges. Ob

---

[5]) Es ist auffallend, dass Gr. hier auf die Verhältnisse seiner Zeit, namentlich für den Seekrieg nicht eingeht, obgleich er doch schon 16 Jahre früher seine Abhandlung über die Freiheit der Meere publicirt hatte, welche sich wesentlich mit dem Rechte der Neutralen beschäftigt.

man aber auch Betrug anwenden darf, ist streitig. Homer sagt zwar, man könne dem Feinde schaden:
„Durch List oder offene Gewalt, heimlich oder öffentlich."
Und Pindar sagt (Isthmiac. IV. 82):
„Auf jede Weise muss man den Feind verderben."
Auch Virgil sagt:
„Wer fragt, ob die List gegen den Feind auch erlaubt sei?"
und diesem Spruche folgt selbst „Ripheus, einer der gerechtesten unter den Teukrern, der das Recht streng beobachtete." Von Solon, der durch seine Weisheit berühmt ist, heisst es, dass er diesem Spruche gefolgt sei. Silius sagt in seiner Erzählung von Fabius Maximus:
„Von da ab gefiel der Jugend der Betrug."

2. Bei Homer ist Ulysses das Muster eines reifen Mannes und dabei doch überall voll List gegen die Feinde. Davon nimmt Lucan die Regel, dass, wer den Feind bekriegt, zu loben sei. Xenophon sagt, es sei nichts nützlicher im Kriege als die List, und Brasidas sagt bei Thucydides, die Kriegslist gewähre den höchsten Ruhm. Auch bei Plutarch sagt Agesilaus, dass es recht und erlaubt sei, den Feind zu hintergehen. Polybius sagt, das im Kriege mit Gewalt Vollführte sei nicht so hoch zu stellen als das, was durch List nach Zeit und Gelegenheit geschehe. Silius führt deshalb den Corvinus mit den Worten ein:
„Durch List ist der Krieg zu führen; wo nur die Gewalt herrscht, ist weniger Ruhm."
Selbst die strengen Lakonier haben so geurtheilt, wie Plutarch bemerkt: „Wer durch List statt durch offene Gewalt etwas vollbracht hatte, habe den Göttern ein grösseres Dankopfer gebracht." Auch lobt er den Lysander, weil er das meiste im Kriege durch Betrug vollbracht. Auch rechnet er es Philopömen zum Ruhm, dass er, in die Sitte der Kreter eingeweiht, die einfache und edelmüthige Art, Krieg zu führen, mit List und Täuschung gemischt habe. Ammian sagt: „Dass die Glücklichen, ohne zwischen Tapferkeit und List zu unterscheiden, wegen jedes Kriegserfolgs gelobt werden müssen."

3. Die Römischen Juristen nannten es einen erlaubten Betrug, wenn er gegen den Feind verübt wurde, und

anderwärts sagen sie, dass es gleich sei, ob Jemand durch Gewalt oder List seinen Feinden entwische. „Ein Betrug, der nicht zu tadeln, da er im Kriege geschehe," bemerkt Eusthatius zum 8. Gesang der Iliade. Augustin sagt mit den Theologen: „Wenn ein gerechter Krieg unternommen wird, so ist es dann gleich, ob Jemand mit offener Gewalt oder durch Hinterlist den Kampf betreibt." Chrysosthomus bemerkt, dass jene Kaiser am meisten gefeiert worden, welche durch List den Sieg gewonnen hätten.

4. Doch wird auch die entgegengesetzte Ansicht verfochten, wie später angeführt werden wird. Die Entscheidung der Frage hängt davon ab: ob die List im Allgemeinen zu dem Schlechten gehört, was auch um des guten Erfolges willen nicht gethan werden darf, oder zu dem, was nicht durch seine Natur schon fehlerhaft ist, sondern durch die Umstände auch zu einem Guten werden kann. [6]

---

[6] Gr. geht hier nunmehr auf die allgemeine Frage ein, ob unter Umständen und wie weit die Lüge erlaubt sei. Erst später kommt er auf die List im Kriege zurück. Er bewegt sich mithin in diesem Kapitel wesentlich in der Erörterung einer Frage der Moral. So bereitwillig von allen Seiten die Pflicht zur Wahrheit anerkannt wird, so hat doch diese Pflicht nicht den gleich natürlichen Grund wie die andern, welche auf die Güter des Lebens für sich selbst oder für Andere abzielen; denn das Wissen einer Thatsache oder eines Allgemeinen kann nicht, wie die Gesundheit, das Leben, die Ehre, die Macht, der Reichthum, als ein unmittelbares, Genuss gewährendes Gut angesehen werden, und die Pflicht zur Wahrheit, wenn sie aus dem Wohle des Menschen abgeleitet wird, verlangt deshalb eine andere Begründung. Diese ist aber schwer zu finden, wenn man von den Geboten der Autoritäten absieht; bleibt man aber bei diesen, als der wahren Quelle des Sittlichen, so sind die Vorschriften hier schwankend, voller Ausnahmen, und ein Schriftsteller, der dessen ungeachtet Konsequenz und Allgemeinheit in seine Darstellung bringen will, bleibt auf sein persönliches Gefühl angewiesen, was natürlich, je nach Erziehung und Erfahrungen, zu sehr verschiedenen

198 Buch III. Kap. I.

VII. Die List besteht entweder in einem Nichthandeln oder in einem wirklichen Handeln. Ich dehne die List nach Labeo's Vorgang auch auf das aus, was er zur List und nicht zum Schlechten rechnet, nämlich wenn Jemand

---

Ergebnissen führt. Meist herrscht in den Lehrbüchern der Moral hier ein Rigorismus, der mit dem wirklichen Handeln und Leben stark kontrastirt. Die Schwierigkeiten entspringen auch hier aus der Kollision der verschiedenen Pflichten, und diese Kollision ist hier um so grösser, da, wie gesagt, die Wahrheit in vielen Fällen nicht als ein Gut für den Betreffenden angesehen werden kann, mithin die darauf gerichtete Pflicht viel leichter in Kollisionsfällen zurückgestellt werden kann als bei anderen Pflichten, welche unmittelbar auf den Schutz oder die Erlangung eines Gutes gerichtet sind.

Hieraus erklärt es sich, weshalb zu keiner Zeit und bei keinem Volke das Sagen der Wahrheit als unbedingte und ausnahmslose Pflicht gegolten hat. Ueberall hat selbst nach der Ansicht des sittlichsten Theiles eines Volkes diese Pflicht die mannigfachsten Ausnahmen erlitten. Dahin gehören insbesondere 1) die Unwahrheit, welche die Künste (Dichtung, Schauspiel, Malerei) zur Illusion benutzen; 2) der Scherz, wo die Unwahrheit zur spielenden Täuschung Anderer geübt wird; 3) das Spiel, wo vielfach Täuschungen gelten und das Interesse des Spieles meist darauf beruht, wie bei dem Schachspiel; 4) die Höflichkeit, welche einem Manne unwahre Formen gestattet; 5) die Unwahrheit zum Besten des zu Täuschenden selbst, wie bei Kranken, bei Kindern in Bezug auf geschlechtliche Fragen; 6) die Unwahrheit zum Schutz seiner selbst und Anderer, wohin die Fälle gehören, wo ein Zorniger dadurch in seiner Verfolgung irre geführt wird u. s. w.; 7) endlich die Unwahrheit im Kriege. Auch in diesem Gebiete der Moral kann durchaus nicht a priori ausgemacht werden, wie weit diese Ausnahmen und andere gehen sollen und wie weit nicht. Es kommt hier lediglich auf die Gebote der Autoritäten an, und zu diesen gehört hier nächst den Urkunden der Religion das Volk selbst in seiner Einheit und sittlich schaffenden Kraft (B. VI 54). Indem hierbei ebenso wie bei anderen Fragen die ganzen Natur- und Lebensverhältnisse

durch Täuschung sein oder Anderer Vermögen schützt. Es ist eine zu plumpe Behauptung, wenn Cicero sagt: „Die Täuschung und Verstellung sei aus dem Leben ganz zu verbannen." Denn man braucht nicht Alles, was man

eines Volkes einwirken, so erhellt, dass auch die Pflicht zur Wahrheit sich nach Zeiten und Völkern sehr verschieden gestaltet, und dass diese Gestaltung, die aus der Regelung der Kollisionen sich entwickelt, hier mehr wie anderwärts Raum zu kasuistischen Zweifeln lässt, weil die Wahrheit nur in den seltensten Fällen als unmittelbares Gut angesehen und deshalb leichter geopfert werden kann. Um die oben angedeuteten Ausnahmen zu rechtfertigen, bedarf es ferner keines besonderen Beweises, neben der Sitte des Landes; denn die Pflicht zur Wahrheit ist von Anfang ab keine allgemeine, sondern in dieser Form nur das Produkt wissenschaftlicher Abstraktion, die in sich nicht die Bedeutung einer Autorität hat. Dies wird in den meisten Systemen übersehen, und auch Gr. hat sich dadurch seine Darstellung erschwert. Sie leidet überdem an dem Fehler, dass er meint, auch hier aus der vernünftigen Natur der Sache die Regeln und ihre gegenseitige Begrenzung ableiten zu können. Im Allgemeinen bewahrt aber Gr.'s gesunder Sinn ihn vor den zahllosen kasuistischen Untersuchungen, die in der Zeit der Scholastiker und später der Jesuiten ein Lieblingsthema der Morallehrer bildeten. Es ist hier leichter wie anderwärts, die Kollisionen durch Erfindung von künstlichen Nebenumständen so zu verwickeln und zu steigern, dass die Sitte, welche nur für das Gewöhnliche sich bilden kann, nicht mehr zureicht, und nun die Prinzipien allein mit einander die Sache austragen sollen. Da dies unmöglich ist, so fällt die Entscheidung den persönlichen Gefühlen und Werthschätzungen der Einzelnen zu, welche natürlich zu den verschiedensten Antworten führen, und ebenso für die Wissenschaft ohne Werth, wie für das Leben ohne Einfluss sind, weil kein Fall dieser Art dem anderen gleicht, und daher keiner einen Anhalt für Späteres bietet.

Hiernach wird der Leser die Schwächen und Lücken in Gr.'s Darstellung leicht erkennen; mitunter geräth Gr. auch tief in die Scholastik und zu Resultaten, welche schon in seiner Zeit keine Geltung gehabt haben.

weiss oder will, den Anderen mitzutheilen, mithin ist es erlaubt, im Einzelnen gegen Einzelne sich zu verstellen, d. h. sein Handeln zu bedecken und zu verhüllen. Augustin sagt: „Es ist erlaubt, die Wahrheit in kluger Weise mittelst einer gewissen Verstellung zu verbergen." Selbst Cicero gesteht an vielen Orten, dass dies nothwendig und unvermeidlich sei, vorzüglich für die, welche einen Staat zu regieren hätten. Ein treffendes Beispiel dazu bietet die Geschichte des Jeremias im 38. Kapitel. Als dieser Prophet von dem Könige über den Ausgang der Belagerung befragt wurde, so verbirgt er auf des Königs Befehl den Vornehmen, indem er klüglich eine andere, wenn auch nicht falsche Ursache der Unterredung angiebt. Auch gehört hierher, dass Abraham die Sarah Schwester, d. h. nach dem damaligen Sprachgebrauch eine nahe Verwandte, nennt, indem er die Ehe verheimlichte.

VIII. 1. Der in einem wirklichen Handeln bestehende Betrug heisst Verstellung, wenn er durch Handlungen, und Lüge, wenn er durch Worte geschieht. Manche machen zwischen beiden den Unterschied, dass die Worte die natürlichen Zeichen der Gedanken seien, aber nicht die Handlungen. Allein es ist vielmehr das Umgekehrte wahr; die Worte an sich und ohne die menschliche Zuthat bedeuten nichts, mit Ausnahme der blossen Naturtöne, wie bei dem Schmerz, welche indess selbst mehr ein Handeln als ein Sprechen sind. Es ist allerdings richtig, dass die Menschen sich von Natur dadurch von den Thieren unterscheiden, dass sie ihre Gedanken Anderen mittheilen können, und dass dazu die Worte erfunden sind; indess geschieht dies doch nicht bloss durch Worte, sondern auch durch Winken und Zeichen, wie bei den Stummen, mag deren Bedeutung eine natürliche oder künstliche sein. Dem stehen jene schriftlichen Zeichen gleich, welche keine gesprochenen Worte bedeuten, wie der Rechtsgelehrte Paulus sich ausdrückt, sondern die Sache selbst, sei es nach einer gewissen Aehnlichkeit, wie bei den Hieroglyphen, sei es nach blosser Willkür, wie bei den Schriftzeichen der Chinesen.

2. Es ist deshalb die gleiche Unterscheidung nöthig, wie bei dem Namen des Völkerrechts. Das Völkerrecht bezeichnet, wie früher bemerkt, bald das, was die einzel-

nen Völker ohne gegenseitige Verbindlichkeit beschlossen haben, bald das, was eine solche Verbindlichkeit enthält. Die Worte, die Winke und anderen erwähnten Zeichen sind mit gegenseitiger Verbindlichkeit erfunden worden; κατα συνθηκην (nach Uebereinkommen), wie Aristoteles sagt; das Andere aber nicht. Deshalb kann man sich bei Letzterem anderer Zeichen bedienen, selbst wenn man voraussieht, dass der Andere es missverstehen wird. Ich spreche hier von dem Innerlichen, nicht von dem, was sich äusserlich zuträgt. Man muss deshalb das Beispiel so nehmen, dass kein Schaden daraus entsteht, oder nur ein solcher, der, auch abgesehen von dem Betruge, erlaubt ist. [7]

3. Ein Beispiel der ersten Art giebt Christus, der gegen die Begleiter aus Emmaus so that, als wollte er weiter gehen, d. h. er nahm den Schein dazu an, wenn wir nicht lieber annehmen wollen, dass er dies wirklich gewollt habe, im Fall er nicht mit Heftigkeit zurückgehalten werden sollte; so wie man ja auch von Gott sagt, dass er Vieles wolle, was nicht geschieht. Auch an einer anderen Stelle heisst es, Christus habe den zu Schiffe gehenden Aposteln vorbeigehen wollen, nämlich, wenn sie ihn nicht dringend bäten, das Schiff zu besteigen. Ein anderes Beispiel ist Paulus, welcher den Timotheus beschnitt, obgleich er wusste, dass die Juden dies so verstehen würden, als wenn das Gebot der Beschneidung, was in Wahrheit schon aufgehoben war, die Nachkommen Israel's noch verbände, und als wenn Paulus und Timotheus selbst dieser Ansicht wären; während doch Paulus dies nicht wollte, sondern nur damit sich und dem Timotheus die Gelegenheit verschaffen wollte, mit den Juden vertrauter zu verkehren. Denn die Beschneidung, die nach Aufhebung des göttlichen Gesetzes absichtlich geschah, bezeichnete weder eine solche Nothwendigkeit, noch war das daraus hervorgehende

---

[7] Diese Unterscheidung, wonach die Pflicht der Wahrheit sich nur auf das Sprechen, aber nicht auf Handlungen beziehen soll, gehört der Scholastik an. Gr. stützt sie auf eine Uebereinkunft der Menschen, die nur für die Sprache getroffen sein soll; allein dies ist eine Fiktion, die aller Wahrheit entbehrt.

Uebel eines zeitweiligen und später durch Belehrung zu bessernden Irrthums so gross als das Gute, was Paulus beabsichtigte, nämlich die Mittheilung der evangelischen Wahrheit. Eine solche Täuschung nennen die Griechischen Kirchenväter oft οικονομιαν (zweckmässige Anordnung). Clemens von Alexandrien äussert sich hierüber bei Erörterung des braven Mannes so: „Zum Besten des Nächsten wird er etwas thun, was er ohnedem von selbst nicht gethan haben würde." In dieser Weise warfen die Römer Brod vom Kapitol unter die Feinde, damit diese nicht glauben sollten, dass sie Hunger litten.

4. Ein Beispiel der zweiten Art bietet die scheinbare Flucht, welche Josua den Seinigen gebot, um Hajus zu erobern; auch andere Führer haben dies oft gethan. Denn der daraus folgende Nachtheil ist wegen der Gerechtigkeit des Krieges erlaubt; die Flucht selbst bezeichnet aber nach dem Uebereinkommen nichts, obgleich der Feind sie als ein Zeichen des Schreckens auffasst. Davor braucht sich der Andere nicht zu hüten; er gebraucht nur seine Freiheit, hier- oder dorthin zu gehen, dies schneller oder langsamer zu thun, und mit diesen oder jenen Mienen und Benehmen. Hierher gehören auch die Fälle, wo die Waffen, die Feldzeichen und Kleider der Feinde zur Verhüllung und Verkleidung benutzt werden.

5. Denn dieses Alles ist derart, dass es von Jedem beliebig und auch gegen die Gewohnheit gebraucht werden kann; denn die Gewohnheit selbst ist nach dem Belieben der Einzelnen und nicht durch gemeinsame Uebereinkunft eingeführt, und eine solche Gewohnheit verpflichtet Niemand. [8]

IX. 1. Schwieriger ist die Frage in Bezug auf die Zeichen, welche, so zu sagen, sich in dem Verkehr der Menschen befinden; durch diese wird eigentlich die Lüge vollzogen. Die heilige Schrift hat viele Stellen gegen die

---

[8] Das falsche in Anmerk. 6 besprochene Prinzip nöthigt Gr. zu bedenklichen Folgerungen, die hier hervortreten. Viel natürlicher ist es, das Benehmen Jesu zu den erlaubten Ausnahmen des Scherzes, der Höflichkeit und der Belehrung zu rechnen, wo die Unwahrheit von Anfang ab keine Sünde ist.

Lüge: „Ein gerechter Mann, d. h. ein guter Mann, wird das lügnerische Wort hassen." Prov. XIII. 5. „Nimm von mir das Falschreden und das lügnerische Wort." Prov. XXX. 8. „Du wirst die Lügner verderben." Psalm V. 7. „Belügen wir uns einander nicht." Coloss. III. 9. Auch Augustin ist hierin streng, und auch Philosophen und Dichter stimmen mit ihm überein. Von Homer sind die Verse bekannt (Ilias IX. 312, 313):

„Der ist mir verhasst wie der Schlund des Orkus, dessen Seele Anderes birgt, als die Zunge verkündet."

Sophokles sagt:

„Falsches zu sagen, schickt niemals sich. Wenn indess die Wahrheit sicheres Unheil bringt, so kann man ihm verzeihen, wenn er thut, was sich nicht ziemt."

Cleobulus sagt:

„Die Lüge hasst, wer von Herzen weise ist."

Aristoteles sagt: „An sich ist die Lüge schlecht und tadelnswerth, die Wahrheit aber schön und löblich."

2. Doch giebt es auch Aussprüche für das Gegentheil. Hierher gehören zunächst die Beispiele von frommen Männern in der heiligen Schrift, die deshalb nicht getadelt werden; dann die Aussprüche der alten Christen, des Origines, Clemens, Tertullian, Lactantius, Chrysostomus, Hieronymus, Cassianus, ja beinah Aller, so dass selbst Augustin, obgleich er nicht beistimmt, doch anerkennt, dass, wie seine Worte sind, „hier eine grosse Frage, eine dunkle Verhandlung und ein schwankender Streit unter den Gelehrten" vorliegt. [9]

---

[9] Der Grund zu diesem grossen Gegensatz der Ansichten und zu den zahllosen Kontroversen in dieser Materie ist in Anmerk. 6 dargelegt. Da die Ausnahmen sehr zahlreich sind und thatsächlich im Leben vielleicht häufiger als die Regel vorkommen, so kann die wissenschaftliche Abstraktion entweder die Wahrheit oder die Lüge zur Regel und die andere zur Ausnahme machen; eins ist logisch so richtig wie das andere; daher diese starken Gegensätze unter den Philosophen und Kirchenvätern.

3. Unter den Philosophen stehen offenbar auf dieser Seite Sokrates und seine Schüler Plato und Xenophon, auch hier und da Cicero, und wenn man dem Plutarch und Quintilian glauben soll, auch die Stoiker, welche das Lügen zur rechten Zeit zu den Gaben des Weisen rechnen. Auch Aristoteles stimmt an einzelnen Stellen hiermit überein. Sein oben erwähntes „an sich" kann verstanden werden: „gemeiniglich" oder „wenn die Sache ohne die Nebenumstände betrachtet wird." Sein Ausleger, Andronicus, sagt über den Arzt, welcher bei dem Kranken lügt: „Er betrügt wohl, aber er ist kein Betrüger." Er giebt als Grund an: „Denn seine Absicht ist nicht, den Kranken zu betrügen, sondern zu heilen."

4. Quintilian, der, wie erwähnt, auch dieser Meinung ist, sagt: „In den meisten Fällen liegt das Gute oder Schlechte nicht sowohl in der Handlung selbst, als in dem Beweggrunde. Diphilus sagt:

„Die Lüge, die das Beste bezweckt, kann nach meiner Ansicht nicht strafbar sein."

Als bei Sophokles Neoptolemus (Philoktet v. 107) den Ulysses fragt:

„Scheint Dir das Falschreden nicht schlecht?

antwortet dieser:

„Nein, wenn das Heil aus der Lüge entspringt."

Aehnliches haben Pisander und Euripides gesagt. Bei Quintilian finde ich: „Eine Lüge zu sagen, ist auch dem Weisen mitunter gestattet." Eustathius, der Erzbischof von Thessalonich, bemerkt zum 2. Gesang der Odyssee: „Der Weise lügt, wo es passt," und bringt Zeugnisse aus Herodot und Isokrates dafür bei.

X. 1. Vielleicht lassen sich diese widersprechenden Ansichten vereinigen, wenn man die Lüge in einem weiteren und in einem engeren Sinne auffasst. Denn unter Lüge verstehen wir hier überhaupt nicht die unabsichtliche Unwahrheit; schon Gellius unterscheidet das Lügen und das Sagen einer Lüge; vielmehr handle es sich hier um die Lüge, welche absichtlich geschieht und mit Zeichen, welche mit den Gedanken oder der Absicht nicht übereinstimmen. Denn das, was zunächst und unmittelbar durch Worte ausgedrückt wird, sind die Gedanken; deshalb lügt der nicht, welcher etwas Falsches sagt, was er für wahr hält, aber der, welcher etwas Wahres sagt, was er für falsch hält. Die Falschheit der Zeichen gehört also zu dem gemeinen Begriff der Lüge. Daraus folgt, dass, wenn ein Wort oder ein Satz vieldeutig ist, sei es nach dem gemeinen Sprachgebrauch oder nach der besonderen Kunst oder nach einer entfernteren Beziehung, dann keine Lüge angenommen werden kann, wenn der Gedanke mit einer dieser Bedeutungen übereinstimmt, sollte man auch glauben, dass der Andere, der es hört, es in einem anderen Sinne auffassen werde.[10]

2. Allerdings kann die Benutzung solcher Zweideutigkeiten nicht leichthin gebilligt werden; doch können vorgehende Umstände sie rechtfertigen, z. B. wenn es zur Belehrung dessen dient, der unserer Sorge anvertraut ist, oder um einer unpassenden Frage zu entgehen. Ein Beispiel der ersten Art hat Christus selbst gegeben, als er sagte: „Unser Freund Lazarus schläft," was die Apostel von dem Schlaf mit Träumen verstanden. Ebenso wusste er, dass das, was er über Einweihung des Tempels gesagt und auf seine eigene Person bezogen hatte, von den Juden auf den wirklichen Tempel bezogen wurde. Als er den Aposteln zwölf vornehme Sitze nach Art der Stammesältesten bei den Juden versprach, am nächsten dem Könige, und an einer anderen Stelle das Trinken des neuen Weines in dem väterlichen Reich, scheint Christus auch da gewusst zu haben, dass es von ihnen nur auf ein Reich dieser Welt bezogen werde, das sie zu der Zeit, wo Christus gen Himmel fahren werde, gleich erwarteten. Ebenso redet er zu dem Volke durch zweideutige Gleichnisse, welche die Hörer nur verstehen konnten, wenn sie so viel Gelehrigkeit und Aufmerksamkeit mitbrachten, als sich gehörte.[11] Ein Beispiel der ande-

---

[10] Auch hier ist wohl Gr. in seinem Bestreben nach wissenschaftlicher Ordnung und Begründung seines Stoffes zu weit gegangen und in Irrthum gerathen.

[11] Diese Beispiele Jesu beweisen nicht, dass Zweideutigkeiten immer erlaubt sind, sondern dass die Wahrheit von Anfang ab keine allgemeine Pflicht ist, und mehrfache Ausnahmen in den zu Amerk. 6 erwähnten Richtungen von Anfang ab bestanden haben, von denen auch Jesus, wie jeder Andere, Gebrauch machte, ohne dass seine Umgebung daran Anstoss nahm.

ren Art aus der weltlichen Geschichte giebt L. Vitellius, welcher den Narciss bat, die Zweideutigkeiten zu erklären und die Wahrheit zu sagen; aber es gelang ihm nicht, Jener blieb bei unbestimmten und zweideutigen Antworten.[12] Hierher gehört das Sprüchwort der Juden: „Wer zweideutig zu reden versteht, mag es thun; wo nicht, so schweige er."

3. Eine solche Redeweise kann aber auch unlöblich, ja unrecht sein; namentlich, wenn die Ehre Gottes oder die Liebe des Nächsten oder die Ehrerbietung gegen Vorgesetzte oder die Natur der vorliegenden Angelegenheit fordert, dass das, was man meint, völlig klar ausgedrückt werde.[13] So habe ich gesagt, dass bei Kontrakten das angezeigt werden müsse, was nach der Natur des Vertrages erwartet werden könne. In diesem Sinne ist der Ausspruch Cicero's zu verstehen: „Bei Vertragsverhandlungen sei jede Lüge fern zu halten." Es ist aus dem alten Attischen Gesetze entlehnt, dass man auf dem Markte nicht lügen solle. Hier ist der Sinn des Wortes „lügen" so weit genommen, dass es auch das zweideutige Reden einschliesst, während wir dasselbe von der Lüge im eigentlichen Sinne unterschieden haben.

XI. 1. Zum Begriff der Lüge in dem gewöhnlichen Sinne gehört also, dass das, was man sagt, schreibt, durch Zeichen oder Winke andeutet, anders verstanden werden muss, als man im Sinne hat. Von diesem weiteren Begriffe unterscheidet sich aber ein engerer Begriff der Lüge, wonach sie von Natur unerlaubt ist, dadurch,

---

[12] Der Fall, auf den Gr. hier anspielt, ist von Tacitus in seinen Annalen XI. cap. 34 erzählt.

[13] Damit hebt Gr. selbst seine Regel wieder auf, und man sieht, wie schwer es hier der Wissenschaft wird, die Sitte des Lebens und die vereinzelten und lückenhaften Gebote der Autoritäten auf feste Begriffe und Gesetze zu bringen. Darin liegt alle Schwierigkeit der moralischen Wissenschaften gegenüber den Naturwissenschaften, wo an sich feste und ausnahmslose Gesetze bestehen, und es nun darauf ankommt, sie zu entziffern, während dort diese Gesetze überhaupt nicht bestehen, und jedes wissenschaftliche Bemühen darum deshalb so leicht auf Abwege führt.

dass noch eine Bedingung hinzukommt, die nach der allgemeinen Ansicht darin besteht, dass die Lüge das vorhandene Recht dessen verletzt, an den die Rede oder die Zeichen gerichtet sind. Denn es ist klar, dass Niemand sich selbst belügt und Falsches deshalb vorbringt. Unter Recht verstehe ich aber nicht Jedwedes, was mit der Sache nicht in Verbindung ist, sondern was damit verwandt und ihr eigenthümlich ist; und dieses Recht ist die Freiheit des Urtheils, welches Jeder dem, welchen er anredet, gleichsam durch einen stillschweigenden Vertrag schuldet. Dies ist die gegenseitige Verbindlichkeit, welche die Menschen haben einführen wollen, als sie den Gebrauch der Rede und ähnlicher Zeichen einführten; denn ohne solche Verbindlichkeit wäre die ganze Einrichtung nutzlos gewesen.[14])

2. Dies Recht muss aber zur Zeit der Rede bestehen; denn es ist möglich, dass es wohl früher bestanden hat, aber aufgehoben oder durch ein anderes hinzukommendes Recht beseitigt worden ist, z. B. eine Schuld durch Erlass oder Eintritt einer auflösenden Bedingung. Ferner muss das Recht dem zustehen, an den die Rede gerichtet ist und nicht einem Andern. (Auch bei Verträgen entsteht das Unrecht, wenn das Recht der vertragschliessenden Personen verletzt wird.) Deshalb rechnet Plato nach Simonides die Pflicht der Wahrheit zur Gerechtigkeit, und deshalb umschreibt die heilige Schrift die verbotene Lüge mit „falschem Zeugniss" oder „Nachrede gegen den Nächsten", und deshalb rechnet Augustin zu dem Begriff der Lüge die Absicht, zu betrügen. Auch Cicero will die Pflicht zur Wahrheit aus der Gerechtigkeit ableiten.[15])

---

[14]) Auch hier hilft sich Gr. mit der Fiktion eines stillschweigenden Vertrags, was nur das Belieben des Schriftstellers in andere Worte kleidet. Es liegt dazu nicht der mindeste Anhalt vor, wie denn überhaupt diese Freiheit des Urtheils ein schiefer Begriff ist, auf den Gr. nur durch falsche Auffassung der ganzen Frage geführt wird.

[15]) Dies Schwanken über die Begründung der Pflicht zur Wahrheit hängt mit der zweideutigen Natur der Wahrheit zusammen, welche nicht immer als ein Gut angesehen werden kann, wie Anmerk. 6 dargelegt worden ist.

3. Jenes Recht kann durch die ausdrückliche Einwilligung dessen, mit dem man verhandelt, beseitigt werden; auch dadurch, dass Jemand ankündigt, er werde etwas Falsches sagen, und der Andere dies gestattet; ebenso durch ein dergleichen stillschweigendes Abkommen oder durch die Wirkung eines anderen Rechts, was nach der gemeinen Ansicht höher steht. Bei richtiger Auffassung dieser Beschränkungen lassen sich die Gegensätze in den früher erwähnten Ansichten leicht ausgleichen.

XII. Zuerst kann, was einem Kinde oder Blödsinnigen gesagt wird, selbst wenn es einen falschen Sinn hat, doch keine schuldbare Lüge sein. Denn nach allgemeiner Sitte der Menschen ist es gestattet:

„Dass man das leichtgläubige Alter der Knaben zum Besten habe."

Auch Quintilian sagt von den Kindern: „Zu ihrem Besten wird Manches erdichtet." Der nächste Grund dafür ist, dass Kinder und Blödsinnige kein Urtheilsvermögen haben, und deshalb sie hierin nicht verletzt werden können.

XIII. 1. Zweitens ist es keine Lüge, wenn der, an welchen die Rede gerichtet ist, nicht getäuscht wird, wenn auch ein Dritter dadurch getäuscht wird. Denn Jenes Urtheil bleibt frei, ebenso wie bei denen, welchen mit ihrem Vorwissen eine Fabel erzählt wird, oder gegen die in figürlicher Rede, ironisch oder in Uebertreibungen gesprochen wird, welche Redefiguren nach Seneca durch die Lüge zur Wahrheit führen, und welche von Quintilian die auffallende Uebertreibung genannt werden. Ebenso wird mit dem, welcher es nebenbei hört, nicht verhandelt, und es besteht deshalb gegen diesen keine Verbindlichkeit, vielmehr muss er es sich und nicht einem Anderen zuschreiben, wenn er sich von dem, was nicht ihm, sondern einem Anderen gesagt worden, eine falsche Meinung bildet. In Bezug auf ihn ist die Rede in Wahrheit keine Rede, sondern eine Sache von beliebiger Bedeutung.[16]

---

[16] Auch diese Folgerung ist höchst bedenklich und zeigt, wie gefährlich das Systematisiren hier werden kann.

2. Deshalb hat Cato Censorinus nichts verschuldet, welcher den Bundesgenossen fälschlich Hülfstruppen versprach;[17] ebensowenig Flaccus, der Anderen erzählte, dass Aemilius die feindliche Stadt erobert habe,[18] obgleich die Feinde dadurch getäuscht worden sind. Das Aehnliche erzählt Plutarch vom Agesilaus. Denn den Feinden ist in diesen Fällen nichts gesagt worden; der daraus hervorgegangene Schaden ist ein äusserlicher, den Jene an sich wünschen und bewirken durften. So fassen Chrysosthomus und Hieronymus die Rede des Paulus auf, in der er zu Antiochien den Petrus tadelt, dass er dem Judenthume zu sehr zuneige. Sie meine, Petrus habe wohl verstanden, dass Jener dies nicht ernstlich meine, und dass er nur der Schwachheit der Umstehenden Rechnung getragen habe.

XIV. 1. Drittens wird eine Lüge im wahren Sinne, d. h. mit Unrecht dann nicht begangen, wenn man sicher ist, dass der, an den die Rede gerichtet ist, die Verletzung seiner Urtheilsfreiheit nicht übelnehmen, vielmehr dafür Dank wissen werde, weil ein Vortheil für ihn daraus hervorgeht. So wird auch kein Diebstahl begangen, wenn man einen geringfügigen Gegenstand unter Voraussetzung der Einwilligung des Eigenthümers verbraucht, um ihm damit einen grossen Nutzen zu verschaffen. Bei solcher Gewissheit gilt die Vermuthung der ausdrücklichen Erklärung gleich, und dem, der es will, geschieht kein Unrecht. Deshalb sündigt der nicht, der einen kranken Freund durch falsche Vorwände zu trösten sucht, wie die Arria den Pätus bei dem Todesfall des Sohnes, nach der Erzählung in den Briefen des Plinius;[19] oder wenn man

---

[17] Die Barbaren belagerten die Festung des Bilistoges, eines Bundesgenossen der Römer. Dieser bat um Hülfe bei Cato, und dieser liess Truppen einschiffen und verbreitete so bei Jenem das Gerücht, dass die Römer mit Mannschaft zu Hülfe kommen würden; nach Abreise der Gesandten liess er rasch die Truppen wieder ausschiffen.

[18] Es war dies nicht wahr, allein die Feinde, welche ihn mit seinen Proviantfuhren bereits umzingelt hatten, liessen sich dadurch täuschen und eilten davon.

[19] Pätus war krank und fragte nach dem Zustande

dem in der Schlacht Schwankenden durch falsche Nachrichten wieder Muth macht und so ihm zum Siege und zur Rettung verhilft und vor der Gefangenschaft durch den Betrug schützt, wie Lucrez sagt.

2. Demokritos sagt: „man solle überhaupt die Wahrheit sagen, wenn dies nützlich sei." Xenophon: „Man kann die Freunde zu ihrem Besten täuschen." Und Clemens von Alexandrien gestattet, sich der Lüge als Heilmittel zu bedienen." Maximus von Syrus sagt: „Der Arzt täuscht den Kranken, der Feldherr das Heer, der Schiffskapitän die Passagiere, und es ist dies nichts Unrechtes." Als Grund giebt Proklus in seinen Bemerkungen zu Plato an: „Denn das Gute ist besser als die Wahrheit."[20] Derart ist bei Xenophon die Versicherung, dass die Bundesgenossen bald erscheinen werden; bei Tullus Hostilius, dass auf seinen Befehl das Albanische Heer herumgeführt werde; bei dem Konsul Quinctius die, wie die Geschichtschreiber sagen, wohlthätige Lüge, dass die Feinde auf dem anderen Flügel die Flucht ergriffen hätten, und andere ähnliche Fälle in der Geschichte. Die Verletzung der Urtheilsfreiheit ist bei dieser Art von Lügen um so geringer, weil sie beinahe nur einen Augenblick dauert, und gleich darauf die Wahrheit bekannt wird.

XV. 1. Viertens; dem vorigen Fall verwandt ist der, wo Jemand das alle anderen Rechte überragende höchste Recht hat und sich dessen zu seinem oder zu des allgemeinen Besten bedient. Diesen Fall hat Plato im Auge, wenn er den Inhabern der Staatsgewalt die Unwahrheit zu sagen gestattet. Bei den Aerzten gestattet es Plato bald, und bald wieder nicht, was sich so erklärt, dass er das Erste nur Aerzten, die öffentlich angestellt sind, gestattet; aber nicht denen, die privatim heilen.

---

seines Sohnes, den er auch krank wusste. Die Arria verschwieg ihm, dass dieser bereits gestorben sei, und gab vor, dass er gut geschlafen und Speise zu sich genommen habe.

[20] Die Schwäche dieser Gründe wird jeder Leser bemerken; sie hängen mit der in Anmerk. 6 dargelegten Natur der Wahrheit als solcher zusammen; deshalb ist die Pflicht zu derselben weit schwerer als bei anderen offenbaren Gütern zu begründen.

Dagegen erkennt Plato richtig an, dass die Lüge sich mit Gott nicht verträgt, obgleich er das höchste Recht über die Menschen hat, weil es Schwäche anzeige, wenn man zu Dergleichen seine Zuflucht nehmen müsse.

2. Joseph giebt vielleicht das Beispiel einer schuldlosen Unwahrheit, wie auch Philo anerkennt, wenn er als Stellvertreter des Königs die Brüder zuerst des Spionirens und nachher des Diebstahls beschuldigt, obgleich er dies nicht so meinte. Auch Salomo, welcher einen Beweis der von Gott ihm verliehenen Weisheit gab, als er den um das Kind sich streitenden Frauen erklärte, er wolle es theilen, während er doch weit davon entfernt war und das Kind nur seiner wahren Mutter zuwenden wollte. Quintilian hat gesagt: „Mitunter erfordert es die öffentliche Wohlfahrt, dass auch das Falsche vertheidigt werde."

XVI. Der fünfte Fall ist es, wenn das Leben eines Unschuldigen oder etwas derart nicht anders erhalten, und der Andere von der Vollziehung einer verbrecherischen That nicht anders abgehalten werden kann; wie die That der Hypermnestra, welche deshalb gerühmt wird als:

„Glänzend im Lügen und eine edle Jungfrau für alle Zeit." [21]

XVII. 1. Weiter als das Bisherige gehen Die, welche behaupten, dass gegen den Feind jede Lüge erlaubt sei. So machen Plato, Xenophon, Philo unter den Juden, Chrysosthomus unter den Christen von dem Verbot der Lüge nur die eine Ausnahme, dass es gegen die Kriegsfeinde gestattet sei. Hierher gehört vielleicht die in der Heiligen Schrift erwähnte Lüge der Jabesiden bei der Belagerung, und die ähnliche That des Propheten Elisäus, und die Rede des Valerius Laevinus, welcher sich rühmte, den Pyrrhus getödtet zu haben. [22]

---

[21] Sie hatte ihrem Vater versprochen, dass sie ihren Mann, den Bruder Jones, tödten wolle, und rettete ihn dadurch. Ovid erzählt den Fall in den Heroiden 14.

[22] Nachdem die Einwohner von Jabes erfuhren, dass Saul zu ihrer Hülfe und zur Entsetzung der Stadt im Anzuge sei, sagten sie den Ammonitern, die sie zur Uebergabe aufforderten: „Morgen gehen wir zu Euch hinaus, damit Ihr uns Alles thut, was Euch gefällt." (1. Sam. XI. 10.) Der Fall mit dem Propheten Elisa ist erzählt

2. Zu dem dritten, vierten und fünften oben erwähnten Fall gehört die Bemerkung des Eustratius, Erzbischofs von Nicaea, zum 6. Buche der Nicomachischen Ethik: „Wer guten Rath giebt, sagt nicht immer die Wahrheit; denn es kann kommen, dass der gute Rathgeber das überlegt, wie er absichtlich lügen könne, um damit den Feind zu betrügen oder den Freund vor Unglück zu bewahren, wie die Geschichte für Beides Beispiele genug enthält." Und Quintilian sagt: „Einen Wüthenden durch eine Lüge von einem Mord abhalten oder einen Kriegsfeind dadurch zum Besten des Vaterlandes zu täuschen, was man sonst bei Sklaven tadeln würde, das ist an einem Weisen zu loben."

3. Die Schulen der vergangenen Jahrhunderte [23]) billigen dies zwar nicht; sie halten sich an den einen Augustin vor Allen und folgen diesem beinahe in allen Stücken. Aber dieselben Scholastiker erlauben sich so ganz ungewöhnliche Auslegungen, dass man zweifeln kann, ob es nicht sicherer ist, wider ihre Ansicht die Unwahrheit in den erwähnten und ähnlichen Fällen (denn ich mag hier nicht Alles scharf bestimmen) zuzulassen, als so unbedingt das falsche Reden zu verbieten. So sagen sie, das Wort „Ich weiss nicht" könne auch bedeuten: „ich weiss nicht, ob ich es sagen soll." Das Wort: „ich habe es nicht" könne bedeuten: „ich habe es Dir nicht zu geben" und Aehnliches, was dem natürlichen Verstand widersteht. Denn wollte man Dergleichen zulassen, so käme man dahin, dass der Bejahende als ein Solcher angesehen werden müsste, der verneint, oder umgekehrt.

4. Denn es ist durchaus wahr, dass jedes Wort einen doppelten Sinn gestattet; alle enthalten ausser der Bezeichnung der sogenannten ersten Begriffe noch die der Begriffe zweiter Ordnung, welche verschieden sind nach Verschiedenheit der Künste, nach der Beziehung und anderen Redefiguren. Auch der Ansicht kann ich nicht beitreten, die das, was mit den ernsthaftesten Mienen und Tone ge-

---

2. Könige VI. 18. Valerius Laevinus hatte in der Schlacht einen Führer getödtet, hielt dann das blutige Schwert in die Höhe und machte dem Heere auf beiden Seiten glauben, dass er den König Pyrrhus getödtet habe.

[23]) Es sind die Scholastiker des Mittelalters gemeint.

sprochen wird, Scherz nennen, als wenn sie nur das Wort, aber nicht die Sache verabscheuten. ²⁴)

XVIII. Alles bisher über die Unwahrheit Gesagte bezieht sich nur auf die behauptende Rede und eine solche, welche nur dem öffentlichen Feinde schadet, aber nicht auf versprechende Reden. Denn aus dem Versprechen erwirbt, wie wir bereits angedeutet haben, der, dem es geleistet wird, ein besonderes und neues Recht. Dies gilt selbst gegen Kriegsfeinde und selbst bei ausgebrochenen Feindseligkeiten; auch gilt es nicht blos für ausdrückliche, sondern auch für stillschweigende Versprechen, wie wir bei dem Verlangen des Feindes nach einer Unterredung zeigen werden, wenn wir zu dem Punkt über die dem Feinde schuldige Treue gekommen sein werden.

XIX. Auch in Bezug auf den Eid ist das Frühere zu wiederholen, dass er sowohl als blosser Behauptungs- wie als Versprechungseid jeden Einwand ausschliesst, der aus der Person, mit der verhandelt wird, hergenommen werden könnte; denn man verhandelt dabei nicht blos mit Menschen, sondern auch mit Gott, dem man durch den Eid verpflichtet wird, selbst wenn für die Menschen kein Recht daraus entstehen kann. Dort haben wir auch ausgeführt, dass beim Eide nicht, wie bei anderen Reden, jede nicht ganz ungebräuchliche Auslegung der Worte zugelassen werden könne, um die Lüge zu beseitigen; vielmehr verlange die Wahrheit, dass die Eide so gelten, wie der Hörende in gutem Glauben sie verstehen musste. Deshalb ist die Gottlosigkeit derer zu verdammen, welche behaupten, dass man Männer ebenso mit Eiden täuschen könne, wie Knaben mit Würfeln.

XX. 1. Es ist mir bekannt, dass einige von den Arten der Lüge, die wir für naturrechtlich erlaubt erklärt haben, von manchen Völkern und Menschen dennoch vermieden werden; dies geschieht indess nicht, weil sie sie

---

²⁴) Aus diesen hier von Gr. erwähnten Beispielen kann man abnehmen, zu welchen Hülfsmitteln die Scholastiker in der wissenschaftlichen Behandlung dieser Materie sich verstiegen haben, und wie die Aufgabe der Wissenschaft hier in ihr gerades Gegentheil verkehrt worden ist; statt eine Moral der Wahrheit ist sie in eine Moral der Lüge in der widerwärtigsten Art umgewandelt worden.

für Unrecht halten, sondern aus einer besonderen Geistesgrösse und mitunter aus Vertrauen auf ihre Kraft.[25] Aelian erwähnt einen Ausspruch des Pythagoras, wonach der Mensch durch Zweierlei sich Gott am meisten nähere, nämlich wenn er immer die Wahrheit spricht und wenn er Anderen wohlthut. Auch Jamblichus nennt die Wahrhaftigkeit die Führerin zu allen göttlichen und menschlichen Gütern. Aristoteles sagt: „Der Grossherzige ist wahr und offen." Plutarch: „Das Lügen ist des Sklaven Sache." Arrian sagt von Ptolemäus: „Das Lügen war ihm, auch als er König war, widerwärtiger wie jedem Anderen." Bei demselben sagt Alexander: „Ein König dürfe zu seinen Unterthanen nur die Wahrheit sprechen." Mamertinus sagt von Julian: „Wunderbar ist bei unserem Fürsten die Uebereinstimmung der Gedanken mit seinen Worten. Er weiss, dass die Lüge nicht blos der Fehler einer niedrigen und kleinlichen Seele, sondern ein knechtischer Fehler ist. In Wahrheit macht die Armuth oder die Furcht die Menschen zu Lügnern; deshalb verkennt ein Kaiser, welcher lügt, die Grösse seiner Stellung." Plutarch rühmt von Aristides: „die Natur, welche, stark im Sittlichen, an dem Rechte festhielt und die Lüge selbst im Scherze vermied." Probus sagt von Epaminondas: „Er war so sehr der Wahrheit zugethan, dass er nicht einmal im Scherze die Unwahrheit sprach."

2. Dies gilt um so mehr auch für die Christen, als ihnen nicht blos die Einfalt geboten, Matth. X. 16, sondern auch das eitle Geschwätz verboten ist; Matth. XII. 36. Es ist ihnen Der als Beispiel hingestellt, in dessen Munde nie ein Betrug erfunden worden ist. Lactantius sagt: „Deshalb wird der wahrhaftige und gerechte Wanderer nicht dem Spruch des Lucilius beistimmen:

„Meinen Freund und Vertrauten belüge ich nicht."
Er wird vielmehr auch seinen Feind und den Unbekannten nicht belügen, und er wird es sich nie erlauben, dass die

---

[25] Gr. benutzt hier, wie öfter, den Begriff eines besonders verdienstlichen sittlichen Handelns, um den Gegenstand wissenschaftlich zu erschöpfen. Dieser Begriff hat auch seine volle Berechtigung, und das Nähere darüber ist B. XI. 136 dargelegt; a priori, aus der Vernunft, ist er aber nicht zu begründen.

Zunge, die Dolmetscherin der Seele, mit den Gedanken nicht übereinstimmt. Derart ist Neoptolemus in dem Philoktet des Sophokles „ausgezeichnet durch Einfachheit und Edelmuth", wie Dio von Prusa richtig bemerkt; er antwortet dem Ulysses, der ihm zu dem Betruge zuredet (Philoktet v. 85 u. ff.):

> „Was mich schon, wenn ich es höre, schmerzt, o Laërtes! das hasse ich noch mehr durch die That zu vollführen; denn ich mag von Natur den Betrug nicht, wie auch mein Vater ihn nicht mochte, nach dem, was sie erzählen; aber ich bin bereit, mit offener Gewalt den Raub zu vollführen, nur nicht durch Betrug."

Euripides sagt von Rhesus:

> „Der edle Mann mochte den Feinden nicht heimlich den Tod bringen."

3. So sagte Alexander, „er möge keinen Sieg durch List gewinnen." Auch die Achäer haben nach Polybius allen Betrug gegen die Feinde verabscheut; sie hielten nur den Sieg über ihre Feinde für sicher, um die Worte Claudian's zu gebrauchen:

> „Der auch den Geist der Feinde zum Eingeständniss sich unterwirft."

So handelten die Römer bis beinahe zum Ende des zweiten Punischen Krieges. Aelian sagt: „Die Römer verstehen tapfer zu sein und kämpfen mit ihren Feinden nicht durch List und Hinterhalt." Als daher Perseus, der König der Macedonier, durch die Hoffnung auf Frieden getäuscht worden war, bestritten die älteren Senatoren, dass die Römer solche Künste zulassen dürften. Die Vorfahren hätten sich nie gerühmt, die Kriege mehr durch List als durch Tapferkeit geführt zu haben; nicht mit Punischer Zweideutigkeit, nicht mit Griechischer List sei es geschehen; nur dort sei es rühmlichrr, den Feind zu betrügen, als mit Gewalt zu überwinden. Sie fügten dann hinzu: „Mitunter nützt wohl für die nächste Zeit der Betrug mehr als die Tapferkeit; aber nur Der werde sich für immer besiegt halten, welcher eingestehen müsse, dass er nicht durch List, nicht durch Zufall, sondern im wirklichen Kampfe, Mann gegen Mann in einem gerechten und gottgefälligen Kriege überwunden worden sei." Auch später liest man bei Tacitus: „Das Römische Volk strafe seine Feinde nicht durch List und nicht heimlich, sondern offen und mit Waffen." Derart waren auch die Tibarener, die sogar Ort und Zeit der Schlacht dem Feinde kund thaten. Auch Mardonius sagt bei Herodot dasselbe von den Griechen.

XXI. Es ist auch Pflicht, dass man zu dem, was man einem Anderen nicht thun darf, ihn auch nicht veranlassen oder anreizen darf. Beispiele dazu sind: Ein Unterthan darf seinen König nicht tödten, Städte ohne Volksbeschluss nicht überliefern und die Bürger nicht berauben. Deshalb darf man auch einen Unterthan, der solcher bleibt, zu Dergleichen nicht verleiten. Denn wer einen Anderen zur Sünde veranlasst, sündigt immer selbst. Man darf auch nicht entgegnen, dass Dem, der zu einer solchen Handlung anreizt, dies erlaubt sei, z. B. die Tödtung eines Feindes. Denn wenn es ihm erlaubt ist, so ist es ihm doch nicht auf diese Art erlaubt. Augustinus sagt richtig: "Es ist kein Unterschied, ob Du ein Verbrechen selbst begehst, oder willst, dass ein Anderer es Deinetwegen begehe."

XXII. Etwas Anderes ist es, wenn Jemand zu einer ihm erlaubten Handlung einen Anderen benutzt, und dieser seine Hülfe freiwillig gewährt, und ohne dass Jener ihn zum Unrecht verleitet. Dies ist früher als zulässig aus Gottes eigenem Beispiel erwiesen worden. Celsus sagt: "Einen Ueberläufer kann man nach Kriegsrecht aufnehmen," d. h. es ist nicht gegen das Kriegsrecht, dass man Den annimmt, der die Partei der Feinde verlässt und die unsere wählt. [26]

---

[26] Gr. geht hier über die schwierige Frage der Spione, der Kundschafter, des Verrathes und der Bestechung im Kriege zu leicht hinweg; überdem ist sein Unterschied, ob der Andere es freiwillig thut oder nicht, sophistisch und ungenügend. Da hier Alles heimlich geschieht, so hat die Kollision verschiedener Prinzipien durch die Sitte hier weniger als sonst geregelt werden können; deshalb schwankt die Praxis und die Theorie in dieser Materie sehr. Man sehe Hefter, Völkerrecht S. 430, und Bluntschli, Völkerrecht S. 341; Letzterer behandelt mehr das Strafrecht gegen gefangene Spione; viel schwieriger ist aber die Frage, wie weit ein Staat überhaupt sich solcher unmoralischen Mittel

Kapitel II.
Wie das Vermögen der Unterthanen für die Schulden der Herrscher verhaftet ist, insbesondere über Repressalien.

I. 1. Wir kommen nun zu dem, was das Völkerrecht vorschreibt; es bezieht sich entweder auf den Krieg überhaupt oder auf besondere Arten desselben. Mit jenem wollen wir beginnen. Nach dem blossen Naturrecht ist Niemand aus einer fremden Handlung verhaftet, wenn er nicht in dessen Vermögen nachfolgt; denn gleich bei Einführung des Eigenthums ist bestimmt worden, dass mit dem Vermögen auch die Schulden und Lasten übergehen. Der Kaiser Zeno sagt, „es widerspreche der natürlichen Billigkeit, dass man für fremde Schulden belästigt werde. Daher rühren im Corpus juris die Ueberschriften: „Dass die Frau nicht für den Mann, und der Mann nicht für die Frau haftet; dass der Sohn nicht für den Vater, und dass der Vater und die Mutter nicht für den Sohn belangt werden können."

2. Auch schulden die Einzelnen das nicht, was die Gesammtheit schuldet, wie Ulpian treffend sagt; d. h. wenn die Gesammtheit Vermögen hat; denn sonst haften Jene zwar nicht als Einzelne, aber als Theile der Gemeinschaft. Seneca sagt: „Wenn Jemand meinem Vaterlande Geld borgt, so werde ich mich nicht seinen Schuldner nennen, noch es als meine Schuld gelten lassen; aber ich werde meinen Theil zur Abzahlung geben." Vorher hatte er gesagt: „Als ein Einzelner im Volke zahle ich nicht für mich selbst, sondern gleichsam für das Vaterland." Und: „Die Einzelnen schulden es nicht als ihre Schuld, sondern als einen Theil der öffentlichen Schuld." Des-

---

im Kriege bedienen darf, und wie weit die eigenen Unterthanen zu diesen Diensten verpflichtet sind. Diese Verhältnisse werden sich nie über die Kasuistik erheben und deshalb von der Wissenschaft nicht geregelt werden können.

halb ist im Römischen Recht die besondere Bestimmung, dass kein Einwohner eines Fleckens für die Schulden eines Anderen verbindlich sei; und anderwärts wird keine Exekution wegen fremder Schulden zugelassen, auch wenn sie für die Gesammtheit gemacht worden sind. In einer Novelle Justinian's wird die Pfändung für Fremde verboten, weil es unzulässig sei, dass Einer der Schuldner sei, und ein Anderer es bezahlen solle; dergleichen Exekutionen werden deshalb missfällig genannt. Auch der König Theodorich nennt bei Cassiodor es ein hässliches Recht, einen Anderen für eine fremde Schuld auszupfänden.

II. 1. Obgleich dies richtig ist, so konnte und ist doch durch das willkürliche Völkerrecht eingeführt worden, dass für die Schulden einer staatlichen Gemeinschaft oder für die Schulden des Oberhauptes, mag dabei seine Verhaftung in erster oder nur in zweiter Stelle ausgemacht sein, auch der ganze körperliche und unkörperliche Besitz derer mit verhaftet ist, welche solcher Gemeinschaft oder deren Oberhaupte unterthan sind. Eine gewisse Nothwendigkeit hat hierzu gedrängt, weil sonst grosse Schädenzufügungen zulässig geworden wären, da die Güter der Herrscher oft nicht so leicht erreicht werden können wie die der Unterthanen, deren Viele sind. Dieser Satz gehört also zu denen, von denen Justinian sagt, dass die Nothwendigkeit und die Verhältnisse des Verkehrs der Menschen die Völker dazu veranlasst haben.

2. Dieser Satz widerstreitet auch nicht so dem Naturrecht, dass er nicht durch Uebung oder stillschweigende Uebereinkunft hätte eingeführt werden können; haften ja doch auch die Bürgen rein auf Grund ihrer Einwilligung. Auch ist es viel wahrscheinlicher, dass die Glieder einer Gemeinschaft sich gegenseitig zu ihrem Rechte verhelfen und für ihre Entschädigung sorgen werden, als Fremde, auf die an den meisten Orten wenig gegeben wird. Auch kommt der Vortheil aus einer solchen Einrichtung allen Völkern zu gut, und das Volk, was heute darunter leidet, hat zu einer anderen Zeit den Vortheil davon.

3. Diese Sitte gilt zunächst bei dem vollen Kriege, welchen ein Volk gegen das andere führt. Was hier gilt, lehren die Formeln der Kriegsankündigung: „Den Völkerschaften der alten Lateiner und den alten Lateinischen Männern verkünde und bringe ich den Krieg." Dasselbe

erhellt aus der Frage: „Ob sie wollten und beföhlen, dass dem König Philipp und den unter seiner Herrschaft stehenden Macedoniern der Krieg angekündigt werden solle?" und aus dem Beschlusse selbst: „Das Römische Volk hat den Krieg beschlossen gegen das Hermundulische Volk und gegen die Hermundulischen Männer," was aus Cincius' Buch über den Kriegsdienst entnommen ist. Anderwärts heisst es: „Ein Kriegsfeind sei Jener und Alles, was innerhalb seines Schutzes sei." Aber auch da, wo man noch nicht zu diesem vollen Krieg gelangt ist, und wo nur ein Recht mit Gewalt zur Vollstreckung gebracht wird, d. h. in dem unvollkommenen Kriege, ist es nöthig, auf denselben Gebrauch zurückzukommen. Agesilaus sagte einst zu Pharnabazus, dem Unterthan des Königs von Persien: „Als wir mit dem König in Freundschaft waren, haben wir auch gegen das Seinige uns freundschaftlich benommen; jetzt, wo wir Feinde sind, verhalten wir uns feindlich. Da wir nun sehen, dass auch Du dem Könige angehören willst, so beschädigen wir mit Recht Jenen durch Dich." [27]

III. 1. Eine Art dieser erwähnten Exekution war das, was die Athener „die Menschenergreifung" nannten, worüber das Attische Gesetz sagt: „Wenn Jemand gewaltsam getödtet worden ist, so können seine Verwandten und Angehörigen Menschen gewaltsam festnehmen, bis entweder die Strafe dafür vollstreckt worden oder die Todtschläger ausgeliefert worden sind. Es ist aber nur gestattet, drei Menschen und nicht mehr zu ergreifen." Hier sehen wir, wie für die Verbindlichkeit des Staates, seine Angehörigen, die Anderen geschadet haben, zu strafen, ein gleichsam unkörperliches Recht der Unterthanen verhaftet ist, nämlich ihre Freiheit, zu gehen, wohin, und zu thun, was sie wollen; so dass sie mittlerweile in Ge-

---

[27] Gr. vergisst über diese Darstellung der antiken Zeit zu erwähnen, dass schon zu seiner Zeit sich die Sitte wesentlich geändert, und nicht mehr die Privatpersonen, sondern nur der Staat und seine militärische Macht als Gegner im Kriege behandelt wurden. Es ist dies eine Veränderung von den weitgehendsten Folgen, welche die Nachtheile des Krieges mehr gemildert hat als irgend eine andere Sitte.

fangenschaft bleiben, bis der Staat seine Schuldigkeit, den Verbrecher zu strafen, erfüllt hat. Die Aegypter bestritten zwar nach Diodor von Sicilien, dass man seinen Körper oder seine Freiheit für eine Schuld als Pfand einsetzen könne; allein es ist dies nichts Unnatürliches, und nach den Gewohnheiten der Griechen und anderer Völker ist dies zulässig.

2. Aristokrates, der Zeitgenosse des Demosthenes, beantragte ein Gesetz, dass man den Mörder des Charidemus an jedwedem Orte festhalten, und wenn er Widerstand leiste, als Kriegsfeind behandeln könne. Demosthenes tadelte viel dabei; erstlich, dass er nicht zwischen einer gerechten und ungerechten Tödtung einen Unterschied gemacht habe; denn auch eine gerechte sei hier möglich; sodann, dass er nicht zuerst die Sache vor die Gerichte weise; endlich, dass er nicht Die, bei denen die Tödtung erfolgt, sondern Die, welche den Mörder aufnehmen, verpflichte. Die Worte des Demosthenes sind: „Wenn bei Denen ein Mord geschehen ist, die weder nach dem Rechte die Strafe vollziehen, noch die Schuldigen ausliefern wollen, so gestattet das Gesetz, dass man drei ihrer Männer ergreifen kann. Aber hier lässt Aristokrates diese unberührt und erwähnt sie nicht einmal; dagegen will er Die, welche den durch die Flucht entkommenen Mörder (so nehme ich den Fall nach menschlichem Recht, was dies gestattet) aufgenommen haben, für Feinde erklären, wenn sie den Flüchtling nicht ausliefern." Zum Vierten tadelt er den Aristokrates, dass er die Sache gleich zum vollständigen Krieg bringe, während das Gesetz sich doch mit Ergreifung jener drei Menschen begnüge.

3. Der erste, zweite und vierte Einwand des Demosthenes ist nicht ohne Grund. Der dritte dagegen ist es nur dann, wenn er auf eine zufällige oder aus Nothwehr erfolgte Tödtung beschränkt wird. Er scheint mehr zur Ausschmückung der Rede und der Beweise benutzt zu sein, als an sich richtig und berechtigt zu sein. Denn das Recht, Flüchtlinge aufzunehmen und zu schützen, beschränkt das Völkerrecht, wie früher dargelegt worden, auf die, welche das Schicksal verfolgt, und die kein Verbrechen begangen haben.

4. Uebrigens stehen sich Die, wo das Verbrechen be-

gangen worden ist, und Die, welche den Schuldigen nicht strafen noch ausliefern wollen, im Rechte gleich. Deshalb hat das von Demosthenes angezogene Gesetz allmälig die von mir gegebene Auslegung erhalten, oder es ist gegen solchen Vorwurf später bestimmter gefasst worden. Dass Eines von Beiden geschehen, erhellt aus der Stelle des Julius Pollux: „Die Menschenergreifung findet statt, wenn der Mörder von Denen, zu welchen er geflohen ist, auf Erfordern nicht ausgeliefert wird. Das Recht gestattet dann drei Menschen gegen die, welche die Auslieferung verweigern, zu ergreifen." Und ebenso sagt Harpokration: „Das Menschenergreifungsrecht ist das Recht, Einige aus einer Stadt zu rauben. Denn gegen den Staat, welcher den Mörder aufgenommen und zur Strafe nicht herausgab, bedienten sie sich dieser Pfändung."

5. Dem ähnlich können Bürger eines Staates festgehalten werden, um einen auf frischer That betroffenen Angehörigen zu erlangen, wenn die That bei ihnen geschehen ist. So hinderten Einige in Karthago die Festhaltung des Tyrer Aristo, indem sie sagten: „weil sonst dasselbe mit den Karthaginiensern in Tyrus und anderen von ihnen besuchten Häfen geschehen würde. [28]

IV. Eine andere Art gewaltsamer Rechtshülfe ist die Pfändung unter verschiedenen Völkern, welche die neuen Rechtsgelehrten das Recht zu Repressalien nennen. [29]

---

[28] Auch hier verweilt Gr. mit grosser Ausführlichkeit bei einer Institution des alten Griechenlands, welche schon in dem Römischen Reiche unter den Kaisern verschwunden war und für Gr.'s Zeit gar keinen praktischen Werth hatte.

[29] Gr. behandelt hier die Repressalien nur aus einem beschränkten Gesichtspunkte, weil sie im Alterthum nur eine geringere Bedeutung hatten, und deshalb die antike Zeit ihm wenig Stoff bot. Hätte Gr. mehr auf seine Zeit Rücksicht genommen, so hätte er die Lücken seiner Darstellung leicht bemerken müssen. Je schwerer die moderne Zeit sich zu einem wirklichen Kriege entschliesst, um so mehr ist das System der Repressalien ausgebildet worden, welche eine gelindere Art der Selbsthülfe, als der Krieg, darstellen, um den gegnerischen Staat durch den

Die Sachsen und Angeln nannten es „die Wiedernahme", und die Gallier „Markbriefe", welche von dem König erbeten wurden. Dieses Mittel tritt, wie die Rechtslehrer sagen, da ein, wo das Recht verweigert wird.

V. 1. Dies ist der Fall, nicht nur wenn der Richterspruch gegen den Schuldigen und Verpflichteten innerhalb der entsprechenden Frist nicht erlangt werden kann, sondern auch wenn in einer ganz unzweifelhaften Sache gegen das klare Recht erkannt wird (denn in zweifelhaften Fällen spricht die Vermuthung für die öffentlich bestellten Gerichte); denn das Ansehen der Gerichte gilt nicht ebenso gegen die Fremden wie gegen die Unterthanen. Selbst unter diesen hebt ein solcher Spruch die wirkliche Schuld nicht auf. Der Rechtsgelehrte Paulus sagt: „Der wirkliche Schuldner bleibt trotz seiner Freisprechung naturrechtlich Schuldner, und wenn durch eine unrechte Entscheidung des Richters der Gläubiger eine ihm verpfändete, aber dem Schuldner nicht zugehörige Sache dem Eigenthümer entzieht und gefragt wird, ob die Sache nach Bezahlung der Schuld dem Schuldner zurückgeliefert werden müsse, so stimmte Scavola dafür." Es ist der Unterschied, dass Unterthanen die Vollstreckung selbst eines

daraus erwachsenden Schaden zur Beseitigung der Beschwerden zu veranlassen. Es gehören deshalb dahin unter Anderem 1) die Beschlagnahme des fremden Staatsvermögens, 2) die Beschlagnahme des Vermögens der einzelnen Bürger des fremden Staats, 3) die Hemmung des Handels- und Postverkehrs und der Schifffahrt, 4) die Ausweisung der fremden Staatsangehörigen, 5) die Festhaltung von fremden Staatsangehörigen, insbesondere höheren Ranges, 6) die Gefangennahme solcher Personen, 7) die Zurückhaltung vertragsmässiger Leistungen und Aufhebung von Verträgen, 8) die Entziehung des Rechtsschutzes, 9) die Ausgabe von Kaperbriefen vor dem Kriege, welche indess wie die Hinrichtung von fremden Unterthanen jetzt ausser Uebung ist.

Neben diesen Repressalien kommen noch andere während des Krieges dann vor, wenn der Gegner die Gebräuche des Krieges verletzt, z. B. keinen Pardon giebt, und man als Gegenwehr das gleiche Verfahren gegen ihn so lange eintreten lässt, bis er es abstellt.

gerechten Urtels mit Gewalt nicht hindern oder ihr Recht dagegen mit Gewalt nicht geltend machen können, wegen der Wirksamkeit der Staatsgewalt. Auswärtige haben aber das Recht zum Zwange, von dem sie aber nur dann Gebrauch machen dürfen, wenn bei dem Richter kein Recht zu erlangen ist.

2. In einem solchen Falle können Personen und bewegliche Sachen des Staats, der das Recht verweigert, ergriffen werden. Dieses Recht ist zwar nicht von der Natur begründet, aber durch Gebrauch angenommen. Das älteste Beispiel davon hat Homer im 11. Gesange der Iliade, wo Nestor erzählt, dass sie die Schweine und die Rinder der Einwohner von Elis eingefangen hätten, weil diese seinem Vater Pferde genommen hätten. „Zum Pfand genommen", sagt der Dichter, und Eustathius erklärt dies, „es sei abgepfändet für das weggetriebene Vieh, und weggenommen für das früher von ihnen Genommene." Er erzählt dann weiter, dass er durch ein Aufgebot Alle, denen die Einwohner von Elis etwas schuldeten, zur Verfolgung ihres Rechtes zusammenberufen habe,

„damit Niemand seines gerechten Antheiles entbehre."

Ein anderes Beispiel bietet die Römische Geschichte in den Schiffen der Römer, welche Aristodemus, der Erbe der Tarquinier, in Cumae als Pfand für die Güter der Tarquinier zurückhielt. Der Halicarnasser sagt: „Die Sklaven, das Zugvieh, das baare Geld ist zurückbehalten worden." Auch bei Aristoteles wird in dem zweiten Buche seiner Oeconomica ein Beschluss der Karthager erwähnt, die Schiffe der Fremden zu kapern für den Fall, dass Jemand das Recht der Erbeutung hätte.

VI. Bei einigen Völkern galt auch das Leben unschuldiger Unterthanen aus solchem Grunde für verhaftet, weil jedem Menschen ein volles Recht über sein Leben zustehe, und er dies auf den Staat habe übertragen können. Allein dies ist weder wahrscheinlich, noch entspricht es der gesunden Theologie, wie anderwärts gezeigt worden ist.[30] Doch kann es kommen, dass Die, welche die Geltendmachung des Rechts mit Gewalt hindern wollen, zwar nicht absichtlich, aber zufällig getödtet werden. Ist

---

[30] In Buch II. Kap. 15, 16 und Kap. 21 u. 11.

dies vorauszusehen, so soll man lieber aus christlicher Liebe die Geltendmachung unterlassen, weil insbesondere den Christen das Leben eines Menschen höher stehen muss als seine Sache, wie anderwärts dargelegt worden ist.

VII. 1. Uebrigens muss man sich hier wie anderwärts vorsehen, dass man nicht die Bestimmungen des Völkerrechts mit denen vermengt, welche aus dem besonderen Staatsrecht oder aus Verträgen hervorgehen.

2. Nach dem Völkerrecht unterliegen der Pfändung alle Unterthanen des widerspenstigen Staats, so weit sie es aus einem dauernden Grunde sind; mögen sie Eingeborene oder Zugezogene sein; aber nicht die, welche nur den Staat durchreisen oder einen kurzen Aufenthalt daselbst nehmen wollen. Denn diese Pfändungen sind nach dem Muster der Steuern eingeführt, welche zur Bezahlung von Staatsschulden auferlegt werden, und davon sind Die frei, welche nur vorübergehend den Ortsgesetzen unterworfen sind. Auch von den Unterthanen sind die Gesandten und ihre Sachen nach dem Völkerrecht ausgenommen, sofern sie nicht zu unseren Feinden geschickt sind.

3. Nach dem besonderen Staatsrecht sind meist Frauen und Kinder ausgenommen; ebenso die Gelehrten und die fremden Kaufleute nebst ihrem Vermögen. Nach dem Völkerrecht kann der Einzelne die Pfändung vornehmen, wie in Athen bei der Ergreifung von Menschen; dagegen muss nach dem besonderen Recht vieler Staaten die Pfändung entweder bei der Staatsgewalt oder bei dem Gericht nachgesucht werden. Nach dem Völkerrecht geht das Eigenthum der ergriffenen Sachen durch die blosse Ergreifung bis zur Höhe der schuldigen Summe und der Unkosten über; der Ueberschuss muss zurückgegeben werden. Nach dem besonderen Staatsrecht werden die Interessenten vorgeladen, um die Sachen unter der Leitung der Obrigkeit auszubieten und den Interessenten zuzuschlagen. Das Nähere hierüber ist bei den Schriftstellern über das besondere Staatsrecht nachzusehen, namentlich bei Bartolus, der über die Repressalien geschrieben hat.

4. Ich will hier noch hinzufügen, da es zur Milderung dieses an sich harten Rechtes dient, dass Die, welche durch Nichtzahlung ihrer Schuld, oder durch Verweigerung

des Rechts die Pfändung veranlasst haben, nach göttlichem und natürlichem Recht denen, welchen dadurch etwas abhanden gekommen ist, ihren Schaden ersetzen müssen.

Kapitel III.
Ueber den gerechten und feierlichen Krieg nach dem Völkerrecht; insbesondere über die Kriegsverkündung.

I. 1. Schon früher haben wir angedeutet, dass ein Krieg bei rechtlichen Schriftstellern nicht wegen der Ursache, aus der er entsprungen ist, gerecht genannt wird, auch nicht wie sonst wohl wegen der Grösse der vollführten Thaten, sondern wegen besonderer rechtlicher Wirkungen.[31] Welcher Krieg ein gerechter ist, erhellt am besten aus der Definition der Kriegsfeinde bei den Römischen Rechtsgelehrten. Pomponius sagt: „Kriegsfeinde sind Die, welche gegen uns, oder gegen welche wir einen Krieg öffentlich beschliessen. Alle Anderen sind Strassenräuber und Diebe." Ebenso Ulpian: „Kriegsfeinde sind Die, gegen welche das Römische Volk öffentlich den Krieg beschlossen hat, oder die dies gegen uns gethan haben; die Uebrigen heissen Strassenräuber und Plünderer. Wer daher von Räubern gefangen wird, ist nicht ihr Sklave und bedarf nicht des Rückkehrrechts; ist er aber von Kriegsfeinden, wie von den Deutschen oder Parthern, gefangen, so ist er ihr Sklave und erlangt nur durch das Rückkehrrecht seinen früheren Rechtszustand wieder." Paulus sagt: „Die, welche von See- oder Strassenräubern gefangen werden, bleiben freie Menschen." Hierzu kommt, was Ulpian sagt: „Bei inneren

---

[31] Dieser Sprachgebrauch ist nicht empfehlenswerth und auch jetzt nicht mehr üblich; denn Wirkungen in Beziehung auf Rechte und Verbindlichkeiten haben selbst Verbrechen, die man deshalb doch nicht in gerechte und ungerechte eintheilen kann.

Unruhen leidet der Staat zwar oft, aber man kämpft doch nicht, um den Staat zu vernichten; die Parteien auf beiden Seiten gelten nicht als Kriegsfeinde, für welche das Recht der Gefangenschaft und der Rückkehr besteht.[32] Ist daher dabei Jemand gefangen, verkauft und dann freigelassen worden, so braucht er von dem Kaiser nicht seine Freiheit sich wieder zu erbitten, denn er hat sie durch keine Gefangenschaft eingebüsst."

2. Was hier von dem Römischen Volke gesagt ist, gilt von Jedem, der die höchste Gewalt in einem Staate inne hat. „Nur der gilt als Kriegsfeind," sagt Cicero, „der einen Staat, ein Rathhaus, eine Schatzkammer, die Einwilligung und Uebereinstimmung der Bürger besitzt, und mit dem man, wenn die Verhältnisse es so mit sich bringen, Frieden und ein Bündniss abschliessen kann."

II. 1. Das öffentliche Wesen oder der Staat hört aber deshalb nicht auf, weil er etwas Ungerechtes begeht, selbst wenn Alle sich dabei betheiligen; und eine Bande von See- oder Strassenräubern wird kein Staat, wenn sie auch ein Recht unter sich beobachten, ohne welches auch eine Bande nicht bestehen kann. Dene diese verbinden sich zu Verbrechen; jene aber sind zum Genuss des Rechts zusammengetreten, wenn sie auch mitunter ein Unrecht begehen; sie erkennen auch das Recht der Fremden an, wenn auch nicht überall nach dem Naturrecht, was bei vielen Völkern zum Theil in Vergessenheit gerathen ist, aber doch nach den aufgerichteten Verträgen und nach dem Gewohnheitsrecht. So bemerkt der Scholiast des Thucydides, dass die Griechen zu der Zeit, wo der Seeraub für erlaubt galt, sich doch des Mordes und der Verwüstung des Nachts, sowie des Raubes der Pflugstiere

---

[32] Dieser Satz gilt nicht unbeschränkt. Bei wirklichen Bürgerkriegen gelten beide Theile als kriegführende Macht, und es treten die Kriegsgebräuche in Bezug auf Behandlung der Gefangenen, der Beute u. s. w. ein, obgleich in der Regel die Partei des bestehenden Staatszustandes dies nicht zugeben will. Dieser Fall bildet noch heute einen wichtigen Beschwerdepunkt Nordamerika's gegen England; jenes beschwert sich, dass England die Südstaaten als kriegführende Macht anerkannt habe, während sie nur Rebellen gewesen seien.

enthalten haben. Auch Strabo berichtet von Völkern, die vom Raube lebten und das Meer sich zur Heimath erwählt hatten, und doch den Eigenthümern den Rückkauf der geraubten Sachen zu einem billigen Preise gestatteten. Auf solche bezieht sich die Stelle bei Homer, Odyssee 14. Gesang v. 85 u. ff.:

„Selbst Die, welche auf Raub ausgehend begierig fremde Küsten durchsuchen, ziehen, wenn Zeus ihnen eine Beute gewährt hat, mit beladenen Schiffen davon und richten die Segel seewärts; denn sie scheuen die Götter, welche des Rechtes und Unrechtes gedenken."

2. Die Hauptsache ist aber im Moralischen entscheidend. Cicero bemerkt richtig im 5. Buche über die Zwecke: „Nach dem, was den grössten Theil ausmacht und sich am weitesten erstreckt, wird die ganze Sache benannt." Damit stimmt, was Galenus sagt: „Bei Mischungen wird das Ganze nach dem grösseren Bestandtheile benannt." Er nennt sie oft: „Namen nach dem Stärkeren." Deshalb ist es ein zu roher Ausspruch desselben Cicero im 3. Buche über den Staat, dass da, wo der König ungerecht, oder die Vornehmen oder das Volk selbst ungerecht sind, nicht ein fehlerhafter, sondern gar kein Staat vorhanden sei. Augustin verbessert dies und sagt: „Ich möchte doch nicht deshalb behaupten, dass sie kein Volk und kein Staat seien, so lange nur irgend ein vernünftiger Verband der Menge besteht und Gegenstände, welche sie in einträchtiger Gemeinschaft verbinden, bleiben." Ein kranker Körper bleibt immer ein Körper, und ein Staat bleibt ein Staat, wenn er auch schwer erkrankt ist; die Gerichte und das Uebrige bleibt, wodurch die Fremden und die Angehörigen ihr Recht verfolgen können. Dio Chrysosthomus sagt richtig, dass das Gesetz (besonders das, was das Völkerrecht bildet) im Staate das sei, was die Seele im menschlichen Körper; mit Beseitigung jenes höre auch der Staat auf. Aristides zeigt in der Rede, worin er die Rhodier zur Eintracht ermahnt, dass selbst bei der Herrschaft eines Tyrannen viele gute Gesetze bestehen können. Aristoteles sagt Buch V. Kap. 9 seines Staates: „Wenn die Gewalt Einiger oder des Volkes zu weit ausgedehnt werde, so werde der Staat

anfangs krank und zuletzt gehe er unter." Wir werden dies durch Beispiele erläutern.

3. Wir haben oben von Ulpian gehört, dass die Gefangenen der Räuber nicht deren Eigenthum werden; aber wenn sie von den Deutschen gefangen werden, so verlieren sie nach ihm die Freiheit. Aber bei den Deutschen galt der Strassenraub ausserhalb ihres Staatsgebiets nicht für entehrend, wie Cäsar wörtlich sagt. Ueber die Veneter sagt Tacitus: „Alle Wohnungen innerhalb der Peucinischen und Fennischen Wälder und Gebirge suchen sie bei ihren Raubzügen auf." Auch sagt er, dass die Katten, ein edler deutscher Volksstamm, Strassenraub getrieben habe. Bei denselben werden die Garamanten als ein dem Strassenraub ergebenes Volk, aber doch als Volk erwähnt. Die Illyrier trieben ohne Unterschied die Seeräuberei; dessenungeachtet wurde ihre Besiegung durch Triumph gefeiert, während Pompejus dies bei seiner Verjagung der Seeräuber nicht that. So gross ist der Unterschied zwischen einem Volke, selbst einem verbrecherischen, und Denen, die, ohne ein Volk zu sein, sich zu Verbrechen verbinden.

III. Indess kann eine Aenderung hier eintreten, nicht blos bei Einzelnen, wie Jephthes, Arsaces, Viriates aus Räuberhauptleuten rechtliche Fürsten geworden sind, sondern auch für die Gemeinschaften, die, wenn sie die Räuberei aufgeben und eine andere Lebensweise ergreifen, ein Staat werden können. Augustinus sagt bei Gelegenheit der Strassenräuber: „Wenn dies Uebel durch den Hinzutritt verzweifelter Menschen so anwächst, dass sie Ländereien besetzen, feste Wohnsitze wählen, Staaten bewältigen und Völker unterjochen, so nehmen sie den Namen eines Reiches an."

IV. Früher ist dargelegt, wem die höchste Staatsgewalt zukommt. Daraus erhellt, dass auch Die, welche sie nur zum Theil besitzen, nach diesem Theile einen gerechten Krieg führen können. Noch mehr gilt dies für Die, welche nicht Unterthanen sind, sondern nur Bundesgenossen mit niederer Stellung. So erhellt aus der Geschichte, dass zwischen den Römern und ihren, wenngleich niederen Bundesgenossen, wie den Volskern, Latinern, Spaniern, Karthagern alle Formen eines gerechten Krieges beobachtet worden sind.

V. Damit indess ein Krieg in diesem Sinne ein gerechter sei, genügt nicht, dass er beiderseits von der höchsten Staatsgewalt geführt werde, sondern dass er, wie erwähnt, auch öffentlich beschlossen sei, und zwar so, dass die Anzeige davon durch den einen Theil dem anderen geschieht. Deshalb nennt Ennius es: „die bekannt gemachten Schlachten." Cicero sagt im 1. Buche der Pflichten: „Die Gerechtigkeit des Krieges ist auf das strengste durch das Fecialrecht des Römischen Volkes geregelt; man kann daraus entnehmen, dass der Krieg nur dann gerecht ist, wenn er um Wiedererlangung von Sachen geführt wird, oder vorher gemeldet und angesagt worden ist." Weniger vollständig sagt ein alter Schriftsteller bei Isidor: „Ein gerechter Krieg ist es, wenn er auf Ansage zur Wiedererlangung von Sachen oder Abwehr von Menschen geführt wird." Ebenso sagt Livius bei Beschreibung des gerechten Krieges, dass er offen und auf Anktündigung geführt werde. Nachdem er erzählt hat, dass die Akarnaner das Attische Gebiet verheert hatten, sagt er: „Zuerst war es nur gegenseitige Erbitterung; später wurde es ein richtiger Krieg, der auf Beschluss und nach Ansage der Staaten unternommen war." [33]

VI. 1. Um diese und andere Stellen über die Verkündung des Krieges zu verstehen, muss man streng zwischen dem unterscheiden, was das Naturrecht bestimmt, was danach zwar nicht vorgeschrieben ist, aber sich geziemt, was nach dem Völkerrecht für seine Wirksamkeit erforderlich ist, und was sonst auf besonderen Einrichtungen einzelner Völker beruht. Das Naturrecht verlangt keine Kriegsanktündigung, wo eine angedrohte Gewalt abgehalten

---

[33] Die Kriegserklärung spielt im Alterthum und Mittelalter eine bedeutende Rolle und war mit mehr Feierlichkeiten umgeben als in der neueren Zeit, wo ihre rechtliche Nothwendigkeit überhaupt bezweifelt wird. Heffter sagt in seinem Europäischen Völkerrecht (5. Ausgabe S. 213): „Die Gewohnheit feierlicher Kriegserklärung dauerte bis in das 18. Jahrhundert. Seit der zweiten Hälfte desselben hat man sich von bestimmten Formen mehr und mehr entbunden." Bekanntlich ist auch 1866 in dem Kriege zwischen Preussen und Oestreich keine solche Kriegserklärung erfolgt.

oder von einem Beschädiger eine Strafe eingetrieben werden soll. Dies sagt der Ephore Sthenelaidas bei Thucydides: „Die brauchen nicht mit Worten und Gründen zu streiten, welche selbst ohne Worte beschädigt worden sind." Latinus sagt bei dem Halicarnasser: „Jeder kann den, welcher den Krieg beginnt, von sich abhalten." Und Aelian sagt nach Plato: „Es bedarf keines Unterhändlers, vielmehr liegt die Ankündigung in der Sache selbst, wenn man den Krieg zur Abwehr gegen Gewalt beginnt." Deshalb sagt Dio in der Rede an die Nikomedier: „Die meisten Kriege beginnen ohne Ankündigung." Deshalb tadelt Livius den Menippus, Präfekten von Antiochien, dass er schon Römer getödtet habe, obgleich der Krieg noch nicht angesagt worden, oder so begonnen habe, dass sie hätten hören können, es sei schon das Schwert gezogen und Blut vergossen worden. Er zeigt damit, dass der letztere Fall zur thatsächlichen Vertheidigung hinreiche. Ebenso wenig ist nach dem Naturrecht eine Ansage nöthig, wenn der Eigenthümer nur seine Sache wieder in Besitz nimmt.

2. Sobald aber für die eine Sache eine andere, oder für eine Schuld die Vermögensstücke des Schuldners ergriffen, oder sobald das Vermögen der einzelnen Unterthanen in Besitz genommen werden soll, ist die Ansage des Krieges nothwendig, aus welcher erhellt, dass man auf keine andere Weise zu seinen Sachen oder zu dem, was der Gegner schuldet, gelangen könne. Denn ein solches Recht ist kein ursprüngliches, sondern ein abgeleitetes, was an die Stelle für Anderes getreten ist, wie früher gezeigt worden. Ebenso muss, bevor der Inhaber der Staatsgewalt wegen seiner Schuld oder wegen des Vergehens eines seiner Unterthanen angegriffen wird, eine Kriegsankündigung vorhergehen, welche ergeben muss, dass er den Schaden zu ersetzen schuldig ist, wenn er nicht selbst des Vergehens schuldig erachtet werden soll.

3. Aber auch da, wo das Naturrecht keine Kriegsankündigung vorschreibt, ist es löblich und geziemend, wenn sie geschieht, damit allenfalls von der Beleidigung abgestanden oder das Vergehen durch Reue und Genugthuung gesühnt werden kann, wie bei den Mitteln zur Vermeidung des Krieges dargelegt worden ist. So sagt auch der Dichter:

„Das Aeusserste hat Niemand zuerst versucht!" [34]
und so gebietet Gott den Juden, dass sie vor Beginn des
Krieges zum Frieden einladen sollen; ein Gebot, was an
dieses Volk besonders erlassen ist und deshalb mit Unrecht von Einigen zum Völkerrechte gezählt wird. Denn
es handelte sich dabei gar nicht um einen Frieden überhaupt, sondern nur um einen mit Unterwerfung und Tribut-
zahlung. Als Cyrus in das Gebiet der Armenier gelangt
war, so schickte er vor jeder Beschädigung Gesandte an
den König, um den nach dem Bündniss schuldigen Tribut
und die Hülfsmannschaften zu verlangen, „indem er dies
für freundschaftlicher hielt, als wenn er ohne Ansage
weiter zöge," wie Xenophon sich bei dieser Erzählung
ausdrückt. Uebrigens ist nach dem Völkerrecht zur Begründung der besonderen rechtlichen Wirkungen in allen
Fällen die Kriegsankündigung zwar nicht von beiden, aber
doch von einer Seite nothwendig.

VII. 1. Diese Ankündigung kann bedingt oder unbedingt sein; erstens, wenn sie mit der Rückforderung der
Sachen verbunden wird. [35] Unter dem Namen dieser
Rückforderung befasst das Fecialrecht nicht blos die Rückforderung des Eigenthums, sondern auch die Verfolgung
dessen, was aus einem civilrechtlichen oder kriminellen
Grunde zu leisten ist, wie Servius richtig bemerkt. Daher heisst es in den Formeln: „Zurückgeben, Genüge
leisten, geben," wo unter „geben", wie früher bemerkt,
die Auslieferung zu verstehen ist, wenn sie den Schuldigen nicht selbst bestrafen wollen. Plinius sagt, dass
diese Rückforderung „die Klarstellung" (*clarigatio*) genannt worden sei. Eine bedingte Kriegsankündigung
findet sich bei Livius in den Worten: „Sie würden das
Unrecht, wenn die Urheber es nicht selbst wieder gut
machten, mit aller Gewalt von sich entfernen;" und Tacitus sagt: „Wenn sie nicht die Bestrafung der Verbrecher vorzögen, so werde der gegenseitige Kampf beginnen." Ein altes Beispiel enthalten die „Schutzflehen-

---

[34] Der Vers ist aus Agamemnon, einer Tragödie von
Seneca, entnommen.

[35] Solche bedingte Kriegserklärungen geschahen 1866
von Preussen gegen Hannover, Kurhessen und Sachsen.

den" von Euripides, wo Theseus dem Unterhändler folgenden Auftrag an Kreon nach Theben mitgiebt (v. 383 u. f.):

„Theseus, der das Deinem Reiche angrenzende Gebiet beherrscht, verlangt, dass die Todten beerdigt werden. Wenn dies geschieht, wird das Geschlecht der Erechthiden Dir Freund und gefällig sein. Wird dies angenommen, so kehre schnell zurück; will aber Niemand hören, so sei Deine zweite Rede, dass sie bald die Waffen meiner Mannschaft erwarten mögen."

Bei Papinius heisst es bei dieser Erzählung (Thebais XII. 598):

„Entweder verkünde den Danaern die Scheiterhaufen oder den Thebanern die Schlacht."

Polybius nennt es: „Die Pfändung ankündigen." Die alten Römer nannten es „verkündigen" (*condicere*). Die einfache Ankündigung, welche auch Ansage und Verordnung heisst, findet statt, wenn der Andere schon den Krieg begonnen hat (das nennt Isidor einen Krieg zur Abwehr der Menschen) oder etwas begangen hat, was Strafe verdient.

2. Mitunter folgt auch der bedingten Kriegserklärung dann eine unbedingte, obgleich dies nicht nöthig, sondern überflüssig ist. Daher die Formel: „Ich bezeuge, dass jenes Volk ungerecht ist und kein Recht gewähren will." Und eine andere: „Wegen welcher Sachen, Streitigkeiten und Gründe der Vorsteher der Fecialen des Römischen Volkes dem Fecialen des alten Latinervolkes und den alten Latinern angekündigt hat, dass, wenn sie das nicht zahlen, nicht geben, nicht thun, was zu zahlen, zu geben, zu thun ist, es durch einen reinen und frommen Kampf zu erringen ist, wie ich dafür halte, einstimme und glaube." Ein dritter Gesang lautet: „Weil die alten Latinischen Völker gegen die Quiriten und das Römische Volk so gehandelt und sich vergangen haben, dass das Römische Volk der Quiriten den Krieg gegen die alten Latiner beschlossen hat, und der Römische Senat der Quiriten gemeint ist, gewilligt und beschlossen hat, dass Krieg mit den alten Latinern beginne, deshalb verkünde und beginne ich und das Römische Volk den Krieg gegen das Volk der alten Latiner." Dass in diesem Falle, wie erwähnt, die Kriegserklärung nicht durchaus noth-

wendig ist, erhellt auch daraus, dass sie in diesem Falle schon der nächsten Besatzung geschehen kann, wie die Fecialen auf Befragen in dem Kriege mit dem Macedonischen Philipp und später mit Antiochus erklärten, während die erste Kriegserklärung dem selbst geschehen muss, gegen den der Krieg begonnen wird. In dem Kriege gegen Pyrrhus ist die Erklärung einem einzelnen Soldaten des Pyrrhus geschehen, und zwar im Flaminischen Cirkus, wo dieser Soldat, wie Servius zum neunten Buche der Aeneide bemerkt, genöthigt wurde, sich einen Platz dem Scheine nach zu erkaufen, welcher dann als feindliches Gebiet angesehen wurde.

3. Es bedarf kaum der Bemerkung, dass der Krieg oft von beiden Seiten erklärt wird, wie der Peloponnesische von den Korcyräern, den Korinthern, und umgekehrt, während die Erklärung von einer Seite genügt.

VIII. Dagegen gehören nicht zu dem Völkerrecht, sondern zu den Sitten und Einrichtungen einzelner Völker: die Unterhändler bei den Griechen, die mit der Erde ausgerissenen Grashalme und die blutige Lanze erst bei den Aequicolern und nach deren Beispiel bei den Römern; die Aufkündigung der Freundschaft und Gemeinschaft, wenn solche Statt gehabt; die feierliche Frist von 30 Tagen nach Zurückforderung der Sachen; das abermalige Werfen der Lanze und Anderes dergleichen, was mit den Bestimmungen des eigentlichen Völkerrechts nicht verwechselt werden darf. Denn Arnobius berichtet, dass ein grosser Theil von diesen Dingen zu seiner Zeit nicht mehr in Gebrauch gewesen sei, und schon zu Varro's Zeiten liess man Manches weg. Der dritte Punische Krieg wurde gleichzeitig erklärt und begonnen. Mäcenas sagt bei Dio, dass Einzelnes davon Eigenthümlichkeiten seien, die nur bei Republiken Statt hätten.

IX. Die dem Inhaber der Staatsgewalt geschehene Kriegserklärung gilt auch gegen Alle als geschehen, die ihm unterthan sind und die sich ihm als Bundesgenossen anschliessen werden, da sie das Zubehör desselben sind; deshalb sagen die neueren Rechtsgelehrten: mit der Verkündigung an den Fürsten sei auch die an seinen Anhang geschehen. Denn sie nennen die Kriegserklärung Ankündigung (*diffidare*), was sich auf den Krieg bezieht, der unmittelbar gegen Den geführt wird, dem die Erklärung geschehen ist. Deshalb geschah neben der Erklärung an den Antiochus nicht noch eine besondere an die Aetolier, weil sie sich öffentlich dem Antiochus angeschlossen hatten. Die Fecialen antworteten: „die Aetolier hätten sich selbst den Krieg verkündet."

X. Wenn aber wegen solcher Hülfeleistung ein Volk oder ein König besonders mit Krieg überzogen werden soll, so bedarf es für diesen besonderen Krieg, damit er die völkerrechtlichen Wirkungen erlange, einer neuen Kriegserklärung. Denn dann gilt er nicht als ein Zubehör, sondern als ein Krieg für sich. Deshalb war allerdings der Krieg des Manlius gegen die Gallo-Griechen und des Cäsar gegen Ariovist dem Völkerrecht zuwider; denn sie wurden nicht als Hülfsmächte, sondern als besondere selbstständige Feinde angegriffen; deshalb war nach dem Völkerrecht eine Kriegserklärung und nach dem Römischen Recht ein neuer Beschluss des Römischen Volkes nothwendig. Denn wenn es in dem Antrage auf Krieg gegen Antiochus heisst: „Sie möchten wollen und befehlen, mit dem König Antiochus und Denen, welche seiner Partei gefolgt seien, den Krieg zu beginnen," wie auch der Kriegsbeschluss gegen den König Perseus lautete, so kann dies nur für die Zeit des Krieges mit dem Antiochus oder Perseus gelten, und nur gegen Die, welche thätlich an diesem Kriege Theil nahmen.

XI. Der Grund, weshalb die Völker zu einem nach dem Völkerrecht gerechten Kriege die Ankündigung verlangt haben, ist nicht, wie Einige meinen, dass nichts heimlich oder hinterlistig geschehe, denn dies bezieht sich mehr auf die grössere Tapferkeit als auf das Recht, wie ja einzelne Völker selbst Ort und Stunde der Schlacht angesagt haben sollen; sondern damit festestehe, dass der Krieg nicht auf Gefahr Einzelner, sondern auf Beschluss beider Völker oder deren Oberhäupter geführt werde. Denn davon sind die besonderen Rechtswirkungen des Krieges abhängig, welche weder bei einem Kriege gegen die Strassenräuber, noch bei dem Krieg gegen die eigenen Unterthanen Platz greifen. Deshalb unterscheidet Seneca scharf: „Die den Nachbarn angekündigten und die mit den Bürgern geführten Kriege."

XII. Denn wenn Einige bemerken und durch Beispiele belegen, dass auch in solchen Kriegen die Gefangenen dem Sieger zufallen, so ist dies zwar richtig, aber nur zum Theil, nämlich nach dem Naturrecht; aber nicht nach dem willkürlichen Völkerrecht, was nur auf Völker Rücksicht nimmt, aber nicht auf die, welche nur ein Theil desselben sind oder zu gar keinem Volke gehören. Sie irren auch insofern, als sie meinen, es bedürfe bei einem Kriege, der nur zum Schutze der Person und des Vermögens geführt werde, keine Kriegserklärung. Diese ist allerdings nöthig, zwar nicht an sich, aber der Rechtswirkungen wegen, die bereits erwähnt und gleich näher dargelegt werden sollen.

XIII. Auch ist es unrichtig, dass der Krieg nicht sofort nach der Erklärung begonnen werden dürfe, was Cyrus gegen die Armenier, und die Römer, wie erwähnt, gegen die Karthager thaten. Die Kriegserklärung fordert nach dem Völkerrecht keine Frist hinter sich.[36] Doch kann nach dem Naturrecht nach Beschaffenheit des Falles eine gewisse Frist nöthig werden, so, wenn die Sachen zurückverlangt oder die Bestrafung des Verletzers gefordert worden sind, und dies nicht abgeschlagen worden ist. Dann ist so viel Zeit zu gestatten, als zur Erfüllung des Verlangten billiger Weise erforderlich ist.

XIV. Selbst wenn das Recht des Gesandten verletzt worden ist, darf die Kriegserklärung nicht unterbleiben, wenn der Krieg die vollen Rechtswirkungen haben soll; doch genügt hier eine solche Form, die sich mit der Sicherheit verträgt, etwa durch ein Schreiben, wie man in unsicheren Gegenden auch Vorladungen und Ankündigungen zu bewirken pflegt.

---

[36] Bluntschli (Das moderne Völkerrecht, 1868) sagt S. 294: „Die gleichzeitige Kriegserklärung und Eröffnung des Krieges verstösst nicht allein gegen die Interessen der Humanität, sondern auch gegen die rechtliche Natur des Krieges; aber es genügt unter Umständen eine ganz kurze Frist.

Kapitel IV.

Ueber das Recht, in einem feierlichen Kriege die Feinde zu tödten und sonstige Gewalt gegen die Person zu üben. [37])

I. Zu dem Vers Virgil's:

„Dann ist es gestattet, in Hass sich zu bekämpfen und das Eigenthum zu rauben"

bemerkt Servius Honoratus, nachdem er den Ursprung des Fecialrechts von Ancus Martius und weiter von den Aequicolern abgeleitet hat: „Wenn Menschen oder Thiere

---

[37]) Nach den Sitten der antiken Zeit war gegen den Kriegsfeind Alles erlaubt, und zu den Feinden gehörten nicht blos die an dem Kriege thätig theilnehmenden Soldaten mit ihren Führern, sondern alle Einwohner des feindlichen Staates ohne Unterschied, einschliesslich der Frauen und Kinder. Deshalb hatte der Sieger die Wahl, dieselben zu tödten oder zu Sklaven zu machen oder sonstige Bedingungen ihnen aufzulegen. Ebenso fiel alles Eigenthum dem Sieger zu, und von seiner Gnade hing es ab, was die Einwohner behalten sollten. Bekanntlich wurde in den Kriegen während der Völkerwanderung den alten Grundbesitzern meist ein Antheil, die Hälfte oder ein Drittel ihres Besitzes, gelassen, das Andere erhielten die Soldaten der Deutschen Fürsten zur Vertheilung unter sich. — Mit der fortschreitenden Kultur haben sich diese Härten gemildert; die schrankenlose Macht des Siegers ist allmälig begrenzt worden, theils in der Art der Ausübung seiner Macht, theils in Rücksicht der Personen, gegen welche sie geübt wird. In diesem Kapitel handelt es sich nur um das Recht gegen das Leben der Besiegten und einige ihnen gleichstehende Güter. Gr. entwickelt die Schranken, welche darüber sich schon in der antiken Zeit allmälig gebildet haben. Allein es bleibt höchst auffallend, dass er die Fortschritte, welche in dieser Milderung der Kriege schon weit über die antike Zeit hinaus zu seiner Zeit von den europäischen Nationen gemacht waren, ganz ignorirt und sich auf das antike Recht beschränkt. Insbesondere galt schon zu Gr.'s Zeit der Satz,

von einer Völkerschaft dem Römischen Volke geraubt worden waren, so giŋgen die Fecialen, d. h. die Priester, welche dem Abschlusse der Bündnisse vorstanden, mit ihrem *pater patratus* an die Grenze, und da sprach dieser mit lauter Stimme die Ursache des Krieges aus. Wollten Jene dann die Sachen nicht zurückgeben, noch die Urheber des Schadens ausliefern, so warf er eine Lanze in ihr Gebiet, und dies war der Anfang der Feindseligkeiten, und es war nun gestattet, die Sachen nach Kriegsrecht zu rauben." Vorher hatte er bemerkt: die Alten nannten das Verletzen von Sachen „Rauben", wenn auch das Rauben nicht strafbar ist; ebenso nannten sie das Genugthun für die genommenen Sachen das „Zurückgeben." Es erhellt hieraus, dass die Kriege zwischen zwei Völkern oder ihren Oberhäuptern gewisse besondere Wirkungen haben, die aus dem Kriege an sich nicht folgen. Dies stimmt mit dem, was oben von Aussprüchen Römischer Rechtsgelehrten beigebracht worden ist.

II. 1. Wenn Virgil aber oben sagt: „Es ist gestattet," so fragt es sich um dessen nähere Bedeutung. Mitunter sagt man es von dem, was in jeder Beziehung recht und sittlich ist, wenn auch noch etwas Löblicheres gethan werden könnte. So sagt der Apostel Paulus: „Alles (nämlich Alles derart, was er zu besprechen angefangen hatte) ist mir gestattet, aber nicht Alles ist zuträglich." So ist es gestattet, eine Ehe einzugehen; aber die keusche Ehelosigkeit in frommer Absicht ist löblicher, wie Augustin aus den Aussprüchen desselben Apostels gegen Pollentius ausführt. So ist es gestattet, eine zweite Ehe einzugehen; aber es ist löblicher, mit der ersten sich zu begnügen, wie diese Frage von Clemens aus Alexandrien

---

dass friedliche Einwohner des feindlichen Landes weder getödtet noch zu Gefangenen gemacht werden dürfen. Freilich war die Sitte darüber erst im Entstehen; noch mangelte das klare Bewusstsein; im Gegentheil, die Ueberschätzung des Römischen Rechts führte die öffentliche Meinung irre, und so lässt sich allenfalls das Schweigen des Gr. erklären. Die schwankende Natur, welche dem Völkerrecht überhaupt anhaftet, liess den Gr. die beginnenden Keime milderer Sitten noch nicht als Rechtsbestimmungen ansehen.

richtig behandelt wird. Ein christlicher Ehegatte kann nach Augustin seinen heidnischen Gatten verlassen (unter welchen Umständen dies richtig ist, kann hier nicht untersucht werden); aber er kann auch bei ihm bleiben. Deshalb fügt Jener hinzu: „Beides ist deshalb nach der Gerechtigkeit, die vor Gott gilt, gestattet. Deshalb hindert Gott Keines von Beiden, aber Beides ist nicht gleich rathsam." So sagt Ulpian von einem Verkäufer, dem nach Ablauf der Frist gestattet war, den Wein auslaufen zu lassen: „Wenn er es aber nicht gethan, obgleich er es durfte, so ist er vielmehr zu loben."

2. In anderen Fällen sagt man, etwas sei gestattet, nicht, weil es ohne Verletzung der Frömmigkeit und der Regeln der Moral geschehen kann, sondern weil es bei den Menschen nicht bestraft wird. So ist bei vielen Völkern die Hurerei gestattet, und bei den Lacedämoniern und Aegyptern war es auch der Diebstahl. Quintilian sagt: „Manches ist zwar nicht löblich, aber im Rechte gestattet; so konnten nach den zwölf Tafeln die Gläubiger den Körper des Schuldners unter sich theilen." Diese Bedeutung von „gestattet sein" ist weniger üblich, wie Cicero richtig in der fünften seiner Tusculanischen Abhandlungen über Cinna sagt: „Mir scheint er nicht bloss deshalb elend, weil er es gethan, sondern auch, weil er sich so betragen hat, dass es zu thun ihm gestattet war." Allerdings ist es Niemand gestattet, zu sündigen, allein das Wort ist zweideutig, denn man sagt, dass das gestattet sei, was man bei Jedem zulässt. Indess wurde das Wort doch auch in diesem Sinne gebraucht. Derselbe Cicero spricht für den Rabirius Posthumus zu den Richtern: „Ihr müsst bedenken, was sich für Euch ziemt, nicht was Euch gestattet ist. Denn wenn Ihr bloss darnach fragt, was Euch gestattet ist, so könntet Ihr Jedweden im Staate beseitigen." So heisst es, den Königen sei Alles gestattet, weil sie „unverantwortlich" oder „frei von menschlicher Strafe" sind, wie früher gezeigt worden ist. Aber Claudian belehrt den König oder Kaiser richtig:

„Nicht an Das denke, was Dir gestattet ist, sondern was gethan zu haben sich für Dich ziemen wird."

Und Mensonius züchtigt die Könige, welche zu sagen pflegen: „Das ist mir gestattet;" nicht: „Das ziemt sich für mich."

3. In diesem Sinne wird oft das, was gestattet ist, dem, was Pflicht ist, gegenüber gestellt, wie dies öfter bei dem älteren Seneca geschieht. Ammianus Marcellinus sagt: „Manches darf man nicht thun, wenn es auch gestattet ist." Plinius sagt in einem seiner Briefe: „Man muss das Unsittliche vermeiden, wenn es auch gestattet ist, da es doch unziemlich ist." Cicero selbst sagt in seiner Rede für Balbus: „Es giebt Dinge, die man nicht thun soll, selbst wenn sie gestattet sind." Derselbe bezieht in der Rede für Milo das „Rechtsein" auf die Natur, das „Gestattetsein" auf die Gesetze. Auch in der Deklamation des älteren Quintilian heisst es: „Ein Anderes sei es, das Recht innehalten, ein Anderes, die Gerechtigkeit.[38])

III. In diesem Sinne ist es also gestattet, den Kriegsfeind in seiner Person und in seinem Vermögen zu verletzen, und zwar ist dies auf beiden Seiten ohne Unterschied gestattet, und nicht blos für den, der den Krieg aus einem gerechten Grunde führt und nur innerhalb der Schranke schädigt, die aus der Natur folgt, wie im Beginn dieses Buches dargelegt worden ist. Es kann deshalb Keiner von ihnen als Mörder oder Dieb bestraft werden, wenn er in einem anderen Gebiet zufällig betroffen wird, noch darf deshalb von einem Anderen unter diesem Vorwande ein Krieg begonnen werden. In diesem Sinne sind die Worte des Sallust zu verstehen: „Dem nach dem Gesetz des Krieges bei seinem Siege Alles gestattet war."

IV. Die Völker haben dies deshalb angenommen, weil die Entscheidung über die Rechtlichkeit eines Krieges

---

[38]) Diese lange und breite Auseinandersetzung des Unterschiedes von Recht und Moral darf dem Gr. nicht zu streng angerechnet werden, da zu seiner Zeit die Begriffe beider in der Wissenschaft noch nicht streng geschieden und durch verschiedene Ausdrücke bestimmt bezeichnet waren. Man begegnet deshalb bei Gr. wiederholt diesen Erörterungen, welche für die Gegenwart selbstverständliche und allbekannte Unterschiede betreffen.

zwischen zwei Staaten für andere Staaten gefährlich war. Sie konnten dadurch selbst in den Krieg mit verwickelt werden; deshalb sagten die Massilier bei dem Kampfe zwischen Cäsar und Pompejus, dass sie weder das Recht noch die Macht hätten, um zu entscheiden, auf welcher Seite das Recht sei. Auch kann selbst bei einem gerechten Kriege aus äusseren Umständen kaum entnommen werden, welches die rechte Art sei, sich zu schützen, das Seine wieder zu erlangen oder Strafen zu vollstrecken; deshalb hat die Ansicht die Oberhand behalten, dass dies dem Gewissen der kriegführenden Parteien überlassen bleiben müsse und von keinem Dritten entschieden werden dürfe.[39] Die Achäer sagen bei Livius in ihrer Rede vor dem Senat: „Wie kann das in den Meinungsstreit hereingezogen werden, was nach dem Kriegsrechte geschehen ist?" Neben dieser Wirkung des Gestattetseins oder der Straflosigkeit besteht noch eine andere in Bezug auf das Eigenthum, wovon später zu handeln ist.

V. 1. Diese Erlaubniss, zu verletzen, welche zuerst zu erörtern ist, geht zunächst gegen die Person, wie viele Zeugnisse rechtlicher Schriftsteller bestätigen. In einem Trauerspiel des Euripides wird das Griechische Sprüchwort erwähnt: „Rein ist Jeder, der Kriegsfeinde tödtet." Daher war es nach alter Griechischer Sitte nicht zulässig, mit Denen, welche ausserhalb eines Krieges Menschen getödtet hatten, sich zu baden, zu trinken, zu essen, und noch weniger, zu opfern; aber wohl mit Denen, die es im Kriege gethan. Mitunter wird das Tödten das Recht des Krieges genannt. Marcellus sagt bei Livius: „Was ich gegen die Feinde verübt, schützt das Kriegsrecht." Bei demselben sagt Alorcus zu den Saguntinern: „Dies ist, meine ich, eher zu ertragen, als wenn Euer Leib zerhauen wird, und wenn vor Euren Augen Eure Frauen und Kinder nach Kriegsrecht geraubt und fortgerissen werden." An einer anderen Stelle erzählt er,

---

[39] Der Grund liegt weniger in der klugen Berechnung des Nützlichen, wie Gr. meint, als in der Selbstständigkeit der einzelnen Staaten und Völker, wonach sich Niemand zum Richter darüber aufwerfen kann, ob ihr Handeln und ihre Meinung richtig ist oder nicht.

dass die Astapenser getödtet worden, und bemerkt, dass dies nach Kriegsrecht geschehen sei. Cicero sagt in seiner Rede für den Dejotaurus: „Weshalb sollte er Dein Feind sein, als welchen Du ihn nach Kriegsrecht hättest tödten können, während er wusste, dass Du ihn und seinen Sohn zum König gemacht hast?" und in einer Rede für Marcellus sagt er: „Denn da wir Alle nach dem Rechte des Sieges hätten getödtet werden können, sind wir durch den Ausspruch Deiner Gnade erhalten worden." Cäsar bedeutet die Häduer: „Durch sein Wohlwollen seien sie erhalten worden; nach dem Kriegsrecht hätte er sie Alle tödten können." Josephus sagt in seinem jüdischen Kriege: „Es ist schön, in dem Kriege zu sterben, aber nach dem Gesetz des Krieges, d. h. von dem Sieger." Papinius sagt (Thebais. XII. 552):

„Auch beklagen wir die Getödteten nicht; das ist das Recht des Krieges und der Wechsel der Waffen."

2. Wenn diese Schriftsteller es das Recht des Krieges nennen, so erhellt aus anderen Stellen, dass sie damit nicht eine ganz schuldfreie Handlung meinen, sondern nur, wie erwähnt, eine straflose. Tacitus sagt: „Im Frieden prüft man die Ursachen und die Schuld; wo der Krieg losbricht, da fallen die Unschuldigen neben den Schuldigen;" und an einer anderen Stelle: „Und das Recht der Menschen erlaubte ihnen nicht, diese Tödtung zu ehren, noch das Kriegsrecht, sie zu rächen."[40] Auch ist das Kriegsrecht gemeint, dessen sich nach Livius die Achiver gegen Aeneas und Antenor deshalb enthielten, weil sie immer für den Frieden geredet. Seneca sagt in der Tragödie der Trojaner (v. 335):

„Was ihnen zu thun beliebte, als Sieger stand es ihnen frei."

Und in den Briefen: „Was, heimlich begangen, mit dem Leben gebüsst werden muss, das wird gerühmt, wenn es die Leute im Feldherrnmantel gethan haben;" und Cyprian sagt: „Wenn Einzelne einen Menschen tödten, so ist es ein Verbrechen; eine tapfere That heisst es, wenn es öffentlich geschieht. Die Verbrechen werden straflos,

---

[40] Es handelte sich um die Tödtung eines auf der Seite der Feinde dienenden Bruders durch seinen Bruder.

nicht aus Gründen der Schuldlosigkeit, sondern durch die Grösse der Grausamkeit." Weiter: „Das Recht verband sich mit der Sünde, und man begann sie zu gestatten, weil sie öffentlich geschah." So sagt Lactantius, dass die Römer mit Recht Schaden zugefügt hätten, und ebenso sagt Lucan: „Das Verbrechen ist zum Recht geworden." [41]

VI. Dies Recht hat einen weiten Umfang; es gilt nicht nur gegen Die, welche thätsächlich die Waffen führen oder Unterthanen des kriegführenden Staates sind, sondern gegen Alle, die in seinem Gebiet sich aufhalten, wie aus der Formel bei Livius erhellt: „Als Kriegsfeind gelte Jeder, der innerhalb der Schutzwehren Jenes sich befindet." Denn auch von diesen ist Schade zu besorgen, und dies genügt in einem dauernden und allgemeinen Krieg, damit jenes erwähnte Recht eintrete. Es ist dies anders als bei Pfändungen, welche, wie erwähnt, nach dem Muster von Steuern zur Abtragung von Staatsschulden eingeführt worden sind. Es ist deshalb nicht zu verwundern, dass, wie Baldus bemerkt, im Kriege grössere Willkür herrscht als bei der Pfändung. Bei Fremden, die nach ausgebrochenem und bekannt gewordenem Kriege in das feindliche Gebiet kommen, hat dies keinen Zweifel.

VII. Dagegen werden Die, welche vorher hingegangen waren, nach dem Völkerrecht nur nach einer angemessenen Frist, innerhalb welcher sie sich entfernen konnten, als Kriegsfeinde behandelt. So verkündeten die Korcyräer bei dem Beginn der Belagerung von Epidamnus den Frem-

---

[41] Diese Citate, denen Gr. beistimmt, zeigen, dass Gr. hier Recht und Moral unterscheidet und das Recht, im Kriege zu tödten, nicht als moralisch zulässig anerkennt. Allein er hütet sich, diesen Gedanken näher zu entwickeln; denn innerhalb der Schlacht selbst wird Gr. die Moralität des Tödtens der Feinde schwerlich bestreiten wollen; es war mithin hier eine Grenze zu ziehen, und diese giebt Gr. nicht an. Es ist dies die bequeme Manier vieler Morallehrer; sie setzen das eine Prinzip und lassen seine Begrenzung durch andere gleichberechtigte Prinzipien unerörtert, obgleich doch erst dadurch die Moral Gestalt und Anwendbarkeit erhält.

den, denen sie sich zu entfernen erlaubten, dass sie sonst als Feinde behandelt werden würden.

VIII. 1. Die wirklichen, dauernden Unterthanen des feindlichen Staates können jedoch in Beziehung auf ihre Person nach dem Völkerrecht überall angegriffen werden. Denn wenn einem Staate der Krieg erklärt wird, so geschieht es auch gegen seine einzelnen Angehörigen, wie aus der oben erwähnten Formel erhellt. So heisst es auch in dem Beschlusse: „Sie wollten und befohlen, dass dem König Philipp und seinen Macedonischen Unterthanen der Krieg erklärt werde." Ein Kriegsfeind kann aber nach dem Völkerrecht überall angegriffen werden. Euripides sagt:

„Das Recht gestattet, dass man den Feind tödten kann, wo er auch gefangen worden."

Der Rechtsgelehrte Marcian sagt: „Man kann die Ueberläufer überall, wo man sie trifft, wie Kriegsfeinde tödten."

2. Die Tödtung derselben ist also gestattet im eigenen Gebiet, in Feindes Gebiet und in Keines Gebiet, auf dem Meere. Wenn sie dagegen auf neutralem Gebiete nicht getödtet oder verletzt werden dürfen, so beruht dies nicht auf ihrer Person, sondern auf dem Rechte dessen, der die Staatsgewalt hat. Denn die Staaten konnten festsetzen, dass gegen alle in ihrem Gebiet befindlichen Personen nicht gewaltsam, sondern nur durch die Gerichte vorgeschritten werden dürfe. Aus Euripides haben wir bereits die Stelle erwähnt:

„Kannst Du ein Verbrechen diesen Gastfreunden zur Last legen, so sollst Du Dein Recht erlangen; aber mit Gewalt darfst Du sie nicht von hinnen nehmen."

Wo die Gerichte in Wirksamkeit sind, da wird Jeder nach Verdienst behandelt, und jenes blinde Recht, zu beschädigen, wie es unter Kriegsfeinden besteht, hört auf. So erzählt Livius, dass sieben Kriegsschiffe der Karthager sich in einem Hafen des von Syphax beherrschten Gebietes befunden hätten, welcher damals mit den Karthagern und Römern in Frieden lebte; nun sei Scipio mit zwei Kriegsschiffen dahin gekommen, und er hätte von den Karthagern vor dem Hafen überwältigt werden können; aber mit Hülfe des starken Windes seien sie in den Hafen gelangt, ehe die Karthager die Anker gelichtet hätten, und nun hätten die Karthager in dem königlichen Hafen nichts mehr gegen sie gewagt.

IX. 1. Wie weit übrigens, um auf die Sache zurückzukommen, dieses Recht geht, erhellt daraus, dass auch Kinder und Frauen ungestraft getödtet werden können, und dies in jenem Recht enthalten ist. Ich will nicht erwähnen, dass die Juden die Frauen und Kinder der Hesboniter erschlugen, und dass ihnen dasselbe gegen die Kananiter und deren Anhang geheissen war; denn dies sind Thaten Gottes, dessen Recht über die Menschen weiter geht, als das der Menschen über die wilden Thiere, wie früher gesagt worden ist. Dagegen bekundet es eher einen Gebrauch des Völkerrechts, wenn in dem Psalm Derjenige für selig erklärt wird, welcher die Kinder der Babylonier an den Felsen zerschmettert. Aehnlich sagt Homer (Ilias XXII. 63):

„Die Körper der Kinder werden gegen den Boden geschleudert, wenn der wilde Kriegsgott Alles schüttelt."

2. Thucydides erzählt, dass die Thracier einst nach Eroberung von Mykalessus die Frauen und Kinder getödtet haben. Dasselbe erzählt Arrian von den Macedoniern nach der Einnahme von Theben. Appian sagt von den Römern nach Einnahme der spanischen Stadt Ilurgos wörtlich: „Sie tödteten ohne Unterschied Frauen und Knaben." Tacitus erzählt, dass Cäsar Germanicus die Flecken der Marsen (eines Deutschen Volksstammes) mit Feuer und Schwert verwüstet habe, und fügt hinzu: „Weder Geschlecht noch Alter wurde verschont." Titus liess auch die Frauen und Kinder der Juden bei den Thiergefechten von den wilden Thieren zerreissen.[42] Dennoch gelten Beide nicht als grausame Männer; so sehr war also die Grausamkeit zur allgemeinen Sitte ge-

---

[42] Es ist dies nicht richtig, wie Berbeyrac nachgewiesen hat. Josephus enthält nichts davon, sondern berichtet nur, dass Titus alle Kinder unter 17 Jahren nach der Eroberung Jerusalems habe verkaufen lassen. Gr. ist durch eine falsche Notiz des Albericus Gentilis zu dieser Behauptung verleitet worden.

worden. Man darf sich daher nicht wundern, wenn auch Greise getödtet worden, wie Priamus von Pyrrhus.[43]

X. 1. Auch die Gefangenen sind gegen dies Recht nicht geschützt. Von Pyrrhus heisst es in der Tragödie des Seneca nach damaliger Sitte:
„Kein Gesetz schützt den Gefangenen und hindert seine Bestrafung."
In den Virgilianen von Cirus wird dasselbe auch gegen die Frauen als Kriegsrecht behauptet. Denn Scylla sagt da:
„Aber nach Kriegsrecht wenigstens hattest Du die Gefangenen getödtet!"
Auch in jener Stelle bei Seneca handelt es sich um Tödtung einer Frau, nämlich der Polyxena. Deshalb heisst es bei Horaz:
„Da Du die Gefangene verkaufen konntest, so mochte ich sie nicht tödten."
Er nimmt also an, dass dies erlaubt sei. Auch Donatus sagt, die Sklaven führten ihren Namen von dem Erhalten (*servi, servare*), „da nach dem Kriegsrecht sie vielmehr getödtet werden müssten." Dies „müssen" scheint hier nicht ganz passend für „erlaubt sein" gesetzt zu sein. So sind die in Epidamnus gemachten Gefangenen von den Korcyräern nach Thucydides getödtet worden. So hat Hannibal 5000 Gefangene tödten lassen, und M. Brutus auch eine grosse Zahl. In Hirtius' afrikanischen Kriege redet der Hauptmann Cäsarianus den Scipio so an: „Ich danke Dir, dass Du mir, der ich nach Kriegsrecht gefangen genommen worden, mein Leben und meine Glieder lässt."

2. Auch erlischt dies Recht, solche Sklaven, die im Kriege gefangen worden, zu tödten, nach dem Völkerrecht durch keinen Zeitablauf; nach dem Recht der einzelnen Staaten wird es jedoch bald mehr, bald weniger beschränkt.

XI. Es kommen auch Beispiele vor, dass Solche, die sich freiwillig mit Wegwerfung der Waffen als Gefangene übergaben, getödtet worden sind; so von Achill bei Homer; so geschah es dem Magus und Turnus bei Virgil. Beide erzählen es als eine nach dem Kriegs-

---

[43] Wie Virgil in der Aeneide II. 550 erzählt.

recht erlaubte Handlung. Selbst Augustinus lobt die Gothen, dass sie die Feinde verschonten, welche sich freiwillig überlieferten und in die Tempel flüchteten; er sagt: „Sie halten für sich selbst nicht erlaubt, was nach dem Kriegsrecht erlaubt war." Auch werden die, welche sich übergeben wollen, nicht immer angenommen, so die bei den Persern dienenden Griechen in der Schlacht am Granicus;[44] so bei Tacitus die Uspenser, welche um ihr nacktes Leben baten; er sagt: „Weil die Sieger vorzogen, sie nach Kriegsrecht zu tödten." Auch hier wird das Kriegsrecht genannt.

XII. Man liest auch, dass Die, welche sich ohne Bedingung ergaben, getödtet worden sind; so die Fürsten der Pometier von den Römern, die Samniter von Sulla, die Numidier von Cäsar. Es war sogar stehender Gebrauch bei den Römern, dass die feindlichen Anführer, mochten sie gefangen worden oder sich freiwillig ergeben haben, am Triumphtage getödtet wurden, wie aus Cicero's fünfter Rede gegen Verres und aus Livius' Geschichte an mehreren Stellen, insbesondere aus dem 26. Buche, ebenso aus Tacitus' Annalen Buch 12 und aus vielen anderen Schriftstellern erhellt. Derselbe Tacitus berichtet, dass Galba den zehnten Mann von denen, die sich auf Gnade ergeben hatten, tödten liess; ebenso liess Caecina, nachdem Aventicum sich ergeben hatte, von den Vornehmsten den Julius Alpinus, als den Anstifter des Krieges, hinrichten; bei den Anderen überliess er es dem Vitellius, ob er ihnen verzeihen oder das Leben nehmen wolle.

XIII. 1. Mitunter rechtfertigen die Geschichtschreiber diese Tödtung der Kriegsfeinde, insbesondere der Gefangenen und derer, die sich freiwillig überliefern, aus dem Recht der Wiedervergeltung oder aus der Hartnäckigkeit des Widerstandes. Allein diese Gründe erklären nur die That, aber rechtfertigen sie nicht, wie ich anderwärts unterschieden habe. Denn die Wiedervergeltung kann

---

[44] Auch hier bemerkt Berbeyrac, dass Gr. sich geirrt haben werde. Kein alter Schriftsteller erwähnt dessen, vielmehr sagt Arrian ausdrücklich, dass diese Griechen von Alexander gefesselt nach Macedonien in die Arbeitshäuser gesandt worden.

nur gegen dieselbe Person geübt werden, welche verletzt hat, wie aus dem früheren Kapitel über die Gemeinschaft der Strafen erhellt. Dagegen trifft bei dieser Wiedervergeltung, wie sie im Kriege geübt wird, das Uebel in der Regel Solche, welche an dem Unrecht keine Schuld haben. Diodor von Sicilien sagt so: „Denn sie waren durch die Erfahrung belehrt, dass bei dem schwankenden Kriegsglück ihnen, wenn sie ihre Sache schlecht führten, dasselbe bevorstand, was sie jetzt gegen die Besiegten thaten." Bei demselben sagt Philomelus, der Feldherr der Phocenser: „Indem er dieselbe Strafe gegen die Feinde vollstreckte, erreichte er es, dass sie in diesen übermüthigen und frechen Strafen sich mässigten."

2. Das treue Festhalten bei derselben Partei wird aber von Niemand für ein todeswürdiges Vergehen angesehen, wie die Neapolitaner dem Belisar nach Procop erwiderten; dies gilt namentlich dann, wenn die Parteinahme natürlich war oder durch gute Gründe gerechtfertigt worden ist. Es ist dies so wenig ein Verbrechen, dass es vielmehr als Verbrechen gilt, wenn Jemand eine Festung verlässt; besonders nach dem alten Römischen Recht, welches beinah nie den Einwand der Furcht und zu grosser Gefahr gestattet. Livius sagt: „Das Verlassen der Schutzwehr wird bei den Römern mit dem Tode bestraft." Jeder verfährt also seines Nutzens wegen mit der höchsten Strenge, wie gezeigt worden, und diese Strenge wird bei den Menschen durch das Völkerrecht gerechtfertigt, was wir jetzt behandeln.

XIV. Dasselbe Recht ist auch gegen die Geisseln geübt worden, und nicht bloss gegen die, welche sich selbst, gleichsam vertragsmässig, gestellt hatten, sondern auch gegen die, welche von Anderen überliefert waren. Die Thessalier haben einst 250 getödtet, die Römer 300 Volkker von Auruncus. Uebrigens wurden auch Knaben als Geisseln gegeben, wie bei den Parthern, und wie mit Simon, dem einen Bruder der Maccabäer, geschah; auch Frauen gaben die Römer zu Porsenna's Zeit, und die Deutschen, wie Tacitus erzählt.

XV. 1. So wie das Völkerrecht Vieles in der früher erwähnten Weise gestattet, was das Naturrecht verbietet, so verbietet es auch Manches, was das Naturrecht gestattet. Denn wenn man Jemand tödten darf, so ist es nach dem Naturrecht gleich, ob man dies durch das Schwert oder durch Gift bewirkt; ich sage, nach dem Naturrecht, denn edelmüthiger ist es, ihn so zu tödten, dass er sich dagegen vertheidigen kann; allein man ist dies Niemand schuldig, der das Leben verwirkt hat. Aber nach dem Völkerrecht, wenigstens bei den besseren Völkern, ist es schon lange nicht gestattet, den Feind durch Gift zu tödten. Diese Sitte hat sich aus der gemeinsamen Nützlichkeit gebildet; die Gefahren sollten, als die Kriege häufiger wurden, nicht noch vermehrt werden. Wahrscheinlich ist es von den Königen ausgegangen, deren Leben vorzugsweise gegen Waffen geschützt ist, aber gegen Gift weniger, wie das Leben Anderer gesichert ist; deshalb hat man noch den Schutz der Religion und die Scheu vor der Ehrlosigkeit hinzugenommen. [45])

2. Livius nennt es bei Gelegenheit des Perseus: „heimliche Verbrechen"; Claudianus „Gottlosigkeif" bei Gelegenheit der Nachstellungen gegen Pyrrhus, welche Fabricius abwies, und Cicero „Verbrechen" bei Erwähnung desselben Falles. Es liege in dem gemeinsamen Interesse, dass dergleichen nicht verübt werde, schrieben die Römischen Konsuln in einem Briefe an Pyrrhus, den Gellius aus Cl. Quadrigarius anzieht. Bei Valerius Maximus heisst es: „Die Kriege werden mit Waffen, aber nicht mit Gift geführt." Und nach Tacitus verwarf Tiberius das Anerbieten eines Fürsten der Katten, den Arminius durch Gift zu beseitigen, und stellte sich damit auf die gleiche Stufe mit jenem alten berühmten Feldherrn. Wer also meint, wie Baldus nach Vegetius, dass man den Feind durch Gift beseitigen könne, hat nur das

---

[45]) Der Grund, weshalb die Tödtung durch Gift als unzulässig behandelt worden, liegt nicht in solcher klugen Berechnung, die immer trügerisch ist, sondern ist Folge des Charakters der in Europa auftretenden indisch-germanischen Völker, bei denen Tapferkeit, Muth und Mannhaftigkeit so hoch geehrte Tugenden waren, dass Gift, als das Mittel der Feigheit, von selbst verachtet und ausgeschlossen blieb. Deshalb hat sich der Gebrauch des Giftes bei den tieferstehenden Menschenracen erhalten; wäre die Nützlichkeit der Grund, so hätte es auch bei diesen aufhören müssen.

Naturrecht im Sinne und übersieht das willkürliche Völkerrecht.

XVI. 1. Etwas verschieden von solcher Vergiftung und der Gewalt näher stehend ist die Vergiftung der Wurfspiesse, um die Ursachen des Todes zu verdoppeln. Dies berichten Ovid von den Geten, Lucan von den Parthern, Silius von Afrikanischen Völkerschaften, und Claudian besonders von den Aethiopiern. Auch dies ist gegen das Völkerrecht, wenigstens der Völker in Europa und der in Kultur ihnen verwandten Völker. Der Salisberienser hat dies richtig bemerkt und sagt: „Auch finde ich nicht, dass der Gebrauch des Giftes irgendwo gestattet gewesen; nur die Ungläubigen haben es mitunter benutzt." Silius sagt deshalb: „Das Eisen werde durch das Gift entehrt."

2. Ebenso ist die Vergiftung der Brunnen, die gar nicht oder nicht lange zu verheimlichen ist, wie Florus sagt, nicht bloss gegen die Sitte der Vorfahren, sondern auch gegen das Recht der Götter. Die Schriftsteller pflegen nämlich wie ich anderwärts bemerkt, das Völkerrecht auf die Anordnungen der Götter zurückzuführen. Es kann nicht auffallen, dass zur Minderung der Gefahren dergleichen stillschweigende Abkommen unter den kriegführenden Völkern sich bilden; hatten doch die Chalcidenser und Eretrienser einmal während des Krieges ausgemacht, dass keine Wurfgeschosse gebraucht werden sollten.

XVII. Aber nicht dasselbe gilt für solche Mittel, die ohne Gift die Brunnen so verderben, dass man das Wasser nicht trinken kann; Solon und die Amphictyonen haben dies gegen die Barbaren für zulässig erklärt, und Oppian sagt in seinem Buche über die Fischerei, dass dies im vierten, ebenso wie in seinem Jahrhundert, üblich gewesen sei. Man sieht dies so an, als wenn ein Fluss abgeleitet wird, oder die Zuflüsse einer Quelle verstopft werden, was nach dem Natur- und Völkerrecht erlaubt ist.

XVIII. 1. Ob man aber einen Kriegsfeind durch einen gedungenen Mörder nach dem Völkerrecht tödten darf, ist streitig. Man muss unterscheiden, ob der Mörder durch seine That eine ausdrücklich oder stillschweigend gelobte Treue verletzen würde, wie Unterthanen gegen ihren König, Vasallen gegen ihren Lehnsherrn, Soldaten gegen ihren Feldherrn, Flüchtlinge, Bittende, Ankömmlinge und Ueberläufer gegen Die, welche sie aufgenommen haben, oder ob der Mörder nicht so verpflichtet ist.[46] So hat Pipin, der Vater Karl's des Grossen, durch Einen aus seinem Gefolge, der über den Rhein ging, den Feind auf seinem Nachtlager tödten lassen. Nach Polybius hat der Aetoler Theodosius dasselbe gegen Ptolemäus, den König von Aegypten versucht, und Polybius nennt dies ein nicht unmännliches Unternehmen." Aehnlich ist die That, welche unter Lobpreisung der Geschichtschreiber Q. Mucius Scävola versuchte, und die er selbst so rechtfertigt:[47] „Als Feind habe ich auch den Feind tödten wollen." Selbst Porsenna sah in dem Unternehmen nur Tapferkeit. Valerius Maximus nennt es ein frommes und tapferes Unternehmen, und auch Cicero lobt es in seiner Rede für Publius Sextius.

2. Nämlich einen Feind kann man sowohl nach dem Naturrecht wie nach dem Völkerrecht, wie erwähnt,

---

[46] In der antiken Zeit wurde selbst dieser Unterschied vielfältig nicht anerkannt. Umgekehrt ist die moderne Zeit über diesen Unterschied in der Art hinaus, dass jeder Meuchelmord überhaupt im Kriege nicht mehr gestattet ist, mag der Mörder sein, welcher er wolle. Als Dolmetscher der modernen Sitte kann hier Bluntschli gelten, welcher sagt (Das moderne Völkerrecht, 1868, S. 313): „Die Tödtung im Kampfe ist erlaubt, der Mord ausserhalb des Kampfes ist unehrlich und verboten, auch wenn er, wie die Ermordung des feindlichen Feldherrn oder Fürsten, für die eigene Kriegführung nützlich ist. Selbst im Kampfe ist alles unnöthige Tödten der Feinde verwerflich." In Verwirklichung dieses letzten Satzes liess der König von Preussen bei Sadowa im Juli 1866 das verheerende Feuer der Preussischen Artillerie gegen den in wilder Unordnung und in dichten Haufen fliehenden Feind einstellen. 1813 handelten die Russen noch nicht so gegen die über die Bereczyna fliehenden Franzosen.

[47] M. Scävola schlich sich in das Lager des Porsenna, welcher Rom belagerte, um den Porsenna mittelst eines in seinem Mantel verborgenen Dolches zu ermorden, und so Rom, welches in grosser Gefahr war, zu befreien. Er gelangte in das Lager, aber erstach aus Unkenntniss der Person den Zahlmeister des Porsenna, welchen er für diesen hielt. Man sehe das Nähere bei Livius II. 12.

überall tödten, und es kommt dabei auf die Zahl Derer, die es thun oder erleiden, nicht an. Die 600 Lacedämonier, welche mit Leonidas in das feindliche Lager eingedrungen waren, eilten geradezu auf das Zelt des Königs los. Auch Wenigen wäre dies erlaubt gewesen. Nur Wenige waren es, welche den Konsul Marcellus, welcher durch Hinterhalt eingeschlossen worden war, tödteten, und die den Petilis Cerialis beinah auf seinem Lager erstochen hätten. [48] Ambrosius lobt den Eleazar, dass er einen vor den anderen durch Grösse hervorragenden Elephanten angegriffen habe, weil er geglaubt, der König befinde sich auf demselben. Nicht bloss die Thäter, sondern auch die Anstifter von dergleichen sind nach dem Völkerrecht schuldlos. Scävola wurde zu seinem Wagniss durch die alten Römischen Senatoren veranlasst, die in Kriegen so streng auf das Recht hielten.

3. Auch darf es nicht irre machen, dass die Thäter, wenn sie ergriffen werden, mit ausgesuchten Martern hingerichtet zu werden pflegen; dies geschieht nicht, weil sie das Völkerrecht verletzt, sondern weil nach demselben Völkerrecht gegen den Kriegsfeind Alles erlaubt ist; Jeder straft härter oder gelinder, wie er es für sich dienlich erachtet. Denn selbst die Kundschafter, die man nach dem Völkerrecht aussenden kann, die Moses aussandte, und zu denen Josua selbst gehörte, werden, wenn sie gefangen werden, auf das Härteste behandelt; (Appian sagt: „Es ist Sitte, die Kundschafter zu tödten") und zwar mit Recht von denen, die einen offenbar gerechten Grund zum Kriege haben, und von den Anderen nach der Erlaubniss, welche das Kriegsrecht ertheilt. Wenn mitunter dergleichen Anerbieten zurückgewiesen worden sind, so zeigt dies von Seelengrösse und Vertrauen in die offen entfaltete Macht, aber entscheidet nicht die Frage über Recht und Unrecht.

---

[48] Gr. geräth hier auf einen bedenklichen Weg; gerade in der Zahl, die zugleich die Offenheit des Verfahrens bedingt, liegt der wesentliche Unterschied des Meuchelmordes gegen den Kampf in der Schlacht. Es sind dies Reste der scholastischen Dialektik, welche Bestimmungen, die im Natürlichen als gleichgültig erscheinen, damit auch für das Sittliche als solche geltend macht.

4. Anders verhält es sich mit den gedungenen Mördern, die nicht ohne Treubruch die That vollführen können. Nicht bloss Diese selbst handeln gegen das Völkerrecht, sondern auch Jene, welche sie benutzen. Allerdings gilt sonst die Benutzung schlechter Menschen gegen den Kriegsfeind zwar als eine Sünde gegen Gott, aber bei den Menschen nicht als Unrecht; dies ist einmal vom Völkerrecht so bestimmt, welches hier „die Sitten durch Gesetze sich unterworfen hat," und weil, wie Plinius sagt: „Betrügen nach der Sitte der Zeit Klugheit ist." Allein für das Recht zu tödten hat sich dennoch dieser Gebrauch festgesetzt, und wer hierbei eines Anderen Treulosigkeit benutzt, gilt für einen Verletzer nicht bloss des Naturrechts, sondern auch des Völkerrechts. Dies ergeben die Worte Alexander's an Darius: „Einen ungerechten Krieg habt Ihr begonnen, und jetzt, wo er im Gange ist, setzet Ihr Geldpreise auf die Köpfe Eurer Feinde." Und dann: „Du hast nicht einmal das Kriegsrecht gegen mich eingehalten." Und anderswo: „Ich muss ihn bis zum Tode verfolgen, nicht als einen Kriegsfeind, sondern als einen gedungenen Giftmischer." Hierher gehört der Ausspruch über Perseus: „dass er nicht mit königlichem Sinne einen rechten Krieg vorbereite, sondern nur die heimlichen Verbrechen aller Strassenräuber und Giftmischer versuche." Marcius Philippus sagt über denselben Perseus: „Wie verhasst diese Thaten selbst den Göttern gewesen, werde er am Ausgange seines Unternehmens erkennen." Hierher gehört auch der Ausspruch des Valerius Maximus: „Den Mord des Viriates trifft eine doppelte Schuld der Treulosigkeit; einmal ist er durch die Hand seiner Freunde umgebracht, und dann hat der Konsul Q. Servilius Cäpio dem Verüber des Verbrechens Straflosigkeit zugesichert und somit den Sieg nicht verdient, sondern erkauft."

5. Der Grund, weshalb die Sitte sich hier anders wie sonst entwickelt hat, ist derselbe, wie oben bei dem Gift; es sollten die Gefahren namentlich für die Führer nicht zu gross gemacht werden. [49] Eumenes sagte: „Er

---

[49] Diese Künstlichkeiten in Erklärung dieser Bestimmung sind nur die falsche Folge des früher von Gr. aufgestellten Satzes, dass man sich wissentlich der Verbrechen Anderer zu seinem eigenen Vortheil bedienen

glaube nicht, dass ein Feldherr in der Weise den Sieg gewinnen wolle, dass er damit zugleich das schlimmste Beispiel gegen sich selbst gebe." Derselbe sagt über Ermordung des Darius durch Bessus, „es sei dies eine Sache und ein Beispiel, was alle Könige in gleicher Weise angehe," und Oedipus sagt bei Sophokles, indem er den Mord des Königs Lajus rächen will:

„Indem ich Jenem genugthue, nütze ich mir selbst."

und bei Seneca heisst es in der Tragödie desselben Inhaltes:

„Den König zu schützen, ist das grösste Heil für die Könige."

Die Römischen Konsuln schrieben in dem Briefe an Pyrrhus: „Um des gemeinsamen Beispieles und der Treue willen haben wir beschlossen, Dich nicht zu verletzen."

6. In einem feierlichen Kriege und zwischen Solchen, die das Recht haben, sich solche Kriege zu erklären, ist dies nicht gestattet; ausserhalb des feierlichen Krieges gilt es aber für erlaubt, und zwar nach demselben Völkerrecht. So bestreitet Tacitus, dass die gegen den abgefallenen Ganascus unternommenen Nachstellungen dieser Art unedel gewesen. Curtius sagt, die Treulosigkeit des Spitamenes sei weniger schlecht gewesen, weil gegen Bessus, als den Mörder seines Königs, Alles erlaubt gewesen. So ist dergleichen gegen See- und Strassenräuber zwar nicht moralisch zu billigen, aber bleibt nach dem Völkerrecht aus Hass gegen die, welche es trifft, unbestraft.

XIX. Gewaltthätige Angriffe gegen die Unschuld der Frauen werden im Kriege bald gestattet, bald nicht. Wer es gestattet, sieht nur auf die Verletzung des Körpers eines Anderen und hält dafür, dass bei den Kriegsfeinden dies mit dem Waffenrecht sich vertrage. Richtiger haben Andere nicht bloss die That als eine solche Beschädigung angesehen, sondern als die einer zügellosen Begierde, die weder mit der Sicherheit, noch mit der Strafe eine Verbindung habe und deshalb im Kriege wie im Frieden

könne. (Anmerk. 297 S. 186.) Da dieser letzte Satz in dieser Fassung unrichtig ist, so bedarf es auch keiner besonderen Rechtfertigung der hier besprochenen Sitte, die dann keine Ausnahme ist.

nicht straflos bleiben könne. Diese Ansicht ist auch in das Völkerrecht, wenigstens bei den besseren Nationen übergegangen. So hat Marcellus vor der Einnahme von Syrakus Sorge getragen, dass die Unschuld bei den Feinden nicht verletzt werde. Scipio sagt bei Livius, es sei sein und des Römischen Volkes Interesse „dass nichts, was irgendwie heilig sei, von ihnen verletzt werde." Das „irgendwie" bezieht sich auf die gesitteten Völker. Diodor von Sicilien sagt von den Soldaten des Agathokles: „Selbst gegen Frauen enthielten sie sich nicht der abscheulichsten Gewaltthaten." Aelian erzählt, dass die Sieger von Sicyon die Unschuld der Pellenäischen Frauen und Jungfrauen verletzt, und ruft dann aus: „Rohe Thaten, Ihr Götter Griechenlands, die selbst, so weit meine Erfahrung reicht, von den Barbaren verabscheut werden!"

2. Es ist billig, dass dies auch unter Christen beobachtet werde, nicht bloss als eine Bestimmung der militärischen Zucht, sondern als eine Bestimmung des Völkerrechts; so dass, wer die Unschuld geschändet hat, selbst im Kriege seine Strafe erhalte. Denn selbst nach jüdischem Gesetze hätte dies nicht straffrei geschehen können, wie aus den Bestimmungen über Abführung und Nichtverkauf der weiblichen Gefangenen erhellt. Der Rabbiner Bechei bemerkt hierzu: „Gott wollte, dass die Kriegslager der Israeliten rein seien, und nicht wie die Lager der Heiden mit Hurerei und anderen Scheusslichkeiten beflekt." Arrian erzählt, dass Alexander von Liebe zur Roxane ergriffen worden, „aber er habe sie nicht wie eine Gefangene nur zur Wollust missbrauchen wollen, sondern durch die Ehe zu Ehren bringen." Plutarch sagt über dieselbe That: „Er that ihr keine Gewalt an, sondern heirathete sie in philosophischer Gesinnung." Nach Plutarch wurde ein gewisser Torquatus, weil er einer feindlichen Jungfrau Gewalt angethan hatte, auf Beschluss der Römer nach Korsika verbannt.

Kapitel V.
Ueber Zerstörung und Wegnahme von Sachen. [50]

I. Cicero sagt, es sei nicht unnatürlich, den zu berauben, den man tödten dürfe. Es ist deshalb nicht zu verwundern, dass das Völkerrecht die Zerstörung und Wegnahme der Sachen der Feinde gestattet, deren Tödtung es sogar gestattet. Polybius sagt deshalb im 5. Buche seiner Geschichte, es gehöre zum Völkerrecht, die feindlichen Befestigungen, Häfen, Städte, Männer, Früchte und Aehnliches entweder fortzunehmen oder zu zerstören." Und Livius sagt: „Es gebe Manches im Kriege, was ebenso zu thun wie zu erleiden recht sei; die Feldfrüchte verbrennen, die Wohnungen zerstören, Menschen und Vieh als Beute wegführen." Auf jeder Seite erzählen die Ge-

---

[50] Heffter sagt in seinem „Europäischen Völkerrecht" (5. Ausgabe 233): „Nach dem Geist des älteren Kriegsrechts war jeder Krieg ein Vernichtungskrieg, und jeder Feind rechtlos. Alles feindliche Eigenthum fiel deshalb dem Sieger anheim. Ja man hielt das dem Feinde abgenommene Gut für das sicherste und gerechteste Eigenthum. Was man nicht behalten wollte, wurde zerstört. Verwüstung des feindlichen Landes, der Städte und Tempel war die Regel; noch in der Römisch-christlichen Zeit wurden Grabmäler mit Leichen nicht als unverletzbar gehalten. — Ein ganz anderes Recht musste sich aus der Idee des neueren Kriegsrechtes ergeben, nach welchem der Krieg wesentlich nur gegen die feindliche Staatsgewalt und gegen dessen Angehörige nur insoweit stattfindet, als die Nothwendigkeit dazu treibt. Seit Grotius tritt diese Idee immer entschiedener hervor, und sie kann gegenwärtig alle Schüchternheit ablegen und findet ihren Nachhall bei allen gesitteten Völkern Europa's. Danach finden gegen Privatpersonen höchstens noch Kontributionen statt; doch findet im Seekriege noch ein strengeres, das Privateigenthum weniger achtendes System statt, und im Landkriege ist noch das Recht der Kriegsbeute innerhalb gewisser Grenzen beibehalten."

schichtschreiber von der Zerstörung ganzer Städte, von Mauern, die der Erde gleich gemacht worden, von Verwüstungen der Felder, von Brandstiftungen. Dies ist selbst gegen Solche erlaubt, die sich freiwillig ergeben. Tacitus sagt: „Die Oppidaner öffneten freiwillig die Thore und übergaben den Römern das Ihrige; dies rettete sie von dem Verderben; aber gegen die Artaxater wurde Feuer und Brand angelegt."

II. 1. Das reine Völkerrecht, abgesehen von anderen Pflichten, über die später gehandelt werden wird, nimmt auch die Heiligthümer, d. h. die Gott oder den Göttern geweihten Gegenstände davon nicht aus. „Wenn ein Ort von den Feinden erobert ist, so hören alle Heiligthümer auf," sagt der Rechtsgelehrte Pomponius. Cicero sagt in der vierten seiner Reden gegen Verres: „Der Sieg hatte die Heiligthümer der Syrakusaner ihrer Heiligkeit entkleidet." Der Grund ist, dass diese heiligen Gegenstände nicht damit dem Gebrauch der Menschen entzogen, sondern nur öffentliche werden; sie heissen nur Heiligthümer von dem Zwecke, zu dem sie bestimmt sind. Das Zeichen dafür ist, dass, wenn ein Volk einem anderen Volke oder Könige sich ergiebt, auch das, was zum Gottesdienst gehört, mit übergeben wird, wie die aus Livius früher entlehnte Formel ergiebt. Damit stimmt der Vers im Amphitruo des Plautus (I. 1. v. 71):

„Sie hatten die Stadt, die Ländereien, die Altäre, die häuslichen Heerde und sich selbst zum Dienst übergeben."

Und v. 102:

„Und sie überliessen sich mit allen göttlichen und menschlichen Dingen."

2. Deshalb erstreckt sich nach Ulpian das öffentliche Recht auch auf die Heiligthümer. Pausanias sagt in den Arkadischen Geschichten, dass es gemeinsame Sitte bei den Griechen und Barbaren gewesen sei, dass die Heiligthümer dem Sieger bei Eroberung der Städte zufielen. So wurde das Standbild des Jupiter Hercäus bei Troja's Eroberung dem Sthenelos zugetheilt, und er erwähnt noch viele andere Fälle solcher Art. Thucydides sagt im 4. Buche: „Bei den Griechen gelte als Recht, dass der, welcher die Gewalt über einen Landstrich gewinne, sei er gross oder klein, auch die Tempel erhalte."

Damit stimmt die Stelle bei Tacitus: „dass alle Heiligthümer in den Italischen Städten sammt den Tempeln und Götterbildern der Macht und der Herrschaft der Römer unterworfen seien."

3. Deshalb kann auch das Volk, wie es ihm beliebt, aus einem Heiligthum einen weltlichen Gegenstand machen, was die Rechtsgelehrten Paulus und Venulejus deutlich sagen, und in Zeiten der Noth sieht man, dass Heiligthümer von denen, die sie geweiht hatten, zu Kriegszwecken benutzt werden. Dies that Perikles, der vollen Ersatz gelobte; Mago in Spanien; die Römer in dem Kriege mit Mithridates; Sulla, Pompejus, Cäsar und Andere. Bei Plutarch sagt Tiberius Gracchus: „Nichts ist so heilig und hehr, als was der Ehre der Götter geweiht ist; und doch hindert Niemand, dass das Volk es gebrauche und den Zweck verändere." In den Streitfällen des älteren Seneca heisst es: „Die Tempel werden oft für den Staat geplündert und die geweihten Geschenke zur Bezahlung der Löhnung eingeschmolzen." Trebatius, ein Rechtsgelehrter aus der Kaiserzeit sagt: „Weltlich wird das, was einem religiösen oder heiligen Gebrauche entzogen, zum Gebrauch und Eigenthum der Menschen umgewandelt worden ist." Nach diesem Völkerrecht verfuhr, wie Tacitus erzählt, Germanicus gegen die Marsen, „er liess das Weltliche und die Heiligthümer und den berühmtesten Tempel, den jene Völkerschaften Tanfana nannten, der Erde gleich machen." Hierher gehört die Stelle Virgil's (Aeneis XII. 778):

„Ich habe immer Eure Heiligthümer geehrt, die im Kriege gegen die Abkömmlinge des Aeneas Ihr verweltlicht habt."

Pausanias bemerkt, dass die den Göttern geweihten Geschenke von den Siegern mitgenommen zu werden pflegen, und Cicero nennt es Kriegsgesetz, wenn er von P. Servilius sagt: „Die Götterbilder und den Schmuck der Tempel nahm er aus den durch Gewalt und Tapferkeit genommenen feindlichen Städten nach Kriegsgesetz und Befehlshaberrecht mit sich." So sagt Livius von dem Tempelschmuck, welchen Marcellus von Syrakus nach Rom brachte, „er sei durch Kriegsrecht erworben." C. Flaminius sagt in der Rede für M. Fulvius: „die Götterbilder und das Andere, was aus eroberten Städten mitgenommen wird." Auch Fulvius nennt in seiner Rede dies das Kriegsrecht. Wenn Cäsar bei **Sallust** die Unfälle der Besiegten aufzählt, so nennt er dabei auch die Beraubung der Tempel. [51]

4. Doch ist es wichtig, dass, wenn nach dem Glauben in einem Götterbild das göttliche Wesen selbst wohnt, es von denen, die gleichen Glaubens sind, nicht verletzt oder zerstört werden darf. Deshalb werden mitunter die der Gottlosigkeit und des Bruches des Völkerrechts angeklagt, die etwas derart begangen haben, wobei von demselben Glauben ausgegangen wird. Anders ist es, wenn dieser Glaube bei den Feinden nicht besteht. So ist es den Juden nicht blos gestattet, sondern geboten, die Götzenbilder zu zerstören, und wenn es ihnen verboten wird, sie für sich zu behalten, so geschieht es, damit sie desto mehr den Aberglauben und die Heiden verabscheuen, indem ihnen der Unreinigkeit wegen selbst die Berührung verboten wird; nicht weil sie die fremde Heiligthümer

---

[51] Diese Sitte der antiken Welt in Bezug auf die den Göttern geweihten Gegenstände erklärt sich einfach daraus, dass alle Religionen Landesreligionen waren und die grösseren Völker durch keine gemeinsame Religion verbunden waren. Wenn auch die Wissenschaft in diesen Religionen einen ziemlich gleichen Inhalt aufzeigen kann, so war doch diese Gleichheit nicht in das Bewusstsein dieser Völker eingedrungen, und erst mit der Römischen Kaiserzeit begannen die verschiedenen heidnischen Religionen in einen Kultus zu verschmelzen und damit ihrem Untergang entgegenzugehen. Anders stellte sich das Verhältniss, als die christliche Religion der gemeinsame Glaube der Völker Europa's wurde. Hiermit begann allerdings eine Beschränkung des Kriegsrechts gegen die Kirchen und Gott geweihten Gegenstände, selbst in Feindesland. Es ist auffallend, dass Gr. diese Entwickelung gar nicht berührt. Allerdings liess man sich im Mittelalter und noch zu seiner Zeit nicht abhalten, trotz aller Frömmigkeit im Fall der Noth selbst die Kirchen des eigenen Landes zu plündern und die goldenen und silbernen Gefässe einzuschmelzen; allein die Sitte war dagegen, und dies Moment ist in anderen Materien für Gr. genügend, um das Völkerrecht darauf zu errichten.

schonen sollten, wie Josephus es den Römern offenbar aus Schmeichelei erklärt. Ebenso verfährt er bei Erklärung des zweiten Gebotes, die heidnischen Götter nicht zu nennen, was er so erklärt, als wenn ihre Beschimpfung verboten würde, während in Wahrheit das Gesetz nur nicht will, dass sie in Ehren und ohne Abscheu genannt werden. Denn die Juden wussten durch Gottes feste Versicherung, dass in jenen Götzenbildern nicht der Geist Gottes oder gute Engel oder eine Macht der Gestirne wohne, wie jene getäuschten Völker glaubten, sondern böse, den Menschen feindliche Geister. Tacitus sagt daher bei Beschreibung der Jüdischen Einrichtungen richtig: „Alles, was uns heilig ist, ist ihnen unheilig." Es ist deshalb nicht zu verwundern, dass die Tempel von den Maccabäern mehr als einmal angezündet worden sind. So handelte auch Xerxes, als er die Götterbilder der Griechen zerschlug, nicht gegen das Völkerrecht, obgleich die Griechischen Schriftsteller dies aus Hass sehr übertrieben. Denn die Perser hielten diese Bilder für keine Götter, sondern Gott war nach ihnen die Sonne, und ein Theil derselben das Feuer. Nach Jüdischem Gesetz durften, wie Tacitus recht berichtet, nur die Opfernden in die Tempel eintreten.

5. Aber Pompejus hat nach demselben Geschichtschreiber den Tempel nach dem Recht des Siegers betreten, oder, wie Augustin es erzählt, nicht mit der Andacht eines Büssenden, sondern mit dem Recht eines Siegers. Er handelte gut, dass er des Tempels und des Geräthes darin schonte, obgleich es, wie Cicero ausdrücklich sagt, nicht der Religion wegen, sondern aus Scheu und Furcht vor Verleumdung geschah. Er handelte, wie Augustin fortfährt, aber nicht gut, dass er den Tempel betrat, nämlich in Verachtung des wahren Gottes, was die Propheten auch den Chaldäern vorhielten. Deshalb gilt es auch als eine besondere That der göttlichen Vorsehung, dass dieser Pompejus gleichsam im Angesicht von Judäa bei dem Aegyptischen Vorgebirge Casius ermordet wurde. Allein nach Römischer Auffassung enthielt die Handlung keine Verletzung des Völkerrechts. So zerstörte Titus denselben Tempel, wie Josephus mit dem Zusatz: „nach dem Gesetze des Krieges" erzählt.

III. Das über die Heiligthümer hier Gesagte gilt auch

für die Grabstätten; denn auch diese gehören nicht den Todten, sondern den Lebenden eines Volkes oder einer Familie. Deshalb hören solche Orte nach der Besetzung durch den Feind wie die Heiligthümer auf, Grabstätten zu sein; Pomponius und Paulus sagen in dem betreffenden Pandektentitel: „Die Grabstätten der Feinde sind für uns kein Gegenstand der Scheu und der Achtung; deshalb können die Steine derselben zu jedem Zweck verwendet werden." Doch dürfen die Körper der Todten nicht misshandelt werden; denn dies stösst gegen das Begräbnissrecht, was, wie früher gezeigt, nach dem Völkerrecht besteht.

IV. Ich will hier noch einmal bemerken, dass nach dem Völkerrecht dem Feinde sein Eigenthum nicht blos mit Gewalt genommen werden kann, sondern dass hier auch List zulässig ist, soweit sie keine Treulosigkeit enthält, und dass selbst die Untreue Anderer dazu benutzt werden kann. Das Völkerrecht hat nämlich diese geringeren und häufigen Vergehen allmälig zugelassen, wie dies das bürgerliche Recht mit der Hurerei und dem Wucher gethan hat.

Kapitel VI.

Ueber den Erwerb des Eigenthums an den im Kriege erlangten Sachen. [52])

I. 1. Neben der Straflosigkeit gewisser Handlungen, worüber oben gehandelt worden, hat der feierliche Krieg nach dem Völkerrecht noch eine andere eigenthümliche Wir-

---

[52]) Gr. behandelt in diesem Kapitel die civilrechtlichen, bei der Beute und Plünderung auftretenden Fragen mit grosser Ausführlichkeit. Diese Fragen hatten für das Alterthum grössere Wichtigkeit als für die Gegenwart, da das Beuterecht durch die Beschränkung auf die der feindlichen Kriegsmacht zugehörenden Sachen jetzt wesentlich an Bedeutung verloren hat. Die langen Ausführungen Gr.'s über dies Recht im Alterthum haben deshalb nur noch ein rechts-

kung. Nach dem Naturrecht erwirbt man, wie früher gezeigt worden, durch einen gerechten Krieg so viel gleichen Werthes, als die eigene Forderung beträgt, die man damit verfolgt, oder wodurch dem Anderen ein Schaden zugefügt wird, welcher der verdienten Strafe ungefähr entspricht. Nach diesem Rechte gab Abraham von der den fünf Königen abgenommenen Beute den Zehnten an Gott, wie diese, in Gen. XIV. enthaltene Geschichte der göttliche Briefschreiber an die Hebräer VII. 4 erläutert. In dieser Weise brachten auch die Griechen, die Karthager und die Römer ihren Göttern, wie dem Apollo, Herkules, Jupiter Feretrius, den Zehnten von der Beute zum Weihgeschenk. Als Jacob den Joseph vor dessen Brüdern mit einem Legat bedachte, sagte er: „Ich gebe Dir einen Theil mehr als Deinen Brüdern, den ich durch mein Schwert und meinen Bogen der Hand des Amorhäus entrissen habe." Gen. XLVIII. 22. Das „entrissen" hat hier den prophetischen Sinn von „gewiss erobern werde", und das „dem Jacob geben" den Sinn, dass seine Nachkommen dies ausführen würden, als wäre der Urvater und seine Abkömmlinge nur eine Person. Dies ist richtiger, als wenn man mit den Juden die Worte nur auf die Plünderung der Sicimer bezieht, die schon von den Söhnen Jacob's geschehen war; denn diese hat Jacob in seinem frommen Sinne immer gemissbilligt, weil sie mit Treulosigkeit vollführt worden war, wie die Stellen Gen. XXXIV. 30 und XLIX. 6 ergeben.

2. Auch andere Stellen zeigen, dass Gott das Beuterecht innerhalb dieser natürlichen Grenzen gebilligt hat. So spricht Gott in seinem Gesetz über den Staat, der nach abgelehntem Frieden erobert worden ist: „All sei-

---

historisches Interesse. Am Schluss des Kapitels erwähnt auch Gr. selbst, dass diese Bestimmungen für seine Zeit ziemlich antiquirt seien. Dies gilt in noch höherem Grade für die Gegenwart, wo einzelne Lehrer, wie Heffter, schon so weit gehen, das Beutemachen gar nicht mehr als eine Erwerbsart des Eigenthums anzuerkennen, sondern es nur als eine blosse Suspension des Eigenthums für die Dauer des Krieges ansehen; während z. B. das Preuss. Allg. Landrecht von 1794 die Beute noch zu den unmittelbaren Erwerbsarten des Eigenthums rechnet.

nen Besitz wirst Du Dir zueignen und der feindlichen Beute Dich erfreuen, die Gott Dir gegeben hat." Die Rubeniten, Gaditen und ein Theil der Manasser besiegen die Ituräer und deren Nachbarn und nehmen viele Beute von ihnen mit; dieses wird erzählt mit dem Zusatz, „weil sie Gott im Kriege angerufen hätten und Gott sie gnädig erhört habe." Ebenso wird berichtet, dass der König Asa nach Anrufung Gottes die Aethiopier, die ihn mit ungerechtem Krieg belästigt hatten, besiegt und viele Beute heimgebracht habe. Dies ist um so erheblicher, als dieser Krieg nicht auf besonderen Befehl Gottes, sondern nach gemeinem Rechte geführt worden ist.

3. Josua folgte jenen erwähnten Rubeniten, Gaditen und dem Theil der Manasser mit guten Prophezeihungen und sprach: „Ihr sollt mit Euren Brüdern Theil haben an der feindlichen Beute." Als David dem Jüdischen Rath die von den Amalakitern eroberte Beute sandte, schmückte er das Geschenk mit den Worten: „Sehet, dies Geschenk sei Euer von der Beute der Feinde Gottes." Denn, wie Seneca bemerkt, ziert es den kriegerischen Mann, Jemand mit dem feindlichen Raube zu bereichern. Es giebt auch göttliche Gesetze über Vertheilung der Beute. Num. XXXI. 27. Und Philo rechnet zu den grausamen Bestimmungen des Gesetzes, dass das Getreide auf dem Halme von den Feinden abgemäht wird; woher das Sprüchwort: „Hunger den Freunden und Ueberfluss den Feinden."

II. 1. Uebrigens wird nach dem Völkerrecht nicht nur der, welcher aus einer gerechten Ursache den Krieg führt, sondern Jedweder in einem feierlichen Kriege und ohne Maass und Schranke Eigenthümer von dem, was er dem Feinde abnimmt, in dem Sinne, dass von allen Völkern er und seine Rechtsnachfolger in dem Besitz dieser Sachen geschützt werden; deshalb kann dieses Recht nach diesen äusserlichen Wirkungen Eigenthum genannt werden. Cyrus sagt bei Xenophon: „Es ist ein ewiges Gesetz bei allen Menschen, dass, wenn im Kriege eine Stadt erobert wird, die Sachen den Eroberern gehören." Plato sagt: „Alle Güter der Besiegten fallen den Siegern zu." Auch anderwärts rechnet er zu den natürlichen Erwerbsquellen die durch Krieg, zu welchen er auch die „durch Seeräuberei", „durch Ringkampf" und „durch Faustkampf" rechnet. Xenophon stimmt ihm hierin bei; er lässt den

Sokrates den Euthydemus im Gespräch dahin bringen, dass er einräumt, das Beutemachen sei nicht immer ungerecht, nämlich wenn es gegen den Feind geübt wird.

2. Auch Aristoteles sagt: „Das Gesetz ist gleichsam ein Uebereinkommen, wonach das in dem Kriege Genommene dem Ergreifer gehört." Dahin zielt auch der Ausspruch des Antiphanes: „Es ist zu wünschen, dass die Feinde Güter haben und keine Tapferkeit; denn dann gehören jene nicht denen, die sie haben, sondern denen, die sie ergreifen." Plutarch sagt im Leben Alexander's: „Das, was dem Besiegten gehört, fällt nach dem Recht und nach dem Namen dem Sieger anheim," und an einer anderen Stelle: „Die Güter der in der Schlacht Besiegten fallen als Kampfpreis den Siegern zu," welche Worte aus dem 2. Buche von Xenophon's Cyropädie entnommen sind. Philipp schreibt in einem Briefe den Athenern: „Wir Alle bewohnen Städte, welche uns die Vorfahren hinterlassen haben, oder deren Herren wir durch den Krieg geworden sind." Aeschines sagt: „Wenn Du in dem gegen uns begonnenen Krieg die Stadt erobert hast, so besitzt Du sie nach dem Kriegsgesetz zum Eigenthum."

3. Marcellus sagt bei Livius, dass er das, was er den Syrakusanern genommen, nach Kriegsrecht genommen habe. Die Römischen Gesandten sagten Philipp in Bezug auf die Thrazischen und anderen Städte, dass, wenn Philipp sie im Kriege erobert habe, er sie als Siegeslohn nach Kriegsrecht besitze; und Masinissa sagte von dem Gebiet, was sein Vater von den Karthagern erobert hatte, dass er es nach Völkerrecht besitze. So sagt auch Mithridates bei Justin: „Er habe nicht ein Kind aus Kappadocien weggeführt, obgleich er es als Sieger nach dem Völkerrecht erworben habe. Cicero sagt, dass die Mitylener nach dem Gesetz des Krieges und dem Recht des Sieges dem Römischen Volke zugefallen seien. Derselbe sagt, dass die Sachen in das Privateigenthum übergehen, entweder durch die Besitznahme, wenn sie herrenlos sind, oder durch den Krieg, nämlich bei dem, dessen die Sieger sich bemächtigt haben. Dio Cassius sagt, „dass die Sachen der Geschlagenen den Siegern zufallen." Auch Clemens von Alexandrien sagt, dass man nach dem Kriegsrecht das Gut der Feinde wegnehmen und erwerben könne.

4. „Was den Feinden abgenommen wird, fällt nach dem Völkerrecht sofort dem Nehmer zu," sagt der Rechtsgelehrte Gajus.[53] Theophilus nennt sie in seinen Griechischen Institutionen eine natürliche Erwerbsart; auch Aristoteles hatte gesagt: „dass das Kriegsgeschäft von Natur erwerbender Natur sei." Es kommt nämlich hier nicht auf einen Rechtsgrund an, sondern nur auf die nackte Thatsache; aus dieser entsteht das Recht. Auch der jüngere Nerva hat nach Angabe des Rechtsgelehrten Paulus gesagt, dass das Eigenthum seinen natürlichen Anfang an dem Besitz gehabt, und ein Ueberbleibsel davon zeige sich an dem Thierfang auf dem Lande, im Meere und in der Luft; ebenso an der Kriegsbeute, welche sofort denen gehöre, welche sich derselben bemächtigen.

5. Auch das, was man den Unterthanen der Feinde wegnimmt, gilt als dem Feinde selbst genommen. Dies führt Dercyllides bei Xenophon aus; Pharnabazus war mit den Lacedämoniern im Kriege, und Mania war dem Pharnabazus unterthan; deshalb, sagte er, könnten die Güter des Mania von Jenem nach Kriegsrecht in Besitz genommen werden.[54]

III. 1. Uebrigens hat sich bei dieser Frage die Regel gebildet, dass der, welcher die Sache so innehat, dass der Andere die Hoffnung, sie wiederzuerlangen aufgiebt, als der gilt, der die Sache erworben hat; oder die Sache

---

[53] In seinen neuerlich aufgefundenen Institutionen sagt Gajus (IV. 16): „*Omnium maxime sua esse credebant* (die Vorfahren) *quae ex hostibus cepissent. Unde in centumviralibus judiciis hasta proponitur.* (Sie hielten von allen Erwerbsarten die Kriegsbeute für die sicherste; deshalb wurde auch bei den gerichtlichen Verkäufen eine Lanze in die Erde vorgesteckt.)" Davon rührt der Name: Subhastation.

[54] In diesem wichtigen Punkte hat sich das Kriegsrecht geändert; das Allg. Preuss. Landrecht sagt z. B.: „Das Eigenthum feindlicher Unterthanen, die weder zur Armee gehören noch derselben folgen, kann nur zur Beute gemacht werden, wenn der Befehlshaber der Truppen die ausdrückliche Erlaubniss gegeben hat." Diese Erlaubniss bezieht sich auf die Plünderung, und auch diese wird immer seltener.

muss aus der Verfolgung heraus sein, wie Pomponius in einem ähnlichen Falle sich ausdrückt. Dies Letzte ist bei beweglichen Sachen dann der Fall, wenn sie innerhalb der Besatzungslinie des eigenen Heeres gebracht sind. Denn die Sachen gehen auf dieselbe Weise verloren, wie sie durch das Rückkehrsrecht wieder erlangt werden. Dies geschieht, wenn sie in das Staatsgebiet ihres älteren Eigenthümers zurückgelangen, d. h. in das durch die Militärmacht seines Staates besetzte Gebiet. Paulus sagt ausdrücklich, dass ein Sklave verloren gehe, wenn er die Grenze des Landes überschritten habe, und Pomponius erklärt den für kriegsgefangen, den die Feinde von den Unsrigen weggenommen und in das von ihnen besetzte Gebiet gebracht haben; bevor dieses geschehen sei, bleibe er ein freier Bürger.[55]

2. Mit den Sachen verhält es sich hierbei, wie mit den Menschen. Wenn es deshalb anderwärts heisst: das Ergriffene werde Eigenthum des Ergreifers, so ist dies mit der Bedingung zu verstehen, dass der Besitz bis dahin fortdauere. Dem entspricht, dass auf dem Meere Schiffe und andere Sachen erst dann als erbeutet gelten, wenn sie nach der Rhede oder nach dem Hafen oder nach dem Standort der ganzen Flotte gebracht sind; erst dann ist die Wiedererlangung aufgegeben. Nach dem neueren europäischen Völkerrecht gelten diese Sachen nur dann als erbeutet, wenn sie sich 24 Stunden in der Gewalt des Feindes befunden haben.

IV. 1. Ein Gebietstheil gilt aber nicht dann gleich als erobert, wenn Truppen eingerückt sind; denn wenn auch bei einer starken Heeresmacht ein solcher einstweiliger Besitz nach Celsus stattfindet, so genügt doch für die hier besprochene Rechtswirkung nicht jedweder, sondern nur ein fester Besitz. Deshalb hielten die Römer

---

[55] Das Allg. Preuss. Landrecht sagt I. Tit. 9. §. 201 und 202: „Die Beute ist erst alsdann für erobert zu achten, wenn sie von den Truppen, welche sie gemacht haben, bis in ihr Lager, Nachtquartier oder sonst in völlige Sicherheit gebracht worden. So lange der Feind noch verfolgt wird, bleibt dem vorigen Eigenthümer der ihm wieder abgenommenen Sachen sein Recht darauf vorbehalten."

die Ländereien um Rom nicht für verloren, obgleich Hannibal sein Lager da aufgeschlagen hatte, und sie wurden damals ebenso theuer bezahlt wie vorher. Deshalb gilt nur das Gebiet für erobert, was von bleibenden Befestigungen so eingeschlossen worden ist, dass der andere Theil vor deren Eroberung keinen offenen Zutritt hat.

2. Deshalb ist die Ableitung des Namens *territorium* von der Abschreckung der Feinde *(terrendo)*, die der Sicilier Flaccus macht, ebenso wahrscheinlich wie die des Varro von *terendo* (betreten), oder des Frontinus von *terra* (Erde), oder des Rechtsgelehrten Pomponius von dem Recht, abzuhalten *(terrendi)*, was die Obrigkeit hat. So sagt Xenophon in seinem Buche über die Zölle, dass in Kriegszeiten der Besitz der Aecker durch Schutzwehren erhalten werde, die er selbst als „Mauern und Gräben" bezeichnet.

V. Es ist auch unzweifelhaft, dass zu diesem Erwerb noch nöthig ist, dass die Sache dem Feinde gehört habe; denn das, was nur in den Städten oder innerhalb der Besatzungen der Feinde sich befindet, aber dessen Eigenthümer weder Unterthanen des Feindes sind, noch feindliche Absichten haben, kann durch Krieg nicht erworben werden. Aeschines zeigt dies, wie erwähnt, an Amphibolis, welche Stadt den Athenern gehörte und durch den Krieg des Philipp gegen Amphibolis nicht Eigenthum desselben werden konnte. Denn der Grund des Gesetzes fällt hier fort, und diese Erwerbsart ist so gehässig, dass das Recht nicht ausdehnend behandelt werden kann.

VI. Wenn man daher sagt, dass die in feindlichen Schiffen gefundenen Sachen als feindliche gelten, so ist dies nicht ein bestimmter Satz des Völkerrechts, sondern nur eine Vermuthung, welche durch stärkere Gegengründe beseitigt werden kann. So ist in unserem Holland schon vordem 1331 in dem hanseatischen Kriege wiederholt von dem Senat erkannt worden, und dies demgemäss zum Gesetz geworden, wie mir mitgetheilt worden ist.

VII. 1. Aber unzweifelhaft kann nach dem Völkerrecht das dem Feind von uns Abgenommene nicht von denen in Anspruch genommen werden, die es vordem besessen und durch Krieg an diese unsere Feinde verloren hatten; denn das Völkerrecht hatte unsere Feinde zunächst äusserlich zu Eigenthümern der Sachen und dann uns dazu gemacht. In dieser Weise schützt sich Jephthes gegen die Ammoniter, weil die Ländereien, welche diese beanspruchten, durch das Kriegsrecht, wie ein anderer Theil von den Moabitern, an die Amoräer und von diesen erst an die Juden gelangt war. So betrachtet auch David das, was er den Amalekitern, und diese zuvor den Philistern abgenommen hatten, als das Seinige und vertheilt es.

2. Titus Largius erklärte nach Dionys von Halicarnass im Römischen Senat, als die Volsker ihre alten Ländereien zurückverlangten: „Wir Römer halten das durch Kriegsrecht eroberte Land für den ehrlichsten und gerechtesten Besitz, und wir lassen uns nicht verleiten, mit thörichtem Leichtsinn die Andenken unserer Tapferkeit zu vernichten, indem wir sie denen zurückgeben, die sie einmal verloren gehabt haben. Vielmehr ist solcher Besitz nicht allein von den jetzt lebenden Bürgern zu benutzen, sondern auch auf die Nachkommen zu vererben. Wir sind weit entfernt, durch Aufgabe des Eroberten gegen uns selbst das zu thun, was gegen die Feinde zu geschehen pflegt." In der Antwort der Römer an die Aurunker heisst es: „Wir Römer halten dafür, dass das durch Tapferkeit von dem Feind Erbeutete mit dem besten Recht als unser eigen auf die Nachkommen übergeht." In einer anderen Antwort an die Volsker sagen die Römer: „Wir halten das in dem Krieg Erbeutete und Gewonnene für die beste Art des Besitzes. Da das Recht nicht von uns gemacht worden ist, sondern mehr von den Göttern als von den Menschen ausgegangen ist, und durch die Sitte aller Völker, der Griechen wie der Barbaren, gebilligt ist, so bewilligen wir auch aus Feigheit nichts und geben das durch Krieg Erworbene nicht auf. Es wäre die grösste Schande, das durch Tapferkeit und Kraft Gewonnene durch Furcht und Schrecken wieder einzubüssen." So heisst es auch in der Antwort der Samniten: „Wir haben es mit den Waffen genommen, und dies ist die gerechteste Weise des Erwerbs."

3. Livius erzählt, dass die Ländereien bei Luna von den Römern getheilt worden, und beschreibt sie so: „Dieses Gebiet ist von den Ligurern erobert worden; vorher gehörte es den Etruskern." Auf Grund dieses Rechts behielten die Römer Syrien, wie Appian berichtet, und

gaben es an Antiochus dem Frommen zurück, welchem es Tigranes, der Feind der Römer, entrissen hatte. Justinus lässt nach Trojus den Pompejus dem Antiochus antworten: „Das Reich sei nicht ihm abgenommen worden, noch werde er es ihm, der es dem Tigranes abgetreten, zurückgeben, da er es nicht zu vertheidigen vermöge." Auch die Theile von Gallien, welche die Cimbern den Galliern abgenommen hatten, behielten die Römer für sich.

VIII. Schwieriger ist die Frage, wer bei einem öffentlichen und feierlichen Kriege die feindliche Sache erwerbe? ob das Volk oder die Einzelnen über oder in dem Volke? Die Neueren schwanken hier sehr. [46] Da die Meisten in dem Römischem Recht gelesen hatten, dass die Beute dem Ergreifer gehöre, nach dem Kanonischen Recht aber die Beute nach dem Beschluss der Obrigkeit vertheilt werden solle, so sprach, wie es zu geschehen pflegt, Einer dem Andern nach, dass zunächst und durch die That selbst die Beute dem Einzelnen gehöre; allein dann müsse sie dem Feldherrn übergeben werden, um sie unter die Soldaten zu vertheilen. Diese Ansicht ist ebenso verbreitet wie falsch, und hier um so sorgfältiger zu widerlegen, da sie ein Beispiel abgiebt, wie wenig in diesen Streitfragen man sich auf solche Autoritäten verlassen darf. Unzweifelhaft konnten die Völker Beiderlei ausmachen, dass die Beute dem kriegführenden Volke oder dem einzelnen Ergreifer gehören sollte. Aber es kommt darauf an, was wirklich festgesetzt worden ist, und danach gelten die Sachen des Feindes nur wie herrenlose Sachen, was wir schon oben aus dem Ausspruch des jüngeren Nerva dargethan haben.

IX. 1. Nun fallen die herrenlosen Sachen dem Er-

---

[56] Das Allg. Preuss. Landrecht sagt II. Tit. 9 §. 193 u. ff.: „Das Recht, im Kriege Beute zu machen, kann nur mit Genehmigung des Staats erlangt werden. Wem der Staat dies Recht ertheilt, der erwirbt durch die blosse Besitzergreifung das Eigenthum der erbeuteten Sache; Kriegs- und Mundvorräthe muss er zum Gebrauche des Staates abliefern. Unbewegliches Eigenthum ist niemals ein Gegenstand der Beute." Damit ist natürlich die Eroberung des Landes durch den siegenden Staat nicht ausgeschlossen.

greifenden zu, und zwar ebenso denen, welche durch Andere, als denen, welche selbst sie ergreifen. Deshalb erwerben nicht blos Sklaven und Kinder, sondern auch freie Menschen, welche für das Fischen, Vogelstellen, Jagen und Perlensuchen ihre Arbeit an Andere vermiethet haben, das, was sie erfassen, sofort denen, für die sie arbeiten. Der Rechtsgelehrte Modestinus sagt richtig: „Was auf natürliche Weise wie der Besitz erworben wird, kann durch Jedweden, den man will, für uns erworben werden," und Paulus sagt in seinen geltenden Rechtssätzen: „Den Besitz erwirbt man durch den Willen und die körperliche Handlung; der Wille muss der unsrige sein; die Handlung kann durch uns oder einen Anderen geschehen." Derselbe sagt zu dem Edikt: „Man erwirbt den Besitz durch einen Bevollmächtigten, Vormund oder Kurator," d. h. wenn diese es in der Absicht thun, ihre Thätigkeit für uns zu verwenden. So erwarben bei den Griechen die Kämpfer bei den Olympischen Spielen die Preise denen, welche sie geschickt hatten. Der Grund ist, weil natürlicherweise ein Mensch den anderen, wenn Beide wollen, als Instrument benutzen kann, wie anderwärts bemerkt worden.[57]

2. Soweit also bei dem Eigenthumserwerb ein Unterschied zwischen Freien und Sklaven gemacht wird, kommt dies aus dem besonderen Recht des Staates und bezieht sich auf die dahin gehörenden Erwerbsarten, wie die erwähnte Stelle bei Modestin ergiebt. Auch diese sind später von dem Kaiser Severus dem Natürlichen angenähert worden, nicht blos des Nutzens wegen, wie er sagt, sondern auch der Rechtswissenschaft wegen. Abgesehen von diesem besonderen Recht gilt, wie gesagt, die Regel, dass man das, was man selbst thut, ebenso gut auch durch einen Anderen thun lassen kann, und dass es gleich ist, ob es durch mich oder durch einen Anderen geschieht.

X. Man muss also bei der hier vorliegenden Frage zwischen wahrhaft öffentlichen Kriegshandlungen und zwischen Privathandlungen, die bei Gelegenheit des Krieges geschehen, unterscheiden. Durch letztere wird die Sache

---

[57] In Buch I. Kap. 5 Ab. 3.

von dem Einzelnen zuerst und unmittelbar erworben; durch erstere aber dem Volke. Ueber diese Bestimmung des Völkerrechts verhandelt Scipio mit Masinissa bei Livius: „Syphax ist durch der Römer Betrieb besiegt und gefangen worden; deshalb gehört er, sein Weib, sein Reich mit den Städten und Menschen darin und allem Eigenthum derselben zur Beute des Römischen Volkes." Ebenso bewies Antiochus der Grosse, dass Coelesyrien dem Seleucus und nicht dem Ptolemäus gehöre, weil Seleucus den Krieg geführt habe, und Ptolemäus ihm dabei nur Hülfe geleistet habe. Polybius erzählt den Fall im 5. Buch seiner Geschichte.

XI. 1. Der Grund und Boden wird nur durch öffentliche Akte, durch Einmarsch des Heeres und eingelegte Besatzungen erlangt; deshalb, sagt Pomponius, „wird der Grund und Boden, der von den Feinden genommen worden, Staatseigenthum;" d. h. wie er daselbst erläutert, er fällt nicht unter die Beute im strengen Sinne. Salomo, der Befehlshaber der Leibwache, sagt bei Prokop: „Es hat seine Ursache, dass die Menschen und andere bewegliche Dinge als Beute gelten (er meint, es geschehe mit der Bewilligung des Staates); aber der Grund und Boden gehört dem Kaiser und dem Römischen Reich."

2. Deshalb wurden bei den Juden und Lacedämoniern die eroberten Ländereien durch das Loos vertheilt. Ebenso wurde bei den Römern das eroberte Ackerland entweder verpachtet, nämlich an den alten Besitzer Ehren halber zu einem billigen Preise, oder verkauft, oder an Kolonisten ausgetheilt, oder als Zinsgut ausgegeben, worüber sich in den Gesetzen, Geschichtsbüchern und in den Vermessungsregistern Zeugnisse finden. Appian sagt im 1. Buche seines Bürgerkrieges: „Als die Römer Italien sich unterworfen hatten, behielten sie einen Theil des Ackerlandes," und im 2. Buche: „Auch den besiegten Feinden nahmen sie nicht das ganze Land, sondern theilten mit ihnen." Cicero bemerkt in der Rede für sein Haus, dass der Feldherr mitunter die von den Feinden eroberten Ländereien den Priestern als Weihgeschenk übergeben hätte, aber auf Befehl des Volkes.

XII. 1. Die beweglichen Sachen und Thiere werden entweder in Ausführung eines öffentlichen Unternehmens oder ausserhalb eines solchen erbeutet. Ist das Letztere, so fallen sie dem Ergreifer zu. Hierauf bezieht es sich, wenn Celsus sagt: „Die feindlichen Sachen bei uns fallen nicht dem Staat, sondern dem Ergreifenden zu." Das „bei uns" heisst „derer, die unter uns bei dem Ausbruch des Krieges betroffen werden." Dasselbe gilt auch für Menschen, so lange diese hierbei der Beute zugerechnet wurden. Wichtig ist hier folgende Stelle bei Tryphonius: „Die, welche während des Friedens in ein anderes Land gegangen sind, werden, wenn plötzlich Krieg ausbricht, Sklaven derer, bei denen sie durch ihr Schicksal [*suo fato* muss es heissen, nicht *suo facto* (durch ihre That) oder *suo pacto* (durch ihren Vertrag), wie die Stelle in den Ausgaben lautet] als Feinde erfasst werden." Der Rechtsgelehrte nennt es hier Schicksal, weil sie ohne ihre Schuld in die Sklaverei gerathen; dergleichen pflegt man dem Schicksal zuzuschreiben. So sagt Nerva: „Durch das Schicksal sind die Meteller die Konsuln von Rom," d. h. ohne ihr Verdienst.

2. Eben davon kommt es, dass das, was die Soldaten nicht im Dienst oder nicht in unmittelbarer Ausführung von Befehlen, sondern aus allgemeinem Recht oder in blosser Erlaubniss erlangen, sie sofort für sich selbst erwerben; denn sie erbeuten es nicht im Dienst. Dahin gehören die Rüstung des Feindes im Zweikampf; dahin das, was sie getrennt von dem Heere (10,000 Schritt davon,[58] sagten die Römer, wie wir bald sehen werden) auf Streifzügen erlangen, die sie ohne Befehl aus freien Stücken unternehmen. Diese Art Beute nennen die heutigen Italiener „Correria" und unterscheiden sie von der eigentlichen Beute.

XIII. Wenn der Einzelne dergleichen Sachen nach dem Völkerrecht erwirbt, so kann doch jedes Volk dies anders bestimmen und das Eigenthum der Einzelnen aufheben, wie ja an vielen Orten dies auch mit den wilden Thieren und Vögeln geschehen ist. Durch ein solches Gesetz kann auch bestimmt werden, dass die bei den Einzelnen innerhalb Landes befindlichen feindlichen Sachen dem Staate zufallen sollen.

XIV. 1. Für das, was Jemand durch eine militärische That erbeutet, liegt die Sache anders. Da stellt jeder

---

[58] Ziemlich eine deutsche Meile.

Einzelne den Staat vor, handelt an dessen Statt, und deshalb erlangt, wenn das besondere Gesetz es nicht anders verordnet, der Staat sowohl den Besitz wie das Eigenthum und kann dies auf Jeden, wen er will, übertragen. Da dies indess nicht mit der allgemeinen Meinung stimmt, so muss ich die Beweise etwas weitläufiger wie gewöhnlich aus dem Verfahren der kultivirten Völker entnehmen.

2. Ich beginne mit den Griechen, deren Sitten Homer an vielen Stellen beschreibt (Ilias I. v. 125):

„Alles ist schon vertheilt, was in den Städten erbeutet worden."

Bei denselben sagt Achilles in Bezug auf die von ihm eroberten Städte (Ilias IX. 330 u. f.):

„Das aus allem diesem erbeutete zahlreiche und werthvolle, durch meine Hand erbeutete Gut habe ich als Sieger dem Atriden als König gebracht, der bei den schnell segelnden Schiffen weilend, nur Weniges unter die Anderen vertheilte und das Meiste für sich behielt."

Agamemnon gilt hier zum Theil als der Fürst von ganz Griechenland und vertritt so die Stelle dieses Volkes, aus dessen Recht er mit Zuziehung der Fürstenversammlung die Beute vertheilte; zum anderen Theil gilt er als Feldherr, als welcher er von der gemeinsamen Beute einen grösseren Antheil davonträgt. Diesen Agamemnon redet dann Achilles so an (I. v. 163, 164):

„Ich erhalte nicht den gleichen Theil mit Dir an der Beute, wenn die Achäer die wohlgeschützte Stadt der Troer erstürmen."

Und anderwärts bietet Agamemnon dem Achill auf gemeinsamen Beschluss ein Schiff voll von Gold und Silber und zwanzig Frauen an, die er von der Beute vorweg erhalten habe. Nach Eroberung Troja's, erzählt Virgil:

„bewachten Phönix und der wilde Ulysses als gewählte Wächter die Beute. Hierher wurden von allen Seiten der Trojanische Schatz, der aus den brennenden Kammern herausgeholt worden, und die Tische der Götter und die ganz goldenen Mischgefässe und die erbeuteten Kleider zusammengebracht."

So bewahrt in späteren Zeiten Aristides die Beute von Marathon. Nach der Schlacht bei Plataä erging ein streng

Verbot, dass Niemand von der Beute etwas für sich entnehme; dann wurde die Beute nach dem Verdienst der Stämme vertheilt. Als später Athen besiegt wurde, übergab Lysander die Beute dem Staat, und bei den Spartanern gab es Beamte, welche die Verkäufer der Beute hiessen.

3. Wenden wir uns nach Asien, so pflegten die Trojaner, wie Virgil erzählt, die Beute zu verlosen, wie bei der Theilung gemeinsamen Eigenthums geschieht. Mitunter geschah die Vertheilung durch den Feldherrn. Auf Grund dieses Rechts verspricht Hektor dem Dolon auf sein Verlangen die Pferde des Achill; man sieht hieraus, dass die blosse Ergreifung das Eigenthum noch nicht gewährte. Zu Cyrus, dem Sieger von Asien, ebenso später zu Alexander wurde die Beute gebracht. In Afrika finden wir dasselbe. Die Beute aus Agrigent, aus der Schlacht von Cannä und sonst ist nach Karthago gesandt worden. Bei den alten Franken wurde die Beute durch das Loos vertheilt, wie aus Gregor von Tours' Geschichte erhellt; selbst der König bekam nicht mehr, als ihm das Loos zuwies.

4. Je mehr die Römer in Kriegssachen über die anderen Völker hervorragen, desto bedeutender ist das, was bei ihnen hier beobachtet worden. Dionys von Halicarnass, der sorgfältigste Beobachter Römischer Sitte, sagt darüber: „Alle Beute, welche durch Tapferkeit dem Feinde abgenommen worden, gehört nach ihrem Recht dem Staate; weder die Einzelnen noch der Feldherr erlangen das Eigenthum daran; vielmehr erhält sie der Schatzbeamte und überliefert nach Verkauf derselben das Geld dem Staat." Dies sind die Worte derer, welche den Coriolan verfolgten, und sie sind deshalb etwas ihrem Hasse entsprechend eingerichtet.

XV. Denn es war richtig, dass der Staat Eigenthümer der Beute wurde; aber ebenso richtig, dass die Feldherren in der Zeit der Republik davon nach ihrem Ermessen Ausnahmen machen konnten, worüber sie dem Volke Rechenschaft ablegen mussten. L. Aemilius sagt bei Livius: „Ich habe die Städte, welche erobert worden sind, nicht die, welche sich ergeben haben, geplündert, und darüber entscheidet der Feldherr und nicht die Soldaten." Diese Entscheidung, die den Feldherren nach dem Gebrauche zukam, traten sie, um allem Verdacht zu entgehen, mitunter dem Senat ab; so Camillus. Wo dies nicht geschah, haben sie von diesem Recht bald für die Religion, bald für ihren Ruhm, bald für ihren Ehrgeiz Gebrauch gemacht.

XVI. 1. Die, welche am gewissenhaftesten verfuhren oder den Schein davon annehmen wollten, rührten überhaupt die Beute nicht an, sondern liessen das Geld von den Römischen Schatzbeamten in Empfang nehmen und das Uebrige durch diese öffentlich versteigern; deshalb hiess dieses gelöste Geld *manubiaris*, wie Favorinus bei Gellius bemerkt. Dieses Geld wurde von den Beamten in die Schatzkammer gelegt, vorher aber bei dem Triumphe mit herumgeführt. Livius sagt im 4. Buche von dem Konsul O. Valerius: „Nachdem die Beute aus den vielen Streifzügen an einen sicheren Ort zusammengebracht worden war, wurde der ganze erhebliche Vorrath versteigert, und der Konsul liess es durch die Beamten in die Schatzkammer bringen." Dasselbe that Pompejus; die Worte des Vellejus lauten: „Das baare, von Tigranes erbeutete Geld wurde, wie Pompejus gewohnt war, den Schatzbeamten übergeben und in Urkunden genau verzeichnet." So verfuhr auch M. Tullius Cicero, welcher darüber an Sallust schreibt: „Von meiner Beute hat ausser dem Schatzbeamten, d. h. ausser dem Römischen Volke, Niemand das Geringste nur angerührt, noch anrühren wollen." Dies war die allgemeine Sitte in den alten und besseren Zeiten, worüber Plautus sagt:

„Nun werde ich diese ganze Beute dem Schatzmeister bringen."

und ebenso von den Gefangenen:

„Ich habe sie von den Schatzmeistern aus der Beute erkauft."

2. Andere verkauften ohne Zuziehung der Beamten die Beute und sandten den Erlös in die Schatzkammer, was noch aus den folgenden Worten des Dionys von Halicarnass zu entnehmen ist. So hat König Tarquinius schon in alter Zeit die den besiegten Sabinern abgenommene Beute und Gefangenen nach Rom geschickt. So verkauften die Konsuln Romilius und Veturius die Beute, da die Staatskasse in Noth war, obgleich das Heer darüber unwillig wurde. Da es öfter erwähnt wird, wie viel

die Feldherren bei ihren Triumphen in Folge ihrer Siege in Italien, Afrika, Asien, Gallien, Spanien in die Schatzkammer gelegt haben, so brauche ich das Einzelne nicht aufzuführen. Nur ist noch zu bemerken, dass die Beute oder ein Theil davon mitunter den Göttern, mitunter den Soldaten oder Anderen gegeben worden ist. Den Göttern wurden die Sachen selbst geweiht oder die Siegeszeichen; Romulus hing sie in dem Tempel des Jupiter auf; oder man bestimmte für sie das erlöste Geld; so bestimmte Tarquinius der Stolze das aus der Beute von Pommetia gelöste Geld zur Erbauung des Jupitertempels auf dem Tarpejischen Berge.

XVII. 1. Die Beute den Soldaten zu überlassen, galt bei den alten Römern als herrschsüchtig; deshalb heisst es, Sextus, der Sohn des Tarquinius, der nach Gabiae geflüchtet war, habe die Beute unter die Soldaten vertheilt, um auf diese Weise sich Macht zu verschaffen. Appius Claudius tadelt im Senate eine solche Schenkung als etwas Neues, Verschwenderisches und Unbedachtes. Die den Soldaten bewilligte Beute wurde entweder getheilt, oder Jeder konnte zugreifen; Ersteres geschah entweder nach ihrer dienstlichen Stellung oder nach ihren Verdiensten. Nach der Stellung wollte Appius Claudius die Beute vertheilt wissen; ginge dies nicht, so solle das erlöste Geld in den Schatz gelegt werden. Dagegen beschreibt Polybius das ganze Verfahren bei Vertheilung der Beute. Es wurde nämlich auf einige Tage oder auf die Frist einer Woche ein Theil des Heeres, und zwar der kleinere, zur Herbeischaffung der Beute ausgesandt; Jeder musste, was er gefunden hatte, in das Lager bringen, damit die Ober-Offiziere es gleich vertheilten. Dabei wurden auch die, welche das Lager bewachten (auf diese nahm auch König David bei den Juden Rücksicht, und davon wurde es Gesetz) und die Kranken und die in besonderen Geschäften Abwesenden mit berücksichtigt.

2. Mitunter wurden nicht die erbeuteten Sachen, sondern das daraus gelöste Geld, namentlich bei Triumphen, den Soldaten geschenkt. Das Verhältniss war, wie ich gefunden, dass der Fusssoldat einen Theil, der Centurio zwei Theile, der Reiter drei Theile erhielt. In anderen Fällen erhielt der Fusssoldat einen Theil, der Centurio und Tribun zwei Theile und der Reiter vier Theile. Auch

nahm man oft auf die Verdienste Rücksicht; so wurde Ma cius wegen seiner Tapferkeit von Posthumius aus der Koriolanischen Beute beschenkt.

3. Die Vertheilung mochte geschehen, wie sie wollte, so konnte der Feldherr sich, so viel er wollte, voraus nehmen, d. h. so viel er für billig erachtete; auch Anderen wurde dies mitunter um ihrer Tapferkeit willen zugestanden. Euripides sagt in den Trojanerinnen, v. 33, über die vornehmen Frauen der Trojaner:

„Die Fürsten des Heeres hatten für sich unter ihnen ausgewählt,"

und von der Andromeda (v. 174):

„Und diese Schöne nahm sich der Sohn des Achilles."

Ascanius sagt von dem Pferd bei Virgil (Aeneis IX. v. 270, 271):

„Den Brustschild und die roth glänzenden Federbüsche nehme ich von der Verloosung aus."

Herodot erzählt, dass nach der Schlacht bei Plataea dem Pausanias das Beste der Beute an Frauen, Pferden und Kameelen gegeben worden sei. Der König Tullius erhielt die Occrisia aus Cornicula als Ehrengeschenk im Voraus. Fabricius sagt bei dem Halicarnasser in seiner Rede an Pyrrhus: „Von diesen erbeuteten Sachen konnte ich nehmen, so viel ich wollte." Hierauf bezieht sich Isidor in seiner Abhandlung über das Soldatenrecht: „Die Beute wird nach dem Stand der Person und den Thaten entsprechend vertheilt, und der Führer erhält einen Theil vorweg." Tarquinius der Stolze wollte nach Livius sich selbst bereichern und zugleich durch die Beute den Sinn des Volkes verderben. Servius sagte in einer Rede für L. Paulus, dass dieser sich durch Vertheilung der Beute hätte bereichern können. Manche, wie Ascanius Pedianus, wollen unter dem Worte *„manubiares"* vielmehr diesen Voraustheil des Feldherrn an der Beute verstanden wissen.

4. Lobenswerther handelten die, welche ihr Recht nicht geltend machten und nichts von der Beute nahmen. Dahin gehört der erwähnte Fabricius, der „auch den rechtmässig zu erwerbenden Reichthum um des Ruhmes willen verachtete." Er selbst sagte, dass er hierbei dem Beispiel des Valerius Publicola und einiger Anderen nachfolge.

Auch M. Porcius Cato ahmte ihnen in dem Spanischen Kriege nach, indem er behauptete, er habe nichts von der Beute sich angeeignet, ausser zum Essen und Trinken. Er wolle damit nicht die Feldherren tadeln, die den zulässigen Vortheil sich aneigneten; indess wolle er lieber in der Tugend mit dem Besten, als im Gelde mit dem Reichsten wetteifern. Nach Diesen verdienen Jene Lob, welche nur einen mässigen Antheil von der Beute nehmen, weshalb bei Lucan Pompejus von Cato gelobt wird, „welcher mehr ablieferte, als er zurückbehalten hatte."

5. Bei der Vertheilung wird auch mitunter auf die Abwesenden Rücksicht genommen; so sorgte Fabius Ambustus auch für den gefangenen Anxur; mitunter werden selbst Gegenwärtige übergangen, wie das Heer des Minutian von dem Diktator Cincinatus. [59]

6. Dieses Recht der Feldherren in der Zeit der Republik ging später auf die kaiserlichen Befehlshaber über, wie sich aus Justinian's Codex ergiebt, wo von der urkundlichen Aufzeichnung die Schenkungen von Sachen ausgenommen werden, welche diese Befehlshaber den Soldaten aus der feindlichen Beute gewähren, mochten sie unmittelbar an dem Kriege theilgenommen oder an entfernteren Orten sich aufgehalten haben.

7. Die Theilung der Beute hat oft zu Missbräuchen geführt, indem die Führer damit für ihre Person die Gemüther gewinnen wollten. Dies wurde dem Servilius, Coriolan, Camillus vorgeworfen; sie hätten die Freunde und Klienten aus dem Staatsvermögen beschenkt. Jene vertheidigten sich dagegen mit dem allgemeinen Wohle: „Wenn Die, welche an der Arbeit mit geholfen, auch an deren Früchten theilnähmen, so würden sie zu neuen Unternehmen desto bereiter sein," wie der Halicarnasser sie sprechen lässt.

XVIII. 1. Ich komme nun zur Plünderung. Sie ist dem Soldaten gestattet entweder bei einer Verwüstung des Landes oder nach der Schlacht oder Eroberung einer Stadt, wo auf ein gegebenes Zeichen sie beginnen konnte.

---

[59] Minutian hatte sich mit seinem Heere von den Feinden einschliessen lassen; Cincinatus hatte ihn befreit, aber legte ihm für seine schlechte Führung diese Strafe auf.

In älteren Zeiten kam dies seltener vor; doch finden sich einzelne Fälle. So überliess Tarquinius Suessa den Soldaten zur Plünderung, der Diktator G. Servilius das Lager der Aequer, Camillus die Stadt Veji, der Konsul Servilius das Lager der Volsker. L. Valerius gestattete auch die Plünderung in dem Gebiete der Aequer; G. Fabius ebenso, nachdem er die Volsker geschlagen und Ecetra eingenommen hatte; und später geschah es oft. Nach der Besiegung des Perseus gestattete der Konsul Paulus dem Fussvolke die Plünderung der Geräthschaften des geschlagenen Heeres, und der Reiterei die des umliegenden Gebietes. Derselbe überliess nach einem Senatsbeschluss die Städte von Epirus den Soldaten zur Plünderung. Lucullus hielt nach Besiegung des Tigranes die Soldaten lange von Einsammlung der Beute zurück; als indess der Sieg sich als sicher herausstellte, gestattete er die Plünderung des Feindes. Cicero rechnet im 1. Buche über die Erfindung zu den Erwerbsarten des Eigenthums das, was dem Feinde abgenommen und nicht als Beute behandelt und abgeliefert worden ist.

2. Die Tadler dieses Gebrauchs sagen, dass dadurch die auf die Plünderung begierigen Hände den tapferen Kämpfern den Lohn wegnähmen, da gewöhnlich der Trägere zu plündern beginne, während der Tapfere den schwersten Theil der Arbeit und Gefahr aufsuche, wie Appius bei Livius sich ausdrückt, womit auch die Worte des Cyrus bei Xenophon übereinstimmen: „Bei der Plünderung weiss ich wohl, dass die Feigen den grössten Theil erlangen." Dagegen erwidert man, es sei angenehmer und erfreulicher, wenn Jeder das selbst Erbeutete nach Hause bringen könne, als wenn er nur seinen Theil nach fremdem Ermessen bekomme.

3. Manchmal ist die Plünderung auch gestattet worden, weil man sie nicht hindern konnte. Bei der Eroberung von Cortuosa, einer Etruskischen Stadt, erzählt Livius, „wollten die Obristen die Beute dem Schatz vorbehalten; allein die Absicht war besser als die Ausführung; die Soldaten hatten schon die Beute in ihren Händen, und sie ihnen zu nehmen, hätte grosse Erbitterung verursacht." So wurde auch das Lager der Griechischen Gallier von dem Heer des C. Helvius gegen den Willen des Feldherrn geplündert.

XIX. Wenn ich gesagt, dass mitunter Andere als die Soldaten die Beute oder das daraus gelöste Geld erhalten haben, so trifft das meist die, welche Tribut zum Kriege beigesteuert hatten; er wurde ihnen damit erstattet. Mitunter sind auch aus diesem Gelde öffentliche Spiele ausgerichtet worden.

XX. 1. Mit der Beute ist es nicht nur in verschiedenen Kriegen verschieden gehalten worden, sondern oft ist auch in demselben Kriege die gleiche Beute zu verschiedenen Zwecken verwendet worden; entweder nach Antheilen oder nach Unterschied der Gegenstände. So gab Camillus den zehnten Theil der Beute dem Pythischen Apoll, nach dem Beispiel der Griechen; aber eigentlich stammte dieser Gebrauch von den Juden. Zu dieser Zeit gehörten nach dem Ausspruch der Priester zum gelobten Zehnten der Beute nicht bloss die beweglichen Sachen, sondern auch die Städte und die Ländereien. Derselbe siegreiche Feldherr gab von der Beute der Falisker den grössten Theil den Schatzbeamten und wenig den Soldaten. So stellte nach Livius' Worten L. Manlius „die Beute zum Verkauf und gab das Geld in den Schatz oder vertheilte die Beute mit der sorfältigsten Gleichheit unter die Soldaten."

2. Die Beute besteht aus folgenden Arten von Gegenständen: Gefangene, Wagen mit Zugvieh, Heerden; dies nennen die Griechen die eigentliche Beute ($λειαν$); ferner Geld und andere bewegliche Sachen von kostbarem oder minderem Werth. G. Fabius liess nach Besiegung der Volsker die $λειαν$ und die eroberten Waffen durch die Beamten versteigern; das Silber brachte er selbst zum Triumphe heim. Derselbe schenkte nach Besiegung der Volsker und Aequer die Gefangenen mit Ausnahme der Tuskulaner den Soldaten, und das Gebiet von Ecetra überliess er zur Plünderung von Menschen und Vieh. L. Cornelius überlieferte nach der Einnahme von Antium das Gold, Silber und Erz an den Staat, die Gefangenen und die Beute liess er durch die Schatzbeamten versteigern, und den Soldaten überliess er den Proviant und die Kleidung. Aehnlich verfuhr Cincinatus; nach Eroberung von Corbio, einer Stadt der Aequer, sandte er das Werthvollere der Beute nach Rom, das Uebrige theilte er nach Hauptmannschaften. Camillus lieferte nach der Einnahme von Veji nur den Erlös aus den verkauften Gefangenen

an die Schatzkammer. Nach Besiegung der Etrusker liess er die Gefangenen verkaufen und aus dem Erlöse das von den Frauen zum Kriege geschenkte Geld denselben zurückerstatten, und drei goldene Opferschalen gab er auf das Kapitol. Unter dem Diktator Cossus ist die ganze den Volskern abgenommene Beute, mit Ausnahme der Gefangenen, den Soldaten überlassen worden.

3. Nach Besiegung der Lucaner, Bruttier und Samniter beschenkte Fabricius die Soldaten reich, erstattete den Bürgern die Kriegssteuern und lieferte 40 Talente in den Schatz. Q. Fulvius und Appius Claudius verkauften nach Eroberung des Lagers von Hanno die Beute, vertheilten den Erlös und beschenkten die, welche sich ausgezeichnet hatten. Scipio überliess nach Eroberung Karthago's die Stadt den Soldaten zur Plünderung und nahm nur das Gold, Silber und die Weihgeschenke in den Tempeln aus. Acilius liess nach der Einnahme von Lamia die Beute theils vertheilen, theils verkaufen. Cn. Manlius liess nach Besiegung der Griechischen Gallier die feindlichen Waffen in Folge eines Aberglaubens der Römer verbrennen; die übrige Beute liess er zusammenbringen und verkaufte sie zum Theil mit Ablieferung des Geldes an den Schatz, theils vertheilte er sie mit strenger Gleichheit unter die Soldaten.

XXI. 1. Aus dem Gesagten erhellt, dass die Beute sowohl bei den Römern wie bei den anderen Völkern dem Staate zufiel, der Feldherr aber davon in einzelnen Fällen Ausnahmen machen konnte, aber so, dass er, wie erwähnt, darüber sich rechtfertigen musste. Dies beweist unter Anderem der Fall mit L. Scipio, welcher von dem Gericht wegen Unterschleifes verurtheilt wurde, wie Valerius Maximus erzählt, weil er 480 Pfund Silber mehr sollte empfangen als in die Schatzkammer abgeliefert haben. Andere Fälle sind früher erwähnt worden.

2. M. Cato beklagt sich in der über die Beute verfassten Abhandlung mit starken und ergreifenden Worten, wie Gellius sagt, über die herrschende Straflosigkeit der Unterschleife und Ausgelassenheit; es ist davon noch ein Bruchstück übrig, wo er sagt: „Die Diebe, welche Privateigenthum gestohlen haben, müssen im Gefängniss und in Ketten leben; die Diebe von öffentlichen Geldern leben aber in Gold und Purpur," und derselbe hatte ander-

wärts gesagt: „er staune, dass es Jemand wage, die in dem Kriege erbeuteten Bildsäulen und Gemälde in seinem Hause als sein Eigenthum aufzustellen." So häuft auch Cicero gegen Verres noch dem Vorwurf des Unterschleifs, weil er eine Bildsäule heimlich fortgeführt, die als Beute den Feinden abgenommen worden.

3. Nicht bloss die Feldherren, sondern auch die Soldaten wurden wegen Unterschleifes der Beute strafbar, wenn sie dieselbe nicht öffentlich herbeigebracht hatten; sie wurden Alle, wie Polybius erzählt, vereidet, „dass sie von der Beute nichts unterschlagen, sondern, wie sie schwuren, Alles getreulich abliefern wollten." Hierauf bezieht sich vielleicht die Eidesformel bei Gellius, wonach dem Soldaten auferlegt wird, im Lager und zehntausend Schritt im Umkreise desselben nichts über einen Silbergroschen (*sestertius*) an Werth zu nehmen, oder es dem Konsul innerhalb der nächsten 3 Tage zu bringen. Daraus ergiebt sich, was Modestinus meint: „Der, welcher die dem Feinde abgenommene Beute an sich behalten hat, ist des Unterschleifes schuldig." Dies Eine genügte ihm, um die Ausleger der Gesetze zu erinnern, dass sie nicht glauben sollten, die Beute gehöre den Soldaten, weil der Unterschleif sich nur auf Staatseigenthum, Tempel- und Gräberschmuck bezieht. Aus Alledem erhellt, dass, abgesehen von den besonderen Staatsgesetzen, die Kriegsbeute, wie erwähnt, unmittelbar dem Volke oder dem Könige zufällt, welche den Krieg führen.

XXII. 1. Ich habe gesagt: abgesehen von den besonderen Gesetzen und unmittelbar; das Erstere deshalb, weil das Gesetz über die noch nicht erworbenen Sachen zum allgemeinen Wohl Bestimmungen treffen kann, und dieses Gesetz kann vom Volke, wie bei den Römern, oder von dem Könige, wie bei den Juden und Anderen, ausgehen. Auch verstehe ich hier unter Gesetz auch eine wahrhaft geltende Gewohnheit. Das „unmittelbar" habe ich zugefügt, weil mir bekannt ist, dass das Volk die Beute ebenso wie andere Sachen Anderen bewilligen kann, und nicht bloss nachdem sie gemacht worden, sondern auch schon vorher; so dass, wenn die Ergreifung hinzugekommen, die Handlungen kurzer Hand sich verbinden, wie die Juristen sagen. Diese Einwilligung kann auf eine Person gehen oder auf eine

Klasse; so ist in den Zeiten der Maccabäer ein Theil der Beute den Wittwen, Greisen und den armen verwaisten Kindern gegeben worden, nach Art der von den Römischen Konsuln ausgeworfenen Geldmünzen, welche dem Ergreifer zufielen.

2. Auch ist eine solche Rechtsübertragung, welche gesetzlich oder durch Bewilligung erfolgt, nicht immer eine reine Schenkung, vielmehr oft ein Kontrakt oder die Zahlung einer Schuld oder Schadensersatz für den Aufwand zum Kriege an Geld und Leistungen, wenn die Bundesgenossen und Unterthanen ohne Löhnung oder für eine zu geringe dienen. Deshalb ist oft die ganze oder ein Theil der Beute bewilligt worden.

XXIII. Dies Letztere ist durch stillschweigende Uebung beinahe überall Sitte geworden, wie unsere Rechtsgelehrten bemerken; die Bundesgenossen und Unterthanen behalten die Beute als ihr Eigenthum, wenn sie ohne Löhnung auf ihre Kosten und Gefahr den Krieg führen. Bei den Bundesgenossen ist der Grund davon klar, denn sie sind einander zum Ersatz des Schadens bei dem gemeinsamen oder Staatsunternehmen verpflichtet. Auch wird kaum eine Arbeit umsonst geleistet. „Deshalb werden die Aerzte," sagt Seneca, „für das, was sie gethan, bezahlt, denn sie sind von ihrer Arbeit für uns abgerufen worden." Quintilian nimmt dasselbe für die Advokaten an, weil die auf den Auftrag verwendete Mühe und Zeit die Gelegenheit, etwas Anderes zu verdienen, benehme. Tacitus sagt: „Wer fremde Geschäfte übernimmt, kann für seine Familie nicht sorgen." Es ist deshalb natürlich, dass, wo nicht ein anderer Grund, wie reine Dienstfertigkeit oder ein vorgängiger Kontrakt, vorliegt, die Aussicht, bei dem Feinde etwas zu gewinnen, den Schaden und die Mühe ausgleicht.

XXIV. 1. Bei den Unterthanen passt dies nicht, weil sie ihre Arbeit dem Staate schulden. Wenn aber nicht alle, sondern nur ein Theil dient, so ist der Staat ihnen eine Entschädigung für ihren Mehraufwand an Arbeit und Geld schuldig und noch mehr den Ersatz des erlittenen Schadens, und anstatt einer festen Entschädigung tritt hier nicht ohne Grund die Aussicht auf die ganze oder einen Theil der Beute ein. So sagt der Dichter:

„Die Beute sei Denen, deren Arbeit sie gewonnen habe." [60])

2. In Bezug auf die Bundesgenossen haben wir ein Beispiel an dem Bündniss der Römer, wonach sie die Latiner zu einem gleichen Theile bei der Beute in den unter ihrer Führung vorkommenden Kriegen zuliessen. So erhielten in dem Kriege, welchen die Aetoler mit Beistand der Römer führten, Jene die Städte und Ländereien, die Römer die Gefangenen und die bewegliche Habe. Nach dem Siege über Ptolemäus gab Demetrius einen Theil der Beute den Athenern. Ambrosius zeigt bei Gelegenheit der Geschichte Abraham's die Billigkeit dieser Sitte: „Gewiss verdienen Diejenigen als Lohn ihrer Arbeit einen Theil der Vortheile, welche bei deren Erlangung als Genossen mit geholfen haben."

3. Ueber die Unterthanen findet sich ein Beispiel bei den Juden. Hier fiel die Hälfte der Beute denen zu, die mit ausgerückt waren. Auch die Soldaten Alexander's behielten das den Privatpersonen Abgenommene für sich, und nur besondere Kostbarkeiten wurden dem König abgegeben; so wurden die Verschwörer bei Arbela angeklagt, dass sie die ganze Beute hätten für sich behalten und nichts in den Schatz abliefern wollen.

4. Das Eigenthum des feindlichen Staates oder Königs war aber davon ausgenommen. So wird berichtet, dass die Macedonier nach Eroberung des Lagers des Darius am Pyramus eine grosse Masse von Gold und Silber geplündert und nur das Zelt des Königs unberührt gelassen haben; wie Curtius sagt: „Weil es hergebracht war, dass das Zelt des besiegten Königs den Sieger aufnehme." Damit stimmt die Sitte der Juden, welche die Krone des besiegten Königs dem siegreichen Könige aufsetzten und ihm den königlichen Hausrath überlieferten (wie in den Talmudischen Büchern zu lesen ist). Auch von Karl dem Grossen wird berichtet, dass er nach dem Siege über die Ungarn die Sachen der Einzelnen den Soldaten, die des Königs dem Schatze zugewiesen habe. Auch bei den Griechen fielen die $\lambda\alpha\varphi\nu\varrho\alpha$, wie erwähnt, dem Staate zu, die $\sigma\varkappa\nu\lambda\alpha$ den Einzelnen. Unter $\sigma\varkappa\nu\lambda\alpha$ verstanden sie das, was während der Schlacht dem Feinde genommen wird,

---

[60]) Ein Vers aus Properz III, Elegien 3. 21.

und λαφυρα das später Genommene. Dieser Unterschied findet sich auch bei einigen anderen Völkern.

5. Auch bei den Römern gehörte die Beute in den Zeiten der alten Republik nicht den Soldaten, wie oben nachgewiesen worden ist. Mehr schon geschah dies in den Bürgerkriegen. So wurde Aequulanum von den Soldaten des Sulla geplündert. Auch Cäsar überliess nach der Schlacht bei Pharsalus das Lager des Pompejus den Soldaten zur Plünderung, nach Lucan mit den Worten:

„Noch fehlt der Lohn für das Blut; das ist meine Sache; ich kann es nicht schenken nennen, was Jeder sich selbst geben wird."

Die Soldaten des Octavian und Antonius plünderten das Lager von Brutus und Cassius. In einem anderen Bürgerkriege beeilten sich die Soldaten des Flavius bei ihrer Ankunft vor Cremona, obgleich die Nacht anbrach, die reiche Kolonialstadt zu erstürmen, weil sie besorgten, dass die Reichthümer der Einwohner sonst in die Tasche der Generale gelangen möchten, eingedenk, wie Tacitus sagt: „dass die Beute einer eroberten Stadt den Soldaten, aber die einer freiwillig sich ergebenden dem Feldherrn gehört."

6. Als die Mannszucht erschlaffte, gestand man dies den Soldaten um so lieber zu, weil sonst schon während der Gefahr der Feind über die Beute vergessen worden wäre, was viele Siege verhindert hätte. Als Corbula die Festung Volandum in Armenien erobert hatte, wurden nach Tacitus' Erzählung die schwächlichen Leute öffentlich versteigert, das Uebrige aber den Siegern als Beute überlassen." Bei demselben Schriftsteller ermahnt Sueton in einer Schlacht die Seinigen, dass sie nicht an die Beute denken, sondern in der Schlacht bleiben sollen; nach gewonnenem Siege falle ja ihnen dies Alles von selbst zu. Aehnliches findet man noch anderwärts, und aus Procop ist schon oben ein Fall angeführt worden.

7. Manche Gegenstände der Beute sind indess von so geringem Werth, dass ihre Ablieferung an den Staat nicht der Mühe lohnt. Diese fallen nach der Erlaubniss des Staates überall dem zu, der sie erbeutet. Dazu rechnete man in der alten Römischen Zeit den Wurfspiess, die Lanze, das Holz, das Futter, den Schlauch, den Geldsack und kleinere Silbermünzen; denn nach Gellius wur-

den bei dem Soldateneide diese Sachen ausgenommen. Eine ähnliche Bewilligung wurde den um Lohn dienenden Soldaten gemacht. Die Gallier nannten es *Despoliatio* oder *Pilagium* und rechneten dazu die Kleider und Gold und Silber bis zu zehn Thalern Werth. An anderen Orten erhielten die Soldaten einen Theil der Beute, wie in Spanien, bald den fünften, bald den dritten Theil, mitunter blieb dem König die Hälfte, und dem Feldherrn der siebente oder zehnte Theil, das Uebrige behielt Jeder, der es erbeutet hatte, für sich; nur die Kriegsschiffe fielen ganz an den König.

8. Mitunter wird bei der Vertheilung auf die Arbeit, Gefahr und Aufwand Rücksicht genommen; so erhält bei den Italienern der Eigenthümer des siegenden Schiffes den dritten Theil des gefangenen Schiffes; ebenso viel erhalten die Befrachter des Schiffes, und ebenso viel die, welche den Kampf geführt haben. Es kommt auch bei den auf eigene Gefahr unternommenen Fehden vor, dass die Beute den streitenden Theilen nicht ganz verbleibt, sondern ein Theil an den Staat oder den, welchem der Staat sein Recht abgetreten, abgeliefert werden muss. So müssen in Spanien die Führer der Kaperschiffe einen Theil der Beute dem König, einen anderen dem Seepräfekten geben. Bei den Franzosen und Holländern erhält der Marineminister den zehnten Theil, in Holland wird aber zuvor ein Fünftel für den Staat vorweggenommen. Bei Landkriegen ist es jetzt viel gebräuchlich, dass bei Schlachten und Plünderungen der Städte Jeder das von ihm Erbeutete behält. Bei Streifzügen gehört die Beute allen Theilnehmern und wird nach dem Range der Einzelnen vertheilt.

XXV. Wenn bei einem Volke, was am Kriege nicht betheiligt ist, ein Streit über solche Beute entsteht, so ist die Sache nach den Gesetzen des Volkes zu entscheiden, von dem sie erobert worden ist; in Ermangelung solcher ist die Sache nach dem Völkerrecht dem Volke selbst zuzusprechen, sobald sie nur im wirklichen Kriege erbeutet worden ist. Denn aus dem früher Erwähnten erhellt, dass Quintilian nicht ganz Recht hat, wenn er für die Thebaner geltend macht, dass das Kriegsrecht bei den Gerichten niemals eine Geltung haben könne, vielmehr müsse das durch Krieg Verlorene durch Krieg wieder gewonnen werden.

XXVI. 1. Fremdes Eigenthum, was bei den Feinden nur vorgefunden wird, fällt dem Ergreifer nicht zu; denn weder das Naturrecht führt dahin, noch ist es vom Völkerrecht eingeführt. So sagen die Römer dem Prusias: „Wenn dies Gebiet dem Antiochus nicht gehört hat, so ist es auch nicht auf die Römer übergegangen." Hat jedoch der Feind an solchen Sachen ein Recht gehabt, z. B. ein Pfandrecht, ein Retentionsrecht, ein Servitut, so gehört das zur Beute.

2. Man stellt hier auch die Frage, ob das Beuterecht über das Gebiet der Kriegführenden hinaus gelte? Man streitet hier sowohl in Bezug auf Sachen, wie auf Personen. Nach dem blossen Völkerrecht kommt es hierbei auf den Ort an; deshalb kann, wie erwähnt, ein Kriegsfeind auch überall getödtet werden. Allein die Staatsgewalt eines solchen neutralen Gebietes kann dergleichen verbieten und für Uebertretungen Rechenschaft fordern. In ähnlicher Weise sagt man, dass das auf einem fremden Grundstück erlegte Wild dem Jäger zufalle, aber der Eigenthümer könne den Zutritt verbieten.

XXVII. Diese äusserliche Erwerbungsart der Beute ist eine Eigenthümlichkeit des feierlichen Krieges und hat nach dem Völkerrecht bei anderen Kriegen keine Gültigkeit. Bei diesen anderen Kriegen unter verschiedenen Völkern geschieht der Eigenthumserwerb nicht durch den Krieg selbst, sondern durch Aufrechnung gegen die Schuld, wenn sie auf andere Art nicht beigetrieben werden kann.[61] Dagegen erfolgt in Bürgerkriegen, seien sie gross oder klein, ein Wechsel des Eigenthums nur durch Richterspruch.

---

[61] Dieser Satz ist dunkel; wahrscheinlich hat Gr. die Kriege im Sinne, welche niedere Obrigkeiten in gewissen Fällen beginnen können, und von denen er Buch I. Kap. 3 (B. I. S. 139) gesprochen hat; er rechnet da auch den Fall zum Krieg, wo die gewöhnliche Obrigkeit durch ihre Diener wenige Ungehorsame mit Gewalt zur Befolgung ihrer Anordnungen nöthigt. Es ist klar, dass hier ein Beuterecht nicht eintreten kann.

Kapitel VII.

Ueber das Recht gegen die Gefangenen. [62])

I. 1. Sklaven giebt es, wie ich anderwärts ausgeführt habe, von Natur, d. h. abgesehen von menschlichen Handlungen, nach dem ursprünglichen Naturzustand nicht; deshalb kann man in diesem Sinne den Rechtslehrern beitreten, welche sagen, dass die Sklaverei gegen die Natur sei. Allein es widerstreitet, wie früher gezeigt worden, dem Naturrecht nicht, dass die Sklaverei durch die That eines Menschen, d. h. durch Vertrag oder durch Vergehen entstehen kann.

2. Nach dem Völkerrecht, was den Gegenstand dieses Werkes bildet, hat indess die Sklaverei eine etwas weitere Ausdehnung sowohl in Bezug auf die Personen, wie auf die Wirkungen. In Bezug auf die Personen werden nicht bloss diejenigen zu Sklaven, welche sich freiwillig übergeben oder vertragsmässig es thun, sondern überhaupt alle solche, die in einem öffentlichen feierlichen Kriege gefangen worden sind, und zwar von dem Zeitpunkt ab, wo sie zum Heere gebracht sind, wie Pomponius sagt. Es ist dazu kein Vergehen nöthig, sondern Alle trifft das gleiche Schicksal, selbst die, welche, wie erwähnt, zufälligerweise bei dem plötzlichen Ausbruch eines Krieges in dem feindlichen Gebiet angetroffen werden.

3. Polybius sagt im 2. Buche seiner Geschichte: „Sollen diese unschuldig Strafe erleiden? Vielleicht meint

---

[62]) Auch der Inhalt dieses Kapitels hat nur rechtshistorischen Werth. Schon zu Gr.'s Zeit fiel der Gefangene nicht in Sklaverei; in der jetzigen Zeit besteht, wie Heffter sagt, die Kriegsgefangenschaft nur in einer thatsächlichen Beschränkung der natürlichen Freiheit, um die Rückkehr und Theilnahme des Gefangenen an dem Kriege zu hindern. Gefangenen Officieren wird gegen Ehrenwort noch eine grössere Freiheit gestattet. Nur die Gelehrsamkeit konnte Gr. verleiten sich hier in die feineren Rechtsverhältnisse eines Instituts zu vertiefen, welches schon zu seiner Zeit für die europäischen Staaten keine Geltung mehr hatte.

man, dass sie erst nach gewonnenem Siege mit Frau und Kindern verkauft werden dürfen; allein auch die, welche nichts verbrochen haben, müssen sich diesem Kriegsgesetz unterwerfen." Damit geschieht, was Philo sagt: „Viele brave Männer haben ihre natürliche Freiheit auf mancherlei Weise eingebüsst."

4. Dio von Prusa sagt bei Aufzählung der Arten des Eigenthumserwerbs: „Eine dritte Erwerbsart ist, wenn Jemand im Kriege einen Gefangenen macht und ihn als Sklaven besitzt." So nennt Oppian über die Fischerei II. v. 316 das Mitnehmen der im Kriege ergriffenen Knaben ein „Kriegsgesetz."

II. Nicht bloss sie selbst werden Sklaven, sondern auch die Abkömmlinge, soweit sie von einer Sklavin innerhalb der Zeit ihrer Sklaverei geboren werden. Martian sagt deshalb, dass nach dem Völkerrecht das Kind meiner Sklavin mir gehöre. „Die Gebärmutter unterliegt der Sklaverei," sagt Tacitus bei der Frau eines Deutschen Heerführers.[63]

III. 1. Die Wirkungen dieses Rechtes können nicht einzeln aufgezählt werden. Der ältere Seneca sagt deshalb: „Dem Herrn sei gegen seine Sklaven Alles erlaubt." Es giebt kein Leiden, was diesen Sklaven aufzulegen nicht erlaubt wäre; keine Handlung, zu der sie nicht jederzeit genöthigt und mit Gewalt gebracht werden könnten; selbst die Misshandlung seiner Person ist straflos, soweit nicht die besonderen Gesetze eines Staates ein Maass für Missbandlungen und Strafen anordnen. Cajus sagt, „dass bei allen Völkern gleicherweise der Herr seinen Sklaven bestrafen könne und Gewalt über dessen Leben gehabt habe." Dann giebt er die Beschränkungen an, die das Römische Gesetz für das Römische Gebiet vorgeschrieben habe. Deshalb sagt Donatus bei Terenz: „Was wäre dem Herrn gegen den Sklaven nicht erlaubt?"

2. Auch alle mit der Person erbeuteten Sachen erwirbt der Herr. Der Sklave selbst, sagt Justinian, kann kein Eigenthum haben.

IV. Damit widerlegt oder beschränkt sich die Behaup-

---

[63] Es ist die Frau des Arminius und Tochter des Segestus gemeint, welche während ihrer Schwangerschaft in die Gewalt der Römer fiel. Tacitus, Annal. I. 59.

tung, dass durch Kriegsrecht unkörperliche Gegenstände nicht erworben werden können. Denn sie werden nicht unmittelbar und für sich erworben, aber vermittelst der Person, welcher sie zustehen. Eine Ausnahme machen nur die aus einer persönlichen Eigenschaft abfliessenden Rechte, die deshalb unveräusserlich sind, wie die väterliche Gewalt; denn diese bleiben der Person, soweit es angeht, im Uebrigen erlöschen sie.

V. 1. Alles dies hat das Völkerrecht nur eingeführt, damit wegen dieser vielen Vortheile die Beutemacher sich freiwillig der vollen Strenge enthalten, wonach sie die Gefangenen sofort oder später, wie erwähnt, tödten konnten. Pomponius sagt: „Der Name der Sklaven (*servi*) kommt daher, dass die Feldherrn die Gefangenen zu versteigern und dadurch zu erhalten (*servare*) und nicht zu tödten pflegen." Ich sage: „Damit sie freiwillig es thun;" denn es besteht nach dem Völkerrecht kein Vertrag, dass sie es thun müssten; man will sie nur zu dem Nützlicheren bestimmen.

2. Aus demselben Grunde kann dies Recht, wie das Eigenthum an Sachen, auch auf Andere übertragen werden. Es erstreckt sich auch auf die Kinder, weil diese sonst, wenn der Sieger sein volles Recht gebraucht hätte, nicht einmal zum Leben gekommen wären. Deshalb sind die vor der Gefangennehmung geborenen Kinder keine Sklaven, soweit sie nicht selbst gefangen worden sind. Die Kinder folgten der Mutter, weil die geschlechtlichen Beiwohnungen unter den Sklaven weder durch das Gesetz, noch durch eine Aufsicht geregelt waren, und man daher keinen Anhalt für die Vaterschaft hatte. So ist es zu verstehen, wenn Ulpian sagt: „Es ist ein Gesetz der Natur, dass die ausserhalb einer gesetzlichen Ehe geborenen Kinder der Mutter folgen." D. h. es ist ein allgemeines Gewohnheitsrecht, was seinen natürlichen Grund hat, in welchem Sinne das Wort in Naturrecht missbräuchlich mitunter gebraucht wird. [64]

---

[64] Ulpian war offenbar hier selbst nach des Gr. Definition des Naturrechts berechtigt, diese Bestimmung zu dem Naturrecht zu zählen, denn sie hatte einen natürlichen Grund, wie Gr. selbst anerkennt, d. h. sie ging aus der vernünftigen Natur der menschlichen Gemeinschaft

3. Diese Bestimmungen des Völkerrechts sind nicht ohne Erfolg, wie die Bürgerkriege zeigen, bei denen die Gefangenen meist getödtet wurden, weil sie nicht zu Sklaven gemacht werden durften. Schon Plutarch bemerkt dies in dem Leben von Otho, und Tacitus im zweiten Buche seiner Geschichte.

4. Ob übrigens die Gefangenen dem Staate oder dem, der sie gefangennimmt, zufallen, regelt sich ebenso, wie bei der Beute; denn die Menschen stehen in dieser Beziehung nach dem Völkerrecht den Sachen gleich. Der Rechtsgelehrte Cajus sagt im 2. Buche seiner täglichen Vorkommnisse: „Ebenso wird das von den Feinden Erbeutete sofort Eigenthum des Ergreifers, so dass selbst die freien Menschen durch die Gefangennehmung in die Sklaverei fallen."

VI. 1. Wenn jedoch manche Theologen behaupten, dass die in einem ungerechten Kriege Gefangenen und ihre Kinder nicht entweichen dürfen, ausgenommen wenn sie zu den Ihrigen fliehen, so haben sie offenbar Unrecht. Allerdings besteht der Unterschied, dass, wenn sie zu den Ihrigen entweichen, sie nach dem Rückkehrrecht die Freiheit erlangen; wenn sie aber zu Anderen und selbst nach geschlossenem Frieden zu den Ihrigen entwichen sind, so müssen sie zwar dem Eigenthümer auf Erfordern herausgegeben werden; allein dies will nicht sagen, dass die Gefangenen innerlich, durch die Religion, so verpflichtet sind; denn viele Rechte beziehen sich nur auf die äussere Handhabung, und dazu gehören die jetzt verhandelten Kriegsrechte. Auch kann man mir nicht entgegnen, dass aus dem Wesen des Eigenthums eine solche innere Pflicht sich ergebe. Denn ich sage, es giebt viele Arten des Eigenthums, und folglich kann es auch ein solches geben, was nur vor den Gerichten gilt und nur, so weit der Zwang reicht, wie dies ja auch bei anderen Rechtsverhältnissen vorkommt.

2. So ist ungefähr ein solches Recht das auf Ungültig-

(Einleitung § 6. S. 24) hervor, welche nach Gr. das Fundament des Naturrechts bildet. Hieraus erhellt, wie schwer es ist, die Grenze zwischen Natur- und Völkerrecht im Sinne Gr.'s festzuhalten, und wie Gr. deshalb zu den mannigfachsten Ausflüchten genöthigt ist.

keitserklärung eines Testaments wegen irgend einer dabei verletzten positiven Formalität. Es hat hier die Meinung mehr für sich, dass man die Bestimmungen eines solchen Testaments nicht zu befolgen braucht, ohne sein Gewissen zu verletzen; wenigstens so lange sich kein Widerspruch erhebt. Aehnlichkeit hat auch das Eigenthum dessen, der es nach positivem Gesetz trotz bösen Glaubens, durch Verjährung erworben hat; auch diesen schützen die Gerichte als Eigenthümer. Damit löst sich der Knoten, den Aristoteles in 2. Buch, Kap. 5 „Ueber scherzhafte Reden" knüpft. Er sagt: „Ist es nicht recht, dass Jeder das Seinige habe? Aber das, was der Richter nach seiner Meinung als Recht erkannt hat, gilt nach dem Gesetz, selbst wenn er sich geirrt hat; so ist dasselbe gerecht und auch ungerecht."

3. In unserem Falle kann es den Völkern nur auf dieses äussere Recht angekommen sein; denn das Recht, den Sklaven zu verfolgen, zu zwingen, ja zu binden und seine Sachen zu eigen zu nehmen, genügte, damit ihnen bei der Gefangennehmung das Leben gelassen wurde. Wenn aber die Sieger so roh waren, dass der Vortheil sie nicht bewegte, so würde auch der Zusatz jener inneren Pflicht hierin nichts geändert haben. Ueberdem konnten sie, wenn sie es für nöthig hielten, ein Versprechen oder einen Eid von ihnen fordern.

4. Indess darf ein Gesetz, was nicht aus natürlicher Billigkeit entsprungen ist, sondern nur ein grösseres Uebel abwenden soll, nicht vorschnell so ausgelegt werden, dass die danach gestattete Handlung doch eine Sünde bleibt. Der Rechtsgelehrte Florentinus sagt: „Es ist gleichgültig, wie der Gefangene zurückgekommen ist; ob er entlassen worden, oder ob er durch Gewalt oder List den Feinden entkommen ist." Dies Recht auf den Gefangenen ist nämlich ein solches Recht, was in anderer Beziehung meist ein Unrecht ist; auch der Rechtsgelehrte Paulus bezeichnet es als ein Recht nach gewissen Wirkungen „und als ein Unrecht nach dem inneren Sachverhältniss." Mithin ist ein durch einen ungerechten Krieg in die Gewalt der Feinde Gerathener frei von der Schuld des Diebstahls in seinem Gewissen, wenn er seine Sachen mitnimmt oder den Lohn seiner Arbeit, soweit er nicht durch die Ernährung ausgeglichen ist. Denn er ist weder

in seinem noch in des Staates Namen dem Herrn und dem, der sein Recht von diesem ableitet, etwas schuldig. Auch ist unerheblich, dass solche Flucht und Mitnahme bei der Entdeckung hart bestraft wird. Denn dies und vieles Andere geschieht aus der Macht, nicht weil es billig ist, sondern des Nutzens wegen.

5. Wenn aber einige christliche Regeln dem Sklaven verboten, sich des Dienstes seines Herren zu entziehen, so sind diese in Bezug auf die Sklaven, welche in Folge von gesetzlichen Strafen oder durch freien Vertrag in die Sklaverei gerathen sind, Gebote der Gerechtigkeit; in Bezug auf die in einem ungerechten Krieg gemachten Gefangenen und deren Kinder aber beweisen diese Verbote nur, dass die Christen einander mehr ein Muster der Geduld sein sollen, und dass sie nichts thun sollen, was, wenn auch erlaubt, doch das Gemüth der Ungläubigen und Schwachen verletzen könnte. Aehnlich müssen die Ermahnungen der Apostel an die Sklaven verstanden werden, obgleich sie mehr von den Sklaven Gehorsam während ihres Dienstes verlangen, was der natürlichen Billigkeit entspricht, da die Dienste und der Unterhalt sich gegenseitig ausgleichen.

VII. Uebrigens trete ich den obengenannten Theologen darin bei, dass ein Sklave, gegen welchen sich der Herr jenes äusserlichen Rechts bedient, sich demselben ohne Verletzung der Pflicht der Gerechtigkeit nicht widersetzen darf. Denn zwischen diesem und dem obigen Fall ist ein ein erheblicher Unterschied. Jenes äussere Recht, was die Straflosigkeit des Handelns und den Schutz der Gerichte umfasst, würde ohne Bedeutung sein, wenn dem Anderen das Recht des Widerstandes bliebe. Denn wenn er sich seinem Herrn widersetzen darf, so darf er sich auch der den Eigenthümer schützenden Obrigkeit widersetzen, während doch die Obrigkeit nach dem Völkerrecht den Eigenthümer in seinem Rechte und diesem Gebrauche schützen soll. Dieses Recht gleicht also dem, welches früher der höchsten Staatsgewalt von uns zugesprochen worden ist, und wonach es zwar gestattet ist, ihr Widerstand zu leisten, aber dies doch nicht der Moral entspricht. Deshalb hat Augustin Beides verbunden, indem er sagt: „Von den Völkern müssen die Fürsten und von den Sklaven die Herren so ertragen werden, dass sie mit Ausübung der Geduld das Weltliche aufrecht erhalten und das Ewige erhoffen."

VIII. Uebrigens haben diese völkerrechtlichen Bestimmungen über die Gefangenen nicht immer und nicht bei allen Völkern gegolten, wenn auch die Römischen Rechtsgelehrten sich allgemein ausdrücken, indem sie mit dem Namen des Ganzen nur den bekannten Theil andeuten. So war bei den Juden, die durch ihre besonderen Einrichtungen von der Gemeinschaft mit anderen Völkern getrennt waren, den Sklaven das Entlaufen gestattet, d. h. wie die Ausleger richtig bemerken, denjenigen, die ohne ihre Schuld in dieses Elend gerathen waren. Daraus mag das Recht entstanden sein, wonach die den französischen Boden betretenden Sklaven ihre Freiheit beanspruchen können, obgleich dies Recht jetzt nicht blos den Kriegsgefangenen, sondern jeder Art von Sklaven eingeräumt wird. [65]

IX. 1. Ueberhaupt ist es unter den Christen nie eine Rechtsregel geworden, dass die Gefangenen aus ihren Kriegen miteinander Sklaven werden, dass man sie deshalb verkaufen, zur Arbeit zwingen und Alles mit ihnen vornehmen könne, was gegen Sklaven zulässig ist. Es ist dies mit Recht so geschehen, denn sie sind von dem Prediger aller Liebe besser unterrichtet worden oder sollten es doch sein; deshalb bedarf es, um sie von der Tödtung unglücklicher Menschen abzuhalten, nicht der Bewilligung eines geringern Uebels, was immer noch eine Grausamkeit enthält. Dieser Gebrauch ist von den Vorfahren längst auf die Nachkommen bei denen übergegangen, die einen Glauben bekennen. So schreibt Gregoras;[66] auch beschränkte dieser Gebrauch sich nicht auf die Unterthanen des Römischen Reiches, sondern bestand auch bei den Thessaliern, Illyriern, Triballiern und Bulgaren.

---

[65] Gr. übersieht in seiner historischen Belesenheit ganz die allgemeine Wirkung der vorgeschrittenen Kultur unter den Völkern Europa's zu seiner Zeit, aus der diese Bestimmung sich entwickelt hat.

[66] Gregoras war ein gelehrter Grieche, welcher unter dem Kaiser Michael Paläologus um das Jahr 1260 in Konstantinopel lebte. Im Abendlande hatte schon das

Wenigstens bei diesem, wenn auch geringeren Punkte drang die Achtung vor dem christlichen Gesetz durch, während Sokrates, der dasselbe früher von den Griechen verlangte, es nicht hatte erreichen können. [67]

2. Auch die Mahomedaner beobachten unter einander dies Gesetz. Doch erhielt sich unter den Christen die Sitte, die Gefangenen so lange festzuhalten, bis das Lösegeld bezahlt war, dessen Höhe der Sieger bestimmte, wenn man sich anders nicht vereinigen konnte. Dies Festhalten der Gefangenen wird den Einzelnen gestattet, die sie in ihre Gewalt bekommen haben; nur Personen hohen Ranges sind ausgenommen, da das Recht auf diese nach den Gewohnheiten der meisten Völker nur dem Staate oder dessen Oberhaupte zusteht.

Kapitel VIII.
Von der Staatsgewalt über die Besiegten. [68]

I. 1. Wenn Jemand Einzelne als Sklaven unter seiner Herrschaft bringen kann, so darf man sich nicht wundern, wenn er die gesammte Einwohnerschaft eines Staates oder

---

Lateranische Concil unter Alexander III. 1179 verboten, Christen zu Sklaven zu machen und zu verkaufen.

[67] Diese Völker waren zur Zeit, als Gregoras schrieb, unabhängig und der Römisch-Griechischen Herrschaft nicht mehr unterthan. Die Bulgaren lebten in dem niederen Mösien, wo sie die Unterthanen der Römer vertrieben hatten. Aber alle diese Völkerschaften hatten schon die christliche Religion angenommen.

[68] Gr. behandelt hier die Erwerbung der Staatsgewalt durch die blosse Eroberung. Für ihn hatte diese Frage noch keine Schwierigkeit; er hält diese Folge für naturrechtlich. Anders die Neueren, von denen die Lehren des Privatrechts und der Privatmoral immer stärker auf die Verhältnisse der Staaten zu einander übertragen werden. Sobald dies mit voller Konsequenz geschieht, kann das Recht der Eroberung und die Usurpation der

Theiles desselben sich unterwirft, sei es als blosse Unterthanen oder als Sklaven oder als Mischung von beiden. Diesen Beweisgrund braucht Jemand bei Seneca in Be-

---

Staatsgewalt nicht mehr bestehen bleiben. Heffter nimmt noch wenig Anstoss daran, er hilft sich mit dem Satze: „Unzweifelhaft haben die Akte des Usurpators für die ihm Unterworfenen die gleiche Kraft, wie die Akte einer legitimen Staatsgewalt, denn ein Staat, wie er auch bestehen mag, hat in sich die Fülle der ganzen Machtvollkommenheit oder ganzen Regierungsgewalt." Damit ist die in B. XI. 150 vertheidigte Stellung der Autoritäten über dem Rechte hier von Heffter anerkannt; denn sein Grund bezeichnet nur eine Gewalt, aus der, wenn es nach dem Rechte geht, nie ein Recht für den Gewaltigern entspringen kann. Allein man scheut sich, dies reine Prinzip der Autorität offen anzuerkennen, und sucht es durch Phrasen in die Rechtssphäre hineinzuziehen. Bluntschli sagt (Völkerrecht, 1868, S. 171): „Von Alters her wird die Eroberung als Begründung einer neuen Staatshoheit über das eroberte Gebiet betrachtet; man beruft sich dabei auf den *Consensus gentium*. Trotzdem sträubt sich das feiner empfindende Rechtsgefühl der heutigen Menschheit gegen diese Annahme, denn die Eroberung ist Gewaltakt, nicht Rechtsakt. Die Gewalt ist keine natürliche Rechtsquelle, sondern das Recht hat umgekehrt die Aufgabe, der Gewalt Schranken zu setzen. Damit also die Eroberung Recht bildend wirke, muss zur thatsächlichen Ueberlegenheit des Siegers noch ein rechtliches Moment hinzukommen, d. h. die Nothwendigkeit der Umgestaltung. Daraus ergiebt sich, dass die Gewalt keine rohe war, sondern eine Macht der natürlichen Verhältnisse und ihrer Entwicklung, in welcher Macht der stärkste Trieb zur staatlichen Rechtsbildung zu erkennen ist." Es bedarf wohl auch hier keines Wortes, um darzulegen, dass dies nur Phrasen sind, und dass es von der Gewalt in diesem Sinne durchaus keine Brücke zum Rechte giebt, mag man sich drehen und wenden, wie man will. Die Wissenschaft kann hier nur weiter kommen, wenn sie von der Meinung ablässt, dass das Recht keine Grenze habe; wenn sie anerkennt, dass alles Recht nur von den Autoritäten auszug auf den Olynthischen Streitfall: „Der ist mein Sklave, den ich von Einem gekauft, der ihn durch das Kriegsrecht gewonnen hat. Dies passt für Euch, Athener; sonst müsste Euer durch den Krieg gewonnenes Gebiet auf seine ursprünglichen Grenzen zurückgeführt werden." Deshalb sagt Tertullian: „dass die Herrschaft durch die Waffen gegründet und durch den Sieg vergrössert werde;" Quintilian sagt, „dass die Reiche, die Völker, die Grenzen der Staaten und Städte auf dem Kriegsrecht ruhen;" Alexander sagt bei Curtius: „Die Gesetze werden von den Siegern gegeben und von den Besiegten angenommen." Minio sagt in seiner Rede an die Römer: „Warum schickt Ihr nach Syrakus und die anderen Griechischen Städte Siciliens jährlich einen Beamten mit staatlicher Gewalt, mit Ruthen und Beilen ausgestattet? Ihr könnt nichts Anderes sagen, als dass Ihr dieses Gesetz den im Kriege Besiegten auferlegt habt." Ariovist sagt bei Cäsar: „Es ist Kriegsrecht, dass der Sieger über die Besiegten nach seinem Belieben herrscht;" ebenso: „Das Römische Volk pflege dem Besiegten nicht nach eines Anderen Vorschrift, sondern nach seinem Belieben zu gebieten."

2. Justinus erzählt nach Trogus, dass bei den Kriegen vor Ninus' Zeit man „nicht nach der Herrschaft, sondern nur nach dem Ruhm verlangt habe und, zufrieden mit dem Siege, sich der Herrschaft enthalten habe." Ninus soll zuerst die Grenzen seines Reiches ausgedehnt und andere Völker durch Krieg sich unterworfen haben;

---

fliesst, für den einzelnen Menschen keinen anderen Ursprung hat, und dass folgerecht die Autoritäten selbst über dem Rechte stehen, und deshalb ihr Handeln nicht nach dem Rechte beurtheilt werden kann; ein Satz, der bekanntlich auch von jedem grossen Geschichtschreiber schon instinktiv befolgt wird. Deshalb bedarf es zur Begründung der Autorität als erhabener Macht nur dieser Macht, und diese Macht wird als solche für die Untergebenen zur Quelle des Rechts, gleichviel, wie sie entstanden ist. Das Weitere ist ausgeführt B. XI. 53. Erst wenn man dies als richtig anerkennt, erklärt sich der *Consensus gentium* in dieser Lehre, der sonst unbegreiflich wäre.

dann sei es allmälig zur Sitte geworden. Bochus sagt bei Sallust: „zum Schutz seines Reiches habe er zu den Waffen gegriffen; denn der Theil von Numidien, aus dem er den Jugurtha verjagt habe, sei durch Kriegsrecht sein eigen geworden."

3. Die Staatsgewalt kann durch Sieg derart erlangt werden, wie sie ein König oder anderer Herrscher besitzt; dann tritt nur eine Nachfolge in dessen Recht ein und nichts mehr; aber sie kann auch so erlangt werden, wie sie in dem Volke ruht; dann kann der Sieger die Herrschaft auch veräussern, wie es das Volk selbst konnte. So ist es gekommen, dass manche Reiche zu Eigenthum besessen werden, wie ich früher erwähnt habe.

II. 1. Es kann aber auch mehr geschehen; der besiegte Staat kann als solcher ganz aufhören und entweder Zubehör eines anderen Staates werden, wie dies bei den Provinzen der Römer der Fall war, oder er wird keinem Staate zugelegt; z. B. wenn ein König mit seinen eigenen Mitteln den Krieg führt und ein Volk so unterjocht, dass er es mehr zu seinem eigenen als zu des Volkes Nutzen beherrscht. Dies ist dann nicht eine staatsbürgerliche Gewalt, sondern die des Herrn über seine Sklaven. Aristoteles sagt im 7. Buche seines Staates: „Die eine Herrschaft besteht zu Gunsten des Herrschers, die andere zu Gunsten der Beherrschten; jene heisst die des Herrn über die Sklaven, diese findet unter Freien statt." Das einer solchen Herrschaft unterliegende Volk ist kein Staat mehr, sondern die Sklavenfamilie eines grossen Herrn. Der Anaxandride sagt richtig:

„O Mann! kein Staat kann Sklave sein."

2. Auch Tacitus stellt Beides so einander gegenüber: „Er dachte nicht an die Herrschaft eines Herrn über Sklaven, sondern an die Regierung von Bürgern." Ueber Agesilaus sagt Xenophon: „Alle Staaten, welche er sich unterwarf, liess er frei von den Leistungen, wie sie der Sklave seinem Herrn gewähren muss, und gab ihnen nur die Ordnung, nach welcher freie Männer ihrer Obrigkeit gehorchen."

III. Hieraus kann man die Natur der erwähnten gemischten Herrschaft abnehmen, wo die Sklaverei mit etwas bürgerlicher Freiheit versetzt ist. So wurden manchen Völkern die Waffen genommen, und der Gebrauch des Eisens ihnen nur zum Ackerbau gestattet. Andere wurden gezwungen, ihre Sprache und Lebensweise zu ändern. [69])

IV. 1. Sowie nach dem Kriegsrecht das Eigenthum Einzelner dem zufällt, der sie in seine Gewalt bekommt, so fällt auch das Staatsvermögen, wenn er will, dem zu, welcher sich den Staat unterworfen hat. Denn wenn Livius von denen, die sich freiwillig ergeben haben, sagt: „Wenn dem Stärkeren in den Waffen Alle sich überliefert haben, so hängt es von seinem Belieben ab, und er darf als Sieger ihnen nehmen, was er will, und Geldstrafen auflegen, wie er will," so gilt dies auch für die, welche in einem feierlichen Kriege besiegt worden sind. Denn die Uebergabe gewährt dasselbe freiwillig, was sonst die Gewalt sich genommen haben würde. Scaptius sagt bei Livius: „Die Ländefei, worüber man streite, habe sonst den Coriolanern gehört und sei nach Eroberung von Corioli dem Römischen Volke als Staatsgut zugefallen." Hannibal sagt bei demselben in einer Rede an seine Soldaten: „Alles, was die Römer mit so viel Triumphen gewonnen und zusammengebracht haben, wird Alles sammt den Eigenthümern uns zufallen." Antiochus sagt bei demselben: „Alles, was Seleucus nach Kriegsrecht von seinen Besiegten erbeutet und innegehabt, dies gehöre jetzt ihm an." So gab Pompejus die Länder, welche Mithridates durch Krieg seinem Reiche zugewonnen hatte, dem Römischen Volke.

2. Daher fallen auch die unkörperlichen Rechte der Staatsgemeinschaft dem Sieger zu. So nahmen nach Besiegung von Alba die Römer die früheren Rechte derselben in Anspruch. Daher wurden die Thessalier von den 100 Talenten frei, welche sie den Thebanern schuldeten, und welche Alexander der Grosse, nachdem er Herr von

---

[69]) Dies geschah nicht blos im Alterthum, sondern wiederholt sich jetzt in dem Verfahren Russlands gegen seine polnischen Länder und gegen seine deutschen Provinzen. Sprache und Religion werden mit raffinirter Grausamkeit ausgerottet, und wo dies nicht gelingt, die Bevölkerung selbst vertrieben und durch Russen ersetzt. Kein Staat, kein Parlament Europa's lässt eine Rüge deshalb erschallen. Wo bleibt da das Völkerrecht!

Theben geworden war, nach Siegesrecht ihnen erlassen hatte; es ist falsch, wenn bei Quintilian für die Thebaner geltend gemacht wird, „dass nur das mit der Hand Ergriffene dem Sieger zufalle, und bei einem Rechte als unkörperlich, dies nicht möglich sei; der Sieger stehe dem Erben nicht gleich; denn auf diesen gehe das Recht, auf jenen nur die Sache über." — Denn wer Eigenthümer der Person ist, wird es auch von all ihren Sachen und all ihren Rechten. Wer besessen wird, besitzt nicht für sich, und wer in fremder Gewalt ist, kann nicht selbst etwas in seiner Gewalt haben.

3. Selbst wenn dem besiegten Volke der Staatsverband gelassen wird, kann der Sieger einzelne Rechte sich herausnehmen; denn er bestimmt, wie weit seine Wohlthat sich erstrecken soll. Cäsar folgte dem Beispiel Alexander's und erliess den Dyrrhachiern die Schuld, welche sie an einen seiner Gegner schuldig waren. Doch hätte da eingewendet werden können, dass der von Cäsar geführte Krieg kein solcher gewesen sei, wofür das Völkerrecht dies bestimmt habe. [70])

---

[70]) Es geschah nämlich von Cäsar in dem Bürgerkriege zwischen ihm und Pompejus, für welchen Gr. diese Wirkungen nicht zulässt. Indess ist auch hier die Natur der Autorität zuletzt durchschlagend; auch im Innern hat der Sieger, wenn er die volle Staatsgewalt gewonnen hat, damit die Natur einer erhabenen Autorität mit den daraus für die Untergebenen abfliessenden Folgen gewonnen. Aber es ist dabei nicht zu übersehen, dass dieser Autorität des Usurpaters die Autorität des Volkes und der Kirche gegenübersteht, und dass kein vorübergehender Staatsstreich die in der modernen Zeit anwachsende Uebermacht der Autorität des Volkes auf die Länge niederhalten kann, wie die Geschichte Napoleon's III. in ihrem Fortgange lehren wird (B. XI. 157).

Kapitel IX.
Von dem Rückkehrsrecht (Postliminium [71]).

I. 1. So wenig, wie über die Beute, sind auch über das Rückkehrsrecht gesunde Ansichten von den Rechtsgelehrten in früheren Jahrhunderten aufgestellt worden. Die alten Römer haben den Gegenstand sorgfältiger behandelt, aber oft verworren, so dass der Leser schwer unterscheiden kann, was sie dabei zum Völkerrecht und was zum besonderen Römischen Rechte rechnen.

2. Ueber den Namen Postliminium (Rückkehrsrecht) ist die Meinung des Servius unrichtig, welcher den beiden letzten Silben keine Bedeutung zugesteht; man kann nur dem Scävola beitreten, nach welchem das Wort eine Verbindung von *post*, was die Rückkehr andeutet, und von *limen* (Schwelle) ist. Die Worte *limen* und *limes* sind zwar in der Endung und Beugung verschieden, aber im Ursprunge und in der ersten Bedeutung gleich (sie kommen von dem alten Wort *limo*, was das Schiefe und Schräge bezeichnet). Aehnlich verhält es sich mit *materia* und *materias*, mit *pavus* (Pfau) und *pavo*, mit *contagio* (Ansteckung) und *contagies*, mit *cucumis* (Gurke) und *cucumes*. Späterhin hat man *limen* mehr von Privathäusern, *limes* mehr von öffentlichen Gebäuden gebraucht. So nannten die alten Römer es *eliminare*, wenn Jemand aus dem Staatsgebiet entfernt wurde, und das Exil nannten sie *eliminium*.

II. 1. Das Postliminium ist also ein Recht, was aus der Rückkehr über die Schwelle, d. h. aus der Rückkehr

---

[71] Auch das Recht, von dem dieses Kapitel handelt, hatte im Alterthum bei der Häufigkeit der Kriege und bei den viel eingreifenderen Wirkungen derselben eine viel grössere Bedeutung, als in der neueren Zeit. Gr. ist auch hier nur durch seine Liebhaberei für gelehrte Untersuchungen zu einer sehr ausführlichen Darstellung des Postliminii in der antiken Welt verleitet worden, die überdem manchem Bedenken unterliegt. In Bezug auf das heutige Recht sagt Heffter (Völkerrecht 5. Ausg. S. 340):

in die Heimath entsteht. So nennt Pomponius einen Menschen durch Postliminium zurückgekehrt, der innerhalb der Römischen Besatzungen sich eingefunden hat, und Paulus den, der in Römisches Gebiet zurückgekehrt ist. Die Gleichheit des Grundes führte indess die Völker dahin, dass das Postliminium auch eintrat, wenn ein Mensch oder eine von den Sachen, auf welche dieses Recht angewendet wurde, zu unseren Freunden gelangt war, wie Pomponius sich ausdrückt, oder zu einem verbündeten König oder Freund, welches Beispiel Paulus nennt. Als Freunde und Genossen gelten hierbei nicht blos die Neutralen, sondern auch die in dem Kriege mit den Römern Verbündeten. Wer zu diesen gelangt, ist nach Paulus im Namen des Staats gesichert; denn es ist kein Unterschied, ob der Mensch oder die Sache zu diesen oder zu den Seinigen gelangt.

2. Sind es blos Freunde, aber keine Kriegsgenossen, so verändert sich der Rechtszustand der Gefangenen nicht, wenn nicht ein besonderer Vertrag vorliegt. So war in dem zweiten Bündniss zwischen Rom und Karthago ausgemacht, dass, wenn die Gefangenen, welche die Karthager unter den den Römern befreundeten Völkern gemacht hätten, in Häfen gelangten, welche den Römern unterthan wären, so sollten sie frei sein, und dasselbe sollte für die Freunde der Karthager gelten. Als daher Gefangene, welche die Karthager im zweiten Punischen Kriege gemacht hatten, im Handel nach Griechenland gelangten, so trat das Rückkehrsrecht für sie nicht ein, weil die Griechen in diesem Kriege neutral geblieben waren; deshalb mussten sie losgekauft werden, um wieder frei zu sein. Selbst bei Homer werden an mehreren Stellen die Kriegsgefangenen nach Ländern, die bei dem Kriege nicht

---

„Da nach dem heutigen Kriegsrecht die Kriegsgefangenschaft blos in einer thatsächlichen Suspension der Freiheit besteht, so kann auch nur eine Suspension der Ausübung bürgerlicher Rechte im Vaterlande damit verbunden sein; die Rechtsverhältnisse selbst werden dadurch nicht beeinträchtigt." Damit fallen die Fiktionen, auf denen das Römische Recht in dieser Beziehung beruht, sammt der grossen Zahl von Ausnahmen und künstlichen Bestimmungen, wie sie in diesem Kapitel von Gr. dargestellt werden.

betheiligt waren, verkauft; so der Lycaon in der Iliade und die Eurymedusa in der Odyssee.

III. Die alte Redeweise der Römer nannte die Rückgekehrten auch Freie. Gallus Aelius sagt im 1. Buche seiner Erklärung der Rechtsausdrücke, „dass ein Rückgekehrter derjenige sei, welcher als Freier aus einem Staat in einen anderen abgegangen war, und dann nach jenem in Folge des Rechts für die Rückgekehrten zurückkommt. Ebenso kommt ein Sklave, der als solcher in Feindes Gewalt gekommen ist, bei seiner Rückkehr wieder in die Gewalt seines früheren Herrn nach Rückkehrsrecht. Ebenso wird es mit den Pferden, Mauleseln und Schiffen gehalten. Wie dies für unsere Sachen gilt, so gilt es auch für Feindessachen, wenn sie in ihr Land zurückgelangen." Die späteren Römischen Rechtsgelehrten unterscheiden indess hierfür zwei Arten des Rückkehrsrechts; das eine für die Personen, das andere für die Sachen.

IV. 1. Man muss auch den Ausspruch des Tryphonius festhalten, wonach das Rückkehrsrecht sowohl im Kriege wie im Frieden Platz greift; er versteht es dabei in etwas anderem Sinne als Pomponius. Das Friedens-Rückkehrsrecht gilt, wenn nicht etwas Anderes ausgemacht ist, für die, welche nicht in dem Kriege überwunden, sondern zufällig festgenommen worden sind, weil sie bei dem plötzlichen Ausbruch des Krieges sich in Feindesland befanden. Für andere Gefangenen giebt es aber ein solches Friedensrecht nicht, wenn es nicht ausgemacht ist, wie der gelehrte Peter Faber mit Billigung von Cujavius diese Stelle des Tryphonius verbessert hat; denn sowohl der Grund wie der Gegensatz erfordern diese Textverbesserung. Zonaras sagt: „Er schloss Frieden und entliess die Gefangenen; denn so war man übereingekommen." Und Pomponius sagt: „Wenn ein Gefangener, welcher nach den Friedensbedingungen hätte frei zurückkehren können, freiwillig bei den Feinden bleibt, so gilt später das Rückkehrsrecht bei ihm nicht." Paulus sagt: „Wenn ein Kriegsgefangener nach dem Frieden nach Hause entflieht, so gelangt er nach dem Rückkehrsrecht an den, der ihn in einem früheren Kriege gefangen hatte; es müsste denn im Frieden ausgemacht sein, dass die Gefangenen zurückgegeben werden sollen."

2. Als Grund, weshalb dies für die durch kriegerische

Tapferkeit gemachten Gefangenen bestimmt worden ist, giebt Tryphonius an, die Römer hätten die Hoffnung der Rückkehr mehr den Bürgern gewähren wollen, welche sich durch Tapferkeit im Kriege als im Frieden ausgezeichnet, obgleich, wie Livius bemerkt, dieser Staat von Alters her gegen die Gefangenen durchaus nicht nachsichtig war. Diese besonderen Verhältnisse bei den Römern konnten indess kein Völkerrecht begründen; dagegen konnten sie die Römer wohl bestimmen, dies bei anderen Völkern geltende Recht auch selbst anzunehmen. Richtiger ist der Grund, dass jeder König und jedes Volk, was Krieg beginnt, sich dazu für berechtigt hält und den Gegnern das Unrecht zuschreibt. Da nun beide Theile dies thun, und es für die Friedensfreunde bedenklich war, sich in diesen Streit zu mischen, so konnten die neutralen Staaten nicht besser thun, als das, was geschah, für Recht zu nehmen und deshalb bei dem Widerstand Gefangene so zu behandeln, als wären sie in gerechter Weise zu Gefangenen gemacht.

3. Dies konnte aber von denen nicht behauptet werden, welche bei Ausbruch des Krieges festgenommen wurden; denn bei diesen konnte man keine Absicht, zu verletzen, annehmen. Dennoch schien es zulässig, sie während des Krieges zur Schwächung des Feindes zurückzuhalten; nach dessen Beendigung lag aber kein Grund vor, sie nicht freizulassen. Deshalb gab man diesen bei dem Frieden immer die Freiheit, als beiderseits anerkannten schuldlosen Personen; gegen die Uebrigen konnte aber Jeder verfahren, wie er wollte, soweit nicht in den Verträgen etwas darüber bestimmt war. Deshalb werden weder Sklaven noch Sachen nach dem Frieden zurückgegeben, wenn es nicht ausgemacht ist; denn der Sieger behauptet, er habe ein Recht gehabt, so zu handeln. Wollte man dem sich entgegenstellen, so hiesse dies Krieg mit Kriegen säen. Deshalb wird bei Quintilian mehr scharfsinnig als wahr für die Thebaner geltend gemacht, dass die in ihr Vaterland zurückkehrenden Gefangenen deshalb frei seien, weil das im Kriege Erworbene nur mit Gewalt erhalten werden könne. So viel über den Frieden.

4. Im Kriege geniessen das Rückkehrsrecht die, welche

vor ihrer Gefangennehmung frei waren; ebenso die Sklaven und einiges Andere.

V. Ein Freier geniesst dieses Recht nur, wenn er in der Absicht zurückkehrt, um bei den Seinigen zu bleiben, wie Tryphonius bemerkt; denn damit er als Sklave frei werde, muss er sich gleichsam selbst erwerben, was nur mit seinem Willen geschehen kann. Uebrigens ist es, wie Florentinus bemerkt, gleich, ob er durch Kriegsgewalt den Feinden wieder abgenommen wird, oder ob er heimlich entflohen ist; selbst wenn die Feinde ihn freiwillig zurückgeben, gilt dasselbe. Wie aber, wenn er von dem Feinde verkauft, durch Wechseln seines Herrn, wie dies möglich ist, zu den Seinigen zurückkommt? Seneca behandelt diese Streitfrage bei einem Olynthier, den Parrhasius gekauft hatte. Er fragt nämlich, ob, nachdem die Athener beschlossen hatten, dass die Olynthier frei sein sollten, dies heisse, sie müssten freigelassen werden, oder sie wären von selbst frei. Das Letztere ist das Richtige.

VI. 1. Wenn ein Freier zu den Seinigen zurückkehrt, so erwirbt er nicht blos sich selbst, sondern auch alle körperlichen und unkörperlichen Gegenstände, die er in den neutralen Staaten besessen hat. Denn die Neutralen haben bei dem Gefangenen die Thatsache für Recht genommen und müssen es also, wenn sie jeden Theil gleich behandeln wollen, auch bei den Freien. Deshalb hatte sein Herr an dem Besitz des Gefangenen nur ein bedingtes Eigenthum; denn es konnte auch gegen seinen Willen erlöschen, wenn es dem Gefangenen gelang, zu den Seinigen zurückzukehren. Der Herr verliert also diese Gegenstände ebenso wie den Menschen selbst, dessen Zubehör sie waren.

2. Hat aber der Herr die Gegenstände veräussert, so fragt es sich, ob nach dem Völkerrecht der geschützt ist, welcher sein Recht von dem ableitet, der zu dieser Zeit nach dem Kriegsrecht Eigenthümer war, oder ob die Sachen dem frei gewordenen Gefangenen zufallen? Ich spreche hier nur von neutralen Staaten. Man wird zwischen Sachen, die unter das Rückkehrsrecht fallen, und andern unterscheiden müssen; jene sind nur mit ihrem Rechtsgrunde und bedingt veräussert; diese aber unbedingt.

Veräussert nenne ich auch die verschenkten Sachen und die erlassenen Forderungen.

VII. Aber ebenso wie der Rückkehrende in seine Rechte wieder eintritt, so leben auch die Rechte gegen ihn wieder auf, und es wird, wie Tryphonius sagt, angenommen, als wenn er niemals Gefangener gewesen wäre.

VIII. Von dieser Regel macht Paulus die richtige Ausnahme, „dass die, welche im Kampfe besiegt, sich den Feinden übergeben haben, das Rückkehrsrecht nicht geniessen." Denn nach dem Völkerrecht gelten die Abkommen mit dem Feinde, wie früher bemerkt worden, und gegen diese kann das Rückkehrsrecht nicht geltend gemacht werden. Deshalb sagen die von den Karthagern gefangenen Römer bei Gellius: „das Rückkehrsrecht gelte für sie nicht, da sie durch einen Eid gebunden wären." Deshalb tritt es auch während des Waffenstillstandes nicht ein, wie Paulus richtig bemerkt hat. Dagegen können nach Modestinus die, welche dem Feinde ohne Vertrag ausgeliefert worden sind, von dem Rückkehrsrecht Gebrauch machen.

IX. 1. Was hier von den einzelnen Personen gesagt worden, gilt auch für die ganzen Völker; waren sie frei, so erhalten sie ihre Freiheit wieder, wenn die Macht der Bundesgenossen sie von der feindlichen Herrschaft befreit. Hat sich aber die Menschenmenge, welche den Staat bildete, aufgelöst, so können sie nicht mehr als dasselbe Volk gelten, und ihr Eigenthum fällt nach dem Völkerrecht nicht ohne Weiteres an sie zurück, weil ein Volk ebenso wie ein Schiff durch die Trennung der Theile ganz aufhört, indem sein Wesen eben nur in dieser dauernden Verbindung besteht. Deshalb ist das alte Sagunt nicht erstanden, als nach acht Jahren den alten Einwohnern dieser Fleck Erde zurückgegeben wurde; auch Theben ist nicht erstanden, da Alexander die Thebaner bereits zu Sklaven gemacht hatte. Hieraus erhellt, dass die Schuld der Thessalier an die Thebaner nicht vermittelst des Rückkehrsrechts an die Thebaner zurückgefallen ist; denn es war ein neues Volk, und Alexander hatte zur Zeit, wo er als Eigenthümer dies konnte, das Recht veräussert. Auch gehören Forderungen nicht zu den Gegenständen, auf die das Rückkehrsrecht sich erstreckt.

2. Dem ähnlich, was bei dem Staate gilt, lebte nach

dem alten Römischen Recht, wonach die Ehen lösbar waren, durch das Rückkehrsrecht die Ehe nicht wieder auf, sondern sie musste mit Beider Einwilligung neu geschlossen werden. [72]

X. 1. Hieraus ist der Umfang des Rückkehrsrechts bei freien Menschen nach dem Völkerrecht zu übersehen. Indess können nach dem besonderen Recht des einzelnen Staates diesem Recht innerhalb des eigenen Volkes Bedingungen oder Ausnahmen beigefügt, oder auch es auf weitere Vortheile ausgedehnt werden. So sind nach Römischem Recht Ueberläufer von dem Rückkehrsrecht ausgeschlossen; auch Haussöhne, obgleich doch diese den Römern eigenthümliche väterliche Gewalt dadurch nicht hätte aufgehoben werden sollen. [73] Es ist dies nach Paulus nur daher gekommen, dass die Kriegszucht den Römischen Eltern über die Liebe zu den Kindern ging. Dazu passt, wenn Cicero von Manlius sagt, durch seinen Schmerz habe er die militärische Disciplin geheiligt, in Fürsorge für das Wohl der Bürger, in welchem das seine mit enthalten sei; das Recht der Majestät habe er über die Natur und väterliche Liebe gestellt. [74]

2. Eine andere Beschränkung des Rückkehrsrechts, welche aus den Gesetzen Attika's von den Römern übernommen worden, ist, dass der von den Feinden Losgekaufte dem Käufer bis zu dem Ersatz des Kaufpreises dienen muss. Dies scheint im Interesse der Freiheit eingerichtet, denn bestände diese Aussicht, sein Geld wieder-

---

[72] Diese Annahme stützt sich auf L. 14 §. 1 und L. 8 D. in diesem Titel. Allein die Auslegung dieser Stelle ist zweifelhaft, und man folgert das Gegentheil aus Novelle 22 c. 7.

[73] Es sind hier nur solche Haussöhne gemeint, welche zugleich Ueberläufer waren. Sie verloren dadurch ihr Bürgerrecht, erlitten eine *capitis diminutio maxima* und konnten daher die durch ihr Verbrechen verlorenen bürgerlichen Rechte durch die Rückkehr nicht wieder erlangen.

[74] Manlius liess, wie Livius im 8. Buche Kap. 7 seiner Römischen Geschichte erzählt, seinen Sohn mittelst des Beiles hinrichten, weil er gegen seinen Befehl den Kampf mit dem Feinde begonnen hatte.

zuerhalten, nicht, so würden die Meisten den Feinden überlassen bleiben. Auch ist diese Art Sklaverei nach den Römischen Gesetzen mannigfach gemildert, und nach dem letzten Gesetz von Justinian dauert sie nicht über fünf Jahre. Auch erlischt durch den Tod des Losgekauften das Recht auf Erstattung des Lösegeldes; ebenso gilt es als erlassen, wenn Beide sich ehelichen; auch geht es durch Verführung des losgekauften Mädchens verloren. Solcher Bestimmungen hat das Römische Recht noch mehrere zu Gunsten der Loskaufenden und zur Strafe der Verwandten, welche die Ihrigen im Stich lassen.

3. Dagegen ist das Rückkehrsrecht durch das bürgerliche Recht insofern erweitert worden, dass nicht blos die nach dem Völkerrecht ihm unterliegenden, sondern alle Sachen und alle Rechte so behandelt werden, als wenn der Rückkehrende niemals in Feindes Gewalt gewesen wäre. Auch dies war Attisches Recht. Denn in der 15. Rede des Dio von Prusa behauptet Jemand, der Sohn des Kallias zu sein, und gab vor, dass er in der Schlacht bei Akanthus gefangen worden und in Thracien als Sklave gewesen; als er nun nach Athen zurückgekehrt, habe er die Herausgabe der Erbschaft des Kallias von den Inhabern verlangt, und die Richter hätten nur untersucht, ob seine Angabe, dass er des Kallias Sohn sei, wahr sei. Derselbe Dio erzählt von den Messeniern, dass sie nach langer Sklaverei endlich ihre Freiheit und ihr Land wiedererlangt hätten. Selbst das durch Verjährung oder Erlass aus dem Vermögen Abgegangene kann durch die Wiederherstellungsklage zurückverlangt werden, da die Verordnung über die Restitution Grossjähriger auch die in des Feindes Gewalt befindlichen Gefangenen mit befasst. Dies stammt aus dem alten Römischen Recht.

4. Das Cornelische Gesetz sorgte aber auch für die Erben der bei dem Feinde verstorbenen Gefangenen; es schützte sein Vermögen durch die Annahme, dass, wenn er nicht zurückkehrt, er als zur Zeit der Gefangennahme verstorben gilt. Ohne eine solche Bestimmung würde unzweifelhaft das Vermögen eines Gefangenen von Jedem in Besitz genommen werden können, wie der von den Feinden Gefangene für nicht existirend gilt. Kommt er deshalb zurück, so bekomme er dann nur das zurück, was das Völkerrecht bestimmt. Dagegen ist es dem Römischen

Recht eigenthümlich, dass der Nachlass der Gefaugenen in Ermangelung von Erben dem Fiskus zufällt. So viel über die Rückkehrenden; wir wenden uns nun zu den zurückfallenden Sachen.

XI. 1. Dazu gehören zuerst Sklaven und Sklavinnen, selbst wenn sie veräussert oder von dem Feinde in Freiheit gesetzt worden sind; denn eine solche Handlung der Feinde konnte dem Bürger und Eigenthümer des Sklaven nicht schaden, wie Tryphonius richtig bemerkt. Damit aber ein solcher Sklave seinem alten Herrn wieder zufalle, ist erforderlich, dass dieser ihn wieder in seinen Besitz bekomme, oder doch leicht in Besitz bekommen kann. Bei anderen Gegenständen genügt, dass sie in das Staatsgebiet zurückgelangen; aber bei dem Sklaven muss noch seine Erkennung als solcher hinzukommen. Wenn er z. B. in Rom sich versteckt aufhält, so ist das Recht auf ihn nach Paulus noch nicht wieder aufgelebt. So wie ein Sklave sich dadurch von den leblosen Gegenständen unterscheidet, so von den Freien dadurch, dass bei ihm die Absicht, zu den Seinigen zurückzukehren, nicht vorhanden zu sein braucht. Denn diese Absicht ist nur da nöthig, wo Jemand sich selbst wieder erhalten will, nicht wo er von einem Anderen wiedererlangt wird. So schreibt Sabinus: „Ueber sein Staatsbürgerrecht kann Jeder frei bestimmen, aber nicht über das Recht des Eigenthümers."

2. Auch Sklaven als Ueberläufer sind nach Römischem Recht dem Rückfallsrecht unterworfen; auch an diesen erlangt der Herr sein altes Recht wieder, wie Paulus sagt; denn die entgegengesetzte Bestimmung würde dem Sklaven, der immer Sklave bleibt, nichts schaden und nur seinem Herrn nachtheilig sein. Die Kaiser haben über Sklaven, welche durch die Tapferkeit der Soldaten wiedererlangt sind, allgemein verordnet, dass man sie als Rückgekehrte und nicht als Gefangene betrachten solle; den Soldaten zieme es, ihre Vertheidiger und nicht ihre Herren zu sein. Wenn diese Bestimmung auf andere Sachen ausgedehnt wird, so ist dies unrichtig.

3. Die von den Feinden losgekauften Sklaven werden nach Römischem Recht sofort Eigenthum des Käufers; aber durch Erstattung des Preises fallen sie unter das Rückkehrsrecht. Indess gehört die weitere Ausführung hierüber in das bürgerliche Recht; die späteren Gesetze

haben hier Manches abgeändert; auch wurde den Sklaven, die verstümmelt worden waren, die Freiheit zugesichert, um sie zur Rückkehr zu veranlassen; die Uebrigen erhielten sie nach fünf Jahren, wie man dies Alles aus den von Rufus gesammelten Kriegsgesetzen ersehen kann.

XII. Näher liegt hier die Frage, ob Völker, die einer fremden Staatsgewalt unterthan waren, in ihren alten Zustand wieder eintreten. Man kann darüber streiten, wenn nicht der, dem die Herrschaft zustand, sondern ein Bundesgenosse sie dem Feinde wieder entrissen hat. Ich meine, es gilt hier dasselbe, was für die Sklaven oben bemerkt worden, wenn nicht Bündnisse es anders bestimmen.

XIII. 1. Unter den Sachen sind es zuerst die Ländereien, auf welche das Rückkehrsrecht sich erstreckt. Pomponius sagt: „Es ist richtig, dass, wenn die Feinde von den Ländereien vertrieben sind, die sie besetzt hatten, das Eigenthum derselben an die früheren Besitzer zurückkehrt." Als vertrieben sind aber die Feinde dann anzusehen, wenn sie offen diese Ländereien nicht mehr betreten können, wie früher dargelegt worden ist. So gaben die Lacedämonier die den Athenern entrissene Insel Aegina ihren alten Eigenthümern zurück. Justinian und andere Kaiser gaben die von den Gothen und Vandalen wieder eroberten Ländereien den Erben der alten Besitzer zurück und gestatteten dagegen keine Verjährung, wie die Römischen Gesetze sie eingeführt hatten.

2. Was von den Ländereien gilt, gilt auch von allen ihnen anhaftenden Rechten. Auch die Grabstellen und Tempelplätze, welche der Feind besetzt hatte, fallen nach Pomponius, wenn sie von diesem Elend befreit sind, gleichsam nach einer Art Rückkehrsrecht in ihren alten Zustand zurück. Damit stimmt, was Cicero in seiner Rede gegen Verres über die Götterbilder von der Diana von Segestum sagt: „Durch die Tapferkeit des P. Africanus gewann sie mit der Stelle zugleich die Heiligkeit wieder." Und Marcian vergleicht mit dem Rückkehrsrecht jenes Recht, wonach der von einem Gebäude eingenommene Grund und Boden mit dessen Zusammensturz wieder als Meeresküste gelte. Deshalb lebt auch der Niessbrauch an einem unter das Rückkehrsrecht gehörenden Grundstücke nach Pomponius wieder auf, nach Analogie des überschwemmten Ackers. So ist nach dem Spa-

nischen Gesetz bestimmt, dass die Grafschaften und anderen Herrschaften dem Rückkehrsrecht unterliegen und zwar die grossen ohne Ausnahme, die kleineren, wenn sie innerhalb vier Jahren von dem Rückfall zurückgefordert werden. Die in dem Kriege verlorenen Festungen können jedoch nur an den König zurückfallen, ohne Rücksicht auf die Art, wie sie wieder erlangt worden sind.

XIV. 1. Von den beweglichen Sachen gilt dagegen als Regel, dass sie von dem Rückkehrsrecht nicht betroffen werden, sondern zur Beute gehören, wie Labeo dieses ausdrückt. Deshalb bleibt auch die in den Verkehr gekommene Sache ohne Unterschied des Ortes dem, der sie erkauft hat, und der alte Eigenthümer kann sie auch bei den Neutralen oder innerhalb seines Vaterlandes nicht zurückfordern. Davon sind nur Kriegsutensilien ausgenommen; anscheinend, damit die Hoffnung, sie wiederzuerlangen, die Menschen bereitwilliger zu deren Ankauf stimme. Denn die Staatseinrichtungen hatten ehedem vor Allem den Krieg im Auge, und deshalb bildete sich hier leicht eine gleiche Sitte. Als Kriegsutensilien muss das gelten, was wir oben aus Gallus Aelius angeführt haben, und was Cicero in seiner Topik ausführlicher aufführt, und auch bei Modestinus erwähnt wird, nämlich Kriegs- und Transportschiffe, aber nicht solche, welche nur zum Vergnügen und zum Rudern dienten; Maulesel mit Lastkörben, zugerittene Hengste und Stuten. Diese Gegenstände konnten deshalb, auch wenn sie noch in Feindesgewalt waren, nach Römischem Recht vermacht und den Miterben auf ihr Erbtheil angerechnet werden.

2. Waffen und Kleidung werden zwar im Kriege gebraucht, aber unterliegen nicht dem Rückkehrsrecht; denn die, welche im Kriege ihre Waffen und Kleidung einbüssen, verdienen keine Begünstigung, und man sah es deshalb, wie einzelne Stellen bei den Geschichtschreibern ergeben, als eine Art Strafe an. Für das Pferd galt nicht dasselbe wie für die Waffen, weil jenes ohne Schuld des Reiters sich losreissen konnte. Diese Unterschiede bei den beweglichen Sachen scheinen im Abendlande selbst unter den Gothen bis zu Boëthius' Zeiten beobachtet worden zu sein; denn dieser spricht bei Erklärung der Topik des Cicero über dieses Recht so, als wenn es zu seiner Zeit noch in voller Geltung wäre.

„Mit Völkern, die in unserer Gewalt sind, besteht kein Rückkehrsrecht (wie Cujacius den Text berichtigt hat), so ist dies mit dem Zusatz zu verstehen: „Auch nicht mit solchen, mit denen wir ein Freundschaftsbündniss geschlossen haben."

XIX. In unseren Zeiten ist nicht blos zwischen christlichen Völkern, sondern auch zwischen den meisten muhamedanischen Völkern ausserhalb des Krieges die Gefangennehmung und das Rückkehrsrecht ausser Gebrauch gekommen. Nachdem die Bande der Verwandtschaft, welche von Natur unter den Menschen bestehen, wieder hergestellt worden sind, bedarf es dessen nicht mehr.

2. Indess kann Beides noch Platz greifen, wenn es sich um ein so rohes Volk handelt, dass es bei ihm Rechtens ist, auch ohne Ansage oder Ursache alle Fremden und deren Eigenthum feindlich zu behandeln. So ist, während ich dies schreibe, von dem höchsten Pariser Gerichtshofe unter dem Vorsitz des Nicole Verdun erkannt worden. Eigenthum französischer Bürger war von Algeriern, einem der Seeräuberei gegen alle anderen Staaten ergebenen Volke, geplündert worden; der Gerichtshof hat darüber erkannt, dass es dadurch seinen Eigenthümer nach Kriegsrecht gewechselt habe, und als später Andere es wieder erbeuteten, dass es denen bleibe, die es erbeutet haben. In demselben Falle ist auch von dem Gerichtshofe der früher erwähnte Satz anerkannt worden, dass heutzutage Schiffe von dem Rückkehrsrechte nicht betroffen werden.

Kapitel X.

Ueber das, was im Kriege mit Unrecht geschieht.[75]

I. Ich muss nun auf Früheres zurückkommen und den kriegführenden Staaten beinahe Alles das wieder entziehen, was ich ihnen bisher scheinbar, aber nicht wirk-

---

[75] Gr. beginnt mit diesem und den folgenden Kapiteln die Entwickelung des Gegensatzes von Recht und Moral

lich zugestanden habe. Denn im Eingange dieser Materie habe ich schon gesagt, dass man oft vom Rechten und vom Erlaubten spricht, nur weil keine Strafe darauf steht,

innerhalb des Völker- und Kriegsrechts. In allgemeiner Weise ist dieser Gegensatz schon von ihm im 3. Buch Kap. 4 behandelt worden, und in diesem Kapitel kehrt diese allgemeine Frage noch einmal wieder. Was er dort „innere und äussere Gerechtigkeit" nennt, bezeichnet er hier mit „Schaam und Recht". Es ist unzweifelhaft, dass dieser Gegensatz innerhalb des sittlichen Gebietes besteht (B. XI. 104), allein eine andere Frage ist es, ob er auch auf das Völkerrecht ausgedehnt werden kann. Es ist bereits früher dargelegt worden (Anmerk. 13 B. I. S. 38), dass von einem Rechte im strengen Sinne im Völkerrechte nicht gesprochen werden kann; nicht weil der gerichtliche Zwang fehlt, sondern weil für die Völker und Fürsten die höhere Autorität fehlt, deren Gebote sie mit Achtung erfüllen könnten. Deshalb steht das freie Handeln dieser Autoritäten **über dem Recht**. Es kommt weiter hinzu, dass für die wichtigsten Verhältnisse, wie die Fragen des Krieges, der Revolution, des Staatsstreiches, der Bundesgenossenschaft u. s. w., sich bei der grossen Verschiedenheit der Staaten und ihrer Verhältnisse keine Regel für gleichmässig wiederkehrende Fälle, mithin auch keine Sitte und kein Recht bilden kann. Wenn dessenungeachtet die öffentliche Meinung und die Wissenschaft hier an einem Rechte festhält, so kommt dies nur aus der Täuschung, dass man die allgemeinen Grundsätze des Privatrechts allmälig als selbstständige Prinzipien behandelt hat, deren Wirksamkeit unbeschränkt sei, und die deshalb auch für das Handeln der Staaten gelten müssten, und dass auch Verhältnisse innerhalb des Völkerrechts vorkommen, wo es sich nur um die **Rechte Einzelner** handelt, wie z. B. das Recht der Gesandten, der Konsuln, der Gefangenen, der Verwundeten u. s. w. Hier war die Ausbildung eines wirklichen Rechts an seiner Stelle, da es sich eben um Verhältnisse der dem Recht an sich unterworfenen Einzelnen und nicht der Autoritäten handelte. Wenn aber trotzdem die öffentliche Meinung und die Wissenschaft den Begriff des Rechts in grösserer, ja unbeschränkter Ausdehnung auf die Verhältnisse der Staaten und Völker zu einander übertragen hat,

oder auch weil die Gerichte ihre Zwangsgewalt zu solchen
Ansprüchen hergeben, obgleich sie die Regeln der Gerechtigkeit überschreiten, die auf dem Rechte im engern Sinne

---

so erhellt, dass eine solche Lehre zum grösseren Theile
nichts Anderes ist, als eine Ausdehnung der Moral
und der Tugendpflichten auf das Handeln der Staaten
gegen einander. Es ist deshalb nicht wohl ausführbar,
innerhalb einer solchen auf moralischen Grundlagen ruhenden Lehre noch einmal Recht und Moral von einander zu
unterscheiden, wie Gr. hier will. Soweit wie hier irgend von
Recht gesprochen werden kann, ist es eben nur eine aus
moralischen Grundsätzen sich allmälig aufbauende Befugniss, wo Alles noch schwankt, und insbesondere die Bestimmtheit wirklicher Rechtsverhältnisse noch fehlt. Dazu
kommt, dass auch das Kennzeichen der Klagbarkeit und
richterlichen Entscheidung hier wegfällt, welches sonst zur
Unterscheidung von Moral und Recht benutzt wird. Aus
diesen Gründen haben die meisten Lehrer des Völkerrechts einen solchen Unterschied von Moral und Recht in
ihre Darstellung nicht aufgenommen, sondern beide Fundamente werden gemeinsam und durch einander zur Begründung der von ihnen aufgestellten Sätze des Völkerrechts benutzt. Insbesondere sind auch **Heffter** und
Bluntschli so verfahren. Wenn Gr. hier den entgegengesetzten Weg einschlägt, so kann ihm dies nur insoweit
gelingen, als er unter **Völkerrecht** meist **das antike**
versteht. Dieses steht allerdings mit der christlichen Moral,
namentlich der Moral seiner Zeit in Widerspruch; allein
dieses antike Völkerrecht bestand zu Gr.'s Zeit überhaupt
nicht mehr, und damit fehlte der Gegensatz, den Gr. seiner Darstellung zu Grunde legt. Vielmehr ist zum grössten Theil das, was Gr. in diesem und den folgenden Kapiteln vorträgt, das zu seiner Zeit bestehende moderne
Völkerrecht selbst, wie es durch den Einfluss der Kultur und der christlichen Moral das antike allmälig verdrängt hat. So weit aber Gr. noch darüber hinausgeht
und die christlichen Tugenden der Liebe, der Selbstaufopferung und der Geduld auch in diese öffentlichen Verhältnisse in der überwiegenden Geltung einführen will,
wie sie von den Begründern der christlichen Religion in
ihrem schwärmerischen, dem irdischen Leben abgewen-

oder auf irgend einer anderen Tugend beruht, und obgleich es besser und löblicher ist, dergleichen nicht zu thun.

2. In Seneca's Troaden sagt Pyrrhus:

deten und nur dem Himmel und jenem Leben zugewendeten Eifer aufgestellt worden sind, insoweit geräth Gr. hier nicht allein ganz über die wissenschaftlichen Grenzen seiner Aufgabe hinaus, sondern seine Sätze werden auch völlig unpraktisch und fallen unter die Kategorie der Ermahnungen, wie man sie von der Kanzel hört, wo deren Einseitigkeit nur deshalb nicht bemerkt wird, weil man innerhalb der Kirche der Welt sich entrückt fühlt. Dies tritt gleich in diesem Kapitel bei der Entschädigungspflicht aus ungerechten Kriegen hervor. In der Theorie sind gerechte und ungerechte Kriege leicht einander gegenübergestellt; aber wer vermag für die bei weitem grösste Anzahl der Kriege, von denen die Geschichte berichtet, zu entscheiden, ob sie gerecht waren oder nicht? Namentlich da Gr. selbst B. II. Kap. 1 Ab. 16 anerkennt, dass Kriege auch gerechtfertigt sind, **um drohenden Gefahren zuvorzukommen.** Man sehe Anmerk. 2 zu B. II. Deshalb bewegen sich auch alle Definitionen des **gerechten** Krieges, welche die Systeme bieten, nur in Tautologien. Heffter sagt: „Der Krieg ist nur gerecht, soweit die Selbsthülfe gerecht ist." Aber in §. 106, auf welchen Heffter dabei verweist, wird nur vom Dasein einer „gerechten Selbsthülfe" gesprochen, ihre Bedingungen werden aber nicht angegeben. Bluntschli sagt (Völkerrecht, 1868, S. 290): „Als rechtmässige Ursache zum Krieg gilt eine ernste Rechtsverletzung oder gewaltsame Besitzstörung, welche dem Staate widerfahren, oder **womit er in gefährlicher Weise bedroht ist,** oder eine **schwere Verletzung der allgemeinen Weltordnung,** insbesondere auch die **ungerechtfertigte Behinderung der nothwendigen neuen Rechtsbildung und Rechtsentwickelung.**" — Welcher Krieg liesse sich nicht aus einem dieser unbestimmten und umfassenden, dem Zeitgeist wie Wachs nachgebenden Begriffe rechtfertigen? Selbst Friedrich der Grosse rechnet in seinem Antimacchiavell zu den rechtmässigen Ursachen des Krieges *„garantir la liberté de l'univers"*; eine Phrase, welche bekanntlich Napoleon I. ausgenutzt hat. Rechnet

"Kein Gesetz schützt den Gefangenen oder hemmt seine Strafe."

und Agamemnon antwortet:

"Was das Gesetz nicht verbietet, das verbietet doch zu thun die Schaam."

In dieser Stelle bezeichnet Schaam nicht die Schaam vor Menschen und die Rücksicht auf den Ruf, sondern die auf das Billige und Gute und das, was von Mehrerem das Billigere und Bessere ist. So heisst es in den Institutionen Justinian's: "sie wurden Fideikommisse (dem redlichen Willen anvertraute Verordnungen) genannt, weil sie durch keine Rechtsverbindlichkeit, sondern nur durch die Schaam der darum Ersuchten gesichert waren." Der ältere Quintilian sagt: "Der Gläubiger hält sich, wenn er die Schaam nicht verletzen will, nicht eher an den Bürgen, als bis er sein Geld von dem Schuldner nicht erlangen kann." In diesem Sinne werden oft Gerechtigkeit und Schaam gemeinsam ausgesagt:

"Noch hatte das menschliche Handeln von der Gerechtigkeit sich nicht entfernt; als die letzte aller Götter verliess sie die Erde. Statt der Furcht und Gewalt leitete die Scham das Volk. [76])

Hesiod sagt:

"Die Gerechtigkeit und die Schaam ist nirgends mehr zu finden. Der Böse verletzt den besseren Mann."

Plato sagt im 12. Buche seiner Gesetze: "Die Gerechtigkeit heisst mit Recht die Begleiterin der Schaam." Auch an einer anderen Stelle sagt Plato: "Gott fürchtete für das menschliche Geschlecht, es möchte ganz verderben;

---

man nun hinzu, dass die einzelnen Bürger die thatsächlichen Verhältnisse, welche die Regierung zu dem Kriege bestimmen, beinahe niemals voll übersehen können, ja, dass die Regierung in den meisten Fällen vor und während des Krieges diese Umstände nicht sämmtlich bekannt machen kann, so wird man anerkennen, dass auch von dem rein moralischen Standpunkte aus die hier von Gr. vorgetragene Lehre der Entschädigungspflicht durchaus unzulässig ist und, praktisch verwirklicht, nur zur Auflösung aller staatlichen Ordnung führen kann.

[76]) Es sind Verse aus Ovid's Fasten I. 248 u. f.

deshalb gab er ihm die Schaam und die Gerechtigkeit, dass sie der Schmuck der Staaten und die Bande der Freundschaft seien." Aehnlich nennt Plutarch die Gerechtigkeit „die Genossin der Schaam", und. verbindet das Naturrecht und die Schaam. Cicero setzt den Unterschied zwischen Gerechtigkeit und Schaam dahin fest, dass die Gerechtigkeit bestimme, die Menschen nicht zu verletzen, und die Schaam bestimme, ihnen nicht wehe zu thun.

3. Mit dem aus Seneca angezogenen Verse stimmt der Ausspruch in seinen philosophischen Schriften: „Wie eng wird die Schuldlosigkeit gefasst, wenn damit nur gesagt wird, dass sie die Gesetze befolgt! Wie viel weiter gehen die Pflichten als die Regel des Rechts! Wie Vieles fordert nicht die Frömmigkeit, die Menschlichheit, die Freigebigkeit, die Gerechtigkeit, die Treue! Von alledem steht in den Gesetzestafeln nichts." Hier wird das Recht von der Gerechtigkeit unterschieden, und das Recht bedeutet hier nur das, was bei den Gerichten gilt. Er erläutert dies anderwärts sehön durch das Beispiel des Rechts des Herrn gegen seine Sklaven. „Bei dem Sklaven ist nicht an das zu denken, was Du ihm ungestraft anthun darfst, sondern was Dir die Regel des Billigen und Guten gestattet, und diese gebietet, auch der Gefangenen und Erkauften zu schonen." Dann: „Wenn auch gegen die Sklaven Alles gestattet ist, so setzt doch das gemeinsame Recht der lebenden Wesen dem Schranken." Auch hier hat das Wort „gestatten" einen zweifachen Sinn, einen weiteren und einen engeren.

II. 1. In demselben Sinne unterscheidet Marcellus im Römischen Senate: „Es kommt nicht auf das an, was ich gethan habe, denn das ist bei dem Feind durch das Kriegsrecht geschützt, sondern auf das, was Jene zu leiden schuldig waren," nämlich nach Recht und Billigkeit. Auf denselben Unterschied deutet Aristoteles bei der Frage, ob die im Kriege enstandene Sklaverei eine gerechte genannt werden könne? „Die, welche unter gerecht nur ein gewisses Recht verstehen (denn auch das Gesetz ist etwas Gerechtes), erklären diese Kriegssklaverei für gerecht; aber wird das „gerecht" im vollen Sinne genommen, so ist es zu verneinen, da es kommen kann, dass der Krieg ein ungerechter ist." Aehnlich sagt Thucydides in der Rede der Thebaner: „Wir klagen nicht über die, welche Ihr im Kampfe getödtet habt, denn sie haben es nach einem gewissen Gesetz erlitten."

2. So stellen selbst die Römischen Rechtsgelehrten das Gefangenenrecht oft der natürlichen Billigkeit gegenüber und nennen es ein Unrecht, und Seneca sagt, dass der Name „Sklave" aus dem Unrecht entsprungen sei, wobei er nur die häufigeren Fälle im Auge hat. Auch bei Livius wird von den Italikern, welche das, was sie den Syrakusanern im Kriege abgenommen, nicht wieder herausgeben wollten, gesagt, sie hätten hartnäckig am Unrecht festgehalten. Dio von Prusa sagt, dass die Gefangenen mit der Rückkehr zu den Ihrigen die Freiheit wieder erlangen, und fügt hinzu: „da sie mit Unrecht sich in der Sklaverei befanden." Lactantius sagt von den Philosophen: „Wenn sie die Pflichten in Kriegsverhältnissen abhandeln, so nehmen sie weder auf die Gerechtigkeit noch auf die wahre Tugend Rücksicht, sondern nur auf dieses irdische Leben und die bürgerliche Sitte." Bald darauf spricht er von dem durch die Römer gesetzlich zugefügten Unrecht.

III. Zuerst sind also bei dem Kriege, dessen Ursache ungerecht ist, trotz seiner feierlichen Verkündigung alle daraus folgenden Handlungen vor der inneren Gerechtigkeit ungerecht. Daher können Alle, welche wissentlich hier handeln oder Hülfe leisten, ohne Reue nicht in das Himmelreich kommen. Die wahre Reue verlangt aber, wenn die Zeit und Gelegenheit hinreicht, dass man das wieder gut macht, was man durch Tödtung oder Zerstörung oder Beutemachen an Schaden angerichtet hat. Deshalb sagt Gott, dass ihm die Opfer derer nicht angenehm seien, welche die mit Unrecht zu Gefangenen Gemachten festhielten; und der König gebietet den Einwohnern von Judäa bei Verkündung der Feiertage, sie sollen ihre Hände von jedem Raube reinigen. Das natürliche Gefühl sagte ihm, dass ohne solchen Ersatz die Reue nur Schein und unwirksam sein werde. So findet sich diese Meinung nicht blos bei den Juden und Christen, sondern auch bei den Muhamedanern.

IV. Nach den früher dargelegten Grundsätzen sind die Urheber des Krieges zum Ersatz verbunden, mögen sie durch ihre Amtsgewalt oder durch ihren Rath dazu mitgewirkt haben, und zwar für Alles, was bei dem Kriege zu geschehen pflegt; selbst für das Ungewöhnliche, wenn sie es befohlen oder empfohlen oder nicht gehindert haben, obgleich sie es konnten. Deshalb sind auch die Führer für das, was unter ihrer Führung geschehen ist, verantwortlich, und die Soldaten haften sämmtlich Einer für Alle, und Alle für Einen, wenn sie gemeinsam eine That, z. B. die Anzündung einer Stadt, begangen haben. Bei theilbaren Handlungen haftet Jeder für das, was er gethan oder mitgethan hat.

V. I. Auch ist der von Manchen vorgebrachte Einwand unzulässig, wonach ein Gehülfe nur verhaftet sein soll, wenn er absichtlich böse gehandelt hat; denn für seine Verpflichtung genügt auch schon die Fahrlässigkeit.[77] Manche sind der Ansicht, dass auch bei einem ungerechten Kriege die erbeuteten Sachen nicht zurückgegeben werden brauchen, weil man annimmt, die kriegführenden Parteien hätten sie einander bei dem Beginn des Krieges gegenseitig als Geschenk zugesichert. Allein man kann nicht vermuthen, dass Jemand das Seinige leichtsinnig opfert, und der Krieg hat durchaus nichts von der Natur eines Vertrages. Um indess den Neutralen einen sicheren Anhalt zu bieten, damit sie nicht in den Krieg verwickelt werden, genügte die Einführung des früher erwähnten äusserlichen Eigenthums, was mit der inneren Ersatzpflicht bestehen kann. Dies scheinen auch die Gegner bei dem Gefangenenrecht in Bezug auf die Personen anzunehmen. Deshalb sagen bei Livius die Samniten: „Wir haben das feindliche erbeutete Gut, was nach Kriegsrecht uns zu gehören schien, zurückgeschickt." „Schien" sagt Livius, weil es ein ungerechter Krieg war, wie die Samniten selbst anerkannt hatten.

2. Aehnlich ist der Fall mit einem ohne Betrug geschlossenen Vertrag, wo keine Gleichheit besteht; nach

---

[77] Der Text ist hier bei Gr. verdorben, und die Uebersetzung ist deshalb der Konjektur gefolgt, welche Berbeyrac gemacht hat, wonach das *dolose* (absichtliche) eingeschoben wird. Uebrigens missversteht hier Gr. den bekannten Satz des Kriminalrechts, wonach es keine fahrlässige Theilnahme an einer unerlaubten Handlung giebt.

dem Völkerrecht entspringt daraus das Zwangsrecht auf Erfüllung des Vertrages; nichtsdestoweniger bleibt der, welcher zu viel erhält, als ein frommer und rechtlicher Mann verpflichtet, die Sache auszugleichen.

VI. 1. Auch wenn Jemand nicht selbst beschädigt hat, oder mindestens von aller Schuld dabei frei ist, aber eine von einem Anderen in einem ungerechten Kriege erbeutete Sache hinter sich hat, ist er zu deren Rückgabe verpflichtet, denn es fehlt an jedem Grunde, weshalb der Andere sie entbehren soll; es fehlt an seiner Einwilligung und an seiner Schuld, und auch eine Aufrechnung ist hier nicht mehr vorhanden. Hierher gehört der von Valerius maximus erzählte Fall. Er sagt: „Als unter P. Claudius' Führung und Aufsicht die gefangenen Cameriner versteigert worden waren, liess das Römische Volk trotz der Bereicherung der Schatzkammer und der Vergrösserung des Gebietes mit aller Sorgfalt die Verkauften wieder loskaufen, weil die Redlichkeit des Feldherrn hierbei zweifelhaft erschien, und wies ihnen einen Platz auf dem Aventinischen Hügel zur Wohnung an, gab ihnen auch ihre Ländereien zurück." So wurden nach einem Beschluss des Römischen Volkes den Phocensern die Freiheit und staatliche Selbstständigkeit zurückgewährt und die genommenen Aecker zurückgegeben. Auch die Ligurer, welche M. Popillius verkauft hatte, wurden durch Erstattung des Kaufpreises wieder freigemacht und ihr Vermögen ihnen zurückgegeben. Dasselbe beschloss der Senat für die Abderiten mit der Bemerkung, dass mit Unrecht Krieg gegen sie geführt worden sei.

2. Wenn jedoch der Inhaber der Sache Mühe oder Kosten zu deren Erlangung aufgewendet hat, so kann er so viel, als die Erlangung der Sache dem Eigenthümer gekostet haben würde, davon innebehalten, wie früher dargelegt worden ist. Hat der Inhaber ohne Schuld sie verzehrt oder veräussert, so haftet er nur soweit, als er sich dadurch bereichert hat.

Kapitel XI.

Beschränkungen in Betreff des Rechts zu tödten bei einem gerechten Kriege.

I. 1. Selbst in einem gerechten Kriege gilt der Satz nicht:

"Alles ist gegen den gestattet, der das Recht verweigert." [78])

Besser sagt Cicero: "Selbst gegen die, welche unser Recht verletzen, bleiben Pflichten für uns bestehen; denn man muss in der Rache und Strafe Maass halten." Cicero lobt auch die alten Zeiten der Römer, wo die Kriege ein gelindes oder nothwendiges Ende nahmen. Seneca nennt die grausam, "welche zwar strafen dürfen, aber das Maass überschreiten." Aristides sagt in seiner ersten Leuctrischen Rede: "Auch die, welche sich rächen, können ungerecht werden, wenn sie das Maass überschreiten. Wer bei der Strafe es so weit treibt, dass sie unbillig wird, begeht ein zweites Unrecht." So urtheilt Ovid von einem König:

"Indem er durch die Ermordung der Beschädiger die Rache zu weit trieb, wurde er selbst ein Beschädiger."

2. Die Platäer beklagen sich in der Rede des Isokrates: "Ob es recht sei, wegen so kleiner Vergehen so schwere und harte Strafen zu verhängen!" Derselbe Aristides sagt in seiner zweiten Rede für den Frieden: "Denkt nicht blos daran, weshalb Ihr die Strafe verhängen wollt, sondern auch wer die sind, die Ihr strafen wollt, und wer Ihr selbst seid, und an das gerechte Maass der Strafe." Propertius lobt den Minos (3. Eleg. XVII. 28):

"Obgleich er Sieger war, blieb er gerecht gegen den Feind."

Und Ovid sagt von ihm (Metamorph. VIII. 101):

"Den gefangenen Feinden legte er nur gerechte Bedingungen auf."

---

[78]) Ein Vers aus Lucan's Pharsalica I. 349.

II. Wann aber nach der inneren Gerechtigkeit die Tödtung (denn mit dieser müssen wir beginnen) in einem gerechten Kriege erlaubt ist und wann nicht, ergiebt sich aus den im ersten Kapitel dieses Buches dargelegten Grundsätzen.[79]) Die Tödtung kann absichtlich oder unabsichtlich geschehen. Eine absichtliche ist nur recht zur Vollstreckung einer gerechten Strafe, oder wenn wir unser Leben und Eigenthum nicht anders schützen können; obgleich selbst die Tödtung eines Menschen wegen hinfälliger Dinge, wenn sie auch gegen die strenge Gerechtigkeit nicht verstösst, dennoch gegen das Gesetz der Liebe verstösst. Zu einer gerechten Strafe gehört, dass der zu Tödtende etwas verbrochen habe, wofür ein gerechter Richter ihn mit dem Tode bestrafen würde. Eine weitere Auseinandersetzung hierüber ist nicht nöthig, weil alles dahin Gehörende in dem Kapitel über die Strafen gesagt worden ist.

III. 1. Bei der Erörterung der Verhältnisse der Schutzflehenden (deren es im Kriege wie im Frieden giebt) haben wir früher zwischen Unglück und Unrecht unterschieden. Gylippus stellt bei der früher erwähnten Stelle des Diodor aus Sicilien die Frage, ob die Athener zur Klasse der Unglücklichen oder Ungerechten gehörten.[80]) Er bestreitet, dass sie zu den Unglücklichen zu rechnen seien, weil sie die Syrakusaner ohne alle vorgängige Beleidigung mit Krieg überzogen hätten; deshalb, schliesst er, müssen sie auch die üblen Folgen eines willkürlich begonnenen Krieges ertragen. Ein Beispiel rein Unglücklicher sind die, welche ohne feindliche Absicht

---

[79]) Die dort entwickelten Sätze beziehen sich nur auf die Selbsthülfe und die Nothwehr, soweit sie unter Bürgern eines Staats in Friedenszeiten erlaubt ist. Diese Regeln können offenbar auf den Krieg und das in ihm geltende Recht zu tödten keine Anwendung finden; selbst die Moral kann hier nicht die gleichen Regeln geltend machen.

[80]) Es ist der Feldzug der Athener gegen Sicilien unter Alcibiades im Peloponnesischen Kriege gemeint, der für Athen ein höchst unglückliches Ende nahm, und in dem die gefangenen Athener von den Syrakusanern grausam behandelt wurden.

bei den Feinden sich befinden, wie die Athener zur Zeit des Mithridates, von denen Vellejus Paterculus sagt: „Wenn Jemand diese Zeit des Aufruhrs, in welcher die Athener von Sulla belagert worden sind, den Athenern zur Last legt, so verkennt er die Wahrheit und die Vergangenheit. Denn die Treue der Athener gegen die Römer war so fest, dass die Römer von Allen, was in Treue überhaupt und irgendwann geschah, sagten, es sei mit Attischer Treue geschehen. Uebrigens waren diese von dem Heere des Mithridates unterjochten Leute in der traurigsten Lage, denn die Feinde hatten sie in ihrer Gewalt, die Freunde belagerten sie, ihr Sinn war ausserhalb der Mauern; ihre Leiber waren, der Nothwendigkeit gehorchend, innerhalb der Mauern." Dieser letzte Satz scheint aus Livius genommen, bei dem der Spanier Indibilis sagt, er sei nur mit seinem Leibe bei den Karthagern, aber mit der Seele bei den Römern gewesen.

2. Cicero sagt: „Nämlich Alle, deren Leben in eines Anderen Hand liegt, denken mehr an das, was der, in dessen Gewalt und Macht sie sich befinden, kann, als an das, was er darf und soll." Auch sagt Cicero in seiner Rede für Ligarius: „Die dritte Zeit ist die, wo er nach Varus' Ankunft in Afrika Widerstand leistete; wenn dies ein Verbrechen war, so war es mehr eins aus Nothwendigkeit, als aus freiem Willen." Dem folgte Julianus in dem Aquilejischen Fall, wie Ammian berichtet, welcher erzählt, dass Einige mit dem Tode bestraft wurden, und hinzusetzt: „Alle Anderen gingen frei aus, da sie in der Wuth des Kampfes mehr der Nothwendigkeit als dem Willen gehorcht haben." Ein alter Erklärer des Thucydides bemerkt zu der Stelle über die verkauften Corcyräischen Gefangenen: „Es zeigt dies eine Milde, welche dem Griechischen Geiste entspricht; denn es ist grausam, wenn nach der Schlacht die Gefangenen, vorzüglich die Sklaven, getödtet werden, da sie den Krieg nicht freiwillig führen." Die Platäer sagen in der erwähnten Rede bei Isokrates: „Wir haben Jenen (den Lacedämoniern) nicht freiwillig, sondern aus Zwang gedient." Derselbe sagt von anderen Griechen: „Sie wurden gezwungen, mit ihrem Körper der Partei Jener (der Lacedämonier) sich anzuschliessen; mit ihrer Seele waren sie bei Euch." Herodot sagt von den Phocensern: „Sie

schlossen sich den Medern nicht freiwillig, sondern aus Nothwendigkeit an." Alexander schonte, wie Arrian erzählt, der Zebiten, „weil sie mit Gewalt zu dem Kriegsdienst bei den Barbaren genöthigt worden waren." Der Syrakuser Nikolaus sagt bei Diodor in seiner Rede für die Gefangenen: „Die Bundesgenossen sind von dem Feldherrn mit Gewalt zum Kriegsdienst gezwungen worden. So wie es nun billig ist, dass der Strafe leidet, welcher aus freien Stücken Unrecht thut, so ist es billig, dass denen verziehen werde, welche wider ihren Willen sündigen." So sagen auch bei Livius die Syrakusaner zu ihrer Entschuldigung den Römern: „Es sei ihnen durch Drohung und List der Friede aufgedrungen worden." Deshalb sagte Antigonus, „er habe nicht mit Kleomenes, sondern mit den Spartanern Krieg geführt."

IV. 1. Zwischen dem reinen Unrecht und dem reinen Unglück giebt es oft noch ein Mittleres, aus beiden gemischt, so dass man von der Handlung weder sagen kann, sie sei beabsichtigt und gewollt, noch sie sei unbewusst und wider Willen geschehen. [81]

2. Aristoteles giebt ihr den Namen $\dot{\alpha}\mu\alpha\rho\tau\eta\mu\alpha$, was man mit Fahrlässigkeit übersetzen kann. Im fünften Buche seiner Ethik sagt er: „Von den freiwilligen Handlungen geschehen welche mit Ueberlegung, andere ohne solche; erstere, wene eine Erwägung innerhalb der Seele vorhergeht; letztere, wo diese fehlt. Da sonach die Beschädigung unter Menschen auf dreifache Art erfolgen kann, so heisst die unbewusste Beschädigung Unglück; so, wenn Jemand nicht gegen diese Person, oder nicht diesen Erfolg, oder nicht diese Art, oder nicht dieses Ziel bei seinem Handeln gewollt hat. Z. B. wenn Jemand nicht glaubte, dass er mit diesem Instrumente, oder diesen

---

[81] Es folgt hier eine Episode, in welcher Gr. die Lehre von dem überlegten Vorsatz, von dem Affekt, von der Fahrlässigkeit und von dem Zufall beim Handeln erörtert. Die Untersuchung ist breit und mangelhaft, in Vergleich zu dem, was die neuere Kriminalrechtswissenschaft darüber bietet. Viele feineren Unterschiede im *dolus* und in der *culpa* bleiben unberührt. Indess mag diese Darstellung für die Zeit von Gr. ihren Werth gehabt haben. Im Ganzen gehört sie nur uneigentlich an diese Stelle.

Menschen oder dieser Dinge wegen schlage, sondern der Erfolg gegen seine Absicht eintrat; er wollte ihn nur kneipen, nicht verwunden, oder nicht diesen Menschen, oder nicht in dieser Weise. Wenn also ein Schade wider Erwarten eintritt, so nennt man es ein Unglück. Konnte er aber erwartet und vorausgesehen werden, aber er ist ohne böse Absicht geschehen, so ist eine Schuld (Fahrlässigkeit) vorhanden; denn darunter fällt der, welcher die Ursache des Geschehens ist; ein Anderer ist bloss unglücklich. Wenn aber etwas wissentlich, wenn auch nicht überlegt geschieht, so ist offenbar ein Unrecht vorhanden; so bei dem, was die Menschen aus Zorn oder aus ähnlichen Affekten thun, seien sie natürlich oder durch die Umstände veranlasst. Denn wer in dem Zorn Jemand beschädigt, ist nicht frei von Unrecht, aber man kann ihn nicht schlecht nnd gottlos nennen; thut er es aber mit Vorsatz, so gilt er mit Recht für schlecht und gottlos."

3. „Mit Recht gilt das im Zorn Gethane nicht als vorausgesehen; denn nicht der Zornige fängt an, sondern der, welcher ihn gereizt hat. Deshalb wird bei der gerichtlichen Entscheidung solcher Fälle oft weniger nach der That, als nach dem Rechte gefragt, denn der Zorn kommt davon, dass man sich für verletzt hält. Man streitet sich daher nicht, wie bei Verträgen, darüber, ob etwas geschehen ist; denn da ist, abgesehen von dem Fall des Vergessens, der Theil, der das Versprochene nicht leistet, im Unrecht; sondern man will ermitteln, ob das Gethane mit Recht gethan worden ist. Wer zuerst Nachstellungen bereitet, handelt nicht unwissentlich; es ist deshalb nicht zu verwundern, dass hier der Andere sich für verletzt hält, während er bei Verträgen dies nicht behauptet. Indessen müssen auch Verletzungen aus diesen Ursachen als Unrecht angesehen werden, wenn sie das Maass der Gleichheit oder des Verhältnisses zum Vorgegangenen überschreiten. So ist der gerecht, welcher mit Ueberlegung recht handelt; sonst kann auch Jemand ohne Ueberlegung, aber doch freiwillig recht handeln."

4. „Von den unfreiwilligen Handlungen sind einzelne der Verzeihung würdig, andere nicht. Ersteres, wenn die Handlung nicht bloss von Unwissenden, sondern auch wegen Unwissenheit geschieht. Geschieht etwas zwar von

Unwissenden, aber doch nicht aus Unwissenheit, sondern in einem die gewöhnlichen Verhältnisse der menschlichen Natur überschreitenden krankhaften Zustande des Geistes, so ist es der Verzeihung nicht unwürdig." Diese vortreffliche Stelle, welche so oft Anwendung findet, habe ich in eigener Uebersetzung gegeben, weil sie meist mangelhaft übersetzt und deshalb auch nicht richtig verstanden zu werden pflegt.[82]

5. Michael von Ephesus giebt bei der Auslegung dieser Stelle als Beispiel zu dem, was sich nicht erwarten liess, dass Jemand die Thüre aufmacht und den Vater verletzt, oder sich an einem einsamen Orte im Wurfspiesswerfen übt und Jemand verwundet. Als Beispiel dessen, was sich voraussehen liess, wenn Jemand auf einem gebahnten Wege den Wurfspiess wirft; als Beispiel der Nothwendigkeit, wenn Jemand im höchsten Hunger oder Durst etwas thut; als Beispiel der Gemüthserschütterungen die Liebe, den Schmerz, die Furcht. Aus Unwissenheit geschehe es, wenn die Thatsache nicht gekannt werde; so, wenn Jemand nicht weiss, dass eine Frau verheirathet ist. Von einem Unwissenden, aber nicht aus Unwissenheit geschehe etwas, wenn er das Recht nicht kennt. Die Unkenntniss des Rechts ist manchmal entschuldbar, manchmal nicht. Dies stimmt vollständig mit den Aussprüchen der Rechtsgelehrten. Eine ähnliche Stelle hat Aristoteles in seinem Buche über die Redekunst, wo er sagt: „Die Billigkeit verlangt, dass man nicht das Unrecht mit der Fahrlässigkeit, und diese nicht mit dem blossen Unglück gleichstelle. Unglück ist es, wenn man es nicht vorhersehen konnte und nicht mit böser Absicht gethan hat; fahrlässig geschieht das, was

---

[82] Aristoteles erhält hier von Gr. ein Lob, was er nicht verdient. Der Vortrag des Aristoteles ist schwerfällig und breit, und in der Sache besteht ein fortwährendes Schwanken, ob das Handeln im Affekt zur *culpa* oder zum *dolus* zu rechnen ist. Ebenso dürftig ist die von Michael hier gegebene, in § 5 folgende Erläuterung mit Beispielen. Die Kommentare zu den neuen Kriminalgesetzbüchern, wie z. B. der von Oppenhoff zu dem Preussischen Strafgesetzbuch von 1851, geben eine weit reichere Auswahl höchst interessanter und dem Leben entlehnter Beispiele, gegen welche die Dürftigkeit dieser erfundenen Beispiele kläglich absticht.

vorausgesehen werden konnte, aber nicht in böser Absicht geschieht. Unrecht ist, was mit Absicht und mit bösem Willen geschieht." Diese drei Fälle haben die Alten auch in dem Homerischen Verse über Achill in der Iliade hervorgehoben:

"Denn es war ihm nicht unbekannt, auch geschah es nicht unvorsichtig, noch in böser Absicht."

6. Aehnlich ist die Eintheilung bei Marcian. Er sagt: "Man vergeht sich entweder absichtlich, oder im Affekt, oder aus Zufall. Absichtlich vergehen sich die Räuber, welche eine Bande bilden; im Affekt, wenn man in der Trunkenheit Jemand schlägt oder mit den Waffen verletzt, aus Zufall, wenn man auf der Jagd mit dem nach einem Wilde geworfenen Wurfspiesse einen Menschen trifft und tödtet." Cicero unterscheidet die Absichtlichkeit und den Affekt so: "Bei allem Unrecht macht es viel aus, ob es in einer starken Gemüthsbewegung geschieht, die meist nur kurz ist und keine Dauer hat, oder ob es mit Ueberlegung und Absicht geschieht. Das, was im Affekt geschieht, ist gelinder zu beurtheilen, als was überlegt und vorbereitet erfolgt." Philo sagt bei Erklärung der einzelnen Gesetze: "Die Handlung gilt nur als eine halbe, wenn ihr keine lange Ueberlegung vorausgegangen ist."

7. Derart ist vorzüglich das, was die Nothwendigkeit zwar nicht schuldlos macht, aber doch entschuldigt. Denn Demosthenes sagt in seiner Rede gegen Aristokrates: "Der Druck der Nothwendigkeit nimmt das Urtheil über das, was geschehen soll oder nicht; deshalb wird ein billiger Richter dergleichen nicht zu strenge beurtheilen." Derselbe Gedanken wird von ihm in der Rede über falsches Zeugniss gegen Stephanus weiter ausgeführt. Thucydides sagt im vierten Buche seiner Geschichte: "Es ist wahrscheinlich, dass auch bei Gott eine Verzeihung für diejenigen bereit liegt, welche im Drange der Kriegsoder anderen Noth etwas versehen; denn auch die Altäre der Götter bilden eine Zufluchtsstätte für die, welche nicht in böser Absicht sich vergangen haben. Die Ungerechtigkeit treffe die, welche freiwillig schlecht sind, nicht die, welche die äusserste Nothwendigkeit zu einem Vergehen treibt." Die Cäriten sagen bei Livius den Römern: "Sie sollten das nicht Absicht nennen, wozu nur die Gewalt und Noth getrieben." Justinus sagt: "Obgleich

alle Phocenser wegen des Tempelraubes verwünscht wurden, so brachte ihre That doch den Thebanern, von denen sie dazu genöthigt worden waren, mehr Hass, als ihnen selbst." So hat nach dem Urtheil des Isokrates der, welcher aus Noth auf Beute ausgeht, „an der Nothwendigkeit eine Hülle für sein Unrecht." Aristides sagt in seiner zweiten Leuktrischen Rede: „Die schweren Zeiten gereichen den Abtrünnigen zu einiger Entschuldigung." Ueber die Messenier, welche die aus Athen Verbannten nicht aufgenommen hatten, sagt Philostratus: „Sie verdienen Entschuldigung, da Alexander dagegen war, den sie fürchten mussten, da alle Länder Griechenlands schon seine Macht kennen gelernt hatten." Ebenso sagt Aristoteles: „Er ist nur halb schlecht, aber nicht ganz, denn er hat es nicht mit Ueberlegung gethan." Die hier erforderlichen Unterscheidungen entwickelt Themistius in seiner Lobrede auf den Kaiser Valens folgendermaassen: „Du hast zwischen Unrecht, Fahrlässigkeit und Unglück unterschieden. Obgleich Du Plato's Aussprüche nicht kennst und den Aristoteles nicht studirst, so befolgst Du doch ihre Aussprüche durch die That. Denn Du hast nicht die gleiche Strafe für die bestimmt, die zu dem Kriege gerathen haben, und für die, welche später durch die Hitze des Kampfes fortgerissen worden sind, und für die, die nur dem nachgaben, der schon die Gewalt erlangt zu haben schien. Die Ersten hast Du bestraft, die Anderen gezüchtigt, der Letzten hast Du Dich erbarmt."

8. Derselbe will ein ander Mal einen jungen Kaiser belehren, wie sich Unglück, Versehen und Unrecht unterscheiden, und wie es dem Herrscher gezieme, „Jenes sich zu erbarmen, Diesen zu bessern, und nur den Letzten mit der Strafe zu belegen." So straft bei Josephus der Kaiser Titus „den Rädelsführer nach seiner That, die Menge blos mit tadelnder Rede." Reines Unglück verdient keine Strafe und verbindet nicht zum Ersatz des Schadens, aber absichtliche Ungerechtigkeit zu Beidem. Die Fahrlässigkeit steht in der Mitte; sie muss den Schaden ersetzen, aber bleibt oft von Strafe frei, namentlich wenn es die Todesstrafe ist. Hierauf bezieht sich der Vers des Valerius Flaccus (III. Buch v. 391 u. f.):

„Aber Jene, deren Rechte wider ihren Willen mit Blut sich netzte, und die Unglücklichen, welche

das harte Schicksal drückt, aber nahe der Schuld,
die drückt ihr Gewissen in verschiedener Art, und
jede That verfolgt ihren Mann."

V. Wenn Themistius sagt, dass man zwischen den Urhebern eines Krieges und denen, die nur Anderen gefolgt sind, unterscheiden müsse, so giebt es davon viele Beispiele in der Geschichte. So erzählt Herodot, dass die Griechen diejenigen bestraft haben, welche die Thebaner zum Abfall an die Meder verleitet hatten. So sind die Anstifter der Verschwörung in Ardea nach Livius mit dem Beile hingerichtet worden. Nach demselben liess Valerius Lävinus „nach Eroberung von Agrigent die Rädelsführer mit Ruthen peitschen und dann mit dem Beile hinrichten; die Anderen nebst der Beute verkaufte er." Derselbe sagt anderwärts: „Nachdem Atella und Celesia sich ergeben hatten, wurde auch gegen die Rädelsführer mit Strafe vorgegangen." Dann anderswo: „Nachdem die Anstifter des Abfalls die verdiente Strafe von den unsterblichen Göttern und von Euch, versammelte Väter, empfangen haben, was beschliesst Ihr da über die schuldlose Menge?" Man hat ihnen verziehen und das Bürgerrecht ertheilt, damit, wie Livius anderwärts sagt, „die Strafe sich auf den beschränke, der die Schuld trage." Bei Euripides wird der Argiver Eteokles gerühmt, weil:

„wenn er zu Gericht sass, die Strafe immer den wahren Schuldigen traf und nicht die väterliche Stadt, welche oft für einen schlechten Herrscher die Verantwortung tragen soll."

Auch die Athener gereute, nach Thucydides, ihr Beschluss gegen die Mitylener, wonach die ganze Stadt und nicht bloss die Urheber des Abfalles mit dem Untergang belegt worden waren. Auch Demetrius hat nach Diodor bei der Einnahme von Theben nur die zehn Anstifter des Abfalls hinrichten lassen.

VI. 1. Aber auch bei den Urhebern des Krieges muss noch unterschieden werden; denn mitunter ist die Ursache des Krieges nicht gerecht, aber doch derart, dass sie selbst einen rechtlichen Mann irre führen kann. Der Verfasser der Bemerkungen zu Herennius stellt als den günstigsten Fall den, wo der Fehlende nicht aus Hass oder Grausamkeit, sondern aus Pflicht und Rechtsgefühl gehandelt hat. Nach Seneca „wird der Weise die Feinde unversehrt, ja mitunter selbst mit Lob entlassen, wenn sie aus rechtlichen Beweggründen, um der Treue, des Bündnisses, der Freiheit willen, sich zu dem Kriege entschlossen haben." Bei Livius bitten die Cäriten um Verzeihung ihres Irrthums; sie hätten den Blutsverwandten helfen wollen. Den Phocensern, Chalcidensern und Anderen, welche in Folge des Bündnisses dem Antiochus beigestanden hatten, wurde von den Römern Verzeihung gewährt. Aristides sagt in seiner zweiten Leuktrischen Rede von den Thebanern, welche unter der Führung der Lacedämonier gegen die Athener ausgezogen waren, „dass sie zwar an einer unrechten Handlung Theil genommen hätten, aber dafür die Entschuldigung hätten, dass sie durch das Bündniss mit Jenen dazu verpflichtet gewesen seien."

2. Cicero sagt im ersten Buche seiner Pflichten, „dass man derer schonen müsse, welche in dem Kriege nicht unmenschlich und grausam gewesen; dann würden die Kriege, bei denen es auf den Ruhm der Herrschaft abgesehen sei, weniger hart geführt werden." So deutet Ptolemäus dem König Demetrius an: „sie kämpften nicht um Alles, sondern nur um die Herrschaft und den Ruhm gegen einander." Severus sagt bei Herodian: „Als wir den Krieg gegen Niger führten, so lagen keine zureichenden Ursachen für die Feindschaft vor; als Kampfpreis galt die Herrschaft, und da diese noch bestritten wurde, so wollte Jeder von uns sie mit gleichem Ehrgeiz an sich reissen."

3. Oft gilt, was Cicero von dem Kriege zwischen Pompejus und Cäsar sagt: „Die Sache war zweifelhaft; der Kampf wurde von den berühmtesten Männern geführt; Viele schwankten, was das Beste sei." Und an einer anderen Stelle sagt er: „Wenn wir auch eines menschlichen Irrthums schuldig sind, so sind wir doch frei von jedem Verbrechen." Ebenso bezeichnet Thucydides als verzeihungswürdig, was „nicht aus Bosheit, sondern aus Mangel an Einsicht geschieht." Derselbe Cicero sagt von Dejotaurus: „Er ging nicht aus Hass gegen Dich vor, sondern er hat aus einem gemeinsamen Irrthum gefehlt." Sallust sagt in seiner Geschichte: „Die grosse Masse folgte mehr der Art des gemeinen Volkes als ihrem Urtheil;

Einer folgte dem Anderen, als dem Klügern." Was Brutus über die Bürgerkriege sagt, gilt auch nach meiner Ansicht von den meisten anderen Kriegen: „Man soll eifriger in deren Verhütung sein, als in Ergiessung des Zornes gegen die Besiegten."

VII. 1. Selbst da, wo die Gerechtigkeit dies nicht verlangt, entspricht es doch der Milde, der Bescheidenheit, der Seelengrösse. Sallust sagt: „Durch Verzeihen habe das Römische Volk seine Grösse erhöht." Tacitus sagt: „So gross, wie der Scharfsinn gegen den Feind, so gross muss die Nachsicht gegen die Bittenden sein." Und Seneca sagt: „Das Beissen und Drängen der Verlorenen sei die Art der wilden Thiere, und nicht einmal der Besseren von denselben; Elephanten und Löwen gingen denen, die sie geschlagen hätten, vorbei." Oft ist das zeitgemäss, was Virgil sagt (Aeneis X. 528):

„Nicht hier wird der Sieg der Teukrer entschieden, und ein Leben allein wird nicht so grosse Folgen haben."

2. Eine ausgezeichnete Stelle hierüber befindet sich im vierten Buche zu Herennius: „Unsere Vorfahren haben es gut eingerichtet, dass sie keinem im Kriege gefangenen König das Leben nehmen. Weshalb? Weil es unbillig wäre, die Macht, welche das Schicksal uns gegegeben, zur Hinrichtung derer zu verwenden, die dasselbe Schicksal kurz vorher in den glänzendsten Stand gehoben hatte. Etwa, weil sie ein Heer gegen uns geführt haben? Dessen erinnere ich mich nicht mehr. Weshalb also? Weil ein tapferer Mann den Gegner im Kampfe um den Sieg für seinen Feind hält, in dem Besiegten aber nur den Menschen sieht, so dass die Tapferkeit den Krieg vermeiden, die Menschlichkeit den Frieden erhöhen kann. Aber würde Jener, wenn er gesiegt, ebenso handeln? Wo nicht, so wäre dies nicht weise gehandelt. Weshalb schonst Du also seiner? Weil ich solche Thorheit zu verachten, aber nicht nachzuahmen liebe." Wenn dies auf die Römer zu beziehen ist, denn es ist zweifelhaft, da der Schriftsteller auch fremde und erfundene Fälle herbeibringt, so steht es im geraden Widerspruch mit dem, was in der Lobrede auf Konstantinus, den Sohn von Konstantius gesagt wird: „Klüger ist es, die Besiegten durch Verzeihung zu Genossen zu machen; aber kräftiger han-

delt, wer den Zürnenden schlägt. Du hast, o Kaiser, die alte Zuverlässigkeit des Römischen Reiches erneuert, welche die gefangenen feindlichen Heerführer mit dem Tode bestrafte; denn damals wurden die gefangenen Könige, nachdem sie den Triumphwagen vom Thore bis zu dem Marktplatz geschmückt hatten, bei dem Einlenken des Feldherrn mit seinem Wagen nach dem Kapitol, in das Gefängniss geschleppt und getödtet; nur der König Perseus, für den der Feldherr Paulus, dem er sich ergeben hatte, sich verwendete, entging diesem harten Gebrauch; die Uebrigen wurden in Ketten geschlagen und geblendet und gaben so den anderen Königen ein Beispiel, dass sie lieber die Freundschaft der Römer suchen, als die Strenge der Gerechtigkeit herausfordern sollen." Allein diese Rede geht in der Schmeichelei zu weit.[33]) Allerdings erwähnt auch Josephus der Grausamkeit der Römer bei der Ermordung des Simon Barjoras; indess handelte es sich da nur um Feldherren, wie den Samniter Pontius, aber nicht um wirkliche Könige. Der Sinn der Worte ist in der Uebersetzung folgender: „Der Triumphzug war zu Ende, wenn er an dem Tempel des Jupiter Kapitolinus angelangt war; dort mussten die Feldherrn nach alter väterlicher Sitte warten, bis die Nachsicht von der Tödtung des feindlichen Feldherren erging. Dies war Simon, der Sohn des Joras, der in dem Triumphzug mit herumgeführt worden war. Er wurde dann an einem umgelegten Strick auf den Marktplatz geschleppt, während die Wächter ihn geisselten; denn da pflegen die Römer die zu Tode Verurtheilten hinzurichten. Als nun sein Tod gemeldet worden war, folgten gute Vorzeichen und später die Opfer." Ziemlich dasselbe sagt Cicero über die Hinrichtungen in seiner Rede gegen Verres.

3. Von Feldherren finden sich einige solche Fälle; von Königen nur wenige, wie von Aristonicus, Jugurtha, Artabasdus; dennoch entgingen, mit Ausnahme des Perseus, Syphax, Gentius, Juba, und zur Kaiserzeit Caractacus

---

[33]) Konstantin hatte nämlich zwei Fränkische Könige den wilden Thieren vorwerfen lassen; damals galten die Franken noch als rohe Barbaren. Der Redner will diese Grausamkeit durch die angebliche Grausamkeit früherer Zeiten beschönigen.

und Andere der Hinrichtung, woraus erhellt, dass die Römer auf die Ursache des Krieges und die Art, wie er geführt worden war, Rücksicht nahmen. Indess erkennt Cicero mit Anderen an, dass die Römer im Siege härter als billig verfahren seien. Deshalb ermahnt M. Aemilius Paulus bei Diodor von Sicilien die Römischen Senatoren in der Sache des Königs Perseus treffend: „Wenn sie auch vor den Menschen sich nicht fürchteten, so sollten sie doch die Rache der Götter scheuen, die denen drohe, welche ihren Sieg missbrauchten." Auch Pluturch berichtet, dass bei den Kriegen unter den Griechen selbst die Feinde aus Scheu vor der Würde keine Hand an die Lacedämonischen Könige gelegt haben.

4. Ein Feind, der sonach nicht bloss das beachtet, was die menschlichen Gesetze gestatten, sondern was seine Pflicht, was sittlich und fromm ist, der wird des feindlichen Blutes schonen, und wird keinen mit dem Tode bestrafen, ausgenommen zum Schutz des eigenen Lebens und der gleich werthen Güter, oder wenn der Mensch solche Verbrechen verübt hat, welche den Tod verdienen. Aber selbst diesem wird er hin und wieder aus Menschlichkeit oder anderen triftigen Gründen entweder alle Strafe oder wenigstens die Todesstrafe erlassen. Vortrefflich sagt hier Diodor von Sicilien: „Die Eroberung der Städte, der Sieg in den Schlachten und andere Glücksfälle des Krieges dankt man oft mehr dem Glück als der Tapferkeit. Aber es ist eine That der blossen Klugheit, wenn man auf dem Gipfel der Macht den Besiegten Barmherzigkeit zeigt." Bei Austin heisst es: „Obgleich Alexander den Anstiftern des Krieges mit Recht zürnen konnte, so hat er doch Allen Verzeihung angedeihen lassen."

VIII. Ueber die Tödtung derer, welche durch Zufall ohne Absicht getödtet werden, gilt das früher Gesagte; es darf, wenn nicht um der Gerechtigkeit, doch um des Mitleids willen, nur aus wichtigen Gründen, von denen das Wohl Vieler abhängt, dergleichen unternommen werden, woraus für viele Unschuldige Verderben entstehen kann. Dieselbe Ansicht theilt Polybius, welcher im fünften Buche seiner Geschichte sagt: „Rechtliche Männer führen auch mit schlechten Leuten keinen Krieg auf völlige Vernichtung, sondern nur, damit das Unrecht ausgeglichen und vergütet werde; sie verhängen auch nicht über Unschuldige und Schuldige dieselbe Strafe, sondern schonen der Unschuldigen wegen selbst die Schuldigen."[84]

IX. 1. Nach diesen Grundsätzen werden sich die besonderen Fälle leicht entscheiden lassen. Seneca sagt in seinem Buche, worin er gegen den Zorn eifert: „Den Knaben entschuldigt sein Alter, die Frau ihr Geschlecht." Selbst Gott wollte, dass die Juden in ihren Kriegen, wenn auch der angebotene Frieden zurückgewiesen worden, der Frauen und Kinder schonten; nur wenige Völker waren davon ausgenommen, gegen die der Krieg nicht ein Krieg der Menschen, sondern Gottes Krieg war und so genannt wurde. Als er die Weiber der Madianitiden wegen ihrer besonderen Verbrechen getödtet haben wollte, nahm er doch die unschuldigen Jungfrauen davon aus. Selbst als er den Einwohnern von Ninive wegen ihrer schweren Sünden den Tod in strengen Worten angekündigt hatte, liess er sich davon wieder durch das Erbarmen abbringen, welches er mit den vielen Tausenden

---

[84] Diese Ausführungen des Gr. bestätigen das in der Anmerk. 80 Gesagte. Gr. bekämpft in diesem Kapitel das antike Kriegsrecht in Bezug auf Tödtung der Feinde mit den Grundsätzen der christlichen Moral, oder vielmehr mit den Grundsätzen, zu denen die Kultur zu seiner Zeit in Bezug auf diese Fragen des Völkerrechts in Europa vorgeschritten war. Das, was Gr. hier geltend macht, ist kein Gegensatz von Moral und Recht, wie er meint, sondern von modernem und antikem Kriegsrecht. Interessant ist, wie diese Milderung schon in der Zeit der Römer begonnen hatte. Auch da war in der Zeit der spätern Republik und des Kaiserthums schon die Sitte viel milder geworden, und so findet sich schon da der gleiche Gegensatz. Die Schriftsteller sind aber in den Ausdrücken nachlässig und bezeichnen beide Zustände, je nachdem es ihnen passt, mit „Völkerrecht", was bei ihrer widersprechenden Natur nicht für dieselbe Zeit möglich ist. Allein gerade diese Zweideutigkeit lässt die zweideutige Natur des ganzen Völkerrechts erkennen, was zu jeder Zeit sich wesentlich auf die Moral stützt, deshalb über seine eigene erst werdende Natur noch im Unklaren ist und nur das schon Veraltete für wahres Recht hält. Hiernach sind die aus den alten Autoren nun folgenden Stellen aufzufassen.

hatte, deren Alter sie noch den Unterschied von Gut und Schlecht nicht erkennen liess. Aehnlich lautet der Ausspruch des Seneca: „Wer will über die Knaben zürnen, deren Alter noch nicht den Unterschied der Dinge kennt." Auch Lucan sagt:

„Mit welchem Verbrechen konnten die Kleinen den Tod verdienen."

Wenn dies Gott gethan hat, welcher die Menschen jedes Alters und Geschlechts, als der Geber des Lebens und als der Herr, ohne Unrecht tödten kann, wie kann sich da der Mensch mehr herausnehmen, denen Gott über die Anderen nur so viel Recht gegeben hat, als zum Wohle der Menschen und der Gemeinschaft nothwendig ist?

2. Dies wird in Bezug auf Kinder durch die Ansicht der Völker und Zeiten bestätigt, wo das Recht am meisten gegolten hat. Camillus sagt bei Livius: „Wir führen die Waffen nicht gegen das Alter, das man auch nach der Eroberung der Stadt verschont, sondern gegen die Bewaffneten." Er fügte hinzu, das gehöre zu dem Kriegsrecht, nämlich dem natürlichen. Plutarchus sagt über denselben Gegenstand: „Bei den Guten giebt es auch Gesetze für den Krieg." Man bemerke hier das Wort: „Bei den Guten", und vermische dies Recht nicht mit dem, was nur die Sitte ohne Strafe zulässt. So sagt Florus: Es habe ohne Verletzung der Rechtlichkeit nicht anders geschehen können. Livius sagt an einer Stelle: „Welches Alter selbst die Feinde in ihrem Zorn verschonen," und: „der grausame Zorn verschonte selbst das Leben der Kinder nicht."

3. Was bei den Kindern wegen Mangels an Verstand immer gilt, dies gilt bei den Frauen meistentheils, d. h. wenn sie nicht besonders etwas Strafbares begangen oder selbst die Geschäfte der Männer geführt haben. Denn Statius sagt: „Das Geschlecht ist ungeübt und kennt den Gebrauch des Eisens nicht." Als Nero in der Tragödie die Octavia eine Feindin nennt, erwidert der Präfekt (v. 864):

„Einer Frau giebst Du diesen Namen?"

Alexander sagt bei Curtius: „Ich führe keinen Krieg mit Gefangenen und Frauen; die Bewaffneten hasse ich, wenn es sein muss." Gryphus sagt bei Justin: „Von keinem seiner Vorfahren sei trotz der vielen inneren und

äusseren Kriege, nach dem Siege gegen die Frauen gewüthet worden; ihr Geschlecht schütze sie vor den Gefahren des Krieges und vor der Wildheit der Sieger."
Bei Tacitus sagt ein Anderer: „Nicht gegen die Frauen, sondern gegen die in Waffen ihm offen Entgegentretenden führe er Kriege."

4. Valerius Maximus nennt die von Munatius Flaccus gegen Kinder und Frauen verübten Grausamkeiten verwilderte und selbst im Hören nicht zu ertragende Thaten. Diodor berichtet, dass die Karthager in Selinus Greise, Frauen und Kinder gemordet hätten, „ohne von Mitgefühl ergriffen zu werden". Anderwärts nennt er die That „grausam". Labinus Paratus sagt über die Frauen: „Es ist ein Geschlecht, das der Krieg verschont." Aehnlich ist der Ausspruch des Papinius über die Greise:
„Der Haufen der Greise, welcher durch Waffen nicht verletzt werden darf."

X. 1. Dasselbe muss für die Männer gelten, deren Lebensweise aller Waffengebrauch zuwider ist. Livius sagt: „Nach dem Recht des Krieges gegen die Bewaffneten und sich Wehrenden," d. h. nach dem Recht, was der Natur entspricht. So sagt Josephus: „es sei billig, dass im Kampfe die gestraft werden, welche die Waffen ergriffen haben; aber die Unschuldigen seien nicht zu verletzen." Camillus befahl nach Eroberung von Veji, dass der Wehrlosen geschont werde. In diese Klasse gehören vor Allem die Diener der Religion; denn seit alten Zeiten war es bei allen Völkern Sitte, dass diese sich des Waffengebrauchs enthielten, und deshalb wurde auch gegen sie keine Gewalt gebraucht. So thaten die Philister, die Feinde der Juden, dem Kollegium der Propheten zu Gaba nichts zu Leide, wie aus 1. Sam. X. 5, 10 zu ersehen ist. Und so floh David mit Samuel nach einem anderen Ort, wo ein ähnliches Kollegium, gesichert gegen alle Waffengewalt, bestand; 1. Sam. XIX. 18. Plutarch erzählt, dass die Einwohner von Kreta bei ihren inneren Kriegen sich aller Beschädigung der Priester und derer enthalten haben, welche sie die Vorsteher des Begräbnisswesens nannten. Deshalb sagt das Griechische Sprüchwort: „Nicht einmal der Anzünder des Opferfeuers wurde verschont." Strabo erzählt, dass selbst als ganz Griechenland in Krieg entbrannt sei, doch die Eleer, als die dem

Jupiter Geweihten, und deren Gastfreunde in tiefem Frieden gelebt hätten.

2. Den Priestern werden hier mit Recht Die gleichgestellt, welche eine ähnliche Lebensweise erwählt haben, wie die Mönche und die Novizen, d. h. die Büssenden; die Kirchenregeln, welche der natürlichen Billigkeit gefolgt sind, wollen deshalb, dass man diesen dieselbe Schonung wie den Priestern angedeihen lasse. Zu ihnen sind noch Die zu rechnen, welche den edlen und dem menschlichen Geschlecht nützlichen Wissenschaften ihren Eifer und ihre Arbeit zuwenden.

XI. Dann gehören auch die Landbauer hierher, wie dies auch die Kirchenregeln verordnen. Diodor von Sicilien berichtet lobend von den Indiern: „Beide kriegführende Parteien tödten einander in den Schlachten, aber die Landbauer werden von Niemand verletzt, da sie die gemeinsamen Wohlthäter Aller sind." Plutarch erzählt von den alten Korinthern und Megarensern: „Den Landbauern thut Niemand etwas zu Leide." Cyrus liess dem König der Assyrer sagen: „er sei bereit, die Landbebauer zu schonen und ihnen kein Unrecht zuzufügen." Suidas erzählt von Belisar: „Für die Landleute sorgte er und schonte ihrer dermaassen, dass unter seiner Führung niemals einem derselben Gewalt geschehen ist."

XII. Die Kirchenregel rechnet auch die Kaufleute hierher, und dies gilt nicht blos von denen, die zeitweise im Feindesgebiet sich aufhalten, sondern auch von den dauernden Unterthanen; denn auch ihre Lebensweise ist den Waffen abgewendet. Auch gehören zu ihnen die Handwerker und Künstler, deren Erwerb Frieden und nicht den Krieg verlangt. [85]

XIII. 1. Wenn wir nun zu denen kommen, welche die Waffen getragen haben, so ist schon oben ein Ausspruch des Pyrrhus aus Seneca erwähnt worden, wonach die Schaam, d. h. die Rücksicht auf die Billigkeit, uns

---

[85] Wenn man diese von Gr. vertheidigten Ausnahmen zusammenrechnet, so gelangt man eben zu dem Völkerrecht, wie es zu seiner Zeit bestand und noch jetzt besteht, wonach das Recht der Tödtung nur im Waffenkampf gegen die feindlichen Soldaten und deren Begleiter geübt werden darf.

verbietet, den Gefangenen das Leben zu nehmen. Auch von Alexander ist bereits ein ähnlicher Ausspruch angeführt worden, welcher sich auf Frauen und Gefangene bezieht. Hierzu tritt, was Augustinus sagt: „Den kämpfenden Feind tödtet die Nothwendigkeit, nicht der Wille. So wie man dem Streiter und dem Widerstehenden die Gewalt zurückgiebt, so ist man dem Besiegten und Gefangenen Erbarmen schuldig, namentlich bei solchen, wo keine Friedensstörung zu befürchten ist." Xenophon sagt vom Agesilaus: „Er ermahnte die Soldaten, die Gefangenen nicht wie Schuldige zu strafen, sondern wie Menschen zu bewachen." Bei Diodor von Sicilien heisst es: „Alle stellen sich denen, die sich widersetzen, mit Gewalt entgegen; aber sie schonen der Ueberwundenen." Derselbe urtheilt über die Macedonier unter dem Befehle des Alexander: „dass sie härter mit den Thebanern verfahren seien, als es das Kriegsrecht gestatte."

2. Sallust sagt in der Geschichte des Jugurtha, dass es gegen das Kriegsrecht geschehen sei, als man nach der Uebergabe die Jünglinge getödtet habe; d. h. es sei gegen die natürliche Billigkeit und die Sitte gebildeter Völker. Bei Lactantius heisst es: „Man schont der Besiegten, und unter den Waffen ist noch eine Stelle für die Gnade." Tacitus lobt den Antonius Primus und Varus, die Flavianischen Feldherren, dass sie Niemand ausserhalb der Schlacht getödtet hätten. Aristides sagt: „Nach meiner Ansicht entspricht es der menschlichen Natur, die Widerspenstigen mit den Waffen zu zwingen, aber die Besiegten mild zu behandeln." Der Prophet Elias spricht über die Gefangenen zu dem König von Samarien: „Willst Du die weggeführten Gefangenen mit Deinem Schwerte oder mit Deinem Bogen tödten?" Wenn bei Euripides in den Herakliden der Bote klagt:
„Also verbietet Euer Gesetz, die Feinde zu tödten?"
so antwortet der Chor:
„Soweit der Kriegsgott ihn in der Schlacht erhalten hat."
Daselbst sagt der Gefangene Eurystheus:
„Nicht rein werden die Hände sein, welche mich tödten wollen."
Bei Diodor von Sicilien werden die Byzantiner und Chal-

cedonier wegen ihrer Ermordung vieler Gefangenen so beurtheilt: „Sie begingen Thaten voll der höchsten Grausamkeit." Derselbe nennt anderwärts die Schonung der Gefangenen „das gemeinsame Recht; wer anders handelt, sündigt", sagt er, „unzweifelhaft". Der Gefangenen zu schonen, gebietet die Natur des Guten und Billigen, wie wir eben aus den philosophischen Schriften des Seneca vernommen haben. Ebenso finden wir in der Geschichte die gelobt, welche, wenn die zu grosse Zahl der Gefangenen Last und Gefahr brachte, sie lieber freiliessen als tödteten.

XIV. 1. Aus demselben Grunde ist eine Uebergabe in der Schlacht oder bei der Belagerung, wobei die Schonung des Lebens ausbedungen wird, nicht zurückzuweisen. Deshalb sagt Arrian, die Niedermetzelung, welche die Thebaner gegen die, welche sich übergeben hatten, vornahmen, sei gegen die Griechische Sitte gewesen. Aehnlich sagt Thucydides im 3. Buche seiner Geschichte: „Die sich ergeben wollten und die Hände ausstreckten, habt Ihr aufgenommen; denn es ist die Sitte der Griechen, solche nicht zu tödten." Und bei Diodor von Sicilien sagen die Senatoren von Syrakus: „Den Bittenden zu erhalten, ist Sache der Grossmuth." Sopater sagt: „Es ist ein Gesetz, die, welche im Kriege sich ergeben, mit dem Tode zu verschonen."

2. Bei Belagerungen geschah dies von den Römern, wenn der Widder noch nicht die Mauer getroffen hatte. Cäsar meldete den Aduatikern, „dass er ihres Staates schonen wolle, wenn sie sich ergäben, ehe der Widder die Mauer berührt habe." Noch jetzt wird diese Sitte bei schwachen Plätzen beobachtet, ehe die Zündgeschosse zerplatzen, und bei Festungen, ehe die Mauern gestürmt werden. Cicero, der mehr auf das, was die Billigkeit verlangt, sieht, als auf das, was geschieht, sagt indess: „für die mit Gewalt Besiegten muss man Sorge tragen, und ebenso muss man die, welche die Waffen niederlegen und sich auf die Gnade des Feldherren verlassen, aufnehmen, selbst wenn der Widder schon die Mauer erschüttert haben sollte." Die Jüdischen Ausleger bemerkten, dass die Vorfahren die Sitte gehabt, eine belagerte Stadt nicht ringsum einzuschliessen, sondern eine Stelle offen zu lassen, wo die, welche wollten, entfliehen konnten, damit die Sache weniger blutig verlaufe.

XV. Dieselbe Billigkeit gebietet, derer zu schonen, welche sich ohne Bedingung ergeben oder als Flehende sich melden. Tacitus meint, es sei grausam, die, welche sich ergeben, niederzumetzeln. Sallust erzählt, dass die Campaner sich dem Marius ergeben hätten, und dass alle Erwachsenen getödtet worden; er nennt dies eine That gegen das Völkerrecht, d. h. gegen das natürliche. Derselbe sagt anderwärts: „Sie sind nicht in den Waffen, noch in der Schlacht nach Kriegsrecht, sondern nachher als Flehende getödtet worden." Auch Livius sagt, wie erwähnt: „Das Kriegsrecht geht gegen die Bewaffneten und die sich mit Gewalt wehrten," und an einer anderen Stelle: „welcher denen, die sich ergeben hatten, gegen Recht und Billigkeit den Krieg brachte." Man muss sogar dahin wirken, dass sie sich eher aus Furcht zur Uebergabe entschliessen, als dass es zu der Niedermetzelung kommt. Es wird am Brutus gelobt, dass „er die Gegner nicht mit Gewalt überfallen, sondern durch Reiterei umzingeln liess; dann hiess er ihrer schonen, da sie bald die Ihrigen sein würden." [86]

XVI. 1. Von diesen Regeln des Rechts und der Billigkeit pflegt man Ausnahmen zu behaupten, die sich nicht rechtfertigen lassen; nämlich wenn es auf Vergeltung von Gleichem mit Gleichem ankomme; wenn ein abschreckendes Beispiel nothwendig sei; wenn der Widerstand zu hartnäckig gewesen. Allein Jeder, welcher der oben gegebenen Regeln über zulässige Tödtungen sich erinnert, wird erkennen, dass diese Gründe dazu nicht hinreichen. Von Gefangenen und Solchen, die sich ergeben haben oder wollen, droht keine Gefahr; um sie zu tödten, muss deshalb ein Vergehen, und zwar ein solches vorliegen, was ein billiger Richter mit dem Tode bestraft. So ist mitunter gegen Gefangene und Solche, die sich ergeben hatten, gewüthet worden, oder es ist das Leben denen, die sich ergeben wollten, nicht zugesichert worden, weil sie den Krieg fortgesetzt hätten, obgleich sie von der Ungerechtigkeit desselben überzeugt worden, oder weil sie mit den gröbsten Verleumdungen die Ehre der Gegner ange-

---

[86] Auch diese Sätze in Ab. 13—15 bilden jetzt das wirkliche und alleinige Völkerrecht, neben dem nicht noch ein anderes und härteres besteht, wie Gr. meint.

griffen hätten, oder weil sie das gegebene Wort oder eine andere Pflicht des Völkerrechts gebrochen hätten, oder weil sie zu den Ueberläufern gehörten.

2. Die Natur der Sache gestattet die Vergeltung mit gleichem Uebel nur gegen den, der in seiner Person dasselbe gethan hat, und es ist unzulässig, die Feinde wegen eines Einzelnen unter ihnen als einen Körper zu behandeln; dies erhellt aus dem, was oben über die Gemeinschaft der Strafe gesagt worden ist. Bei Aristides heisst es: „Ist es nicht verkehrt, das, was man anklagt und für schlecht erklärt, als das Rechte nachzuahmen?" Deshalb beschuldigt Plutarch die Syrakusaner, dass sie die Frauen und Kinder des Hicetas getödtet hätten, blos weil Hicetas die Frau, die Schwester und den Sohn des Dio getödtet hatte.

3. Auch der Vortheil, der aus einem abschreckenden Beispiel für die Zukunft erwartet wird, gehört nicht zu den gerechten Ursachen der Tödtung; nur wenn das Recht dazu an sich schon besteht, kann dies ein Grund sein, dass man dieselbe nicht erlassen darf.

4. Die hartnäckige Vertheidigung verdient, sobald dieselbe überhaupt nur nicht eine unzulässige gewesen ist, den Tod nicht. Dies machen die Neapolitaner bei Prokop geltend. „Solle eine Strafe eintreten, so dürfe es wenigstens nicht die Todesstrafe sein, und kein gerechter Richter würde so erkennen." Als Alexander alle Erwachsenen einer Stadt, weil sie sich zu heftig gewehrt hatte, tödten liess, meinten die Indier, er führe Krieg nach Art der Strassenräuber; aus Scheu vor dieser Schmach begann dieser König später von seinen Siegen einen milderen Gebrauch zu machen. Er handelte besser, als er einiger Milesier verschonte, „weil er ihren Edelmuth und ihre Treue sah," wie die Worte Arrian's lauten. Phyto, der Vorstand der Reginer, wurde wegen der hartnäckigen Vertheidigung der Stadt von Dionys zur Kreuzigung und zum Tode geschleppt; dabei rief er aus, dass er getödtet werde, weil er die Stadt nicht habe verrathen wollen; aber Gott werde bald Rache deshalb nehmen. Diodor von Sicilien nennt solche Strafen ungerechte. Das Urtheil bei Lucan gefällt mir sehr: „Es möge siegen, wer es nicht für nöthig hält, gegen die Besiegten das wilde Eisen

zu brauchen, und welcher seine Mitbürger deshalb, weil sie auf des Gegners Seite gekämpft haben, nicht des Verbrechens beschuldigt." Unter Bürger muss man aber hier nicht blos die Landsleute dieses oder jenes Landstriches verstehen, sondern Alle, welche als Menschen durch ihre gemeinsame Natur Mitbürger sind.

5. Noch weniger rechtfertigt der Schmerz aus einer empfangenen Niederlage die Tödtung, wie dies von Achilles, Aeneas, Alexander geschehen, welche ihren Freunden mit dem Blute der Gefangenen und derer, die sich ergeben hatten, ein Todtenopfer gebracht haben. Deshalb deutet Homer mit Recht dies an:

„Und böse Thaten hatte er in seinem Sinne."

XVII. Aber selbst wenn die Vergehen als todeswürdige anzusehen sind, fordert die Mildherzigkeit, dass wegen der Menge der Uebelthäter an dem strengen Recht etwas nachgelassen werde. Gott selbst hat davon ein Beispiel gegeben, indem er verlangte, dass den Kananitern und ihren Nachbarn trotz ihrer groben Sünden ein Frieden angeboten werden solle, wonach ihnen das Leben gegen Zahlung eines Tributs gelassen wurde. Auch der Ausspruch Seneca's gehört hierher: „Gegen Einzelne macht sich die Strenge des Kaisers geltend; aber Verzeihung wird nothwendig, wenn das ganze Heer abgefallen ist. Was hebt den Zorn des Weisen? Die Menge der Sünder." Auch Lucan sagt:

„So viele Jünglinge der feindlichen Unterwelt
zuzuführen, hat wohl manchmal die Hungersnoth
bewirkt, oder die Wuth des Meeres, oder ein plötzlicher Einsturz, oder eine Seuche des Himmels oder
der Erde, oder die Metzelei der Schlacht, aber als
Strafe ist es nie geschehen."

Cicero sagt: „Man hat das Loos eingeführt, damit die Strafe nicht gegen zu Viele vollstreckt werde." Sallust sagt zu Cäsar: „Niemand fordert Dich zu grausamen Strafen oder zu harten Strafurtheilen auf; denn dadurch wird der Staat mehr verwüstet als gebessert."

XVIII. 1. Wie gegen die Geisseln nach dem Naturrecht zu verfahren ist, erhellt aus dem früher von uns Gesagten. Als man noch glaubte, dass Jeder über sein Leben dasselbe Recht wie über sein Eigenthum habe, und dass dieses Recht durch stillschweigende oder ausdrückliche Uebereinkunft von den Einzelnen dem Staat übertragen worden, ist es weniger zu verwundern, wenn die für ihre Person unschuldigen Geisseln wegen der Vergehen des Staates mit dem Tode belegt wurden; man setzte voraus, dass sie besonders eingewilligt, oder der Staat es gethan, in dessen Einwilligung die ihrige enthalten sei. Allein nachdem die bessere Weisheit uns belehrt hat, dass Gott uns das Recht über unser Leben genommen habe, so erhellt, dass Niemand durch seine Einwilligung einem Anderen ein Recht über sein oder seiner Bürger Leben gewähren kann. Deshalb erschien es nach dem Bericht des Agathias dem guten Feldherrn Narses als eine wilde That, an unschuldigen Geisseln die Todesstrafe zu vollstrecken. Andere erzählen ähnliche Fälle. Auch Scipio kann als Beispiel gelten, welcher sagt: „Er werde nicht gegen die unschuldigen Geisseln, sondern gegen die Abtrünnigen selbst mit Strenge verfahren, und er werde mit der Strafe nicht gegen den Wehrlosen, sondern gegen den bewaffneten Feind vorschreiten."

2. Wenn aber bedeutende neue Rechtslehrer die Gültigkeit solcher Uebereinkommen behaupten, soweit sie mit der Sitte übereinstimmen, so lasse ich dies mir gefallen, insofern hier unter Recht nur die Straflosigkeit verstanden wird, wie man dieses Wort oft in diesem Sinne bei dieser Frage gebraucht; wollen sie aber damit die Sündlosigkeit solcher vertragsmässigen Lebensberaubung behaupten, so fürchte ich, dass sie sich selbst täuschen und durch ihr gefährliches Ansehen auch Andere täuschen. Wenn einer der Geisseln entweder vorher unter denen gewesen ist, welche sich schwer vergangen haben oder nachher das auf ihn gesetzte Vertrauen in einer groben Weise getäuscht hat, dann kann es allerdings kommen, dass seine Bestrafung vollkommen gerecht ist.

3. Als die Clölia [87]) nicht freiwillig, sondern auf Be-

---

[87]) Clölia war eine Jungfrau aus einem patrizischen Geschlecht in Rom und wurde in dem Kriege mit Porsenna diesem mit anderen Jungfrauen als Geissel ausgeliefert. Sie entfloh, schwamm durch die Tiber und kehrte nach Rom zurück. Aber der Senat liess sie wieder dem Porsenna zuführen, worauf dieser in Bewunderung ihres Muthes und hohen Sinnes ihr die Freiheit schenkte und

fehl ihres Staates als Geissel gestellt worden war und mittelst Durchschwimmung der Tiber entflohen war, „so war sie bei dem Etruskischen König nicht nur sicher, sondern wegen ihrer Tugend auch geehrt," wie die Worte des Livius bei dieser Erzählung lauten.

XIX. Noch ist zu erwähnen, dass alle Herausforderungen zum Zweikampf, um sein Recht zu erlangen oder den Krieg zu beenden, ohne Nutzen sind und nur eine eitle Prahlerei der Kraft enthalten, d. h. wie die Griechen sagen: „mehr ein Prahlen mit der Kraft als ein Kampf gegen die Feinde." Solches streitet mit den Pflichten eines Christen und selbst mit den Regeln der Menschlichkeit. Die Staatsgewalt hat deshalb dies ernstlich zu verbieten, indem sie Rechenschaft für das vergossene Blut dem ablegen muss, an dessen Stelle sie das Schwert führt. Auch Sallust lobt die Führer, welche mit einem unblutigen Heer den Sieg davontragen, und Tacitus sagt von den Katten, einem wegen seiner Tapferkeit bekannten Völkerstamm: „Die regellosen Raubzüge und die zufälligen Kämpfe waren bei ihnen selten." [88])

---

ihr gestattete, mit anderen von ihr auszuwählenden Jungfrauen, wobei sie die Jüngsten wählte, nach Rom zurückzukehren.

[88]) Gr. kommt später in Kap. XX. noch einmal auf die Zweikämpfe als Mittel, den Krieg zu vermeiden oder zu beenden, zurück und lässt da dieselben zu diesem Behufe zu. Er geräth dadurch mit sich in Widerspruch. Was das Duell ausserhalb des Krieges anlangt, so ist bei der weichen Gemüthsart des Gr. es begreiflich, dass er als sein Gegner auftritt. Allein hier, wie überall, kann aus der Natur der Sache nichts abgeleitet werden; es entscheidet das Gebot der Autoritäten. Zu diesen gehört auch das Volk als Ganzes, als eine Recht und Sitte erzeugende Macht. Wenn dieses das Duell billigt, ja unter Umständen gebietet, so ist es sittlich. Wird es von anderen daneben bestehenden Autoritäten (der Kirche) bekämpft, so hängt die Entscheidung von der Uebermacht der betreffenden Autorität ab (B. XI. 70). Deshalb sind alle sachlichen Deduktionen gegen das Duell nicht blos wissenschaftlich ohne Werth, sondern auch praktisch ohne Effekt. Selbst wenn man sich auf den blossen Standpunkt

Kapitel XII.
Beschränkungen rücksichtlich der Verwüstung und Aehnlichem.

I. 1. Um die Sache eines Anderen mit Recht vernichten zu können, muss Eines von den Dreien vorhergehen: 1) entweder eine solche Noth, welche bei der ersten Einführung des Eigenthums als Ausnahme anerkannt worden ist; z. B. wenn Jemand das Schwert eines Dritten, was ein Wüthender ergreifen will, zu seiner Rettung in den Fluss wirft; aber selbst in einem solchen Falle bleibt nach der richtigen Ansicht die Verbindlichkeit zum Schadensersatz; oder 2) eine Schuld, die aus einer Ungleichheit hervorgeht, so dass die vernichtete Sache auf diese Schuld als empfangen angerechnet wird, denn sonst wäre es kein Recht; oder 3) eine strafbare Schuld, deren Strafe der vernichteten Sache entspricht oder deren Werth sie nicht übersteigt. Denn eine verständiger Theolog bemerkt richtig, dass es keine Gleichheit ist, wenn wegen fortgetriebener Schweine oder Anzündung einiger Häuser ein ganzes Reich verwüstet wird. Auch Polybius hat dies erkannt und will, dass im Kriege die Strafe nicht ohne Maass fortgehe, sondern sich in der Schranke einer Sühne für das begangene Vergehen halte. Nur aus diesen Gründen und nur innerhalb dieser Schranken kann ohne Unrecht eine fremde Sache vernichtet werden.

2. Uebrigens ist es thöricht, wenn kein Interesse vorliegt, ohne allen Nutzen Jemand zu schaden. Der Kluge

---

des Nutzens stellt, bleibt die Sache zweifelhaft. Denn das Duell ist ein vorzüglicher Schutz gegen die Rohheit der Sitte und gegen die Feigheit, die sich hinter dem Richter verkriecht. Auch hier wird über einzelne unglückliche oder übertriebene Fälle der unendliche Nutzen übersehen, der aus dem blossen Dasein dieser Sitte, für ehrenhaftes und anständiges Benehmen unter Männern hervorgeht.

bestimmt sich also hierbei nach seinem Vortheil, und der erheblichste hierbei ist, wie Onosander sagt: „das Gebiet der Feinde zu verwüsten, zu verbrennen, zu entvölkern. Denn der Mangel an Geld und Vorrath mindert den Krieg, sowie der Ueberfluss daran ihn ernährt." Damit stimmt Proklus, indem er sagt: „Es ist das Zeichen eines guten Feldherrn, wenn er die Vorräthe der Feinde von allen Seiten vernichtet." Ueber Darius sagt Curtius: „Die Völker, welche nichts haben und nur vom Raube leben, glaubte er am besten durch Mangel unterwerfen zu können."

3. Auch ist eine solche Verwüstung zu gestatten, welche den Feind in kurzer Zeit zum Frieden zwingt. Diese Art der Kriegführung gebrauchte Halyattes gegen die Milesier, ebenso die Thracier gegen die Byzantiner, die Römer gegen die Campaner, Capenater, Spanier, Ligurer, Nervier, Menapier. Allein erwägt man die Sache genau, so geschieht dergleichen meist aus Hass und nicht aus kluger Berechnung. Gewöhnlich fehlt es an solchen hinreichenden Gründen, oder es stehen ihnen stärkere Gründe entgegen.

II. 1. Dies ist zunächst der Fall, wenn wir selbst die fruchtbaren Ländereien in Besitz haben, und der Feind davon keinen Nutzen ziehen kann. Deshalb verlangt das göttliche Gesetz, dass zu Wällen und anderen Kriegsarbeiten nur wilde Bäume verwendet werden, und die Frucht tragenden zur Nahrung geschont werden; weil, wie es sagt, die Bäume nicht wie die Menschen sich gegen uns zur Schlacht erheben können. Philo wendet dies aus der Gleichheit des Grundes auch auf Fruchtäcker an, indem er dem Gesetze die Worte leiht: „Weshalb willst Du gegen leblose Dinge wüthen, die sanft sind und sanfte Früchte tragen? Geben etwa die Bäume nach Art der feindlichen Menschen ein Zeichen ihrer Feindschaft, so dass sie für das, was sie thun oder zu thun drohen, mit der Wurzel ausgerissen werden müssten? Sie nützen vielmehr den Siegern, gewähren Vorrath für das Bedürfniss, ja selbst für das Vergnügen. Nicht blos die Menschen zahlen Tribut, sondern auch die Bäume, die zu ihrer Jahreszeit noch einen besseren zahlen, und einen solchen, ohne den man nicht leben kann." Josephus bemerkt zu derselben Stelle, „die Bäume würden schreien, wenn sie könnten, dass man sie, die den Krieg nicht verursacht, mit Unrecht dafür bestrafe." Daher hat, wenn ich nicht irre, der Pythagoräische Spruch bei Jamblichus seinen Ursprung: „Einen gepflegten und Frucht tragenden Baum darf man nicht verletzen, noch ausrotten."

2. Porphyrius dehnt bei Beschreibung der Sitten der Juden im vierten Buche seines Werkes gegen das Essen von Fleisch dieses Gesetz in Uebereinstimmung mit der Sitte auch auf die zum Feldbau gebrauchten Thiere aus; er sagt, Moses habe befohlen, dass auch diese in dem Kriege verschont würden. Die Talmudischen Schriften und die Jüdischen Ausleger fügen hinzu, dass dieses Gesetz von Allem gelte, was nutzlos zerstört werde, so, wenn Gebäude verbrannt, Esswaaren und Getränke verdorben werden. Mit diesem Gebote stimmt die kluge Mässigung des Athenischen Feldherrn Timotheus, welcher nach dem Bericht des Polyänus „nicht litt, dass ein Haus oder Landhaus zerstört oder ein Fruchtbaum umgehauen wurde." Auch von Plato ist in seinem fünften Buche der Gesetze eines vorhanden, „dass weder der Acker verwüstet, noch die Wohnungen verbrannt werden sollen."

3. Noch vielmehr gilt dies, nachdem der volle Sieg gewonnen worden. Cicero billigt die Zerstörung Korinth's nicht, obgleich die Römischen Gesandten dort abscheulich behandelt worden waren; derselbe nennt es anderwärts einen abschenlichen, gottlosen, von Hass erfüllten Krieg, weil er gegen die Wände, Decken, gegen die Säulen und Pfosten sich richte. Livius lobt die Milde der Römer nach der Besiegung von Capua, wo man nicht mit Feuer und Aexten gegen wehrlose Dächer und Mauern gewüthet habe. Agamemnon sagt bei Seneca:

„Denn ich gestehe (denn in Deinem Argivischen Lande kann ich in Frieden dies sagen), ich wollte die Phrygier bedrängen und besiegen; aber auch ich hätte es nicht gestattet, dass man die Stadt verwüstet und dem Boden gleichgemacht."

4. Allerdings sagt die heilige Schrift, dass einige Städte von Gott zum Untergange verurtheilt worden, und dass er gegen die allgemeinen Regeln geboten habe, die Bäume der Moabiter umzuhauen. Dies geschah aber nicht in feindlicher Absicht, sondern in gerechtem Abscheu vor

den Schandthaten, welche entweder bekannt geworden waren, oder von Gott so abgeschätzt worden waren.

III. 1. Ein zweiter Fall derart ist selbst bei dem schwankenden Besitz eines Gebietes dann vorhanden, wenn ein schneller Sieg sicher erwartet werden kann, dessen Lohn dann dies Gebiet mit seinen Früchten bietet. So verbot Alexander seinen Soldaten die Verwüstung von Kleinasien, wie Justin erzählt; „denn man solle seine eigenen Sachen schonen, und nicht vernichten, was man besitzen werde." So ermahnte Quintius, während Philipp Thessalien mit zerstörender Hand durchzog, seine Soldaten, wie Plutarch erzählt, sie sollten marschiren wie durch Freundes oder das eigene Land. Krösus rieth dem Cyrus, Lydien von den Soldaten nicht verwüsten zu lassen, „nicht meine Stadt, nicht mein Eigenthum wirst Du plündern; denn es gehört mir nicht mehr; Dein ist es, und sie zerstören das Deinige·"

2. Wer anders handelt, auf den passen die Worte der Jocaste an Polynices in der Thebais des Seneca (v. 558 u. f.):

„Indem Du nach dem Vaterland verlangst, zerstörst Du es; damit es Dein werde, willst Du, es soll gar nicht sein. Deiner eigenen Sache schadet es, dass Du mit feindlichen Waffen das Land verbrennst, die wachsende Saat vernichtest und alle Menschen aus dem Lande verjagst. Niemand verwüstet so sein Eigenthum. Was Du mit Feuer zu verwüsten, mit dem Schwerte zu zerhauen befiehlst, hältst Du für fremdes Eigenthum."

Denselben Sinn haben die Worte bei Curtius: „Denn was sie nicht verwüstet haben würden, das würde den Feinden zufallen." Darauf bezieht es sich, wenn Cicero in einem Briefe an Atticus es bespricht, dass gegen den Rath des Pompejus das Vaterland durch Hunger zn tödten sei. Deshalb beschuldigt Alexander Isius im 17. Buche von Polybius den Philipp; Livius giebt die Worte so wieder: „Philipp vermeide das feindliche Zusammentreffen auf ebenem Felde und mit entfaltetem Kriegszeichen; er weiche zurück, zünde und plündere die Städte und zerstöre die Lebensmittel, den Lohn des Siegers. Die alten Macedonischen Könige hätten nicht so, sondern auf dem Schlachtfelde gekämpft; sie hätten der Städte nach Möglichkeit geschont, um ihr Land reich zu erhalten. Denn wenn man das Land verwüste, um dessen Besitz man kämpfe, so bleibe nach dem Kriege nichts übrig; was sei dies für Klugheit?"

IV. 1. Der dritte Fall ist, wenn der Feind von anderwärts her seinen Unterhalt beziehen kann; insbesondere wenn ihm das Meer oder andere Länder offen stehen. Archidamus räth bei Thucydides in einer Rede den Lacedämoniern von dem Kriege gegen die Athener ab und fragt, was sie damit erreichen wollten. Ob sie glaubten, durch ihre Uebermacht an Soldaten das Attische Land leicht verwüsten zu können? "Allein Jene", sagt er, "haben noch andere ihnen unterworfene Länder (er meint Thracien und Ionien) und können zur See das Erforderliche sich verschaffen." In solchen Fällen ist es das Beste, auch in dem besetzten Gebiete den Ackerbau ungestört zu lassen, wie es in dem Belgisch-Deutschen Kriege kürzlich geschehen ist, wo dafür an beide Theile ein Tribut gezahlt worden ist.[89]

2. Es stimmt dies auch mit den alten Sitten der Indier, bei denen nach Diodor von Sicilien "die Landbauer heilig und unverletzt bleiben, in der Nähe den Acker bearbeiten und von den Gefahren des Krieges nicht berührt werden." Er setzt hinzu: "Das Gebiet der Feinde wird nicht versengt, und die Bäume werden nicht umgehauen." Dann: "Kein Soldat fügt dem Landbauer Uebles zu, vielmehr wird diese Klasse, als Allen nutzbringend, vor jedem Unrecht geschützt."

3. Auch Cyrus und der Assyrische König kamen nach Xenophon überein, "dass mit den Landbauern Friede, mit den Bewaffneten Krieg sein solle." So verpachtete nach des Polyänus Bericht Timotheus die fruchtbarsten Ländereien an Kolonisten; ja er verkaufte nach Aristoteles die Früchte selbst an die Feinde und bezahlte davon seinen Soldaten den Sold. Dasselbe geschah nach Appian von Viriaticus in Spanien, und ebenso ist es in dem erwähnten Deutsch-Belgischen Kriege in vernünftiger

---

[89] Gr. meint das Bündniss des Deutschen Reiches mit den Niederlanden gegen Spanien, wo ein solches Abkommen zwischen Spanien und Belgien getroffen worden war.

und nützlicher Weise zum Verwundern der anderen Nationen gehalten worden.

4. Diese Sitte stellen die Lehrer der Menschlichkeit, die Kirchenregeln allen Christen, zum Muster hin, welche zu grösserer Milde wie Andere verpflichtet und berufen sind. Nach diesen sollen nicht blos die Landbauer, sondern auch ihr Zugvieh und das für den Acker bestimmte Saatgetreide den Kriegsgefahren nicht unterliegen; aus demselben Grunde, aus dem das bürgerliche Gesetz das Ackergeräth in Pfand zu geben verbietet, und bei den Phrygiern und Cypriern und später auch bei den Athenern und Römern ein Arbeitsochse nicht getödtet werden durfte.

V. Viertens kommt es vor, dass manche Dinge für die Kriegführung ohne Werth sind; dergleichen gebietet die Vernunft auch während des Krieges zu schonen. Hierauf bezieht sich die Rede, welche die Rhodier an Demetrius, dem Städteeroberer, für ein Gemälde des Jalysus hielten. Gellius übersetzt sie so: „Welches Uebel bestimmt Dich, dass Du dieses Bild sammt den Häusern durch Brand vernichten willst? Denn wenn Du uns Alle überwunden und die ganze Stadt eingenommen hast, so gewinnst Du durch den Sieg auch dieses Bild ganz und unverletzt; kannst Du aber uns nicht überwinden, so bedenke, ob es Dir nicht schlecht ansteht, weil Du die Rhodier nicht hast besiegen können, mit dem todten Protogenes Krieg geführt zu haben." Polybius sagt: „Es zeige ein rasendes Gemüth, wenn man das vernichte, was doch den Feind nicht schwäche, noch dem Zerstörer nütze; wie Tempel, Triumphbogen, Bildsäulen und Aehnliches. Marcellus sagt unter Beistimmung Cicero's: „Er verschonte alle Gebäude in Syrakus, sowohl die öffentlichen wie die privaten, die heiligen wie die weltlichen, so, als wenn er mit dem Heere zu deren Schutz und nicht zur Eroberung gekommen wäre." Derselbe sagt später: „Unsere Vorfahren beliessen den Besiegten, was ihnen angenehm und uns geringfügig erschien."

VI. 1. Wenn dies aus den erwähnten Gründen schon bei anderen Zierrathen gilt, so kommt bei den geweihten Heiligthümern noch ein besonderer Grund hinzu. Denn dergleichen hat zwar eine öffentliche Natur und kann deshalb nach dem Völkerrecht ungestraft zerstört werden; allein wenn keine Gefahr droht, so gebietet die Ehrfurcht vor geweihten Gegenständen, die Kirchen und ihr Zubehör zu schonen; vorzüglich, wenn die Kriegführenden denselben Gott nach gleichem Gesetz verehren, sollten sie auch in einzelnen Lehrsätzen oder Gebräuchen von einander abweichen.

2. Thucydides nennt es das Recht unter den Griechen zu seiner Zeit, „dass die auf einander anrückenden Heere sich von den dazwischen liegenden heiligen Orten fern hielten." Livius sagt, dass bei der Zerstörung Alba's die Tempel der Götter verschont wurden. Von den Römern sagt Silius bei der Eroberung von Capua (XIII. Buch, v. 316 u. f.):

„Siehe, eine plötzliche Scheu durchdringt mit stillem Gefühl die Brust und zähmt durch die Gottheit die wilden Gemüther, dass sie die Fackel und Flammen entfernen und die Tempel nicht in einem Scheiterhaufen zu Asche verbrennen."

Livius erzählt, dass man dem Censor Q. Fulvius vorgehalten, „er verpflichte durch die Religion das Römische Volk, aus zerstörten Tempeln neue Tempel aufzurichten, als wenn nicht überall dieselben unsterblichen Götter beständen, sondern durch die Beute andere Götter verehrt und geschmückt werden müssten." Dagegen liess Marcius Philippus, als er nach Dius gekommen war, das Tempelgebiet abstecken, damit an dem heiligen Orte nichts beschädigt würde. Strabo erzählt von den Tectosagen, welche mit Anderem auch die Schätze zu Delphi geraubt hatten, dass sie zur Versöhnung des Gottes zu Hause die Beute mit Zusatz geweiht hätten.

3. Um auf die Christen zu kommen, so erwähnt Agathias, dass die Franken der Kirchen geschont haben, weil sie mit den Griechen eine Religion hätten. Ja selbst die Menschen sind der Kirchen wegen verschont worden, was, um nicht Beispiele von heidnischen Völkern anzuführen, deren es viele giebt, da die Schriftsteller es die Sitte nach den Hellenischen Gebräuchen nennen, Augustin bei der Eroberung Roms durch die Gothen mit den Worten erwähnt: „Dies bezeugen die Plätze der Märtyrer und der apostolischen Kirchen, wohin bei jener Verwüstung die besiegten Gläubigen und Fremden sich flüchteten. Bis an diese wüthete der blutige Feind; da fand die Wuth des Mordens ihre Grenze. Dahin wurden von den mit-

leidigen Feinden die, welche auch ausserhalb verschont worden waren, gebracht, damit sie nicht solchen in die Hände fielen, welche kein solches Mitleid fühlten. Aber selbst diese, die sonst nach Feindes Art wütheten, liessen in ihrer unmenschlichen Wuth nach, und ihre Begierde nach Gefangenen erlosch, als sie zu diesen Orten gelangten, wo das verboten war, was anderwärts das Kriegsrecht gestattete."

VII. 1. Das von den Heiligthümern Gesagte gilt auch von den Grabstätten, selbst von den nur zur Ehre des Verstorbenen errichteten Denkmälern. Denn wenn auch das Völkerrecht es gestattet, straflos seine Wuth gegen sie auszulassen, so enthält ihre Verletzung doch eine Verachtung der Menschlichkeit. Die Rechtsgelehrten sagen, dass die Rücksicht auf die Religion der entscheidenste Grund sei. Aus den Troaden des Euripides ist ein Vers sowohl in Bezug auf Grabstätten, wie Heiligthümer erhalten (v. 95 u. f.):

"Ein Mensch, der die Städte und die heiligen Sitze der unterirdischen Götter und die Tempel zerstört, ist nicht bei Sinnen, ihn erwartet ein gleiches Verderben."

Apollonius von Tyana erklärt die Fabel von der Himmelserstürmung der Titanen dahin: "Sie hatten den Tempeln und Sitzen der Götter Gewalt angethan." Statius nennt den Hannibal einen Tempelräuber, "weil er die Altäre der Götter mit der Fackel anzündete."

2. Nach der Eroberung von Karthago beschenkte Scipio seine Soldaten, mit Ausnahme derer, die sich gegen den Tempel des Apollo vergangen hatten, wie Appian sagt. Cäsar wagte nach Dio nicht, das von Mithridates erbaute Siegesdenkmal zu zerstören, da es den Kriegsgöttern geweiht sei. Cicero sagt in seiner vierten Rede gegen Verres, dass Marcus Marcellus die Heiligthümer, obgleich der Sieg sie entheiligt habe, dennoch in religiöser Scheu nicht berührt habe, und fügt hinzu, dass die Feinde mitunter im Kriege die Rechte der Grabstätten und die Gebräuche beachteten. Anderwärts nennt er die von Brennus dem Tempel Apollo's angethane Gewalt eine schändliche That. Livius nennt den Raub der Schätze der Proserpina durch Pyrrhus eine scheussliche und gotteslästerliche That. Aehnlich nennt

Diodor die That von Himilco „gottlos und eine Sünde gegen die Götter". Livius nennt den Krieg des Philipp nichtswürdig, weil er ihn gleichsam gegen die oberen und unteren Götter geführt habe; auch eine Wuth und ein Verbrechen nennt er ihn. Florus sagt von demselben: „Philipp wüthete über das Siegesrecht hinaus gegen Tempel, Altäre und Grabmäler." Ueber denselben Fall äussert sich Polybius: „Wenn das zerstört wird, was uns weder nützen, noch den Feinden schaden kann, insbesondere die Tempel und die darin befindlichen Bildsäulen und Zierrathen, ist solches nicht die That einer bösen Seele und eines wüthenden Zornes?" Auch den Einwand der Wiedervergeltung lässt Polybius hier nicht zu.

VIII. 1. Obgleich es nun nicht zu meiner Aufgabe gehört, das Nützliche zu ermitteln, sondern nur die ausgelassene Kriegsweise in die von Natur gezogenen Grenzen zurückzubringen und auf das Bessere innerhalb dieser Grenzen hinzuweisen, so wird doch die in diesem Jahrhundert verachtete Tugend mir verzeihen, wenn ich auch den Nutzen für sie geltend mache, da sie für sich allein verachtet wird. Denn zunächst nimmt das Maasshalten in Zerstörung der Sachen, welche für den Krieg keine Bedeutung haben, dem Feinde eine bedeutende Waffe, nämlich die Verzweiflung. Archidamus sagt bei Thucydides: „Betrachtet das feindliche Land nur wie eine Geissel, die um so werthvoller ist, je mehr sie angebaut ist; deshalb ist es vor Allem zu schonen, damit die Verzweiflung die Feinde nicht unüberwindlich mache." Ebenso rieth Agesilaus gegen die Meinung der Achäer den Akarnaniern das Besäen der Felder zu gestatten, da sie, je mehr sie gesäet hätten, desto begieriger nach dem Frieden verlangen würden. Deshalb sagt die Satyre: „Den Beraubten bleiben noch die Waffen." Livius sagt von einer durch die Gallier eroberten Stadt: „Die Fürsten der Gallier beschlossen, nicht alle Gebäude zu verbrennen, sondern ein Stück der Stadt übrig zu lassen, was als Pfand für die Umstimmung des feindlichen Sinnes behalten werden könne."

2. Dazu kommt, dass ein solches Verhalten während des Krieges von grosser Siegesgewissheit zeugt, und dass die Milde geeignet ist, die Gemüther zu beugen und zu versöhnen. Hannibal beschädigte nach Livius in dem

Tarentiner Gebiet nichts, „es geschah nicht sowohl aus Mässigung des Führers oder der Soldaten, sondern um die Theilnahme der Tarentiner zu gewinnen." Aus einem ähnlichen Grunde enthielt sich Cäsar Augustus in Pannonien der Plünderung. Dio giebt den Grund an: „Er hofft, sie ohne Gewalt zu unterwerfen." Timotheus gewann durch die oben erwähnte Fürsorge neben anderem „auch die Herzen der Feinde." Plutarch sagt nach Erzählung des oben über Quintus und ihrer Gefährten Erwähnten: „Sie erhielten hier bald den Lohn solcher Mässigung; denn bei seiner Ankunft in Thessalien schlossen die Städte sich ihnen an. Da gingen selbst die innerhalb der Thermopylen wohnenden Griechen den Quintus mit dringenden Bitten an, und die Achäer gaben die Freundschaft mit Philipp auf und verbanden sich gegen ihn mit den Römern." Der Staat der Lingonen war in dem Kriege, welcher unter Anführung des Cerealis unter der Herrschaft des Domitian gegen den Bataver Civilis geführt wurde, von den Schrecken der Plünderung verschont worden, und deshalb, sagt Frontinus, „da sie wider Erwarten Alles unverletzt behalten hatten, kehrte der Staat zum Gehorsam zurück und führte ihm 70,000 Bewaffnete zu."

3. Das entgegengesetzte Verfahren zeigt auch die entgegengesetzten Folgen. Livius giebt ein Beispiel an Hannibal: „Er neigte zum Geiz und zur Grausamkeit; deshalb verwüstete er, was er nicht behalten konnte, um dem Feinde nur ein wüstes Land zurückzulassen. Diese böse Gesinnung herrschte bei ihm im Anfang und führte ihn auch in das Verderben. Denn nicht bloss die, welche Unwürdiges leiden mussten, sondern auch die Uebrigen wurden ihm abwendig, denn das Beispiel wirkte weiter, als das Elend sich erstreckte."

4. Unzweifelhaft ist es, wie auch einige Theologen meinen, die Pflicht der Staatsgewalt und der Feldherren, die gewaltsame Plünderung der Stadt und Aehnliches nicht zu gestatten. Denn dergleichen kann nicht ohne das schwerste Unglück vieler Unschuldigen abgehen und nützt doch oft nur wenig für den Krieg; weshalb dabei die christliche Liebe immer, und selbst die Gerechtigkeit meistentheils nicht vorhanden ist. Das die Christen unter einander verbindende Band ist stärker,

als sonst bei den Griechen, und doch war es bei ihnen durch die Amphyktionen verboten, in ihren Kriegen eine Griechische Stadt zu zerstören. Und von dem Macedonischen Alexander erzählen die Alten, dass er keine Handlung so bereut habe, als die Zerstörung Thebens.[90]

Kapitel XIII.
Beschränkungen rücksichtlich der erbeuteten Gegenstände.

I. 1. Die Erbeutung feindlicher Sachen in einem gerechten Kriege darf nicht für sündlos oder frei von der Pflicht der Erstattung gehalten werden. Wenn man auf das sittlich Erlaubte achtet, so darf nicht mehr genommen oder zurückbehalten werden, als der Feind wirklich schuldet; nur zur Sicherheit können auch Sachen darüber hinaus zurückbehalten werden, aber bei dem Aufhören der Gefahr müssen sie oder ihr Werth nach den Buch II. Kap. 11 dargelegten Grundsätzen zurückgegeben werden. Denn das, was gegen die Sachen der Neutralen gestattet ist, ist es noch mehr gegen die der Feinde. Es giebt also ein Recht, Einzelnes zu ergreifen, aber Eigenthum wird dadurch nicht erworben.

2. Eine Forderung können wir erlangen, entweder aus der Ungleichheit der Gegenstände oder aus einer Strafe; daher kann auch aus beiderlei Gründen feindliches Eigenthum erworben werden, doch mit Unterschied. Denn oben

---

[90] In Bezug auf die in diesem Kapitel behandelte Materie kann die Anmerk. 75 wiederholt werden. Was Gr. als Moralgebot dem Völkerrecht entgegenstellt, ist bereits das zu seiner Zeit geltende Völkerrecht gegenüber dem obsolet gewordenen Völkerrecht der alten Zeit; und schon in dieser alten Zeit beginnt diese Milderung, weshalb schon die alten Autoren sich zweideutig über das damals geltende Völkerrecht aussprachen.

ist dargelegt worden, dass aus der Schuld des Staatsoberhauptes nicht bloss dessen Vermögen, sondern auch das der Unterthanen nach dem bestehenden Völkerrecht, gleichsam nach Art einer Bürgschaft, verhaftet ist. Dieses Völkerrecht ist anderer Art als das, was nur Straflosigkeit und die Klagbarkeit bei den Gerichten begründet. Denn so wie durch unsere private Einwilligung der Andere nicht bloss ein äusserliches, sondern auch ein innerliches Recht auf unser Vermögen erlangt, so geschieht dies auch durch eine gemeinsame Einwilligung, welche die Einwilligung der Einzelnen der Kraft nach in sich enthält, in welchem Sinne das Gesetz „ein gemeinsames Staatsabkommen" genannt wird. Die Völker werden sich zu dieser Art von Geschäften um so eher vereinigt haben, weil eine solche Bestimmung des Völkerrechts nicht nur grosse Uebel abwenden, sondern auch Jedem besser zu seinem Recht verhelfen kann.

II. Bei der anderen Art von Forderungen, die sich auf die Strafe gründet, scheint dagegen kein solches Recht auf das Vermögen der Unterthanen durch Uebereinstimmung der Völker begründet worden zu sein; denn die Verhaftung für fremde Forderungen ist an sich lästig und darf deshalb nicht weiter, als das Geschäft besagt, ausgedehnt werden. Auch ist die Nützlichkeit bei dieser Art von Forderungen nicht die gleiche wie dort; denn bei jener handelt es sich um Mein und Dein, hier nicht,[91] weshalb die Verfolgung ohne Schaden unterbleiben kann. Auch steht dem das oben über das Attische Recht Bemerkte nicht entgegen; denn dort entsprang die Verbindlichkeit der Einzelnen nicht aus der Strafe, die der Staat zu leisten hatte, sondern sie hatten nur den Staat zur Erfüllung seiner Pflicht anzuhalten, d. h. das Urtheil gegen den Schuldigen zu fällen, und diese Pflicht gehört nicht zur ersten, sondern zur zweiten hier behandelten Gattung. Denn ein Anderes ist die Verbindlichkeit, zu

---

[91] Dort verliere ich etwas an meinem Vermögen, wenn ich die Forderung nicht einziehe; denn sie ist aus der Hingabe eines Theils meines eigenen Vermögens entsprungen; hier handelt es sich nur um eine Strafe, die erlassen werden kann, ohne dass man dadurch ärmer wird.

strafen, ein Anderes die, gestraft zu werden. Allerdings entsteht letztere aus der unterlassenen Erfüllung der ersten, aber der Grund zu jener und dieser Wirkung bleiben unterschieden Deshalb können der Strafe wegen die Sachen der feindlichen Unterthanen nicht eigenthümlich erworben werden; dies geschieht nur, wenn sie selbst etwas verbrochen haben, wozu auch die Obrigkeiten gehören, welche die Vergehen nicht bestrafen.

III. Uebrigens können die Sachen der Unterthanen genommen und erworben werden, nicht blos zur Erlangung einer Forderung der ersten Art, aus welcher der Krieg entstanden ist, sondern auch wegen der weiteren, daraus folgenden Ansprüche, wie im Beginn dieses Buches dargelegt worden ist. So ist der Ausspruch mancher Theologen zu verstehen, dass die Kriegsbeute nicht mit der Hauptforderung ausgeglichen werden könne; dies gilt nämlich so lange, als nicht der durch den Krieg selbst verursachte Schaden nach billigem Richterspruch ersetzt worden ist. So verlangten die Römer in ihrem Streit mit Antiochus nach Livius' Erzählung, dass der König die ganzen Kriegskosten bezahle, da der Krieg durch seine Schuld veranlasst worden sei. Bei Justinus heisst es: „Er werde nach dem gerechten Gesetz die Kriegskosten übernehmen." Bei Thucydides werden die Samier verurtheilt: „die beschädigten Gegenstände zu ersetzen." Aehnlich lauten viele andere Stellen. Was man aber den Besiegten mit Recht auferlegen darf, dies darf man auch mit Recht durch Krieg erzwingen.

IV. 1. Uebrigens gehen, wie schon anderwärts erinnert worden, die Pflichten der Liebe weiter als die Regeln des Rechts. Wer im Reichthum lebt, gilt als unbarmherzig, wenn er seine hülflosen Schuldner auspfänden lässt, um den letzten Groschen zu erlangen; noch mehr, wenn der Schuldner durch seine eigene Güte in die Schuld gekommen ist, etwa weil er sich für einen Freund verbürgt hat, und er nichts dafür bekommen hat. Denn der ältere Quintilian sagt: „Die Gefahr des Bürgen ist zu beklagen." Dennoch handelt ein solcher hartherziger Gläubiger nicht gegen das strenge Recht.

2. Deshalb fordert die Menschlichkeit, dass man denen, die den Krieg nicht verschuldet haben und nur als Bürgen verhaftet sind, die Sachen lasse, welche man eher

als sie entbehren kann, namentlich wenn erhellt, dass sie das so Verlorene von ihrem Staate nicht ersetzt erhalten werden. Hierher gehört das, was Cyrus nach der Eroberung von Babylon seinen Soldaten sagte: „Ihr werdet das, was Ihr nehmt, nicht mit Unrecht besitzen; allein aus Menschlichkeit werdet Ihr es nicht nehmen, sondern ihnen belassen."

3. Auch ist zu beachten, dass dieses Recht an das Vermögen der unschuldigen Unterthanen nur zur Aushülfe eingeführt ist; so lange wir also noch mit Leichtigkeit dieses Recht gegen die ursprünglichen Schuldner verfolgen können, oder gegen die, welche durch ihre Rechtsverweigerung sich freiwillig zu Schuldnern gemacht haben, ist es zwar nicht gegen das strenge Recht, aber gegen die Gebote der Menschenliebe, sich an die Unschuldigen zu halten.

4. Beispiele solcher Menschlichkeit bietet namentlich die Römische Geschichte; da sind den Besiegten ihre Ländereien mit dem Beding, dass sie in den Römischen Staat eintreten, überlassen worden, d. h. dass sie den besiegten Staat verliessen; oder den alten Besitzern wurde der Ehre halber ein Antheil an ihrem ehemaligen Gut überlassen. So sind nach Livius die Vejenter von den Römern nur mit dem Verlust eines Theiles ihrer Ländereien als Strafe belegt worden. So gab Alexander von Macedonien den Uxiern ihre Ländereien gegen einen Zins zurück. So liest man, dass die Städte, welche sich ergaben, nicht geplündert worden sind; auch ist bereits erwähnt worden, dass man der Personen und selbst des Geräthes der Landbauer in löblicher Weise und nach der frommen Vorschrift der Kirchenregeln geschont und höchstens einen Tribut verlangt hat. Gegen einen solchen Tribut pflegt auch für die Waaren Schutz im Kriege bewilligt zu werden. [92]

---

[92] Auch für den Inhalt dieses Kapitels wird auf das in Anmerk. 79 u. 83 früher Ausgeführte Bezug genommen. Was Gr. hier als Moral darstellt, ist zum Theil das Völkerrecht seiner Zeit; was darüber hinausgeht, ist auch moralisch unverbindlich; denn wie soll der einzelne Soldat in Bezug auf seine Beute die von Gr. hier gezogenen Unterschiede übersehen und beachten können. Selbst der Feldherr kann es in der Regel nicht.

Kapitel XIV.
Beschränkungen rücksichtlich der Gefangenen.

I. 1. In den Ländern, wo die Gefangenschaft und die Sklaverei der Menschen üblich ist, muss sie, wenn man die innere Gerechtigkeit mit in Betracht zieht, nach der Art wie bei Sachen beschränkt werden, nämlich dahin, dass ein solches Herrenrecht nur soweit zulässig ist, als die Höhe der ursprünglichen Forderung und der spätere Zuwachs es verlangen; ausgenommen, die Gefangenen hätten selbst etwas verbrochen, was die Billigkeit mit der Sklaverei zu bestrafen gestattet. Soweit hat also der, welcher nicht über das Gerechte hinaus Krieg führt, ein Recht auf die gefangenen Unterthanen des Feindes und kann dasselbe gültig auf Andere übertragen.

2. Die Pflichten der Billigkeit und Liebe verlangen aber auch hier dieselben Unterscheidungen, die früher bei der Tödtung der Feinde aufgestellt worden sind. [93]

---

[93] Es ist auffallend, dass Gr. in Bezug auf die Sklaverei, selbst nach der moralischen Auffassung, nicht so weit geht, als die öffentliche Meinung seiner Zeit in Frankreich und Holland. Dort kannte man innerhalb des Staatsgebietes keine Sklaverei mehr, und selbst ein von Aussen kommender Sklave wurde mit seinem Eintritt in das Land frei. Gr. erkennt dagegen noch eine selbst nach der christlichen Moral zulässige Sklaverei an; er begnügt sich, die Ausübung derselben zu mildern und dem Sklaven ein Eigenthum und die Aussicht auf Freilassung bei guter Führung zu sichern. Nach modernen Begriffen kann aber diese Milde die Sklaverei an sich nicht ändern, und deshalb verlangt die Gegenwart mit solcher Energie die Beseitigung der Sklaverei an sich und begnügt sich nicht mit der blossen Milde der Behandlung, in Bezug auf welche allerdings vielfach die Sklaven im Süden es besser haben mögen als die freien Lohnarbeiter im Norden. — Diese Auffassung des Gr. ist ein interessanter Beitrag für die Natur der Entwickelung allen Rechtes und aller Moral überhaupt. Selbst ein so feingebildeter und milder Mann

Demosthenes lobt in seinem Briefe für die Kinder des Lykurg den Macedonischen Philipp, dass er nicht Alle, die sich unter den Feinden befunden hätten, zu Sklaven gemacht, „denn er hielt nicht gegen Alle ein und dasselbe für recht und erlaubt, sondern erwog die Sache nach der Schuld jedes Einzelnen, und handelte auch hier wie ein Richter."

II. 1. Zunächst muss aber erinnert werden, dass dieses Recht, was gleichsam auf der Bürgschaft für den Staat beruht, keineswegs so weit geht, als das aus Vergehen entspringende Recht, wonach die Sklaverei als deren Strafe eintritt. Deshalb nannte ein Spartaner sich nicht den Sklaven, sondern den Gefangenen. Denn genau betrachtet, gleicht dieses allgemeine Recht gegen die Gefangenen bei einem gerechten Kriege dem Recht der Herren

---

wie Gr. nahm vor 250 Jahren an dem Institut der Sklaverei noch keinen Anstoss; wie kann man sich da wundern, dass Aristoteles 1800 Jahre vor ihm die Sklaverei noch philosophisch als ein naturgemässes und sittliches Institut begründet hat. Dies zeigt, wie alles Sittliche immer nur positiver Natur ist; wie keine Zeit ein Recht hat, ihre Moral und ihr Recht über das einer anderen Zeit zu stellen, und wie der Inhalt des Sittlichen sich in einer fortwährenden allmäligen Veränderung befindet, welche nach Jahrhunderten und Jahrtausenden auch das trifft, was man für das Heiligste und für das Ewige gehalten hat. Das Weitere ist ausgeführt B. XI. 191. Nach den von Gr. beigebrachten Citaten unterschied man schon im Alterthum und vor Christus das Recht und die Moral in Bezug auf die Behandlung des Sklaven; das Christenthum hat hierin nichts geändert; der Satz: dass alle Menschen Brüder sind, blieb ein todter Buchstabe, bis die Germanischen Nationen, welche die Sklaverei in diesem Sinne nicht kannten, das Römische Reich zerstörten und ihre Sitten allmälig zur Geltung kamen. — Die weiteren Unterscheidungen des Gr. je nach dem Grunde, aus dem die Sklaverei in dem einzelnen Falle entstanden ist, haben nur ein historisches Interesse, aber zeigen, wie tief bei ihm noch die Ueberzeugung sass, dass die Sklaverei an sich zulässig sei.

gegen die, welche sich aus Noth in die Sklaverei verkauft haben; wobei man noch davon absieht, dass die Lage Jener trauriger ist, weil sie nicht durch ihre Thaten, sondern durch die Schuld der Staatsgewalt in diese Lage gekommen sind. „Es ist das Härteste, nach Kriegsrecht Sklave zu werden," sagt Isokrates.

2. Diese Sklaverei ist also nur eine dauernde Verbindlichkeit zur Arbeit für den ebenso dauernden Unterhalt. Dieser Art von Sklaverei entspricht die Definition des Chrysippus, welcher sagt: „Der Sklave ist ein dauernder Lohnarbeiter." Auch das jüdische Gesetz vergleicht den, der sich aus Noth verkauft hat, ausdrücklich mit dem Lohnarbeiter; Deut. XV. 18, 40, 53; es will, dass ihm bei seinem Loskauf seine Arbeit ebenso angerechnet werde, wie die aus einem Acker gezogenen Früchte dem alten Eigenthümer zugerechnet werden; Deut. XVIII. 50.

3. Dennoch ist das, was nach dem Völkerrecht straflos gegen die Sklaven geschehen kann, sehr verschieden von dem, was die natürliche Vernunft gestattet. Aus Seneca ist schon angeführt worden: „Wenn gegen die Sklaven Alles erlaubt ist, so giebt es doch Etwas, was das gemeinsame Recht der lebenden Geschöpfe dem Menschen anzuthun verbietet." Dahin gehört auch der Ausspruch des Philemon:

„Jeder, o Herr, ist als Mensch geboren, und obgleich er als Sklave dient, hört er nicht auf, ein Mensch zu sein."

Anderwärts sagt derselbe Seneca: „Sie sind Sklaven, aber auch Menschen; sie sind Sklaven, aber auch Hausgenossen; sie sind Sklaven, aber auch bescheidene Freunde; sie sind Sklaven, aber auch Genossen in der Sklaverei." Auch bei Macrobius finden sich Gedanken, die ganz mit dem Ausspruch des Apostels Paulus stimmen: „Ihr Herren, gewährt den Sklaven, was recht und billig ist, eingedenk, dass auch Ihr einen Herrn im Himmel habt." Auch anderwärts verlangt er, dass die Herren nicht hart mit den Sklaven verfahren, aus dem erwähnten Grunde, weil auch sie einen Herrn im Himmel haben, der auf dergleichen Unterschiede nicht achtet. In den Konstitutionen, welche dem Clemens Romanus zugeschrieben werden, heisst es: „Hüte Dich, Deinem Sklaven oder Deiner Magd mit hartem Sinn etwas zu befehlen." Clemens von Alexandrien verlangt, dass man die Sklaven wie Seinesgleichen behandeln solle, da sie so gut Menschen seien wie Andere, indem er dem Ausspruch des weisen Juden folgt: „Wenn Du einen Sklaven hast, so behandle ihn wie Deinen Bruder, denn er hat eine Seele wie Du."

III. Das sogenannte Recht über Leben und Tod gegen den Sklaven giebt dem Herrn die häusliche Gerichtsbarkeit, die aber ebenso gewissenhaft auszuüben, ist wie die öffentliche. Dies wollte Seneca, als er sagte: „Bei einem Sklaven ist nicht blos daran zu denken, wie viel er von Dir, ohne dass Dich eine Strafe trifft, ertragen muss, sondern wie viel Dir Recht und Billigkeit gestatten, die auch die Schonung der Gefangenen und Erkauften verlangen." Derselbe sagt anderwärts: „Was kommt es auf die Art der Herrschaft an, unter der sich Jemand befindet, da wir doch Alle einen höchsten Herren haben." Er vergleicht da die Unterthanen mit den Sklaven und sagt, es sei gegen Beide dasselbe, wenn aus verschiedenen Rechtsgründen erlaubt, was unzweifelhaft bei der Frage, ob ihm das Leben genommen werden kann, und Aehnlichem wahr ist. Derselbe Seneca sagt: „Unsere Vorfahren hielten ihr Haus für einen Staat im Kleinen." Plinius sagt: „Für die Sklaven ist das Haus gleichsam das öffentliche Wesen und der Staat." Der Censor Cato strafte nach Plutarch einen Sklaven, der ein todeswürdiges Verbrechen begangen hatte, nicht eher, als bis er durch den Richterspruch seiner Mitsklaven verurtheilt worden war. Damit sind die Stellen in Hiob XXXI. 13 u. f. zu vergleichen.

IV. Aber selbst bei geringeren Strafen, wie körperliche Züchtigungen, ist mit Billigkeit, ja mit Nachsicht gegen die Sklaven zu verfahren. „Du wirst ihn nicht unterdrücken; Du sollst kein harter Herr für ihn sein," sagt das göttliche Gesetz über den Jüdischen Sklaven. Dies muss jetzt, wo Alle einander die Nächsten sind, von allen Sklaven gelten. Deut. XV. 17, 45, 53. Philo bemerkt zu dieser Stelle: „Das Schicksal hat zwar die Sklaven unter den Herrn gestellt; von Natur sind sie aber dem Herrn gleich, und nach dem göttlichen Gesetz bestimmt sich die Regel des Rechts nicht nach dem, was dem Schicksal, sondern was der Natur entspricht. Deshalb sollen die

Herren ihre Gewalt gegen die Sklaven nicht missbrauchen und sie nicht als einen Gegenstnnd betrachten, an dem sie ihren Stolz, ihre Unverschämtheit und ihre wilde Rohheit auslassen können. Denn das sind die Zeichen nicht eines milden, sondern eines verhärteten Gemüthes, was gegen die Untergebenen in tyrannischer Herrschsucht wüthet." Seneca sagt: „Verträgt es sich mit der Gerechtigkeit, dass die Herrschaft über einen Menschen härter und drückender geübt werde, als über die stummen Thiere? Wird nicht ein erfahrener Reiter sich hüten, sein Pferd durch fortwährende Züchtigung scheu zu machen? Denn es wird furchtsam und widerspenstig, wenn man es nicht mit schmeichelnder Hand besänftigt." Und bald darauf fährt er fort: „Was ist thörichter, als sich zu schämen, gegen Zugthiere und Hunde den Zorn auszulassen, aber den Menschen unter die härteste Gewalt eines anderen Menschen zu stellen?" Deshalb musste nach Jüdischem Gesetz ein Sklave oder Sklavin freigelassen werden, wenn ihnen absichtlich ein Auge oder auch nur ein Zahn ausgeschlagen worden war.

V. 1. Auch die Arbeit ist mit Mässigung aufzulegen, und die Kräfte der Sklaven sind dabei mit Menschlichkeit zu berücksichtigen. Auch dies ist bei der Einrichtung des Jüdischen Sabbaths mit bezweckt; es soll auch für deren Arbeit eine Erholung stattfinden. Ein Brief des C. Plinius an Paulinus beginnt so: „Ich sehe, wie mild Du Deine Leute behandelst, und ich kann Dir deshalb um so offener die Nachsicht gestehen, mit der ich gegen die meinigen verfahre. Ich denke immer an die Worte im Homer: „Der Schwiegervater war zu mir wie ein gütiger Vater,[94] und das will unser „Paterfamilias" sagen."

2. Auch Seneca findet in diesem Worte die Menschlichkeit früherer Zeiten: „Seht Ihr nicht, wie unsere Vorfahren alles Gehässige von dem Herrn und alle Schmach von dem Sklaven genommen haben? Sie nannten den Herrn Familienvater und die Sklaven Familienglieder." Dio von Prusa sagt bei Schilderung eines guten Königs:

---

[94] Es sind die Worte der Helena aus dem letzten Gesange der Iliade, v. 775, wo sie sagt, dass ihre anderen Verwandten ihr oft Vorwürfe gemacht, aber niemals Hektor und ihr Schwiegervater Priamus.

„Seinen Namen des Herrn macht er so wenig gegen die Freien geltend, dass er ihn nicht einmal gegen die Sklaven gebraucht." Ulysses sagt bei Homer den treu erfundenen Sklaven, dass sie bei ihm künftig wie Brüder seines Sohnes Telemach behandelt werden sollten. Tertullian sagt: „Wohlgefälliger lautet der Name der Milde *(pietatis)* als der Macht *(potestatis)*; sie werden auch mehr Familienvater als Herr genannt." Hieronymus oder Paulinus sagt zur Celantia: „Stelle Dich und regiere so in Deinem Hause, dass man sieht, Du willst mehr die Mutter als die Herrin Deiner Leute sein; nöthige sie mehr durch Milde als durch Strenge zur Ehrfurcht." Augustin sagt: „Gerechte Väter haben sonst ihr Haus so in Frieden eingerichtet, dass bei den zeitlichen Gütern das Vermögen der Söhne von der Sklaven Besitzstand getrennt wurde; aber zur Verehrung Gottes zogen sie alle Glieder ihres Hauses mit gleicher Liebe herbei. Dies ist so naturgemäss, dass sie deshalb Hausväter genannt worden sind, und dieses Wort gilt so allgemein, dass auch die Herren sich gerne so nennen hören. Wer aber ein wahrer Hausvater ist, der sorgt, dass Alle in seinem Hause gleich Kindern Gott verehren und sich Verdienst erwerben."

3. Servius macht auf eine ähnliche Milde aufmerksam, indem die Sklaven auch Knaben genannt würden; so sagt Virgil: „Verschliesst die Wasserrinnen, Ihr Knaben." Aehnlich nannten die Herakleoten ihre Mariandynischen Sklaven $\delta\omega\rho\sigma\varphi\acute{o}\rho\sigma\nu\varsigma$, d. h. Beschenkte,[95] indem sie dem Sklavennamen die Bitterkeit nahmen, wie ein alter Ausleger, Callistratus, zu Aristophanes bemerkt. Tacitus lobt die Deutschen, dass sie die Sklaven wie Landbauer hielten. Theono sagt in einem Briefe: „Der rechte Gebrauch der Sklaven erfordert, dass sie nicht durch übermässige Arbeit erschöpft werden, noch durch Mangel die Kräfte verlieren."

VI. 1. Für seine Arbeit ist der Sklave zu ernähren. Cicero sagt: „Man hat nicht Unrecht, wenn man ver-

---

[95] Gr. ist hier im Irrthum. Das Wort $\delta\omega\rho\sigma\varphi\acute{o}\rho\sigma\varsigma$ hat aktive Bedeutung und bezeichnet den Sklaven, welcher Geschenke trägt oder bringt, oder welcher den von ihm verdienten Lohn seinem Herrn abliefert. Man sehe Terenz im Phormio, I. 1, 6.

langt, dass die Sklaven wie Lohnarbeiter behandelt werden sollen; man kann Arbeit von ihnen fordern, aber muss ihnen, was Recht ist, gewähren." Aristoteles sagt: „Der Unterhalt ist der Lohn des Sklaven." Cato sagt: „Sorgt, dass das Hausgesinde es gut habe; dass es nicht friere und nicht hungere." Seneca sagt: „Auch der Herr ist dem Sklaven Einiges schuldig, wie Essen und Kleidung." Auf den Unterhalt wurden monatlich vier Maass Weizen gerechnet, wie Donatus als den Sklaven geliefert, angiebt. Der Rechtsgelehrte Marcian sagt, dass der Herr seinen Sklaven Einiges gewähren müsse, wie den Rock und Aehnliches. Die Geschichtschreiber verdammen die Grausamkeit der Sicilianer, welche die gefangenen Athener verhungern liessen.

2. Ueberdem zeigt Seneca an der erwähnten Stelle, dass der Sklave in Manchem frei sei und sich dankbar beweisen könne, wenn er etwas über das Maass der Sklavendienste hinaus thut, was dann nicht auf Befehl, sondern freiwillig geschieht, und wo der Diener sich in einen Freund umwandelt, wie er weitläufig auseinandersetzt. Dem entspricht, dass ein Sklave etwas für sich erwirbt, wenn er wie bei Terenz durch Pfiffigkeit sich etwas verdient. Theophilus bezeichnet richtig das Peculium (Sklavenvermögen) als ein natürliches Eigenthum, wie man auch es eine natürliche Ehe nennen kann, wenn Mann und Frau zusammenwohnen. Auch Ulpian nennt das Peculium ein kleines Eigenthum. Es macht auch nichts aus, dass der Herr dieses Peculium wegnehmen oder schmälern kann; denn er handelt nicht nach Billigkeit, wenn er dies ohne Grund thut. Als einen solchen Grund sehe ich nicht blos die Strafe an, sondern auch das Bedürfniss des Herrn; denn der Vortheil des Sklaven ist dem des Herrn untergeordnet, und zwar noch mehr, wie der der Bürger dem des Staates. Passend sagt Seneca: „Nicht deshalb hat der Sklave nichts, weil er dazu nicht fähig ist, sondern weil der Herr es nicht gewollt hat."

3. Deshalb kann der Herr die Zahlung nicht zurückfordern, die er für eine während der Sklavenzeit entstandene Schuld dem Sklaven nach seiner Freilassung leistet, weil, wie Tryphonius sagt, es bei dieser Rückforderung nur auf die natürliche Verbindlichkeit ankommt und dazu der Herr dem Sklaven gegenüber fähig ist. Deshalb,

liest man, dass nicht blos Klienten zum Nutzen ihrer Patrone, und Unterthanen zum Nutzen ihrer Könige, sondern auch Sklaven zum Nutzen ihrer Herren beigesteuert; z. B. zur Ausstattung einer Tochter, zum Loskauf eines Sohnes aus der Gefangenschaft und zu ähnlichen Zwecken. Plinius gestattete seinen Sklaven sogar, wie er in einem Briefe erzählt, eine Art Testament zu machen, d. h. ihren Nachlass unter den Hausgenossen zu vertheilen, zu verschenken und zu vermachen. Bei einigen Völkern haben die Sklaven sogar ein grösseres Recht auf Eigenthumserwerb gehabt, wie es denn mancherlei Grade der Dienstbarkeit giebt, die früher dargelegt worden sind.

4. Bei vielen Völkern haben die Gesetze dieses äussere Recht der Herren auf jene innere oben dargelegte Gerechtigkeit eingeschränkt. Denn auch bei den Griechen war es dem zu hart behandelten Sklaven gestattet, „zu verlangen, dass sie der Herr verkaufe." In Rom konnten sie zu den Götterbildsäulen flüchten oder die Hülfe der Obrigkeit wegen Rohheiten, wegen verweigerten Unterhalt oder unerträglicher Misshandlungen in Anspruch nehmen. Dies ruht aber nicht auf dem strengen Recht, sondern auf der Menschlichkeit und Milde, und diese kann nach langem Dienst oder sehr grossen Leistungen selbst die Freilassung des Sklaven zur Pflicht erheben.

5. Ulpian sagt, dass, nachdem die Sklaverei durch das Völkerrecht eingeführt worden, sei als Wohlthat die Freilassung nachgefolgt. Als Beispiel kann man die Verse des Terenz anführen:

„Ich habe Dich aus einem Sklaven zu einem Freigelassenen gemacht, weil Du mir ehrlich gedient hast."

Salvianus erwähnt es als eine allgemeine Sitte, dass Sklaven, die sich, wenn auch nicht ausgezeichnet, doch ehrlich und fleissig betragen haben, mit der Freiheit beschenkt werden, und fügt hinzu: „dass sie das, was sie während der Sklaverei sich erspart hätten, auch aus dem Hause mit sich nehmen durften." In den Märtyrerbüchern kommen viele Beispiele der Art vor. Deshalb ist auch die Milde des Jüdischen Gesetzes zu rühmen, wonach ein Jüdischer Sklave nach Ablauf einer bestimmten Dienstzeit freigelassen werden musste, und zwar nicht ohne Geschenk. Die Propheten klagen viel über die Missachtung dieses

Gesetzes. Plutarch tadelt den älteren Cato, weil er die altersschwach gewordenen Sklaven verkauft habe und der gemeinsamen Menschennatur nicht eingedenk gewesen sei.

VII. Es fragt sich hier, ob einem kriegsgefangenen Sklaven zu entfliehen erlaubt ist. Ich meine dabei nicht einen solchen, der durch seine eigenen Vergehen die Sklaverei verdient hat, sondern der durch die Staatsverhältnisse in diesen Zustand gerathen ist. Richtiger ist es, dass es nicht erlaubt ist, weil er nach der gemeinsamen Uebereinkunft der Völker, wie erwähnt, für seinen Staat zur Arbeit verpflichtet ist; so lange nämlich nicht eine unerträgliche Härte ihn zur Flucht nöthigt. Man kann hierüber den 16. Ausspruch des Gregor von Nicaea nachlesen.

VIII. 1. Ich habe schon früher die Frage berührt, ob und inwieweit die Kinder des Sklaven nach innerem Recht dem Herrn verpflichtet sind; sie kann hier wegen der Beziehung auf die Kriegsgefangenen nicht übergangen werden. Hatten die Eltern wegen ihrer Verbrechen den Tod verdient, so können auch ihre späteren Kinder in der Sklaverei behalten werden, denn es ist dadurch ihnen selbst das Leben gewährt worden, da sie ohnedem gar nicht zur Welt gekommen sein würden.[96] Auch bei Hungersnoth kann des Unterhaltes wegen die Nachkommenschaft von

---

[96] Auch diese Argumentation ist noch ein merkwürdiges Beispiel von der mechanischen oder sachlichen Auffassung des ganzen Sklavenverhältnisses, wie sie bei Gr. vorherrscht. Nur ein Jurist kann in seinem Bestreben, Alles zu deduciren, auf ein solches Argument gerathen, was die persönliche und selbstständige Würde des Menschen völlig verkennt. Die lange Beschäftigung mit den alten Schriftstellern und ihrem Rechte hatten bei Gr. das sittliche Gefühl, wie es schon zu seiner Zeit sich entwickelt hatte, hier nicht hervortreten lassen. In jenen Autoren und im Corpus juris kann man keine Seite lesen, ohne mitten in eine Welt voll Herren und Sklaven einzutreten; allmälig gewöhnt man sich daran, und die Institution ist dabei so kunstvoll und fein von den alten Juristen entwickelt, dass man sich zuletzt damit aussöhnt. So ist selbst der milde Gr. hier hinter seiner eigenen Zeit zurückgeblieben.

den Eltern in die Sklaverei verkauft werden, wie früher bemerkt worden ist. Dieses Recht gestattete Gott den Juden gegen die Nachkommenschaft der Kananiter.

2. Für die Schuld eines Staates konnten nur die bereits vorhandenen Kinder, die ja zum Staate mit gehörten, ebenso wie ihre Eltern verpflichtet werden; dagegen genügt dieser Grund bei den damals noch Ungeborenen nicht, sondern es ist ein anderer nöthig; entweder weil die Eltern ausdrücklich eingewilligt, um die Kinder nicht umkommen zu lassen, und es kann dies selbst ohne Frist geschehen, oder weil der Unterhalt selbst das Recht begründet, jedoch nur auf so lange, bis die Auslagen durch ihre Arbeit abverdient sind. Wenn dem Herrn noch mehr Rechte darüber hinaus zustehen, so beruht dies auf den besonderen Gesetzen des Staates, die den Herrn reichlicher bedenken können.

IX. 1. Bei den Völkern, wo diese Sklaverei aus der Kriegsgefangenschaft nicht besteht, ist es das Beste, die Gefangenen auszuwechseln oder mindestens sie gegen ein billiges Lösegeld zu entlassen. Die Grösse desselben lässt sich nicht genau bestimmen; die Menschlichkeit verlangt, dass dadurch der Gefangene nicht in Mangel an dem Nothwendigsten gerathe. Denn selbst denen, die durch ihre eigenen Handlungen in Schulden gerathen, gestatten dies häufig die besonderen Staatsgesetze. Anderwärts bestimmt sich die Höhe des Lösegeldes nach Verträgen oder Herkommen; bei den Griechen betrug es vordem eine Mine,[97] jetzt beträgt es für gemeine Soldaten einen Monatssold. Plutarch erzählt, dass zwischen den Korinthern und Megarensern sonst die Kriege „mild und wie es Verwandten gebührt" geführt worden. Die Gefangenen seien wie Gastfreunde behandelt worden und gegen Bürgschaft für das Lösegeld nach Hause entlassen worden. Daher rühre der Name der δορυξένων (der Gastfreunde in Rüstung).

2. Grossherziger ist der von Cicero gerühmte Ausspruch des Pyrrhus:

„Ich verlange kein Gold für mich; ich mag Eure Zahlung nicht; mit dem Eisen, nicht mit dem Golde

---

[97] Die Mine hatte ungefähr den Werth von $22^{1}/_{2}$ Thalern.

wollen wir um das Leben kämpfen. Die Tapferen, welche das Schicksal des Krieges verschont hat, deren Freiheit soll sicherlich auch von mir geschont werden."

Unzweifelhaft hielt Pyrrhus seinen Krieg für einen gerechten; dennoch wollte er die Freiheit derer schonen, die ohne ihre Schuld in den Krieg verwickelt worden waren. Xenophon rühmt eine ähnliche That von Cyrus, Polybius von dem Macedonischen Philipp nach der Schlacht von Chäronea, Curtius von Alexander gegen die Scythen, Plutarch von den Königen Ptolemäus und Demetrius, die nicht blos im Kriege, sondern auch in der Milde gegen die Gefangenen einander zu überbieten suchten. Lysimachus wurde von dem König der Geten, Dromichates, im Kriege gefangen und zu seinem Gastfreund angenommen; er machte ihn damit zum Zeugen Getischer Anmuth und Milde, damit er vorzöge, sie zu Freunden statt zu Feinden zu haben. [98]

Kapitel XV.

Beschränkungen rücksichtlich der Erwerbung der Staatsgewalt. [99]

I. Was schon gegen den Einzelnen billig und menschlich löblich ist, ist es um so mehr, wenn es gegen Völker oder Theile von solchen geschieht, da Unrecht und Wohl-

---

[98] Die Fälle dieses §. 2 gehören zu den grossherzigen oder edlen Thaten, welche selbst über das, was die Moral fordert, hinausgehen und deshalb für die Erkenntniss des allgemeinen Sittlichen keinen Anhalt bieten. Gr. macht selbst dies öfter geltend. (Man sehe B. XI. 136.)

[99] In diesem Kapitel handelt Gr. weniger von dem Recht und der Moral als von der Politik. Er bespricht die gegen die besiegten Staaten zu ergreifenden Maassregeln aus dem Gesichtspunkt der Klugheit. Es ist dies erklärlich, weil die Moral darüber im Stich lässt, da sie sich nur für Privatverhältnisse gebildet hat. Wo Gr. hier

thaten mit der Zahl der Betheiligten wachsen. Durch einen gerechten Krieg kann neben Anderem auch die königliche Gewalt über ein Volk oder die Staatsgewalt, die ein Volk über sich selbst hat, erlangt werden, soweit dies nämlich die Strafe für ein Vergehen oder das Maass einer anderen Schuld mit sich bringt. Dazu gehört auch der Fall, wo es sich um Beseitigung einer höchsten Gefahr handelt. Dieser Grund wird jedoch häufig mit anderen vermengt, obgleich er doch beim Abschluss des Friedens und Ausnutzung des Sieges vor Allem zu berücksichtigen ist. Alles Andere kann aus Mitleiden nachgesehen werden; aber das zu unterlassen, was die Sicherheit des Staates erfordert, ist das Gegentheil von Mitleiden. Isokrates sagt gegen Philipp: „Die Barbaren müssen insoweit unterjocht werden, als es die Sicherheit Deines eigenen Landes erfordert."

II. 1. Crispus Sallustius sagt von den alten Römern: „Unsere Vorfahren waren die gewissenhaftesten Sterblichen, die den Besiegten nichts nahmen, als die

---

dennoch die Moral hereinzieht, oder die alten Autoren es thun, läuft es deshalb auf leere Phrasen, wo nicht auf unwahre Sätze hinaus. Insofern hiernach die Politik den Hauptgegenstand dieses Kapitels bildet, erhellt, dass die Rathschläge des Gr. nicht viel sagen wollen; denn die Verhältnisse und Beziehungen der Völker zu einander haben sich seitdem wesentlich geändert, und ausserdem ist jeder Fall so eigenthümlicher Art, dass Analogien aus früheren Zeiten hier selten zulässig erscheinen. Selbst die Milde, welche Gr. hier immer voranstellt, kann fehlerhaft werden. Die erste Französische Revolution konnte nur durch die Strenge des Konvents über ihre zahlreichen und mächtigen Gegner siegen. Nachdem einmal die Theilung Polens eine vollzogene, nicht rückgängig zu machende Thatsache geworden war, hat die Strenge der betreffenden Regierungen gegen die nationale Opposition ihre Berechtigung. Die Sklaverei in der Amerikanischen Union konnte nur durch Gewalt und Bürgerkrieg gebrochen werden. Unter der zu grossen Milde Preussens gegen die kleinen Deutschen Fürsten in dem Frieden von 1866 und dem späteren Norddeutschen Bunde wird Deutschland noch lange zu leiden haben.

Macht zu verletzen;" ein Ausspruch, der eines Christen würdig ist. Damit stimmt ein anderer desselben Schriftstellers: „Die Weisen führen den Krieg um des Friedens willen und übernehmen die Mühe in Hoffnung der Ruhe." Aristoteles sagt wiederholt: „der Krieg werde des Friedens wegen unternommen, und ein Geschäft der Musse wegen." Dasselbe verlangt Cicero, dessen bester Spruch des Rechts so lautet: „der Krieg werde so begonnen, dass nur der Frieden als sein Zweck erscheine." Aehnlich lautet ein anderer Ausspruch desselben: „Man darf die Kriege nur deshalb beginnen, damit man ohne Störung in Frieden leben kann."

2. Damit stimmen die Lehrer der wahren Religion überein, die sagen, „dass der Zweck des Krieges sei, die Störungen des Friedens zu beseitigen." Vor des Ninus Zeit sorgte man, wie früher aus Trogus erwähnt worden ist, mehr für die Sicherheit der Grenzen des Reichs als für deren Ausdehnung. Jedes Herrschaft endete mit seinem Vaterlande. „Die Könige verlangten nicht nach grösserer Herrschaft, sondern nach Ruhm für ihre Völker und entsagten der Herrschaft, indem sie mit dem Sieg sich begnügten." Das Entgegengesetzte hat Augustin im Sinne, indem er sagt: „Sie mögen sich vorsehen und zu den Eigenschaften eines guten Mannes nicht rechnen, dass er sich über die Ausdehnung seiner Herrschaft erfreue." Er fügt auch hinzu: „Es ist ein grösseres Glück, mit einem guten Nachbar in Eintracht zu leben, als einen bösen durch Krieg zu unterjochen." Selbst bei den Ammonitern tadelt der Prophet Amosus streng diesen Ehrgeiz auf Erweiterung des Gebietes durch Krieg.

III. Am nächsten steht diesen Beispielen früherer Unschuld die kluge Mässigung der alten Römer.[100] Seneca sagt: „Wo wäre heute unser Reich, wenn nicht heilsame Vorsicht die Besiegten mit dem Sieger verbunden gehabt hätte." Claudius sagt bei Tacitus: „Unser Stammvater Romulus war so gross in Weisheit, dass er die mei-

---

[100] Es gehört die ganze gutmüthige und naive Auffassung der Römischen Geschichte, wie sie bei Gr. besteht, dazu, um die Römer als Muster einer mässigen Benutzung ihrer Siege hinzustellen. Freilich gebrauchten sie nicht immer rohe Gewalt, aber alle ihre Verträge und

sten Völker an einem Tage aus Feinden zu Bürgern machte." Er fügt hinzu, „es sei das Verderben der Lacedämonier und Athener gewesen, dass sie die Besiegten wie Feinde von sich ferngehalten hätten." Livius sagt, „das Römische Staatswesen sei gewachsen durch Aufnahme der Feinde in das Staatsbürgerrecht. Die Geschichte der Sabiner, der Albaner, Latiner und anderer Italischer Völkerschaften liefert dazu die Beispiele; bis zuletzt „Cäsar die Gallier im Triumphzuge mit sich führte und dann in das Rathhaus geleitete." Cerialis sagt in seiner Rede an die Gallier, die bei Tacitus steht: „Ihr selbst befehligt viele unserer Legionen; Ihr selbst regiert diese und andere Provinzen; wir haben gegen Euch nichts Besonderes, nichts, was Euch verwehrt wäre." Und dann: „Deshalb liebt und sorgt für den Frieden und das Leben, was wir als Besiegte und Sieger unter gleichem Rechte gewinnen." Zuletzt wurden, was am merkwürdigsten ist, alle Einwohner des grossen Römischen Reichs durch die Verordnung des Kaisers Antonin „zu Römischen Bürgern gemacht," wie Ulpian wörtlich sagt. Seitdem ist Rom, wie Modestinus sagt, das gemeinsame Vaterland. Claudianus sagt hierüber: „Den friedfertigen Gesinnungen desselben verdanken wir Alle es, dass wir nur ein Volk ausmachen."

IV. 1. Ein anderer mässiger Gebrauch des Sieges lässt den besiegten Königen oder Völkern ihre bisherige Herrschaft. So wurde Herkules:

„durch die Thränen des schwachen Feindes besiegt. Nimm, sagte er, die Zügel als Herrscher, hoch auf dem Sitze auf väterlichem Boden; aber halte das Scepter mit mehr Treue als bisher!"

Derselbe überliess nach Besiegung des Neleus die Herrschaft dessen Sohne Nestor. Auch die Könige von Persien beliessen den besiegten Königen ihre Reiche; ebenso Cyrus dem Könige von Armenien; so Alexander dem Porus. Seneca rühmt es, „wenn man bei dem besiegten Könige sich mit dem Ruhme begnügt." Auch Polybius

---

Konzessionen zeigen unter dem Schein von milden Worten ein tief bedachtes und konsequent durchgeführtes politisches System und das eine Ziel, sich selbst zum Herrn der Welt zu machen; womit aber kein Tadel hierüber ausgesprochen sein soll.

rühmt die Milde des Antigonus, welcher Sparta in seiner Gewalt hatte, aber den Einwohnern „den Staat ihrer Vorfahren und die Freiheit" beliess; eine That, die ihm in ganz Griechenland nachgerühmt wurde, wie Polybius berichtet.

2. So gestatteten die Römer den Cappadociern die Wahl der Regierungsform, und vielen Völkern liessen sie nach dem Kriege die Freiheit. „Karthago ist frei unter seinen eigenen Gesetzen," sagten die Rhodier nach dem zweiten Punischen Kriege, den Römern. Appian sagt: Pompejus beliess mehreren der besiegten Völker die Freiheit. Und als die Aetolier sagten, dass der Frieden nicht erhalten werden könne, so lange Philipp in Macedonien herrsche, erwiderte ihnen Quintius, sie hätten dabei nicht bedacht, wie die Römische Sitte die Besiegten verschone; er fügte hinzu: „dass er gegen Besiegte so sanft und gelinde als möglich verfahre." Tacitus sagt: „Dem besiegten Zorsinus ist nichts genommen worden."

V. Mitunter wird bei solcher Bewilligung der Herrschaft für die Sicherheit der Sieger gesorgt. So bestimmte Quintius: Korinth solle den Achäern zurückgegeben werden, aber in der Burg solle eine Besatzung bleiben; Chalcis und Demetrias solle so lange besetzt bleiben, bis die Gefahr von Seiten des Antiochus beseitigt sein werde.

VI. Selbst die Auferlegung eines Tributs erfolgt nicht immer zum Ersatz der aufgewandten Kosten, sondern zur Sicherheit des Siegers und Besiegten für die spätere Zeit. Cicero sagt von den Griechen: „Klein-Asien möge bedenken, dass es weder von dem Elend auswärtiger Kriege, noch innerer Zwistigkeiten verschont bleiben werde, wenn es nicht unter diese Herrschaft sich begebe; da aber diese Herrschaft ohne Zölle nicht aufrecht erhalten werden könne, so möge es sich nur darein finden und mit einem Theil seiner Einkünfte sich für immer Frieden und Ruhe erkaufen." Petilius Cerialis verwendet sich nach Tacitus bei den Lingonen und anderen Galliern für die Römer mit den Worten: „Obgleich wir so oft gereizt worden sind, so haben wir nach Siegersrecht Euch doch nur auferlegt, was zum Schutz des Friedens nöthig ist. Denn die Völker können keine Ruhe erlangen ohne Schutz des Heeres, und das Heer kann nicht ohne Löhnung, und die Löhnung kann nicht ohne Steuern erlangt werden." Dahin gehört auch Anderes, was bei den ungleichen Bündnissen von uns beigebracht worden ist, wie die Uebergabe der Waffen, der Flotte, der Elephanten, die Schleifung aller Festungen und die Entlassung des Heeres.

VII. 1. Den Besiegten ihre staatliche Selbstständigkeit zu lassen, räth oft nicht blos die Menschlichkeit, sondern auch die Klugheit. Unter den Einrichtungen Numa's wird die gerühmt, dass bei der Verehrung des Grenzgottes kein Blut vergossen werden dürfe; indem er damit angedeutet, dass für die Ruhe und die Festigkeit des Friedens nichts besser sei, als sich innerhalb seiner Grenzen zu halten. Florus sagt treffend: „Es ist schwerer, die Provinzen zu erhalten, als zu gewinnen; mit Gewalt werden sie gewonnen, mit dem Rechte erhalten." Aehnlich sagt Livius: „Es ist leichter, Einzelnes auszuführen, als das Ganze zu erhalten." Bei Plutarch sagt August: „Schwerer als eine grosse Herrschaft zu gewinnen, ist die erworbene sich zu bewahren." Die Abgesandten des Königs Darius sagten Alexander: „die Herrschaft über ein fremdes Land ist voll Gefahren, und schwer ist das zu bewahren, was man leicht gewinnen kann. Es ist leichter, einzelne Siege zu gewinnen, als ein Reich sich zu erhalten; des Menschen Hände sind wahrhaftig geschickter, es an sich zu reissen, als es sich zu bewahren."

2. Der Indier Calanus und vor ihm Oebarus, der Freund des Cyrus verglichen es mit der Haut, welche an einer andern Stelle sich erhebt, so wie sie an dieser Stelle mit dem Fusse getreten wird. J. Quintius nimmt bei Livius die Schildkröte als Gleichniss, welche gegen den Stich innerhalb ihres Daches gesichert ist, aber verwundbar und schwach, sobald sie mit einem Gliede darüber hinauskommt. Plato benutzt im siebenten Buche seiner Geschichte den Spruch des Hesiod: „Die Hälfte ist mehr als das Ganze." Auch Oppian bemerkt, dass die Römer viele Völker, die sich unter ihre Herrschaft begeben wollten, zurückgewiesen hätten, und dass sie anderen Könige gegeben hätten. Nach dem Urtheil des Scipio Africanus war schon zu seiner Zeit der Besitz der Römer so gross, dass nur die Eifersucht sie nach Mehrerem verlangen lassen könne; sie wären vollkommen glücklich, wenn sie nichts von dem verlören, was sie besässen. Deshalb berichtigte er auch den Gesang bei Ablauf des fünfjährigen

Zeitraums, in welchem die Götter um Verbesserung und Vergrösserung des Römischen Staates gebeten wurden, in die Bitte, ihn immer unverletzt zu erhalten.

VIII. Die Lacedämonier maassten sich, wie im Anfange auch die Athener, über die eroberten Staaten keine Herrschaft an. Sie verlangten nur, dass sie eine der ihrigen entsprechende Staatsform einrichteten; die Lacedämonier verlangten eine Regierung der Mächtigeren, die Athener eine entscheidende Volksversammlung, wie Thucydides, Isokrates und Demosthenes berichten, und selbst Aristoteles Buch IV., c. 11 und Buch V., c. 7 über den Staat. Dies beschreibt Heniochus, ein Schriftsteller jener Zeit, in dem Lustspiele so:

"Dann traten zwei Weiber an sie heran, welche Alles in Verwirrung brachten; Optimatin hiess die eine, Demokratin die andere. Deren Zureden brachten sie sehr in Sehrecken".

Aehnlich ist das, was nach Tacitus Artabanus in Seleucia gethan hat: "Er überlieferte die Masse des Volkes den Vornehmen in seinem Interesse; denn die Herrschaft des Volkes neigt zur Freiheit, die Herrschaft von Wenigen steht aber der willkürlichen Macht der Könige näher". Ob indess dergleichen Verfassungsveränderungen wahrhaft zur Sicherheit des Siegers beitragen, ist nicht unsere Aufgabe zu untersuchen.

IX. Wenn den Besiegten ihre Selbstständigkeit zu belassen gefährlich ist, so ist es doch möglichst so einzurichten, dass denselben oder ihren Königen ein Stück Selbstregierung verbleibe. Tacitus bezeichnet es als eine Sitte der Römer, dass sie auch Könige als Mittel "für die Unterjochung benutzen". Derselbe nennt den Antiochus den reichsten von den gehorchenden Königen, und in den Kommentarien des Musonius werden "die den Römern unterthänigen Könige" erwähnt; ebenso bei Strabo am Ende des 6. Buches. Lucanus sagt:

"Und all der Purpur, welcher dem lateinischen Eisen gehorcht."

So blieb bei den Juden das Scepter im Synedrium, auch nachdem das Königthum mit Archelaus beseitigt worden war. Evagoras, der König von Cypern sagte, wie Diodor erwähnt, er wolle den Persern gehorchen, aber wie ein König dem Könige. Auch nach Besiegung des

Darius trug Alexander ihm einige Male als Bedingung an, dass er ihm, dem Alexander, gehorchen, aber den Andern befehlen solle. Ueber die Theilung der Staatsgewalt unter Mehrere ist früher das Nöthige gesagt worden. Mitunter wird dem Besiegten nur ein Theil seines Reichs belassen, wie den alten Besiegten ein Theil ihrer Ländereien.

X. Allein wenn die Besiegten die Staatsgewalt ganz verlieren, so können ihnen doch ihre Gesetze, Gebräuche und Obrigkeiten in Bezug auf ihre Privat- und niederen öffentlichen Verhältnisse gelassen werden. So hatte in der proconsularischen Provinz Bithynien die Stadt Apamäa das Vorrecht, ihre Angelegenheiten selbstständig zu verwalten, wie die Briefe des Plinius ergeben; auch noch andere haben in Bithynien ihre Beamten und ihren Senat behalten. So konnte durch die Bewilligung des Lucull der Staat der Amisener im Pontus seine Gesetze behalten. Ebenso liessen die Gothen den Römern nach deren Besiegung ihre Gesetze.

XI. 1. Zu dieser Milde gehört auch, dass den Besiegten die Uebung ihrer Religion gelassen werde, so lange sie nicht selbst ihren Glauben ändern. Dass dies den Besiegten von grossem Werthe und für den Sieger ohne Gefahr sei, beweist Agrippa in einer Rede von Cajus, die Philo bei Schilderung seiner Gesandtschaft erwähnt. Und bei Josephus halten sowohl Josephus selbst wie der Kaiser Titus den aufrührerischen Juden in Jerusalem vor, dass sie durch die Milde der Römer ihre Religion in solchem Maasse hätten üben können, und selbst Fremde bei Todesstrafe nicht hätten in den Tempel treten dürfen.

2. Haben die Besiegten einen falschen Glauben, so wird der Sieger sorgen, dass der wahre nicht unterdrückt werde. Dies that Constantin nach Besiegung der Anhänger des Licinius, und nach ihm die Fränkischen und andere Könige.[101]

---

[101] Viel näher lag es hier für Gr., an die grausamen Feldzüge gegen die Hugenotten in Frankreich, so wie an den dreissigjährigen Religionskrieg in Deutschland zu erinnern, die beide wütheten, während er mit Ausarbeitung seines Werkes befasst war. Allein eine falsche Auffassung der geschichtlichen Unparteilichkeit, und noch mehr wohl

XII. 1. Endlich ist selbst da, wo die vollste und gleichsam erbliche Herrschaft über die Besiegten eingerichtet wird, wenigstens zu sorgen, dass sie mild behandelt werden, und dass ihre Interessen sich mit denen der Siegenden verbinden. Cyrus hiess die Assyrer, guten Muthes sein; ihre Lage solle dieselbe wie früher bleiben, nur der König habe gewechselt; es sollten ihnen ihre Häuser, ihre Läudereien, ihre Frauen und ihre Kinder bleiben wie bisher, und wenn Jemand ihnen Unrecht thäte, werde er und die Seinigen sie vertheidigen. Bei Sallust heisst es: „Das Römische Volk erachtete es für besser, sich Freunde statt Sklaven zu verschaffen, und es sei sicherer, wenn sie freiwillig als gezwungen gehorchten." Die Briten leisteten zu Tacitus' Zeiten den Kriegsdienst, die Steuern und die sonstigen öffentlichen Arbeiten gern, wenn ihnen sonst kein Unrecht geschah; sie ertrugen das bereitwillig; sie hatten sich unterworfen, um zu gehorchen, nicht um Sklavendienste zu leisten.

2. Als Privernas im Römischen Senate gefragt wurde, welchen Frieden die Römer von ihnen zu erwarten hätten, sagte er: Wenn Ihr einen guten Frieden schliesst, so soll er treu und ewig gehalten werden; wenn er schlecht ist, wird er aber nur kurz dauern." Als Grund gab er an: „Glaubet nicht, dass ein Volk, und selbst ein Einzelner in einer ihn drückenden Lage länger bleiben wird, als die Nothwendigkeit es ihm gebietet." So sagte Camillus: „Das festeste Regiment sei das, wo der Gehorsam Freude sei." Die Scythen sagten Alexander: „Zwischen dem Sklaven und Herrn giebt es keine Freundschaft; selbst im Frieden werden da nur die Kriegsrechte beobachtet." Hermokrates sagt bei Diodor: „Schöner als Siegen ist, den Sieg menschlich zu benutzen." Beachtenswerth für die Benutzung des Sieges ist der Ausspruch des Tacitus: „Das beste Ende des Krieges ist, wenn die Verzeihung den Frieden vermittelt." In einem Briefe des Diktator Cäsar heisst es: „Es soll die neue Art zu siegen werden, dass wir mit Nachsicht und Mitleiden uns waffnen."

---

die Sorge, bei Ludwig XIII., seinem Beschützer, nicht anzustossen, haben Gr. daran verhindert.

Kapitel XVI.
Beschränkungen in Bezug auf die Beute, bei welcher das Rückkehrsrecht nicht gilt. [102]

I. 1. Wie weit in einem gerechten Kriege die erbeuteten Sachen erworben werden, ist früher dargelegt worden. Davon sind die Sachen auszunehmen, welche vermöge des Rückkehrsrechts dem alten Eigenthümer wieder zufallen; diese gelten für nicht erbeutet. Dagegen muss Alles, was in einem ungerechten Kriege erlangt worden, zurückgegeben werden, sowohl von denen, die es zuerst ergriffen haben, als von denen, die es von ihnen erlangt haben; denn Niemand kann mehr Recht übertragen, als er selbst besitzt, sagen die Römischen Juristen; was Seneca kürzer so ausdrückt: „Niemand kann geben, was er nicht hat." Das innere Eigenthum hat der nicht, der die Sache zuerst genommen hat; deshalb hat es auch der nicht, der sein Recht von Jenem ableitet. Der zweite und dritte Besitzer hat also nur das äussere Eigenthum, wie wir es hier nennen wollen, erlangt, d. h. den Vortheil, dass die Gerichte ihn überall als Eigenthümer schützen; allein wenn er sein Eigenthum gegen den gebraucht, dem die Sache mit Unrecht genommen worden ist, so handelt er nicht sittlich.

2. Wenn die bedeutendsten Juristen aussprechen, dass

---

[102] Auch in diesem Kapitel behandelt Gr. nur Vorschriften der Moral, und darüber hinaus die seltenen Fälle besonderer Hochherzigkeit und Edelmuthes, welche indess bei näherer Kenntniss aller einschlagenden Umstände sich meist als Handlungen darstellen, zu denen die Politik und der eigene Nutzen gerathen hat. Selbst für die Moral geht Gr. hier in vielen Fällen zu weit, namentlich wo er auch den dritten Erwerber in gutem Glauben zur Rückgabe der Beute verpflichtet. Seine Regeln sind übrigens schon deshalb unpraktisch, weil sie nur für den ungerechten Krieg gelten sollen, und diese Bedingung bekanntlich gar nicht festzustellen ist. (Man vergleiche Anmerkung 75 B. II. S. 313.)

ein Sklave, der von den Räubern gefangen und dann zu den Feinden gelangt ist, ein geraubter bleiben, und dass die Bestimmungen über Beute und das Rückkehrsrecht auf ihn keine Anwendung finden, so muss nach dem Naturrecht dies auch von dem gelten, der in einem ungerechten Kriege gefangen genommen und erst dann durch einen gerechten Krieg oder auf andere Art in eine andere Gewalt gelangt ist; denn vor dem innern Recht ist ein ungerechter Krieg von Strassenraub nicht verschieden. So entschied Gregor von Nicaea, als der Fall ihm vorgelegt wurde, wo einige Einwohner von Pontus die von den Barbaren erbeuteten Sachen ihrer Bürger wiedererlangt hatten.

II. 1. Diese Sachen müssen also dem zurückgegeben werden, dem sie geraubt worden sind, und so ist es auch oft geschehen. Livius erzählt, dass L. Lucretius am Tricipitinus die Volsker und Aequer besiegt gehabt und dann die Beute auf dem Marsfelde ausgebreitet habe, damit innerhalb dreier Tage Jeder das Seinige wiedernehmen könne. Derselbe sagt bei Gelegenheit des Sieges des Diktators Posthumus über die Volsker: „Den Theil der Beute, welchen die Latiner und Herniker als ihr Eigenthum erkannten, gab er diesen zurück, dass Uebrige liess er versteigern." Anderwärts wurde den Eigenthümern zur Aufsuchung ihrer Sachen eine zweitägige Frist gestattet. Bei Gelegenheit des Sieges der Samniter über die Campaner sagt Livius: „Was die Sieger am meisten erfreute, war, dass sie 7400 Gefangene wieder befreiten. Die Beute der Bundesgenossen war ungeheuer gross, und die Eigenthümer wurden öffentlich aufgefordert, innerhalb einer Frist ihre Sachen auszusuchen und mitzunehmen." Dann erzählte er von den Römern: „Die Samniten versuchten die Römische Kolonie Interemna einzunehmen, konnten aber die Stadt nicht gewinnen. Als sie nun nach Verwüstung der Ländereien mit der Beute sammt dem geraubten Vieh, den Sklaven und Gefangenen fortzogen, stiessen sie auf den von Lucenia zurückkehrenden Sieger und verloren nicht nur die Beute, sondern wurden selbst bei der Unordnung ihres langen und schwerfälligen Zuges niedergemacht. Der Consul berief dann die Einwohner von Interemna, um ihr Eigenthum herauszusuchen und mitzunehmen, liess das Heer bei ihnen zurück und reiste der Volksversammlung wegen nach Rom." An einer andern Stelle spricht er von der Beute, welche Cornelius Scipio bei Slipa, einer Stadt Lusitaniens, gemacht hatte, und sagt: „Die ganze Beute wurde vor der Stadt ausgelegt, und man gestattete den Eigenthümern, das Ihrige herauszusuchen, das Uebrige verkaufte der Schatzbeamte, und der Erlös wurde unter die Soldaten vertheilt." So überliess T. Grachus nach der Schlacht bei Benevent die ganze Beute mit Ausnahme der Gefangenen den Soldaten. Das Vieh wurde indess den Eigenthümern vorbehalten, insofern sie innerhalb 30 Tage sich melden würden, wie Livius erzählt.

2. Ueber L. Aemilius, den Besieger der Gallier, sagt Polybius: „Die Beute gab er den Geplünderten zurück." Auch Scipio that das, wie Plutarch und Appian berichten, als er bei der Eroberung von Karthago viele Weihgeschenke fand, welche die Karthaginienser aus Sicilien und andern Städten zusammengebracht hatten. Cicero sagt in seiner Rede gegen Verres über die Gerichtspflege in Sicilien: „Die Karthaginienser hatten zuerst die Stadt Himera erobert, die wegen ihrer Kunstwerke in Sicilien berühmt und ausgezeichnet war. Scipio hielt es für Ehrenpflicht des Römischen Volkes, den Bundesgenossen nach beendetem Krieg ihr durch die Sieger wiedergewonnenes Eigenthum zurückzugeben, und liess nach Eroberung Karthago's allen Sicilianern ihr dort gefundenes Eigenthum so weit als möglich zurückstellen." Denselben Hergang behandelt er ausführlich in seiner Rede gegen Verres über die Kostbarkeiten.[103] Die Rhodier gaben vier Atheniensische Schiffe, welche die Macedonier erbeutet hatten, nach deren Wiedererlangung den Athenern zurück. So hielt es der Aetoler Phaneas für billig, dass den Aetolern das, was sie vor dem Kriege besessen, zurückgegeben werde; auch bestritt T. Quintius dies nicht in Bezug auf die im Kriege eroberten Städte, im Fall die Aetoler die Bedingungen des Bündnisses nicht verletzt haben sollten. Auch die den Göttern geweihten

---

[103] Verres hatte in Sicilien während seiner Verwaltung daselbst Bildsäulen, Gemälde und andere Kostbarkeiten an sich genommen, und auf diese Unterschlagungen bezieht sich diese von Cicero gegen ihn gehaltene Rede.

alten Güter in Ephesus, welche die Könige an sich genommen hatten, liessen die Römer in ihren alten Stand zurückstellen.

III. 1. Wenn eine solche Sache durch Kauf an Jemand gelangt ist, kann er dann dem, welchem die Sache geraubt worden, den von ihm gezahlten Kaufpreis anrechnen? Dies ist in Gemässheit des früher Bemerkten auf Höhe dessen zu bejahen, was dem Beraubten selbst die Wiedererlangung seiner Sache gekostet haben würde. Wenn dieser Aufwand ersetzt verlangt werden kann, sollte da nicht auch Entschädigung für die Mühe und Gefahr verlangt werden können, gleich dem, welcher eine in das Meer versunkene Sache durch Taucher wieder herausbringt? Hierher gehört auch der Fall mit Abraham, als er nach Besiegung der fünf Könige nach Sodom zurückkehrte. Moses sagt: „Er brachte alle seine Sachen wieder zurück," worunter er die von den Königen vorher geraubten Sachen versteht.

2. Auch lautete die von dem Könige von Sodom dem Abraham angebotene Bedingung nur dahin, dass er die Gefangenen zurückgeben, das Uebrige aber für seine Mühe und Gefahr behalten solle. Allein Abraham, ein nicht blos frommer, sondern auch grossherziger Mann, wollte nichts für sich nehmen, sondern gab von der wiedergewonnenen Beute (denn auf diese bezieht sich die Erzählung) den zehnten Theil an Gott, als ihm gebührend, zog die nothwendigen Auslagen ab und verlangte nur einen Theil der Beute für seine Bundesgenossen.

IV. So wie nun die Sachen dem Eigenthümer wieder zuzustellen sind, so ist auch die Herrschaft über die Völker oder Theile derselben denen, die die Staatsgewalt vor der ungerechten Gewalt hatten, oder dem Volke selbst, wenn es selbstständig war, zurückzugeben. So berichtet Livius, dass Sutrium zu des Camillus Zeit nach seiner Wiedereroberung den Bundesgenossen wieder überlassen worden. Die Lacedämonier setzten die Aegineten und Malier wieder in die Gewalt über ihre Städte ein. Die griechischen Staaten, welche die Macedonier unterjocht hatten, erhielten von Flaminius ihre Freiheit zurück. Derselbe hielt es in einer Unterredung mit den Gesandten des Antiochus für billig, dass die Griechischen Städte in Kleinasien frei würden, welche der Urgrossvater des Antiochus, Seleucus, erobert, und nach deren Verlust Antiochus wieder gewonnen hatte; er sagte: „Die Colonisten sind nicht nach Aeolis und Ionien in die Unterthanenschaft des Königs gesandt worden, sondern um die Nation auszubreiten und dies edle Volk über den ganzen Erdboden zu vertheilen."

V. Man pflegt auch nach der Frist zu fragen, mit deren Ablauf die innere Pflicht zur Rückgabe erlischt. Allein zwischen Unterthanen eines Staates muss diese Frage nach dessen besonderen Gesetzen entschieden werden (sofern nur diese ein inneres Recht kennen und sich nicht blos mit dem äussern Recht beschäftigen, was aus den Worten und der Absicht der Gesetze mit Vorsicht zu ermitteln ist). Zwischen Unterthanen verschiedener Staaten aber muss die Sache nach den Regeln über die Entsagung von Rechten erledigt werden, worüber das Nöthige früher dargelegt worden ist.[104]

VI. Wenn die Berechtigung zum Kriege sehr zweifelhaft ist, so ist es am besten, den Rath des Aratus von Sicyon zu folgen, welcher theils den neuen Besitzern zuredete, lieber das Geld zu nehmen und den Besitz aufzugeben; theils den alten Besitzern rieth, sich mit Empfang des Werths des Grundstücke in Gelde zu begnügen, statt auf die Grundstücke selbst zu bestehen.

Kapitel XVII.
Ueber die Neutralen im Kriege.[105]

I. Es könnte überflüssig scheinen, dass wir über die verhandeln, welche ausserhalb des Krieges stehen, da es

---

[104] Da die Moral keine Verjährung kennt, so war die von Gr. hier gestellte Frage nicht zweifelhaft. Sie wird es nur deshalb für Gr., weil er die Verjährung aus einer vermutheten Einwilligung und Aufgabe des Eigenthums von Seiten des früheren Besitzers ableitet. Nur wenn dies richtig wäre, würde auch die Moral sie anerkennen müssen, allein es ist schon früher (B. I. S. 280) gezeigt worden, dass diese Auffassung des Gr. falsch ist.

[105] Gr. behandelt diese Materie viel zu kurz und frag-

klar ist, dass gegen diese kein Kriegsrecht besteht. Allein da unter dem Vorwand der Nothwendigkeit bei Gelegenheit eines Krieges mancherlei gegen diese, namentlich

mentarisch; offenbar weil diese Verhältnisse im Alterthum noch nicht bestanden, und deshalb die alten Autoren hierüber nur wenig enthalten. Allein schon die Zeiten vor Gr. hatten wichtige neue Fragen angeregt, und es wäre die Pflicht von Gr. gewesen, darauf näher einzugehen. Seit jener Zeit ist die Wichtigkeit dieser Fragen fortwährend gewachsen, und die Lehre von dem Rechte der Neutralen bildet jetzt einen bedeutenden Theil des ganzen Völkerrechts. So ist man jetzt darüber einig, dass ein neutraler Staat den kriegführenden Mächten keinen freien Durchgang gestatten darf; schon Moser macht dies geltend; ebensowenig darf er denselben Anleihen oder Contrahirung von Lieferungen in seinem Lande gestatten; dagegen kann der neutrale Staat die auf sein Gebiet übertretenden Heerestheile aufnehmen, aber ihre Entwaffnung verlangen. Zweifelhaft ist das jus angariae, d. h. das Recht, neutrale Schiffe mit Beschlag zu belegen und zu Kriegszwecken Seitens der kriegführenden Mächte zu verwenden; eher gestatte man das Recht des Verkaufs. Am schwierigsten sind die Fragen über den Handelsverkehr der Neutralen unter sich und mit den kriegführenden Mächten. Die Französische Ordonnanz von 1681 hat hier die ersten Grundlagen gelegt; 1780 begründete Katharina von Russland das System der bewaffneten Neutralität; ein weiterer Fortschritt erfolgte 1853 und 54 während des Krimmkrieges, und in der Pariser Conferenz vom April 1856 wurden die wichtigsten Grundsätze von den Hauptmächten Europa's vereinbart, die indess von Amerika noch nicht anerkannt worden sind. Es sind dadurch die Streitfragen über die Bedingungen einer Blokade, den Begriff der Kontrebande und die Sicherheit des Eigenthums der Neutralen selbst in feindlichen Schiffen festgestellt worden. Die Entwickelung auf dem Continent drängt jetzt dahin, dem Privateigenthume, selbst der feindlichen Unterthanen, im Seekriege denselben Schutz wie im Landkriege angedeihen zu lassen. Die Ausführbarkeit dieses Prinzips hat jedoch seine Bedenken, und mit dem abstrakten Prinzip der Menschlichkeit allein ist hier nicht fortzukommen.

wenn sie Nachbarn sind, verübt wird, so ist hier kurz das
früher Ausgeführte zu wiederholen, dass diese Noth eine
äusserste sein muss, um ein Recht auf fremde Sachen
begründen zu können; dass ferner dazu gehört, dass der
Eigenthümer sich nicht in gleicher Noth befinde, und dass
selbst dann nicht mehr als nöthig genommen werden darf;
d. h. wo die Bewachung genügt, darf kein Gebrauch eintreten, und wo ein Gebrauch nöthig, darf kein Missbrauch
statthaben, und selbst bei diesem muss der Ersatz des
Werthes eintreten.

II. 1. Als die höchste Noth den Moses trieb, mit
seinem Volke das Gebiet der Idumäer zu durchziehen,
versprach er vorher, auf der Königlichen Strasse zu bleiben
und nicht auf Aecker und Weinberge auszubiegen und
selbst das Wasser zu bezahlen, soweit sie dessen bedürfen würden. Dasselbe geschah von den gefeiertsten
Feldherrn der Griechen und Römer. Bei Xenophon versprachen die Griechen unter Klearch den Persern, dass
sie auf ihrem Marsch keinen Schaden anrichten wollten,
und wenn sie den Proviant kaufen könnten, so würden
sie weder der Esswaaren noch der Getränke sich bemächtigen.

2. Nach demselben Xenophon „führte Dercyllides
seine Truppen so durch neutrale Länder, dass die Bewohner keinen Schaden davon hatten." Livius sagt von
dem König Perseus: „Er kehrte durch Phtiothis und Thessalien in sein Reich zurück, ohne die Landstrasse, durch
die er seine Wege nahm, zu beschädigen oder zu verletzen."
Plutarch erzählt von dem Spartaner Agis: „Er bot den
Städten das Schauspiel eines Durchmarsches durch den

Ebenso schwierig ist die Frage der Kontrole und des
Durchsuchungsrechts der auf offener See betroffenen Schiffe,
an welche sich dann die Frage der Gerichtsbarkeit über
die Prisen anschliesst. Diese Andeutungen werden den
Umfang dieser Materie erkennen lassen. — Alle diese
Fragen lässt Gr. unberührt; er beschäftigt sich nur mit
der selbstverständlichen Pflicht eines Heeres, bei seinem
Durchzug durch ein befreundetes oder neutrales Land dasselbe nicht zu verwüsten und zu plündern, und mit der
Pflicht der Neutralen, eine der kriegführenden Mächte
nicht offen mit Geld oder Truppen zu unterstützen.

Peloponnesus, der ohne Schaden, mit Milde und beinahe ohne Geräusch erfolgte." Von Sulla sagt Vellejus: „Man könnte glauben, er sei nicht als Rächer im Kriege, sondern als Stifter des Friedens nach Italien gekommen; in solcher Ruhe führte er das Heer durch Calabrien und Apulien nach Campanien; für die Früchte, die Aecker, die Städte, die Menschen wurde die grösste Sorgfalt getragen." Ueber Pompejus den Grossen sagt Cicero: „Seine Legionen zogen in der Art durch Kleinasien, dass weder die Hände eines so grossen Heeres, noch der Mensch irgend einem feindlichen Lande Schaden verursachte." Ueber Domitian sagt Frontinus: „Als er in dem Gebiete der Ubier Befestigungen anlegte, liess er für die Benutzung der Plätze, welche eingeschlossen wurden, Entschädigungen zahlen und „befestigte durch solchen Ruhm der Gerechtigkeit die Treue Aller zu sich." Ueber den Feldzug von Alexander Sever gegen die Parther sagt Lampridius: „Seine Mannszucht war so streng, sein Ansehen so gross, dass man sagte, nicht Soldaten, sondern Senatoren wären auf dem Marsch. Wohin auch das Heer sich wendete, die Obristen waren überall in voller Rüstung, die Hauptleute rücksichtsvoll, und die Soldaten freundlich; er selbst aber wurde wegen so vieler und so grosser Güte von den Einwohnern der Provinzen wie ein Gott empfangen." Ueber die Gothen, Hunnen und Alanen, welche unter Theodosius dienten, sagt dessen Lobredner: „Unter ihnen gab es keinen Auflauf, keine Verwirrung, keine Plünderung, wie bei den Barbaren; selbst wenn mitunter der Proviant knapp wurde, ertrugen sie den Mangel geduldig, und der Getreidevorrath, der durch die Menge zu knapp wurde, wurde durch Sparsamkeit wieder zureichend." Claudianus rühmt dasselbe von Stilico:

„Solche Ruhe, solche Scheu vor dem Recht war, o Schützer der Sitte, unter Deiner Leitung, dass der Weinberg durch keinen Diebstahl und kein Acker durch die entwendete Ernte den Landmann betrog."

Dasselbe sagt Suidas von Belisar.

3. Dies bewirkt die strenge Sorgfalt für hinreichenden Proviant und die pünktliche Zahlung des Soldes und die Kraft der Mannszucht, von welcher Ammian sagt: „es durfte das Gebiet der im Kriege nicht Betheiligten nicht mit einem Tritt berührt werden." Und Vopiscus sagt:

„Keiner stiehlt ein fremdes Huhn, Niemand rührt ein Schaf an, Niemand trägt eine Weintraube fort, Niemand tritt auf ein Saatfeld, Niemand erpresst Oel, Salz oder Holz." So heisst es auch bei Cassiodor: „Sie leben mit den Einwohnern nach den bürgerlichen Gesetzen, und der Soldat in Waffen ist nicht übermüthig, denn das Schild unseres Heeres soll den Völkern Ruhe gewähren." Auch Xenophon sagt im VI. Buche seines Rückzuges aus Asien: „Einer befreundeten Stadt ist keine Gewalt anzuthun und ihr nichts gegen ihren Willen zu nehmen."

4. Diese Aussprüche sind die beste Auslegung zu dem, was unser grosser Prophet, der vielmehr über alle Propheten steht, sagt: „Thut Niemand Gewalt an, verleumdet Niemand und seid zufrieden mit Eurer Löhnung." Dem ähnlich sagt Aemilian bei Vopiscus an der erwähnten Stelle: „Der Soldat sei mit seiner Ration und Löhnung zufrieden; er soll von der feindlichen Beute leben, aber nicht von den Thränen der Provinzen." Man darf dies nicht blos für schöne, aber unausführbare Worte nehmen, denn unser göttlicher Meister würde nicht daran erinnern, und die weisen Gesetzgeber würden es nicht vorschreiben, wenn sie es für unausführbar hielten. Auch kann man das, was wirklich geschieht, nicht für unmöglich halten. Deshalb haben wir die Beispiele beigebracht, zu denen noch das interessante von Frontinus aus Scaurus entlehnte zugefügt werden kann, wonach ein Fruchtbaum, der bei der Absteckung des Lagers mit in dasselbe hineingerathen war, am andern Tage bei dem Abmarsch des Heeres noch all seine Früchte unversehrt hatte.

5. Livius erzählt, dass die Römischen Soldaten in dem Lager von Sulla ausgelassen sich benommen, und Einzelne des Nachts in die befreundeten Landstriche auf Beute ausgegangen seien; dabei fügt er hinzu: „dass dies Alles nur aus Uebermuth und Ausgelassenheit der Soldaten und nicht auf Befehl oder in militärischer Zucht geschehen sei." An einer andern wichtigen Stelle sagt derselbe Schriftsteller bei Beschreibung des Marsches von Philippus durch das Gebiet der Denthelater: „Sie waren Bundesgenossen, allein die Noth trieb die Macedonier zur Verwüstung ihres Gebiets, als wenn es feindlich gewesen wäre. Bei ihren Raubzügen verwüsteten sie erst einzelne Häuser, später auch ganze Dörfer. Der König war sehr darüber

betreten, bei diesen Klagen seiner Bundesgenossen, welche vergeblich Gott und die Bundesgenossenschaft und seinen Namen zu Hülfe riefen." Bei Tacitus wird Pelignus hart getadelt, dass er mehr die Bundesgenossen als die Feinde geplündert habe. Auch die Soldaten des Vitellius tadelt er, dass sie müssig durch ganz Italien in den Städten sich herumgetrieben und nur den Gastfreunden ein Schrecken gewesen seien. Cicero sagt in der Rede über die städtische Prätur dem Verres: „Auf Deinen Antrieb sind die friedlichen Städte der Bundesgenossen und Freunde geplündert und belästigt worden."

6. Ich muss hier auch den ganz richtigen Ausspruch der Theologen erwähnen, wonach ein König, der seinen Soldaten keinen Sold zahlt, nicht blos diesen für allen Schaden haftet, sondern auch seinen Unterthanen und Nachbarn, welche von den Soldaten in ihrer Noth misshandelt worden sind.

III. 1. Von der andern Seite ist es die Pflicht der am Kriege Unbetheiligten, nichts zu thun, was den Vertheidiger der schlechten Sache stärken könnte, oder was das Unternehmen dessen, der die gerechte Sache führt, hindern könnte; wie dies früher auseinandergesetzt worden ist. In zweifelhaften Fällen müssen beide Theile gleich behandelt werden, sowohl in Bezug auf den Durchmarsch, wie in Gewährung des Unterhaltes für die Truppen und in Enthaltung jeder Unterstützung der Belagerten. Die Corcyrenser sagten bei Thucydides den Athenern, es sei ihre Pflicht, wenn sie neutral bleiben wollten, die Korinther von der Anwerbung der Söldner auf Attischem Gebiet abzuhalten, oder auch ihnen es zu gestatten. Dem König Philipp von Macedonien hielten die Römer vor, dass er das Bündniss zwiefach gebrochen habe, weil er die Bundesgenossen der Römer verletzt und ihre Feinde mit Geld und Mannschaft unterstützt habe. Dasselbe rügt J. Quintius in seiner Unterredung mit Nabis: „Du erkennst an, dass ich der Freundschaft und Genossenschaft mit Euch nicht zuwidergehandelt habe. Aber soll ich Dir zeigen, wie oft Du so gehandelt hast? Ich erwähne nicht Alles, nur die Hauptsache. Wodurch wird nun ein Freund verletzt? Gewiss am meisten dadurch, dass Du meine Bundesgenossen wie Feinde behandelst, und dass Du Dich mit meinen Feinden verbindest."

2. Bei Agathias heisst es: „Ein Feind sei, wer etwas thue, was den Feinden angenehm sei," und Procop sagt: derjenige werde zum feindlichen Heere gerechnet, welcher denselben die zu der Kriegführung erforderlichen Gegenstände verschaffe. Demosthenes hat früher gesagt: „Wer etwas thut und einrichtet, wodurch ich gefangen werden kann, der führt Krieg gegen mich, auch wenn er weder mit einem Schwert noch mit dem Bogen mich angreift." Als die Epiroten dem Antiochus zwar nicht Mannschaft zugeführt, aber ihn mit Geld unterstützt haben sollten, sagte ihnen M. Acilius, er schwanke, ob er sie als Feinde oder Neutrale behandeln solle. Der Prätor L. Aemilius hielt den Tejern vor, dass sie die feindliche Flotte mit Proviant versehen und ihr Wein zugesagt hätten; wenn sie der Römischen Flotte nicht das Gleiche gewährten, werde er sie als Feinde behandeln. Auch von Cäsar Augustus ist der Ausspruch vorhanden: „Eine Stadt verliere die Rechte der Bundesgenossenschaft, welche den Feind bei sich aufnehme."

3. Es ist zweckmässig, mit beiden kriegführenden Mächten einen Vertrag zu schliessen, wonach man mit deren Bewilligung sich an dem Kriege nicht betheiligt und jedem Theile das gewähren kann, was die Menschenpflicht erfordert. Bei Livius heisst es: „Sie wünschen Frieden mit beiden Theilen, wie es sich für befreundete Neutrale geziemt; sie mögen sich in den Krieg nicht mischen." Als Archidamus, König von Sparta sah, dass die Eleer auf die Seite der Arkadier sich neigten, schrieb er ihnen einen Brief, der nur die Worte enthielt: „Schön ist die Ruhe."

Kapitel XVIII.

Ueber die Handlungen der Privatpersonen bei einem öffentlichen Kriege.

I. 1. Das Bisherige hat meist diejenigen betroffen, welchen im Kriege die oberste Entscheidung zusteht, oder welche die Gebote dieser vollstrecken. Es bleibt die Frage, was der Einzelne im Kriege thun darf, und zwar nach dem Natur-, nach dem göttlichen und nach dem Völker-Recht. Cicero erzählt im 1. Buch über die Pflichten, dass in des Feldherrn Pompilius Heere der Sohn des Cato Censorius gedient habe; indess sei die Legion, bei der er gedient, später entlassen worden; allein Jener sei aus Liebe zum Kriege bei dem Heere geblieben. Darauf habe Cato an Pompilius geschrieben, dass, wenn er ihn bei dem Heer behalten wolle, er ihm noch einmal den Soldateneid abnehmen möge, denn der erste Eid habe seine Geltung verloren, und sein Sohn könne daher ohne den mit den Feinden nicht nach Kriegsrecht kämpfen. Cicero führt auch die Worte des Cato in seinem Briefe an den Sohn selbst an, worin er ihn vor der Theilnahme an dem Kampfe verwarnt; denn wer nicht Soldat sei, dürfe mit dem Feinde nicht kämpfen. So wird auch von Chrysanthas in dem Heer des Cyrus gerühmt, dass er mitten im Kampfe das Schwert in die Scheide steckte, als er die Trompete zum Rückzug blasen hörte. Auch Seneca sagt: „Der Soldat taugt nichts, wenn er das Zeichen zum Rückzug nicht beachtet."

2. Allein dies kommt nicht von dem äussern Völkerrecht; denn nach diesem kann ja Jeder schon des Feindes Sachen an sich nehmen und Feinde tödten, wie früher dargelegt worden ist, da nach diesem Rechte die Feinde gar nichts gelten. Was Cato forderte, beruhte also auf der Römischen Heeresdisciplin, nach welcher, wie Modestin bemerkt, jede Ueberschreitung eines Befehles, auch wenn die Sache gut ausging, mit dem Tode bestraft wurde. Zu diesen Ueberschreitungen rechnete man auch den Kampf mit den Feinden ausserhalb der militärischen Ordnung und ohne Befehl des Anführers, wie der Richterspruch des Manlius uns belehrt.[106]) Wäre dies gestattet, so würden die Posten verlassen werden, und bei dem Vorrücken des Heeres könnten einzelne Theile desselben in bedenkliche Kämpfe verwickelt werden; was Alles verhütet werden muss. Deshalb sagt Sallust bei Schilderung der Römischen Mannszucht: „Oft sind während des Krieges die

---

[106]) Der Konsul T. Manlius Torquatus liess seinen Sohn, welcher gegen seinen Befehl die Feinde angegriffen hatte, mit dem Beile hinrichten, obgleich er die Feinde besiegt hatte.

bestraft worden, welche den Kampf mit dem Feinde ohne Befehl begonnen hatten oder den Befehl zum Rückzug zu spät befolgt hatten." Ein Spartaner hielt bei seinem Kampfe mit dem Feinde, als er das Zeichen des Rückzuges vernahm, mit dem Hieb inne, „weil es besser sei, dem Vorgesetzten zu gehorchen, als den Feind zu tödten." Auch Plutarch giebt als Grund, weshalb ein entlassener Soldat den Feind nicht tödten darf, an, dass er den Kriegsgesetzen nicht unterworfen sei, wie dies für die Kämpfenden der Fall sein müsse. Auch Epiktet sagt zu Arrian bei Erzählung der erwähnten That des Chrysanthas: „So viel wichtiger war für ihn, den Willen seines Feldherrn, und nicht seinen eigenen zu befolgen. [107]

3. Das Naturrecht, selbst das innere, gestattet in einem gerechten Kriege Jedem, das zu thun, was als nützlich für den unschuldigen Theil erachtet wird und sich innerhalb der Grenzen der zulässigen Kriegführung hält. Aber die genommenen Sachen darf sich ein solcher nicht aneignen, weil er nichts zu fordern hat; er müsste denn eine Bestrafung nach gemeinsamem menschlichem Rechte fordern können. Auch dieses letztere Recht ist durch das Gesetz des Evangeliums, wie früher bemerkt, beschränkt worden. [108]

4. Der Befehl kann ein allgemeiner oder besonderer sein. Ein allgemeiner war es, wenn bei den Römern im Fall eines Aufruhrs der Konsul ausrief: „Wer das Wohl des Staates will, der folge mir." Selbst einzelnen Unterthanen wird mitunter, wo das Staatsinteresse es verlangt, das Recht, Feinde zu tödten, auch da eingeräumt, wo es sich nicht um ihre Vertheidigung handelt.

---

[107] Gr. hat bereits selbst oben angedeutet, dass die hier von ihm behandelte Frage gar nicht das Völkerrecht, sondern die innere Disciplin der Armee betrifft, also in das innere Staatsrecht gehört.

[108] Es ist bereits früher bemerkt worden, dass dieses angebliche Naturrecht sehr zweifelhaft ist, und dass jedenfalls nach dem modernen Völkerrecht sich kein nicht zu der Armee gehöriger Bürger eines der kriegführenden Staaten an dem Kampfe thätlich betheiligen darf. Dafür richtet der Feind seinen Kampf auch nicht gegen diese friedlichen Unterthanen.

II. 1. Eine besondere Ermächtigung können nicht blos diejenigen erhalten, welche im Solde stehen, sondern auch die, welche auf ihre Kosten den Krieg mitmachen, Schiffe ausrüsten und diese auf ihre Kosten unterhalten. Statt Soldes pflegt Solchen das Eigenthum an dem, was sie erbeuten, eingeräumt zu werden, wie früher bemerkt worden.[109] Indess ist es die Frage, ob dies ohne Verletzung der inneren Gerechtigkeit und der Menschenliebe geschehen darf?

2. Diese Gerechtigkeit bezieht sich entweder auf den Feind oder auf den eigenen Staat, mit dem man sich abzufinden hat. Dem Feinde kann, wie erwähnt, der Sicherheit wegen der Besitz aller Sachen entzogen werden, welche zur Kriegführung benutzt werden können, aber mit dem Beding, sie später zurückzugeben. Das Eigenthum an den Sachen kann nur bis zur Höhe der Summe beansprucht werden, welche der den gerechten Krieg führende Staat bei dem Beginn des Krieges oder in dessen Fortgang zu fordern hat. Es ist dabei gleich, ob die Sachen dem Staate oder einzelnen Unschuldigen gehören; das Vermögen der Schuldigen kann sogar zur Strafe genommen werden und dem anderen Theile eigenthümlich zufallen. Die, welche an einem Krieg auf ihre Kosten theilnehmen, erwerben mithin die feindlichen Sachen in Bezug auf die Feinde soweit, als das früher bezeichnete Maass dabei nicht überschritten wird, was nach billigem Ermessen festzustellen ist.

III. Gegen den eigenen Staat gestattet die innere Gerechtigkeit den Erwerb soweit, als dabei die vertragsmässige Gleichheit gewahrt bleibt; also wenn die Beute nur die Unkosten und Gefahren deckt. Ist es aber mehr, so ist der Ueberschuss dem Staate auszuhändigen, ebenso, als wenn Jemand einen bedeutenden, zwar nicht ganz gewissen, aber doch sehr wahrscheinlichen und leicht zu realisirenden Anspruch für einen niedrigen Preis erlangt.

IV. Uebrigens kann, auch wenn die strenge Gerechtigkeit nicht verletzt wird, doch gegen die Pflicht der Nächstenliebe gesündigt werden, wie sie insbesondere das

---

[109] Auch diese Art der Kriegführung ist antiquirt; man müsste denn die Freischaaren dazu rechnen, welche in den neuesten Kriegen unterstützend aufgetreten sind.

christliche Gesetz vorschreibt, wenn erhellt, dass solche Plünderung weniger den feindlichen Staat oder König oder die unmittelbaren Schuldigen trifft, als Unschuldige, die dadurch in das grösste Unglück gebracht werden, wie es selbst gegen Privatschuldner das Mitleid zu verfahren verbietet. Kommt dazu, dass eine solche Plünderung zur Beendigung des Krieges und zur Schwächung des Feindes nichts Erhebliches beiträgt, so ist sie eines frommen, namentlich christlichen Mannes unwürdig und ein Erwerb, der sich nur das Unglück der Zeiten zu Nutze macht.

V. Mitunter entspringt aus einem öffentlichen Krieg ein privater. So wenn Jemand unter die Feinde geräth, und sein Leben und seine Sachen dadurch in Gefahr kommen. Hier gilt das, was früher über die Nothwehr gesagt worden ist. Mitunter verbindet sich das öffentliche und das Privatinteresse; so wenn Jemand, der grossen Schaden durch den Feind erlitten hat, das Recht erlangt, sich für seinen Schaden an des Feindes Gut schadlos zu halten. Dieses Recht hat dieselben Grenzen, welche oben bei der Pfändung angegeben sind.

VI. Wenn aber ein Soldat oder Anderer auch bei einem gerechten Kriege Gebäude ansteckt, Aecker verwüstet und dergleichen Schaden thut, ohne dass es ihm befohlen worden, oder die Noth ihn dazu zwingt, oder ein Recht dazu da ist, so muss er den Schaden ersetzen, wie mit Recht die Theologen behaupten. Ich habe absichtlich hier zugefügt: „oder kein Recht dazu da ist," was Andere übersehen haben. Denn in diesem Falle bleibt er vielleicht seinem eigenen Staate verantwortlich, dessen Gesetze er verletzt hat, aber nicht dem Feinde, da er diesem kein Unrecht gethan. In diesem Sinne antwortete ein Karthaginienser den Römern, welche die Auslieferung Hannibal's forderten: „Es kommt nicht darauf an, ob Sagunt von dem Staat oder von einem Privatmann angegriffen worden ist, sondern ob es mit Recht oder Unrecht geschehen ist. Denn das ist unsere Sache, und wir haben gegen unseren Bürger zu entscheiden, ob er es auf unseren Befehl oder aus eigenem Belieben gethan hat; mit Euch haben wir nur darüber zu verhandeln, ob es überhaupt nach dem Bündniss gestattet war."

Kapitel XIX.

Ueber Treue und Glauben, welche man dem Feinde schuldig ist.

I. 1. Bisher ist dargelegt worden, was und wie viel im Kriege erlaubt ist, sowohl an sich als mit Rücksicht auf vorgegangene Versprechen. Es bleibt nun noch die Untersuchung über die Treue, welche Feinde einander schulden. Der Römische Konsul sagt bei Silius Italicus vortrefflich:

„Die beste Regel des Soldaten ist es, vor Allem auch im Kriege dem Feinde Wort zu halten."

Xenophon sagt in seiner Rede über Agesilaus: „Es ist für Alle eine schöne und grosse Sache, seine Treue zu bewahren und sein Wort zu halten; vor Allem aber gilt dies von dem Feldherrn." Aristides sagt in seiner 4. Leuktrichen Rede: „In der Innehaltung eines Friedensvertrages und anderer Staatsverträge zeigt sich vor Allem der rechtliche Sinn." Und Cicero bemerkt richtig im 5. Buche über die Zwecke: „Jedermann billigt und lobt die Gesinnung, welche nicht blos auf den Nutzen bedacht ist, sondern selbst gegen den eigenen Nutzen Wort hält."

2. Die öffentliche Treue macht, wie der ältere Quintilian sagt, unter bewaffneten Feinden den Waffenstillstand und bewahrt den Staaten, die sich ergeben, ihr Recht. Derselbe sagt anderwärts: „Die Treue ist das höchste Band der menschlichen Verhältnisse; selbst unter Feinden wird die Treue gelobt und heilig gehalten." So sagt Ambrosius: „Es ist klar, dass auch im Kriege die Treue und die Gerechtigkeit innegehalten werden muss." Und Augustinus sagt: „Die versprochene Treue muss auch dem Feinde, gegen den man kämpft, gehalten werden." Denn der Feind hört deshalb nicht auf, ein Mensch zu sein, und alle erwachsenen Menschen können sich durch Versprechen verpflichten. Camillus sagt bei Livius: „zwischen ihm und den Faliskern bestehe die Gemeinschaft, welche auf der angeborenen Natur beruhe." [110]

---

[110] Es ist merkwürdig, wie die Gelehrten im sitt-

3. Aus dieser Gemeinschaft der Vernunft und der Sprache entspringt die hier behandelte Verbindlichkeit der Versprechen. Wenn es auch nach allgemeiner Ansicht erlaubt ist und nicht als Verbrechen gilt, den Feind zu

lichen und Rechtsgebiet überall nach Gründen verlangen und doch sich dann mit solchen beruhigen, die nichts als Phrasen sind und den zu beweisenden Satz nur in anderen Worten oder anderer Ausschmückung wiederholen. Dies ergeben auch hier die in §. 1 u. 2 enthaltenen Aussprüche. Anstatt sich einfach bei dem Willen und den Geboten der Autoritäten (Gottes, des Fürsten, des Volkes) zu beruhigen und diese Gebote als die letzte sittliche Grundlage zu nehmen, über die hinaus man nur aus dem Gebot des Sittlichen in das der Klugheit gerathen kann, verlangt man nach dem Unmöglichen. Weder die Vernunft noch der Nutzen kann hier weiterführen; denn die Vernunft hat als Denken keinen Inhalt in sich selbst, und der Nutzen führt nur zur Klugheit, aber nicht in das Heiligthum des Rechts. Es ist deshalb auch ganz unmöglich, für die Rechtsgültigkeit der Verträge überhaupt einen anderen Grund beizubringen, als eben das Gebot der Autoritäten, und deshalb erstreckt sich auch diese Gültigkeit nicht weiter als diese Gebote, und umgekehrt sind selbst einseitige Erklärungen (Gelübde), also mangelhafte Verträge, gültig, wenn und soweit es die Autoritäten gebieten. Selbst Heffter bietet in seinem Völkerrecht (5. Ausg. S. 156) noch ein merkwürdiges Beispiel, wie man erst durchaus einen Grund für nöthig hält und doch nachher mit der blossen Phrase sich begnügt. Er sagt: „Noch immer hat man sich nicht verständigt, ob und warum ein Vertrag ein „Etwas sei", d. h. durch sich selbst verpflichte. Schwerlich wird man darüber eine andere Ansicht vertheidigen können, als die, dass ein Vertrag an sich nur durch die Einheit des Willens ein Recht setzt, folglich auch nur so lange diese Einheit dauert, und dass im Falle der Willensänderung eines Theiles der andere nur berechtigt ist, die Wiederherstellung des vorigen Zustandes zu fordern, mit Einschluss des Schadens, den er durch redliches Eingehen in den Willen eines Anderen erlitten." — Eine solche Begründung ist nicht allein keine, sondern dient durch ihre halb philosophische Färbung nur dazu,

täuschen, so folgt daraus noch nicht, dass das gegebene Versprechen gebrochen werden darf; denn die Pflicht zur Wahrheit ist älter als der Krieg und kann durch diesen wohl beschränkt werden; aber das Versprechen gewährt

die einfache Sachlage und Frage noch mehr zu verwirren; sie ist wie gemacht, um den Schüler daran zu gewöhnen, sich statt der Gedanken mit Worten abfinden zu lassen. — Die allgemeine Frage der Gültigkeit der Verträge ist bereits früher von Gr. behandelt, und dort ist das Nöthige darüber bemerkt worden (B. I. 389). Hier tritt noch das Besondere ein, dass die Verträge selbst für Persönlichkeiten gelten sollen, welche an sich kein Recht zwischen sich anerkennen, sondern als Feinde mit allen Mitteln der Gewalt und List einander zu vernichten streben. Dennoch hat sich die Sitte seit den ältesten Zeiten gebildet, dass eine Reihe von Verträgen hier als verbindlich anerkannt wird. Alle, welche von untergeordneten Gewalten, wie Generälen, Feldherren u. s. w., geschlossen werden, machen keine Schwierigkeit; sie gelten, weil die Autoritäten (der Fürst, das Volk, die Gottheit) es so als Recht eingeführt haben. Was dagegen die Hauptverträge unter den verschiedenen Autoritäten, Staaten und Kirchen selbst anlangt, so ist hier nur für die christlichen Völker in der Autorität Gottes eine sittliche Basis vorhanden; allein sie ist durch den Hinzutritt vieler fremden Umstände ausserordentlich schwach, und die Wissenschaft kann deshalb eine rechtsverbindliche Kraft solcher Verträge nicht anerkennen; es sind vielmehr nur thatsächliche Regulirungen des Besitzstandes, die so lange befolgt werden, als das Interesse und die Macht, sie zu brechen, auf einer oder der anderen Seite fehlt (B. XI. 155, 172). Die Lehrer des Völkerrechts drehen die Sache um; sie setzen die Rechtsgültigkeit derselben als Regel, aber sie lassen dann so viel Ausnahmen folgen, (selbst Heffter S. 184 und 185 a. a. O.), dass im Grunde sie mit der hier vertheidigten Lehre sachlich zusammentreffen und nur des Decorum's wegen sich als Gegner geberden. Gr. hat den ersten Anstoss zu diesen Untersuchungen gegeben; er selbst befindet sich noch in dem naiven Zustand, dem die tieferen Auffassungen und Schwierigkeiten unbekannt sind, und er kommt deshalb über die Zweifel leicht hinweg.

ein besonderes Recht. Aristoteles erkannte diesen Unterschied, indem er bei Gelegenheit der Wahrhaftigkeit sagt: „Ich spreche nicht von denen, die bei Verträgen ihr Wort zu halten haben; dies gehört zur Gerechtigkeit und Ungerechtigkeit und bezieht sich auf eine andere Tugend."

4. Pausanias sagt in seiner Arkadischen Betrachtung über den Macedonischen Philipp: „Kein Vernünftiger kann ihn einen guten Feldherrn nennen, denn er trat den geleisteten Schwur mit Füssen, brach jedweden Vertrag und verachtete mehr wie Jeder die Treue und das Halten des gegebenen Wortes." Valerius Maximus sagt von Hannibal: „Den Krieg gegen Rom und Italien führte er geständlich ohne Treue und Glauben; er erfreute sich an Lügen und Betrug als erhabenen Künsten. Dadurch ist es gekommen, dass sein Andenken zwar lange Zeit sich erhalten wird, aber man wird schwanken, ob er mehr ein grosser oder mehr ein schlechter Mann gewesen ist." Bei Homer klagen sich die Trojaner, von ihrem Gewissen getrieben, an: „Wir haben die heiligen Bündnisse und die beschworene Treue gebrochen und kämpften gegen die, gegen welche das Recht es nicht gestattet."

II. 1. Schon oben habe ich bemerkt, dass die Ansicht Cicero's nicht zugelassen werden kann, „dass man mit Tyrannen keine Gemeinschaft habe, sondern vielmehr den höchsten Gegensatz." Er sagt auch: „Der Seeräuber gehört nicht zur Zahl der Kriegsfeinde; denn gegen ihn gilt keine Treue und kein Schwur." Auch Seneca sagt von Tyrannen: „Was mich noch mit ihm verband, das ist durch die aufgelöste Gemeinschaft des menschlichen Rechts zerrissen worden." Aus dieser Quelle ist der Irrthum des Ephesier Michael hervorgegangen, welcher zu dem 5. Buche der Nicomachischen Ethik sagt, an der Frau eines Tyrannen könne kein Ehebruch begangen werden. Aus einem gleichen Irrthum behaupteten die Jüdischen Lehrer dies von den Fremden, deren Ehen als solche bei ihnen nicht anerkannt wurden.

2. Allein Cn. Pompejus beendete zum grossen Theil den Seeräuberkrieg durch Abkommen, in denen er den Räubern ihr Leben und ein Land zusicherte, wo sie ohne Raub bestehen konnten. Auch Tyrannen haben dem Staate mitunter die Freiheit gegen Bewilligung ihrer Straflosigkeit zurückgegeben. Cäsar erzählt im 3. Buche seines

Bürgerkrieges, dass die Römischen Führer mit den Räubern und Flüchtigen in dem Pyrenäischen Gebirge über die Ausgleichung verhandelt haben. Wer wollte behaupten, dass aus solchen Abkommen keine Verbindlichkeit entstehe? Sie haben zwar nicht jene besondere Gültigkeit, wie sie das Völkerrecht zwischen Feinden bei einem feierlichen und vollständigen Kriege anerkennt; aber die Gegner sind immer Menschen, und es bleibt das Naturrecht für sie gültig, wie Porphyrius im 7. Buche über die Unzulässigkeit von Fleischspeisen richtig darlegt, und daraus folgt auch, dass die Verträge mit ihnen gehalten werden müssen. So erwähnt Diodor, dass Lucull sein Wort dem Führer der Flüchtlinge, Apollonius, gehalten habe, und Dio erzählt, dass Augustus, um sein Wort nicht zu brechen, dem Strassenräuber Crocotas den auf seinen Kopf gesetzten Preis habe zahlen lassen, als er sich selbst gestellt hatte. [111]

---

[111] Gr. behandelt hier ausführlich die Frage, ob man auch Räubern und Aufrührern das gegebene Wort halten müsse; ob also die Treue, wie sie zwischen regelmässigen Kriegsfeinden besteht, auch auf solche extreme und ausserordentliche Fälle Anwendung finde. Gr. geräth hier in den Gegensatz zu Cicero und Seneca und wohl zu der Mehrzahl der alten Autoren. Man bemerkt bald, dass diese Frage in die Kasuistik gehört, wo die Sitte die Kollision entgegenstehender Prinzipien nicht fest abgegrenzt hat, und deshalb die Gelehrten ein freies Feld haben, bald dieses, bald jenes Prinzip (bald die Pflicht der Treue, bald die Pflicht, ein Verbrechen zu strafen) je nach ihren persönlichen Neigungen und Gefühlen als die wichtigere und entscheidende hinstellen. Die Wissenschaft kann aus diesem Spiel gelehrter Zweikämpfe keinen Vortheil ziehen; sie hat hier einfach anzuerkennen, dass für die meisten Fälle dieser Art sich kein Recht und keine sittliche Gestaltung so fest gebildet hat, dass sie als ein Objekt für ihre Darstellung gelten könnte. Die meisten dieser Fälle stehen deshalb ausserhalb des Rechts und der Moral, und sie erledigen sich thatsächlich bald so, bald anders, ohne dass das sittliche Gefühl des Volkes daran einen Anstoss nimmt. Für jede Art der Erledigung sind Gründe bereit, und da eine fest ausgebildete Sitte fehlt, so ist die öffent-

III. 1. Wir wollen aber sehen, ob nicht etwas Besseres, als Cicero anführt, beigebracht werden kann. Das Erste ist, dass die schweren Missethäter, die keinem Staate angehören, nach dem Naturrecht von jedem Menschen gestraft werden können, wie früher dargelegt worden ist. Wer aber am Leben gestraft werden kann, dem dürfte auch sein Eigenthum und sein Recht genommen werden können, und Cicero selbst sagt: „Es geht nicht gegen die Natur, den zu berauben, den man tödten darf." Zu den Rechten gehört nun auch das aus der Zusage Erlangte; es kann ihm also auch dies zur Strafe genommen werden. Darauf antworte ich, dass dies anginge, wenn nicht mit ihm als Uebelthäter verhandelt worden wäre. Wenn mit einem Solchen in dieser Eigenschaft ein Abkommen getroffen worden ist, so ist damit auch das Recht, davon als Strafe wieder abgehen zu können, aufgehoben worden. Denn wie früher erwähnt, muss immer eine solche Auslegung gewählt werden, welche einen Vertrag nicht ganz ungültig werden lässt.

2. Nicht übel antwortete bei Livius Nabis dem Quintius Flaminius, als dieser ihm seine Tyrannei vorhielt: „In Betreff dieses Wortes kann ich antworten, dass ich, wer ich auch bin, derselbe geblieben bin, der ich früher gewesen, als Du, T. Quintius selbst mit mir das Bündniss geschlossen hast." Und dann: „Was es auch sein mag, ich hatte es schon gethan, als Du Dich mit mir verbandest." Dann fügt er hinzu: „Habe ich mich geändert, so habe ich über meine Unbeständigkeit nur mir, wie Ihr, wenn Ihr Euch ändert, über Eure Euch Rechenschaft zu geben." Aehnlich ist die Stelle in der Rede des Perikles an seine Mitbürger bei Thucydides: „Die verbündeten Städte haben wir in ihrer Freiheit nicht gestört, wenn

---

liche Meinung immer bereit, sich damit zufrieden zu geben und die Gegengründe für diesen Fall nicht in Betracht zu ziehen. Hiernach darf die Bedeutung der nun folgenden Argumentationen nicht zu hoch angeschlagen werden; sie gelten vielmehr als ein interessantes Beispiel, wie im Sittlichen Alles durch Gründe (Prinzipien) sich rechtfertigen lässt, so lange nicht das betreffende Verhältniss durch die Autoritäten eine feste Gestalt mit bestimmter Abgrenzung der kollidirenden Prinzipien erhalten hat.

sie eine solche überhaupt zur Zeit des Bündnisses gehabt haben."

IV. Dann kann entgegnet werden, dass der, welcher durch Drohung ein Versprechen veranlasst, den Versprechenden zu entlassen schuldig sei, weil er mit Unrecht Schaden zugefügt hat durch eine Handlung, welche der natürlichen menschlichen Freiheit und ebenso dem Begriff einer Willenserklärung widerspricht, welche frei sein muss. Indess wenn dies auch mitunter gegen Räuber gilt, so kann es doch nicht auf alle einem Räuber gemachten Versprechen bezogen werden. Denn damit Jemand verpflichtet sei, den Versprechenden seines Wortes zu entlassen, ist erforderlich, dass er selbst durch Drohung mit Unrecht das Versprechen veranlasst habe. Wenn also Jemand zur Befreiung seines Freundes ein Lösegeld versprochen hat, ist er dazu verpflichtet; denn dem, der sich hierzu freiwillig erboten hat, ist keine Gewalt angethan worden.[112]

V. Ueberdem kann selbst der mit unrechter Gewalt zu einem Versprechen Genöthigte durch den Hinzutritt eines Eides verpflichtet werden; denn damit wird, wie früher dargelegt worden ist, der Mensch nicht einem Menschen, sondern Gott verpflichtet, gegen den man den Einwand der Drohung nicht erheben kann. Indess geht diese Verbindlichkeit aus dem Eid nicht auf die Erben über, da auf diese nur das im menschlichen Verkehr Befindliche nach dem alten Gesetz des Eigenthums übergeht, und dazu gehört nicht dies besondere für Gott ent-

---

[112] Gr. umgeht hier die eigentliche Frage. Er giebt nur eine Antwort für den, welcher, selbst in Freiheit, ein Lösegeld für einen in Gefangenschaft Befindlichen den Räubern versprochen hat. Allein die gestellte Frage geht dahin: Ob das von den Gefangenen selbst gegebene Versprechen ihn verbindet? Hierüber scheint Gr. selbst keine Entscheidung zu wagen; er lässt die Frage offen und geht in Ab. 5 gleich darauf über, dass die Pflicht, wenn sie auch nicht bestände, durch einen Eid herbeigeführt werden könne. Auch dies wird das moderne Rechtsgefühl schwerlich gelten lassen. Schon Heffter (a. a. O. S. 180) erklärt den Eid für etwas Subjektives, woraus dem Promissor kein grösseres Recht erwächst, als ihm vorher zustand.

standene Recht als solches. Ebenso ist zu wiederholen, dass, wenn Jemand sein dem Räuber gegebenes Versprechen, sei es beschworen oder nicht, bricht, er deshalb bei keinem Volke bestraft wird, weil es den Völkern aus Hass gegen die Räuber gefallen hat, selbst das gegen sie begangene Unrecht nicht zu beachten.

VI. Was sollen wir über die Kriege der Unterthanen gegen ihren König oder sonstiges Staatsoberhaupt sagen? Wir haben früher gezeigt, dass, wenn ihnen an sich auch ein gerechter Grund zur Seite steht, sie doch nicht Gewalt brauchen dürfen. Auch kann mitunter der Anlass auf Seite des Unterthans so ungerecht, oder die Schlechtigkeit seines Widerstandes so gross sein, dass er harte Strafe verdient. Wenn indess gleichsam mit Deserteuren oder Anführern verhandelt worden, so kann ein solches Versprechen zur Strafe nicht aufgehoben werden, wie eben dargelegt worden. Denn selbst dem Sklaven muss Wort gehalten werden; dies zeigen die Lacedämonier, welche den göttlichen Zorn erfuhren, weil sie die Tänarenser Sklaven gegen ihr Versprechen getödtet hatten. Auch Diodor erzählt von den Sicilianern, dass das den Sklaven in dem Heiligthum der Zwillingsbrüder des Jupiter gegebene Versprechen von keinem Herrn gebrochen worden sei. Der Einwand der Drohung kann auch hier durch den Schwur beseitigt werden. So erfüllte der Volkstribun M. Pomponius in Folge seines geleisteten Eides das Versprechen, was L. Manlius durch Drohungen von ihm erpresst hatte.

VII. Eine besondere Schwierigkeit erhebt sich aber hier aus der gesetzgebenden Gewalt und dem höchsten Obereigenthum an den Sachen der Unterthanen, was von dem Staate und in dessen Namen von dem Inhaber der höchsten Staatsgewalt ausgeübt wird. Denn wenn dieses Recht sich auf alles Vermögen der Unterthanen erstreckt, so umfasst es auch seine Rechte aus dem im Kriege ihm gegebenen Versprechen.[113] Wenn man dies einräumt,

---

[113] Gr. meint die Versprechen, welche die Staatsgewalt ihren rebellirenden Unterthanen zur Beschwichtigung des Aufruhrs gegeben hat. Das spätere Wort „Krieg" ist daher nur von solchen inneren oder Bürgerkriegen zu verstehen.

so sind alle solche Verträge nutzlos, und die Kriege können dann nur durch die Gewalt des Sieges beendet werden. Allein es ist zu entgegnen, dass jenes Obereigenthum nicht ohne Unterschied Platz greift, sondern nur soweit es der Nutzen der Obrigkeit des Staates oder des Königs erfordert. In der Regel ist aber die Erfüllung solcher Verträge nützlich, wie aus dem erhellt, was früher über die Erhaltung des bestehenden öffentlichen Zustandes gesagt worden ist. Aber selbst wo ein Nutzen für die Geltendmachung dieses Obereigenthums vorhanden sein sollte, tritt eine Ausgleichung nach dem später Folgenden ein.

VIII. 1. Uebrigens können die Verträge durch einen Eid nicht blos von dem Könige oder Senat, sondern auch von den sämmtlichen Bürgern verstärkt werden. So liess Lykurg alle Bürger die Festhaltung seiner Gesetze beschwören; ebenso Solon in Athen, und damit der Wechsel der Personen den Eid nicht entkräftete, wurde er alle Jahre von Neuem geleistet. Geschieht dies, so kann nicht einmal aus Gründen des öffentlichen Wohles von dem Versprechen zurückgetreten werden; denn auch ein Staat kann von dem Seinigen abgehen, und die Worte können so deutlich sein, dass kein Einwand möglich ist. Valerius Maximus spricht so zu Athen: „Lies das Gesetz, welches durch einen Eid Dich gebunden hält." Die Römer nennen diese Art Gesetze heilige, und das Römische Volk wurde dadurch in religiöser Weise verpflichtet, wie Cicero in seiner Rede für Ballus darlegt.

2. Livius behandelt diese Frage in dem 3. Buche seiner Römischen Geschichte in etwas schwer verständlicher Weise, indem er der Meinung vieler Rechtsgelehrten erwähnt, wonach die Volkstribunen auch religiös geheiligt und geschützt sind, während die Schatzbeamten, die Richter, die Zehnmänner es nicht sind, obgleich auch ihre Verletzung widerrechtlich ist. Der Grund dieses Unterschiedes lag darin, dass die Schatzbeamten und Uebrigen nur durch das Gesetz allein geschützt waren, und das Volk dieses Gesetz abändern konnte. So lange dies nicht geschah, durfte allerdings Niemand dagegen handeln; aber die Tribunen waren durch den religiösen Glauben des Römischen Volkes geschützt; es kam ihnen ein Eid zu Statten, der von dem Schwörenden ohne Verletzung der

Religion nicht aufgehoben werden konnte. Dionys von Halicarnass sagt im 6. Buche seiner Geschichte: „Brutus rief das Volk zusammen und veranlasste die Bürger, dass sie diese Beamten nicht blos durch ein Gesetz, sondern auch durch einen Eid für unverletzlich erklärten, und Alle stimmten dem bei." Deshalb heisst dieses Gesetz ein heiliges. Deshalb missbilligten die rechtlichen Leute den Antrag des Tiberius Gracchus, durch welchen dem Octavius das Tribunat genommen werden sollte, und wobei dieser sagte: „dieses Amt habe seine Heiligkeit vom Volke, aber nicht gegen das Volk empfangen." Daher kann sowohl ein Staat, wie ein König selbst den Unterthanen gegenüber durch einen Eid verpflichtet werden.

IX. Auch für einen Dritten, von dem die Drohung nicht ausgegangen ist, bleibt das Versprechen gültig, und es kommt dabei nicht auf sein Interesse oder die Höhe desselben an; dies sind vielmehr Spitzfindigkeiten des Römischen Rechts. Denn von Natur haben alle Menschen ein Interesse für das Wohl der Anderen. So wurde dem Philipp in dem mit den Römern geschlossenen Frieden das Recht, die von ihm abgefallenen Macedonier zu bestrafen, genommen.

X. Indess bestehen, wie früher gezeigt worden, auch mitunter schwankende Zustände. So wie man durch Vertrag aus einem bestimmten Zustand in einen anderen bestimmten übergehen kann, so kann man auch in einen schwankenden übergehen. So können die, welche früher unbedingt der königlichen Gewalt unterworfen waren, an der höchsten Gewalt einen Antheil bekommen, selbst mit dem Rechte, diesen Antheil mit Gewalt zu vertheidigen.

XI. 1. Ein feierlicher Krieg, d. h. ein öffentlicher auf beiden Seiten und angesagt, hat neben seinen eigenthümlichen Wirkungen in dem äusserlichen Recht noch die Wirkung, dass die Abkommen während desselben und behufs Beendigung desselben mit dem Einwande einer unrechten Gewalt oder Drohung ohne Einwilligung des anderen Theiles nicht rückgängig gemacht werden können. Denn wie vieles Andere nicht Fehlerfreie durch das Völkerrecht gesetzlich gemacht werden kann, so auch hier die Furcht, welche ein solcher Krieg auf beiden Seiten erweckt. Ohnedem hätte diesen so häufigen Kriegen weder ein Maass noch ein Ziel gesetzt werden können, was doch der Nutzen der menschlichen Gesellschaft so sehr verlangt. Hieraus ergiebt sich, was unter dem Kriegsrecht zu verstehen ist, das nach Cicero auch gegen den Feind einzuhalten ist. Auch anderwärts sagt er, dass dem Feinde im Kriege gewisse Rechte bleiben, und zwar nicht blos natürliche, sondern auch solche, die aus dem Uebereinkommen der Völker herrühren. [114]

2. Doch folgt daraus noch nicht, dass der, welcher etwas durch einen ungerechten Krieg dem Anderen abgenöthigt hat, es ohne Verletzung der Moral und der Pflichten eines rechtlichen Mannes behalten könne, und dass er den Anderen zwingen könne, die beschworenen oder nicht beschworenen Verträge zu erfüllen. Denn innerlich und nach der Natur der Sache bleibt dergleichen ungerecht,

---

[114] Dass der besiegte Theil gegen Friedens- und Abtretungsverträge den Einwand der Gewalt und Drohung nicht erheben darf, erscheint dem natürlichen Gefühl selbstverständlich; dennoch hat die Wissenschaft Mühe, die Unzulässigkeit dieses Einwandes zu begründen, der an sich aus der Natur jedes Vertrages von selbst sich rechtfertigt. Heffter (a. a. O. S. 163) will den Einwand des Zwanges wie bei den Privatverträgen gestatten, setzt aber hinzu: „Nur wird ein schon vorher vorhandener rechtmässiger Zustand des Zwanges oder der Unfreiheit den zur Beseitigung desselben geschlossenen Vertrag nicht vitiiren, z. B. eine rechtmässige Kriegsgefangenschaft oder die bereits erfolgte Eroberung des ganzen Staates." Allein wenn der Krieg auch Gewalt gestattet, so folgt doch nicht, dass die durch diese Gewalt erzwungenen Willenserklärungen gültig seien, da die Gewalt wohl das Recht nicht beachten, aber kein Recht begründen kann. Es fragt sich eben, wie weit geht das Recht des Zwanges, und Heffter so wenig wie Gr. kommen über die blosse Behauptung hinaus, dass der Zwang hier die Gültigkeit des Vertrages nicht aufhebe. — Dies zeigt, wie leer dergleichen Argumentationen sind, und dass die Wissenschaft viel besser thut, einfach zu sagen: die Autoritäten oder die Sitte hat dies so festgesetzt. — Wenn Gr. die moralische Unverbindlichkeit solcher Staatsverträge in Ab. XI. behauptet, so wird schwerlich das sittliche Gefühl der Gegenwart ihm beistimmen.

und diese innerliche Unrechtlichkeit des Abkommens kann nur durch einen neuen, durchaus freiwilligen Vertrag geheilt werden.

XII. Wenn ich übrigens die in einem feierlichen Kriege geübte Drohung für gesetzlich erklärt habe, so gilt dies nur soweit, als das Völkerrecht sie zulässt. Wenn z. B. etwas unter Androhung der Nothzucht erpresst worden ist, oder durch einen anderen Schrecken, welcher gegen die gewährte Treue verstösst, so bleibt es bei dem Naturrecht; denn das Völkerrecht dehnt seine legalisirende Kraft auf eine solche Gewalt nicht aus.

XIII. 1. Die Treue muss auch den Ungläubigen gewahrt werden. Dies habe ich oben bei den allgemeinen Grundsätzen dargelegt, und dies lehrt Ambrosius. Dasselbe gilt auch gegen eidbrüchige Feinde, wie es die Karthaginienser waren, denen dennoch die Römer die Vertragstreue streng bewahrten. Valerius Maximus sagt hierbei: „Der Senat sah dabei nur auf sich selbst, nicht auf die, denen die Erfüllung zu leisten war." Und Sallust sagt: „Obgleich die Karthaginienser in allen Punischen Kriegen, auch während des Waffenstillstandes und selbst im Frieden viele abscheuliche Thaten begingen, so vergalten doch die Römer dies niemals mit Gleichem."

2. Appian sagt von den wortbrüchigen Lusitanern, welche Sergius Galba hatte niedermetzeln lassen, weil sie ihn von Neuem bei einem Abkommen betrogen hatten: „Er rächte sich für die Treulosigkeit durch Treulosigkeit und ahmte den Barbaren nach, gegen die Römische Strenge." Derselbe Galba wurde später deshalb von dem Volkstribun Libo verfolgt, und Valerius Maximus sagt bei dieser Gelegenheit: „Die Sache wurde aus Mitleiden und nicht nach dem Rechte beigelegt; seine Freisprechung, welche auf seine Unschuld nicht gestützt werden konnte, erfolgte mit Rücksicht auf seine Kinder." Cato hatte sich darüber dahin geäussert, „dass er ihn bestraft haben würde, wenn nicht die Kinder und die Thränen gewesen wären."

XIV. Indess kann aus zwei Gründen die Erfüllung eines Versprechens unterlassen werden, ohne wortbrüchig zu sein, nämlich wenn die gestellte Bedingung nicht eintritt, und in Folge der Aufrechnung. Im ersten Falle wird der Versprechende eigentlich nicht befreit, sondern der Erfolg ergiebt nur, dass überhaupt keine Verbindlichkeit besteht, da sie eben nur auf die Bedingung gestellt war. Hierher gehört der Fall, wenn der Andere nicht das vorher erfüllt, was er seinerseits zu leisten schuldig ist. Denn bei demselben Vertrage können einzelne Punkte so zu verstehen sein, als wenn gleichsam ausbedungen wäre, dass man das nur thun solle, wenn zuvor der Andere das Seinige geleistet habe. Deshalb antwortete Tullus den Albanern: „Er rufe die Götter zu Zeugen darüber, welches von beiden Völkern zuerst die Gesandten, welche die genommenen Sachen zurückverlangten, mit Verachtung zurückgewiesen habe, damit auf dieses alles Unheil des Krieges einbreche." Ulpian sagt: „Der ist nicht mehr als Gesellschafter anzusehen, welcher deshalb ausgeschieden ist, weil eine dem Vertrag beigefügte Bedingung nicht eingehalten worden ist." Soll dessenungeachtet diese Wirkung nicht eintreten, so muss ausdrücklich gesagt werden, dass, wenn auch etwas gegen diesen oder jenen Punkt geschehe, das Uebrige doch gültig bleiben solle.

XV. Den Ursprung der **Aufrechnung** [115] *(compensatio)* haben wir früher dargelegt. Wenn wir unser Eigenthum oder unsere Forderung von unserem Schuldner nicht anders erlangen können, so kann auf Höhe derselben eine Sache desselben angenommen werden; daher können wir noch um so eher einen bei uns befindlichen Gegenstand unseres Schuldners, sei er körperlich oder unkörperlich, deshalb zurückbehalten. Deshalb braucht man auch ein

---

[115] Die nun folgende Lehre über die gegenseitige Aufrechnung der Forderungen (Kompensation) steht der Ausbildung dieses Instituts durch die Römischen Juristen sehr nach und entbehrt all der Schärfe und Bestimmtheit, welche der letzteren einen so hohen wissenschaftlichen Werth verleiht. Insbesondere fehlt Gr. darin, dass er auch die Kompensation bei ungleichartigen Forderungen (Sachen gegen Handlungen, Geld gegen Sachen) zulässt, und dass er bei gleichartigen Forderungen, insbesondere bei Geldforderungen, übersieht, dass die Kompensation ipso jure eintritt. Auch vermischt Gr. das Retentionsrecht mit der Kompensation. Hätte Gr. sich mehr an die scharfen Begriffe der Römischen klassischen Juristen als an die faden unjuristischen Aussprüche des Seneca gehalten, so würde er von diesen Fehlern freigeblieben sein.

Versprechen nicht zu erfüllen, wenn es nicht mehr beträgt, als unser Eigenthum, das bei einem Anderen sich befindet. Seneca sagt im 6. Buche über die Wohlthaten: „So wird oft der Gläubiger zur Zahlung an seinen Schuldner verurtheilt, wenn er aus einem anderen Geschäft ihm mehr entzogen hat, als er aus seinem Darlehn zu fordern hat. Der Richter sitzt nicht blos zwischen Gläubiger und Schuldner, um zu sagen: Du hast Geld geborgt; was weiter?... Er fährt vielmehr fort: „Du, Gläubiger, hast ein Ackerstück des Schuldners, was Du nicht gekauft hast; also Du, der Du als Gläubiger gekommen bist, gehe als Schuldner davon!"

XVI. Dasselbe gilt, wenn der Gegner aus einem anderen Geschäfte mehr oder ebensoviel mir schuldet, und ich es auf andere Weise nicht erlangen kann. Bei dem Gericht werden allerdings, wie Seneca sagt, die Klagen aus beiden Geschäften gesondert, und die Anträge nicht vermengt. Indess ist dies in jenen oben angeführten Beispielen durch besondere Gesetze vorgeschrieben, die befolgt werden müssen. Wenn es heisst: die eine Bestimmung soll mit der anderen nicht vermengt werden, so muss dem Folge geleistet werden; aber das Völkerrecht kennt diese Unterschiede nicht, sobald man auf keinem anderen Wege zu seinem Rechte kommen kann.

XVII. Dasselbe gilt, wenn der, welcher das Versprechen erfüllt, verlangt, zwar aus dem Kontrakte nichts schuldet, aber sonst dem Anderen Schaden gethan hat. Seneca sagt an der erwähnten Stelle: „Der Eigenthümer kann seinen Zinsmann nicht belangen, wenngleich der Kontrakt es besagt, wenn er dessen Saaten zertreten oder seine Bäume umgehauen hat; nicht deshalb, weil er den versprochenen Zins erhalten hat, sondern weil er daran Schuld ist, dass ihn Jener nicht verdienen konnte." Dann führt er noch andere Beispiele an: „dass er das Vieh weggetrieben, seine Sklaven getödtet habe." Dann fährt er fort: „Ich darf das, was mir Jemand an Schaden zugefügt, mit dem, was er mir Vortheil gewährt hat, aufrechnen und danach aussprechen, ob ich etwas zu bekommen oder zu bezahlen habe."

XVIII. Auch das, was man als Strafe zu fordern hat, kann in dieser Weise mit aufgerechnet werden. Seneca setzt dies an jener Stelle weiter aus einander und sagt:

„Für die Wohlthat ist man Dank schuldig, und für das Unrecht kann man Strafe fordern; dann bin ich weder Dank, noch Jener mir Strafe schuldig; Einer wird durch den Anderen frei." Dann: „Zwischen der Wohlthat und dem Unrecht muss die Vergleichung angestellt werden, und dann wird sich ergeben, wer etwas zu zahlen hat."

XIX. 1. Allein sowie die Abkommen, die erst nach Einleitung des Prozesses geschlossen worden sind, während des Prozesses dem Versprechen nicht entgegengestellt werden dürfen, und dies auch mit den Schäden und Unkosten des Prozesses nicht zulässig ist, so kann auch während des Krieges das nicht zur Aufrechnung benutzt werden, aus dem der Krieg seinen Anfang genommen hat, mit dem, was während des Krieges nach dem Völkerrecht geschehen ist. Denn die Natur dieser Aufrechnung und Ausgleichung der gegenseitigen Forderungen erfordert, dass auf die Kriegsforderungen dabei keine Rücksicht genommen werden darf. Sonst könnte jeder Vertrag auf diese Weise umgangen werden. Es kann hier passend noch eine Stelle aus Seneca erwähnt werden: „Unsere Vorfahren liessen keine Entschuldigung zu, damit die Menschen einsähen, dass man sein Wort halten müsse. Denn es war zweckmässiger, in einzelnen Fällen selbst einen begründeten Einwand nicht zuzulassen, als Jedem die Gelegenheit zum Wortbruch zu verschaffen."

2. Was kann also mit einer versprochenen Leistung aufgerechnet werden? 1) Das, was der Andere schuldet, wenn auch aus einem anderen, während des Krieges geschlossenen Vertrage; 2) der Schaden, welchen er während des Waffenstillstandes zugefügt hat; 3) wenn er die Gesandten verletzt hat oder sonst etwas gethan, was das Völkerrecht unter Feinden nicht gestattet.

3. Die Aufrechnung muss aber unter denselben Personen geschehen, und die Rechte Dritter dürfen dadurch nicht verletzt werden; doch gelten, wie erwähnt, die Güter der Unterthanen für die Schuld des Staates nach dem Völkerrecht verhaftet.

4. Auch zeigt es von Edelmuth, wenn man trotz des erlittenen Unrechts bei dem Bündniss stehen bleibt. Der Indier Jarchas lobte den König, weil er, obgleich sein Nachbar ihn verletzt hatte, „doch von dem mit ihm geschlossenen und beschworenen Bündniss nicht zurückge-

treten sei und gesagt habe, er fühle sich so streng gebunden, dass er dem Anderen, auch nachdem er ihm Unrecht gethan, nicht schaden könne."

5. Beinahe alle über die dem Feinde gegebenen Zusagen entstandenen Streitfragen lassen sich erledigen, wenn dabei die Regeln beachtet werden, welche oben über die Kraft der Versprechen, des Eides und der Bundesverträge, sowie über das Recht und die Pflichten der Könige und über die Auslegung zweifelhafter Willenserklärungen aufgestellt worden sind. Um indess den Sinn dieser Regeln noch klarer zu machen und etwaige Streitfälle zu erledigen, sollen noch einzelne der häufigeren und wichtigeren Fälle näher betrachtet werden.

Kapitel XX.

Ueber die öffentlichen Verträge, welche den Krieg beenden; desgleichen über Friedensschlüsse, über das Loos, über den Zweikampf, über Schiedsrichter, über die Auslieferung von Geisseln und Pfändern.

I. Die Uebereinkommen zwischen Feinden beruhen entweder auf ausdrücklichen oder stillschweigenden Erklärungen. Ersteres geschieht entweder öffentlich oder privatim. Die öffentliche Erklärung geht entweder von dem Staatsoberhaupt aus oder von der niederen Obrigkeit; jene setzt entweder dem Krieg ein Ende oder bestimmt etwas, was während desselben gelten soll. Die den Krieg beendenden Erklärungen zerfallen in die Hauptbestimmungen und in Nebensächliches. Die Hauptbestimmung endet den Krieg durch sich selbst, wie die Friedensverträge, oder durch die gemeinsame Beziehung auf etwas anderes, wie auf das Loos, den Ausgang eines Kampfes, den Ausspruch eines Schiedsrichters. Jene Umstände sind rein zufällig; diese letzten beiden beschränken den Zufall durch

Eintritt von Kräften des Geistes oder Körpers oder durch das Urtheil eines Richters.

II. Verträge, welche den Krieg beenden, zu schliessen, ist Sache der kriegführenden Mächte; denn Jeder ist Herr über seine Angelegenheiten [116]. In einem von beiden Seiten öffentlichen Kriege ist dies daher Sache der höchsten Staatsgewalt; also des Königs in wirklichen Königreichen, soweit dieses Recht dem Könige nicht beschränkt ist.

III. 1. Denn ein König, dem wegen seiner Jugend noch das reife Urtheil fehlt (das betreffende Alter ist in einzelnen Königreichen durch das Gesetz festgestellt; wo nicht, so muss man nach zuverlässigen Anzeichen die Sache entscheiden), oder der verstandesschwach ist, kann keinen Frieden schliessen. Dasselbe gilt bei einem König, der sich in Gefangenschaft befindet, sobald seine Herrschaft auf der Uebertragung durch das Volk beruht; denn es ist nicht glaublich, dass das Volk diese in der Art übertragen habe, dass sie auch von einem nicht freien Könige geübt werden dürfe. Also wird auch in diesem Falle zwar nicht das ganze Recht, aber seine Ausübung und gleichsam die Vormundschaft bei dem Volke oder bei dem von diesem Beauftragten sein.

2. Bei Königreichen, die dagegen dem Könige zu eigen angehören, gilt auch das, was der König in der Gefangenschaft ausgemacht hat, nach Analogie des bei Privatverträgen von uns Dargelegten. Wie steht es aber mit einem des Landes verwiesenen König? Kann er Frieden schliessen? Allerdings, wenn feststeht, dass er nicht in eines Anderen Gewalt gehalten wird; denn die Bewachung kann oft nachsichtig geübt werden. Regulus wollte seine Stimme in dem Senat nicht abgeben, weil, so

---

[116] Die Lehre von den Friedensschlüssen ist zum grossen Theil nur die Wiederholung der allgemeinen Lehre von Staatsverträgen in Anwendung auf den besonderen Fall des Krieges. Schon Heffter bemerkt (Völkerrecht 5. Ausg. S. 323): „Was bei Vattel und anderen Schriftstellern über Friedensschlüsse gesagt ist, beruht in der That nur auf eine Anwendung der allgemeinen Vertragslehre." Dies ergiebt auch der Inhalt des vorliegenden Kapitels.

lange er durch einen dem Feinde geleisteten Schwur gebunden sei, er kein Senator sei.

IV. Bei einer aristokratischen oder Volksregierung entscheidet die Mehrheit über den Frieden; und zwar dort die Mehrheit des Raths, hier die Mehrheit der zum Stimmen berechtigten Bürger, wie anderwärts erklärt worden ist. Solche Verträge binden dann auch die, welche dagegen gestimmt haben. Livius sagt: „Ist einmal der Beschluss gefasst, so müssen es Alle und auch die, welche dagegen gestimmt haben, als ein gutes und nützliches Bündniss vertheidigen." Dionys von Halicarnass sagt: „Man muss darin sich fügen, was die Mehrheit beschlossen hat." Appian sagt: „Die Beschlüsse müssen Alle ohne Ausrede befolgen." Plinius sagt: „Was die Mehrheit beschlossen, müssen Alle halten." Aber so wie der Friede Alle verpflichtet, so kommt er auch Allen zu Statten.

V. 1. Jetzt sind nun die Gegenstände des Vertrags zu prüfen. Die ganze Staatsgewalt oder einen Theil davon können die Könige, wie sie jetzt meist sind, welche ihre Staatsgewalt nicht im Eigenthume, sondern nur als Niessbraucher innehaben, durch Verträge nicht veräussern. Ueberhaupt kann vor der Einrichtung ihrer Gewalt, wenn dem Volke selbst noch die höchste Gewalt zusteht, durch ein Staatsgrundgesetz dergleichen Akt im Voraus für null und nichtig erklärt werden, so dass daraus nicht einmal ein Recht auf das Interesse gegründet werden kann. Man muss dies immer als die Absicht des Volkes annehmen, damit nicht, wenn der andere Kontrahent immer sein Interesse einklagen könnte, das Vermögen der Unterthanen für solche Verpflichtungen des Königs angegriffen werden könnte und so die Vorsichtsmaassregel gegen die Veräusserung der Staatsgewalt umgangen werden könnten.

2. Soll also die volle Staatshoheit gültig übertragen werden, so muss das ganze Volk seine Einwilligung dazu geben, was durch Gesandte der Provinzen, welche Stände genannt werden, geschehen kann. Soll die Staatshoheit nur über einen Theil des Reichs abgetreten werden, so ist eine doppelte Einwilligung erforderlich; nämlich von dem Ganzen und von dem Theile, den es betrifft, und der ohne seinen Willen von dem Staatskörper, mit dem er verwachsen ist, nicht abgerissen werden kann. Doch wird die Einwilligung des betreffenden Gebiets allein genügen,

wenn die höchste und unvermeidliche Noth dazu treibt, da man diesen Fall bei Eingehung der Staatsgemeinschaft als ausgenommen ansehen muss.

3. In Reichen, welche als reines Eigenthum besessen werden, hindert den König nichts an der Veräusserung seiner Herrschaft. Doch kann auch ein solcher König einen Theil des Reiches nicht veräussern, wenn er das Eigenthum an dem Reich nur unter der Bedingung, es ungetheilt zu erhalten, erworben hat. Das sogenannte Staatsvermögen kann auf zweierlei Art in das Eigenthum des Königs kommen; entweder für sich oder untrennbar mit der Staatsgewalt. Im letzten Fall kann es nur mit dem Reiche selbst veräussert werden; im ersteren dagegen auch für sich allein.

4. Bei Königen, die ihre Herrschaft nicht zu eigen besitzen, kann kaum angenommen werden, dass sie Staatsvermögen veräussern dürfen, wenn es nicht klar aus dem ersten Vertrage oder aus früheren Fällen, in denen kein Widerspruch erhoben worden ist, erhellt.

VI. Wie weit die Versprechen eines Königs das Volk und seine Nachfolger verpflichten, habe ich früher auseinandergesetzt, nämlich soweit die Macht zu verpflichten in seinem Rechte enthalten ist. Dies kann man weder in das Unbegrenzte ausdehnen, noch zu sehr beschränken, sondern man muss es so auffassen, dass das gilt, was sich halbwegs rechtfertigen lässt. Der Fall ist anders, wenn der König zugleich der Eigenthümer der Unterthanen ist, und seine Herrschaft nicht sowohl eine staatliche, sondern eine Herrschaft über Sklaven ist. So, wenn die Besiegten in die Sklaverei gestellt werden, oder wenn sein Eigenthum sich zwar nicht auf die Menschen, aber auf die Güter erstreckt, wie Pharao das Land in Aegypten gekauft hatte, und Andere, welche die Ankömmlinge in ihr Besitzthum aufgenommen haben. Denn wenn dies Recht neben dem königlichen besteht, so kann Vieles rechtlich geschehen, was aus der königlichen Gewalt allein nicht abgeleitet werden kann. [117]

---

[117] Die meisten der hier v. Gr. aufgestellten Unterschiede sind theils veraltet, theils unpraktisch. Der Sieger schliesst mit dem Inhaber der höchsten Exekutivgewalt des Staats den Friedensvertrag und überlässt diesem die

VII. 1. Man pflegt auch über das zu streiten, was die Könige in Bezug auf das Vermögen der Einzelnen des Friedens wegen bestimmen können, und ob sie hier über das Eigenthum der Unterthanen nur die staatlichen Rechte geltend machen können. Früher habe ich bemerkt, dass das höchste Obereigenthum sich über die Sachen der Unterthanen erstrecke, mithin der Staat oder dessen Vertreter diese Sachen gebrauchen, ja selbst zerstören oder veräussern können, und zwar nicht blos im Fall der höchsten Noth, welche auch den Privatpersonen ein entsprechendes Recht ertheilt, sondern auch um des allgemeinen Wohles willen, indem man annehmen muss, dass insoweit die, welche sich zu einem Staat vereinigt haben, von ihrem Rechte nachgelassen haben.

2. Wenn dieser Fall eintritt, so ist indess der Staat schuldig, den Schaden aus öffentlichen Mitteln zu ersetzen und dazu muss auch der Beschädigte, soweit als nöthig, mit beitragen. Auch wird der Staat von dieser Verbindlichkeit durch sein zeitliches Unvermögen nicht befreit, sondern die bis dahin ruhende Verbindlichkeit lebt wieder auf, sobald die nöthigen Mittel dazu vorhanden sind.

VIII. Auch kann ich dem Ferdinand Vasquius nicht beitreten, insofern nach ihm der Staat den Schaden nicht

---

Auseinandersetzung mit den übrigen innern Körperschaften und Berechtigten, welche an der Staatsgewalt Antheil nehmen. Die Landesvertretungen sind schon durch die Natur des Krieges und der in ihm liegenden zwingenden Gewalt zur Anerkennung des Vertrages genöthigt. Was die Rechte anderer Prätendenten anlangt, so ist diese Frage unter den Juristen höchst bestritten. Der neueste Fall dieser Art fand Statt bei den Schleswig-Holsteinschen Herzogthümern in Beziehung auf die Rechte des Augustenburger Hauses nach deren Occupation durch Preussen und Oesterreich. In dem Gutachten der preussischen Kronsyndici ist die Frage gegen den Prätendenten entschieden worden. In Wahrheit handelt es sich hier um die Verhältnisse der Autoritäten, an welche das Recht nicht heranreicht; deshalb entscheidet hier die Macht, und sie wirkt auch das Recht für die Einzelnen, d. h. die Bürger des Staats haben die aus dem Kriege thatsächlich hervorgegangenen Staatsgewalten rechtlich ihrerseits anzuerkennen.

zu ersetzen braucht, der im Kriege entstanden ist, weil das Kriegsrecht dergleichen gestatte. Denn dieses Kriegsrecht bezieht sich auf die fremden Völker, wie ich früher erklärt habe, oder auf Personen, die einander als Feinde gegenüber stehen, nicht auf die Bürger unter sich, die als Genossen billig den durch diese Gemeinschaft veranlassten Schaden auch gemeinsam tragen müssen. Indess kann allerdings durch die besondern Gesetze eines Staats bestimmt werden, dass Kriegsschulden gegen den eigenen Staat nicht eingeklagt werden können, damit Jeder sich desto eifriger vertheidige. [118]

IX. Manche machen einen grossen Unterschied zwischen dem, was den Bürgern nach dem Völkerrecht, und dem, was ihnen nach dem besondern Recht ihres Staats gehört; auf letzteres soll das Recht des Königs weiter bis zur Wegnahme und Aufrechnung gehen, als auf ersteres. Es ist dies falsch. Denn wie auch das Eigenthum entstanden sein mag, immer hat es die Richtung, dass es dem Eigenthümer aus Gründen entzogen werden kann, die in dessen eigener Natur enthalten sind oder aus einer Handlung des Eigenthümers entspringen.

X. Aber diese Bestimmung, dass nur um des öffentlichen Wohles willen das Privateigenthum angegriffen werden darf, trifft sowohl den König wie die Unterthanen, ebenso wie die Pflicht des Schadenersatzes den Staat und

---

[118] Auch hier führt die Macht der thatsächlichen Verhältnisse in der Regel zu einem andern Abschluss. In Preussen bilden ein Beispiel zu dieser Frage die Kriegsschulden einzelner Städte, wie Königsberg, welche von dem Feinde als Kontributionen auferlegt worden sind und zum Theil die Natur einer nützlichen Verwendung für die Provinz oder den Staat haben. Allein die Unmöglichkeit, allen Schaden des Einzelnen, den er durch den Krieg erleidet, zu ersetzen, und die Weitläufigkeiten und Kosten einer solchen Ermittelung, die, wenn sie gerecht sein soll, oft dem Schaden gleich kommen würden, haben in den meisten Fällen dahin geführt, dass der Kriegsschaden des Einzelnen und der Kommunen von ihnen selbst getragen werden muss, und dass höchstens der Staat den Kommunen eine Beihülfe leistet, die aber nach Rechtsregeln sich gar nicht bestimmen lässt.

die Einzelnen trifft. Den Dritten gegenüber, welche mit dem König den Vertrag schliessen, genügt die Handlung des Königs, nicht blos als Vermuthung, welche sich aus der Würde seiner Person ergiebt, sondern vermöge des Völkerrechts, wonach das Vermögen der Unterthanen durch die Handlungen des Königs verschuldet werden kann.

XI. 1. Rücksichtlich der Auslegung der Friedensbedingungen sind die früher aufgestellten Regeln zu beachten; alles Günstige ist möglichst weit, alles Lästige möglichst streng auszulegen. [119] Nach dem blossen Naturrecht ist vor Allem zu sagen, dass Jeder das Seine erhalte, was die Griechen nennen: ἕκαστον ἔχειν τὰ ἑαυτοῦ. Deshalb ist das Zweideutige so zu nehmen, dass der, welcher den gerechten Krieg geführt hat, das erhalte, weshalb er den Krieg begonnen, sammt den Unkosten und Schäden; aber das gilt nicht auch für die Strafe, da diese schon gehässig ist.

2. Indess da bei dem Frieden selten ein Theil sein Unrecht anerkennt, so sind bei der Auslegung beide Theile möglichst gleich zu behandeln. Dies geschieht eigentlich auf zweierlei Art: 1) bei Sachen, deren Besitz durch den Krieg zerstört worden ist, nach der Formel, dass Jeder das wieder bekommt, was er vor dem Kriege gehabt hat (so spricht Menippus in seiner Rede, wo er über die Arten der Bündnisse handelt), 2) oder dass Alles in dem gegenwärtigen Zustand verbleibe, was die Griechen nennen: ἔχοντες ἃ ἔχουσι (*status quo*).

XII. 1. Von diesen beiden Wegen ist im Zweifel der letztere vorzuziehen, weil er leichter ist und keine Ver-

---

[119] Diese Regel klingt schöner, als sie in der Anwendung sich bewährt; denn da es sich um zwei Parteien handelt, so ist jedes Günstige auch allemal für den Gegner ein Lästiges, und umgekehrt; diese Kategorien sind deshalb zweideutig. Im Allgemeinen gelten bei den Friedensverträgen dieselben Regeln der Auslegung wie bei Verträgen überhaupt. Die besondern Regeln, welche hier Gr. bietet, bedürfen einer höchst vorsichtigen Anwendung; es wird vor Allem und immer auf die Worte des Vertrages und die besondern begleitenden Umstände ankommen; diese werden in der Regel zureichen und sicherer führen als die hier gebotenen abstrakten Regeln.

änderung nöthig macht. Daher kommt der Ausspruch **des Tryphonius**, dass das Rückkehrsrecht im Frieden **nur** für die Gefangenen gilt, für die es ausbedungen ist (so hat nämlich **Faber** den Text dieser Stelle richtig verbessert, wie wir oben erwiesen haben). Deshalb **werden** auch Ueberläufer nicht ausgeliefert, wenn es nicht ausbedungen ist. Denn Ueberläufer werden nach Kriegsrecht zugelassen, d. h. das Kriegsrecht gestattet uns, diejenigen aufzunehmen und zu den Unsrigen zu rechnen, welche den Gegner wechseln. Alles Uebrige bleibt bei einem solchen Abkommen in den Händen dessen, der es besitzt.

2. Dieses „Besitzen" ist aber hier nicht in dem rechtlichen, sondern in dem natürlichen Sinne zu nehmen; denn im Kriege genügt das thatsächliche Innehaben, und etwas Weiteres wird nicht verlangt. Ländereien gelten als besessen, wenn sie von gewissen Befestigungen eingeschlossen sind; dagegen wird ein blos zeitweiliger Besitz, wie bei einem Lager auf dem Marsche, nicht hierher gerechnet. **Demosthenes** sagt in seiner Rede für Ktesiphon: „Philipp habe in der Eile so viel als möglich Städte besetzt, indem er gewusst, dass die Sache bei dem Frieden so geregelt werden würde, dass er das, was er besitze, behalten werde." Unkörperliche Sachen können nur durch die körperlichen besessen werden, denen sie anhaften, wie die Servituten bei Grundstücken, oder durch die Personen, denen sie zugehören; nur dürfen sie nicht von dem, den Feinden gehörenden Grund und Boden ausgeübt werden.

XIII. Bei der andern Art der Friedensschliessung, wo der im Kriege gestörte Besitz zurückgegeben wird, kommt es auf den letzten Besitzstand vor dem Kriege an; jedoch unbeschadet der possessorischen Rechtsmittel und Eigenthumsklagen, welche der gestörte Privatmann bei dem Richter anbringen kann.

XIV. Wenn sich eines der kriegführenden Völker dem andern unterwirft, so findet da diese Wiedereinsetzung nicht statt, da sie sich nur auf das bezieht, was aus Furcht, Gewalt oder einem nur im Kriege gestatteten Betrug geschehen ist. So behielten die Thebaner bei dem Frieden zwischen den Griechen Plataä zurück, indem sie sagten, sie besässen diesen Ort nicht auf Grund der Gewalt oder des Verrathes, sondern nach einem Abkommen mit den Einwohnern. Aus gleichem Grunde behielten die Athener Nicäa. Auch J. Quintius bediente sich dieses Einwandes gegen die Aetoler; er sagte: „Das Abkommen gilt nur für die eroberten Städte; aber die thessalischen Städte haben sich freiwillig in unsere Gewalt begeben."

XV. Wenn nichts Anderes ausgemacht ist, so gilt bei jedem Frieden, dass wegen der Kriegsschulden kein Anspruch erhoben werden kann; dies gilt selbst für den, den Einzelnen betreffenden Schaden; denn auch dieser gehört zu den Folgen des Krieges. Im Zweifel muss man immer annehmen, keiner der kriegführenden Theile wolle sich als den ungerechten Theil bekennen.

XVI. Privatforderungen sind dagegen durch den Krieg nicht als erlassen anzusehen; denn sie sind nicht aus dem Kriegsrecht entstanden, sondern der Krieg hat nur deren Einziehung gehemmt; also erhalten sie mit Beseitigung des Hemmnisses ihre Rechtskraft zurück. Wenn auch die vor dem Kriege bestandenen Rechte durch diesen nicht leicht Jemand verloren gehn (denn die Staaten sind, wie Cicero sagt, hauptsächlich errichtet, damit Jeder das Seine behalte), so ist dies doch nur von dem Recht zu verstehn, was aus einer Ungleichheit der gegenseitigen Leistungen entspringt.

XVII. Aber bei den Strafen gilt dies nicht. Strafen müssen, soweit sie Könige oder Völker treffen, als erlassen gelten, weil der Friede keine Sicherheit haben würde, wenn die alten Ursachen des Krieges gültig blieben. Deshalb wird selbst das unbekannt Gebliebene unter dem allgemeinen Abkommen mit verstanden. So erzählt Appian, dass auch die Römischen Kaufleute mit einbezogen worden seien, von denen die Römer nicht gewusst, dass die Karthaginienser sie ertränkt hatten. Dionys von Halicarnass sagt: „Die besten Verträge sind die, welche den Hass und das Andenken an das erlittene Unrecht vertilgen." Isokrates sagt in seiner Plataïschen Rede: „Nach geschlossenem Frieden geziemt es sich nicht, das früher Geschehene nachzutragen."

XVIII. Dagegen kann dieser Grund nicht für den Erlass der Privatstrafen geltend gemacht werden, denn diese lassen sich auch ohne Krieg durch die Gerichte erledigen. Da indess dieses Recht nicht so unser eigen ist wie das aus der Ungleichheit entstandene, und die Strafen immer etwas Gehässiges haben, so genügt ein halbwegs hierher zu beziehender Ausdruck, um auch diese Privatstrafen als erlassen anzunehmen.

XIX. Die Regel, dass man nicht vorschnell Rechte, die schon vor dem Kriege bestanden haben, dadurch für aufgehoben erachte, ist vorzüglich für die Rechte der Einzelnen streng zu beachten. Dagegen kann ein Erlass bei Rechten der Könige oder Völker eher angenommen werden, wenn die Worte oder die Umstände es an die Hand geben; insbesondere, wenn das fragliche Recht nicht klar, sondern bestritten war. Denn es ist heilsam, anzunehmen, dass durch das Abkommen aller Anlass zum Kriege aufgehoben sein soll. Der oben erwähnte Dionys von Halicarnass sagt: „Man muss nicht blos daran denken, dass die Feindschaft für die Gegenwart beendet werde, sondern dass man auch nicht in neue Kriege verwickelt werde; denn man vereinigt sich nicht, um die Uebel zu verschieben, sondern um sie zu beseitigen." Dieser letzte Satz ist beinahe wörtlich aus des Isokrates Rede über den Frieden entlehnt.

XX. Was erst nach abgeschlossenem Frieden gewonnen worden ist, muss offenbar zurückgegeben werden; denn das Kriegsrecht war schon aufgehoben.

XXI. Die Bestimmungen über Rückgabe des im Kriege Erbeuteten sind, wenn sie gegenseitig stattfindet, im weitern Sinne zu verstehen, als wenn die Rückgabe nur von einer Seite stattfindet. Demnächst verdienen die Bestimmungen eine günstigere Auslegung, welche die Menschen und nicht die Sachen betreffen; und bei letztern haben die über Grundstücke den Vorzug vor denen über bewegliche Sachen; unter letztern die zum Staatsvermögen gehörenden gegen das Privateigenthum; unter letzterem die, welche das ohne Gegenleistung Erworbene zurückgeben lassen, mehr als die, welche das durch lästigen Vertrag, wie durch Kauf oder als Heirathsgut, Erworbene betreffen.

XXII. Wer im Frieden die Sachen erhält, bekommt auch die Früchte vom Tage des Abkommens, aber nicht aus früherer Zeit. Cäsar Augustus machte das mit Recht gegen Sextus Pompejus geltend, welcher aus der Ueberlassung des Peloponnes auch Ansprüche auf die aus früherer Zeit noch rückständigen Steuern erhob.

XXIII. Die Bezeichnung der einzelnen Gebiete des

Landes ist nach dem gegenwärtigen Gebrauch zu verstehen; aber nicht nach dem Sprachgebrauch des gemeinen Volkes, sondern der erfahrenen Leute; denn von diesen werden dergleichen Verträge vorbereitet.

XXIV. Auch die Regeln kommen häufig zur Anwendung, dass Beziehungen auf frühere oder alte Verträge von allen Eigenschaften und Bedingungen des früheren Vertrages zu verstehen sind; ebenso dass für geschehen gilt, was zu thun beabsichtigt war, wenn der Andere, mit dem der Streit ist, die Ausführung gehindert hat.

XXV. Wenn aber Einige annehmen, dass ein Verzug für eine kurze Zeit unschädlich sei, so kann dies nur für Fälle zugelassen werden, wo eine unvorhergesehene Nothwendigkeit es gehindert hat. Wenn einzelne Kirchenregeln eine solche Reinigung von der Schuld unterstützen, so darf dies nicht wundern, da es ihre Aufgabe ist, die Christen zur Nächstenliebe anzuleiten. Allein bei Auslegung dieser Verträge kommt es nicht auf das moralische Bessere an, nicht auf das, was die Religion und Frömmigkeit verlangen, sondern was durch Zwang durchgesetzt werden kann, also auf das Recht allein, was als das äussere bezeichnet worden ist.

XXVI. Im Zweifel ist die Auslegung gegen den zu wählen, der Bedingungen aufgestellt hat, da dies in der Regel der Stärkere ist (Hannibal sagt: „Der, welcher bewilligt, nicht der, welcher nachsucht, bestimmt die Bedingungen des Friedens"), wie ja auch die Auslegung gegen die Verkäufer erfolgt. Denn ihn trifft die Schuld, dass er nicht deutlicher gesprochen hat, während der Andere das Zweideutige in dem ihm vortheilhaftesten Sinne aufzufassen berechtigt war. Daher passt hier der Ausspruch des Aristoteles: „Wenn die Freundschaft sich nur auf den Nutzen erstreckt, bildet das Interesse dessen, der leidet, den Maassstab."

XXVII. Sehr oft entsteht die Frage, ob der Friede als gebrochen anzusehn? Die Griechen nennen dies $\pi\alpha\rho\alpha\sigma\pi\acute{o}\nu\delta\eta\mu\alpha$. Denn es ist nicht dasselbe, einen neuen Anlass zum Kriege geben und den Frieden brechen; es ist da ein grosser Unterschied, theils in Bezug auf die Strafe des Verbrechers, theils in Bezug auf die Befreiung des Gegners von seinen Verbindlichkeiten. Ein Friede wird auf dreifache Art gebrochen; entweder handelt man gegen das, was sich bei jedem Frieden von selbst versteht, oder gegen das, was klar in demselben ausgemacht ist, oder gegen das, was danach als zugehörig angesehen werden muss.

XXVIII. Der erste Fall tritt ein, wenn Waffengewalt geübt wird, ohne dass ein neuer Grund dazu vorhanden ist; kann ein solcher leidlich annehmbarer beigebracht werden, so muss man eher an ein Unrecht ohne Treulosigkeit, als mit solcher glauben. Ich brauche kaum hier an die Worte des Thucydides zu erinnern: „Den Frieden brechen nicht die, welche Gewalt mit Gewalt abwehren, sondern die, welche zuerst Gewalt brauchen." Hiernach kommt es darauf an, von wem und gegen wen der Gebrauch der Waffen den Frieden bricht.

XXIX. Manche nehmen an, dass auch, wenn nur Bundesgenossen dergleichen thun, der Friede gebrochen werde. Ich bestreite nicht, dass man das ausmachen kann; es wird dann nicht eigentlich Jemand aus einer fremden Handlung straffällig, sondern der Frieden ist dann über eine Bedingung geschlossen, die theils von dem Willen abhängt, theils vom Zufall. Indess ist, wo die Worte nicht klar sind, dies nicht anzunehmen; denn es ist etwas Ausserordentliches, was der Absicht der Friedenschliessenden widerspricht. Deshalb haben nur die den Frieden gebrochen, und nur Diese und nicht Andere können mit Krieg überzogen werden, welche die Gewalt gebraucht haben, und denen Niemand beigestanden hat. Das Gegentheil behaupteten einst die Thebaner gegen die Bundesgenossen der Lacedämonier.

XXX. Geht die Waffengewalt nur von Unterthanen ohne staatliche Anweisung aus, so kommt es darauf an, ob der Staat dieses Privatunternehmen billigt. Dazu gehört Dreierlei; die Kenntniss der Sache, die Macht, zu strafen, und die Verabsäumung dessen, wie aus dem Früheren leicht eingesehen werden kann. Die Kenntniss geben entweder die offenbaren Handlungen oder die Anzeigen davon. Die Macht wird vorausgesetzt, so lange kein Abfall stattgefunden hat. Die Verabsäumung zeigt der abgelaufene Zeitraum, wie er in dem betreffenden Staate zur Bestrafung der Vergehen erforderlich ist. Eine solche Verabsäumung gilt wie ein Beschluss und ist so zu verstehen, wie Agrippa bei Josephus sagt, er werde annehmen, dass der Partherkönig den Frieden breche, wenn seine Unterthanen in Waffen gegen die Römer vorgehen sollten.

XXXI. Es fragt sich, ob dies auch da gilt, wo die Unterthanen nicht für sich zu den Waffen greifen, sondern bei Anderen, die Krieg führen, in den Dienst treten. Bei Livius entschuldigen sich wenigstens die Ceriten und sagen, dass die Ihrigen ohne Genehmigung des Staates in Dienst getreten seien. Auch die Rhodier vertheidigten sich so. Auch ist es richtig, dass selbst dies nicht gestattet ist, wenn nicht aus den Umständen eine andere Absicht erhellt, wie das auch heutzutage mitunter nach Art der alten Aetolier zu geschehen pflegt, bei denen es zulässig war, „aus jeder Beute neue Beute zu machen". Polybius giebt näher darüber an: „Auch wenn sie nicht selbst Krieg führen, sondern nur ihre Freunde oder Bundesgenossen dies thun, so ist bei den Aetolern doch gestattet, auch ohne Erlaubniss des Staats bei einer der kriegführenden Mächte in den Dienst zu treten und auf jeder Seite Beute zu machen." Livius sagt über sie: „Sie lassen ihre Jugend selbst gegen ihre Bundesgenossen Kriegsdienste thun, nur mischt sich der Staat nicht ein; oft haben die Heere auf beiden Seiten ätolische Hülfstruppen." Die Etrusker schlugen einmal den Vejentern die Hülfe ab; aber sie hatten nichts dagegen, wenn Freiwillige aus ihren jungen Leuten an dem Kriege Theil nähmen.

XXXII. 1. Der Friede muss auch als gebrochen gelten, wenn zwar nicht gegen den Staat, aber gegen Unterthanen Waffengewalt geübt wird, so lange kein besonderer neuer Grund dafür vorliegt. Denn der Friede wird geschlossen, damit alle Unterthanen sicher seien; der Friede des Staats aber gilt für das Ganze und die Theile. Selbst wenn ein neuer Grund vorliegt, kann man sich und das Seinige trotz des Friedens vertheidigen. Denn es ist ein Naturrecht, sagt Cassius, den Waffen mit den Waffen entgegenzutreten, und man kann nicht wohl annehmen, dass unter Gleichen diesem Rechte entsagt worden sei. Dagegen ist die Rache oder gewaltsame Zurücknahme des Geraubten nur erst gestattet, wenn die Rechtshülfe verweigert worden ist. Denn diese Angelegenheit verträgt den Aufschub; aber jene nicht.

2. Wenn aber die Uebelthaten einzelner Unterthanen

so anhaltend und dem Naturrecht zuwider sind, dass deren Missbilligung durch ihre Obrigkeit sicher vorausgesehen werden kann, und doch auch ihre gerichtliche Verfolgung nicht verlangt werden kann, wie dies bei Seeräubern der Fall ist, so kann gegen solche, wie gegen die, welche sich ergeben haben, das Gewonnene wiedergeholt und die Strafe vollstreckt werden. Dagegen wäre es gegen den Frieden, wenn gegen andere Unschuldige deshalb mit Waffengewalt vorgegangen würde.

XXXIII. 1. Auch wenn die Bundesgenossen mit Waffengewalt überfallen werden, ist es ein Friedensbruch; doch gilt dies nur für die in den Frieden eingeschlossenen Bundesgenossen, wie bei Gelegenheit des Saguntischen Streitfalles dargelegt worden ist. Dies machen die Korinther in der Rede geltend, die sich im 6. Buche von Xenophon's Geschichte befindet: "Wir Alle haben Euch Allen den Schwur geleistet." Auch wenn die Genossen dies nicht selbst, sondern Andere für sie es ausbedungen haben, gilt dasselbe, sobald erhellt, dass die Bundesgenossen damit einverstanden sind; so lange aber dies noch ungewiss ist, gelten sie noch als Freunde.

2. Bei andern Bundesgenossen, so wie bei den Verwandten und Verschwägerten, die keine Unterthanen sind und in den Frieden nicht aufgenommen sind, ist dies eine Sache für sich, und es kann daraus kein Friedensbruch abgeleitet werden. Aber es folgt auch nicht, wie bereits oben bemerkt worden, dass deshalb kein Krieg unternommen werden dürfte; es ist nur ein Krieg aus einem neuen Grunde.

XXXIV. Der Friede wird auch, wie gesagt, dann gebrochen, wenn gegen seine Bestimmungen gehandelt wird, und das Handeln umfasst hier auch das Unterlassen dessen, was oder wenn es geschehen soll.

XXXV. Ich kann hier auch keinen Unterschied zwischen Haupt- und Nebenbestimmungen des Friedens anerkennen. Denn alles im Frieden Enthaltene ist wichtig genug, um gehalten zu werden. Die Liebe, insbesondere die christliche, wird indess eine leichtere Schuld, namentlich bei hinzutretender Reue eher verzeihen, damit das gelte:

"Wer sein Unrecht bereut, ist beinahe unschuldig."
Je mehr man für den Frieden besorgt ist, desto rathsamer

ist es, bei Nebenpunkten ausdrücklich zu bemerken, dass ihre Verletzung nicht als Friedensbruch angesehen werden solle, oder dass vor Beginn des Krieges die Sache erst Schiedsrichtern vorgelegt werden solle; wie dies nach Thucydides in dem Peloponnesischen Bündniss ausgemacht war.

XXXVI. Diese ist offenbar dann so gemeint, wenn eine besondere Strafe dabei ausgemacht ist. Allerdings kann das Abkommen so geschehen, dass dem Verletzten die Wahl bleibt zwischen der Strafe oder dem Rücktritt vom Vertrage; allein hier führt die besondere Natur des Geschäfts darauf. Das ist wenigstens unzweifelhaft, wie früher bemerkt und durch die Geschichte bekräftigt worden, dass derjenige den Frieden nicht bricht, welcher die einfachen Bestimmungen desselben nicht mehr befolgt, weil der Andere seinerseits sie nicht erfüllt; denn er haftete nur unter dieser Bedingung.

XXXVII. Ist die Befolgung eines Versprechens unmöglich geworden, weil die Sache untergegangen oder abhanden gekommen ist, oder weil ein späterer Umstand die Handlung unmöglich gemacht hat, so wird zwar der Friede dadurch nicht gebrochen; denn dies tritt, wie erwähnt, bei der Nichterfüllung rein zufälliger Bedingungen nicht ein; aber der Andere hat die Wahl, ob er auf eine vielleicht später mögliche Erfüllung warten oder eine Entschädigung verlangen oder von dem Gegenversprechen in Bezug auf diesen Punkt nach Verhältniss des Werthes befreit sein will.

XXXVIII. Selbst nach gebrochener Treue kann der Unschuldige bei dem Frieden stehen bleiben, wie Scipio that, als die Karthager vielfach treulos gehandelt hatten; denn durch Zuwiderhandeln kann sich Niemand von seiner Verbindlichkeit befreien. Selbst wenn ausgemacht ist, dass eine solche That als Friedensbruch gelten solle, so gilt dies zum Vortheil des Unschuldigen nur, wenn er davon Gebrauch machen will.

XXXIX. Endlich wird der Friede aufgelöst, wenn etwas gethan wird, was seiner besondern Natur widerspricht.

XL. 1. So brechen Verstösse gegen die Freundschaft einen Frieden, der unter dieser Bedingung geschlossen ist; denn was bei Andern die blosse Pflicht der Freundschaft verlangt, das ist hier durch den Vertrag noch besonders ausgemacht. Hierauf und nicht auf jeden Frieden (denn es giebt nach Pomponius Bündnisse, wo es sich nicht um Freundschaft handelt) beziehe ich Vieles, was hier die Rechtsgelehrten über Verleumdungen und Unrecht, das nicht durch Waffen zugefügt worden, ausführen, und auch das, was Cicero sagt: „Wenn, nachdem man sich ausgesöhnt hat, etwas gegen das Abkommen begangen worden, so ist das nicht als Nachlässigkeit, sondern als absichtliche Verletzung zu behandeln und nicht der Unvorsichtigkeit, sondern der Untreue zuzuschreiben." Selbst hier ist das Gehässige so viel als möglich von der Handlung fern zu halten.

2. Deshalb gilt ein dem Verwandten oder Unterthanen zugefügtes Unrecht nicht als dem zugefügt, mit dem der Friede geschlossen worden, wenn es nicht offenbar zu seiner Verhöhnung geschehen ist. Diese billige Regel schreiben die Römischen Gesetze bei schwer verletzten Sklaven vor; selbst ein Ehebruch oder eine Nothzucht wird mehr der sinnlichen Leidenschaft als der Feindschaft zugerechnet, und ein Einfall in fremdes Gebiet mehr dem Ehrgeiz als der Treulosigkeit.

3. Grobe Drohungen, ohne neuen Anlass, vertragen sich allerdings nicht mit der Freundschaft. Dahin rechne ich den Fall, dass Festungen an der Grenze angelegt werden, nicht in Absicht der Abwehr, sondern des Angriffs; ebenso die Ansammlung einer starken Truppenmacht, wenn erhellt, dass sie nur gegen den, der den Frieden geschlossen hat, gerichtet ist.

XLI. 1. Die Aufnahme von Unterthanen, die aus einem Gebiet in das andere überziehen wollen, verletzt die Freundschaft nicht. Dies entspricht nicht nur der natürlichen Freiheit, sondern ist auch nützlich, wie ich früher dargelegt habe. Dasselbe gilt für einen, dem Ausgewiesenen gestatteten Aufenthalt. Denn gegen Ausgewiesene hat, wie früher aus Euripides nachgewiesen worden, der ausweisende Staat kein Recht mehr. Perseus sagt bei Livius: „Was hilft Jemand die Landesverweisung, wenn nirgend ihm ein Ort zum Aufenthalt gestattet wird?" Aristides sagt in der 2. Leuktrischen Rede: „Die Vertriebenen aufzunehmen, steht jedem Menschen frei."

2. Allerdings darf dies nicht auf Städte und grosse

Menschenmassen ausgedehnt werden, wie früher bemerkt worden; auch nicht auf die, welche durch Eid oder sonst zu einem Dienst oder zur Sklaverei verpflichtet sind. Dies gilt selbst für Kriegsgefangene bei einigen Völkern nach dem Völkerrecht, wie früher gezeigt worden ist. Ueber die Auslieferung derer, die, ohne verbannt zu sein, nur der gerechten Strafe sich entziehen, ist oben gehandelt worden.

XLII. Vom Loose den Ausgang des Krieges abhängig zu machen, ist nur dann erlaubt, wenn es sich um einen Gegenstand handelt, über den man das volle Eigenthum besitzt. Denn zum Schutz des Lebens, der Unschuld und anderer Güter seiner Unterthanen ist der Staat, und zum Schutz des Staates ist der König so stark verpflichtet, dass er die Rücksichten nicht unbeachtet lassen darf, von welchen das Wohl Seiner und der Seinigen natürlicherweise abhängt. Ist jedoch der ungerechterweise mit Krieg Ueberzogene nach wahrer Schätzung zu schwach, um mit einigem Erfolge Widerstand leisten zu können, so mag er zu dem Loose schreiten, um eine gewisse Gefahr mit einer ungewissen auszutauschen; denn das ist dann das kleinste von den Uebeln. [120]

XLIII. 1. Es folgt nun die viel besprochene Frage über den Zweikampf zwischen einer bestimmten Zahl von Kämpfenden, womit der Krieg beendet werden soll. Solcher Kampf kann zwischen Einem auf jeder Seite Statt haben; so zwischen Aeneas und Turnus; Menelaus und Paris; auch zwischen Zweien auf jeder Seite, wie zwischen den Aetolern und Eleern; zu je Drei auf jeder Seite, wie zwischen den Römischen Horatiern und den Albanischen Curiatiern; zu je 300 auf jeder Seite, wie zwischen den Lacedämoniern und Argivern.

2. Geht man blos nach dem äussern Völkerrecht, so sind dergleichen Kämpfe unzweifelhaft erlaubt; denn die gestattet die Tödtung der Feinde ohne Unterschied. Wäre die Ansicht der alten Griechen, Römer und anderer Völ-

---

[120] Die von Gr. hier angeführten Gründe lassen allerdings die Anwendung des Looses für die grossen, durch die modernen Kriege zu entscheidenden Fragen als völlig unzulässig erscheinen, und es wird auch da von diesem Mittel kein Gebrauch gemacht.

ker richtig, dass Jeder der unbedingte Herr über sein Leben sei, so würde auch die innere Gerechtigkeit solchen Kämpfen nicht entgegen sein. Allein es ist schon mehrfach bemerkt, dass diese Ansicht der wahren Vernunft und den Geboten Gottes widerstreite. Aus der Vernunft und aus dem Anseben heiliger Offenbarungen habe ich anderwärts nachgewiesen, dass man gegen die Nächstenliebe sündigt, wenn man in Vertheidigung entbehrlicher Dinge einen Menschen tödtet.

3. Es kommt hinzu, dass man gegen sich selbst und gegen Gott sich versündigt, wenn man sein Leben so gering achtet, was doch Gott als eine grosse Wohlthat gewährt hat. Ist der Gegenstand des Krieges werth, wie das Wohl vieler Unschuldigen, so muss dafür mit allen Kräften gekämpft werden; aber es ist eitel, den Zweikampf als ein Erkennungsmittel des göttlichen Willens anzusehen, und es widerspricht der wahren Frömmigkeit.[121]

4. Nur Eines kann solchen Kampf gerecht und sittlich für den einen Theil machen, nämlich wenn sonst der ungerechte Gegner sicher als Sieger sich geltend machen und das Leben vieler Unschuldigen opfern würde; dann trifft Jenen keine Schuld, wenn er unter diesen Umständen den Zweikampf wählt, welcher ihm noch eine grössere Hoffnung eröffnet. Denn es ist richtig, dass manches als solches von Andern anerkannte Unrecht doch zu gestatten ist, um schwere Uebel zu vermeiden, denen man sonst nicht entgehen kann. So werden an vielen Orten deshalb die Wucherer und die öffentlichen Dirnen geduldet.

---

[121] Die Gründe, weshalb die Streitfälle grosser Nationen, welche zu Kriegen führen, durch das Loos nicht erledigt werden können, gelten auch für deren Erledigung durch Zweikampf. Die grossen Interessen, welche hier auf dem Spiele stehen, können nur durch die Kraft und Anstrengung des ganzen Staates in entscheidender Weise gewahrt werden. Die Beispiele, welche Gr. beibringt, beziehen sich meist auf die mythische Zeit der Heroen, und der Rest auf Streitfälle, wo eben nicht die Interessen des Volkes, sondern nur Einzelner in Frage standen. Dagegen wollen die von Gr. beigebrachten Gründe gegen den Zweikampf wenig sagen und umgehen zum Theil die eigentliche Frage.

5. Das früher bei den Vorbeugungsmitteln des Krieges Gesagte, wonach, wenn Zwei, die über die Herrschaft streiten, es durch Zweikampf unter sich ausmachen wollen, das Volk dies zur Vermeidung drohenden grössern Unglücks gestatten kann, gilt deshalb auch hier, wo es sich um die Beendigung des Krieges handelt. So fordert Cyrus den assyrischen König zum Zweikampf heraus, und bei Dionys von Halicarnass sagt Mutius, es sei nicht unbillig, dass die Fürsten der Völker selbst mit einander kämpften, wenn es sich nur um ihre und nicht um der Völker Macht und Ansehen handele. So hat auch der Kaiser Heraclius mit Cosroe, dem Sohne des persischen Königs, im Zweikampf gekämpft.

XLIV. Wenn der Streit auf den Ausgang eines solchen Kampfes gestellt wird, so kann damit der, welcher einwilligt, seines Rechtes sich begeben, aber dem Andern, der dieses Recht nicht hat, kann er es nicht gewähren, ausgenommen bei Reichen, welche in vollem Eigenthum sind. Soll also das Uebereinkommen gelten, so muss das Volk und der vorhandene Thronerbe einwilligen, und bei Lehen, die nicht zu den freien gehören, auch der Lehnsherr oder Senior.

XLV. 1. Oft entsteht bei solchen Kämpfen Streit, wer als Sieger gelten soll. Besiegt kann nur die Seite gelten, wo entweder Alle niedergemacht oder in die Flucht geschlagen sind. So ist es bei Livius ein Zeichen des Sieges, wenn die Gegenpartei sich in ihr Gebiet oder in ihre Stadt zurückzieht.

2. Bei den bedeutenden Geschichtschreibern, bei Herodot, Thucydides und Polybius, werden drei Streitfragen über den Sieg verhandelt, von denen sich die erste auf den ausgemachten Zweikampf bezieht. Allein genau genommen, ergiebt sich, dass alle diese Kämpfe ohne einen wahrhaften Sieg endigten. Denn die Argiver waren von dem Othryades nicht in die Flucht geschlagen, sondern zogen sich bei einbrechender Nacht zurück, wobei sie sich für die Sieger hielten und dies den Ihrigen verkündeten. Auch die Corcyräer schlugen die Korinther nicht in die Flucht, sondern die Korinther, welche mit Glück gekämpft hatten, wichen bei dem Anblick der starken Athenischen Flotte zurück, da der Vertrag sich nicht mit auf die Kräfte der Athener erstreckte. Philipp von Ma-

cedonien nahm zwar das von den Seinigen verlassene Schiff des Attalus, aber die Flotte selbst hatte er nichts weniger als in die Flucht geschlagen. Deshalb benahm er sich mehr wie ein Sieger, als dass er sich dafür gehalten hätte, wie Polybius bemerkt.

3. Aber jene Ausdrücke: „die Waffen zusammenlesen"; „die Leichen zur Beerdigung überlassen"; „wieder zur Schlacht herausfordern", was man an den erwähnten Stellen und auch bei Livius oft als Zeichen des Sieges erwähnt findet, beweisen an sich nichts, wenn nicht noch andere Umstände hinzukommen, welche die Flucht der Feinde darlegen. Sicherlich muss der, welcher das Feld aufgiebt, im Zweifel eher als Flüchtiger angesehen werden; wo aber die sichern Zeichen eines Sieges fehlen, bleibt die Sache trotzdem in derselben Lage wie vor dem Kampfe, und man muss entweder sich zum Kriege oder zu neuen Verhandlungen entschliessen.

XLVI. 1. Von Schiedsrichtern giebt es nach Proculus zwei Arten; der einen muss man gehorchen, mag der Spruch gerecht sein oder nicht; dies ist der Fall, wenn man einen Streitfall Schiedsrichtern übergiebt; die andere ist die, wo die Entscheidung eines rechtlichen Mannes verlangt wird.[122] Davon haben wir ein Beispiel

---

[122] Die Unterschiede, welche Gr. hier zieht, gehen über die Sache hinaus. Der zweite Fall ist gar kein hierher gehörender; er ist eine in Worten versteckte Unterwerfung des Besiegten unter die Milde des Siegers, wie später Gr. selbst zeigt und weiter entwickelt. Was sonst Gr. hier über Schiedsgerichte beibringt, ist zunächst von dem Wortlaut des Kompromisses abhängig. Davon hängt hier Alles ab, und auch hier haben deshalb die von Gr. aufgestellten Regeln nur einen sehr untergeordneten Werth. Uebrigens macht auch hier zuletzt die Natur der Autoritäten sich geltend, vermöge deren sie über dem Recht stehn. Deshalb entschliesst sich in der Regel kein Staat zu diesem Wege, wenn es sich um die grossen Interessen seines Volkes und seiner Zukunft handelt, und selbst wo es geschehen ist, bleibt der Staat immer der Herr, und es kann kommen, dass er den Schiedsspruch nicht anerkennt, sondern doch zu den Waffen greift. Die Juristen werden dann immer im Stande sein, irgend einen

in der Antwort des Celsus, welcher sagt: „Wenn ein Freigelassener schwört, dass er das leisten wolle, was der Patron feststelle, so gilt dieser Ausspruch des Patrons nur, wenn er der Billigkeit entspricht." Obgleich indess die Römischen Gesetze eine solche Auslegung des Schwures einführen konnten, so entspricht sie doch an sich nicht der Einfachheit der Worte. Doch bleibt es richtig, dass man auf beide Weise einen Schiedsrichter nehmen kann, entweder blos als Versöhner, wie es die Athener zwischen den Rhodiern und Demetrius waren, oder so, dass dessen Entscheidung unbedingt zu befolgen ist. Letztere ist die Art, von der wir hier sprechen und über die bei den Vorbeugungsgründen des Krieges Einiges angeführt worden ist.

2. Auch von solchen Schiedsrichtern, auf deren Ausspruch man sich verglichen hat, kann das besondere Staatsrecht bestimmen und hat bestimmt, dass man von ihnen Berufung einlegen und über Unrecht sich beschweren kann; allein bei Königen und Völkern kann dies nicht stattfinden. Denn hier giebt es keine höhere Macht, welche die Verbindlichkeit der Uebereinkunft hemmen oder lösen könnte. Es muss also in jedem Falle bei dem Ausspruch sein Bewenden behalten, mag er billig sein oder nicht, und es kann hier das herbeigenommen werden, was Plinius sagt: „Jeder macht den, welchen er auswählt, zum höchsten Richter seiner Sache." Denn eine andere Frage ist die nach der Pflicht des Schiedsrichters, und eine andere die nach der Pflicht der sich Vergleichenden.

XLVII. 1. Bei dem Amte des Schiedsrichters kommt es darauf an, ob er an Stelle des Richters erwählt ist oder mit einer ausgedehnteren Gewalt, welche Seneca als ihm eigenthümlich bezeichnet, wenn er sagt: „Für eine gute Sache ist es vortheilhafter, wenn sie vor den Richter, statt vor den Schiedsrichter gebracht wird; denn jenen schränkt der Klageantrag ein und setzt ihm feste, nicht zu überschreitende Grenzen; bei diesem kann sein freies und durch Nichts beschränktes redliches Ermessen

---

Mangel an dem schiedsrichterlichen Verfahren herauszufinden, welche solchen Widerstand mit dem Schein des Rechts umkleidet.

etwas abnehmen oder zufügen, und er kann seinen Ausspruch nicht nach dem Gesetz und der Gerechtigkeit, sondern nach der Milde und Menschenliebe bestimmen." Auch Aristoteles sagt: „Ein billiger und bequemer Mann will lieber zum Schiedsrichter, als vor das Gericht gehn, denn jener urtheilt blos nach der Billigkeit; dieser aber nach dem Gesetz, und der Schiedsrichter ist gerade dazu gewählt, damit die Billigkeit zur Geltung komme."

2. Mit „Billigkeit" wird in dieser Stelle nicht, wie sonst, der Theil der Gerechtigkeit bezeichnet, welcher den unbestimmten Sinn des Gesetzes nach der Absicht des Gesetzgebers genauer bestimmt (denn dies ist Sache des Richters), sondern Alles, was besser geschieht, als nicht geschieht, in dem Gebiet, wo die Regeln der eigentlichen Gerechtigkeit nicht hinreichen. Wenngleich dergleichen Schiedsrichter unter Privatpersonen und Bürgern eines Staats häufig vorkommen und den Christen insbesondere von dem Apostel Paulus 1 Corinth. VI empfohlen werden, so darf doch im Zweifel ihr Recht nicht in dieser Ausdehnung verstanden werden; denn in Zweifelsfällen folgt man dem Geringsten. Vorzüglich gilt dies unter Personen, welche die höchste Staatsgewalt innehaben; da diese keine gemeinsamen Richter haben, so muss man annehmen, dass sie die Schiedsrichter in die Schranken gestellt haben, welche für den Richter gelten.

XLVIII. Die von den Völkern oder Staatsoberhäuptern gewählten Schiedsrichter müssen über die Sache selbst und nicht blos über die Besitzfrage entscheiden; denn die Besitzklagen gehören in das positive Recht, während nach dem Völkerrecht das Recht zum Besitz dem Eigenthumsrechte folgt. Deshalb darf während der Untersuchung nichts verändert werden, damit nicht ein Theil dadurch in Vortheil komme, und weil die Wiedererlangung schwierig ist. Bei Erzählung der Streitigkeiten zwischen den Karthagern und Masinissa sagt Livius: „Die Gesandten haben das Recht des Besitzes nicht geändert."

XLIX. 1. Anderer Art ist die Annahme eines Schiedsrichters, wenn Jemand dem Feinde selbst die schiedsrichterliche Entscheidung überlässt. Hier ist eine reine Unterwerfung vorhanden, die ihn zum Unterthan macht und dem Andern die Staatsgewalt einräumt. Die Griechen nennen es „die Gewalt über das Seinige einräumen." So haben die Aetoler in dem Senate gebeten, man möge die Entscheidung über sie dem Römischen Volke anheim geben. P. Cornelius Lentulus gab nach Appian gegen das Ende des zweiten Punischen Krieges über diese Angelegenheit den Rath: „Die Karthager mögen sich unserem Ermessen unterwerfen, wie dies die Besiegten zu thun pflegen und Viele früher gethan haben. Wir werden dann sehen, und wenn wir freigebig sind, so werden sie uns Dank wissen. Denn sie können von dem Bündniss nicht mehr sprechen, was ein grosser Unterschied ist; so lange wir uns auf Verträge mit ihnen einlassen, damit sie sie brechen, werden sie immer etwas vorbringen, als wären sie gegen eine Bestimmung des Vertrages verletzt worden. Da Vieles verschieden ausgelegt werden kann, so ist immer Stoff zu Verwickelungen da. Wenn wir ihnen dagegen, nachdem sie sich ergeben haben, die Waffen genommen und sie in unsere Gewalt bekommen haben, so werden sie dann endlich einsehen, dass sie nichts Eigenes haben, ihr Muth wird sinken, und sie werden das, was sie von uns bekommen, gern und willig als ein Geschenk annehmen."

2. Auch hier ist indess zu unterscheiden, was der Besiegte leiden muss, und was der Sieger nach dem Rechte und was er ohne Verletzung seiner Pflicht thun darf, und was endlich ihm am meisten ziemt. Der Besiegte muss nach seiner Ergebung sich Alles gefallen lassen; denn er ist Unterthan geworden, und nach dem äussern Kriegsrecht so sehr, dass ihm Alles genommen werden kann, selbst das Leben und die persönliche Freiheit und unzweifelhaft auch das Vermögen, nicht blos das öffentliche, sondern auch das der Einzelnen. Livius sagt an einer andern Stelle: „Indem sie sich dem freien Ermessen ergeben hatten, fürchteten die Aetoler selbst für ihr Leben." Eine andere, früher erwähnte Stelle lautet: „Wenn Alles dem, der in dem Waffenkampfe die Oberhand behalten, übergeben ist, so hängt es von dem Urtheil und Ermessen des Siegers ab, wie viel er an sich nehmen, und welche Strafe er auferlegen will." Auch die andere Stelle des Livius gehört hierher: „Es war eine alte Römische Sitte, dass Völkerschaften, mit denen sie kein Bündniss oder gleiches Recht als Freundschaftsband verknüpfte, nicht eher unter ihre friedliche Herrschaft genommen wurden, als bis sie alle göttlichen und menschlichen Dinge überliefert,

Geisseln gegeben, die Waffen abgeliefert hatten, und Besatzungen in die Städte gelegt waren." Selbst die Tödtung derer, die sich ergeben, ist, wie wir gezeigt haben, mitunter gestattet.

L. 1. Damit aber der Sieger hier kein Unrecht begehe, darf er zuerst Niemand tödten, der es nicht durch seine That verdient, wie er auch Niemand mit Recht etwas nehmen kann, als der Strafe halber. Innerhalb dieses Maasses ist es immer anständig, Milde und Nachsicht zu üben, soweit es sich mit der Sicherheit verträgt; ja dies kann unter Umständen selbst von der Sitte geboten werden.

2. Es ist schon gesagt worden, dass es das beste Ende der Kriege sei, wenn die Verzeihung zu dem Frieden führe. Nicolaus von Syrakus sagt bei Diodor: „Sie haben sich mit den Waffen ergeben und auf die Milde der Sieger vertraut; es ziemt sich deshalb nicht, dass sie rücksichtlich unserer Menschlichkeit getäuscht werden. Denn welcher Grieche hat je verlangt, dass die, welche sich der Gnade des Siegers überlieferten, mit der nicht wieder gut zu machenden Todesstrafe belegt werden müssten?" Auch Cäsar Octavian redet bei Appian den L. Antonius, der sich zu ergeben kommt, so an: „Wärst Du gekommen, um ein Bündniss zu schliessen, so würdest Du mich als Sieger und Beleidigten erkannt haben; jetzt, wo Du Dich und Deine Freunde und Dein Heer unserem Gutdünken überlieferst, nimmst Du mir den Zorn und die Macht, die Du bei dem Bündniss mir hättest einräumen müssen. Denn neben dem, was Ihr zu leiden verdient, ist auch das Andere zu erwägen, was zu thun sich für mich geziemt; Letzteres werde ich vorziehen."

3. In der Römischen Geschichte kommt oft der Ausdruck vor: „sich auf Glauben ergeben; sich auf Glauben und Gnade ergeben". So im 37. Buche des Livius: „Er hörte die Gesandten freundlich an, welche ihre benachbarten Staaten auf Glauben überlieferten." Im 40. Buche: „Indem Paulus verlangte, dass er sich und all das Seinige dem Glauben und der Gnade des Römischen Volkes überantworte," was sich auf den König Perseus bezieht. Mit diesen Worten wird indess nur die reine Unterwerfung bezeichnet, und das Wort „Glauben" bedeutet hier nur die Rechtlichkeit des Siegers, dem sich der Besiegte ergiebt.

4. Livius und Polybius geben eine erhebende Erzählung von Phaneas, dem Gesandten der Aetoler, welcher in seiner Rede an den Konsul so weit ging, dass er sagte, wie Livius es übersetzt: „er überliefere sich und alles Seinige dem Glauben des Römischen Volkes." Als der Konsul noch zögerte, wiederholte er es, und der Konsul verlangte nun, dass die Anstifter des Krieges unverzüglich ausgeliefert werden sollten. Phaneas erwidert darauf: „Nicht in die Sklaverei, sondern in Treue und Glauben überliefern wir uns," und was der Konsul verlange, sei nicht Griechische Sitte. Darauf antwortete der Konsul: „Er kümmere sich nicht um Griechische Sitte; nach Römischer Sitte habe er die Macht über die, welche sich ergeben hätten, nach seinem Belieben;" und er liess die Gesandten in Ketten legen. Bei dem Griechischen Autor heisst es wörtlich: „Ihr wollt noch über die Pflicht, und was sich ziemt, sprechen, da Ihr Euch doch auf Glauben ergeben habt?" Daraus erhellt, was Alles der, dem ein Volk sich ergeben hatte, ungestraft und ohne Verletzung des Völkerrechts thun konnte. Indessen machte der Römische Konsul von dieser Macht keinen Gebrauch, sondern entliess später die Gesandten und gestattete, dass die Aetoler in der Volksversammlung von Neuem die Sache berathen konnten. So antwortete das Römische Volk den Faliskern: „Es habe erfahren, dass die Falisker sich nicht der Gewalt, sondern der Treue der Römer ergeben haben;" und von den Campanern lesen wir, dass sie nicht durch Vertrag, sondern durch Uebergabe sich in die Treue gegeben haben.

5. Auf die Pflichten dessen, an den die Uebergabe geschehen ist, bezieht sich, was Seneca sagt: „Die Gnade ist in ihrem Ermessen frei; sie urtheilt nicht nach der Klageformel, sondern nach der Billigkeit und dem Guten; sie kann freisprechen und den Werth des Streites nach Belieben anschlagen." Auch kommt es nicht auf die Worte an, dass der sich Ergebende sage, er ergebe sich der Weisheit oder der Mässigung oder dem Erbarmen des Anderen; denn dies Alles sind Schmeicheleien, welche die Sache nicht ändern, dass der Sieger alleiniger Schiedsrichter bleibt.

LI. Doch giebt es auch bedingte Unterwerfungen, die entweder für Einzelne sorgen, deren Leben und körperliche Freiheit oder Vermögen gesichert werden soll, oder für den Staat, so dass selbst eine gemischte Staatsgewalt dadurch begründet werden kann, wie sie früher dargestellt worden ist.

LII. Zubehör der Verträge sind die Geisseln und die Pfänder. Die Geisseln gestellen sich entweder freiwillig oder auf Befehl der Staatsgewalt; denn diese enthält ebenso das Recht auf Handlungen der Unterthanen, wie auf ihr Vermögen. Doch muss der Staat oder dessen Oberhaupt allen Nachtheil ihnen selbst oder ihren Angehörigen ersetzen. Sollen Mehrere als Geisseln gestellt werden, und ist es dem Staate gleich, welche, so ist die Sache am besten durch Loos zu entscheiden. Gegen den Vasallen hat der Lehnsherr dieses Recht nicht, wenn jener nicht zugleich Unterthan ist; denn weder die Ehrfurcht noch der schuldige Gehorsam gehen so weit. [123]

LIII. Die Geisseln können zwar getödtet werden, aber nur nach dem äusseren Völkerrecht, nicht nach dem inneren, wenn nicht eine angemessene Schuld hinzukommt. Sie werden auch keine Sklaven, können vielmehr nach dem Völkerrecht Vermögen besitzen und vererben; obgleich nach Römischem Recht ihr Vermögen dem Fiskus anheimfiel.

LIV. Es fragt sich, ob die Geisseln entfliehen können? Es muss verneint werden, wenn sie anfangs oder später, um nicht zu streng gehalten zu werden, ihr Wort gegeben

---

[123] Die Lehre von den Geisseln hatte schon zu Gr.'s Zeit nicht mehr die Bedeutung, die er ihr beilegt. Jetzt ist sie ganz veraltet. Heffter sagt (Völkerrecht, 5. Ausg. S. 181): „Der Gebrauch der Geisseln hat sich allgemein seit dem 16. Jahrhundert verloren. Zuletzt findet man ihn noch in dem Aachener Frieden von 1748. Nur im Kriege kommen meist noch gezwungene Geisseln vor." Wo dies geschieht, ist auch das Rechtsverhältniss derselben jetzt viel gemildert; der Gläubiger hat nur ein Recht, ihre körperliche Freiheit bis zu dem Zeitpunkt der Erfüllung seiner Forderung zu beschränken; andere Rechte an ihr Leben oder ihre Person hat er nicht; deshalb sind die meisten der von Gr. hier behandelten Streitfragen jetzt nicht mehr praktisch.

haben. Sonst scheint der Wille des Staats nicht dahin zu gehen, dem Bürger auch das Recht zur Flucht zu nehmen; der Feind sollte nur zu jeder Art von Bewachung berechtigt sein. So kann die That der Clölia gerechtfertigt werden; sie selbst hatte nicht gefehlt, aber der Staat durfte sie als Geissel nicht aufnehmen und behalten. Deshalb sagt Porsenna: „Wenn die Geissel nicht zurückgegeben werde, werde er das Bündniss als gebrochen ansehen." Darauf: „Die Römer stellten ihm das Pfand des Friedens dem Bündniss gemäss zurück."[124]

LV. Die Verbindlichkeit der Geisseln ist aber verhasst, weil sie der Freiheit entgegen ist und nicht aus eigenem Entschluss hervorgeht. Deshalb findet hier die strenge Auslegung statt; deshalb können die für einen Fall gegebenen Geisseln nicht wegen eines anderen Falles zurückbehalten werden, wo etwas ohne Zugabe von Geisseln versprochen worden ist. Ist aber in diesem Falle schon die Treue oder die Vertragspflicht gebrochen, so kann die Geissel zwar zurückbehalten werden, aber nicht als solche, sondern nach dem Völkerrecht, wonach die Unterthanen auch wegen der Handlungen ihres Staatsoberhauptes festgehalten werden können; $κατ$ $'ανδρωληψιαν$ (nach dem Recht der Menschenwegnahme). Doch kann ausgemacht werden, dass diese nicht eintrete, wenn die Geisseln nach Erfüllung dessen, wofür sie gegeben werden, zurückgegeben werden sollen.

LVI. Wenn Jemand nur als Geissel für den Loskauf eines anderen Gefangenen oder als Geissel Gegebenen ausgeantwortet ist, so wird er durch des Letzteren Tod frei. Denn das Pfandrecht an den Gestorbenen ist mit dessen Tod erloschen, wie Ulpian bei einem losgekauften Gefangenen sagt. So wie deshalb in dem Fall Ulpian's die Summe nicht gezahlt zu werden braucht, was an die Stelle der Person getreten ist, so bleibt auch hier die Person nicht verhaftet, da sie nur eine andere Person hat vertreten sollen. Deshalb verlangte Demetrius mit Recht seine Entlassung von dem Römischen Senat, weil er, wie Appian sagt, „zwar an Stelle des

---

[124] Der Fall mit der Clölia ist in Anmerk. 87 S. 344 B. II. erzählt.

Antiochus eingeliefert worden, aber Antiochus nun gestorben sei." Justinus sagt nach Trogus: „Als Demetrius, der sich als Geissel in Rom befand, den Tod seines Bruders Antiochus erfuhr, ging er den Senat an und sagte: Er sei als Geissel für seinen lebenden Bruder gekommen; nachdem dieser gestorben, wisse er nicht, für wen er als Geissel noch gelten solle!"

LVII. Ob aber nach dem Tode des Königs, der das Bündniss geschlossen hat, die Geisseln noch verhaftet bleiben, hängt, wie bereits erwähnt, davon ab, ob der Vertrag als Real- oder Personalvertrag anzusehen ist; denn Nebenbestimmungen können nicht bewirken, dass bei Auslegung der Hauptsache von den Regeln abgegangen werde; sie folgen vielmehr der Natur der Hauptsache.

LVIII. Mitunter sind die Geisseln indess kein blosser Nebenpunkt des Vertrages, sondern die Hauptsache. So wenn Jemand in einem Vertrag eine fremde Handlung verspricht und für das Interesse, im Fall sie nicht geleistet wird, Geisseln stellt. Dies scheint die Absicht bei der Caudinischen Bürgschaft gewesen zu sein, wie früher bemerkt worden ist. Die Meinung derer, welche die Geisseln auch ohne ihre Einwilligung aus der Handlung eines Dritten verbindlich werden lässt, ist nicht blos hart, sondern auch unrichtig.

LIX. Die Pfänder haben Manches mit den Geisseln gemein, und manches Eigenthümliche. Ersteres insofern, als sie auch für eine andere Forderung zurückbehalten werden können, wenn es nicht anders ausgemacht ist; Letzteres insofern, als das Abkommen bei den Pfändern nicht so streng genommen wird als bei den Geisseln; denn es ist nicht so verhasst. Denn die Sachen sind wohl zum Besessenwerden da, aber nicht die Menschen.

LX. Auch das habe ich schon früher gesagt, dass durch keinen Zeitablauf die Einlösung des Pfandes verloren gehen kann, wenn das geleistet wird, wofür das Pfand gegeben worden. Denn einem Geschäfte mit einem alten und bekannten Rechtsgrund kann kein neuer untergeschoben werden. Deshalb ist die Nachsicht des Schuldners im Sinne des alten Kontrakts zu verstehen, aber nicht als Aufgabe des Eigenthums zu nehmen, wenn nicht bestimmte Umstände eine andere Annahme rechtfertigen;

z. B. wenn er hätte einlösen wollen, und er auf die Verweigerung so lange stillgeschwiegen hätte, wie zur Annahme seiner Einwilligung erforderlich erscheint. [125]

Kapitel XXI.
Ueber Verträge während des Krieges, insbesondere über Waffenstillstände, Zufuhren und über Loskauf der Gefangenen.

I. 1. Auch während des Krieges pflegt zwischen den Inhabern der Staatsgewalt ein gewisser Verkehr einzutreten, um mit Virgil und Tacitus zu sprechen. Homer nennt es $συνημοσυναι$ (Vereinigungen). Dahin gehören Waffenstillstände, Verträge über Proviant und Loskauf der Gefangenen. Der Waffenstillstand ist ein Vertrag, wonach während des Krieges eine Zeit lang die kriegerische Thätigkeit ruhen soll. Ich sage: „während des Krieges"; denn Cicero sagt in seiner 8. Philippischen Rede richtig, dass es zwischen Krieg und Frieden kein Mittleres gebe, und der Kriegszustand ist ein Name, der sein kann, auch wenn die dazu gehörende Thätigkeit nicht geschieht. Aristoteles sagt: „Es kann Jemand die Tugend besitzen, aber warten oder schlafen oder durch Gewalt an der Ausübung derselben gehindert sein." Derselbe sagt an einer anderen Stelle: „Die Entfernung löst die Freundschaft nicht auf, sondern hemmt nur ihre Aeusserung." Andronicus von Rhodus sagt: „Er kann einen Stand annehmen, wo nichts geschieht." Eustratius sagt zum 4. Buche der Nicomachischen Ethik: „Ein Zustand,

[125] Auch die Bestellung von Pfändern in der hier von Gr. vorgetragenen Weise ist jetzt ausser Gebrauch. Der Sieger hält jetzt in der Regel einzelne Theile des feindlichen Landes so lange besetzt, bis die Bedingungen des Friedens genügend erfüllt oder sonst erledigt sind; dieser Besitz hat aber nicht die Natur eines Pfandbesitzes.

einfach auf die Aeusserung bezogen, heisst „Entelechie"; aber in Beziehung auf die Thätigkeit und das Handeln „Kraft", wie die Messkunst in dem schlafenden Feldmesser."

„Und wenn auch Hermogenes schweigt, bleibt er doch der beste Sänger und Musiker, und der schlaue Alphenes bleibt ein Schuster, auch wenn er sein Handwerkszeug bei Seite wirft und die Werkstatt schliesst." [126]

2. So ist also, wie Gellius sagt, „der Waffenstillstand kein Frieden; denn der Krieg bleibt, nur die Schlacht hört auf." In der Lobrede auf Latinus Pacetus heisst es: „Der Waffenstillstand hemmte den Krieg." Ich sage dies, um zu zeigen, dass die für den Krieg getroffenen Abkommen auch während des Waffenstillstandes gültig bleiben, wenn es nicht offenbar blos auf einzelne Handlungen ankommt, sondern auf den ganzen Kriegszustand. Umgekehrt gelten die für den Frieden getroffenen Bestimmungen nicht auch für die Waffenstillstandszeit, obgleich Virgil ihn „einen in Verwahr gegebenen Frieden" nennt, und Servius: „einen zeitweiligen Frieden"; der Scholast des Thucydides: „einen Frieden auf Zeit, welcher den Krieg gebiert;" Varro: „den Frieden der Läger, von wenig Tagen"; was alles keine Definitionen, sondern bildliche Umschreibungen sind. So konnte auch Varro den Waffenstillstand statt „die Kriegsferien" den „Kriegsschlaf" nennen. So nennt auch Papiuius die Gerichtsferien den Frieden, und Aristoteles den Schlaf die Fessel der Sinne; danach kann der Waffenstillstand auch die Fessel des Krieges genannt werden.

3. In des M. Varro Erklärung, der auch Donatus folgt, tadelt Gellius mit Recht, dass er die „einige Tage" zugesetzt habe, indem er zeigt, dass man auch auf Stun-

---

[126] Verse aus Horaz, 1. Satyr. III. v. 129 u. f. Diese kleinen Abschweifungen in das Gebiet der Philosophie liebt Gr. In der Regel bildet sich Jeder auf seine Leistungen in den Gebieten, wozu er am wenigsten geeignet ist, am meisten ein. Gr. hat einen vortrefflichen natürlichen Verstand und Scharfsinn; aber in Bezug auf höhere philosophische Untersuchungen geht es ihm wie Cicero; er kommt nicht über den Anfang und die Phrase hinaus.

den Waffenstillstand schliessen könne, und auch, wie ich hinzufügen will, auf Jahre, auf 20, 30, ja auf 100 Jahre, wovon Livius Beispiele giebt; damit wird die Definition des Rechtsgelehrten Paulus widerlegt, „dass der Waffenstillstand ein Abkommen ist, wo auf eine kurze gegenwärtige Zeit die Feindseligkeiten eingestellt werden."

4. Wenn jedoch erhellt, dass bei einem Uebereinkommen die alleinige Absicht und die Veranlassung gewesen, die Feindseligkeiten völlig einzustellen, so gilt das für den Frieden Gesagte auch für einen solchen Waffenstillstand; nicht des Wortes wegen, sondern weil die Absicht darauf gerichtet gewesen ist, wie früher dargelegt worden.

II. Der lateinische Name des Waffenstillstandes *induciae* kommt nicht, wie Gellius meint, von den Worten: *inde uti jam* (dann wie schon), auch nicht von *endoitu*, d. h. von Eintritt, wie Opilius meint, sondern weil *inde* (von da ab), d. h. von einem bestimmten Zeitpunkt ab, *otium* (Ruhe) ist; deshalb sagen die Griechen εχεχειριαν (Zurückhaltung der Hand). Aus Gellius und Opilius erhellt, dass die Alten das Wort *induciae* nicht mit dem *c*, sondern statt dessen mit dem *t* geschrieben haben, was jetzt nur in der Mehrzahl gebraucht wird, aber früher sicher auch in der Einzahl. Die alte Schreibart war *indoitia*; denn *otium* sprach man damals *oitium* von dem Zeitwort *oiti*, statt dessen man jetzt *uti* sagt, wie aus *poina* die *punio* (jetzt *poena*), und aus *Poinus* der *Punicus* (jetzt *Poenus*) geworden ist. So wie nun aus dem, was *ostia* war, der Gebrauch der *ostiorum* sich gebildet, so sind auch aus *Ostia* die *Ostiae* geworden; ebenso aus *indoitia* die der *indoitiorum;* aus *indoitia* auch *indoitiae* und zuletzt *indutia*, dessen Mehrzahl jetzt allein im Gebrauch ist. Ehedem wurde es, wie Gellius bemerkt, auch in der Einzahl gebraucht. Donatus ist nicht weit von der Wahrheit, wenn er die *induciae* davon ableitet, dass sie *in dies otium* (auf eine gewisse Zeit Ruhe) gewähren. Der Waffenstillstand ist also eine Pause im Kriege, kein Frieden. Deshalb sagen die Geschichtschreiber richtig, dass der Friede abgeschlagen, aber die Waffenruhe bewilligt worden sei.

III. Es bedarf deshalb keiner neuen Kriegserklärung; denn mit Wegfall des Hindernisses erhebt sich der Kriegszustand von selbst wieder; er war nicht todt, sondern nur eingeschläfert, wie das Eigenthum und die väterliche Gewalt bei Einem, der von dem Wahnsinn befallen gewesen ist. Livius erzählt allerdings, dass nach der Meinung der Fecialen nach Ablauf des Waffenstillstandes der Krieg angesagt worden; indess haben die Römer mit solchen nicht nöthigen Vorsichtsmaassregeln nur zeigen wollen, wie sehr sie den Frieden lieben und nur aus gerechten Gründen zu dem Krieg gebracht werden. Livius selbst deutet dies an: „Sie hatten kürzlich mit den Vejentern bei Nomentum und Fidenä gekämpft; dann war Waffenstillstand, kein Frieden, geschlossen worden. Nach dessen Ablauf, ja schon vorher, hatten die Feindseligkeiten wieder begonnen. Doch sandte man Fecialen ab; als diese, nach der Väter Weise vereidet, das genommene Gut zurückforderten, hat man sie nicht einmal angehört." [127]

IV. 1. Die Frist des Waffenstillstandes wird entweder nach Tagen berechnet, etwa auf 100 Tage, oder es wird ein Endtermin bestimmt, wie: bis zu dem 1. März. Im ersten Falle muss man von Stunde zu Stunde rechnen, denn dies ist natürlich; die sogenannte bürgerliche Zeitrechnung beruht auf besonderen Gesetzen oder Sitten der einzelnen Völker. [128] Im anderen Falle kann man zweifeln, ob das bis zu diesem Tage oder Monat oder Jahr so zu verstehen sei, dass der Waffenstillstand auch noch während dieses Tages, Monats oder Jahres besteht.

2. Bei natürlichen Dingen giebt es allerdings zwei Arten von Grenzen; die eine, die zur Sache gehört, wie die Haut zum Körper, und eine ausserhalb, wie der Fluss die Grenze des Landes bildet. Auch bei Willenserklärungen kann jede dieser Grenzarten benutzt werden. Indess scheint es natürlicher, die Grenze als zur Sache gehörend

---

[127] Bei längeren Waffenstillständen pflegt auch jetzt die Wiedereröffnung der Feindseligkeiten angezeigt zu werden. Puffendorf, Jus naturae VIII. 7, 6. Heffter, Völkerrecht, 5. Ausg. S. 257.

[128] Das Umgekehrte dürfte das Natürliche sein; wenigstens rechnen alle Völker, und alle Sprachen folgen hierin so, dass man bei Fristen von mehr als einen Tag nicht von der Stunde des Abschlusses bis zur gleichen Stunde des letzten Tages rechnet, sondern den ganzen letzten Tag hineinzieht.

zu nehmen. Aristoteles sagt: „Die Grenze ist das Aeusserste einer Sache." Auch widersteht dem nicht der Sprachgebrauch. In den Pandekten heisst es: „Wenn Jemand verordnet, dass etwas bis zu seinem Todestage geschehen solle, so wird auch der Todestag selbst noch mitgerechnet." Spurina hatte dem Cäsar die Gefahr vorausgesagt, die bis zu den Idus des März ihm drohe. An den Idus des März wurde ihm dies vorgehalten; er antwortete: „die Idus seien gekommen, aber noch nicht vorüber." Deshalb ist diese Auslegung da vorzuziehen, wo die Verlängerung der Frist zu begünstigen ist, wie bei dem Waffenstilstand, welcher das Blutvergiessen mässigt.

3. Der Tag dagegen, von dem ab die Frist gerechnet wird, fällt nicht innerhalb derselben; denn hier ist die Absicht nur zu trennen, aber nicht zu verbinden.

V. Der Waffenstillstand und ähnliche Verträge verpflichten die Vertragschliessenden sofort mit dem Zeitpunkt, wo der Vertrag zu Stande gekommen ist. Die Unterthanen werden dadurch aber erst von der Zeit ab verpflichtet, wo der Waffenstillstand die gesetzliche Form bekommen hat, wozu eine äussere Bekanntmachung gehört. Mit dieser beginnt sofort seine verbindliche Kraft für die Unterthanen; ist jedoch die Bekanntmachung nur an einem Orte geschehen, so beginnt die Gültigkeit für das ganze Reich nicht mit demselben Zeitpunkt, sondern nach Ablauf der Frist, die die Ueberbringung der Nachricht an die einzelnen Orte erfordert. Ist daher inmittelst von den Unterthanen etwas gegen den Waffenstillstand geschehen, so sind diese zwar nicht straffällig, aber die Kontrahenten selbst müssen danach den Schaden vergüten.

VI. 1. Was bei einem Waffenstillstand erlaubt ist und nicht erlaubt ist, muss aus seinem Begriff entnommen werden. Unerlaubt sind alle Feindseligkeiten gegen Personen und Sachen, d. h. alle Gewalt gegen den Feind; denn das Alles geschieht während des Waffenstillstandes gegen das Völkerrecht wie L. Aemilius bei Livius in seiner Rede an die Soldaten sagt. [129]

---

[129] Die Frage, wie weit ein Waffenstillstand die vorbereitenden Handlungen und Schutzmaassregeln zum Kriege hindert, ist sehr schwierig und streitig. Man hat deshalb schon vielfach nach einer scharfen Formel zur Bezeich-

2. Selbst wenn feindliche Sachen während des Waffenstillstandes zufällig zu uns gelangen, müssen sie zurückgegeben werden, auch wenn sie unser Eigenthum sind; denn nach dem äusseren Recht, was hier entscheidet, sind sie jenem zugefallen. Deshalb sagt der Rechtsgelehrte Paulus, dass während des Waffenstillstandes das Rückkehrsrecht nicht gelte, weil dazu gehöre, dass das Kriegsbeuterecht vorher gegolten habe, was während des Waffenstillstandes nicht der Fall sei.

3. Während des Waffenstillstandes kann hin und her marschirt werden, aber in solcher Ausrüstung, dass keine Gefahr darin liegt. Servius bemerkt dies zu den Worten Virgil's: „Und die Latiner mengten sich ungestraft unter sie," und erzählt: „Während der Belagerung Rom's durch Tarquinius sei zwischen Porsenna und den Römern Waffenstillstand geschlossen worden, und die feindlichen Führer seien zur Feier der Circensischen Spiele in die Stadt gekommen, hätten sich bei den Kampfspielen betheiligt und Kränze als Sieger davongetragen."

VII. Ein Zurückziehen mit dem Heere nach Innen, wie Philipp nach Livius that, widerspricht dem Waffenstillstand nicht; auch nicht das Wiederherstellen der Mauern und die Einberufung der Mannschaft; es müsste denn das Gegentheil ausgemacht sein.

VIII. 1. Dagegen ist es offenbar gegen den Waffenstillstand, wenn feindliche Besatzungen bestochen und deren Plätze eingenommen werden. Denn dergleichen ist nur

---

nung des Wesentlichen in diesem Vertrage gesucht. Pinheiro-Ferreira schlägt die Formel vor: „*de ne rien faire de ce que l'ennemi aurait été intressé d'empêcher, et que sans la trève, il aurait probablement empêché.*" Heffter sagt (Völkerrecht S. 257): „In der Natur des Waffenstillstandes liegt die Erhaltung des Status quo in Bezug auf die gegenseitige Stellung, ohne weitere Ausdehnung derselben zum Schaden des Gegners. Zur Befestigung und Sicherung des Bisherigen kann jeder Theil thun, was ihm gut dünkt." Besonders streitig ist, ob der Belagerte während des Waffenstillstandes die Mauern wiederherstellen und neue Vertheidigungsbarrieren aufführen darf. Gr. gestattet es, auch Pufendorf; Cocceji leugnet es; Heffter gestattet es.

im Kriege erlaubt. Dasselbe gilt für die Desertion von Unterthanen zu dem Feind. Ein Beispiel hierzu hat Livius im 42. Buche: „Die Coroneer und Haliartier hatten aus Zuneigung für den König Gesandte nach Macedonien gesandt und um Besatzungen gebeten, damit sie sich gegen den machtlosen Uebermuth der Thebaner schützen könnten. Der König antwortete den Gesandten, dass er wegen des mit den Römern geschlossenen Waffenstillstandes ihnen keine Besatzungen schicken könne." Im 4. Buche von Thucydides besetzt Brasidas während des Waffenstillstandes die Stadt Menda wieder, welche von den Athenern zu den Lacedämoniern abfiel, aber er entschuldigte sich damit, dass die Athener bereits auch ihrerseits gleiches Unrecht begangen hätten.

2. Verlassene Orte können allerdings besetzt werden, wenn sie es wirklich sind, d. h. dass der Eigenthümer sie nicht mehr behalten will; dies gilt also nicht bei Orten, die blos nicht besetzt sind, oder die vor dem Waffenstillstand besetzt waren, oder wo es nur wegen des Waffenstillstandes unterblieben ist. Denn so lange das Eigenthum bleibt, ist die Besatzung durch den Anderen unrecht. Damit widerlegt sich der Spott des Belisar gegen die Gallier, welcher unter diesem Vorwand die unbesetzten Orte während des Waffenstillstandes überfallen hatte.

IX. 1. Es fragt sich, ob, wenn Jemand durch Naturereignisse an dem Rückzug gehindert und deshalb nach Ablauf des Waffenstillstandes innerhalb des feindlichen Gebietes betroffen wird, er das Recht auf Rückkehr habe? Nach dem äusseren Völkerrecht steht er offenbar dem gleich, der während des Friedens gekommen ist und, bei dem plötzlichen Ausbruch des Krieges vom Schicksal betroffen, bis zum Frieden in der Gefangenschaft bleiben muss; auch die innere Gerechtigkeit fehlt nicht, da das Vermögen und die Arbeitskraft der Feinde für die Schulden ihres Staates verhaftet sind und an Zahlungsstatt angenommen werden können; Jener kann sich nicht mehr wie so viele andere Unschuldige beklagen, welche von den Uebeln des Krieges betroffen werden.

2. Auch kann nicht geltend gemacht werden, dass Waaren bei Ueberschreitung gewisser Anordnungen der Konfiskation verfallen; auch nicht der Fall, den Cicero im 2. Buche über die Erfindung erwähnt, wo ein Schnabel-

schiff durch den Sturm in den Hafen getrieben worden war, und der Beamte dem Gesetz gemäss es in Beschlag nehmen und verkaufen wollte. Denn in diesem Fall befreit die Naturgewalt von der Strafe; hier dagegen handelt es sich nicht eigentlich um eine Strafe, sondern um ein Recht, was nur eine Zeitlang geruht hat. Indess ist es unzweifelhaft, dass dergleichen zu erlassen der Milde, ja dem Edelmuth entspricht.

X. Manches ist auch bei dem Waffenstillstand nach der Natur des besonderen Abkommens unerlaubt. Wenn der Waffenstillstand nur zur Begrabung der Gefallenen bewilligt ist, so darf sonst nichts verändert werden; wenn den Belagerten nur ein Stillstand in der Belagerung bewilligt worden, so dürfen sie keine Hülfstruppen und keine Lebensmittel beziehen; denn da diese Waffenstillstände nur dem einen Theil nützen, so dürfen sie die Lage des Anderen, der sie bewilligt, nicht verschlimmern. Mitunter wird auch ausbedungen, dass die Verproviantirung verboten sein soll. Mitunter werden nur die Personen geschützt, nicht die Sachen; wenn in solchem Falle Menschen bei Vertheidigung der Sachen verletzt werden, so ist dies kein Bruch des Waffenstillstandes; denn da die Vertheidigung der Sachen erlaubt ist, so ist die Sicherheit der Personen nur auf diese an sich zu beziehen, aber nicht auf Fälle, wo sie in Folge anderer Verhältnisse in Frage kommt.

XI. Wenn der Waffenstillstand von der einen Seite gebrochen wird, so kann unzweifelhaft der Verletzte ohne vorgängige Ankündigung zu den Waffen greifen. Denn der wesentliche Inhalt eines Vertrages gilt bei demselben als Bedingung, wie früher gezeigt worden. Man findet zwar in der Geschichte Beispiele, dass der Waffenstillstand in solchem Falle bis zu Ende ausgehalten worden ist. Aber man liest auch, dass die Etrusker und Andere wegen Verletzung des Waffenstillstandes bekriegt worden sind. Diese Verschiedenheit beweist, dass das Recht so ist, wie ich gesagt habe, wobei es aber dem Verletzten überlassen bleibt, ob er von diesem Rechte Gebrauch machen will oder nicht.

XII. Das steht fest, dass, wenn die ausgemachte Strafe verlangt und von dem Verletzer gezahlt worden ist, der Krieg dann nicht wieder begonnen werden darf; denn die Strafe wird deshalb gezahlt, damit es bei dem Vertrage verbleibe. Wird umgekehrt zu dem Krieg übergegangen, so ist damit der Strafe entsagt, wenn die Wahl zulässig war.

XIII. Handlungen Einzelner brechen den Waffenstillstand nicht, wenn nicht öffentliche Handlungen hinzukommen, etwa dass sie befohlen oder genehmigt worden sind. Dies wird auch dann angenommen, wenn die Uebertreter nicht bestraft oder ausgeliefert werden; oder wenn die Sachen nicht zurückgegeben werden.

XIV. Das Recht des sicheren Geleites [130] ausserhalb des Waffenstillstandes ist eine Art Privilegium; deshalb sind bei seiner Auslegung die hierfür geltenden Regeln zu befolgen. Indess ist dieses Vorrecht weder für einen Dritten schädlich, noch für den, der es bewilligt, sehr wichtig. Deshalb kann der Wortsinn eher weiter als enger genommen werden, und zwar um so mehr, wenn dieses Recht nicht auf Verlangen, sondern freiwillig angeboten worden ist; noch mehr, wenn neben dem Privatinteresse ein öffentliches bei der Angelegenheit vorliegt. Die strenge Auslegung findet deshalb hier nicht statt, selbst wenn der Wortsinn es gestattet, es müsste denn etwas Unsinniges herauskommen, oder was gegen die wahrscheinliche Absicht geht. Umgekehrt ist eine weitere Auslegung über den Wortsinn hinaus zulässig, um einen ähnlichen Unsinn zu vermeiden, oder wenn die Umstände es dringend fordern.

XV. Deshalb können die den Soldaten bewilligten Lebensmittel nicht blos auf die mittleren, sondern auch auf die höchsten Offiziere bezogen werden; denn die Worte gestatten diese Bedeutung, obgleich sie auch eine engere haben. So wird unter dem Namen der Geistlichen auch der Bischof mit verstanden. Auch das Schiffsvolk gilt mit als Soldaten, so wie Alle, welche den Eid geschworen haben.

---

[130] Der neuere Sprachgebrauch nennt es „Schutzbriefe", „Sauvegarde", „salva guardia". Die mildere Art der modernen Kriegführung hat diese Mittel ziemlich ausser Gebrauch kommen lassen; nur bei einzelnen Offizieren unmittelbar zur Einleitung von Unterhandlungen pflegt noch dergleichen, aber ohne Förmlichkeiten vorzukommen.

XVI. 1. Die für die Reise bewilligte Sicherheit gilt auch für die Rückreise; nicht nach dem Wortsinn, sondern weil es unsinnig wäre, da sonst das Recht werthlos wäre. Unter sicherem Abzug ist ein solcher bis zu der Entfernung zu verstehen, wo der Abziehende sicher ist. Deshalb würde Alexander des Treubruchs beschuldigt, als er die, welchen er den Abzug bewilligt hatte, auf dem Marsch tödten liess.

2. Aber der, welchem der Abzug bewilligt ist, darf nicht wiederkehren; auch kann der, dem zu kommen gestattet ist, nicht einen Anderen statt seiner schicken, und umgekehrt. Denn dies sind verschiedene Dinge, und die Umstände verlangen keine Ausdehnung über den Wortsinn; doch befreit der Irrthum von der etwa gesetzten Strafe, wenngleich er kein Recht giebt. Auch darf der, welchem der Zutritt gestattet worden, nur einmal kommen und nicht wiederholt; es müsste denn die Beifügung einer Frist eine andere Annahme rechtfertigen.

XVII. Der Sohn folgt nicht dem Vater, und die Frau nicht dem Manne anders als bei dem Rechte des Aufenthaltes. Denn zu wohnen pflegt man mit der Familie und zu reisen ohne sie. Ein oder zwei Diener werden jedoch zugelassen, auch wenn es nicht ausdrücklich ausgemacht ist, da es gegen die Standessitte wäre, ohne solche Begleitung zu reisen, und da, wer etwas bewilligt, auch die nothwendigen Folgen bewilligt, wobei das Nothwendige hier als moralisch nothwendig zu nehmen ist.

XVIII. Ebensowenig sind dann Sachen aller Art einbegriffen, sondern nur die gewöhnlichen Reisebedürfnisse.

XIX. Unter dem Namen von Begleitern sind die nicht zu verstehen, deren Person verhasster ist als die, für welche gesorgt wird. Dahin gehören See- und Strassenräuber, Ueberläufer, Deserteure. Wenn die Begleiter nach dem Namen des Volkes bezeichnet werden, so erhellt damit, dass Andere nicht zugelassen zu werden brauchen.

XX. Das freie Geleite beruht auf der Staatshoheit und erlischt deshalb im Zweifel nicht durch den Tod dessen, der es bewilligt hat, den früher aufgestellten Regeln über die wohlthätigen Handlungen der Könige und Herrscher gemäss.

XXI. Man pflegt über den Sinn der Worte: „so lange

ich es bewilligen werde", [131]) zu streiten. Die Meinung ist die richtigere, wonach die Zuwendung fortdauert, wenn auch kein neuer Willensakt hinzukommt, weil keine Veränderung bei Rechtswirkungen vermuthet wird. Dagegen gilt dies nicht, wo die bewilligende Person zu wollen aufgehört hat; also wenn er stirbt. Mit dem Aufhören der Person fällt auch jene Annahme der Fortdauer, wie das Accidenz mit der Substanz untergeht.

XXII. Die Sicherheit des freien Geleites kann der, dem es ertheilt worden, auch ausserhalb des Gebietes des Ertheilenden verlangen; denn es wird zum Schutz gegen das Kriegsrecht gewährt und bleibt deshalb nicht auf jenes Gebiet beschränkt, wie früher ausgeführt worden ist.

XXIII. Der Loskauf der Gefangenen [132]) wird begünstigt, namentlich bei den Christen, denen das göttliche Gesetz diese Art des Erbarmens besonders empfiehlt. Lactantius sagt: „Der Loskauf der Gefangenen ist eine grosse und ruhmwürdige Pflicht der Gerechtigkeit." Ambrosius nennt das Loskaufen der Gefangenen, namentlich von einem barbarischen Feinde, eine ausgezeichnete und bedeutende Wohlthat. Derselbe vertheidigt seine und der Kirche That, wonach sie die Kirchengefässe, selbst die schon geweihten zusammengeschlagen habe, um damit Gefangene loszukaufen. Er sagt: „Es ist eine Zierde der heiligen Gefässe, die Gefangenen einzulösen," und Anderes dergleichen.

XXIV. 1. Ich wage deshalb nicht unbedingt die Gesetze zu billigen, welche, wie bei den Römern, diesen

---

[131]) Diese Worte *(quam diu voluero)* kamen sonst bei solchen Geleitsbriefen vor und bezeichneten eine Art *precarium*, wie es im Privatrecht bei der Leihe vorkommt. Es sollte damit kein festes Recht bewilligt sein; die Auslegung des Gr. ist deshalb bedenklich.

[132]) Jetzt sind an Stelle dieser Einzelverträge die Loslassungs- oder sogenannten Ranzionirungsverträge bei der Seekaperei und die Auswechslungsverträge über Gefangene im Landkriege getreten, welche letztere erst nach Gr.'s Zeit seit der Mitte des 17. Jahrhunderts in Gebrauch gekommen sind. In Folge dessen haben die Kontroversen, welche Gr. hier mit grosser Ausführlichkeit behandelt, keinen praktischen Werth mehr.

Loskauf verbieten. Im Senate sagte einmal Jemand: „Kein Staat sorgt so wenig für die Gefangenen wie wir." Livius bemerkt, dass dieser Staat schon von Alters her keine Nachsicht für die Gefangenen geübt habe. Bekannt ist die hierher gehörende Ode des Horaz, wo er das Loskaufen der Gefangenen ein schlechtes Verfahren und ein verderbliches Beispiel nennt; es füge zu dem Verbrechen noch Schaden.[133] Was indess Aristoteles an den Einrichtungen der Spartaner tadelt, kann auch den Römischen zur Last gelegt werden, nämlich die übertriebene Rücksicht auf den Krieg, als wenn darin allein das Heil des Staates bestände.[134] Urtheilt man aber nach dem Gesetz der Menschlichkeit, so wäre es oft besser, das durch Krieg verfolgte Recht aufzugeben, als so viele Menschen, und zwar Verwandte und Landsleute in hartem Elend zu lassen.

2. Ein solches Gesetz kann deshalb nicht als gerecht gelten, es müsste denn eine solche Härte nöthig sein, um grössere und moralisch unvermeidliche Uebel zu verhindern. Denn in einem solchen Nothfalle, wo die Gefangenen selbst ihr Schicksal nach dem Gesetz der Liebe mit Geduld ertragen müssen, kann dies ihnen auferlegt

---

[133] Die Ode ist bei Horaz III. Oden 5 enthalten.

[134] Was ein Volk sich als Ziel seiner Macht und Thätigkeit zu setzen habe, kann nie durch eine sittliche Regel oder aus der Vernunft a priori bestimmt und vorgeschrieben werden. Die Völker gehören zu den Autoritäten, welche über dem Rechte stehen. Die Moral hat nicht einmal Regeln, welche auf ihr freies Handeln anwendbar wären. Deshalb geht auch die Geschichte nicht nach den Regeln der Moral, sondern nach Naturgesetzen, und kein grosser Geschichtschreiber unternimmt es, die grossen geschichtlichen Thaten der Völker und Fürsten nach der Moral zu beurtheilen. Deshalb kann ein Volk sich ebensowohl den Krieg wie den Frieden zum Ziel seines Handelns setzen; doch ist solcher Ausdruck ungenau, weil die Bestimmung hierüber mehr ein Vorgang nach Naturgesetzen ist als ein Akt der sogenannten Willkür und Ueberlegung. Es ist deshalb eine Schwäche des Aristoteles, wenn er die Spartaner wegen ihrer Richtung auf Krieg tadelt (B. XI. 195).

werden, und selbst Anderen kann sich danach zu richten geboten werden; nach den Grundsätzen, welche über Auslieferung von Bürgern im Interesse des allgemeinen Wohles dargelegt worden sind.

XXV. Nach unseren Sitten werden die Kriegsgefangenen keine Sklaven; doch kann unzweifelhaft das Recht auf das Loskaufsgeld für den Gefangenen von dessen Besitzer an einen Anderen abgetreten werden. Denn der Natur nach sind auch unkörperliche Sachen veräusserlich.

XXVI. Auch kann derselbe Preis Mehreren geschuldet werden, wenn der Gefangene vor Zahlung des Preises von dem Einen losgelassen wird, und ein Anderer ihn ergreift; denn dies sind dann verschiedene Verbindlichkeiten aus verschiedenen Gründen.

XXVII. Die Uebereinkunft über den Preis kann deshalb nicht widerrufen werden, weil sich findet, dass der Gefangene reicher ist, als der Andere glaubte; denn nach dem äusseren Völkerrecht, worauf es hierbei ankommt, ist Niemand schuldig, etwas nachzuzahlen, wenn der Andere etwas für einen billigeren Preis versprochen hat, so lange kein Betrug vorkommt, wie aus dem früher über Kontrakte Gesagten sich ergiebt.

XXVIII. Da die Gefangenen keine Sklaven werden, so tritt hier jener allgemeine Erwerb nicht ein, welcher früher als Zubehör des Eigenthums an einen Menschen erwähnt worden ist. Der Ergreifer erwirbt also nur das, was er besonders erfasst; hat der Gefangene etwas in Geheim bei sich, so erwirbt dies Jener nicht, weil er es nicht besitzt. So erklärte der Rechtsgelehrte Paulus gegen Brutus und Manlius, dass der, welcher ein Grundstück in Besitz genommen habe, den Schatz nicht erlangt habe, dessen Dasein in dem Grundstück ihm unbekannt sei; denn wer nichts davon wisse, könne ihn nicht besitzen. Deshalb kann ein solcher geheim gehaltener Gegenstand zum Lösegeld benutzt werden, indem das Eigenthum davon bei dem Gefangenen geblieben ist.

XXIX. 1. Man fragt auch, ob das verabredete Lösegeld, wenn der Gefangene vor der Zahlung stirbt, von dem Erben bezahlt werden müsse. Die Antwort scheint mir bei einem im Gefängniss Gestorbenen unzweifelhaft; er braucht es nicht zu zahlen. Denn dem Versprechen haftete die Bedingung an: wenn er freigelassen werde;

ein Todter kann dies aber nicht. Ist er dagegen erst nach seiner Freilassung gestorben, so ist das Lösegeld zu zahlen; denn er hat schon das erhalten, wofür es versprochen worden ist.

2. Allerdings kann auch so kontrahirt werden, dass das Lösegeld gleich mit dem Abschluss des Vertrages zahlbar ist, und der Gefangene nicht in Folge des Kriegsrechtes, sondern als Pfand einstweilen zurückbleibt; und umgekehrt kann der Vertrag so geschlossen werden, dass das Geld erst zahlbar ist, wenn der Gefangene einen bestimmten Tag in Freiheit erlebt. Dergleichen kann jedoch nicht vermuthet werden, sondern verlangt eine ausdrückliche Erklärung.

XXX. Man stellt auch die Frage, ob der in die Gefangenschaft zurückkehren müsse, welcher unter der Bedingung freigegeben worden ist, dass er die Freigebung eines Anderen bewirke, der aber vorher gestorben ist. Ich habe früher gezeigt, dass das in freigebiger Absicht erfolgte Versprechen einer fremden Handlung erfüllt wird, wenn von Seiten des Versprechenden nichts verabsäumt wird; ist es aber in einem lästigen Vertrage geschehen, so ist der Versprechende zu einer Leistung gleichen Werthes verpflichtet. Deshalb ist in dem vorgelegten Falle der Versprechende zwar nicht schuldig, in die Gefangenschaft zurückzukehren; denn dies ist weder ausgemacht, noch kann es in Fürsorge für die Freiheit als stillschweigend geschehen angenommen werden; aber er darf seine Freiheit nicht ohne Entschädigung geniessen und muss daher den Werth dessen gewähren, was ihm zu thun nicht mehr möglich ist. Dies stimmt mehr mit der natürlichen Einfachheit, als was die Römischen Rechtslehrer in den Klagen mit besonderen Formeln und in den Klagen auf Rückgabe des Gegebenen, weil die Gegenleistung nicht erfolgt ist, lehren.

Kapitel XXII.
Ueber die Verträge der niedern Staatsgewalten im Kriege.

I. Ulpian rechnet zu den Staatsverträgen als eine besondere Art die Abkommen, welche die Feldherren während des Krieges mit einander treffen. Ich habe gesagt, dass ich nach den Verträgen der Staatsoberhäupter auch über die handeln will, welche niedere Staatsgewalten unter sich oder mit Andern abschliessen. Diese stehen entweder dem Staatsoberhaupt am nächsten, wie die Feldherren oder Führer im eigentlichen Sinne, welche Livius meint, wenn er sagt: „Ich kenne keinen Führer, wenn nicht unter seiner Leitung der Krieg geführt wird;" oder es sind niedere Beamte, welche Cäsar so unterscheidet: „Gewisse Geschäfte gehören nur den Unterfeldherren, andere nur den Oberfeldherren. Jener muss nach dem Befehle handeln, dieser kann sich frei nach Lage der Dinge entschliessen."

II. Bei den Verträgen Jener ist Zweierlei zu beachten; es fragt sich einmal, ob sie die höchste Staatsgewalt verpflichten, und dann, ob sie für ihre Person haftbar werden. Die erste Frage bestimmt sich nach dem, was über die Verbindlichkeit gesagt worden, die entsteht, wenn ein Dritter in unserem Auftrage für uns handelt; mag die Handlung besonders genannt sein oder aus der Natur des Auftrages sich ergeben. Denn wer einen Auftrag giebt, ermächtigt auch zu den dafür nöthigen Handlungen, was in moralischen Dingen nur in moralischer Weise zu verstehen ist. Untergeordnete Beamte verpflichten mithin das Staatsoberhaupt durch ihre Handlung auf zweierlei Art; einmal, indem sie das thun, was innerhalb ihres Amtes liegt, oder wenn sie zwar darüber hinaus, aber in besonderem Auftrage handeln, welcher öffentlich bekannt gemacht oder wenigstens denen bekannt ist, die es angeht. [135]

---

[135] Gr. lässt nun eine ausführliche Erörterung des Mandatsvertrages folgen, welche in das Privatrecht gehört.

III. Es giebt auch noch andere Arten, wie das Staatsoberhaupt durch vorgängige Handlungen seiner Beamten verpflichtet wird; aber dann ist die Handlung nicht der eigentliche Grund der Verpflichtung, sondern nur der Anlass dazu; und zwar in zweierlei Weise, entweder durch Einwilligung oder durch die Sache selbst. Die Einwilligung liegt in der Genehmigung, die ausdrücklich oder schweigend erfolgen kann; letzteres, wenn das Staatsoberhaupt die Handlung kannte und sie zuliess, und dies nicht wohl auf ein anderes Geschäft bezogen werden konnte. Wie weit solche Annahme zulässig ist, habe ich früher auseinandergesetzt. Durch die Sache selbst wird er soweit verpflichtet, als er dadurch mit fremdem Schaden reicher geworden ist; er muss dann entweder den Vertrag erfüllen, dessen Vortheile er sich aneignen will, oder diese Vortheile fahren lassen. Auch dieser Punkt ist früher schon erörtert worden. Bis hierher und nicht weiter gilt die sogenannte nützliche Verwendung. Dagegen handelt er unrecht, wenn er den Vertrag missbilligt und dennoch behält, was ohne den Vertrag nicht behalten werden darf, wie der Römische Senat nach Valerius Maximus that, welcher die That des Cn. Domitius nicht billigen und auch den Vertrag nicht aufheben wollte. Dergleichen Fälle kommen in der Geschichte viel vor.

IV. 1. Auch muss ich aus dem Früheren wiederholen, dass der Machtgeber auch verpflichtet wird, selbst wenn der Bevollmächtigte gegen die geheime Instruktion gehandelt hat, sobald er nur innerhalb der Grenzen seines öffentlichen Auftrages geblieben ist. Diesen Grundsatz der Billigkeit hat der Römische Prätor in der Klage gegen den Handelsherrn befolgt; denn nicht Alles, was mit dem Geschäftsführer verhandelt wird, verbindet den Herrn, sondern nur, was sich auf die Geschäfte bezieht, die ihm aufgetragen sind. Sind öffentlich davon Ausnahmen gemacht, so wird hier der Herr nicht verpflichtet; ist aber die Ausnahme nicht bekannt, so haftet der Herr. Auch

---

Im Ganzen hält er sich innerhalb der Bestimmungen des Römischen Rechts, welche hier mit dem Naturrechte des Gr. zusammentreffen, da das Mandat bei den Römern sich frei von bestimmten Formen und Volkseigenthümlichkeiten entwickelt hat.

die Bedingungen der Anstellung müssen beachtet werden; hat der Herr bestimmt, dass nur unter bestimmten Formen oder mit Zuziehung einer andern Person der Vertrag geschlossen werden solle, so muss der Geschäftsführer dies genau beachten.

2. Daher können manche Könige und Völker mehr, manche weniger aus den Verträgen der Heerführer verpflichtet werden, wenn ihre Gesetze und Einrichtungen genügend bekannt sind. Ist dieses nicht der Fall, so muss man nach dem Wahrscheinlichsten sich richten und den Auftrag so weitgehend erachten, als es zur bequemen Ausführung des Geschäftes erforderlich ist.

3. Wenn der Beamte die Grenzen seines Auftrags überschritten hat, ist er selbst, wenn er das Versprochene nicht leisten kann, zum Schadenersatz verpflichtet; es müsste denn ein genügend bekanntes Gesetz dies verbieten. Hat er betrügerisch gehandelt, d. h. hat er sein Recht für grösser ausgegeben, als es wirklich war, so haftet er auch für den Schaden aus Fahrlässigkeit und aus dem Vergehen für die entsprechende Strafe. Das erstere Recht kann gegen das Vermögen und, in dessen Ermangelung, gegen die Person und Arbeitskraft geltend gemacht werden; das Letztere trifft nach der Natur der Strafe die Person oder das Vermögen. Liegt ein Betrug vor, so tritt dies selbst dann ein, wenn er ausdrücklich sich gegen seine eigene Verpflichtung verwahrt hat, weil der Schadenersatz und die Bestrafung mit dem Vergehen nicht willkürlich, sondern nach der Natur der Sache verbunden sind.

V. Da sonach immer entweder das Staatsoberhaupt oder seine Beamten verpflichtet werden, so wird auch der andere Theil verpflichtet, und der Kontrakt kann nicht als ein hinkender bezeichnet werden. Ueber die Fälle gemischter Natur ist früher das Nöthige beigebracht worden.

VI. Es fragt sich noch, wie weit die Gewalt der Beamten geht. Unzweifelhaft verpflichtet ein Heerführer die Soldaten, und die städtischen Obrigkeiten verpflichten die Einwohner innerhalb der gewöhnlich von ihnen besorgten Geschäfte; darüber hinaus ist die Einwilligung nöthig. Umgekehrt nützt der Vertrag des Heerführers oder der Obrigkeit dem Niederen unbedingt in nützlichen Dingen; denn dies liegt in deren Amte. In Fällen, wo eine Gegenleistung stattfinden muss, gilt dies unbedingt da, wo das Geschäft innerhalb der Kompetenz jener Beamten enthalten ist; im anderen Falle nur, wenn es genehmigt worden. Dies stimmt mit dem, was früher über den Vertrag für einen Dritten aus dem Naturrecht abgeleitet worden ist. Diese allgemeinen Sätze werden durch die folgenden Beispiele deutlicher werden.

VII. Der Feldherr kann nicht über die Ursachen des Krieges und deren Folgen Verträge schliessen; denn die Beendigung des Krieges gehört nicht zur Kriegführung; dies gilt selbst für die Fälle, wo der Feldherr mit den ausgedehntesten Vollmachten versehen worden ist. Agesilaus antwortete den Persern: „Ueber den Frieden könne nur Athen entscheiden." Sallust erzählt, „dass der Römische Senat den von A. Albinus mit dem König Jugurtha ohne Auftrag abgeschlossenen Frieden nicht anerkannt habe." Livius sagt: „Wie kann man sich auf den Frieden verlassen, wenn er weder mit der Genehmigung des Römischen Senats, noch auf Anordnung des Römischen Volkes abgeschlossen worden ist." So verpflichtete weder das Caudinische noch das Numantinische Abkommen das Römische Volk, wie früher gezeigt worden. Insoweit ist der Ausspruch des Posthumius wahr: „Könnte das Volk überhaupt in einem Punkte verpflichtet werden, so könnte es auch in allen geschehen," d. h. in dem, was nicht zur Kriegführung gehört. Dies erhellt aus den früheren Untersuchungen über die Uebergabe, über das Abkommen, dass eine Stadt verlassen oder verbrannt werden solle, und über die Aufgabe der Selbstständigkeit.

VIII. Die Bewilligung eines Waffenstillstandes kommt dem Führer zu, und nicht blos dem obersten, sondern auch den niederen, wenn sie eine Belagerung oder Einschliessung leiten, für sich und ihre Truppen. Dagegen verpflichten sie damit andere Heerführer gleichen Ranges nicht, wie die Fälle mit Fabius und Marcellus bei Livius zeigen.

IX. 1. Auch können die Heerführer keinen Menschen, keine Herrschaften, Ländereien, und was sonst im Kriege gewonnen worden, abtreten. Deshalb wurde Syrien dem Tigranes wieder genommen, obgleich Lucullus es ihm gegeben hatte. So sagt Scipio, die Entscheidung über die im Kriege gefangene Sophonisbe komme dem Senat und Römischen Volke zu; deshalb konnte ihr Masinissa, der sie gefangen genommen hatte, die Freiheit nicht geben. Ueber andere erbeutete Sachen wird den Heerführern ein gewisses Recht eingeräumt, aber weniger vermöge ihres Amtes, als nach dem Herkommen jeden Volkes. Darüber habe ich früher mich genügend ausgesprochen.

2. Dagegen können die Heerführer Bewilligungen machen, wo es sich noch nicht um erworbene Rechte handelt; denn die meisten Städte und viele Personen ergeben sich im Kriege unter der Bedingung, dass ihr Leben oder ihre Freiheit oder ihr Vermögen gesichert werde, und in der Regel gestatten die Umstände nicht, vorher das Staatsoberhaupt darüber zu befragen. Aus diesem Grunde steht dieses Recht auch den niederen Feldherren innerhalb des ihnen aufgetragenen Geschäftes zu. Maharbal hatte einigen Römern, die bei dem Trasimenischen See dem Tode entgangen waren, während der langen Abwesenheit des Hannibal versprochen, dass er nicht nur das Leben ihnen lassen, sondern auch sie mit ihren Kleidern abziehen lassen wolle, wenn sie die Waffen zurückliessen. Allein Hannibal hielt sie fest, indem er vorgab, „dass Maharbal nicht befugt gewesen sei, ohne seine Genehmigung den sich Ergebenden zu versprechen, dass sie mit dem Leben und ihren Gütern davonkommen sollten". Livius urtheilt darüber: „In punischer Weise und Treue hat Hannibal Wort gehalten."

3. Deshalb muss man im Cicero bei seiner Rede für Rabirius mehr den Redner als den Richter suchen. Er behauptet, Rabirius habe den Saturnius mit Recht getödtet, obgleich der Konsul Marius ihm freies Geleite aus dem Capitol zugesagt hatte. Er sagt: „Wie konnte er dies ohne den Senat bewilligen?" und er nimmt den Fall so, als wenn Marius allein dadurch verpflichtet worden sei. Allein C. Marius hatte von dem Senat die Vollmacht erhalten, die Herrschaft des Römischen Volkes und seine Majestät zu schützen. Bei einem solchen Auftrage, dem weitesten nach Römischem Herkommen, war er offenbar auch berechtigt, Straflosigkeit zu bewilligen, wenn er dadurch die Gefahr vom Staate abwenden konnte.

X. Uebrigens müssen solche Verträge der Heerführer, die sie über fremdes Eigenthum abschliessen, streng ausgelegt werden, damit das Staatsoberhaupt dadurch nicht über seine Absicht verpflichtet werde, und sie selbst in Befolgung ihres Amtes keinen Schaden leiden.

XI. Nimmt daher der Führer die Ergebung eines Andern einfach an, so steht die weitere Bestimmung dem siegenden Volke oder Könige zu. Beispiele sind Gentius, der König der Illyrier, und Perseus, der König der Macedonier, von denen Jener sich dem Anicius, Dieser dem Paulus ergeben hatte.

XII. Ist der Zusatz gemacht: „Es solle nur gelten, wenn das Römische Volk es genehmige", den man oft bei dieser Unterhandlung findet, so ist, wenn diese Genehmigung nicht erfolgt, auch der Feldherr zu nichts verbunden, ausgenommen, wenn er sich bereichert hat.

XIII. Wenn Jemand die Uebergabe einer Stadt versprochen hat, so kann er die Besatzung vorher frei abziehen lassen, wie die Locrer thaten.

Kapitel XXIII.
Ueber Privatverträge im Kriege.

I. Der Ausspruch Cicero's: „Auch was Einzelne in dem Drange der Zeit dem Feinde versprochen haben, muss gehalten werden", ist bekannt genug. Die Einzelnen können Soldaten oder andere Einwohner sein, dies macht keinen Unterschied. Es ist merkwürdig, dass Rechtslehrer sich gefunden haben, welche lehrten, dass nur die öffentlichen, mit den Feinden geschlossenen Verträge verpflichten, aber nicht die, welche Privatpersonen mit ihnen geschlossen hätten. Allein da die Privatpersonen Privatrechte besitzen, über die sie verfügen können, und die Feinde an sich rechtsfähig sind, was könnte da der Rechtsgültigkeit entgegenstehen? Dazu kommt, dass, wenn man dies nicht annimmt, Mord und Gefangenschaft vermehrt wird, denn oft kann man weder das Leben sich erhalten, noch der Gefangenschaft entgehen, wenn diese Verträge für ungültig erachtet werden. [136]

---

[136] Alle Zweifel und Kontroversen über die Gültigkeit der Verträge Einzelner mit dem Kriegsfeinde entspringen,

11. Dergleichen Privatverträge gelten nicht blos, wenn sie mit dem Kriegs-Feinde geschlossen worden sind,

wie überall, aus dem Gegensatz der in diesem Verhältniss auf einander stossenden Prinzipien. Auf der einen Seite spricht für die Gültigkeit dieser Verträge der grosse Nutzen, den sie gewähren können, die Menschlichkeit, und wenn der Eid hinzukommt, die religiöse Gesinnung; auf der andern Seite gilt der Feind als rechtlos, gegen den alle Gewalt und List gestattet ist, und ausserdem kann aus dergleichen Verträgen dem eignen Staate grosse Gefahr entstehen. Es würde den Juristen nicht möglich sein, in diesen Widerstreit von Prinzipien, deren jedes an sich gleich berechtigt ist, zu einem festen Ergebniss zu gelangen, wenn nicht die Häufigkeit dieser Verträge in den meisten Verhältnissen es möglich gemacht hätte, dass eine dem Charakter des Volkes entsprechende Sitte sich hier hat bilden können, welche dem Juristen zeigt, wie diese Prinzipien gegen einander zu begrenzen, und wie eine feste Institution in dieser Materie sich herausgebildet hat. Auf dieser Sitte und Uebung fusst daher auch die Darstellung Gr,'s. Es erhellt hieraus, dass von einem ewigen unveränderlichen Naturrecht hier so wenig wie in in einem andern Gebiete die Rede sein kann; vielmehr hat jede Nation und jede Zeit hier die kollidirenden Prinzipien ihrem Charakter gemäss in anderer Weise ausgeglichen, und deshalb stimmt auch insbesondere die moderne Sitte nicht genau mit dem, was darüber im Alterthum gegolten hat. Namentlich gehört hierher auch der Verkehr der Neutralen mit den bürgerlichen Einwohnern des feindlichen Staates, worüber bereits früher gehandelt worden ist, und welcher zeigt, wie biegsam hier, wie in jeder andern Materie, das sogenannte Naturrecht ist, und wie es insbesondere als Ausdruck des Willens der Nation, als Autorität, wesentlich den Veränderungen sich anschmiegt, welche in der Bildung, den Kenntnissen und der Empfänglichkeit für die verschiedenen Arten der Lust innerhalb des Laufes der Jahrhunderte bei jedem Volke sich vollziehen. Die Besonderheiten, welche Gr. behandelt, namentlich die Auslegungsregeln, sind mit Scharfsinn behandelt, ein Vorzug, der bei ihm überall in den Detailfragen hervortritt.

sondern auch, wenn es mit Strassen- oder Seeräubern geschehen, ebenso wie es bei den Staatsverträgen oben dargelegt worden ist. Nur der Unterschied besteht hier, dass, wenn durch unberechtigte Drohungen das Versprechen erpresst worden, der Versprechende Wiedereinsetzung in den vorigen Stand nachsuchen oder auch sich selbst gewähren kann, was aber für die Furcht, die ein öffentlicher Krieg erweckt, nach dem Völkerrecht nicht gilt. Ist ein Eid hinzugekommen, so muss allerdings das Beschworene geleistet werden, wenn man keinen Meineid auf sich laden will. Wird ein solcher Meineid gegen den Kriegsfeind begangen, so wird er von den Menschen bestraft, dagegen wird er bei Strassen- und Seeräubern aus Hass gegen diese nicht verfolgt.

III. Selbst für Minderjährige findet bei solchen Privatverträgen keine Ausnahme statt, sobald sie nur die Bedeutung ihrer Handlung eingesehen haben. Denn die Rechts-Wohlthaten, welche den Minderjährigen zustehen, beruhen auf den besonderen Rechten der einzelnen Staaten, während wir hier es nur mit dem Völkerrecht zu thun haben.

IV. In Bezug auf den Irrthum gilt das Frühere, wonach man dann von dem Vertrage zurücktreten kann, wenn das uns trotzdem Bewilligte in der Meinung des Erklärenden die Natur einer Bedingung hat.

V. 1. Schwieriger ist die Frage, wie weit sich das Recht der Vertragschliessung bei Privatpersonen erstreckt. Dass Staatseigenthum von dem Privatmanne nicht veräussert werden kann, ist sicher; denn wenn die Feldherren nach dem Obigen dies nicht können, so können es Privatpersonen noch weniger. Aber auch rücksichtlich ihrer eignen Sachen und Handlungen scheint es zweifelhaft, weil Bewilligungen darüber an den Feind ohne Nachtheil für einen Theil nicht geschehen können. Deshalb erscheinen solche Verträge den Bürgern wegen des staatlichen Obereigenthums und den gemietheten Soldaten wegen des Eides nicht erlaubt.

2. Indess müssen dergleichen Verträge, wenn sie ein grösseres oder gewisseres Uebel abwenden, mehr als nützlich wie als schädlich selbst von Staatswegen angesehen werden; denn das geringere Uebel nimmt den Charakter des Guten an; „Man muss von den Uebeln das geringste wählen," sagt Jemand bei Appian. Indess kann weder

das blosse Abkommen, sofern dadurch nur Niemand die Gewalt über sich und das Seinige verliert, noch der blosse Staatsnutzen, wenn nicht ein Gesetz hinzukommt, die Handlung ungültig und nichtig machen, wenngleich sie gegen die gute Sitte verstossen mag.

3. Dagegen kann ein Gesetz allerdings den dauernden und zeitlichen Unterthanen diese Macht nehmen; allein das Gesetz thut dies nicht immer, es schont vielmehr die Bürger; auch kann es dies nicht immer thun, denn die menschlichen Gesetze verbinden, wie früher gezeigt worden, nur dann, wenn sie nach menschlichem Maasse abgefasst sind, aber nicht, wenn sie etwas durchaus Unvernünftiges und Unnatürliches auferlegen. Deshalb können solche Gesetze oder Specialbefehle nicht für Gesetze erachtet werden; allgemeine Verordnungen sind aber durch eine milde Auslegung so zu deuten, dass die Fälle der höchsten Noth ausgeschlossen bleiben.

4. Konnte jedoch die Handlung eines Privatmannes nach Recht und Billigkeit verboten werden, und ist dies geschehen, so ist dieselbe ungültig, und er kann bestraft werden, weil er etwas versprochen hat, was er nicht sollte, namentlich wenn er dabei geschworen hat.

VI. Das Versprechen eines Gefangenen, in die Gefangenschaft zurückzukehren, wird mit Recht zugelassen; denn es verschlimmert seine Lage nicht. M. Attilius Regulus handelte daher nicht edelmüthig, wie gewöhnlich angenommen wird, sondern that nur seine Schuldigkeit. Cicero sagt: „Regulus durfte die Kriegs-Bedingungen und Abkommen mit dem Feinde nicht durch einen Meineid stören." Auch steht nicht entgegen,

„dass er wusste, welche Martern der Barbar für ihn bereitete".

Denn auch dies konnte er bei seinem Versprechen voraussehen. So antworteten von zehn Gefangenen, wie Gellius nach alten Schriftstellern erzählt, „acht, dass sie das Rückkehrsrecht nicht in Anspruch nehmen könnten, weil sie durch einen Schwur sich gebunden hätten".

VII. 1. Mitunter wird auch versprochen, nicht an einen bestimmten Ort zu gehen oder gegen den, in dessen Gewalt man ist, keine Kriegsdienste zu leisten. Von ersterem giebt Thucydides ein Beispiel, wo die Ithomenser den Lacedämoniern versprachen, sie wollten den

Peloponnes verlassen und niemals wiederkehren. Der andere Fall ist jetzt sehr gewöhnlich. Ein altes Beispiel hat Polybius, wo Hamilcar die Numidier mit dem Beding entlässt, „dass sie niemals die Waffen gegen die Seinigen brauchen wollten". Ein ähnliches Abkommen erwähnt Procop in seiner Geschichte der Gothen.

2. Einzelne erklären solche Versprechen für ungültig, weil sie die Pflichten gegen das Vaterland verletzten. Indess ist nicht jedes Unsittliche auch schon ungültig, wie ich früher gezeigt habe; auch ist es nicht gegen die Pflicht, sich die Freiheit durch Gewährung dessen zu verschaffen, was der Feind schon in seiner Hand hat. Denn die Lage des Vaterlandes wird dadurch nicht verschlimmert, da der Gefangene, wenn er nicht freikommt, als todt anzusehen ist.

VIII. Auch das Versprechen, nicht zu entfliehen, kommt vor. Es ist gültig, selbst wenn es in Fesseln gegeben ist, was Manche bestreiten. Denn auch dadurch wird entweder das Leben erhalten oder die Gefangenschaft gemildert. Ist aber das Versprechen gegeben, um den Fesseln zu entgehen, und werden diese dann doch angelegt, so ist man seines Versprechens ledig.

IX. Sehr nutzlos ist die Frage, ob ein Gefangener sich einem Andern ergeben könne. Denn es ist klar, dass Niemand einem Andern sein wohlerworbenes Recht durch Vertrag entziehen kann, und das Recht des Herrn ist ein wohlerworbenes, entweder rein nach Kriegsrecht oder zum Theil nach Kriegsrecht, zum Theil in Folge Bewilligung des Kriegführenden, wie ich früher gezeigt habe.

X. In Bezug auf die Wirkungen solcher Verträge ist es eine spitzfindige Frage, ob die in Erfüllung ihrer Obliegenheiten säumigen Privatpersonen durch ihre eigene Obrigkeit dazu angehalten werden müssen. Die Frage ist nur für den feierlichen Krieg zu bejahen; denn da muss jeder Kriegführende nach dem Völkerrecht dem andern Theil sein Recht gewähren, selbst was die Handlungen der Privatpersonen anlangt, z. B. wenn die Gesandten von solchen verletzt worden sind. So hat Cornelius Nepos nach dem, was Gellius erzählt, gesagt, es habe viel Beifall in dem Senate gefunden, dass jene von den zehn Gefangenen, welche nicht zu Hannibal zurückkehren wollten, unter Begleitung von Wächtern dahin zurückgebracht worden seien.

XI. In Bezug auf Auslegung gelten die früher erwähnten Regeln. Es darf von dem Sinne der Worte nicht abgegangen werden, wenn nicht ein Unsinn herauskommt oder sonst die Umstände es genügend erfordern. Auch sind im Zweifel die Worte mehr gegen den auszulegen, der die Bedingung gemacht hat.

XII. Wer sich das Leben ausbedungen hat, kann nicht auch die Freiheit fordern. Unter den Kleidern werden die Waffen nicht mit verstanden, denn sie sind nicht dasselbe. Die Ankunft von Hülfstruppen gilt als erfolgt, wenn sie erblickt werden, auch wenn sie sich noch ruhig verhalten; schon die Anwesenheit hat ihre Wirkung.

XIII. Eine Rückkehr zum Feinde ist es nicht, wenn sie heimlich geschieht, um gleich wieder davonzugehen; unter Rückkehr ist eine Rückkehr in die Gewalt des Feindes gemeint. Jene Auslegung nennt Cicero schlau, dumm-pfiffig, weil sie betrügerisch und meineidig sei. Diese betrügerische List ist nach Gellius von den Censoren mit Ehrlosigkeit bestraft worden, und diese Personen konnten kein Testament machen und waren verachtet.

XIV. Wenn in dem Uebergabevertrag gesagt ist, dass er nicht gelten solle, wenn rechte Hülfe kommen sollte, so gilt das nur von solcher Mannschaft, welche die Gefahr abwenden kann.

XV. Ist über die Art der Erfüllung etwas ausgemacht, so macht dies den Vertrag nicht zu einem bedingten; z. B. wenn die Zahlung an einem bestimmten Orte versprochen worden, und dieser Ort nachher seinen Herrn gewechselt hat.

XVI. Von den Geisseln gilt das früher Gesagte; sie gelten in der Regel als ein Zubehör des Hauptvertrages; doch kann auch das Abkommen über sie besonders und getrennt gehalten werden, so dass entweder etwas geleistet wird, oder die Geisseln zurückbehalten werden. In der Regel ist aber bei dem natürlichen Verhältniss stehen zu bleiben, wonach sie nur als Zubehör behandelt werden.

Kapitel XXIV.
Ueber stillschweigende Abkommen. [137]

I. Javolenus sagt treffend, dass auch durch Schweigen ein Vertrag zu Stande kommen könne; und es ist dies in Staatsverträgen wie in Privatverträgen und gemischten gebräuchlich geworden. Der Grund ist, dass die Einwilligung Rechte überträgt, ohne Rücksicht auf die Art, wie sie erklärt und angenommen worden ist. Es giebt aber neben dem Wort und der Schrift noch andere Zeichen des Willens, wie ich schon mehrmals bemerkt habe. Manches versteht sich bei einer Handlung von selbst.

II. Ein Beispiel hat man an dem, der von den Feinden oder von Andern herüberkommt und sich auf Treu und Glauben dem Volke oder Könige ergiebt. Denn offenbar verpflichtet sich dieser stillschweigend, nichts gegen den Staat zu unternehmen, dessen Schutz er nachsucht. Deshalb kann man denen nicht beistimmen, welche die Handlung des Zopyrus nicht tadelnswerth finden; denn die Treue gegen seinen König entschuldigt nicht seine Treulosigkeit gegen die, zu denen er geflüchtet war. [138]

---

[137] Dieser für den Nichtjuristen sonderbar klingende Ausdruck bezeichnet in Wahrheit nur einen Theil der Auslegungsregeln über Willenserklärungen und Handlungen, einschliesslich der Unterlassungen. Man nennt diese Erklärungen im technischen Ausdruck stillschweigend, weil sie nicht mit ausdrücklichen, die bestimmte Absicht bezeichnenden Worten erfolgen. Es fehlt das Sprechen; deshalb wird jede andere Art, seinen Willen zu äussern, dem gegenüber als ein Schweigen bezeichnet. Was Gr. in diesem Kapitel beibringt, sind deshalb keine zusammenhängende Materie, sondern vereinzelte Fälle der verschiedensten Art.

[138] Zopyrus war nach Herodot ein vornehmer Perser, welcher bei der Belagerung von Babylon durch Darius die Uebergabe der Stadt dadurch herbeiführte, dass er sich selbst verstümmelte und unter dem Vorgeben, von Darius grausam misshandelt zu sein, sich nach Babylon

Dasselbe gilt von Sextus, dem Sohne des Tarquinius, der sich zu den Gabiern begab. Ueber den Sino sagt Virgil: „Empfange nun die Nachstellungen der Danaer und erkenne an einem Verbrechen alle andern." [139]

III. Ebenso verspricht der, welcher eine Unterredung verlangt oder bewilligt, stillschweigend, dass dabei dem Sprechenden kein Schaden geschehen solle. Livius sagt, es sei gegen das Völkerrecht, den Feinden unter dem Vorwand einer Unterredung Schaden zuzufügen; er nennt es eine treulos verletzte Unterredung. Das *per fidem* bezeichnet hier das Lügnerische. Cnejus Domitius lockte durch den Vorwand einer Unterredung den Bituitus, König der Averner, an sich, und nachdem er ihn gastlich aufgenommen hatte, liess er ihn in Fesseln legen; Valerius Maximus urtheilt darüber: „Die zu heftige Ehrbegierde liess ihn zum Meineidigen werden." Es ist deshalb auffallend, dass der Verfasser des 8. Buches über den Gallischen Krieg Cäsar's, mag dies Hirtius oder Oppius sein, bei Erwähnung einer ähnlichen That von Labienus sagt: „Er meinte, dass er die Untreue desselben (nämlich des Comius) ohne alle Treulosigkeit von seiner Seite verhindern könne." Doch giebt der Verfasser hier vielleicht mehr die Meinung des Labienus als seine eigene.

IV. Indess darf diese stillschweigende Erklärung nicht weiter ausgedehnt werden, als ich gesagt habe. Denn wenn unter dem Schein der Unterredung dem Feinde der Kriegsplan verhüllt und dabei der eigene Zweck eifrig gefördert wird, den Unterredenden aber kein Schaden zugefügt wird, so ist dies keine Treulosigkeit, sondern gehört zu den erlaubten Kriegslisten. Wenn deshalb der Vorwurf erhoben wurde, Perseus sei durch die Hoffnung auf Frieden getäuscht worden, so nimmt man dabei nicht auf das Recht und das Verhandelte Rücksicht, sondern urtheilt nur nach den Regeln der Grossmuth und des Kriegsruhms, wie aus dem, was ich früher über Kriegs-

---

begab, wo er das Vertrauen der Einwohner erwarb, aber dann die Thore dem Darius öffnete. Zum Dank erhielt er von Darius die lebenslängliche Statthalterschaft über Babylon.

[139] Die Stelle ist Aeneis II v. 65 enthalten.

list gesagt habe, erhellt. Aehnlicher Art war die List, mittelst der Hasdrubal sein Heer aus dem Asitanischen Gebirge rettete, und wodurch Scipio Africanus der Aeltere das Lager des Syphax erspähte. Beides erzählt Livius. L. Sylla folgte ihrem Beispiel in dem Bundesgenossenkriege bei Esernia, wie Frontinus berichtet.

V. Es giebt auch Zeichen ohne Worte, denen die Gewohnheit die Bedeutung gegeben hat, z. B. ehedem die mit Binden umwundenen Olivenzweige; bei den Macedoniern die Aufrichtung der Wurfspiesse; bei den Römern die über den Kopf gehaltenen Schilde. Dies waren Zeichen, wodurch man die Uebergabe andeutete, und die deshalb zur Niederlegung der Waffen verpflichteten. Wenn der Andere andeutet, dass er die Uebergabe annehmen wolle, so muss aus dem Früheren entnommen werden, ob und wie weit er dadurch verpflichtet wird. Heutzutage haben weisse geschwenkte Tücher die Bedeutung, dass man um eine Unterredung bittet; sie verpflichten also ebenso, als wenn es mit Worten geschehen wäre.

VI. Wie weit ein zwischen dem Feldherrn getroffenes Abkommen von dem Volke oder vom Könige als stillschweigend genehmigt angesehen werden kann, ist auch bereits früher dargelegt; nämlich dann, wenn die Verhandlung bekannt war, und sonst etwas geschehen oder nicht geschehen ist, was man nur als eine Genehmigung des Abkommens ansehen kann.

VII. Ein Erlass der Strafe kann indess aus der blossen Verstellung nicht abgeleitet werden; dazu gehört eine Handlung, die entweder in sich die Freundschaft andeutet, wie ein Freundschaftsbündniss; oder eine Meinung über eine solche Tugend, der mit Recht das früher Geschehene verziehen werden muss, mag dabei diese Meinung mit Worten ausgesprochen oder durch Handlungen gleicher Bedeutung ausgedrückt sein.

Kapitel XXV.
Schluss, nebst einer Ermahnung zur Treue und zum Frieden.

I. 1. Hier werde ich schliessen können, nicht weil Alles gesagt worden, was gesagt werden konnte, sondern weil das Bisherige zur Legung der Fundamente genügt. Mögen Andere darauf ein schöneres Werk errichten; ich werde deshalb nicht neidisch werden, ja, ich werde ihnen dafür Dank wissen. So wie ich indess vor der Abhandlung über den Krieg Einiges über die Mittel, ihn zu vermeiden, vorausgeschickt habe, so möchte ich auch nun, ehe ich den Leser entlasse, noch Einiges beifügen, was im Kriege und nach dem Kriege zur Erhaltung der Treue und des Friedens dienen kann; insbesondere der Treue, um neben Anderem auch die Hoffnung des Friedens nicht zu verlieren. Denn auf der Treue ruht nicht blos jeder Staat, wie Cicero sagt, sondern auch die grosse menschliche Gesellschaft; „hört die Treue auf, so hört auch der menschliche Verkehr auf," sagt Aristoteles.

2. Deshalb nennt es derselbe Cicero abscheulich, die Treue zu brechen, auf der das Leben ruht. „Das heiligste Gut der menschlichen Brust", wie Seneca sagt. Die Leiter der menschlichen Gesellschaft müssen umsomehr auf sie halten, je weniger sie in Vergleich zu Andern Strafe für ihre Fehler zu fürchten haben. Hört die Treue auf, so gleichen sie wilden Thieren, deren Gewalt doch Alle verabscheuen. Die Gerechtigkeit hat in manchen ihrer Theile einige Dunkelheit; allein die Pflicht der Treue ist an sich klar, und man benutzt sie, um von den Geschäften alle Dunkelheit zu entfernen.

3. Desto mehr haben die Könige sie gewissenhaft zu bewahren, theils um ihrer Ruhe willen, theils um ihres Ruhmes willen, auf denen die Kraft des Rechts beruht. Mögen daher immerhin die, welche ihnen die Künste des Betrugs beibringen, dies selbst thun, was sie lehren. Eine Lehre, welche den Menschen ausser Verkehr setzt, kann nicht lange nützen und ist selbst Gott verhasst.

II. Endlich kann man in der ganzen Kriegführung sich keine Gewissensruhe und kein Gottvertrauen erhalten, wenn man nicht immer den Frieden im Auge behält. Denn Sallust sagt ganz richtig: „Die Weisen führen Krieg um des Friedens willen," und damit stimmt der Ausspruch Augustin's: „Man strebt nicht nach dem Frieden, um Krieg zu führen, sondern man führt Krieg, um den Frieden zu gewinnen." Selbst Aristoteles tadelt wiederholt jene Völker, welche die kriegerische Thätigkeit sich als letztes Lebensziel setzen. Eine thierisch wilde Kraft ist es, die im Kriege am meisten hervortritt; um so mehr ist sie durch Menschlichkeit zu mildern, damit über die Nachahmung der Thiere nicht der Mensch verlernt werde.

III. Kann man also einen sicheren Frieden erlangen, so geziemt es sich, die Uebelthaten und die Beschädigungen und den Aufwand zu vergeben und zu vergessen; namentlich für Christen, denen Gott seinen Frieden vermacht hat. Der beste Ausleger seines Willens verlangt, dass wir mit Allen Frieden halten, so viel als möglich ist und von uns geschehen kann. Ein guter Mann beginnt den Krieg ungern und führt ihn nur gezwungen zu dem Aeussersten fort, wie Sallust sich ausdrückt.

IV. Dies Eine sollte genügen, und schon der eigene Vortheil treibt dazu, namentlich die schwächeren Staaten. Denn der lange Kampf mit einem Mächtigen ist gefährlich, und wie bei dem Schiffe ist es besser, den grösseren Verlust mit einem geringeren Schaden abzukaufen, indem der Zorn und die Hoffnung als trügerische Helfer, wie Livius richtig sagt, fallen gelassen werden. Aristoteles drückt dies so aus: „Es ist rathsamer, dem Mächtigeren etwas von dem Seinigen zu überlassen, als, im Kriege besiegt, mit Allem unterzugehen. [140]

---

[140] Solche Lehren gleichen einem zweischneidigen Schwerte; sie können ebenso oft schaden als nützen. Nach dieser Lehre hätten die Griechen den Widerstand gegen Xerxes nicht wagen dürfen; die Freiheit Griechenlands wäre vor ihrer Blüthe wieder untergegangen. Nach dieser Lehre hätten die Germanen den Römischen Legionen den Frieden durch Unterwerfung abkaufen müssen; nach dieser Lehre hätten die protestantischen Fürsten den Kampf gegen den allmächtigen Kaiser Karl V. nicht

V. Aber es gilt auch für die, welche die Stärkeren sind, weil bei ihren günstigen Verhältnissen, wie Livius nicht minder wahr bemerkt, der Frieden, den sie bewilligen, für sie ein glänzender und schöner ist und besser als der Sieg, den sie erhoffen. Denn es ist zu bedenken, dass der Kriegsgott Mars für beide Theile besteht. Aristoteles sagt: „Es sind die Wechselfälle des Krieges zu bedenken, die vielfach und wider Erwarten eintreten." In einer Rede für den Frieden bei Diodor werden die getadelt, „welche die Grösse ihrer Thaten geltend machen, als wenn es nicht die Sitte des Kriegsglückes wäre, den Vortheil bald nach dieser, bald nach jener Seite auszutheilen." Am meisten ist die Kühnheit der Verzweifelnden zu fürchten, sowie ja die Bisse der sterbenden Raubthiere die heftigsten sind.

VI. Wenn sich Beide einander für gleich stark halten, so ist dies nach Cäsar's Ausspruch die beste Zeit, den Frieden zu verhandeln, wo Jeder auf sich vertraut.

VII. Ist aber der Frieden nach irgend welchen Bedingungen geschlossen, so ist er mit der erwähnten heiligen Treue zu halten und sorgfältig jede Treulosigkeit, oder was sonst die Gemüther erbittert, fern zu halten. Denn was Cicero von den Privatfreundschaften sagt, passt auch für die zwischen den Staaten; alle sind gewissenhaft und treu zu bewahren, aber am meisten die, welche nach Austilgung der Feindschaft wieder in Liebe geschlossen sind.

---

wagen dürfen; die Reformation wäre in ihrem Entstehen erstickt worden. Nach dieser Lehre musste der Konvent 1793 sich der Koalition der Fürsten gegen die Revolution ergeben; nach dieser Lehre durfte Preussen 1813 die Erhebung gegen Napoleon nicht wagen. Diese Beispiele werden genügen, um zu zeigen, wie leer dergleichen Regeln, wie gefährlich dergleichen Ermahnungen sind. Das freie Handeln der Völker und Staaten, insbesondere der Entschluss zum Kriege ist in jedem Falle so eigenthümlich, dass es unmöglich ist, ihn durch Regeln im Voraus bestimmen zu wollen, da deren immer die entgegengesetzten dabei gegen einander auftreten, und die letzte Entscheidung nicht aus ihnen in der Abstraktion, wie sie hier auftreten, entnommen werden kann (B. XI. 167).

zurückzubringen, welche, wie in allen anderen Gebieten des Wissens, auch hier nur aus einer sorgsamen Beobachtung des Einzelnen hervorgehen kann. Die Rechtswissenschaft darf allerdings des philosophischen Elements der Erhebung des Einzelnen in das Allgemeine nicht entbehren; der Irrthum der früheren Schule liegt aber darin, dass sie meinte, mit diesem Allgemeinen und mit den Prinzipien vor Erkenntniss des Einzelnen und unabhängig von demselben beginnen zu können und zu müssen. Es sind daraus jene zahllosen faden und verblassten Kompendien des Naturrechts hervorgegangen, die nicht anstehen, das, was die Menschheit nach einer Erfahrung von Jahrtausenden als das Beste erprobt und erreicht hat, gleich einer Schülerarbeit zu kritisiren und zu tadeln. Als Grundlage solcher Kritik haben dabei diese Bücher nichts als das subjektive Rechtsgefühl ihrer Verfasser, die damit ein Ewiges und Wahres und Unvergängliches in ihrer Brust zu besitzen wähnen, während es doch nur das zufällige Gemisch des Temperaments, der Erziehung, der Erlebnisse des Einzelnen mit der Bildung seiner Zeit und seines Volkes ist. Natürlich schillert diese Basis bei jedem Schriftsteller in anderen Farben, und so spaltet sich die Wissenschaft in zahllosen Kontroversen immer weiter aus einander, während die daneben wandelnde Schwesterwissenschaft der Natur gerade in dem entgegengesetzten Sinne zur Einheit der Geister führt und alljährlich neue, grosse und allgemein anerkannte Resultate erreicht.

Will man sich auf einen höheren philosophischen Standpunkt stellen, so treten allerdings noch grössere Bedenken gegen das Grundprinzip hervor, von dem Gr. ausgegangen ist. Das Wesentliche davon ist schon bei der Einleitung angedeutet worden. Indess würde es unrecht sein, dies dem Gr. als Tadel anzurechnen. Sein grösstes Verdienst besteht vielleicht gerade darin, dass er nur eine Brücke zwischen dem daseienden wirklichen Rechte und dem philosophischen Gedanken des Rechtes hat schlagen wollen. Gerade diese Verbindung beider Seiten war ein dringendes Bedürfniss seiner Zeit, und wenn man die 20 Jahre später erschienene Ethik Spinoza's damit vergleicht, so wird man fühlen, wie nothwendig es war, aus dem philosophischen Gedanken einen Uebergang zur realen Wirklichkeit zu gewinnen. Was soll der mitten in dem Gedränge der Welt stehende Mensch mit der Ethik Spinoza's in der Hand beginnen? Er steht trotz derselben hülflos da. Aber umgekehrt kann auch der menschliche Geist nicht ewig nur in dem Detail der realen Rechtsverhältnisse sich verlieren. Auch dies erträgt er nicht. Also Beides hat sich zu verbinden, und indem Gr. es war, der mit einem reichen positiven Wissen und mit einem scharfen natürlichen Verstande diese Verbindung zuerst versuchte, hat er die Wissenschaft einen Schritt thun lassen, für den ihm alle späteren Zeiten zu Dank verpflichtet sind. Indem Gr. diesem dringenden Verlangen in seinem Werke die für seine Zeit beste Lösung gab, erklärt sich daraus der ausserordentliche Erfolg, welchen dasselbe gleich bei seinem Erscheinen unter allen kultivirten Nationen sich errang, und der hohe Werth, den es bis zu dem heutigen Tage sich bewahrt hat. Man kann dreist behaupten, dass seit Gr. es Niemand wieder so gelungen ist, die Wirklichkeit in Gedanken aufzulösen, wie ihm. Wenn man auf der einen Seite die Werke damit vergleicht, welche unter dem vornehmen Titel „Philosophie des Rechts" jetzt erscheinen, und auf der anderen Seite die Kompendien, welche sich mit der Darstellung des bestehenden Rechts beschäftigen, so wird man dies Urtheil nicht zu hart finden.

Was Methode und Stil anlangt, so erscheint allerdings der Ueberfluss an Citaten aus den alten Autoren, aus der Bibel und den Kirchenvätern im Anfange störend; allein im Fortgange empfindet man bald den belebenden Reiz, welcher sich dadurch über die ganze Darstellung verbreitet. Es ist jedenfalls der zierlichste Schmuck, welchen Gr. seinem Werke beigeben konnte, und gerade dadurch, dass diese Stellen aus den alten Autoren wörtlich geboten werden, gewinnt der Leser doppelt. Denn erst damit tritt ihm die sittliche Gestalt der antiken Welt in ihrer vollen plastischen Bestimmtheit vor Augen, und kein Mittel ist mehr wie dies geeignet, die grosse Wahrheit darzulegen, dass die sittliche Welt in einer steten allmäligen Bewegung sich befindet, dass in ihr nichts Ewiges und Absolutes besteht, und dass die sittlichen Gestaltungen der alten Zeit durch eine ähnliche Kluft von der Gegenwart getrennt sind, wie die Organismen der früheren Erdperioden von denen der jetzigen.

Die Latinität des Gr. ist von jeher gerühmt worden; schon Scaliger ist darüber seines Lobes voll. Halb den Cicero, halb den Tacitus nachahmend, ist Gr. diesen Mustern oft nahe gekommen. Nur wo er genöthigt ist, auf scholastische Begriffe zurückzugreifen, kann er dem dafür erfundenen barbarischen Latein sich nicht entziehen; aber um so zierlicher und eleganter sticht der Ausdruck ab, wo er sich frei in seinen eigenen Gedanken bewegen kann.

Alles in Allem genommen, hat der Leser ein Werk durchwandelt, was zu den besten des grossen 17. Jahrhunderts gehört, und ein Werk, was einer seiner edelsten Söhne geschaffen hat.

CPSIA information can be obtained
at www.ICGtesting.com
Printed in the USA
LVHW080459051222
734568LV00003B/13

9 780274 833542